國家社科基金重大招標項目
國家古籍整理出版專項資助項目
北京師範大學中華文化研究與傳播學科交叉平臺項目

杜桂萍 主編

清代詩人別集叢刊

侯方域集

上

王樹林 輯校

人民文學出版社

圖書在版編目(CIP)數據

侯方域集 ：上下 / 杜桂萍主編;王樹林輯校. -- 北京 ：人民文學出版社，2023

(清代詩人別集叢刊)

ISBN 978-7-02-018279-4

Ⅰ.①侯… Ⅱ.①杜…②王… Ⅲ.①古典散文-散文集-中國-清代②古典詩歌-詩集-中國-清代 Ⅳ.①I214.92

中國國家版本館 CIP 數據核字(2023)第 184348 號

責任編輯 李 昭
裝幀設計 黃雲香
責任印製 張 娜

出版發行 人民文學出版社
社　　址 北京市朝内大街 166 號
郵政編碼 100705

印　　刷 三河市中晟雅豪印務有限公司
經　　銷 全國新華書店等

字　　數 1000 千字
開　　本 880 毫米×1230 毫米 1/32
印　　張 34.25 插頁 4
印　　數 1—1500
版　　次 2023 年 11 月北京第 1 版
印　　次 2023 年 11 月第 1 次印刷

書　　號 978-7-02-018279-4
定　　價 220.00 圓(全二冊)

清代詩人别集叢刊總序

昔人謂『文以興教，武以宅功』。古時國家以興學崇教爲首務，議禮以定制度，考文以興禮樂，乃有文治彬彬稱盛。於今『文化强國』，亟需傳承弘揚中華優秀傳統文化。古籍整理作爲其中關鍵之一環，具有極爲重要的意義。近三十年來，古籍整理日趨興盛，已經成爲學術研究的時代熱點和文化傳承的日常内容。各類型的整理工作可圈可點，各維度的文獻整合則又增添了别樣的景觀。新世紀以來，明清文獻整理和研究異軍突起，引人注目，如今已成爲古籍整理領域的重頭戲。

相比於清代戲曲、小説文獻的整理，清詩文獻的整理工作開始並不算晚，幾乎與清詞文獻的整理同步啓動。可惜的是，儘管有好古敏求之士多次倡導，皆因時機不夠成熟而没有形成規模和氣候。其中主要的因素，當與清詩數量巨大直接相關。據估算，清人各種著述總約有二十萬種，其中詩文集超過七萬種，存世約四萬種，有作品傳世的詩人約十萬家，有詩文集存世的作家當在萬人以上，詩歌作品近千萬首。皮藏情況尚需進一步調查，大量文獻尚散存於民間，以及相關文獻狀態駁雜不易辨析等，也是很多工作推進困難的重要原因。總之，難以一時彙爲全璧，始終是《全清詩》文獻整理不能全面展開的歷史與現實之惑。

儘管如此，相關的學術準備始終在進行著，且日見規模。譬如，上世紀开始由上海古籍出版社出版的《中國古典文學叢書》、中華書局出版的《中國古典文學基本叢書》（以别集論，前者約收一百二十種，後者約收九十種），都包含了一定數量的清代詩人别集（至二〇一六年，前者共收九種，後者共收四種）。新推出者新意頗多，如陳永正《屈大均詩詞編年輯校》（上海古籍出版社二〇一七年版），而一些修訂重版者則顯爲精進，如俞國林《吕留良詩箋釋》（中華書局二〇一五年初版，二〇一八年再版），皆以不同面相爲清代别集文獻的整理和研究提供了新的理念和視野。其他出版機構也在留意清人别集的整理和研究，如國家圖書館出版社影印出版《清代家集叢刊》（徐雁平、張劍主編）、鳳凰出版社陸續推出《中國近現代稀見史料叢刊》（張劍、徐雁平、彭國忠主編）等。人民文學出版社也在高度關注這一重要領域，先後出版《明清别集叢刊》、《乾嘉詩文名家叢刊》等，集中力量於明清文人别集的整理和研究，實有後來居上之勢。凡此也表明，學界和出版界皆已體現出高度的學術自覺，意識到清代詩文文獻的重要性。尤其是人民文學出版社，已不僅僅著眼於名家之作，對那些於文學史、文學生態結構中發生重要影響或特殊作用的文人及其文獻遺存也予以關注，這既符合文獻整理的基本原則，又有利於彰顯文學研究的開放性視角，進行多面向的學術路徑的拓展。

正是在這樣的學術語境中，由我擔任首席專家的國家社科基金重大招標項目《清代詩人别集叢刊》於二〇一四年獲批，有計劃的系統性的清代詩人别集整理工作得以展開。相關成果陸續成編，彙爲《清代詩人别集叢刊》，以奉獻給學界。

我們並没有選擇原書影印的整理方式，而是奉行『深度整理』的基本原則。以影印方式整理，固然可以使研究者得窺作品之原貌，也有利於及時呈現和保護一些珍稀古籍版本，如上海古籍出版社出版的《清代詩文集彙編》、國家圖書館出版社出版的《清代詩文集珍本叢刊》等，都具有重要的學術價值。

不過，點校、注釋、輯佚等整理方式無疑更能體現出古籍整理的學術深度。事實上，隨著文化語境的改變和學術研究的深入，文獻整理的功能也在不斷拓展，不僅應提供基礎性的文獻閱讀，還應具有學術研究的諸多要素，即在學術史的視野中呈現文獻生成的複雜過程和創作主體的生命形態，而這正是《清代詩人別集叢刊》選擇『深度整理』方式的理念和前提。

『深度整理』指向和强調『整理即研究』的古籍整理思想與學術精神。以窮盡文獻爲原則，以服務於學術研究爲目的，於整理過程中注入更明確、豐富且具有問題意識的科研内涵，使古籍整理進一步參與當代學術發展。也就是說，在一般性整理的基礎上，借助於多種方法的綜合運用，爬梳文獻，考證辨析，去僞存真，推敲叩問，完成既收羅完備、編排合理，又在借鑒以往成果基礎上推進已有研究、表達最具前沿性的科研創獲的詩人別集整理本。這既是古籍整理基本要義的延伸和拓展，也符合與時俱進的學術發展訴求，應是整理工作之旨歸所在。

如是，《清代詩人別集叢刊》突出了以下幾個方面的整理工作。

一、前言。『前言』的撰寫，不泛泛介紹作者生平和創作的一般狀況，而注重於文獻、文學、文化等視角，對著者生平進行考述，對著述版本源流加以梳理，對別集的文學價值、影響進行具有文學史意義的判斷。『前言』應是一篇具有較强學理性、權威性和前沿性的導讀佳作。

二、版本。別集刊刻與存世情況往往因人而異，或版本複雜，或傳本稀少。『必先定其底本之是非，而後可斷其立説之是非。』（段玉裁《與諸同志書論校書之難》）本叢刊堅持廣備衆本，謹慎比對，選出最佳的工作底本和主要校本，力爭使新的整理本成爲清詩研究的新善本和定本，爲學界放心使用。

三、輯佚。清代文獻去今未遠，除大量别集、總集外，清人手稿、手札、書畫題跋等近年時有發現，散存於方志、家譜的各類佚文亦在不斷披露中。故以求全爲目的，盡力輯佚，期成完帙，並合理編纂。務使每一種整理本成爲該詩人别集的全本，這也是提升整理本學術含量的重要舉措。

四、附録。附録豐富與否是新整理本學術含量高低的重要標志，實爲另一種形式的研究。如年譜簡編以及從族譜方志、碑傳志銘、評論雜記中勾稽出的相關研究資料等，對全景式展現詩人生命歷程、深入探究詩人乃至其時代的文學創作十分必要。有時文獻繁雜，需精心淘擇和判斷，强化『編纂』意識，避免文獻堆積，充分體現深度整理的學術含量。

古籍文本生成於歷史，負載了豐富的歷史文化信息。對於整理者而言，不僅應使古籍文本能夠被有效閲讀，還應借助閲讀活動等促其進入公共和現實視域，成爲當下文化結構的有機組成部分。也就是説，整理活動本身應始終處於在場的文化狀態，立足於學術史，並直面其所處之研究領域的一些難點、疑點和熱點問題，進而通過整理過程中的辨析、考論解決文學演進中的某一方面或幾個方面的問題，形成專題性研究，這是深度整理應達成的重要目的。所以，整理活動其實是一個思維創新的過程，指向的是知識和觀念整合的結果。考訂史實，發現文本之間的各種意義和多層面内涵，使之成爲當代人可閲讀的文學文本，並參與歷史與現實文化建設，其實也是在回答我們進入歷史的方式。

總之，以窮盡文獻、審慎校勘爲路徑，以堅實、充分的文獻史實研究爲基礎，通過對文獻的慎用和智用，借助歷史的、邏輯的思路甚至心靈的啓迪，系統、全面地收集、篩選史料，勾連、啓動其内在聯繫，從而將古籍整理與史實探析深度結合，强化了整理性學術著作的研究内涵，是一種真正包含了主體自由性的學術實踐活動。這種由專門研究完善古籍整理、由古籍整理深化專門研究的深度整理方式，對整理者的研究意識和整理本的學術含量都提出了更高的要求，不僅標示了整理觀念和方法上的更新，更是當代學術發展的必然訴求。我們願努力嘗試之，並推出一系列具有較高水準和重要學術意義的整理成果。

杜桂萍　二〇一八年十二月十六日

總目錄

前言
凡例
壯悔堂文集十卷
壯悔堂遺稿一卷附輯佚文
四憶堂詩集六卷附遺稿
附錄一　序　跋　題記
附錄二　傳志　佚事　贈答唱酬與悼祭詩文
附錄三　侯方域年譜
附錄四　南園詩文集
附錄五　遂園詩集

前　言

侯方域（一六一八—一六五四），字朝宗，早年自號雜傭子，晚年堂號壯悔，河南商丘人，清初著名散文家、詩人。出生於官宦之家，戍籍。祖執蒲，天啓間官太常寺卿；父恂，崇禎間歷官兵部侍郎、戶部尚書；叔父恪，官至南京國子監祭酒。父祖皆明末東林黨人，以守道不阿被時人目爲清流。

侯方域生於明萬曆四十六年（一六一八）。這年後金努爾哈赤興兵反明，拔撫順，奪清河堡。爲征遼備邊，明政府將矛盾轉嫁農民，這以後連續三年加征天下田賦，又逢天災，民不堪命。在侯方域出生後的三四年裏，大明王朝連續換了三個皇帝，東林黨人與閹黨的爭鬭愈演愈烈，各級官吏腐敗，官府整治無能爲力。因備邊、黨爭，外加天災頻發，統治者與百姓間的矛盾更加尖鋭，以致明末下層民衆造反烽起，至天啓、崇禎間狼烟遍地，終至大廈傾覆，明朝滅亡。等侯方域知讀書，以魏忠賢爲首的閹黨開始全面向東林黨人報復。官太常寺卿的祖父侯執蒲罷官後，父親時官御史的侯恂和官翰林院編修的叔父侯恪相繼罷官。這在侯方域早慧的心靈裏，留下了深刻的政治烙印。

侯方域自幼穎異過人，隨祖父讀書東園，記誦常兼數人。九歲時，因父罷官家居，同郡名士吴伯裔、伯胤兄弟常來向他父親求教，方域開始與同郡名士交往，參加社事活動。十歲那年，南昌萬元吉爲歸德府推官，同郡名士正式成立雪苑社，侯方域上下其間，無不人人引重，文名不脛而走。崇禎元年（一六二八），閹黨敗，侯方域的父親、叔父漸次復官。這年冬天，侯方域隨父到了京師，拜在當時著名文人倪元璐的門下，學習八股文。倪元璐悉心指導，傳授文法，對侯方域以後的散文寫作影響很大，使他終生難忘。

侯方域從十一歲至二十一歲的十年間，除短暫回鄉應考完婚外，基本上是在京師度過的。他的父親侯恂由御史升爲太僕寺少卿，又超拜爲兵部侍郎，練兵昌平，繼升爲戶部尚書。後爲閣臣薛國觀、溫體仁所嫉而被誣下獄。父親的政治態度和用世思想，深深影響著漸趨成熟的侯方域，使他對腐敗的朝廷內幕一清二楚。崇禎五年（一六三二）春，十五歲的侯方域回鄉應童子試，他在《蚤發述懷》詩中寫道：『四國正風塵，結束將何往？紛紛戰龍蛇，悄悄驕魍魎。安得延津劍，劃然肅清朗！元侯二十四，跡與蕭曹仿。仗策盪烽烟，名畫麒麟上。我亦閔修途，努力嗣前響。奔走謁天門，所期奏安攘。……南阿有高雀，弋者祝羅網。冥飛自不顧，芳餌何足賞！』抒發他渴望建功立業，努力嗣法前世名臣，整頓亂世，不畏『羅網』險阻而躊躇滿志的情懷。這年回鄉考試，府、縣、道皆第一，當時金壇名士蔣鳴玉一見侯方域的文章，大驚，引他遍交當世士。侯方域慷慨盱衡，目空當世，爲文賦詩，同社諸子都爲他的文采卓識所傾倒。來年，在祖父的主持下，與同郡東平州知州常維翰的第三女結婚。五月，侯恂遷戶部尚書，由昌平移居京師，侯方域全家又隨任到了京城。這期間他先後結識了復社領袖張溥、吳偉業，幾社名士陳子龍、夏允彝、彭賓等。當時中州文壇相對沉寂，侯方域與雪苑社徐作霖、吳伯裔、伯胤、劉伯愚等蔚然崛起，與東南文士相呼應，文壇有吳、侯、徐、劉之目，中州文風隨之一振。

十七歲這年他代父草擬《屯田奏議》，詳析明代官屯、軍屯、兵屯、民屯、商屯、腹屯、邊屯、墾種的歷史、現狀及對策，提出考課、信任的措施。他廣徵博引，洋洋萬餘言，朝內公卿大夫讚揚他『强記可比漢張安世，幹局可比唐李文饒』（田蘭芳《侯朝宗先生傳》）。一時才名播譽朝野。

崇禎十二年（一六三九），二十二歲的侯方域以國子監太學生的身份參加南京秋試。南京是明太祖朱元璋的建都之地，永樂帝雖遷都北京，這裏仍稱留都，留有六部和國子監，爲東南江淮、吳越、八閩、嶺南的政治、經濟、文化中心，被稱爲天下文人淵藪。侯方域的叔父侯恪在這裏做國子監祭酒時有知人得士的美名，方域在這之前也已結識了不少復社、幾社的名士。到南京後，四方文人漸次雲集，他結識了有世交的陳貞慧、方以智、冒襄，當時被並稱爲復社四公子。復社名流楊廷樞、徐孚遠，幾社名士李雯，宣城梅朗三，還有黄宗羲、張自烈、顧杲、錢起、萬壽祺、梅惠連、姜垓、魏子一、余懷等文人名士，紛紛與侯方域訂交。五月底，吳應箕來金陵，二人早已四海心知，遂握手訂交。他們以東都清議自持，品覈執政、裁量公卿，一時有太學黨人之目。與楊廷樞、吳應箕、夏允彝等遊鎮江，登金山，俯仰慷慨，臨江悲歌，有極目神州，舍我誰濟之歎。諸子把侯方域比作三國的周瑜和東晉的王猛。侯方域拜在南國子監司業周鳳翔門下，後在《哀辭九章》中回憶當時的情形云：『昔我到陪京，謬忝文章伯。追隨鮑庾羣，顛倒陳徐客。喧達文忠前，傳取侯生策。方坐讀之起，起歎聲嘖嘖：此當洪濛遊，何鎩榆枋翮！趣駕過陋巷，相對飲一石。來時雞鳴曉，去已鍾山夕。是時文節公，方正國學席。辟雍近萬人，公有師表責。忘貴訪一士，驚倒金陵陌。盡願交侯生，廣廈坐嘗窄。』當時名氣之大，由此可見一斑。卿大夫中他還拜訪了閒居在南京的南兵部尚書范景文、金壇周鑣、何楷、方以智的父親方孔昭等。在張溥、夏允彝和陳貞慧的介紹下，侯方域結識了秦淮名妓李香，二人的故事成爲後來孔尚任《桃花扇》的素材。

侯方域到了南京，就投入到與閹黨餘孽阮大鋮的鬭爭中。前一年吴應箕、陳貞慧、顧杲等草《留都防亂公揭》，揭露阮大鋮。這年阮大鋮被迫斂跡城外牛首山，見侯方域來金陵，借世交（大鋮與侯恂、侯恪爲同年進士），想結交侯方域，並因求解於南都清議。侯方域拒絶，不與通，從此與阮大鋮結下了仇恨。

這年考試，侯方域本已擬舉第三名，放榜的前一天，副主考告訴正主考：『此生以如此策入彀，吾輩且得罪。』本房閲卷官廖國遴力爭曰：『果得罪，本房願獨任之。』正考遲回良久，説：『吾輩得罪，不過降級罰俸而已；姑置此生，正所以保全之也。』（徐爾黄語，見《南省試策一》後附）侯方域落榜後，與復社諸子舉國門廣業之社，數月而罷。到年底，他才回到了家鄉商丘。

侯方域落第至崇禎十四年（一六四一）的兩三年間，他回鄉主盟雪苑文社，以高陽酒徒自居，時時與吴伯裔、伯胤、徐作霖、賈開宗等舉行社事活動，常因心憂天下，感憤時政，又因政局無望而相向痛哭。崇禎十四年，祖父侯執蒲去世，他的父親侯恂帶罪出獄，丁憂家居。方域奉父命前往江南建德請鄭三俊爲祖父撰墓志銘。時張獻忠出川東征，殺襄王翊銘。李自成破洛陽，殺福王常洵；又破南陽，殺唐王聿瑛，連下河南十四城，與羅汝才再圍開封。侯方域《歸來酬吴大伯裔》詩寫道：『可憐歸舊里，烽燧亦危邦。夜月狐狸舞，霜郊虎豹摐。歡娱頻醉眠，時序一寒缸。……賊帥雄千騎，王師折九瀧。』時太監劉元斌帶京營兵留歸德不進，縱軍大掠城周圍村莊，殺老百姓冒功，南陽破後，又擁婦女財物北去。方域詩有『君不見二月三月羣盗集，萬馬奔騰蹂小邑。繼之大蝗將小蝻，黍稷秋成無寸粒。又不見昨夜官兵圍新築（歸德府外城），金帛子女壓滿軸。抛棄還入一炬焚，愴惶竟忍千家哭。』這時期，侯方域寫下了不少描寫現實的具有『詩史』性質的詩作。

崇禎十五年（一六四二）三月，李自成攻破歸德府城，侯氏一門二十四人死於戰亂，社友吴伯裔、伯胤、徐作霖、張渭、劉伯愚被殺，雪苑社散。方域與兄方巖、方夏斬關逃出，倖免於難。而早年所存文章數百篇，及西園翰墨、圖籍，盡焚於兵火。

崇禎十五年六月，崇禎皇帝釋侯恂於獄，改兵部侍郎兼右僉都御史，總督保定、山東、河南、河北、湖北軍務，並轄平賊、援剿等七鎮官兵，代丁啓睿督師解汴圍。當時天下重兵在左良玉，但良玉跋扈，不受節制，因良玉爲恂舊部，長繫詔獄七年的侯恂才得以出獄並有是命。侯方域也隨父到了軍中。侯恂兵紮陳橋驛，檄諸將來會，多拖延不至，只有左良玉派帳下大將金聲桓帶兵五千迎侯恂。侯方域向父親進計，請用賜尚方劍誅許定國師噪之罪，破文法斬一甲科守令不應徵辦者，事集威立，暫舍汴不救而驅軍渡河，收中原土寨團結之衆，合左良玉於襄陽，再與陝督孫傳庭犄角並進，以解汴圍。侯恂大駭，認爲這是蔑視朝廷的跋扈之策（賈開宗《〈侯朝宗〉本傳》），但還是採納了侯方域的部分謀劃，命代草《論流賊形勢奏》，並命他離開軍隊，保護家眷而避亂東南。這年秋末，方域又流寓南京，與陳貞慧、吴應箕、李雯、彭賓、方以智諸復社文人游。後又與兄方夏，攜家避兵嘉興，而漫遊於蘇、杭之間。

崇禎十六年（一六四三）春，左良玉避李自成軍由武昌兵下九江，以糧盡欲趨南京就食，引起南京騷亂。當時南兵部尚書熊明遇，知方域與良玉有世誼，請方域去良玉軍説止之。方域認爲不妥，乃就明遇處假借父親名義寫書信一封與左良玉，止其軍。阮大鋮乘機陷害侯方域，揚言於清議堂，説他與左良玉有舊，左軍來金陵，侯方域就是他的内應。當時楊龍友知道此事，連夜告知。侯方域寫下《去金陵日與阮光祿書》抵大鋮，遂攜家避難宜興，依陳貞慧而居。左良玉接方域書信，退兵武昌。八月，侯恂因農民軍決黄河灌汴梁城、解圍無功而再次被逮下獄，以兵部侍郎吕大器代侯恂督師。左良玉知其爲己故，不與吕大器合作。方域回到南京，因兄方夏進京救父，侯方域再次由吴入越，至嘉興保護親眷。

崇禎十七年（一六四四）三月，李自成攻破北京，明亡。五月福王立於南京，稱弘光帝。馬士英、阮大鋮當國，向東林、復社人士報復，造『十八羅漢』、『七十二金剛』之目，妄圖將異己一網打盡。阮大鋮令緹騎下吴越捕侯方域。方域先匿於蘇松巡撫張鳳翔幕府，後渡江至揚州，依史可法。史可法署方域爲興平伯高傑軍監紀推官，命他從高傑軍北征，經略中原。清順治二年（南明弘光元年，一六四五）正月，高傑被許定國所殺，興平軍大亂。時清軍已進逼黄河中下游，侯方域爲興平大將規劃東南：急引兵斷盱眙浮橋，分揚州水軍爲二，戰不勝則一由泰興趨江陰據常州，一由通州趨常熟據蘇州，守財賦之地，跨江連湖，障蔽東越，徐圖後計（賈開宗《〈侯朝宗〉本傳》）。興平大將不聽，侯方域遂離軍而前往宜興探其家屬。時有王御史者阿附阮大鋮意，責浙、直督府追捕侯方域，偵知在宜興，遂於陳貞慧家將其逮捕入獄。

四月，清豫親王多鐸率兵南下，南明官兵紛紛不戰南逃，揚、泗、邳、徐勢同鼎沸。時左良玉又帶兵東下，移檄聲討馬士英。馬士英、阮大鋮等迫於形勢，對復社文人的迫害不得不草草結束。四月初九日，以從逆罪殺周鑣、雷縯祚，其他全部革職放還。方域出獄，再投揚州史可法幕。史可法見南明大勢已去，守衛揚州已不可爲，促其離開。侯方域在《哀辭九章》哀史可法詩中寫云：『相公控維揚，破竹傷大掠。三鼓士不進，崩角何踴躍！自知事已去，下拜意寬綽。起與書生言：我受國恩廓。死此分所安，惜不見衛霍。子去覲司徒，幸爲寄然諾。白首謝知己，寸心庶無作。再來廣陵城，月明弔溝壑。』侯方域離開揚州，去泰州再入興平軍，圖有所爲。結果揚州被戮，興平軍降清，南京弘光朝也隨之投降。侯方域再次離開興平軍，漫遊江淮間，見事不可爲，於這年十月，返回故里。

侯方域這時期的文學創作進入成熟時期，散文名篇《癸未去金陵日與阮光祿書》、《答田中丞書》、《爲司徒公與寧南侯書》等都是寫於這一時期。詩歌創作存詩兩卷，後置於《四憶堂詩集》的卷二、卷三。這些詩多側面地反映了明末戰亂的現實，具有較高的社會認識價值。

從清順治二年（一六四五）到方域病逝的順治十一年（一六五四），侯方域走完了人生的最後十年。這期間他伏處家鄉，與同郡文士重修舊社，潛心文學創作。其詩文作品，特别在散文寫作方面，成就斐然，成爲扭轉明末文風，開清代風氣之先的一面旗幟。

方域歸里後，隱居在歸德府城西南三十餘里的老家村西草堂。順治三年（一六四六），侯恂自徽州返鄉，侯方域才侍父移家城南十里的侯氏南園居住。順治二年至六年間，侯方域並没有潛心文學創作，而是名爲奉父歸隱，實則伏處鄉國，以觀形勢之變。當時明王朝雖然大勢已去，然而南方的晚明政權還在繼續鬬爭，各地民衆也紛紛起來反抗，因此他心神主要還不在翰墨之間。《春興》詩八首，是這一時期思想情緒的真實寫照，詩中抒寫亡國後的山河之痛，表現『戰後江山未可期』的沉重心情，及與南方抗清友人聯絡而得不到消息的愁悶。《詠懷詩》二十一首，則更深刻而多側面地反映了侯方域亡國歸隱之初複雜而矛盾的思想，及對自己坎坷生平的感慨。

歸隱之初，與賈開宗、徐作肅、徐世琛相見後，就議復雪苑舊社，因大亂初平而止。順治四年（一六四七），與同郡宿儒徐鄰唐結識，常相聚談詩論文。順治六年（一六四九），宋犖隨父返鄉，侯方域才正式打起了雪苑六子社的旗幟。於是他們『相與左之右之，朝夕而切磨之』（《雪苑六子社序》）。順治七年（一六五〇），老友賈開宗南游，侯方域爲書，戲拈平生，欲遠道投之動其一笑。作成示徐作肅，二人細爲研究古文寫作之法，有『豁然旨歸』之感。賈開宗自江南歸，社友相聚，『講益力』。徐作肅《侯朝宗遺稿序》云：『而朝宗此文，則自順治之庚寅。憶爾時，朝宗方與余探討今古文於軌度，古文則準之唐、宋八子，今文則準之考亭之章句。或間日一作，或日一二作，至命酒高談，將無虚日。……每賓從雜還，號叫迷離，而朝宗之文成矣。嗚呼！何其雄也！』

順治八年（一六五一），宋權以國史院大學士致仕歸里，時河南巡撫吴景道知侯方域『豪横』，又以布衣參加過史可法軍隊的抗清，其父侯恂隱居南園後，降清的明臣和江南的巡按交章舉薦，侯恂又堅謝不起，以此將案治侯方域並連及其父。宋權從中調解，語景道曰：『公知唐有李太白，宋有蘇東坡乎？侯生，今之李、蘇也。』（宋犖《侯朝宗本傳》）在宋權的保護下，這次侯方域雖然沒有入獄，但當局要求他必須參加省試。侯方域在忠孝不能兩全的情勢下，爲保全父親，參加了這年的河南省試。侯方域在這次鄉試中，以不把試卷做完的方法，拒絕了與清政府的合作（據李敏修《中州先哲傳·侯方域傳》）。通過鄉試，他又結交了夏邑的王侯服和魏敏祺，這以後與同郡諸子往復辯質，一方面討論文章性命之道，一方面致力於詩古文辭的寫作。

經過入清以後六七年的探索，他於順治九年（一六五二）秋，將自己的古文結集成冊，定名爲《壯悔堂文集》。他決定盡棄前期的寫作觀念，以轉變時風爲己任，爲自己探索一條不同流俗的道路。這年九月，他渡江南遊，去拜訪他的生死之交陳貞慧及吳越間復社的舊友。十月抵宜興，後又輾轉於江陰、無錫、蘇州、嘉興等地。這次江南訪友，促使他的詩文創作進入了高潮。天翻地覆的歷史變革之後舊地重遊，已是物是人非；一種興亡之感、黍離之憂、故國之思、人生之嘆，彙集作者心頭。今傳《壯悔堂文集》一百四十二篇散文中有近四十篇寫於此時。其詩歌在南行前選二十年詩篇僅存四卷，而這次南訪僅三個月的時間就獲詩兩卷之富，存詩一百餘首。

侯方域這次南下，通過與江南文人的反復切蹉討論，加上幾年來的思考，使他對詩文創作的理解進一步深化，這時期他寫下了《與陳定生論詩書》、《與任王谷論文書》等文章。其散文寫作，真正實踐了他主張的馳騁縱橫，極文之變，首尾虛實，離合起伏，卒與法合的理論，達到了他宣導的才、神、氣、法有機統一的境地。從江南回鄉後，他又認真整理自己的著作，順治十年（一六五三），將《壯悔堂文集》十卷和《四憶堂詩集》六卷刊刻行世。順治十一年（一六五四），年僅三十七歲的一代才子，齎志以沒。

侯方域原《壯悔堂文集》收有文章一百四十二篇，本集輯佚五篇，共存一百四十七篇，內容涉及備邊平寇、百姓利病、官吏選任、朝内黨爭、科舉取士、文人交遊與社事活動等各個方面，其内容不僅是明末清初社會的真實記錄，也是明朝滅亡歷史教訓的客觀總結。他站在封建統治階級的立場上，懷著一顆爲之補天卽總結經驗教訓之耿耿忠心，從當時之階級矛盾、民族矛盾以及封建統治階級内部矛盾的各個角度，記述了下自百姓、士子、吏胥，上至守令、大臣、皇帝等各個階級、各種人物之心境心態、政治表現及其相互間的矛盾對立關係。它向人們展示：明末從學校到社會、從官場到宮廷之正常秩序已經解體，賴以維繫各種人際『正常關係』之道德風紀已經全部穢濫！作者在《書吳延仲集後》問道：『明社遽墟，誰之咎歟？』作者以其所存一百四十多篇文章給我們所描繪的，就是這樣一個從内部自己腐朽、爛透了的朱明社稷，它的滅亡，是不能歸咎於任何人的，從而表現了作者比較進步的社會歷史觀。

宋犖《侯朝宗本傳》云：『明季古文辭，自嘉、隆諸子貌爲秦、漢，稍不厭衆望。後乃爭矯之，而矯之者變愈下，明文極敝，以訖於亡。侯朝宗始倡韓、歐之學於舉世不爲之日，遂以古文雄一時。』他前承八家，後啓桐城，在中國古代散文史上起了承前啓後的作用。賈開宗將他與王守仁、王慎中、唐順之、茅坤並稱明文五大家，並有《明文五大家文選》，這主要是從政治氣節上言之，亦卽陶淵明不署劉宋年號、倪雲林不忘至正之意。實則侯方域之古文，主要創作于清順治二年至順治十一年間，宋犖將其列爲清初古文三大家之一，並輯有《三家文鈔·侯朝宗文鈔》，是比較符合實際的。

日本安藝賴襄云：『侯（文）敍傳最長，序次之，記又次之，論最下，而時策則不然，或沒後雜收少作故爾。』（《書侯方域集後》）侯文確以敍傳見長，他的人物傳記，一般篇幅不長，然卻寫得深刻感人，有時且富有戲劇性。譬如爲人們所稱道的《馬伶傳》，只寫了馬伶一生中的一個典型事件：他同李伶的競技活動。這件事之所以典型，就是因爲在馬伶的一生中，只有這件事才最能表現他平凡而超人的見識，不恥下問的精神，堅韌不拔的性格及其藝術事業上的巨大成就。再如《賈生傳》寫賈開宗年少時之『落拓不羈』，《明東平州太守常公墓志銘》寫其岳父常維翰之『性格純厚』，《郭老僕墓志銘》寫老僕人郭尚對主人之忠，《李姬傳》寫李姬『皎爽不羣』深明大義等，皆能選取人物生平中最典型事件，以簡潔筆墨表現人物獨特的性格，以達其『明道』之目的。

侯方域的敍傳散文，不僅選材典型，章法技巧亦頗可觀。譬如《任源邃傳》敍其抗清事蹟情節特別簡單，而另加了一段清兵南下時，南明將相之降清醜行與之對比，則這位宜興鄙人駡賊而死就顯得異乎尋常。再如《沈季宣墓志銘》寫相國族人窮書生獨守『寒素』，與相國後人富家相比，突出其『獨以文章自立』。其他如《馬伶傳》之先果後因，造成一定的懸念；《李姬傳》之先概後詳，『首尾虛實』、『合離變化』，通過『對比烘托』等手法塑造人物，都收到了獨到的藝術效果。

侯方域古文另一個特點是托物寄慨，文多曲筆。作爲勝國遺民，入清後本來就被另眼看待，加之懷念故國，悼念亡友，甚至圖謀興復之情時有萌發，此皆不便直寫，只好曲筆出之。這主要表現在他的贈序、書序、事記、史論等文章中。如《秋園雜佩序》仿《詩經》小序之例，爲每篇作序以闡其幽旨。《王猛論》等則是借史明志，曲筆抒懷。《壯悔堂記》、《四憶堂記》、《十萬圖記》、《與方密之書》、《書昌黎潮州謝上表後》等，皆有所寄寓，須仔細品讀方能得其況味。

日本安藝賴襄謂侯文『論最下』，此不可一概論。侯方域『論九首』，六篇皆史論，已如前述，多爲借史明志之作，寫得有血有肉，並無枯燥感。而書信類中駁斥閹黨餘孽之駁論文，更是寫得有理有據，義正詞嚴，被公認爲侯文中之珍品。《癸未去金陵日與阮光祿書》是怒斥阮大鋮的一封書信，文章開始尚心平氣和，當寫到阮大鋮的陷害，憤怒無法遏止，平靜之敍説，轉爲嬉笑之怒斥。儘管怒不可遏，然仍不失嚴正説理之氛圍，不失大家分寸。《答田中丞書》是侯方域駁斥閹黨餘孽田仰的又一封書信。信中對田仰無端指責，無理取鬧，給予了多角度、全方位的回擊，使得對方體面掃地。相比之下，倒是『記十二首』，絕少真正的狀物、紀事之作，多屬借題發揮，以議論爲主。有幾篇托物寄慨之外，大多無顯著特色。

侯方域散文還有一個顯著特色是懷念故友故國，一往情深。明亡之後，同人或散或死，時移境遷，不堪回首，故侯集中抒情文多且佳篇迭出。《梅宣城詩序》主要是言交情而非論詩，實際上是一篇抒情文，對梅朗三才高而『不得志於時』而鳴不平。一方面是國事危棘，需要大批人才以赴國難；一方面人才又被大批埋沒而苦於無用武之地，許多熱血青年面對國破家亡而急得發瘋，氣得大哭。《徐作霖張渭傳》有這樣一個場面：『（張渭）每醉則謂其友人曰：「吾馬周也。天下方有事，胡不用我？天下且不知文士，況能知我？」或遂罵其坐客，或醉而哭，坐客益以渭爲狂。作霖忽怒罵曰：「若富貴子，席父兄餘業，飽十數椀肉羹耳！天下亂形已成，無英雄能救之者，吾輩固旦暮死，而謂渭狂何哉！」舉座酒皆醒，而其友人吴伯裔、吴伯胤、侯方域則皆哭泣。』他如《書吴延仲集後》等，亦皆爲故友之沉淪鳴不平。這類文章，在當時很具典型意義。《祭吴次尾文》乃作者爲祭奠抗清亡友而作。吴應箕見國事日棘，而大臣將相，又皆畏罪持禄，不爲補救，則張目奮裾而言之，福禍利害，一不少動。抗清戰敗被執，從容就死。文中時而言『不知吾友之云亡也』、『嗚乎次尾果死矣』；時而言『然則次尾又未必死也』、『今而後吾次尾果死矣』；又曰『余蚤決次尾之死，而次尾果死矣』、『次尾果死，次尾何憨？次尾果死，次尾固在』、『嗚乎次尾！讀萬卷書，識一字「是」！明三百年，獨養此士！』感情回環往復，悲痛幾不欲生！表現了作者對死者極爲深情的理解與讚頌！《送何子歸金陵序》寫作者劫後餘生，故友重逢，於是『天下興亡盛衰之故，友朋生死聚散之感』，一齊湧上心頭，寫下這篇不堪回首的贈序。《陽羨讌集序》所抒發的故友重逢時的江山之恨、故國之思更是以文當哭，感慨倍至。

侯方域的詩歌，爲其文名所掩。特別是乾隆以後，其《四憶堂詩集》被清廷列入禁燬書，世人遂鮮有推許其詩者。其實，他『詩追少陵』，爲當世所仰重，這在清初是有定論的。如賈開宗的《（侯朝宗）本傳》、徐作肅的《壯悔堂文集序》、任元祥的《侯朝宗制藝遺稿序》、宋犖的《侯朝宗本傳》、胡介祉的《侯朝宗公子傳》、王晫的《今世説·豪爽》等，對此皆有所論述，而非一人一家之諛辭。

侯方域早年即以『詩與制藝名海内』（徐作肅《壯悔堂文集序》）。任元祥《與侯朝宗書》云：『朝宗足下，風流獨擅，得名最早，文章意氣，爲世所宗。……僕從定生案頭，讀足下《晉齋集》，此足下少年時所作也。而才方終、賈，氣敵鄒、枚，真四海之景行。吾黨所仰止者矣！』（《鳴鶴堂文集》卷三）崇禎十一年春，侯方域京師省父，探錢謙益於請室。錢謙益一見其詩及制藝文，便大加稱譽：『余讀侯子朝宗所著經義，如玉之有光，劍之有氣，英英熊熊，變現於空曠有無之間，以爲文人才子之文，而非經生之文也。已而觀其詩，俊快雄渾，有聲有色，非猶夫蒼蠅之鳴側出於蚓竅者也。』（《牧齋初學集》卷三十五《贈侯朝宗敍》）以錢謙益當時在學術界的身份、地位，對之如此稱譽，足見其影響之大。

步入社會以後，經過他同閹黨餘孽阮大鋮的鬭爭，主盟復社活動，特別是弘光朝經歷黨禍、投筆從戎又身陷大獄，親身閲歷了南京弘光王朝覆亡的全過程，嚴酷的現實使他逐步認識到，昔日官宦子弟之習氣和友朋間酬唱賦詠、流連寫物以及爲追求舉業所作之詩文，多不切實際，無補於世而頗爲悔恨。正如《壯悔堂記》云：『余少遭黨禁，又歷戎馬間，而乃傲睨若是，然則坎壈而幾殺其身，夫豈爲不幸哉！忽一日念及，憮然久之，其後歷寢食不能忘。時有所創，創輒思；積創積思，乃知余平生之可悔者多矣。』正是這些人生經歷，使他對明末詩文進行了深刻反思，其《與任王谷論文書》云：『僕少年溺於聲伎，未嘗刻意讀書，以此文章淺薄，不能發明古人之旨……然皆從嬉遊之餘，縱筆出之，以博稱譽、塞詆讓；　間有合作，亦不過春花爛熳，柔脆飄揚，轉目便蕭索可憐。』所以當他於清朝順治九年再訪宜興時，他在《陽羡讌集序》中觸景傷情，回憶崇禎十二年（一六三九）寓金陵時桐城方以智徵召同人燕集，十五年後『檢討（方以智）之零落，殆不可問；　而一時同事者，若吳貴池（吳應箕）之蹈刃而死，李華亭（李雯）之齎志以歿，梅金吾（梅惠連）棲遲於蘭若，張修撰（張煌言）歸逸於海上，風飄烟散，略已如斯，而江山之恨、禾黍之悲，從可識矣。　嗚乎！　夫美酒十千，述詩見志，更唱予焉和汝，以留連而寫物，此皆生逢太平安樂無事者之所爲也。　諸君乃能於兵燹之後，收拾點綴，余又適幸與其間，醉顔欲酡，木葉微脱，豈復知此身在異鄉哉？』他認爲詩歌創作『其尚亦當吟而輟，當醉而醒』，決不能再流連光景，詩酒唱和，去作那些『柔脆飄揚』、無補於世的詩歌了。　侯方域對他早年詩文的自我批判，是從他亡國歸隱後開始的。　亡國後，他同商丘後期雪苑社及江南復社諸子，對詩文創作的源流正變諸多問題，重新進行了探討。　正如順治九年（一六五二），他在《與吳駿公書》中所言：　『域經患難後，乃知昔日論著都無所解。　今頗學爲古文，並近日詩歌，澄江返棹後，當圖尊酒一細論之。』這裏一個『學』字，道出了其中的甘苦；　一個『細』字，隱含作者覺悟後的諸多感想。

入清之後，侯方域論詩，主張應以《詩經》的風雅之道爲宗旨，以盛唐的杜甫詩作爲典範。　首先，他認爲『《詩》本經術，不同詞曲，其大者陳無外，微者道性情。』（《與陳定生論詩書》）其次，他認爲，『蓋人心誠有所鬱則必思，思而不得所通，則必且反覆形諸言辭，發爲詠歌。　……《詩三百篇》，昔人發憤之所作也』（《四憶堂記》）。　他之所以要推崇杜甫，也正是因爲『昔杜少陵生李唐肅、代之間，間關氛祲，曾無虛日，而避蜀逃秦，能以忠義自持。一飯一吟，不忘君父。故其詩多憂悄之思，雄鬱之氣，亙古彌今，卓然不朽』（《戴黄門詩序》）。他不僅以《詩經》風雅之道的標準、杜甫詩作的榜樣嚴格要求自己，同時也用這一標準衡量評價友人的詩歌創作。他在《大寂子詩序》中，就是以『可徵詩人怨怒之一端』和具有『杜陵述哀』之懷抱，而對大寂子的詩集大加讚揚。他在《戴黄門詩序》中，以戴英於明亡之後效陶潛處世、作詩似杜甫而大加褒譽。

侯方域對明代詩歌的評價和認識又多與幾社諸子相合，但對幾社諸子的詩歌又有所批評。他在《陳其年詩序》中，較全面地闡述了對明詩發展的看法。他對陳維崧講：『子知明詩之所以盛與所以衰乎？當其盛也，北地（李夢陽）、信陽（何景明）爲之，而郎耶（王世貞）、歷下（李攀龍）之輩相與鼓吹而羽翼之，夫人之所知也。其衰也，則公安（袁宏道兄弟）、景陵（鍾惺、譚元春）無所逃罪。吳趨諸君（指復社張溥、陳子龍等人），卽數十年來更變迭出，而猶存乎蓬艾之間。余家中原，稍稍解此者，蓋中原風氣樸遬，人多逡巡不敢爲詩，惟其不爲詩，詩之所以存也。』他在《與陳定生論詩書》中反復寫道：『夫詩壞於鍾（惺）、譚（元春）。今十人之中，亦有四五粗知之者，不必更論。救鍾、譚之失者，雲間也。雲間有病處，則深中今日之膏肓，卽一時才調絕出之士，亦尚未免。蓋鍾、譚所爲詩，蟲鳥之吟；雲間所爲詩，裘馬之氣。大段固自不同，要不能無過。後惟陳黄門、李舍人力自矯克，歸於大雅。然而其流風終有存者，三吳祖而述之，輒愛不能割。故今日能知雲間之失，則才調絕出之士，不患其不進矣。』從以上論述可知，侯方域對於李夢陽、何景明及明末復社、幾社諸子，雖然僅許以『登其堂（而未入其室）』，指出他們『有病處』，但因『正始在焉』、『歸於大雅』，堅持了中國詩歌的現實主義傳統，所以給予肯定。他懷著一顆憂國憂民的焦慮心情，在文學上打出『風雅之道』及杜詩精神的旗幟，企圖使詩歌發揮更大的社會功用，本身是無可非議的。

在詩歌的内容方面，侯方域極力反對『爭喙學步』、『矯情曲意』的無病呻吟。《宋牧仲詩序》中云：『自梅聖俞爲詩而歐公序之，有「窮然後工」之論。於是凡天下放廢無聊之人，方外遊旅之士，莫不自託於歌吟聲詠之間，沾沾以爲能。卽有身世通顯者，考其著作，亦多矯情曲意，務欲叩寂莫之音，繪幽憂之狀，蓋所謂「和平者難工，而愁嘆者易好」，沿襲彷彿，莫之易也。……宋子之詩，神蒼骨勁，格高氣渾，舉當世數十年爭喙學步之病，一切空之，直谿盛明接於盛唐。』

在藝術方面，侯方域又極力反對『千幅同裁』、『新聲競奏』的形式主義傾向。《梅宣城詩序》云：『夫當世之爲詩者衆矣，或侈衣冠之威儀，則千幅同裁；或叩響籟於寂寞，則新聲競奏。寧非所謂烟墨不言，受其驅染；紙札無情，任其搖襞，故煩雜而無當哉！』這裏所批評的『矯情曲意』、『爭喙學步』和『千幅同裁』、『煩雜而無當』的新聲，主要就是針對明末浮靡、模擬詩風而發的。侯方域雖然許雲間之詩有『裘馬之氣』（大雅富麗，有豪雄氣象），但『要不能無過』，其『病處』就在於脱離現實的文風。雖然『陳黄門、李舍人力自矯克，歸於大雅』，但在當時的江南詩壇上並没有得到徹底糾正，『卽一時才調絶出之士亦尚未免』，『三吳祖而述之，輒愛不能割』，所以他順治九年到江南訪友時，在詩界造輿論，就是要救『雲間之失』。他上承陳子龍『憂時託志』、『刺譏當時』的觀點，進一步提出了詩歌應『憂時憫俗，託物見志』的主張（《王彤生詩序》）。可惜侯方域從江南回鄉後不二年既鬱鬱而死，未及大成，若假以天年，他的詩也會如古文那樣，在文壇引出一番波瀾來。

侯方域《壯悔堂文集》十卷、《四憶堂詩集》六卷刻成於清順治十年（一六五三）。順治十一年侯方域病逝，其子與友又輯其古文《遺稿》一卷付梓而附於《壯悔堂文集》後。康熙中，宋犖輯《國朝三家文鈔》，收《侯朝宗文鈔》八卷。到乾隆初，舊版多有損佚，侯方域玄孫侯必昌及四個兒子詡、彊、畏、改和侯方域外孫陳履中、履平，分別重刻《壯悔堂文集》和《四憶堂詩集》。侯必昌刻本《文集》卷首及《詩集》卷首皆有增益，《詩集》除原刻六卷外又輯遺詩八首。但侯必昌刻本與陳履中兄弟强善堂刻本所依版源不同，文字頗多出入。乾隆中期以後，《壯悔堂文集》、《四憶堂詩集》皆入朝廷禁燬書目，嘉慶間的刻本任意纂改增删（如大梁侯氏刻本）頗多。上世紀八十年代以來，本人曾有《侯方域全集》的校箋，這次輯校，改正了一些失誤，附錄部分增補了一些其他的資料。

另，本集後附侯方域父親侯恂《南園記》一卷、《南園詩》一卷、《輯佚文》一卷，叔父侯恪《遂園詩集》十二卷，爲瞭解侯方域家學淵源、詩文傳承提供了依據。兩種文獻，頗爲珍稀，板本皆不易得。《南園記》、《南園詩》僅見河南省圖書館所藏之清順治間刻本。本次整理，以此爲底本，並輯錄侯恂文及侯恂有關生平資料附後。《遂園詩集》於清乾隆間被列入禁燬書目，今僅見南京圖書館、復旦大學圖書館有藏。今據復旦大學圖書館所藏《遂園詩集》十二卷本爲底本，校勘重編。《遂園詩集》原刻編排以體裁分卷，有一首兩首一卷者，今仍以底本編排順序爲秩，而重新劃分卷次位置，釐爲十二卷。

輯校者拘於己見，錯誤之處在所難免，懇請方家指正。

王樹林

二〇一九年十二月於廣州華商學院

凡　例

一、本書以乾隆二十五年（一七六〇）侯朝宗玄孫侯必昌父子輯刊《壯悔堂文集》、《四憶堂詩集》之力軒藏板本爲底本，以下列諸本主校：

（一）商丘侯氏順治間刻《壯悔堂文集》、《四憶堂詩集》本，簡稱『家刻本』。

（二）康熙三十三年（一六九四）宋犖、許汝霖編刊《三家文鈔·侯朝宗文鈔》本，簡稱『文鈔本』。

（三）乾隆十五年（一七五〇）侯朝宗外孫陳履中、陳履平編刊《壯悔堂文集》、《四憶堂詩集》之彊善堂本，簡稱『强善本』。

（四）《壯悔堂文集》、《四憶堂詩集》乾隆間玄孫侯必昌父子輯刊之本衙藏板本，簡稱『本衙本』。

以下列諸本輔校：

（一）嘉慶二十二年（一八一七）《壯悔堂文集》據家刻本重刊之强忍堂本，簡稱『强忍本』。

（二）嘉慶二十四年（一八一九）侯資燦輯《大梁侯氏詩集》之《四憶堂詩集》本，簡稱『資燦本』。

（三）日本萬延二年（清咸豐十一年，一八六一）《壯悔堂文集》十一卷本，簡稱『日本本』。

（四）同治十三年（一八七四）商丘侯氏《壯悔堂文集》修補、《四憶堂詩集》重刊本，簡稱『重刊本』。

（五）同治、光緒間金溪趙承恩校刊《壯悔堂文集》之紅杏山房本，簡稱『紅杏本』。

（六）宣統元年（一九〇九）上海掃葉山房石印之《壯悔堂全集》詩文合刊本，簡稱『掃葉本』。

（七）民國二十六年（一九三七）商務印書館鉛印《壯悔堂集》（詩文合刊）之《萬有文庫》本，簡稱『萬有本』。

（八）民國間《四部備要》叢刊之《壯悔堂全集》本，簡稱『備要本』。

另參有：乾隆六十年（一七九五）徐斐然輯《國朝二十四家文鈔·雪苑文鈔》，道光十九年（一八三九）李祖陶輯選、瑞州鳳儀書院刊《國朝文錄·壯悔堂文錄》，民國四年（一九一五）王文濡選、上海進步書局刊《侯魏汪三家文合鈔·侯朝宗文鈔》，順治《歸德府志》、康熙《商丘縣志》藝文志所載侯方域詩文等。凡存一字之真，並有一得之見者，輒斟酌採錄。

二、底本原文除明顯錯衍訛誤字外，不做改動。凡經校改及主校本異文，悉據行文先後，斟酌取捨，略考其得失正誤，列於校記中。參校本異文，只取其可取者，不備列異文。

三、原文集、詩集分行於世，今統爲一書，文前詩後，並保留其底本原貌：文集底本有《壯悔堂文集》十卷《壯悔堂遺稿》一卷，今新輯佚文五篇，附於《壯悔堂遺稿》之後而標明之；詩集底本有《四憶堂詩集》六卷輯遺詩八首，今輯遺詩仍附卷六之後並標明。底本《壯悔堂文集》十卷卷首有徐鄰唐序、徐作肅序、賈開宗撰《本傳》、田蘭芳《侯朝宗先生傳》、胡介祉《侯朝宗公子傳》、侯洵輯《年譜》；《壯悔堂遺稿》一卷前有任元祥序，後有賈開宗序；《四憶堂詩集》六卷卷首有賈開宗序、宋犖序、練貞吉序、彭賓序；皆依底本順序不於變動，以存底本之真。

四、《壯悔堂文集》十卷，底本每卷卷首皆有：『睢陽侯方域朝宗著，同里賈開宗靜子、徐鄰唐爾黄、徐作肅恭士、宋犖牧仲評點，元孫必昌、五世孫訒、彊、畏、改較訂』諸字，考慮到此刊整理爲重新輯校，卷首署字悉並删除。底本正文部分，每篇文後多有署名『靜子』、『爾黄』、『恭士』、『牧仲』的評語，今將其評語皆以『賈開宗曰』、『徐鄰唐曰』、『徐作肅曰』、『宋犖曰』置于每篇文『校記』之後的『集評』中； 正文中，底本有圈、點、批語，不署姓名，今以整理慣例，悉以删去； 而原批點評語，實爲底本原貌的一部分，不僅可洞見雪苑文人爲文識文之理論，亦可尋繹文本之脈絡，今統一以『賈開宗等評點』，擇其要者將其文字置於『集評』之中。另，侯方域古文的其他版本中，偶有評語者，亦取其善者一併輯置於『集評』。

五、《四憶堂詩集》六卷，底本每卷卷首皆有：『睢陽侯方域朝宗著，同里賈開宗靜子、練貞吉石林、徐作肅恭士、宋犖牧仲選注，元孫必昌、五世孫訒、彊、畏、改較訂』諸字，今以文集前例，悉並删除。正文中，底本有『自注』、『賈曰』、『練曰』、『徐曰』、『宋曰』的注文，亦有不署姓名的夾評。今依文集前例，除正文保留其『自注』之外，擇其要者，以『賈開宗曰』、『練貞吉曰』、『徐作肅曰』、『宋犖曰』，不署姓名者以『賈開宗等評』置於『集評』中。

六、底本之外之舊刻諸序、跋並所輯題記等，編爲附録一； 輯侯方域傳志、佚事、唱和悼祭詩文，編爲附録二； 新編《侯方域年譜》，置於附録三。其父侯恂《南園記》一卷、《南園詩》一卷及新輯侯恂文一卷，編爲《南園詩文集》三卷，據清順治間刻本整理，爲附録四； 其叔父侯恪《遂園詩集》十二卷，據清順治十二年刻本整理，爲附録五。

七、異體字、俗體字，一般徑改爲正體； 避諱字亦改回本字，不出校。

目錄

壯悔堂文集十卷

壯悔堂文集序　徐鄰唐……三
壯悔堂文集序　徐作肅……四
本傳　賈開宗……六
侯朝宗先生傳　田蘭芳……七
侯朝宗公子傳　胡介祉……九
年譜　侯洵輯……一二
第一卷　序十六首
送徐吳二子序……一九
贈倪滎陽序……二一
贈徐子序……二二
贈彭子序……二四
贈王子序……二五
贈丁掾序……二六
贈鄭大夫序……二八
爲司徒公贈萬將軍序……二九
代司徒公贈周生序……三一
贈江伶序……三二
代宋太保贈衛商城序……三四
贈季弟序……三五
秋園雜佩序……三七
大寂子詩序……三八
彭容園文序……三九
倪涵谷文序……四一
第二卷　序十六首
梅宣城詩序……四三
八陣圖序……四五
曼翁詩序……四六

孟仲練詩序……四八
贈宋子昭序……五〇
王瑞信文序……五一
爲司徒公送王博士序……五三
樓山堂遺集序……五四
戴黄門詩序……五六
任王谷詩序……五七
陳其年詩序……五九
陽羡讌集序……六〇
陳緯雲文序……六一
贈陳郎序……六二
王彤生詩序……六四
辟疆園集序……六五

第三卷　書十八首

答張天如書……六七
答田中丞書……六八
癸未去金陵日與阮光禄書……六九
爲司徒公與寧南侯書……七二
答孫生書……七四
與任王谷論文書……七五
與王氏請藏經書……七七
與王仲𪰂論物命書……八〇
與賈三兄論肉食書……八一
再與賈三兄書……八五
再與賈三兄書……八九
與宋公子牧仲書……九一
與吴駿公書……九三
與陳定生論詩書……九五
與槁木大師書……九七
復孫若士書……九八
答張爾公書……九九
復倪玉純書……一〇一

第四卷　奏議十四首

代司徒公論流賊形勢奏……一〇三
代司徒公屯田奏議……一〇五
官屯……一〇六
軍屯……一〇七
兵屯……一〇八
民屯……一一〇
商屯……一一二
腹屯……一一三
邊屯……一一五
墾種……一一七
考課……一一九
信任……一二〇
上三省督府剿撫議……一二二
萬孝子割股議……一二五

第五卷　傳十首

太常公家傳……一二九
司成公家傳……一三一
賈生傳……一三四
吳伯裔伯胤傳……一三七
徐作霖張渭傳……一三八
湯御史傳……一四一
寧南侯傳……一四三
李姬傳……一四七
任源邃傳……一四八
馬伶傳……一五〇

第六卷　記十二首

重修白雲寺碑記……一五三
新遷顏魯公碑記……一五四
重修顏魯公碑亭記……一五六

陳將軍二鶴記……一五七
壯悔堂記……一五九
四憶堂記……一六〇
鄭氏東園記……一六一
管夫人畫竹記……一六二
重修演武廳事記……一六四
重修書院碑記……一六六
倪雲林十萬圖記……一六七
雲起樓記……一七一

第七卷　論九首

朋黨論上……一七三
朋黨論下……一七六
宦官論……一七九
太平仁義之效論……一八二
太子丹論……一八四
謝安論……一八六
王猛論……一八八
顏真卿論……一九〇
于謙論……一九二

第八卷　策十首

南省試策一……一九七
南省試策二……一九九
南省試策三……二〇二
南省試策四……二〇四
南省試策五……二〇七
豫省試策一……二〇九
豫省試策二……二一三
豫省試策三……二一六
豫省試策四……二一八
豫省試策五……二二一

第九卷　表二首　說四首
書後六首

擬思宗改元追復楊漣等官爵並起被廢諸臣旋欽定逆案頒示百官廷臣謝表……二二五
擬上遣官致祭先師孔子闕里羣臣謝表 …二二八
定鼎說……二三〇
豎人臧說……二三三
劉次鄰字說……二三四
字曉兒說……二三五
書昌黎潮州謝上表後……二三六
書周仲馭集後……二三七
書練貞吉日記後……二三七
書吳延仲集後……二三八
書彭西園集後……二三九
書黃子久畫後……二四〇

第十卷　志銘五首　祭文二首
雜著八首

明東平州太守常公墓志銘……二四三
明都察院左都御史太子少保贈少保陳公墓志銘……二四四
沈季宣墓志銘……二四七
曹秀才墓志銘……二四八
郭老僕墓志銘……二五一
祭吳次尾文……二五三
祭亡弟文……二五四
代三省督府張公祈雨文……二五四
告井神文有序……二五五
爲吳氏禱子疏……二五六
西施亡吳辯……二五七
狄仁傑反周復唐辯……二五八
憫獐……二五九

盧告……二六〇
蹇千里傳……二六二

壯悔堂遺稿

侯朝宗遺稿序……任元祥　二六七
與方密之書……二六九
送何子歸金陵序……二七〇
宋牧仲文序……二七二
宋牧仲詩序……二七四
雪園六子社序……二七五
明處士汪君墓志銘……二七七
止賈三兄過禹州書……二八〇
正百姓……二八一
額吏胥……二八四
重學校……二八七
侯朝宗古文逸稿序……賈開宗　二九一

附　輯佚文

胡氏族譜序……二九二
與陳定生劄……二九三
陳公于廷像贊……二九四
宋文康公傳……二九四
西園先生詩序……二九八

四憶堂詩集

四憶堂詩集序……賈開宗　三〇三
四憶堂詩集序……宋　犖　三〇四
四憶堂詩集序……練貞吉　三〇五
四憶堂詩集序……彭　賓　三〇六

第一卷

過易水黄金臺……三〇九
出塞……三一〇
魏徵墓……三一〇

關山月……三一一
蒼鷹……三一一
新月二首……三一一
蚤發述懷……三一二
寄彭別駕丈人……三一三
漫贈三首……三一三
贈吴徵君丈人……三一四
聞鴈二首……三一五
鼲鼠行……三一六
竹生崑崙西……三一七
西山雜詩五首……三一七
蚤春見蠅……三一九
惡木……三一九
藉田禮成恭記……三二〇
天壽山陵……三二一
居庸關……三二二
和詹事文公宿郊壇作……三二三
郊祀二十韻……三二三
大閲二十五韻……三二四
早朝應司徒公教……三二五
宿州……三二六
塞下曲二首……三二六
蜀犬行……三二七
皓魄……三二七
晚眺……三二八
泛舟卽事……三二八
召旱……三二九
絶句四首……三二九
贈徐大世琛……三三〇
故城……三三一
武城……三三一
朝城……三三一
麥秀……三三二
寒食……三三二

清明……三三三
贈徐孝廉作霖三十韻……三三三
蓬蒿行……三三五
暮春雜詩五首……三三五
四時辭四首……三三六
劍客……三三七

第二卷

王嬙故里……三三九
謝方簡討送衣……三三九
寄夏進士允彝……三四〇
金陵贈范公司馬……三四〇
奉和臬司李公白兔之作……三四二
贈梁明府……三四二
贈給事何公謫金陵四首……三四三
妖彗……三四四
招隱二章章五句……三四五
燕至二首……三四六
歸來酬吳大伯裔見贈用原韻兼呈徐四
作霖吳二伯胤……三四六
弔戰場二首……三四七
蚯蚓嘆……三四七
送陳生歸義興……三四八
贈人……三四九
金陵題畫扇……三四九
姑射何高……三四九
白頭吟……三五〇
生別離……三五〇
老柏……三五〇
雨……三五一
贈劉京兆……三五一
聞亂八首……三五二
李生宗約家蓄鵝肥腯吳子數數爲余言
思其充庖率爾作此示宗約兼呈吳大

伯裔徐四作霖……三五四
野田黄雀行……三五五
禁旅十首……三五五
劍外……三五八
寄寧南侯……三五八
又寄子侯……三六〇
桃源寺……三六一
九日雨花臺五首……三六一
夢吳二伯胤……三六三
世事……三六三
虎丘八月十五夜……三六四

第三卷

洞庭……三六五
飲楊孝廉廷樞宅……三六五
冬日湖上二首……三六六
過昭慶寺……三六六
四兄至……三六七
岳廟……三六七
堤上……三六八
餘杭……三六九
晚渡錢塘……三六九
富陽……三六九
蚤發……三七〇
寄揚州賀都督……三七一
贈高開府二首……三七一
臨發別賀都督……三七二
贈張尚書……三七二
九日過張員外……三七三
宴張尚書舟中……三七三
甲申聞新參相公口號……三七四
禹鑄九鼎歌……三七五
金陵別練三……三七五
燕子磯送次尾……三七六

白露……三七六
卜居……三七七
湖上……三七七
海陵署中二首……三七八
過鳳陽陵園……三七八
中秋二首……三七九
九日登高……三七九
長至……三八〇
觀趙十一娘畫幽蘭行並序……三八〇
十一夜月……三八二
雨……三八二
寄懷陳黄門子龍……三八三
奉送賈三丈開宗歸隱……三八三
苦役行……三八四
春興八首……三八五
舍弟書至……三八七
奉贈故相國王公……三八七
蘭至……三八八
村西草堂歌……三八八
得姑蘇消息二首……三八九
黔虎行……三九〇
寄陳子山中三首……三九一
都護馬爲狼所食歌……三九一
後歌……三九二
寄李舍人雯……三九三
寄泗上王二丈……三九三

第四卷

詠懷詩二十一首……三九五
送故武衛趙將軍……三九八
任弟生日……三九九
舊業四首……三九九
漫興四首……四〇〇
寄二兄……四〇二

村居和徐五作肅三首……四〇二
幽棲……四〇三
種樹……四〇三
後春興八首……四〇四
月……四〇六
又見……四〇七
除夜四首……四〇七
正月初一日雪……四〇八
我昔二首……四〇九
去住……四〇九
奉送王將軍歸田天城……四一〇
遁迹……四一〇
聞彭別駕亡……四一一
張叔夜祠……四一一
南岡……四一二
題韓叔夜膝廬四首……四一二
詠古五首……四一三
聞警四首……四一四
感懷口號十五首……四一五
送前朝沈職方遠行……四一七
寄佟都督……四一七
歲暮雜詩四首……四一七
過叔氏別業……四一九
喜六兄舉兒……四一九
寄陳將軍……四二〇

第五卷

高都督凱歌四首……四二一
過洛陽贈高都督……四二一
別徐大鄰唐……四二二
再別宋二犖……四二二
四兄事雪後卻寄……四二二
再過宜興贈陳四丈貞慧……四二三
示顧孝廉宸……四二三

贈觀察原公……四二四
宴原觀察生日席上作……四二四
陽羨歌答陳生……四二五
種松歌贈陳郎……四二六
寄賈三丈開宗……四二七
澄江贈高顓孫……四二七
贈徐君銓……四二八
贈許山子……四二八
遊吳遇李校書四首……四二九
贈校書歌二首……四三〇
放歌送校書一首……四三〇
哀辭九章並序……四三〇
澄江過韓氏園亭四首……四四一
君山……四四二
晚登君山大風望江……四四三
回首……四四三
答任王谷……四四四

第六卷

章皇帝御筆歌……四四五
老梅行贈韓翁……四四六
寄蕭三丈啓禎……四四七
寄宋二犖……四四七
寄徐五作肅……四四八
雨中舟行……四四八
答陳生……四四八
答任子……四四九
過澄潭贈蔣合明……四四九
贈戴九韶……四五〇
贈戴生……四五〇
漫贈二首……四五一
陽羨同陳四丈過吳氏隱居……四五一
寄吳詹事……四五二
家書附絕句二首……四五二

偶聽弦索後又寄一首……四五三
陽羡過陳青門廢園……四五三
送顧副使礽入楚……四五四
寄宋學使徵輿……四五四
贈武林陳文學……四五五
答萬孝廉壽祺惠書畫……四五五
過江遇彭孝廉賓……四五六
弔周太學立勳……四五六
君馬黄……四五七
枯魚過江泣……四五七
杜鵑行……四五八
行路難……四五八
飲馬長城窟行……四五九
楊花篇……四五九
御河行……四六〇
白頭吟……四六〇
估客樂……四六一
鳴鴈行……四六一
過唐進士采臣……四六二
寄平涼兄……四六二
贈吴漢若……四六二
猗蘭行……四六三
贈蔣黄門……四六三
寄盛一兄順……四六四
夢亡弟……四六四
贈張經師……四六五
送練三貞吉……四六五
贈曹太僕……四六七
過彭使君……四六八
題容園舟中……四六八
平望……四六八
鸜鵒啄金杯歌……四六九
玉堂歌贈蔣學士超……四六九
過江秋詠八首……四七〇

越水遇李大元素……四七二
詠史五首……四七三
夜泊過姜如須……四七五
寄魏大敏祺二首……四七五

四憶堂詩集遺稿

何事……四七七
偶作呈宋二……四七七
送何三杲……四七八
聞蟬和宋二犖……四七八
羣盜……四七八
隋堤……四七九
題宋牧仲古竹圃……四七九
梁園懷古……四七九
附錄一　序　跋　題記……四八一
附錄二　傳志　佚事　贈答唱酬與悼祭詩文……五〇一
附錄三　侯方域年譜……五三三
附錄四　南園詩文集……侯　恂　五七七
南園詩序……賈開宗　五七七
南園記敍……蔡國傑　五七八
南園詩稿序……徐作肅　五七九
南園詩序……張　浩　五八〇
卷之一　南園記……五八三
卷之二　南園詩
五言古詩
梧桐二首……五八九

田家三首……五九〇

七言古詩

池旁高柳上有古藤忽爲風雨所折……五九〇
南園菊花盛開招諸老友攜妓賞之有作……五九一

五言律詩

山居……五九一
歸里預擬山居詩七首……五九二
將近家園作……五九三
題楊子正畫齋四首……五九三
楊子正求天竹冬菊卽以奉贈二首……五九四
南園獨酌……五九四
南園閉門……五九四
柬楊子正……五九五
夏日南園二首……五九五
山莊過楊子正七首……五九五
南園……五九六
秋日南園……五九七
秋意……五九七
柬余洪崖……五九七
寄陳定生……五九八
聞葉青來歸櫬哭之……五九八
鄭元雅自金陵謝病歸賦贈三首……五九八
夏日同曹水蚓賈靜子張于東諸友集輔之三弟園中卽邀遊南園三首……五九九
夏日同李望雲過楊子正山莊三首……五九九
獨眠……六〇〇
贈楊克振二首……六〇〇
秋日同程知微過劉念夙山莊……六〇一
南園有老樹感而賦之三首……六〇一
陳副戎過飲南園有作三首……六〇二
松風……六〇二
尹叔敬過訪南園喜爲賦二首……六〇三
哭曹水蚓……六〇三

七言律詩

將歸……六〇四
丙戌北歸弟輔之兒方域姪方岳輩來迎作此示之……六〇四
丙戌還里遂到南園草堂之靈相別二十年所矣秋風衰草一望淒然感而賦此……六〇四
夏日南園作……六〇五
秋蟬……六〇五
秋蛩……六〇五
秋興……六〇六
寄楊元化……六〇六
閉關……六〇六
鄭元雅惠竹百竿喜爲七言謝之因邀過南園……六〇七
樓成二首……六〇七
庚寅初度自壽時年六旬有一矣……六〇七
贈趙竹實竹實善種花……六〇八
美人三首……六〇八
種瓜……六〇九
爲山成作二首……六〇九
述懷……六〇九
喜程石雷自新安至二首……六一〇
南園新開池河復爲小艇與客遊之漫賦……六一〇
附　玄岳鄭老師和韻……六一〇
南園池上臺成與客登之賦此……六一一
高大將軍過飲南園爲賦近體四首……六一一
試茶二首……六一二
種竹……六一二
茉莉……六一二

五言絶句

閨情四首……六一三
玄岳鄭老師惠藤杖一枝上刻句云老來當爲丘壑伴醉鄉猶勝子孫扶予每拄

之獨遊南園爲賦二絶句……六一三

卷之三　輯佚文二十二篇

題爲國運方亨時事堪憂敢竭狂愚伏乞
聖鑒早杜危亂之萌永維泰寧之祚疏……六一五
慨自逆奴發難遼邊因應疏……六一八
請明綱紀以保治安疏……六二一
北疆事急薦張懋忠袁崇焕疏……六二三
論移宮議疏……六二三
議紅丸案疏……六二四
巡按貴州陛辭敬陳十事疏……六二四
逆賊狡謀出師失利疏……六二八
爲黔臣力保孤城功在封疆疏……六二八
會剿逆酋疏……六二九
軍中幣賓當嚴革疏……六三〇
按黔剿賊轉餉事宜疏……六三〇
題爲黔事未結黔督黔撫輒思卸擔乞嚴
旨疏……六三一
南河失利疏……六三二
拯黔事宜疏……六三二
爲政刑久已失平情套再難曲狥疏……六三三
陝西道御史蔣允儀奏爲遵旨回話按臣
侯恂覆疏……六三四
按黔事竣敬陳奠安遐荒疏……六三五
請定逆案疏……六三九
昌鎮整頓軍制裁革宂官疏……六四一
昌鎮挑練事宜疏……六四一
條陳鼓鑄事宜疏……六四二

附

河南通志·人物志·侯恂傳……六五一
順治歸德府志·人物志·侯恂……六五二
康熙商丘縣志·人物志·侯恂傳……六五三
資德大夫正治上卿戶部尚書侯

公墓志銘……李覺斯　六五四

附錄五　遂園詩集……侯　恪　六五七

侯木菴遂園詩集序……姚希孟　六五七
侯大司成遂園詩集序……賈開宗　六五八
侯大司成遂園詩集序……周正儒　六五九
侯大司成遂園詩集序……侯　恂　六六〇
侯大司成木菴公傳……王　鐸　六六一
司成公家傳……侯方域　六六三
明故朝議大夫資治少尹南京國子監祭酒侯公暨原配沈恭人合葬墓志銘……鄭三俊　六六六
朝議大夫南京國子監祭酒侯公木菴先生行狀……彭堯諭　六六九

卷之一　賦　箴　古樂府　三言　四言詩

杜鵑花賦……六七五
治世養身箴有序……六七六

古樂府

莫相疑行……六七七
善哉行……六七七
出自桐門行……六七八
莫相欺行……六七八
行路難……六七九
賀蘭曲……六七九
洗兵馬……六七九
賦得行義桓嫠……六八〇
枯魚過河泣……六八〇

三言詩

賦得岱之峯爲成滄溟先生壽……六八一

四言詩

陶元亮像贊並序……六八一
題曹元芝山水卷子……六八二
若拙弟移居新第作此詩兼述先業以志
規勉四首……六八二
醉雪齋銘有序……六八三
大雪謠……六八四

卷之二　五言古

秦鏡歌贈孫思復……六八五
義鶴行……六八五
客舍長安以日爲年秋雨滑滑苔長及榻
故鄉杳矣故人老矣讀金雙南歸思楸
然其悲之也步來韻己未……六八六
留別姚孟長年丈……六八七
清源道中讀來陽伯年丈上巳修禊米仲
詔空明館兼看海淀園燈靈巖文石詩
海淀余曾攜客尋遊有作紀之而時值
荒秋未窮其盛米先生勺園余故欲遊
未能也寄懷神往文生于情矣步來韻……六八七
錄別二首……六八八
夜與劉蓬玄談甚快作詩紀之庚申……六八八
正月二十四日曉起烹雪試新茶……六八九
古意示同志長洲姚孟長五羊何龍友綿
竹劉季龍十首……六八九
夜集洪亭九齋中觀所蓄清供甚侈……六九一
雷伯鱗贈我水仙一本賦謝……六九一
孤桐篇爲吳貞姊賦……六九二
新植齋前花樹數本時雨歘至輒爲洗
沐尋階徐步秀撲我襟矣快獨有作
二首……六九二
奉詔讀書翰林有作……六九三
偶爲宦役數與家別旅愁鄉思歲時如積
秋若谷兄使還都下悲喜可知四首……六九三

壽彭公朗辛酉 …… 六九四
贈白梅 …… 六九四
復栽大竹數竿風落響生如敲碎玉述示
魏仲雪靜者 …… 六九五
採菱篇送别何龍友 …… 六九五
讀長公年譜公直史館年正三十余謬以
薄劣仰合先賢因感而爲此詩 …… 六九六
余曾於燕市得碧玉古印一方左書停雲
右書虎丘中刻文氏之寶蓋衡山先生
舊物也背角小款子岡二字如粟許子
岡是玉中名手余甚重之常把置几案
間今年衡山曾孫文起計偕入燕一見
如舊因取此印歸之而繫以詩是年文
起及第壬戌 …… 六九六
遊廣通寺沿溪至玉泉山看泉眼 …… 六九七
金山寺頂眺望 …… 六九七
碧雲寺看雨山 …… 六九八
遊碧雲寺迤邐至玉皇閣傍深澗行十
里許 …… 六九八
賦得陶士行母 …… 六九八
題叢桂芳蘭圖爲梁嵩渚賦 …… 六九九
鵾鵰篇 …… 六九九
是夜寒甚假曹元甫綈袍歸而餉卓錫泉
水一器謝之並賦此詩癸亥 …… 七〇〇
寄答林幼藻 …… 七〇〇
病中再别張書卿 …… 七〇一
南昌太守行並序 …… 七〇一
寄題佛骨齋爲郭聖胎文學 …… 七〇二
督亢懷古 …… 七〇二
永豐道上多奇石殆與定州雪浪同而細
潤過之恨不令長公見也甲子 …… 七〇三
行園丙寅 …… 七〇三
園樹 …… 七〇四
開池 …… 七〇四

鑿井……七〇五
八月二十六日行園移菊籬下偶成……七〇五
夜雨有懷彭君宣寄此訊之時聞君宜有疾……七〇六
是日若谷兄以南園粉菊四本至復成此詩……七〇六
九月二十八日夜向曉夢騎一龍直西飛昇雲雷環繞至一高山庭院而止月色朦朧靈樹森鬱有人語予是蓬萊也令予吟詩予吟云誰使到人間合在仙山側覺而自異因足成識之……七〇七
十一月九日雨中過西園……七〇七
胡仁源兩令子舉茂才……七〇八
移居南舍……七〇八
歸田丁卯……七〇八
長夏園居休閒寡課誦讀既廢琴樽亦疏乃就園中所見各爲一詩詠之稱情盡興都不計其工拙耳……七〇九
荷花……七〇九
紫薇……七〇九
茉莉……七一〇
金萱……七一〇
石榴……七一〇
六月十八日西湖放舟時蓮花盛開舟南北行凡十里許……七一一
八月四日有鶻晝鳴于舍……七一一
八月十日之夜余夢至大梁看鎮兒入試房西鄰有白板扉問許詢之乃一道流也雙髻長髯方瞳炯炯儼若神仙中人余初與談養生事不甚悉恍惚憶是某祖師余跪而乞言遂教余以咽氣之法余拜受習之覺腹中飢甚復叩之師自啖一白餻云此可食也取一枚如拳大者以授余余曰上仙所服下士可輕嘗

乎師曰無妨余食之美甚因乞其方師曰慎無輕傳此葛米粉也我輩皆服之又教以勿飲酒氣苦不能聚而顧可耗之乎余驚覺自異爲詩紀之…………七一二
秋日懷練君豫…………七一三
秋夜懷姚孟長…………七一三
懷彭君宣…………七一三
小雪後以十二紅鳥遺沈雲嶠因補舊分二字韻詩…………七一四
雪後行園海棠稍有存者獨玉蘭摧盡桂芽亦萎傷時君子爲小人蒙蔽不得進用也作詩示方鎮方岳誦戊辰…………七一四
清明日觀葬…………七一五
沈雲嶠有子夏之戚詩以慰之…………七一五
別家有述…………七一五
往歲寒食多與曹巖胡曾一曾傳閻政宋杓及家弟恆諸秀才踏遊郊園賞醉移日今年入都遂不果感今追昔率爾成賦己巳…………七一六
畫梅引贈別沈太學南還…………七一七
自二月二十四日閣中移資吏部推余留都祭酒以冢宰被言杜門經月餘不具啓事留滯京邸率書三十韻…………七一八
發清揚口宿遷湖行五十餘里…………七一八
白洋河十四夜望月…………七一九
詠史二首…………七一九

卷之三　七言古

觀射行有序…………七二一
登瀛行…………七二二
病中放歌示何龍友雷伯鱗同志…………七二三
余所居種竹風雨輒集阮生來貽我長歌率作答之…………七二三
紫玉歌…………七二四

長歌行送别金元甫……七二四
許金吾貽余太湖石峯巒瘦漏完爾如畫因樹之軒前而顔曰片石仍爲詩歌之……七二五
石硯歌酧李元鎮兼示曹元甫……七二六
放歌行三别李元鎮……七二六
題曹元甫畫山水圖歌……七二七
放歌行再别練君豫時君豫亦以漕差將出都……七二七
健兒行……七二八
江行贈蔡侯東山人……七二八
雨水行……七二九
寒食行……七二九
孤雁行……七三〇
威風歌寄永城令宋文玉……七三〇
放歌行送别蔡迪之……七三一
邯鄲行……七三二
莘野道中大風晝晦有作……七三三
北地嚴寒每雪後大霧凝樹輒成冰稼瓊枝玉筯甚可愛己未冬余過廪延樹覆寸許蒙茸悉如小松亦有花卉形者靈毛仙葉妙絶天工異而賦之……七三三
壽成滄溟……七三四
歲辛酉卧病長安閉絶人事往時車馬之客常次來今次不來少陵云昔龐德公至老不入州府楊子雲艸玄寂寞多爲時輩所褻嗚呼真近似之矣感懷漫述輒成長句……七三四
仙掌篇爲戴節母壽……七三五
再送李元鎮……七三五
林園中有以銕絲網屋籠諸鳥爲觀具者恪見而傷之代鳥貽主人詩……七三五
秋海棠曲效長吉……七三六
别鶴曲……七三六
雨雪詞……七三七

秋日曲……七三七
聞箏歌續火鳳詞……七三七
春雪曲……七三八
採菱篇重別何龍友兼寄姚孟長己未……七三八
雙星篇寄別金雙南……七三九
俞宜人九十昔白太傅有九十不衰真地仙之句倚爲起語爰作長歌不辭荒俚
敬致鄙私云耳庚申……七三九
月食紀異……七四〇
余舊得包山畫一幅山水峭直頗具大癡筆法一日劉半舫見過愛之輒舉似余
米南宫奪蔡攸帖可謂奇癡余謂半舫黄子久癡不卿若也率作示之……七四〇
題萱花圖爲馬雲麓侍御太夫人壽……七四一
贈吳仲晦……七四一
鴛湖吟送別金雙南……七四一
雪夜同張林宗韓景圭史眾甫集李元鎮齋中是夜余大醉作此紀之癸亥……七四二
長生篇爲李松毓司農壽……七四二
爲練君豫題丹桂芝蘭圖……七四三
題蘇漢臣鷁蚌圖……七四三
仙凫篇爲孫伯雅使君壽甲子……七四三
八月二十三夜侍月丙寅……七四四
讀晉語家有名士三十年而不知爲之長嘆作名士嘆……七四四
鳳毛篇寄贈范濟署長公恩選……七四五
題雷伯鱗竹居圖並以贈別用柏梁體己巳……七四五
寄題愛石山房……七四六

卷之四　五言律之一

留別金雙南時雙南亦以差事將發己未……七四七
將發都門索詩書者踵至爲發一笑……七四七
答金雙南乞詩並索贈別……七四八

留別西山……七四八
憶西山……七四八
晚行涿鹿道中……七四九
途中雜咏偶簡金雙南舟中作卽用其韻……七四九
富莊驛曉發……七五〇
讀徐明衡博士封事……七五〇
武城滯雨……七五〇
過曹州成元嶽博士留別……七五一
寄懷姚孟長何龍友兩年丈……七五一
早發桃源道中……七五二
馬上望西山積雪庚申……七五二
春暮同金元甫楊慕垣雷伯麟飲何龍友邸中花下分韻得山字三首……七五二
春興……七五三
春暮同姚孟長陳集生劉西佩夜過何龍友宅賦得未到曉鐘猶是春二首……七五三
早夏孟長邀同龔淵孟遊西川時余病足不能偕孟長歸而驕語諸勝既出詩示余讀之悵然殊自恨也有作……七五四
伏日同何龍友楊濟之陳集生雷伯麟蔡迪之賦得陰陰夏木囀黄鸝限池字二首……七五五
賦得涉江采芙蓉……七五五
大行皇后輓詞三首……七五六
感興……七五六
中秋獨酌待月柬陳集生年丈四首……七五七
寄答梁無它年丈……七五七
九月十日再同楊慕垣集雷伯麟齋分得臣字……七五八
秋夜同雷伯麟楊慕垣小集分得庚字……七五八
長兄來述齋前菊竹各長如人許苦爲宦役率爾興懷十首……七五八
冬夜同孔開仲劉季龍小集姚孟長齋中分得春字二首……七六〇

聞倪武雙病柬之二首……七六〇
庚申除夕……七六一
示蔡迪之辛酉……七六一
人日同孔開仲彭山公及長兄集曹元甫
邸中賦得歸字……七六二
酬陳集生……七六二
前韻再酬陳集生……七六二
寄劉子魚……七六三
送劉生歸娶……七六三
送潘稚恭南還……七六三
雨過……七六四
歲維上巳修禊湜園林花雜長春禽交應
望西山之飄緲天際雲浮俯晴川之逶
迤蘋末風起爰攜勝友各賦十詩有不
成者罰以金谷數如蘭亭故事義之云
所以興懷其致一也同遊者是爲香山
何氏吾騶江陵金氏乘乾南海陳氏子
壯商丘侯氏恪列敍其詩如左……七六四
春日過雷伯鱗齋中微雨見時花滿院百
鳥關鳴意甚樂之語次伯鱗將遠別去
輒復黯然卽席成句得酣字……七六六
再酬雷伯鱗得暉字……七六六
早歲……七六六
送顧九疇年丈辭遷婁縣四首……七六七
送顧九疇年丈因追憶魯泰生年丈……七六七
遼警……七六八
送別孔開仲年丈奉大禮詔之金陵歷下
諸郡二首……七六八
送姜居之假還豫章……七六八
送雷禹門丈人……七六九
月下憶魯泰生……七六九
種竹已雨至快成……七六九
月夜同湯平子倪允昌姚孟長何龍友泛
舟湖上……七七〇

夜與劉敬仲及長兄談華山諸勝 …… 七七〇
秋來 …… 七七〇
林能佛先生至三首 …… 七七一
望陵 …… 七七一
送別阮給諫奉使冊封益藩便道省覲四首 …… 七七二
除夜 …… 七七三
送別倪允昌館丈予告還揚州壬戌 …… 七七四
柬張叔載問病 …… 七七四
春晚卽事 …… 七七四
客久思歸愁與病積適及懸弧翻然念舊爲詩數首畧道其意遂示長洲姚孟長蒲州楊濟之張叔載 …… 七七五
寄劉半舫二首 …… 七七六
次韻答金雙南 …… 七七七
秋日同錢抑之林鶴胎石湖有作 …… 七七七
柬金雙南 …… 七七七
送若谷兄巡按黔中便道省覲二親四首 …… 七七八
答金雙南 …… 七七八
秋園 …… 七七九
秋杪送別朱立望館丈予假省覲二首 …… 七七九
贈別蘇文默吏部予假還許昌四首 …… 七七九
病中張心矩見過分得高字 …… 七八〇
送別錢抑之太史二首 …… 七八〇
長至後三日再別金元甫 …… 七八一
昌平道中 …… 七八一
冬雪微晴竹齋梅花且放李元鎮年丈見過分得求字 …… 七八一
楊濟之年丈假歸蒲州余病不能送爲寄之 …… 七八二
大雪病起走筆柬曹元父李元鎮 …… 七八二

卷之五　五言律之二

早春卽事柬阮給諫癸亥 …… 七八三

遣懷三首兼呈練侍郎君豫……七八三
春夜同練君豫李元鎮過曹元父齋中……七八四
春日卽事柬李元鎮……七八四
小雨遲崔武仲葛震甫郭聖胎李元鎮過
竹齋未至……七八四
理花……七八五
上巳日大人抵都門喜覲一首……七八五
立夏後一日初度作詩示方鎮方岳方巖
方聞……七八五
得家兄貴筑書卻寄四首……七八六
午日坐雨因憶去年文文起姚孟長見過
兩人先後還里余留滯長安又年餘矣……七八六
積雨柬張聖標都督四首……七八七
送別李元鎮使長沙……七八七
寄崔武仲……七八八
寄楊子正二首……七八八
送別阮給諫予假歸里余病不得請愁懷
去住情見乎辭八首……七八八
愁……七九〇
思歸……七九〇
九日無菊……七九〇
送別張書卿先生歸秦中……七九一
寄答張大悟孝廉……七九一
送別韓管涔還涇陽……七九一
吳鹿友侍御得請終養詩以送之時余乞
歸省母不得……七九二
贈別張儀曹南還……七九二
可怪……七九二
十月二十二日夜始雪是日皇元子生……七九三
留別石丈……七九三
留別練君豫五首……七九三
送彭幼鄰南還……七九四
雪中張聖標自山陵迴柬之……七九四
奉使將至良鄉望京有感……七九五

過定州拜蘇長公雪浪居……七九五
唐山道中……七九五
大雪至曲安晤劉敬仲年丈……七九六
渡河……七九六
抵家……七九七
南發……七九七
襄陽除夕……七九七
收春臺……七九八
木石居……七九八
元夜夢與姚孟長年丈共話有述二首
甲子……七九八
蘄州東李季重先生四首……七九九
九峯寺……七九九
巴陵……八〇〇
長沙余與蔡劍玄病濕家舅自喜無恙率
作示之……八〇〇
邵陽道中……八〇〇
暮春益陽道中……八〇一
拜子建墓……八〇一
送吴于逵南還……八〇一
園居五首……八〇二
過沈氏廢園……八〇二
癖……八〇三
七月十七日庭桂有華……八〇三
別彭君宣之五日葉茂先詞丈來卻寄君
宣一首先是茂先同君宣遲余牡丹社
不果……八〇三
客至乙丑……八〇四
落日……八〇四
有嘆……八〇四
叢菊……八〇五
蒙謗……八〇五
長至……八〇五
寒庭……八〇六

雙樹……八〇六
雪中有懷……八〇六
歲暮……八〇七
除夕……八〇七
晨雨丙寅……八〇七
人日寄楊子正……八〇八
郊外……八〇八
有憶……八〇八
檄至……八〇九
梅樹下懷姚孟長……八〇九
漫成……八〇九
對酒……八一〇
將至閻茂才園林……八一〇
雨後看月答沈雲嶠昆季見懷二首……八一〇
寄懷彭君宣二首……八一一
閏六月十五日立秋……八一一
秋蛩……八一一
對月……八一二
可畏……八一二
秋夜聽雨……八一二
得崔饑仲雄縣書……八一三
鴞至……八一三
八月二十一夜聞雁……八一三
桂叢……八一四
重陽前四日雨……八一四
十一月十一夜對月有懷姚孟長崔饑仲……八一四
酬沈雲嶠雨中見懷……八一五
病中索詩逋者集于庭余既扶病酬了輒自笑……八一五
風甚雪不成花……八一五

卷之六　五言律之三

立春……八一七
十二月廿一日舉第五子前一日始立春……八一七

除歲前三日大雪……八一七
二十七日雨冰……八一八
獨酌……八一八
丙寅除夕守歲……八一八
第五子觴哭之丁卯……八一九
春陰……八一九
積雨……八一九
感事……八二〇
春日村居三首……八二〇
送米廣文還密縣……八二一
沈雲嶠將有南行之意詩以留之……八二一
病起……八二一
兒妾李氏亡兩月矣痛定乃能成聲哭之
四首……八二二
六月五日雨中同沈予諷集沈雲嶠寄齋
分得花字……八二三
又和得沈雲嶠茶字……八二三
又和得沈雲嶠燈字……八二三
寄懷姚孟長年丈……八二三
秋夜獨酌……八二四
西園阻雨……八二四
是夜雨不絕獨酌有詩……八二四
中秋無月有憶……八二五
深秋時久不得孟長信……八二五
十七夜微晴見月……八二五
九月十七夜對月……八二六
秋盡……八二六
中秋前以陰雨不見月至十月十日始霽
是夜獨酌有詩……八二六
冬月十三夜同張清漪及沈雲嶠沈予諷
集沈過庭齋小飲分得紅字……八二七
詩逋二首……八二七
送翟荊陽還山東……八二七
月下望庭前殘雪……八二八

早春扶病過西園看梅戊辰……八二八
暮春六日胡茂才園亭……八二八
春日有懷……八二九
以詩代柬問沈雲嶠病……八二九
閻茂才園林……八二九
喜雨……八三〇
聞蔡迪之到西園以穴不得過爲詩柬之……八三〇
十一夜月下憶蔡迪之……八三〇
秋日再送蔡迪之卽用迪之留别韻……八三一
别蔡迪之之次日月下有憶……八三一
病……八三一
留别西園……八三二
别孤桐……八三二
别園竹……八三二
别雙鶴……八三三
邯鄲……八三三
沙河道中……八三三
客逋……八三四
雨中柬蔡迪之兼示片石居……八三四
十月九日入都有感……八三四
夢中得幽人詩七句醒後足成之……八三五
渡河……八三五
病懷……八三五
姚孟長入都數日余適臥病不能往晤爲
詩柬之……八三六
劉蓬玄告病還里詩以送别……八三六
晤葛震甫……八三六
雪後對月……八三七
戊辰除夜……八三七
仲春月夜同姚孟長顧九疇楊濟之雷伯
鱗集何龍友齋分得資字二首己巳……八三七
送别楊世芳宫贊賫御書使秦二首……八三八
使至三首……八三八
渡河……八三九

還家……八三九
下邳阻風……八三九
舟行即事……八四〇
抵留都任後家人小大患瘧余輒浩然有歸志……八四〇
中秋同趙玄成坐月分得麻字……八四〇
又賦得先字……八四一
感懷……八四一
柬郭聖僕趙玄成……八四一
雨中夜坐同林司篇讀工部詩……八四二
疊浪巖……八四二

卷之七　七言律之一

秋日楊允諧招同民部鹿乾岳賈孔瀾儀部陳居一遊海淀李園己未……八四三
留別何龍友館丈……八四三
遙別靜竹齋……八四四
過燕丹城……八四四
讀關曹來星海倉曹劉半舫兩年丈封事有感……八四四
余以孟冬十有二日抵甘陵更七日入里舍籬菊殘矣……八四五
述歸……八四五
過曹州晤潘碧潭使君不遇使君與余同門三年猶未識面也感懷漫述卻寄……八四五
余以仲春十有四日北上過曹州假還重經相隔八月餘矣時孟冬十有七日也……八四六
雪中喜梁無它年丈至……八四六
再別無它……八四六
偶得別號蒙澤適與劉子魚同子魚曰吾以竹逸也子將奚取焉作此示之……八四七
再用前韻答劉子魚……八四七
曉看冰稼……八四七

感興……………………………………八四八
涿鹿城南遇馬年丈……………………八四八
入都喜見陳居一年丈即用居一韻………八四八
己未除夕………………………………八四九
除前一夕喜同倪武雙何龍友集姚孟長
　齋頭是夜余醉甚……………………八四九
庚申元日時上久不親朝庚申……………八四九
入都之次日喜同袁小修金元甫丁仲暘
　集姚孟長齋頭………………………八五〇
春日入左掖門遇雪同倪武雙姚現聞陳
　弘景分賦……………………………八五〇
寄若谷兄………………………………八五〇
送汪幼起南還婺源時有關中之役二首…八五一
楊子正書來索新詩卻寄二首……………八五一
寄題弄珠樓二首………………………八五二
暑雨念東征將士………………………八五二
漢梁書來頗感時事卻寄四首……………八五二
壽官暘谷年伯給諫二首…………………八五三
送別洪亨九督學越中二首………………八五三
何龍友以白石榴餉兒輩戲作柬之………八五四
落日望西山……………………………八五四
九日楊慕垣雷伯鱗沈達生蔡迪之及家
　若谷小集分得刪字…………………八五四
冬夜招同葉虛舟錢公朗劉以弘蔡迪之
　小集分得豪字………………………八五五
寄懷崔饑仲茂才四首……………………八五五
題呂介孺斗園…………………………八五六
除夕遙同何龍友雷伯鱗分得城字………八五六
除歲……………………………………八五六
辛酉元日早朝卽事……………………八五七
雪詩……………………………………八五七
辛酉歲以元夕立春前四日同何龍友諸
　子飲姚孟長邸中姚孟長命其次子瑞
　初侍坐………………………………八五七

病中走筆柬楊濟之兼示姚孟長…………八五八
送劉青岳太史出使四首…………八五八
寄答李季重先生三首…………八五九
次諸館丈四支六魚韻問倪武雙病…………八五九
春夜同雷伯鱗潘稚恭過彭山公齋分得八齊…………八六〇
是夜伯鱗山公稚恭復過余齋分得八庚…………八六〇
送劉希佩南還…………八六〇
喜雨…………八六一
上巳後一日同何龍友金元甫陳居一丁天行補修禊詩分得陵字…………八六一
喜彭君宣入都君宣才士淪落二十年始奉恩詔選舉頗爲感嘆三首…………八六一
同何龍友諸子登海岱亭子…………八六二
步魏仲雪韻送別金雙南年丈奉使還檇李…………八六二
雷伯鱗行次復索七言近體爲別率有此贈…………八六三
送曹鏡玉廷尉奉使之秦中兼訪秦帖…………八六三
贈別方孩未侍御…………八六三
種竹…………八六四
余嘗有栽竹詩示魏仲雪不及姚孟長孟長見而恨之貽書責問率作奉答…………八六四
恭謁長陵…………八六四
恭謁昭陵…………八六五
恭謁定陵…………八六五
恭謁慶陵…………八六五
夜宿昭陵與蕭伯懋先生及趙守真年丈話雨…………八六六
送別劉敬仲年丈予假還里兼書往懷及近事八首…………八六六
憶雷伯鱗…………八六七
大雪病臥張見可楊濟之館丈見過…………八六七
寄上李季重先生兼示惲道生…………八六八

歲暮同何稚孝先生及姚孟長張叔載
魏仲雪楊濟之諸年丈小集分賦得
蕭字……………………八六八
雨雪壬戌……………………八六八
邊警……………………八六九
夜過張叔載年丈讀所爲邊警詩感時憂
事率爾成和四首……………………八六九
蔡迪之從余論詩有作見贈輒書以答……八七〇
午日齋居文文起姚孟長兩館丈見過……八七〇
偶覓靜竹齋稿不得後數日于敗篋内檢
出甚慰有作……………………八七一
余既得靜竹稿爲詩示金雙南知之輒蒙
見和復用前韻以答……………………八七一
再用前韻答金雙南問病……………………八七一
余嘗柬金雙南卽事中有坐深竹下聽松
聲之句雙南戲拈前韻令余足成爲詩
余笑應之……………………八七二
坐雨聽竹聲甚佳詩以疇之……………………八七二
新雨竹下柬金雙南……………………八七二
園居休夏稍遂官閒讀友人示我詩欣然
有會倚韻和之四首……………………八七三

卷之八　七言律之二

重遊西山……………………八七五
夢與彭幼鄰談詩□□疑有怪事……………………八七五
送別劉季龍還蜀二首……………………八七五
次韻答金雙南問余遊西山……………………八七六
秋日飲韓管涔年丈西署……………………八七六
送別湯平子年丈出守豫章……………………八七六
送別姚孟長三首……………………八七七
秋暮有懷柬練君豫……………………八七七
獨客……………………八七八
九日憶故園……………………八七八
是夜張聖標張裏夷攜酒過訪竹下復成

此詩……八七八
送周玉繩宮允予假省親……八七九
白髮……八七九
張燦衡侍御素不識面甚愛余詩至云讀之忘寐一日惠示新篇屬練君豫年丈介紹焉期得一見爲快燦老顛倒于我者至矣顧余鄙拙實媿深情感懷知己走筆賦謝……八七九
寄題何稚孝先生荷墅別業……八八〇
鏡山園……八八〇
答吳鹿友侍御二首……八八〇
感事二首……八八一
蘇文默將別之夕復索七言近體爲贈是夕文默期余遊嵩少率有此作……八八一
冬日竹齋期許金吾看梅不至……八八一
除歲……八八二
癸亥元日早朝……八八二
正月十一日取西山卓錫泉水到李元鎮曹鏡玉見過分得天字……八八二
又更字……八八三
春日魏仲雪書來有詩見憶卻寄兼乞雨花臺石子……八八三
正月晦前一日大雪曹元父曹鏡玉李元鎮集竹齋小酌分得夫字元父精書畫……八八三
兩訪張法幢不遇詩以柬之……八八四
春夜曹元父張法幢諸友人約集許金吾集鳳堂余適與他客看竹不赴遙分得交字……八八四
許金吾以探春花見貽賦謝……八八四
贈吳于逵……八八五
獨酌……八八五
寄答姚孟長……八八五
寄崔饑仲……八八六
出郭見新柳……八八六

夜集陳子黼齋聽瞿玄亮談鮒魚之美因戲拈子美句云當令美味入吾脣輒成此詩……八八六
贈別蕭季馨大將軍鎮守徐州……八八七
招李元鎮練君豫看花……八八七
斜暉……八八七
感懷六首……八八八
余乞差不得李元鎮將理歸裝有詩見貽走筆奉答二首……八八九
張息六奉使將出都門索一言爲贈率書與之……八八九
再送友人……八八九
秋前一日同友人飲竹下乘月復步至張聖標寓卽席談詩有述……八九〇
秋晚……八九〇
中秋……八九〇
聞雁……八九一
送王損仲開府山東二首……八九一
送別朱道子按滇南……八九一
寄王在林備兵井陘其弟象林爲余年友屬寄以詩……八九二
望諸陵……八九二
登陵後山峯絕頂……八九二
九龍池……八九三
柬張聖標都督乞菊數種供小齋竹下……八九三
喜金雙南年丈至……八九三
再別吳鹿友……八九四
寄雲壑宗侯……八九四
感遇……八九四
書十月十七日近事……八九五
竹雪……八九五
對雪憶彭幼鄰……八九五
雪中金雙南年丈見過……八九六
喜彭幼鄰至兼示惲道生……八九六

南發留別長安諸知己……八九六
寄懷錢抑之太史……八九七
留別片石軒竹林……八九七
留別張聖標司隸……八九七
再別張聖標……八九八
雪中留滯都門不得發走筆柬金雙南年丈……八九八
余曾有數詩投張聖標聖標屢和未就復此促之……八九八
偶述……八九九
留別金雙南年丈兼示張聖標司隸……八九九
次韻答年友贈別……八九九
訊練君豫年丈漕差消息兼訂小刻之約……九〇〇
橋頭……九〇〇
將至曲周先寄劉敬仲年丈……九〇〇
過恆山喜遇馮景魯太守許佩宛司李兩年丈……九〇一
渚陽道中感懷……九〇一
別劉敬仲……九〇一
洧川道中遇雪先呈蘇吏部繼歐……九〇二
除日恭捧御書至襄藩禮成應襄王教……九〇二
寄題襄王含光亭……九〇二
登仲宣樓……九〇三
葉縣懷古……九〇三

卷之九　七言律之三

甲子元日……九〇五
有感……九〇五
無題……九〇五
余以歲前立春日南發及抵舍春盡五日矣悵然有作……九〇六
甲子春期看彭君宣牡丹不果君宣有詩見貽依韻奉答兼訂芍藥之約……九〇六
病中赴彭君宣招不果寄懷二首……九〇六

寄懷練君豫侍御……九〇七
出郭……九〇七
得楊慕垣年丈書卻寄……九〇七
吴于逵山人攜劉半舫年丈書自曲安訪
我山園有作兼寄半舫……九〇八
吴于逵歸壽其母于歙求一言爲贈率書
與之……九〇八
七月十五夜對月……九〇八
七月十八日得鹾使練君豫廣陵書……九〇九
秋雨彭君宣過訪便留酌雪舫同子魚逸
民賦……九〇九
秋日同劉子魚醉竹下……九〇九
喜葉茂先詞丈過訪……九一〇
秋日同葉茂先諸客登閼伯臺……九一〇
西園……九一〇
得曹元父年丈書……九一一
曹孟卿不得試而歸詩以慰之……九一一
悲秋……九一一
風雨不得過西園遥寄此訊……九一二
客有誚余詩酒自廢者一笑應之……九一二
閉門……九一二
寄懷彭君宣世丈……九一三
秋日南園……九一三
題畫……九一三
被放……九一四
步韻酬彭君宣見寄二首……九一四
寄彭君宣……九一四
開醅……九一五
冬夜藤下觀月……九一五
將營雪園有作……九一五
聞彭君宣至喜成……九一六
寒夜……九一七
丙寅元日丙寅……九一七
迎春日楊子正齋頭小集……九一七

懷練君豫時君豫亦以言被放……九一八
得蔡迪之書並寄片石軒竹訊……九一八
寄林元功刺史……九一八
寒食日書示曹端卿茂才時端卿見招……九一九
胡茂才園林牡丹……九一九
重過開元寺有感……九一九
南園芍藥……九二〇
壽彭嵩螺先生七十……九二〇
寄答彭君宣……九二〇
寄答練君豫用來韻……九二一
湯平子太守到有作……九二一
湯平子太守枉駕山園賦謝……九二一
湯平子太守罷歸雲陽詩以送別……九二二
放鶴……九二二
瘞鶴……九二二
秋夜懷練君豫……九二三
秋夜懷姚孟長……九二三
秋日沈雲嶠折贈梨花一枝兼索鄙句賦此答之……九二三
聞雁……九二四
八月十六日得李元鎮訃音遙有此痛……九二四
中秋無月同胡仁源及若拙弟集宋居仲齋頭……九二四
八月二十五日書懷余去歲以是日抵舍……九二五
劉半舫書來兼寄山中秋色詩次韻酬之……九二五
重陽前一日曹端卿許相邀不到九日走筆戲簡兼期同登闕伯臺用子美簡崔評事韻……九二五
九日同曹二胡九閻四宋九沈九及家弟若拙集闕伯臺有作用昨歲九日韻……九二六
既得彭君宣書知傳疾之誤復爲此詩慰之……九二六
連句爲鎮兒婚事冗迫遂廢吟眺輒成五十六字自笑效白太傅……九二六

十四日同曹二端卿胡大仁源宋九居仲及家弟若拙若訥賞雪家兄若谷以病足不與有作見示走筆酬之…………九二七
家兄若谷病足月餘不愈余足亦病病中輒成此詩呈家兄…………九二七
九日牡丹…………九二七
壽楊浩如先生七十…………九二八
病中柬楊子正時子正方爲兩尊人壽七十…………九二八
十一月二十九日大雪…………九二八
無題…………九二九
雪夜有懷彭君宣…………九二九
歲暮三首…………九二九
聞李嵩毓冢宰捐館舍先是八月李長子祠部公死余遙寄痛焉至是復遙奠冢宰中多隱語死而有知當不以余爲誣也…………九三〇
雪中戲爲問梅之作…………九三〇

卷之十　七言律之四　五言排律

七言排律

丁卯元日丁卯…………九三一
穀日贈允之叔…………九三一
二月一日同若拙弟遊城西十里便道訪胡秀才園莊…………九三一
小築…………九三二
丁卯上巳修禊西園有述…………九三二
午日沈念宸陳羽卿集西園有作兼示沈雲嶠…………九三二
配鶴…………九三三
夏日同沈雲嶠沈子諷及若拙弟集若谷兄東園分得臨字…………九三三
立秋感懷…………九三三
贈別陳古白詞丈…………九三四

寄懷葛震甫詞丈……九三四
自笑效太白傳……九三四
南州蟹至日余適臥病書此恨之……九三五
余既以病誤蟹適友人以蟹至詩見示復
用前韻答之……九三五
秋吟效白香山……九三五
感秋……九三六
秋雨期曹端卿及家弟若拙不到走筆
柬之……九三六
八月十四夜雨……九三六
秋晚過西園……九三七
秋興八首……九三七
聞國哀……九三八
九日登闕伯臺仍用前歲韻……九三八
重陽後三日雨中同張清漪過沈雲嶠寄
齋仍用前韻……九三九
後秋興八首……九三九
冬至日寫懷……九四〇
翟荊陽學詩於余時年四十有六矣示之……九四一
感事有序……九四一
深冬聞雁……九四一
送別林元功刺史入覲時便道枉顧……九四二
寄答盧紫芝民部……九四二
寄懷姚孟長時孟長與余同被論薦……九四二
十二月七日雪……九四三
彭君宣自栗城過訪縱觀余所藏書畫歸
而以一詩見貽輒用和答……九四三
歲將除彭君宣送魚送松有詩見貽以黄
梅一枝答之卽用來韻卻寄……九四三
丁卯除夕率然以子美句爲韻……九四四
歲戊辰今皇帝崇禎元年正月初一日立
春臣恪爲詩私識于梁園里舍戊辰……九四四
答沈雲嶠問病兼訂相訪之期……九四四
白梅……九四五

蘇文默考功世丈輓章二首……九四五
紅梅……九四五
雪中念西園海棠花應被寒凍……九四六
青浦令鄭元韋覲回過訪於其行也詩以別之……九四六
十二月二十五日鎮兒得長孫……九四六
寄懷陳昚公先生……九四七
西園同客賞牡丹……九四七
寄詩筒與沈雲嶠兼約過話……九四七
春暮得彭君宣書問兼索新茶卻寄時君宣有廣陵報……九四八
同客再賞牡丹分得真字……九四八
有惠大青松者遙賦謝之……九四八
蔡迪之自長安過訪山園……九四九
五日有憶用萬楚韻……九四九
答彭君宣招遊湖上……九四九
再寄彭君宣……九五〇
雨中不得過西園以詩柬蔡迪之……九五〇
六月十四日彭君宣招同蔡迪之過湖上爲泛月之遊有作見示依韻答之四首……九五〇
遂園卽事……九五一
中秋望月……九五一
束囊將發偶憶子美何用浮名絆此身之語率爾成詠……九五二
拜岳忠武祠敬獻一首……九五二
途中漫成……九五二
王摩詰爲唐太子中允杜子美曾有詩贈之余戊辰起官中允仰慕先賢爲詩自勗亦謬爲摩詰告也……九五三
戊辰長至供事圜丘有作……九五三
至後欲雪……九五三
自笑……九五四
若谷兄以起補御史至自里門……九五四
晤張聖標……九五四

除夜再用馬宗伯韻……九五五
元日早朝即事己巳……九五五
寄答錢抑之院長二首……九五五
春仲李彝臣中翰蔡迪之文學林幼藻山人過探殘梅幼藻有作見示率爾和答……九五六
春日旅懷和林幼藻五首……九五六
春杪張聖標約過許園看牡丹阻雨不果赴詩以柬之時余迫南發……九五七
酬別練君豫二首……九五七
西園……九五八
許襄明過訪山園……九五八
答劉半舫……九五八
六月六日別家南發……九五九
徐州……九五九
揚州……九五九
揚州晤呂日章貢士日章壬戌廷試余以分閱有一日之知……九六〇
金山……九六〇
別呂日章後復成一律……九六〇
渡江……九六一
九日同程德懋趙玄成呂日章集覆舟山顛仍用前歲韻……九六一
重九後一日同趙玄成程德懋林茂之呂日章小集仍用前韻……九六一
答于孟武中祕用來韻……九六二
再答于孟武……九六二
秋日同呂日章諸詞人集于孟武護閣分賦得肴字四首……九六二
秋日同于孟武程德懋趙玄成呂日章雪貧和尚遊棲霞寺限殘巒湍歡闌五韻……九六三
千佛嶺……九六三
盤石……九六四
天開巖……九六四
登攝山絕頂用于孟武韻……九六四

天開巖前隔澗有石横起如層雲余左據片笴足三分垂坳外題其上曰臥雲而繫以詩……九六五

五言排律

長至扈駕祀太廟禮成二十韻庚申……九六五
無題二十六韻……九六六
商城段茂才增輝訪僕郊園兼寄熊黄門奮渭孔儀部榮宗洪使君胤衡孝廉胤嵩兄弟書臨别書贈十六韻並示二三知己……九六六
春日同沈予諷西園看花遇雨分得侵字八韻……九六七
己巳秋丁恭祀先師感述三十二韻……九六七

七言排律

冬夜同何匪莪太僕周蓼洲吏部魏瓠園學博集姚孟長館丈齋中限韻分賦……九六八
壬戌元日上御皇極門禮成恭紀十六韻……九六八
燕市十四夜何稚孝太僕邀同蘇虹如侍御姚孟長張叔載魏仲雪楊濟之年丈小集限燈字十言排律六韻……九六九

卷之十一　五言絕句　七言絕句之一

五言絕句

臨别題雷伯鱗畫便面二首……九七一

七言絕句之一

湯陰公署後有奇石數拳竹柏森秀見之輒使人有林下思搦筆率然次馬仲良壁上韻二首……九七一
謁黄粱夢……九七二
遊仙祠……九七二
過豫讓橋二首……九七二
書許君信册子二首……九七三
白梅春死甚惜之三首……九七三
送别冠司之……九七三

七夕官祠四首……九七四
擬王少伯從軍行四首……九七四
柳五首……九七五
送陳集生年丈奉使南海便道之平湖省覲十首……九七五
雷伯麟年丈予假南還詩以送之十二首……九七六
秋日楊濟之過竹下同賦……九七七
七夕答楊濟之兼步來韻二首……九七七
以詩代柬期楊濟之過東偏仍用前韻……九七七
催妝八首……九七八
走筆招客飲西湖海棠下二首……九七八
題流民圖二首……九七九
乞友人水芝丹便邀過竹齋小飲二首……九七九
題馮禎卿竹石圖二首……九七九
李文學持仙山圖歸壽其母向余乞一言爲贈歌兩絕句與之二首……九八〇
招張聖標飲蕉葉下二首……九八〇
秋日梁嵩渚張衷夷李元鎮過竹下……九八〇
答李元鎮四首……九八一
遣僕往西山取卓錫泉水爲李元鎮所嘲作此解之……九八一
再送曹東昌……九八一
答友人……九八二
調李元鎮……九八二
昌道人自華山來卻寄口號……九八二
寄楊濟之二首……九八二
送別友人……九八三
秋日歸興口號十九首……九八三
僧有供張蒼鱗蓮花者分半貽余復以四絕如數答之……九八四
九日同練君豫飲梁嵩渚齋中率賦兩絕句……九八五
爲曹薇垣題瓊林醉歸圖……九八五
將至許昌先寄蘇文默世丈……九八五

戲題漢江驛樓一絕句……九八五
過習池……九八六
峴山一絕句……九八六
小遊仙調友人二首……九八六
武陵絕句七首……九八七
臘月山茶花豔開賦兩絕句……九八七
迎春日楊子正有詩見貽用韻答之二首……九八八
梅開時遇雪成一絕句……九八八
遣春七絕句……九八八
春怨……九八九
雪舫前新笋三十許箇大者滿握小亦圍兩指愛其孤直一箇酧一絕句……九八九
神女詞……九九一
秋日絕句……九九一
七夕詞二首……九九二
寄訊曹端卿因以嘲之二絕句……九九二
有感一絕句……九九二
述舊二首……九九三
西園有作……九九三
戲贈歌者……九九三
惜花詞……九九三
七夕歡詞二首……九九四
七月十四日摘松房……九九四
七月十五夜對月柬友人……九九四
再用前韻答友人……九九四
傷往二首……九九五
偶成口號……九九五
偶題……九九五
有感一首……九九五
八月二十晚問月……九九六
有感二首……九九六
九月二十一日午睡起口號……九九六
郭老翁九十餘以夢中所得詩碧桃花裏現高枝句求解余足成以報……九九七

卷之十二　七言絕句之二

催妝八首……九九九
春園十詠……一〇〇〇
松龕……一〇〇〇
茶隴……一〇〇〇
梅塢……一〇〇〇
杏林……一〇〇〇
月溪……一〇〇一
竹嶼……一〇〇一
花圃……一〇〇一
桃源……一〇〇一
鶴關……一〇〇一
雲峯……一〇〇二
王摩詰有雪蕉圖人多怪之或以先生高懷遠寄別有取爾今年春仲余園蕉發成林忽遇大雪乃信古人無妄作者家兄若谷曰此段佳話也詠之得一絕句……一〇〇二
題美人圖……一〇〇二
春分後一日大雪園丁報玉蘭花萎嘆之……一〇〇二
雨中歸自西園答沈雲嶠二首……一〇〇三
雨中看花偶成口號……一〇〇三
柬沈雲嶠……一〇〇三
雨中答蔡迪之……一〇〇四
閱甘州記……一〇〇四
紀夢……一〇〇四
七夕前一夜雨中再送蔡迪之七夕立秋……一〇〇四
七夕與蔡迪之話別……一〇〇五
七夕立秋示淑貞侍兒時余將赴召命……一〇〇五
答……一〇〇五
再問……一〇〇五

再答……一〇〇六
題彭君宣畫冊八首……一〇〇六
湯陰公署再和馬仲良壁間韻……一〇〇七
謁黄粱夢呂仙祠四首……一〇〇七
漢陰丘大東者余不識其面戊辰冬余起官長安初雪蔡迪之以其笑竹軒憶雪樵先生七絕句見示甚異爲賦七絕句遥報之雪樵者余别號笑竹者余舊軒也……一〇〇八
過廪延一首……一〇〇八
余家雪苑入冬柳葉盡落十月至恆陽官柳載道秀緑依然率爾成句紀之……一〇〇九
題懶石圖雷伯鱗便面……一〇〇九
遣春七首時仲春將盡以穴窆未能出郊悵然有作……一〇〇九
戲作墨梅贈雷伯鱗並綴口號……一〇一〇
送别葛震甫之任滇南二首……一〇一〇
清明日傷往二首……一〇一〇
期林幼藻過聽松濤……一〇一一
中山道中聞鶯……一〇一一
玉樹……一〇一一
夜行龍城道中……一〇一一
邗溝望西湖一首……一〇一二
望金陵二首……一〇一二
恭謁孝陵四首……一〇一二
七夕無雨戲問牽牛織女星……一〇一三
秋雨有懷……一〇一三
賦得夜梁雙白燕和莆陽女子韻卻寄……一〇一三
品外泉……一〇一三
珍珠泉……一〇一四
白鹿泉……一〇一四
先司成公詩集後跋……侯方岳 一〇一五

壯悔堂文集十卷

壯悔堂文集

壯悔堂文集序

徐鄰唐

侯子曩所刊古文數百篇，兵火焚佚，盡亡其冊。乙酉秋，自江南歸里，始悔從前古文辭之未合於法，若幸兵火爲掩拙者。今十年中，新著古文若干卷，以付徐子而敍之。

敍曰：明三百年之文，擬馬遷，擬班固，進而擬《莊》、《列》，擬《管》、《韓》，擬《左》、《國》、《公》、《穀》，擬《石鼓文》、《穆天子傳》，似矣。卒以謂唐、宋無文，則可謂溺予李夢陽、何景明之説，而中無確然自信者也。夫孔子之時，去開闢之時已數千年。孔子刪《書》起于唐，敍《詩》綴以商，以明世遠言湮，滅沒莫考，但舉二千年以内之言，擇其雅者，爲人誦習之。法古者，法其近古而已矣。蓋古文，如漢，如《莊》、《列》，如《管》、《韓》，如《左》、《國》、《公》、《穀》，如《石鼓文》、《穆天子傳》，法莫具于馬遷。前此之文，馬遷不遺；後此之文，不能遺馬遷。然而馬遷之文，法具矣，體裁有未備也，備之者其昌黎、柳州、廬陵、眉山諸子乎！諸子之于馬遷，猶顔、曾、思、孟之於孔子也。道必學孔子，然善學者，學顔、曾、思、孟而已矣。文必學馬遷，然善學者，學昌黎、柳州、廬陵、眉山而已矣。蓋進而上之，如《莊》、《列》，如《管》、《韓》，如《左》、《國》，如《公》、《穀》，如《石鼓文》、《穆天子傳》，猶羲、農之製作，皇娥之歌謡，高而不可爲儀者也。

侯子今十年之文，則可謂離于夢陽、景明之説，而中有確然自信者也。蓋夢陽、景明謂爲文本于馬遷，是矣。乃所爲志、銘、書、記諸作，景明猶稍稍自好，而夢陽則支蔓無章。降而弇州、白雪諸子，尤而效之，明三百年，所以有詩而無古文辭也。詩之所以越宋、元而直同于唐也，夢陽、景明之功也；文之所以三百年支蔓無章者，夢陽、景明之過也，而世猶莫之寤也。惟侯子之文，奉馬遷爲高曾，而實宗乎昌黎、柳州、廬陵、眉山諸子，一氣磅礴，百折不移，雖舉世不喻，未有以易之也。

或曰：『信子之言，則昌黎諸子之文，反居於遷、固、《莊》、《列》、《管》、《韓》、《左》、《國》、《公》、《穀》、《石鼓文》、《穆天子傳》之上矣？』對曰：『君子之爲古文辭也，爲其真者而已矣，真者不必其貌之似也。彼僞鼎彝者，淬以銅青，飾以土蝕，亦何益乎！篆隷之變而八分行草也，晉之羲之、獻之，唐之虞世南、顔真卿，亦工其變者而已矣，不聞其習篆隷也。』知此者可以讀侯子之文矣。

社弟徐鄰唐爾黄氏撰。

壯悔堂文集序

事有數百年失之，而一朝得之者，有識者遇之，其咨嗟讚歎而急稱之，可知也。有數百年失之，而一朝得之者，其在小者，猶不能不以之興感，況於數百年失之，而一朝得之者？而乃在於經國之業，不朽之際？此其關於世，何如也！

嗚乎！文章至今日，凡數變矣。《易》、《書》、《詩》、《春秋》四子之書，以載道也，非可以文言也。歐陽脩曰：『讀《易》者如無《春秋》，讀《詩》者如無《書》，聖人之文，不可及也。』至矣哉！脩之研見，至隱也哉！

世皆知誦蘇洵之文，而洵乃淵源於《孟子》。《傳》曰：『言之不文，行之不遠。』聖賢之文，莫不有條理，每進而愈出，而合離起伏，開文之變，而具乎規矩。放于戰國，接乎漢氏，而離離蔚蔚，爭長並出，亦巍乎其盛哉！漢氏之文不易盡，尤著者爲司馬遷、班固。固尚有不及遷者，而遷遂爲古今文之冠。然則合離起伏，極文之變，而莫不有規矩，後之學者，其尚求之遷焉可矣。

求工於字與句，晉以後之失也。昔人所以謂之衰也，直謂之無文焉可也。嗣盛嗣衰，而衰之極者，至於明。古人之文潔，而明之文宂；古人之文精，而明之文膚；古人之文樸以蒼，而明之文媚，明之文鈎棘。夫晉以後，以其求工於字與句者失之，而在唐宋有韓、柳、歐、蘇、曾、王諸公，取其潔者、精者、樸以蒼者，而以合離起伏變化而一乎規矩者拯之。韓、柳、歐、蘇、曾、王諸公拯之，而明乃以其宂者、膚者、媚而鈎棘者，易其潔者、精者、樸以蒼者以壞之。文之統不亡，吾知必有韓、柳、歐、蘇、曾、王諸公起於六代五季；有韓、柳、歐、蘇、曾、王諸公起於六代五季，亦知必有若諸公者起於明。當此之時，而視其人，其所關何如也！需之而遇之，其爲咨嗟讚歎而急稱之者，又可知也，則余友侯子其人也。

侯子曩以詩與制舉藝名海內。海內凡在宿儒，無不知有侯子，而尚未見侯子之爲古文也。侯子十年前，嘗出爲整麗之作，而近乃大毀其向文，求所爲韓、柳、歐、蘇、曾、王諸公以幾於司馬遷者，而肆力焉。而其文已竟與韓、柳、歐、蘇、曾、王諸公等。昔司馬遷歷四海，周天下名山大川，廣而遇之，故其文奇偉，振耀古今，夫文非徒以辭也。侯子向嘗遊兩都，歷邊塞，浮江、淮，盡吳、越，觀覽人物之盛，所涉者多，則所得於事與理者益精。理足乎中而充其外，知與古作者發明矣。今將次所爲文行於世，其爲離合起伏變化而合乎規矩者，世應具見之。

壬辰秋九月，同里年盟弟徐作肅恭士書。

本傳

賈開宗

侯方域，字朝宗，商丘人也。幼博學，隨父司徒官京師，習知中朝事，嘗嘆曰：『天下且亂，所見卿大夫殊無足以佐中興者，其殆不救乎？』去遊金陵，爲一時所引重。尤負氣，阮大鋮願與交，不肯往。後大鋮興黨人獄，欲殺方域，渡揚子依高傑得免。豫王師南下，傑已死。方域説其軍中大將，急引兵斷盱眙浮橋，而分揚州水軍爲二。戰不勝，則以一由泰興趨江陰，據常州；一由通州趨常熟，據蘇州；守財賦之地，跨江連湖，障蔽東越，徐圖後計。大將不聽，以鋭甲十萬降。從其軍渡江，授官，辭歸。

明思宗時，劇寇李自成破河南四郡，圍汴。司徒出視師，方域嘗進計曰：『大人受討賊重任，師纔一旅，廟堂言議牽制難行，奏乞兵糧甲仗，皆遠在數千里外，不可猝得。今賜劍久虚不用，願破文法，首徇一甲科令守，諸所徵辦，旬日便集。晉帥許定國師噪，當立斬之以明軍法，亦不須奏。事辦威立，疾驅渡河。中原土寨團結之徒，不下數十萬，皆願自效，宜毋問所從來，收而將之，就左良玉於襄陽，約孫陝督犄角並進，賊乃可圖。將在軍，君命有所不受。今責救汴，汴守堅，未易下，舍之乃所以救之也。』

司徒曰：『如此是我先跋扈矣。小子多言，不宜在軍。』遣還吳。道遇永城叛帥劉超，挾之。問曰：『與若有舊，今獨不一言救超死耶？』方域曰：『君所坐不過殺一御史，奈何據反？今三輔有警，君能兼行赴救，負義之甲，卽勤王之旅。勝固立功，敗則以一死殉國，策之上也；急自縛往見吾父，儻待奏命，朝廷方姑息戎臣，君未必死，不然亦免族滅，次也；南歸率羣賊出永城門，往來宛洛間，觀變逋誅，我卽不言，亦必有爲君畫者，然如此則真反矣，願君無以爲意。』超服其言，亦不殺也。

方域豪邁多大略，少本有濟世志，嘗與吳應箕、夏允彝醉登金山，指評當世人物，臨江悲歌，二子以方域比周瑜、王猛。己卯舉南省第三人，以策語觸諱黜；辛卯舉豫省第一人，有忌之者，復斥不錄。既不見用，乃放意聲伎。已而悔之，發憤爲詩歌古文。論者謂其詩追少陵，古文出入韓、歐。其應制文尤自成一家。從來作者皆不能兼，獨方域兼之。今觀其集，非虛語也。

武威賈開宗撰。

侯朝宗先生傳

田蘭芳

侯方域，字朝宗，河南商丘人。祖執蒲，明太常寺卿；父恂，戶部尚書。風節皆爲世所仰重。

方域生有異質，侍父京師，多爲賢公卿所賞拔，謂强記可比漢張安世，幹局可比唐李文饒，足稱膏飫中才子弟。方域既出事公卿，又習聞家庭訓述，遂能諳練當代典故，別白士大夫賢否。歸益讀書，交結里中儁異，如賈開宗、徐作霖、劉伯愚、吳伯裔兄弟輩，日相切磨。爲文皆古雅淡泊，復能以氣誼自尚，於是名起雪苑，南國應、復兩社之豪，翕然宗之。年二十二，就試金陵，雲間楊廷樞攜登金山，俯仰慷慨，有極目神州，舍我誰濟之歎。既而與貴池吴應箕、宜興陳貞慧，以口舌嚴崔、魏遺孽之誅，一時文章、氣節、經濟之譽，爭歸朝宗焉。其後父督軍援汴，方域亟效言，迫於時勢，遂寢其策。遣往寓吴，道遇叛帥劉超，劫使畫策。方域不少爲屈，縷縷分別禍福，爲陳北都困迫，惟以所統疾走勤王，庶可轉敗爲功；即不然亦可湔洗惡名，失此則身死名辱。言皆深中事機，識者聞之，謂朝宗每以經綸自許，今乃知爲不謬也。迨福王立于南都，馬士英以定策蒙寵，諸見廢於正論皆夤緣以復進，曩爲方域所斥絶者躐位司馬，欲修故怨。假詔逐捕，幾殺之，逃匿史可法軍中乃免。

天兵渡江，始歸田里。與一二老儒，討論文章性道之指，所得往往益深，其散見於篇中，皆歷歷可考也。蓋痛懲少年果鋭浮華，無所用，漸欲反身切治，以要其歸，未幾，卒。

方域生於貴胄，負高才重望，有不可一世之意。然人有一善，即在孤寒，未嘗不獎激推引，與之均禮。其尤賢者，則屈己下之，惟恐不得所欲。寧易爲人所可及，苟充其志，即古休休有容，以善養人，又何尚焉！而使不在興賢育才之地，抑亦斯人之不幸與？嗚呼！

論曰：世之知有朝宗者衆矣，類以其文云耳。即其氣節才猷，亦不過視爲文中之藻葩，或未能盡知而許爲果然也，况有能進於是焉者乎？舉細遺大，惡在乎其知之也！余獨信先生有幾道之姿，特降年不久，未盡其變化之用耳，以語世人，未見有契余言者。嗚呼！人豈易知？知人亦豈易言？苟非無蔽於前而逆溯其志之所向者，其孰與幾之！故特爲小傳，以彰其微焉。

睢州後學田蘭芳撰。

侯朝宗公子傳

胡介祉

方明季啓、禎之間，逆閹魏忠賢徒黨，與正人君子各立門户，而一時才俊雄傑之士，身不在位，奮然爲天下持大義者，有四公子其人。四公子者，桐城方密之以智、如皋冒辟疆襄、宜興陳定生貞慧與商丘侯朝宗方域，而侯公子尤以文章著。

公子祖曰太常公執蒲，父曰司徒公恂，叔曰司成公恪，皆以東林忤逆閹，先後罷官。而司徒公罹禍最酷，下請室者再。公子爲司徒公第三子，生而穎異，讀書嘗兼數人。幼隨司徒公官京師，即慷慨盱衡，好言天下大計。束髮歸試，輒冠一軍。爲文若不經思，下筆千萬言立就。偕昆弟輩及里中諸子，創社雪苑，與四方聲氣相應和，一時有吴、侯、徐、劉之目。性豪邁不受羈束，嘗讀書東園，時太常公家居，課諸孫嚴甚。公子每攜季弟逸出，選伎徵歌，數數然，然終不荒所業。已，以郡學生例入南雍，應留都京兆試。留都故佳麗地，海内賢豪輻輳，論交把臂，馳騖於詩酒聲色之場，公子遨遊其間，人人引重，無不願交恐後，以是名益盛，意氣殊自得也。

雅嗜聲技，解音律。買童子吴閶，延名師教之，身自按譜，不使有一字譌錯。縱或賓筵轟飲，高談雅辯，滑稽嘲笑之時，或對客揮毫，賦詩屬文，裁答柬如流水，耳聽目攝，心度口酬，他人傍觀，五色眩瞀，而公子兼綜並理，洋洋若平常。脫或白雪偶乖，紅牙稍越，曲有誤，周郎顧，聞聲先覺，雖梨園老弟子，莫不畏服其神也。初，司徒公亦留意於此，蓄家樂，務使窮態極工。致令小童，隨侍入朝班，審諦諸大老賢姦忠佞之狀，一切效之，排場取神似逼真，以爲笑噱。至是投老寂寞，公子乃教成諸童，挈供堂上歡，司徒公爲色喜，而里中樂部因推侯氏爲第一也。

公子雖豪舉，然心不忘家國之故，彌敦氣節，詡詡負經濟，頗思自見其才。會大賊李自成蹂躪河南，破四郡，圍汴急。朝命起司徒公督師解汴圍，賜尚方劍，得便宜行事。於是公子立進計：請用賜劍，誅晉師許定國以師譟之罪，而破文法斬一甲科守令之不應徵辦者，庶幾事集威行，然後疾驅渡河，收中原土寨團結之眾，以合左良玉於襄陽，約陝督孫傳庭犄角並進，則汴圍不救自解，毋徒遵朝命，急救汴也。司徒公大駭曰：『如此是我先跋扈矣。小子多言，不宜在軍。』亟遣還吳，而採其言，飛章上請。爲忌者所厄，迄無成功。噫！司徒公之守經，公子之達變，卒皆不見用，豈不惜哉！後司徒公徵調不前，解圍無策，汴爲河所沒，而復逮公下請室。許定國選蝡觀望，終殺高傑，爲豫腹心患。人始歎公子料事多奇中云。

公子既還吳，旋值甲申之變。留都擁立福王，而當國者馬士英與閹黨阮大鋮。比大鋮僉壬兇險，顧少有俊才，其未党閹時，司徒公絕愛之，後以身陷大逆，見擯君子，猶欲以世講之誼，與公子通殷勤，且欲藉公子以解于四公子之徒。公子拒之峻，事見公子集内《癸未去金陵日與阮光祿書》中。大鋮得書，怒，日夜謀殺公子。及得志，大興黨人之獄，公子走依高傑得免。傑遇害，公子說其軍中大將，策甚善。不聽，公子乃孑身歸。奉司徒公伏處鄉國，苦無聊侘傺，惟日與二三同志修復舊社，痛飲悲歌，以寓其牢騷不平之志焉。暇卽肆力於詩古文，自編《四憶堂詩》、《壯悔堂文》二集，各若干首。論者謂其詩追少陵，古文出入韓、歐，洵不愧也。制舉藝亦成一家言，特數奇不偶。己卯舉南省第三人，以策語觸諱，黜；辛卯舉豫省第一人，復爲忌者所阻，斥置副車。嗟乎！此固命也。然以之人之才，一第又寧足爲重輕哉！

公子沒時，年才三十有七。歿後，遺集傳誦天下，而古文尤爲當世所宗尚。余雖不及見公子，而雅好其文。公子之兄赤社先生方夏，成丙戌進士，又與先少保爲齊年友，故知公子事甚悉。公子身沒言立，子孫皆能世其家學。孫重喜以明經爲開封教授，才而有文。

論曰：今天下詩家頗不乏，而古文之作者顧稀，豈不以有難易哉！以余所見，侯公子《壯悔堂集》，其必傳者也。與公子後先接踵者，豫章王于一猷定之《四照堂集》、寧都魏冰叔禧之《易堂集》、吳江計甫草東之《改亭集》，皆在伯仲之間。而長洲汪苕文琬，操繩尺衡量諸家，失之過嚴，去取多未嗛人意。其自著類稿亦多可議者，余曾於《甫草集序》，微發其端，大指已略可見。公子同邑宋牧仲中丞，方刻諸家文行世，當必以公子集爲稱首。余欲寓書中丞，勸其自出心裁，而不必拘拘于苕文之去取，恐微言未足信重，偶于傳公子而聊附及之，中丞知與不知，不必問焉。諸家之外，余素所服膺者，尚有余師武林陳稽留先生祚明之《敝帚集》，余友秀水朱錫鬯彝尊之《竹垞文類》，倘與諸家並傳不朽，誠一時之盛也。而公子之所得，不既多乎！

時康熙乙亥孟夏望後一日，燕越年家後學胡介祉拜撰。

年譜

萬曆四十六年戊午三月　公生一歲

我大清兵克撫順及清河堡。

泰昌元年庚申　公三歲

天啓元年辛酉　公四歲

司徒公授山西道御史，疏劾方相從哲，追論三案。

天啓二年壬戌　公五歲

貴州安邦彦倡諸苗叛，詔以司徒公巡按之。

天啓四年甲子　公七歲

魏忠賢興東林黨人獄，司徒公削籍。

崇禎元年戊辰　公十一歲

魏忠賢誅，詔起司徒公廣西道御史。疏請定逆案，以六等治罪。

崇禎二年己巳　公十二歲

司徒公遷太僕少卿。

崇禎三年庚午　公十三歲

司徒公以右本兵視師昌平，拔偏裨尤世威爲大帥，識左良玉于卒伍，使將兵援大淩河。

崇禎五年壬申　公十五歲

應童子試。

崇禎六年癸酉　公十六歲

司徒公遷户部尚書，奏擢史可法，薦何楷爲給事中。

娶東平太守常公女。

仲兄方夏舉河南鄉試第二人。

崇禎七年甲戌　公十七歲

代司徒公草《屯田奏議》。

崇禎九年丙子　公十九歲

司徒公爲薛相國觀、溫相體仁所嫉，嗾給事中宋之普奏劾糜餉，逮繫獄。

是歲天狗星見豫分，秦寇大入中原，詔求直言，給事李化龍切諫坐貶。公有《妖彗》詩。

崇禎十年丁丑　公二十歲

司徒公繫獄。

崇禎十一年戊寅　公二十一歲

司徒公繫獄。

是歲相楊嗣昌中允黄道周論之下吏，御史成勇救道周並逮勇。南本兵范景文會諸卿，申救不得，去位。公有《贈范司馬》詩。

崇禎十二年己卯　公二十二歲

司徒公繫獄。

入南雍應南京試，交陳公子定生、吴秀才次尾及南中諸名鉅，主盟復社，登金山評當世人物，臨江悲歌，諸子以周瑜、王猛比公。

是歲大淩河降，楊嗣昌獻和議，何楷劾之，公有《贈何給事楷》詩。

崇禎十三年庚辰　公二十三歲

司徒公繫獄。

崇禎十四年辛巳　公二十四歲

公歸自金陵，主雪苑社。

司徒公出於獄。

是歲太常公卒。司徒公憂居。公奉往江南建德乞太常公銘于冢宰鄭三俊。

豫省大旱蝗，斗粟錢二千，人相食。

李自成破河南、南陽諸郡，旋圍汴。命内監劉元斌將禁兵趨救，留歸德不進，圍歸德外郛，索子女玉帛，旋大掠解去。公有《聞亂》及《禁旅》詩。

崇禎十五年壬午　公二十五歲

公奉司徒公流寓南中。

寇破歸德，太常公夫人田及二媳汴婦劉、恕婦朱，駡賊死之。光禄丞執中、科舍人忻、諸生恒、悰、忱、恕、怡、恬、慮、怙、方鎮、方弼、方將、方度、國澤、治、泗、錡死之。

社友吴伯裔、吴伯胤、徐作霖、張渭拒賊戰敗死之。

汴圍急，起司徒公河南平賊總督，統左良玉七鎮兵救汴。公進拒河計，司徒公不聽。代草《流賊形勢疏》。奏入，不許。司徒公遣公還吴。道出永城，爲叛將劉超所劫，諭以禍福，俾勤王自贖，不聽。

寇決河灌開封，城陷。

崇禎十六年癸未　公二十六歲

司徒公解任，避兵揚州。

左良玉軍襄陽，以糧盡移駐九江，欲趨南京。南本兵乞公爲司徒公書馳諭止之。阮大鋮以蜚語中公，公避於宜興。有《與光禄書》。

以不即救汴逮司徒公繫獄。

大清世祖章皇帝順治元年甲申　公二十七歲

寇破北京，明莊烈愍帝殉之。

司徒公脱自獄。

南中立福世子德昌郡王曰弘光。閣部史可法督兵揚州。阮大鋮仍光禄卿修東林之怨，逮復社諸子。公依蘇松撫軍張鳳翔，有《贈張尚書》詩。阮大鋮復檄捕公，公渡江依史可法於揚州。

司徒公流寓徽州。

順治二年乙酉　公二十八歲

依高傑防河。傑旋爲許定國所殺。公説其軍中大將，規畫東南，不聽，歸里。旋省司徒公於徽州，假道宜興訪陳定生。阮大鋮廉得之，就定生舍逮公。

順治三年丙戌　公二十九歲

大兵下江南，弘光出奔，明亡，公獄得解。奉司徒公歸商丘。

司徒公築南園居之。仲兄方夏成進士。

順治四年丁亥　公三十歲

奉司徒公居南園。

順治五年戊子　公三十一歲

奉司徒公居南園。

順治六年己丑　公三十二歲

奉司徒公居南園。

順治七年庚寅　公三十三歲

奉司徒公居南園。

三省督府張公存仁詢訪公于居里，條陳《剿撫十議》。

順治八年辛卯　公三十四歲

奉司徒公居南園。

當事欲案治公以及於司徒公者，有司趨應省試方解。

順治九年壬辰　公三十五歲

奉司徒公居南園。

治壯悔堂，作文記之。

訪陳定生於宜興。作文祭吴次尾。與方密之書。修雪苑六子社。作《哀辭九章》。

順治十年癸巳　公三十六歲

奉司徒公居南園。

順治十一年甲午　公三十七歲

十二月，公卒。

吴支五世族孫　洵　輯

五世孫　訒　較

壯悔堂文集卷一　序

送徐吳二子序〔一〕

侯子既放，涉江返棹，棲乎高陽之舊廬。日召酒徒飲醇酒，醉則仰天而歌《猛虎行》。戒門者曰：『有冠儒冠，服儒服，而以儒術請間者，固拒之。』於是侯子之庭，無儒者跡。

一日，遇豎儒于途，勞侯子曰：『子之術可以封，然且不免於洴澼絖者，不善用其手也。吾願授子。』侯子叱曰：『是七聖焉羣迷，而黄帝之所聽熒者也，而豎儒又何知？而身且死，而猶傳蓬萊之藥，而又誰欺？』言未畢，豎儒返走〔二〕。於是，侯子出，皆避去，無所與語者。

會時時從其故人吳伯裔、徐作霖遊。一日，二子過侯子，置酒，伺其飲酣而謁之曰：『我將走北闕〔三〕，以儒術售天子，賴子一言以壯我，且拒，奈何？』侯子曰：『吾惡夫豎儒者，惡其羣鴟逐鳳凰，而鳴噪焉其後者，嫉其文采之異己也；蜀之犬望日而嗥者，少所見多所怪也；蚓廉蟻信，而自以爲得繩墨也。今二子皆落脱好飲酒，醉後讀書，不求章句，是吾所燭照而求者也。雅善歌《猛虎》，二子願聞之乎？今夫虎，見人無不噬者，然遇嬰兒則舍之，神不動也；不敢觸醉夫，避其氣也。故欲求可以制虎者，嬰兒之神而加以醉夫之氣，庶乎近之矣。今天下之虎多矣。往見獵虎者，禹步而入山嵎，以爲誦符而騎其項；既見虎，則又首鼠，亦焉往而不爲所噬哉！』二子徐起，謝侯子曰：『吾聞鄭之人有覆蕉者，以爲夢而失，醒乃求之。然則，凡有所求者，寐且不可，而況於醉耶？子教我醉，是猶適越而北轅也，不如輟駕。』侯子曰：『二子行矣！二子所言者，逐鹿之幻者也，是猶畫虎也，安知鹿之不且爲馬？安知馬之非即吾尻臂，浸假而化焉至於無窮？子其能醒而憶之耶？今天子憫生民之被噬，方欲驅虎，然屬之人輒色變者，無他，醒故也〔四〕。衆人皆醒，二子獨醉，吾且以二子爲嬰兒也。二子行矣！』

於是二子大呼，盡一石而去。

【校記】

〔一〕本篇文鈔本未收。

〔二〕『返』，家刻本、强善本、本衙本等同。備要本作『遂』，誤。

〔三〕『闕』，家刻本、退齋本、强善本、本衙本等同。備要本作『門』，誤。

〔四〕『故』，强善本作『救』。

【集評】

一　賈開宗等評點：（『仰天而歌《猛虎行》』句）一篇立意在此。（『吾惡夫豎儒者』諸句）一路皆借境生姿，甚鍊而腴。（『既見虎則又首鼠』句）總不明説出送二子。

二　徐作肅曰：直是一篇奇文，韓、歐集中不嘗有。

三　賈開宗曰：處處照應，一絲不亂，是極細心文字。

贈倪滎陽序

友人王君侯服者，東夏豪傑之士也。舉於鄉以歸，而貽書於余曰：『服輩出滎陽倪先生之門，願得一言以頌先生。非吾子不爲重，先生之命也。後五日，將登吾子之堂以請。』已而，王君至，再致先生之命如其書。嗚乎！先生通且顯矣。世莫不願得王公卿相之言，擇其尤通且顯者而託焉；先生乃獨折節向放廢之人求之，若以余之言爲有幾於道者。以此求天下士，何士不得？宜吾王君與其倫輩二三之子偕出其門也！

先生自敍曰：『倪氏自徽之祁門遷於閩，十有八代，簪纓之盛，人傳東方倪氏。』若先生者，豈徒以簪纓重歟！且以先生之折節虛懷，天下士聞其風而慕之，莫不願一遇先生以爲依歸，又豈徽與閩所得而私也。

先生又云：『閩有名山，左旗右鼓，兩峯之盛，甲於八郡。』荊公所謂龍蛇之神，虎豹翬翟之文章，楩柟竹箭之材，皆自山出。至其淑靈和清之氣，磅礴委積於天地之間，萬物之所不能得者，乃屬之於人。意者其鍾之先生耶！先生嘗治民而民懷，取士而天下之士以得，事業烺烺，將來未卜其倫匹，不知左旗右鼓，其磅礴而委積者，果足以當先生否也。

先生有二親在堂，王夫人年八十餘在上。昔唐寶曆中，楊於陵自東洛入覲，子嗣復知貢舉畢，率生徒迎於潼關，既而大宴於新昌里第。於陵居正座，嗣復率生徒跪拜稱觴，一時賦詩以爲盛事。今所傳楊汝士『鴛掖』、『鯉庭』之詠〔一〕，所謂壓倒元、白者是也。先生行以治行，超擢不次爲大僚，王君輩必且賦曲江，張讌春明門外，相率迎先生一如楊氏。惜余無汝士之才，不能一爲詩歌，以傳其盛於無窮也。

雖然，以余言先生之折節而好士，照映千百世而下猶將見之，卽不及汝士，其可傳者固在也。

【校記】

〔一〕『鴛』，楊汝士詩作『鸞』。《全唐詩》卷四八四楊汝士《宴楊僕射新昌里第》詩：『文章舊價留鸞掖，桃李新陰在鯉庭。』

【集評】

一　賈開宗等評點：（『先生自敍曰』以下）以下皆逐段作小結。（『昔唐寶曆中』以下至文末）烟波生色無限。波瀾。收妙。

二　徐作肅曰：於零碎不好收拾處，卻借之起伏頓挫，生姿生色。關於神氣者不可易到。

三　賈開宗曰：須看其段落脱化處。

贈徐子序〔一〕

侯子既放，而有喜色。或問焉，曰：『徐子遇也。』或曰：『何也？』曰：『君子憂夫道之不彰，不憂夫身之不遇；道在其友與在其身，一也。苟其友之彰夫道，無以異於身也。徐子，吾友也。』或曰：『敢問彰夫身與彰夫道？』曰：『今夫舉於鄉，登於國，不知其所以然而然，其未致之也，乃其固也，其既致之，天下以爲幸，而且沾沾然，而且烜烜然，是其彰夫身也，旦暮之遇也；舉于鄉，登于國，知其所以然而然，其未致之也，天下信之；其既致之也，天下以爲重，有所啓而佑焉，有所待而傳焉，是則其彰夫道也，徐子以之。』

或曰：『徐子所遇者，文也，非道也。』曰：『否！徐子之文，寓於道者也。往者大雅不作，浮豔具陳；十年以來，天下之人，淫詞詖説，榛莽塞路。當是時，小生末儒，挾一組織故册子，篇章之積不能以寸，稍稍規而摹之，取富貴如寄。徐子輒閉關高臥，不肯出也。已而，天子下詔書褒崇典型，釐正繁蕪，徐子乃奮起與昌明之運會。嗚乎！天下自此知積學力行之士，必有其報，而僥倖之不可以常試也。息鹵莽之心，務滋植之業，誰之力歟？徐子之文，將不得爲其道乎哉！且余嘗童而習之矣，其人清剛方正，性有所不可，必形於色、發於言；凡其知所守而不變者，非獨區區應世之技能已也。今日天下以文求徐子，徐子以其文易天下；苟其大而能以道求徐子，徐子又必以其道易天下。如若所見，是殆沾沾吾徐子者也，烜烜吾徐子者也。徐子方以爲恥，而乃欲介之以稱觴耶！』

或人默而退。侯子告其友曰：『吾黨登徐子之堂，請卽以斯言爲贄矣。無諛辭，無蔽指，使徐子收而藏之，爲息壤焉可乎？』衆皆曰：『然。』遂書以贈之。

【校記】

〔一〕本文標題，各本卷前總目皆作『贈徐恭士序』。

【集評】

一　賈開宗曰：起束以道爲經，以文爲緯，是文章大關鍵處。

二　宋犖曰：骨力頗類昌黎。

贈彭子序〔一〕

歲乙酉，河南貢士於鄉，例也，吾彭子與焉。嗚乎！夫士之遇不遇，豈不以時歟！遇卽幸，不遇非盡不幸，余于彭子三嘆。以彭子之才，使早十數年見用當世，豈有所不足哉？然而三北也！己卯，嘗中選，已復罷去。無何，坐詩語，鍛鍊覃懷獄，御史必欲殺之，值天下大變乃免。當此時，未嘗不嘆彭子誠蚤達，必不如是！由今思之，彭子蚤達，豈止免鍛鍊！昔者思宗之朝，旁求若渴，用人不次，賤吏卑官，往往見天子，片言立取卿相；彭子且入侍承明，出領藩牧久矣。在《易》之《革》，大人虎變，彭子宜何以稱焉！然則彭子向者之選而復斥，以至困頓幾死者，誠非其材不豐，而時不利也。

吾聞唐初如楊師道、封倫。宋初如范質、王溥諸公，其人者，皆在前朝通籍，踐履顯赫。其後，乃知命通權，身輔聖主，功名有足多者。然而達節者少，硜硜然議之，難以龍蛇之道喻也。以視馬周、張齊賢，起身布衣，應運倏忽，豈不附景命，陟康衢，磊落光明，居然以得位行志，大丈夫哉！嗚乎！彭子誠蚤達，又何如其晚也！

嘗考馬周，薄遊郡邑間，屢爲人折辱，見者以爲酒徒。齊賢飢寒，尤不自保，其不得意，雅與彭子少年時無異。然則，士誠有才，各當其世，乃爲貴耳；卽使且困窮，豈遂困哉！

【校記】

〔一〕本文標題，各本卷前總目錄作《贈彭孝先序》。

【集評】

一　徐作肅曰：轉折處有勁姿，有雋味。

贈王子序

郡之屬九，而其以人文稱者，太丘、黍丘爲最。黍丘有魏君敏祺，學古行高；太丘有練君貞吉，能以家學知當世人物。蓋又二丘之最者也，嘗爲余言黍丘有王君侯服云。余曾一見王君於郡東旅舍，已而偕讌集共城，歎其器韻閒遠，不可得而親疏，以黄憲、徐寧目之。未幾，舉於鄉，其友人輩推余爲言以贈。

余惟王君之文，則已見長於天下矣。二君既二丘之最，獨交口稱王君，王君豈非更其最焉者乎！余夙信重二君之言，近又習王君，知其果不虛其言也。乃告之曰：『以吾子之雄文，且連第春官，官禁院，爲天子貴近臣，可不謂榮焉！吾之邑今昔固皆有之。其昔者，不專以此爲榮也；其今者，則吾嘗得而見之矣。於吾子何如？抑以吾子之爲處士也，修身砥行，令名滿天下；自此以往，又加之以得位而行道，使其守而勿失，不以赫赫而渝志，不以戚戚而貶節，以紹二丘之前光。即無論其他，若練君之先人司馬公者，真所謂不以世俗之榮爲榮者也。吾子豈有意乎？』王君再拜而答曰：『吾子贈服之言厚矣！服敢不勉，辱吾子之言以辱二子！』嗚乎，王君！信斯言也。又豈特二丘之最乎哉！

【集評】

一　徐作肅曰：既信其文而勉之行，纔是古人贈言之道。

二　賈開宗曰：大段本昌黎《送石處士》文來，吾取其分寸。

贈丁掾序

丁掾治其室成，其僚若友相與賀焉，而請于侯子爲之文。曰：今吏治之所以不古者，以擇其吏胥者輕也。若丁掾者，可謂能佐其上矣。先是，太守徐公來涖是郡，時方草昧，無文法可循，一時給事公府者心幸之。又竊念徐公自關外來，或不習郡之要害，人人自以爲必寄任我。徐公至，則潔清而威嚴，犂然不可欺，於是畏犯法者皆縮不敢前。徐公明而善知人，獨謂丁掾循循者可用也。終徐公之治，掾自守廉，而事上官謹。徐公去，其所以事其後之太守者亦然。蓋掾之辟於公府久矣，迄無赫赫名，當世以此賢之。嗚乎！掾者，郡邑所推擇以佐其上者也，使盡若此，吏治其有不古哉！

吾聞治之成也，其源逮下，朝廷正則其官賢，官賢則吏自不敢爲不肖，敝之革也。其流連上，吏不骫法，則官無敗事。官盡無敗事，則推而廣之，朝廷亦無稗政。上下相循，而古今之變盡矣。當其勢之偏重也，雖聖君賢相，不能矯之使爲不必然。而推移而救正之，天下未嘗不治。往者天下之仕出於一，雖未必其人盡材而賢，而諳練者或二三十年，最少者亦且十餘年，竭其力于文學，而又束之以律令，其于一切之章程，皆口能熟之，而手能習之，上呼則胥趨，上畫則胥諾而已。行之百年，而其勢積輕，而雜於是。其中雖有傑異可自見者，亦遂不自愛惜，而消磨無餘。故其政之得失，不在吏。

今天下開創伊始，一時諸大功臣，天授耆定，內以長其六曹，外坐鎮千里，皆尚大略，不遑問文法。其餘從龍而出治郡邑者，亦往往多崛起，不屑操儒生毛錐。其或未能盡如郡之先太守徐公，變通其俗，則不得不暫以吏爲師。已而，雖漢人之在官者，亦因仍以爲固然，天下化焉。豈非向者之積輕，一反爲偏重，而古今之變者耶！

然則，由今之俗，而欲如昔者，用所不擇之吏，未有不敗者矣！何也？得非其獨得而失非其獨失也？且天下殆未覩廉謹之效也？由今思之，果自守廉，則於人無多求；果其事上官者謹，則不依倚於非其道。無多求，則其俗安；不依倚於非其道，則其政肅。政肅而俗安，雖天下盛治可想見也！故效於其職，無大小也，惟效其職則理。苟身實在其職〔一〕，而以爲小者不足爲，則進而一邑之令，進而一郡之守，更進而天子之相，位愈尊則愈易曠，名愈高則愈易諉，又豈有績用之可見耶？吾觀三代而後，惟兩漢之治最爲近古，而其用人，多公府之辟召者，尹翁歸、張敞之類是也。今天下破除資格，仕籍不必一途，又安知其用胥吏者，不更如兩漢耶？

掾，敬勗矣！苟能守其廉謹而勿失，則所成就殆未可量也，區區以其居室長子孫已哉？

【校記】

〔一〕『在』，家刻本、文鈔本、强善本、本衙本同。備要本作『任』。

【集評】

一　賈開宗等評點：『廉謹』是胥吏第一等是，今日胥吏所絶無。關係風治不小，無限感慨。又曰：洞悉治源如此，方可作文。

二　徐作肅曰：作一胥吏文説到古今政治大關頭，是何等識見！雄博岸異，堂堂正正，更見力量。

贈鄭大夫序

八年冬十月朔，郡太守王公奉制行鄉飲酒禮，以鄉大夫鄭公爲大老。先期遣博士造于其廬，具述天子所以尚賢羞老之意，乃集生儒，勅人吏，設筵於明倫之堂。太守暨僚屬，胥鬮胥恪，迎鄭公至，就賓位。酒醴既陳，三歌《鹿鳴》，鄭公北向，拜手稽首，謝天子而退。是日也，觀者傾城，僉謂以公之賢，克副大典。今相國宋公曰：『是不可無以志盛事。』爰率先其族，執醑於公，而都人咸繼以往。嗚乎！風化之所以盛衰，其由來者漸矣。昔者禮教大行，鄉國一俗，莫不尊延耆耇，象其德音；馴而習之，敬讓之心生，悖亂之萌息，比屋之間，蒸蒸如也。《傳》所謂觀於鄉而知王道之易者，其在斯乎！

蓋自天下兵爭以來，而此禮之廢也久矣。以余耳目所覩記，即間有舉之者，或國中無可矜式，則聊與一二野老，循行故事而已，齒不配德，又何觀焉！嗚乎！鄉飲酒禮，大典也，非其人不爲光；有其人矣，吾君吾相，未必加意，而長吏奉行不以誠，與上之人知所以崇之，而不遇夫漸向文明之時〔一〕，皆不可以行此禮。今三者適備焉，意者太平之治，將從此見端，則必有輔世長民者出，而鄭公其番番者耶！夫加之以卿相之位，得時行志，炳炳烺烺，其事業可望而知，可述而識也。若夫從大夫之後，辭榮守道，積於身而孚於鄉，示我周行，爲羽爲儀，使風有〔二〕自厚而化自有興，是其佐助乎國家者，豈猶在人耳目之間也！嗚乎！非古之純嘏耆耇，烏足以當之哉！

【校記】

〔一〕『向』，家刻本、文鈔本、强善本等同。備要本作『相』，誤。

〔二〕『有』，家刻本、文鈔本、本衙本等同，備要本脱。

【集評】

一　賈開宗等評點：（首四句）一路鄭重得體。（自『蓋自天下兵爭以來』至『又何觀焉』）少此一段關係不得。（結句）宕。

二　賈開宗曰：文亦未甚用力，而局陣可取。

爲司徒公贈萬將軍序

制府張公，當世所稱善將將者也。于其部下不輕許可，而獨謂萬將軍賢。會歸之舊將遷於督亢以行，公以是爲重地，乃屬將軍于大司馬〔一〕，俾代鎮。至則討軍實而申儆焉，必備必嚴，兵不忘戰，民不知兵。期月而歸人感之，相率請于余，願得有言以志將軍之勛若勞也。

余惟稱人之善，先其大者，而後天下之人，推崇遜讓，以爲不可及。以將軍身歷百戰，佐開國時，卽賁、育之勇，喑嗚叱咤，此其所固有。縱云歸在中原，爲腹心重地，其來戍者，又豈不能蓄數十輩健兒，躍馬彎弓，以自爲功名封殖計耶？將軍顧獨循循然謹守朝廷法度，秋毫無擾於民。郡之人爲余言，此兵興以來所罕覯也。以張公節制三方，其部下熊羆之士雲屯森立，而特屬望將軍，其必有以取之矣。余因憶往者太平盛治，文武之職，各得其序。蓋朝廷所恃以安民者惟吏，所恃以統軍者惟將而已。其後將强而吏弱，將不戢兵，則吏雖欲愛民而苦不可得。自昔明季餘習，藩鎮僭亂。每脅其强梁，咆哮憑陵，浸不用命，以至於亡，非朝夕之故矣。清朝締造，藉師武臣力，雖悉其弊，而一時積重之勢，未能遽挽。今天子明聖，張公又久在兵間，數奉詔諭其部下，而將軍乃率先遵約束，有儒將風，此其識量，豈與喑嗚叱咤者同日語哉！

歸，敝郡也。愛養而休息之，猶恐不得當。郡之人莫不幸將軍之來，而又惜其來之晚。將軍曰：『不然！我爲將但能不愛錢，不縱下，此自其常分耳。』嗚乎！余昔歔歷中外，以至忝孤卿，所閱天下之利害多矣！果能不愛錢，又不縱下，力行而致有終，詎獨宜於爲將而已也！

將軍聞余言也，充然以喜〔二〕，已而愬然若有思。嗚乎！賢矣哉！

【校記】

〔一〕『將』，掃葉本、合鈔本作『大』，誤。

〔二〕『充』，文鈔本、强善本作『克』，誤。

【集評】

一　贾開宗等評點：（開頭數句）絶好頭腦。鍊。一路俱似昌黎學《史記》。（『縱云歸在中原』以下數句）本段中自爲轉换，綿邈沉鬱。（『蓋朝廷所恃以安民者惟吏』以下諸句）重吏治，相形容比屬一處，是至理，更切中當時。（『而又惜其來之晚』句）有諷刺。（『果能不愛錢』至結尾）餘波渾然。妙！搖曳無盡。

二　徐作肅曰：轉筆深厚，章意周匝，於文家已得三昧。

代司徒公贈周生序

周君少年材勇，善騎射，尤洞習兵家言。辛卯，例當以武校士，君遂舉於鄉。余忝君之姻婭，三世於兹矣。君之祖起家布衣，以甲科歷諫議，位司空，嘗抗論中貴人李實，忤魏忠賢，又折幸璫張彝憲，不肯與共座，最後以爭駙馬齊贊元事，侃侃天子之前，挂冠去。毅然三大節，在人耳目。子業熙，亦以文名雪苑中，舉己卯孝廉。門第相承，一時羨焉。司空父子沒，而周氏中落者十餘年，然里人猶能言周司空云。君今乃以武繼之，儻所謂公侯之子，必復其始者耶！君嘗云：『丈夫當立功萬里之外，安能冠儒冠，偶言矩步，終身厭厭牖下哉！』仗劍走河朔，不遇。歸里，傭人竊笑之。君氣益豪，負不少挫，更射策，乃卒見收。

蓋昔聖人所以治馭天下者，武與文並稱，未始絀也。《書》曰：『則亦有熊羆之士，不二心之臣。』《兔罝》之詩曰：『赳赳武夫，公侯干城。』皆言武也。其後途宂而類雜，漬漸陵夷，士乃以帓首韝袴，握刀佩弓爲恥。其豪傑望而去之，而牧圉下走，棄廢無聊之屬，乃思藉此以圖僥倖。嗚乎！疆場之事，戰守之寄，有國大務也。乃不一留心，而使材者曾不肯就，就者卒不材，雖欲無亂亡，豈可得哉？

誠得如君輩數人，爲一蕩滌而炤映之，庶天下雄偉非常之選，自此興乎！故士之能自豎立者，未可以常格拘也。

余昔叨樞府，出爲天子行邊，見部下士，有少年材勇、負氣不肯少挫，雖暫屈伏，輒拔而心志之。後果皆爲大帥，封徹侯，君其可以自信矣！且君猶能念爾祖乎？司空起布衣，與余同朝，嘗及見其困頓時，乃益慷慨倜儻，落落有神采，卒陟通顯，爲世名臣。其所自豎立然也。果能自豎立，文可以布衣致位卿相。卽安見卿相之子，去而事武，遂不可以致公侯耶？

【集評】

一　賈開宗等評點：（首句）直起有精采。（『君之祖起家布衣』以下數句）敍實蹟，句句淘洗。（『司空父子沒』二句）實際感慨作風神。（『君今乃以武繼之』句）接。嶄然有力。（『仗劍走河朔』至『乃卒見收』）須有此等實落處來點染，方生動。（『蓋昔聖人』）過霞。以下作議論。（『且君猶能念爾祖乎』）打轉。（『果能自豎立』以下）陡健。到底不放倒文。

二　徐作肅曰：祖父門第交情，最易爲文。並其人小有氣概，故更烟波生色。

三　賈開宗曰：豪髮無遺恨，波瀾獨老成。當得唐人『擅場』二字矣！

贈江伶序

江生，吳人也，以歌依宋君于雪苑。先是，沙隨有郭使君者，官常州刺史，攜江生與其侶十餘人以歸。余識使君，使君每譏余，則出江生度曲，秀外惠中，丰骨珊珊，發清商之音，泠然善也。未幾，爲睢陽武衛馮將軍所留，已而復歸於郭；又未幾，卒歸宋君。

江生嘗告余曰：『身羈旅也，不幸以歌曲事人，實願始終一主。而朝章華之館，暮虒祁之宮，非其志也。主人不能有也。』宋君者，今相國介弟也，乃獨能有之。日設酒食，召賓客以自娱樂，慷慨豁達，不爲齷齪態，可謂達矣！

余因有感于雪苑盛時，烏衣朱桁，門第相望。當時亦有相國沈氏，其族如儀部君譔，尤以文采自命。爲豪舉，輦千金三吳，招呼伎樂。如江生者，皆衣輕紈，歌《子夜》。暇則鳴珂走馬，富貴兒競而效之。南鄰北壁，鐘鼓不絶，如此者遂歷三紀。識者以爲雪苑風氣，於是盡矣！侈極而衰，固其所也。無何，果爲寇所破。向之門第相望者，或存寡婦弱兒，或遂展轉滅没，不知其姓氏。嗚乎！轉瞬間相懸絶者，何止如江生一輩也？

有老伶吳清者，嘗逮事沈相國家。年六十餘，鬚髯白如絲。貧無依倚，乃爲陳將軍教其十許歲歌兒以糊口。能言吾郡神宗間最盛時事，謂：『江生晚出，雪苑向日之歌者皆已散去，惜未得見江生。江生亦不幸而未見夫梨園全隊。人擅《白雪》，每發一聲，則纏頭之贈，金錢委積。清老矣！當時身所親歷，至今猶數數夢見之。』每言則嗚咽泣下，沾襟不止。余更徵諸長老，清之言信然！既夙有感於中，而江生之來自吳，又識之獨先，然則江生雖少，固余之何戡也！屬酒酣，乃爲之序，而顧謂宋君曰：『人生貴行樂耳，公真達者矣！』

天下固多不遇而遇，遇而不遇，江生，江生，苟精一技，亦可以成名。高岸成谷，深谷爲陵。即秉燭刻陰，豈足以當老伶之一泣也！

【集評】

一　賈開宗等評點：（『宋君者，今相國介弟也』句）提關一篇。（『如此者遂歷三紀』以下諸句）遞接處真是歷落。（『有老伶吳清者』以下諸句）全不用氣，逸處、宕處、筋兩處，妙在此。

二　徐作肅曰：極蒼練，而風神更勝，他人卽不能有其兩美。

代宋太保贈衛商城序

汾陽衛公尹商城之六年，政大治。商城去宋郡九百里，余以病告老於家，間扶杖見賓客，輒耳熟公之治狀，若在几席也。愧余老而去國，不及以賢令尹颺言於廷，俾天子知之。又輒私念曰：『人之好賢，誰不如我？公，賢者也，行且有以自異，無以余爲矣！』已而，當事果廉公政聲，禮而聘之，分校士於鄉。得士七人，屬主司，亦倚重公，以公所取士爲第一人。而郡有徐生者，當世所推許，以爲力學者也，與焉。余老且病，絕交遊文藝之事，不悉知七人所業何若。以徐生律之，七人將非其倫乎哉！公之得士，信不誣也。

一日，徐生乘馬戒裝，過余曰：『將適商城見衛夫子。』余私念，賢令尹未嘗朝夕忘，顧告老不得薦之於朝，則願從徐生致一言焉。夫今所恃以治天下者，人才；所以取天下之人才者，文章；所以衡天下之文章者，主司也。主司得其人，則天下賢智之士接踵而升，惟天子使。故任國家之重者，宰相而下，惟主司爲然。苟無其素具，而不能識拔之，或有其識矣，而不求之以誠，尚有聞天下士之名而疑，覿其面而曾不相識者；而況分校之役，格格于層次幽暗之中，僅望氣乎丹黄者耶！

徐生曰：『衛夫子之好士，蓋天性也。尹商城，數數延見諸生，攷課而勸勉之。有貧不能赴試者，給之郵馬，又計其道里飲食費。其在闈日，有一言之善，必表出之，不肯以去取徇人見。有能文章而不遇者，無論出其門與否，輒爲嗟惜累日。』徐生之言如此，然則公之得士也，豈偶然哉！惜乎公猶未得爲主司〔一〕，而魁傑倜儻之士一一盡羅而收之，以張吾中原也！雖然特患無其識而不求之以誠耳，儻有其識而復求之以誠，則取一士拔其尤，而天下之望以歸，又安知異日公不且爲天子之相，以造就拔擢天下之材，使得如徐生之盡出其門也！余尚日跂公之開東閣，而賦『菁莪』以志之。

【校記】

〔一〕『司』，强善堂本作『師』。

【集評】

一　賈開宗等評點：（『餘私念』句）一總卽作起。（『惜乎公猶未得爲主司』句）應前，絲理絶妙。

二　賈開宗曰：濬宕容與，質中見奥，另一手筆。

贈季弟序

吾家世戍籍，祖父顧以文學致通顯，未有習武事者，有之自季弟始。季弟勉乎哉！

方叔父司成公以詞臣傾動天下，天下犖犖材賢之士，胥出其門。是其詩書之澤，將十世未艾也。季弟胡爲乎以武名耶？嗟乎！士不因時通變，守一卷之書終其身，咿唔呻吟，以爲不失祖父之舊，亦何其固而不知所擇也！天下承平尚文，開創尚武。往吾祖父遭明代盛時，二百年之間，放牛歸馬，天下習之，士非登甲科不貴。其以韜鈐起家者，雖佩虎符，開鎮千里，見公卿皆屏伏惕息，不敢仰首視。吾祖之少也孤，曾王伯父嘗進而命之曰：『吾，戍籍也。爾不力於學，將爲伍卒矣。』吾祖用是自奮，與伯祖同致身列卿。其後，吾祖又進吾父若叔而命之曰：『爾勿以我爲貴，吾，戍籍也。爾不力於學，將爲伍卒矣。』吾父若叔之克奉吾祖之教也亦然。季弟嘗從父兄之後聞之矣。季弟，勉乎哉！

今天下疆土甫定，國家且歌《大風》，思猛士。季弟能用其材武，將來禦武干城〔一〕，未可量也。歐陽永叔之送田秀才也，謂秀才將家子，反衣白衣，從鄉貢士舉於有司。彼此一時，各遭其勢而然也。季弟顧乃脫儒冠，負弩稱干，馳騁熊羆之隊而爭其上駟，豈非亦遭其勢而然耶！往吾父司徒公佐司馬，力能去其戍籍而不肯，曰：『留以警吾子孫也。』然則世有公卿之後，既不事詩書，又不能事騎射，徒矜高其門第而不知警者，其有愧于季弟多矣！

季弟，勉乎哉！

【校記】

〔一〕『武』，家刻本、强善本、本衙本同。備要本作『侮』。

【集評】

一　賈開宗等評點：（『天下承平尚文』二句）提二語，回護題面。（『曾王伯父嘗進而命之曰』以下）敍家世纏綿感發。(『力能去其戍籍而不肯』二句)留此一段作收,更見精神。

二　徐作肅曰：　借家世喚起,故易爲文。而抑揚出脱,銖量不失。

秋園雜佩序

友人陳子貞慧著《秋園雜佩》,凡十六種,皆記載耳目間物近而小者。或曰：『心遠地偏,以消永日,其「雜佩」之謂乎?』侯子曰：『非也!請爲序之。』

其曰《廟後茶》,以澹爲宗,君子之交澹若也,譏附濃也。曰《蘭》,自喻也,衆草蕪穢,蘭獨芳也。曰《龐公榛》,託西方氏,志物外也。曰《竹菇》,山中所在有之,食焉,言採其薇也。曰《南嶽蓴》,惟南嶽澗中爲然,易置他所即萎,感物生之不可移也。曰《香櫞》,志閩粵之阻也,嘆摘香于童僕也。曰《書硯》,感髀肉也,思良友也。曰《鸜鵒啄金杯》,記先朝法物,思太平也。曰《時大彬壺》,傷名有幸成,而物易喪古也。曰《湘管》,嵇鍛也〔二〕,王琹也,悼相國之先哲,而貴池之忠義也。曰《黄熟香》,辨正也,惡奪真也。曰《五色石子》,質堅也,文離離也,我心匪石也。曰《摺疊扇》,志變制也。曰《丘山胡桃》,志淫巧也。曰《杜鵑》,感符讖之驗,而鄉里失所也。曰《永定海棠》,詳其始,詳其廢,詳其復,記興廢之有自也,不獨物有然也。

侯子序而歎曰：　秋,收也,天地之氣閉而藏也。佩者,佩也,古人或佩韋焉,或佩弦焉,或佩刀劍以示威焉,或佩玉以比德焉,示不敢忘也。陳子意者,當天地閉塞之時,退而灌園,有不能盡忘者耶。

其詞微，其旨遠，其取類也約，其稱名也博，文武之道，未墜於地。識小云乎哉。

【校記】

〔一〕『嵇』，底本作『稽』，家刻本、文鈔本、强善本同。《晉書·嵇康傳》：『康居貧，嘗與向秀共鍛於大樹之下以自贍。』鍾會造訪，『康不爲之禮而鍛不輟。』『嵇鍛』，當指嵇康鍛。

【集評】

一　賈開宗等評點：（『非也！請爲序之』）扼一篇之勢。（『悼相國之先哲，而貴池之忠義也』）蓋嘗以湘管貽文相國、吳貴池者。（『不獨物有然也』）一句總收。（『佩者，佩也』）錯綜。妙！（結句）結，气象。

二　徐作肅曰：命意高遠，體裁似衛宏小序。

大寂子詩序

大寂子者，彭孝廉賓乙酉後變其名也。孝廉初起雲間，與夏考功允彝、陳黄門子龍、周太學立勳、徐孝廉孚遠、李舍人雯互相唱和，聲施滿天下，當時謂之雲間六子。未幾，周子夭死，考功投淵死，黄門斷頸死，徐君掉臂而蹈東海屢濱於死；舍人雖非黑頭而還梁，幾於少卿之辭漢，亦鬱鬱病死；獨孝廉在，因號大寂子。嗟乎！人生凡喧寂生滅，皆本於情，孝廉乃求寂焉，或欲託于西方氏甘無情耶？

憶余年十八歲，交孝廉及考功、黄門；又四年，交周子于梁園，又一年，交舍人于燕邸；又一年，交徐君于金陵，先後咸相善也。今二十年間，不見五君，獨見大寂子。然則，余之累於有情，豈復減大寂子哉！

大寂子著詩曰《偶存草》，以見存者皆偶爾，不獨詩也！吳學士偉業敍之詳矣。又著詩曰《越州草》，乃過劉忠端、倪文正諸公之里，而感慨係焉者也。東海姜垓曰：『可以徵詩人怨怒之一端也。』嗟乎！知言哉！旣而，大寂子合其二集，請敍于余。余竊以詩之工拙，視其懷抱；今大寂子之懷抱，殆不止屬國留別、杜陵述哀焉，詩安有不工哉？

余讀其詩，飲酒而起舞，旣而嘆且泣，旣而惝恍如有所失，因不復能敍之終也！雖然，夫詩人之旨，固有沉吟含蓄而發之甚遠、求之轉深者；卽大寂子意有所不盡，余乃欲以言盡之也乎哉！

【集評】

一　費開宗等評點：（『舍人雖非黑頭而還粱』二句）敍舍人處，好！（『憶余年十八歲』一段）復敍一段，悽愴不堪。（『余之累於有情』二句）映帶，妙！（『吳學士偉業敍之詳矣』以下諸句）又出姜、吳二人，簡中詳。（結句）悠然。

二　徐作肅曰：不必有意爲文，而感慨悲悼，一往情深。

彭容園文序

自古文章之事，必有其人以任之，而後衰者以興，弊者以起，舉天下之習俗氣運莫不趨於正，所係若是，其不易也。而是人者，必有其望與其時與其地，三者畢具，而後能以所操，移易乎天下。然則，今日興起之任，非彭子誰屬乎哉！

彭子故主壇坫雪苑中，奬引後進，中原風尚爲之一變，海内推爲耆宿，此其望也。屬天下初定，方且鋭意右文，而彭子身負羽儀，翱翔皇路，此所謂時也。吴越向多聞人，斐然森蔚，彭子筮仕其間，聲應氣求，裁其過，掖其不及，此所謂地也。嗚乎！是三者，幾百千年而不可以一遇者也！往者三百年，以制舉義取士，其君相之制度，與夫士大夫之學術，靡不萃聚於此。而一時倡率主持之人，國固一俗，而鄉固一師也。今則曾未須臾，而生死聚散、升沉顯晦之變不可勝窮，乃彭子獲以碩果獨存，豈非天哉！

夫彭子負此三者不可得兼之遇，而又獨爲天所厚而留之，蓋必使之身任斯文，而非徒然已也。余固自惟衰廢，不必身致之，而尤願其友彭子之身致之，而余且身見之也。

嗚乎！東南之君子，尚有幸而介於生死聚散，升沉顯晦之際者，必有聞余言而嘆息。或讀彭子之文，而更以彭子爲古人，相與唱聚而觀感焉，未可知也。信矣！斯文之絶，續之果在吾彭子也！

【集評】

一　賈開宗等評點：（『而是人者，必有其望與其時與其地』）關係鄭重如此。（『是三者』二句）一頓。是章法。（『尚有幸而介於生死聚散』二句）一唱三嘆。

二　徐作肅曰：澮宕紆徐，意外不盡。

三　宋犖曰：行文當得一潔字。

倪涵谷文序

余少游倪文正公之門，得聞制藝緒論。公教余爲文，必先馳騁縱横，務盡其才，而後軌於法。然所謂馳騁縱横者，如海水天風，涣然相遭，濆薄吹蕩，渺無涯際；日麗空而忽黯，龍近夜以一吟；耳悽兮目駴，性寂乎情移。文至此，非獨無才不盡，且欲舍吾才而無從者。此所以卒與法合，而非僅雕鏤組練，極眾人之炫耀爲也。今夫雕鏤以章金玉之觀，組練以侈錦繡之華而已。若欲運刀尺於虛無之表，施機杼於縠紋之上，未有不力窮而巧盡者也。故蘇子曰：『風行水上者，天下之至文也。』風之所以廣微無間者，氣也；水之所以澹宕自足者，質也。風之氣蕭然而疏，然有能禦風者否耶。水之質泊然而柔，然有能劃水者否耶。故曰氣莫舒於風，質莫堅於水。然則至文者，雕鏤之所不受，組練之所不及也。

自文正公歿，而天下失其宗。十年以來，後起之俊秀，乃務求之繁淫怪誕，以示吾之才高而且博，而先民之規矩蕩然無復存者矣！夫天下之真才，未有肯畔於法者；凡法之亡，繇於其才之僞也。余乃知向者文正公之論文，不以法先才者，蓋欲收天下聰明智辨之士，使之巧盡力窮，廢然而返，而究無以軼出我之範圍也。

天下雖失其宗，然猶倖存之倪氏。友人玉純氏之子涵谷，年未弱冠，著《經鉏堂制藝》。余讀之離離然有光，隱隱然不可得而磨。發揚于理，變化于自然。讀竟，歎曰：『其離離然有光者，氣之舒也；

隱隱然不可得而磨者，質之堅也；所以能扶質而禦氣者，才也；而氣之達於理而無雜揉之病，質之任乎自然而無緣飾之跡者，法也。才與法合。然則涵谷之文，非吴、越後起之文，而爲天下轉移風會之文也；亦非天下之文，而直倪氏之文也。以涵谷存倪氏之文，以倪氏之文轉移天下，文正公雖歿，而道固已傳矣！』

余感而敍之，以報玉純；尚亦俾涵谷思日孜孜也哉！

【集評】

一　賈開宗等評點：（『日麗空而忽黯』前後諸句）寫文境入神，非親歷者不知。（『氣莫舒於風』以下三句）確不可易。（『蓋欲收天下聰明智辨之士』諸句）正。索解人不得。（『所以能扶質而禦氣者』諸句）千古文人，盡此數語。（結句）又勉勵涵谷，好收。

二　徐作肅曰：論文精當。起結歸文正公，更不草草。

壯悔堂文集卷二　序

梅宣城詩序〔一〕

余昔歲偃居鄉里，客有自宛來者，曰：『而知梅子朗三乎？登高能賦，感遇爲詩，騷、雅之材，跨漢軼梁，鄒、枚、吾丘之亞也。』及余涉江滸，棲金陵，采覽人物，披尋故舊，爲余言梅子者以十數，皆當世賢豪長者。

一日，方子密之過旅邸。夏雲忽來，陰雨相接，解衣燕坐，爰出紈扇以示余。扇有書畫，無款表。書法創動〔二〕，勢若驚鳥之斜飛；畫格蕭疏，體似落霞之孤逝。詩則《過虎丘弔貞娘墓》，所作情思幽涼，風期秀勁；振絕步于區中，結遐韻於塵外。三復詠誦，頓爾天宇若霽，重霾自遣。余徘徊歎絕：『海内才子，賴有斯君！』密之顧視而笑：『此卽宣城梅子朗三也！方寄僧房，授諸生。去此可數里，子其識之。』

余乃櫂秦淮之小艇，訪天界之古刹。鳥語蟲吟，石蹲藤臥，遙望乎一童當戶，旋聆乎逸嘯出林。搴其帷，室邇人遐，穆如清風，則梅子朗三在焉。嗟乎！余與朗三，聲氣有素矣，今乃得握手，豈不重稱愉快哉！相與道平生，訂趨向，大而人品學術之分別，細及文章詩賦之指歸，循厥源流，均爲同撰，益信囊者客談之不謬，而大江南之多君子也。嗣是則春草欲碧，秋水始波，攜手莫愁之湖，振衣雞鳴之巔，山曙曉烟，露溥明漢，靡不與朗三偕。

每暇必授詩，使余讀之。詩備諸體。觸諷時事，則屈子憔悴之容，哀激爲骨；傾舒懷愫，斯杜老頓挫之致，沉鬱有神。追論往昔，而傷音徽之不見，想人琴之如今，擬《西州》、《半夜》之詠，窮其俯仰，以寫流連；則發明月之輝光，照妖女之窈窕，齊美酒十千之篇，極爲跌宕。長短歌律，胥臻精妙。而余斷之以一辭，則云採六代之華，獨存規矩；標三唐之制，此是隆初而已。夫當世之爲詩者衆矣，或侈衣冠之威儀，則千幅同裁；或叩響籟於寂寞，則新聲競奏。寧非所謂烟墨不言，受其驅染；紙札無情，任其搖襞，故煩雜而無當哉！竊意我皇明大雅將興，作者虚左，倘朗三而及時射策入格，潤色鴻寶，天下當共以此事屬之！

居無何，朗三被放，踉蹌西去。余亦眇帝闕而愁予，淹貂裘之空敝，歌《彈鋏》，賦《歸來》，駕我𨍭隤，游茲川路。使朗三在旁，登山望海，而作《遠別離》之曲，對此茫茫，百端交集，又不知其何從已！後將年餘所，而朗三念故羣之索居，假素羽乎修途，貽余詩曰：『昔年別君秦淮樓，冷香搖落桂華秋。』冷香者，余棲金陵所與狹斜遊者也。其二章曰：『今年思君梁王園，百草已綠蝴蝶翻。』余瞻覽物序，憂自中來，蓋聚散之移我情也如此！乃記余與朗三定交本末，以報朗三，謂子詩成，其以此序之。吾黨之同志者，見余與子之離合聚散，飄忽不得志于時，必且欷歔彷徨，淫佚而不能已已也！

嗟乎！君有此才，其生孝武之世哉！

【校記】

〔一〕本篇文鈔本未收。

〔二〕『動』，家刻本、强善本、本衙本同。備要本作『勁』。

【集評】

一　賈開宗等評點：（『朗三被放』以下諸句）悽惻欲絶。敍述處與會入神。（『泠香者』二句）又宕一句，文情生動。（『見余與子之離合聚散』以下結句）無盡。應起處，遠！

二　徐作肅曰：全以氣韵行文，淋漓振宕，不覺其排。

八陣圖序

余友賈生開宗年逾五十，老矣。負奇，好大言，嗜酒，不拘繩墨。常自許得爲宰相，當一年平寇，三年可盡撤諸塞上兵。里人大笑，以爲病狂。乃感憤著《八陣圖》數千言。余則獨有取焉，而爲之序曰：

嗚乎！今天下隱憂，蓋在於文臣之望淺，而武臣之志驕，不知其所終矣！陸賈有云：『天下安，注意相；天下危，注意將。』夫爲相不必讀書，身先險阻，策合羣力，能不忌害人之功者，名相也；爲將不必善騎射，粗知古今，遇大變而不挫者，名將也。今天下急急論將哉！漢祖之明，不難於拜壇下，而難其所拜者韓信；闔廬之信，不難於斬寵姬，而難於識孫武而任之。天下而有韓信、孫武，宜使之專制千里，豈當更有開府位其上、中貴觀軍容，掣其肘也！天下而無韓信、孫武，又何取于諸將，而羣委之以旌節、倚之若長城也哉！

今天下宣、薊握重兵，豫、楚多元帥，而鳴鏑在郊，烽火且連未央。然則收其所爲旌節，撤其所爲長城，卽外患不靖，内憂不滅，而國家省金錢之費，人民免首功之慘，亦未始非勿藥而愈病也，余所以終願今天子之右文而左武也。雖然，今之以文臣任武事者，朝則樞府，藩則撫軍，吾皆得而見之矣。大約多歷年所而得之，又或以盤錯之地，狡利者善避、更授鈍者。此其胷中豈異伍卒，而乃使諸大將肩蟒圍玉，相與拜跪之，固宜爲其所輕，而日有憤噪之變也。雖日推轂鑄印，於以稱曰文飾則得矣，戡亂則未也。

嗚乎！葉公好龍而龍至，燕王市馬而馬來。我國家地廣人衆，而倜儻非常之略，寂焉無聞。將果無人言之耶？抑無人用之耶？豈天未悔禍，而人未厭亂耶？又豈人之建功立業，各有其時，而急者不可以緩，緩者不可以急耶？何賈生之且老，而尚託於其言也！

【集評】

一　徐作肅曰：文臣望淺，武臣志驕，明遂以此亡國。朝宗經濟往往具此，觀者不可徒以文求之。

曼翁詩序

曼翁詩以《大晉齋》名者，別于《晉齋》也。《晉齋》者何？曼翁之弟雜庸子自署也〔一〕。雜庸子曰：余蓋嘗過大晉齋云，大晉齋不爲陳設，中惟藏太史遺翰，旁置酒器。主人必醉後發策，一覽卽已，少不酣醉，則廢書。然而所讀書，醒者不解；卽醒而日事諷詠者，愈益不解。時共酒徒二、三人，長嘯而已。

性好詩，又懶爲詩；或一日而爲數篇，取給興會，不工應接。少而十五歲能詩，至今十餘年，而脱稿存者止數十篇。繼乃謁帝都，瞻王氣，弔金臺，歌易水，傷行旅乎在途，念倚閭兮叱馭，馳驅十數日，而賦詩二百餘篇。今又年餘，止倡和二十餘篇耳。蓋詩以言志，古人感遇而申懷，厥有以也。

夫曼翁以偉博敏麗之才，嶔崎歷落之骨，而憒憒是伍。揮嗣宗窮途之淚，彈中散《廣陵》之操，苟可以發兹深響，振我逸情，雖逆世斯吐之矣！若夫耽情物外，應期寰中，茂弘未閒于著作，安石不傳其詞致，將無煩簡同歸，顯晦一是耶！故作者必有懷，而序者良有感也。

今日者搶攘兵火，奔走放廢，以憒憒所言，必將曰：『戒酒卻悔吝，焚詩謝是非。』然而當世之達官貴人，與夫腐儒豎子，不飲酒不賦詩者何限！吾亦行見其同腐於草木矣。

雜庸子序言未畢，聞聲有鼾然者，起而視之，曼翁醉已！

【校記】

〔一〕『署』，家刻本、强善本、本衙本同。備要本作『著』，亦通。

【集評】

一　賈開宗等評點：（『主人必醉後發策』以下諸句）寫來生動。（『戒酒卻悔吝』以下諸句）此是文章快處，亦是輕處，不可不知。

二　徐作肅曰：此與《梅序》皆朝宗十五年舊作，余從其焚棄之餘，特爲檢出，以誌文體之變，亦以其氣韻生動，不爲風華所掩也。要之,《梅序》自勝。

孟仲練詩序

歐陽修曰:『天下嘗不乏奇偉非常之士,而消磨老死于山林之間,卒不得而見者,天下無事,無繇知之也。』然則豈有有事而不及見者歟? 必世之無其人也? 抑有之,而世未必求耶? 或此人猶將終求於世,而世猶將終見之耶? 或此人亦將終退而老且死於山林,竟不必其見耶? 嗚乎! 是皆未可知也。然慎勿謂無其人也。

余蓋得於大梁孟觀。孟君前十年來雪苑,其時吾郡方完盛,其文人能爲辭賦,吴伯裔、伯胤、徐作霖、張渭、侯方鎮之徒皆在,而余與賈開宗者,尤晨夕與諸子賦詩。一夕,孟君後至,吴伯裔未之識也。孟君論詩雄邁,驚其座人。伯裔前與之言,亦輒絀。乃大驚,問:『是豈大梁人孟觀者耶?』賈開宗曰:『是。』『固然。吾知孟君久矣。』諸君試取其詩觀之,豪宕感激,頓挫沉渾,殆學杜甫者。

孟君爲人倜儻,好經濟大略。嘗困于酒,兩目不闓如線,然論議英發,則瞬瞬然張其光射人。吾郡垂陷之前三日,乃賦詩別其友人,自驅其驢而北渡河。曹人劉澤清者知之〔一〕。會燕京陷賊,國家驅之代立〔二〕,而江南亦更立故主〔三〕,澤清乃廷薦孟君,以爲職方郎,命以出使,蓋所謂弘光元年也。時左懋第仗節不返,廷臣當繼遣者,皆惶恐哭泣,不肯出金陵門,獨孟君慷慨行。未越境,明遂以亡。澤清方守淮安,泛海去,孟君以詩貽之,亦不肯從也。已而,澤清竟歸朝,久之,坐法死矣。孟君則徒步歸其鄉，益得爲詩，顧當世無知其詩者，輒復過雪苑遊，而吳、徐、張、侯之五子皆没，獨余與賈開宗在。

孟君凡四來雪苑，每來則必有零落湮隳之感。其四來也，則開宗亦病，而徐作肅者崛出，與之論詩。徐作肅曰：『孟君之詩，豪宕感激，頓挫沉渾，殆真能學杜甫者，開宗之言是也！』於是侯方域論曰：作肅其知詩乎？夫孟君生平，數遭興廢，皆身與之，固宜其痛切以憤，怨悱以怒，而其爲詩，顧能遺於道不以自累，望之也厚，而測之也深，是豈猶夫世俗之苟作者耶！余卽以詩觀孟君，亦所謂奇偉非常之士也。天下方急得人，卽萬一不得似孟君者而亦進之，可不謂之求之耶？而孟君則若將終無求于世者，其必退而甘老且死于山林無疑也。然則世之終不得而見之，而遂謂之無其人者，固其所也。嗚乎！世果無其人耶？孟君之詩固在，惜不得歐陽修者見之也！

【校記】

〔一〕『曹人』，文鈔本作『曹帥』。

〔二〕『驅之代立』，文鈔本作『入關定鼎』。

〔三〕『故主』，文鈔本作『君』。

【集評】

一　賈開宗等評點：（『兩目不合如線』諸句）寫孟君如生。（『蓋所謂弘光元年也』以下諸句）無限感慨。是有意借第一等人來生色。（『久之，坐法死矣』以下諸句）點染數間字，悽惋，全在意外，令人讀之欲泣。（『而吳徐張侯之五子』以下諸句）南皮、西州豈必逾此？（『余卽以詩觀孟君』）一句收轉。

二　徐作肅曰：大段是歐，然全歐之神，兼韓之氣，以驅遣處勁而肆也。

贈宋子昭序

今夫以孺子之年，而循循然，而莊莊然，逆計其後，可以至於大成者，其有之乎？曰：『有之，視其父。』然則孺子之年，且循循然，且莊莊然，逆計其後，可以至於大成者，果有之乎？曰：『有之，視其師若友。』宋子昭者，相國之子，而賈子開宗之弟子也。

余於宋氏，世有肺腑親，而受知於相國最早。凡相國生平行事，皆能耳而目之。其德業之在天下者姑無論，論其一端。先是，相國屬疾，國之人或以醫來，或以卜，或爲之禱於國之社稷。余曰：『何患！相國清慎而恕，清則有餘福，慎則能養其性命，恕則無陰禍，是殆以耄耋之齡，昌其後人者也，相國何患？』已而，疾愈。又旬日，子昭入於庠。

吾聞相國之教子昭曰：『吾無厚田宅以貽汝，今天下又不重門第，如王、謝、崔、李、韓、呂之屬能以其世顯。汝惟力學則可，不然，無以異於市夫傭兒也。吾有執友賈子者，汝其師之。』賈子則又朝夕進子昭而教之曰：『能三復相國之言乎？相國無厚田宅以貽汝，今天下又不重門第，如王、謝、崔、李、韓、呂之屬能以其世顯。惟力於學則可，不然，無以異於市夫傭兒也。』子昭皆書諸紳，不敢忘。嗚乎！子昭豈可量哉？蓋吾之所爲視其父與夫視其師若友者，諒矣夫！

或曰：『世固有賢父之子，良師之弟子，而未必如子昭者，是子昭偶然也。』余曰：『不然！獨不見子昭之兄牧仲者乎？牧仲年未二十，博學能文章詩歌，筆翰動天下，望而卽之，溫其如玉，是以相國爲父，而賈子爲師若友者也。吾一見於牧仲，又見於子昭，然則子昭非偶然也！」《詩》曰：『因心則友，則友其兄。』子昭有焉。

【集評】

一　賈開宗等評點：（『然則孺子之年，且循循然』句）只易二字，而波濤万疊。（『宋子昭者，相國之子』句）入手逼司馬遷。（『先是相國屬疾』）以小事見大。（『賈子則又朝夕進子昭而教之曰』諸句）清翻似昌黎《廿九日上宰相書》。（結諸句）一掉。關鎖有法。

二　賈開宗曰：看其通篇提掇處，真有生龍活虎之狀。

三　徐作肅曰：通篇止子昭『皆書諸紳不敢忘』七字是主，餘皆客。

四　歸安徐鳳輝評：間架局陣本之昌黎。（《國朝二十四家文鈔·雪苑文鈔》）

王瑞信文序

往余輩起雪苑中，爲文江左謬推之，所謂吳、侯、徐、劉者是也。會遭兵革，三君子者皆早折〔一〕，余獨歷流徙間關以歸。則見里人所爲文，大異於昔，皆競爲新異，絕不知世有所謂大家之文若震川、萊峯者。余雖强與之言〔二〕，輒口應心以爲怪。余因自嘆其力衰而孤，終不得致雪苑之文如曩者三君子之時。已，又竊念，曩者之文，乃吾雪苑三百年文物相承，氣運委積，鬱勃而昌明適與之會〔三〕，而非余輩之所能爲也。意者今天下休息方始，興起猶未力，教化猶未至歟？或亦必有能爲鬱勃昌明之文，而懼其不合於世，乃隱伏而未出；或出矣，而當世果無有能賞拔之者，遂鮮所知名，余雖欲求之，而不可得見也？

有王子瑞信者，能讀古人書，得其大意。其爲文，皆從規矩簡練出之，變態百出，卒軌於正。今歲之秋，客有自共城攜王子之文，而隱其名以示余者，余讀未竟，決其非余里人。客問：『何從知之？』余曰：『今古之分，豈特淄澠之辨？里中文不尚古人，客所攜文不類今人，不難知也！』客曰：『良然，是出黍丘。黍丘故有崔令君、彭司法，皆能以如此文取高科，此王子之所信而持以應世者也。』余曰：『不然，黍丘之文，更有魏子敏祺，令君、司法未有以易也。魏子今窮且老，使王子但信令君、司法之遇，必不能信魏子之不遇；能信魏子之不遇，又豈屑屑焉以其文章之得失問人者耶？余視其光焰，蓋猶逼吾雪苑三君子，而進於震川、萊峯之間者也。』

嗚乎！文章之盛衰，氣運由之。兵革以來，其衰也久矣！即有能爲之者，必不合於古；合於古，必不遇於時。既合乎古，又遇乎時，物極必變，由變而盛，以應鼎革，豈非觀於人文以化成之日乎！用能輔翼乎氣運，鬱勃而昌明者，王子責哉！天下且然，余私幸不見怪於里人矣。

【校記】

〔一〕『三』，强善本作『二』，誤。

〔二〕『與』，日本本作『忠』。

〔三〕『適』，强善本作『運』。

【集評】

一　賈開宗等評點：（『乃吾雪苑三百年文物相承，氣運委積』）見大。（『物極必變』諸句）想像不盡。

二　徐作肅曰：極周匝，極自然。神法兩到。

爲司徒公送王博士序

昌黎韓愈曰：『孰能養育天下之人材，將非吾君與吾相乎？孰能教育天下之人材，將非吾君與吾相乎？』然而吾君吾相，果鰓鰓然而自爲之，其效不過數人而止。夫其不事鰓鰓之勞，而天下之材，乃咸蔚然敬應待用不可勝窮者，凡爲天下得師故也。故能爲吾君吾相振作輔翼以成天下之材，師道爲大。而吾君吾相，博咨而慎擇之，以寄天下之人材者，師之官爲尤重。然則苟非其人以道自處，進禮退義不失其正者，殆不足與此也。

郯鄅王先生掌教吾郡，居一年，郡士化之。吾君吾相嘉先生之績，遷其秩。先生喟然曰：『吾之朝夕一官者，誠以今天下鼎革方始，學校未興，欲廣布國家「菁莪」之澤，豈爲五斗米折腰哉！』遽解組歸。是日也，諸弟子數百人，徒步奔走，挽先生車軔，祖帳垤澤門外。先生顧謂諸弟子曰：『天下危者易安，亂者易復，惟人材隳壞，不可一日收拾。其爲危且亂者，深足憂。吾自爲諸生時，嘗竊見而慨於中久矣，每願得一身教之。今吾弟子皆濟濟，從此相期，勉自豎立，吾之所以報吾君吾相者，庶其少舒乎！』於是，諸弟子再拜謝教。先生盡酒一卮，登車而去。清壑老人聞之曰：『旨哉，先生！吾師乎！吾師乎！』

君子未有不自審其材，而能成就天下之材者。人之材具，或大或小，難以逆見。惟風采隱然，伸己而行〔一〕，不回惑於利祿，所謂養望於澹泊者，其所到未可量也。先生雖去，而天下之聞先生之風而興起者，良不少矣！然則如先生者，又豈必朝夕一官，而後可以代吾君吾相教養天下之人材耶！

【校記】

〔一〕『伸』，備要本作『抑』。

【集評】

一　賈開宗等評點：（『然則苟非其人以道自處』句）自接昌黎語至此，凡五轉，具見波瀾。（『郟鄏王先生掌教吾郡』）一段提結。（『君子未有不自審其材』）與『以道自處』一段應。

二　徐作肅曰：不必問其切當，自是本論。文若一筆寫成，照映井然，瀟灑閱人。

三　徐鄰唐曰：文情澹宕古樸，論師道煞有關係。

樓山堂遺集序

《樓山堂遺集》者，亡友貴池吴子所作也。其死時，文章散佚，而當路大臣又曾上露布，著以殷頑之目，以此見者皆以爲諱，甚至其片言隻字毀滅之恐後。嗚乎！使其言而可毁，則《采薇》之歌，《狡童》之怨，必且不傳也久矣！有人於此，見日星之光而欲掩之，見河嶽之流且峙而欲塞之、摧之，有是理乎？余固知其必無也。

壬辰來陽羡，陳子果出其所藏《樓山遺集》，完好如初。陳子謂余曰：『自經喪亂以來，陽羡之田，先少保公之賜鏹，皆不可問，獨守此一集以報亡友；卽有同志欲假而觀之，亦不肯與。』嗚乎！彼成周盛時，殷頑在洛，今觀《多士》、《大誥》諸篇，爲徒衆矣，然曾無一人如陳子者。和《采薇》而哀《狡童》，吾又不知今古人果誰不相及也，抑豈樓山之文或有以遠過於前人耶？

余交吴子，歲在己卯，今已十五年。其文集皆前己卯作者，蓋三十年餘矣。當明神宗時，天下太平無事，而《樓山集》多憂危之言，何其蚤見也！迨其後天狼墉鼠，禍機將發，其大臣將相，又皆畏罪持禄，不爲補救，甚且不惜以其身爲餌。余則嘗見吴子張目奮袂而言之，禍福利害一不少動。蓋其素志之定也審矣，又何難於江上之死哉！

吴子嘗云：『文章自韓、歐、蘇没後，幾失其傳，吾之文足起而續之。』余時方汩没於六朝，不知其善，亦不取視也。今知之，欲與之言，而吴子死久矣！雖然，以吴子之文求吴子，余雖始不知之而終卒知之，恐天下之始終不知之者，亦已多矣！以吴子之人求吴子之文，卽五尺之童豈有不辨日星！卽越裳之重譯，豈有不望氣而問指南，一識夫河與嶽哉！

昔韓、歐、蘇之三公者，皆能守道不隨於時，亦嘗遭貶謫彈射，然固未至斷頸絕脰，以死殉之也。而當世見其片言隻字，皆愛而重之不衰。設以若韓、若歐、若蘇，而且以大義斷頸絕脰而死，則當世之愛而重之、後世之憑而弔之者，又何如也？嗚乎！可以知樓山矣！

【集評】

一　賈開宗等評點：（『陳子謂余曰』以下諸句）一段見文情交情。（『余交吴子』以下諸句）一段入樓山之人。（『吴子嘗云』以下諸句）一段入樓山之文。（『卽五尺之童豈有不辨日星』）又應起處一段。（『而當世見其片言隻字』以下諸句）應論文一段，卽合並論人作收。

二　徐作肅曰：讀一過，心摧色動，直是流連稱佳，亦不能名其所以佳也。

三　賈開宗曰：章法極斷續離合之妙。

戴黄門詩序〔一〕

司徒公嘗語小子曰：『昔者自烏程相而我明之亂兆，自武陵相而我明之亡決矣。然烏程猶有言之者，浸至武陵，爲積威所劫，拾補幾空無人；僅有一詞臣，引大義而早見其不可用，力爭於廷者，戴黄門也。小子志之。』然黄門先生雖言之，而天子不能用，我明遂展轉卒以亡。先生乃歸臥陽羡，築陶庵而居之。自此不復與世人相見，亦不言，會〔二〕時時胷中有所不能忘者，則一寓之於詩。

壬辰，小子來陽羡，司徒公又進而命之曰：『吾向所謂黄門先生在陶庵，汝必三往叩之。』至則先生引見，授以詩使讀，而命爲序。嗚乎！小子不隨侍司徒公於青門，幾以所著書達北闕，正所謂世人也。先生顧不以世人命之，小子幸矣！乃再拜而序之曰：先生詩名《陶庵》者，以彭澤自況也。先生果終焉不出，豈愧彭澤！而時有難易，則先生尤甚焉。其爲詩，諸體皆崛强而森嚴，澎湃而奇肆，不屑屑步趨彭澤，若謂之擬陶，非知此詩者也。昔杜少陵生李唐肅、代之間，間關氛祲，曾無虛日，而避蜀逃秦，能以忠義自持。一飯一吟，不忘君父。故其詩多憂悄之思，雄鬱之氣，亙古彌今，卓然不朽，其黄門先生之謂乎！夫人未有胷中忸怩，而發之於言，磊落而光明者，此《陶庵集》之所以傳也。

小子歸而述之，司徒公試拄杖而登南圃之小三峯，立於清壑之巔，南望蓬蓬然若有白雲起其下者，殆陶庵之吟處耶？

【校記】

〔一〕本文强善本未收。

〔二〕『亦不言會』，文鈔本無。按，無此四字，文更簡暢。

【集評】

一　賈開宗等評點：（首句）是何等起法。（『則一寓之於詩』）纔入詩。（『司徒公又進而命之曰』）又回映一句。（結尾）結意不測。

二　徐作肅曰：起結縹緲，行文淨而腴，備極烹鍊。

任王谷詩序

侯子過陽羨，望見山水之勝，歎曰：『美哉，泱泱乎！此中有人，則惟陳子其年足以當之矣。』已而，私念曰：『少保公蔭其後且十世，又濟以處士之隱德，豈關山水〔一〕？陽羨即無山水，而陳氏之有其年可知也。彼銅官、兩湖之聳峙而環流者，豈能終鬱鬱不一吐其奇哉！余必更訪之。』而任子王谷果特出。

任子神采諤諤，骨堅而氣雄，横視一世，其足以當山水之勝無疑。不得志爲詩，則又原本雅音，如《贈侯子》、《詠古》、《雜詩》諸篇，音調體裁，一不失古人尺寸。示余《論詩》一章，乃知任子考訂源流，窮遠析微，非泛作者也。竊謂銅官、兩湖，既以其千年之鬱鬱而生任子，任子又日以其胷中之奇，歌且嘯焉於銅官、兩湖之側，吞吐摩蕩，樂已極矣。然則，又必如何而後謂之得志哉！

任子曰：『願聞詩之變。』侯子曰：『余不知詩，知歌。日者寓澄江，主人有召毗陵之伶而侑余酒者，全部踏歌，宫商迭奏。其一揚袂而前，喉所欲吐，若或抑焉；其一聲若穿雲，按拍吹竹，循節而和之不及。主人曰：「美哉，穿雲者乎！」余曰：「彼格格於喉者，病瘖也，瘖者聲在。若穿雲者，浮也。其發也，不出於丹田，按之無著，聲久亡矣！」夫詩亦有然，懼其摽以浮也。』

任子試操琴而歌於銅官、兩湖之側，儻亦有高山流水，出而聽焉者乎？

【校記】

〔一〕『闕』，掃葉本作『少』。

【集評】

一　賈開宗等評點：（『而任子王谷果特出』）好出法。（『彼格格於喉者』以下諸句）論精微。（結）收無盡。

二　徐作肅曰：神韵悠然，韓、歐最擅場之作。

陳其年詩序

陳其年有著述材，尤工詩。往余居梁園，去義興千餘里，其年再以書來，屬余爲論序。余報之曰：『《風》、《雅》之道，於今絶矣，得子誠未易，此非可卒卒筆墨盡也。行當渡江，爲吾子言之。』

後三年而余至。其年之詩，已成數百篇，典則高華，風致特勝，余歎絶。謂其年：『子知明詩之所以盛與所以衰乎？當其盛也，北地、信陽爲之宗，而郎耶、歷下之輩相與鼓吹而羽翼之，夫人之所知也。其衰也，則公安、景陵無所逃罪。吳趨諸君，卽數十年來更變迭出，而猶存乎蓬艾之間。余家中原，稍稍解此者，蓋中原風氣樸遬，人多逡巡不敢爲詩，惟其不爲詩，詩之所以存也。其年乃獨於揚波導沸之中，傑然以古作者自命，豈不異哉！往雲間有陳黄門、李舍人，皆起榛蕪，以才情横絶一世，得其年而三，然則《風》、《雅》之道，又未嘗不在吳趨也。丁丑，余與黄門論詩燕邸。己卯，與舍人論詩金陵。自以爲盡意，無復遺恨，由今思之，嘆有不得起二君于九原者。幸其年獨在，是天以鼓吹羽翼之功私其年也。夫詩之爲道，格調欲雄放，意思欲含蓄，神韻欲閒遠，骨采欲蒼堅，波瀾欲頓挫，境界欲如深山大澤，章法欲清空一氣。杜少陵云：「讀書破萬卷，下筆如有神。」不讀萬卷，豈易言清；不破萬卷，豈易言空哉！』

侯子言未畢，其年改容起曰：『二公固讀萬卷者也，然則吾子所謂嘆不得起之于九原者，吾知之矣！吾知之矣！〔二〕』因憶余與二君談時，秋浦吳次尾在坐，默不語，心甚怪之。次尾雅能詩，其年爲收藏其遺集，急取讀一過，乃知次尾詩與二君雖互有得失，而了了見大意，顧蚤于余者十年，此昔所以默不語也。

余與其年別八載，而良友如三君者皆已死，其年幸各爲識之以續《八哀》。夫少陵一集，而古今天下之治亂興亡，離合存沒，莫不畢具，豈僅僅一詠一吟，足以盡《風》、《雅》也？嗚乎！非其年其又誰知之！

【校記】

〔一〕『吾知之矣！吾知之矣！』，紅杏本僅有『吾知之矣』四字。

【集評】

一　賈開宗等評點：（『不破萬卷，豈易言空哉』）精。（『然則吾子所謂嘆不得起之于九原者』）含蓄，妙。

二　賈開宗曰：行文亦未甚鍊，而論詩必不可廢。

陽羨讌集序

壬辰過陽羨，其邑之名賢，莫不喜予之來，而醵酒爲會以觴之。飲竟，分曹賦詩，長吟短詠，咸極其致，蓋建安南皮之遺事也。

因憶己卯寓金陵，其時桐城方檢討曾爲讌集，徵召同人，今乃再見此舉，且十五年矣！檢討之零落殆不可問，而一時同事者，若吳貴池之蹈刃而死，李華亭之賫志以歿，梅金吾棲遲于蘭若，張修撰歸逸於海上，風飄烟散，略已如斯，而江山之恨，禾黍之悲從可識矣！嗚乎！夫美酒十千，述詩見志，更唱予焉和汝，以留連而寫物，此皆生逢太平安樂無事者之所爲也。諸君乃能於兵燹之後，收拾點綴，余又適幸與其間，醉顔欲酡，木葉微脱，豈復知此身在異鄉哉！

昔王茂弘過江宴新亭，坐中有淚下者，茂弘正色曰：『何至作楚囚相對！』論者壯之。然其後因循以爲樂郊，高者耽勝於蘭亭，下乃荒湎于桃葉。庾清鮑俊，抑且徒然，若夫西湖賞眺，遂至直作汴州，益復不足道。然則新亭之泣，蓋終愈于《子夜》之歌也！嗚乎，今之江左視昔日又何如？諸君而繹余言，其尚亦當吟而輟，當醉而醒也哉！

【集評】

一　賈開宗等評點：（『風飄烟散』句）妙於含吐。（『此皆生逢太平安樂』句）感慨。（『餘又適幸與其間』句）關鎖。（『蓋終愈于《子夜》之歌也』）一篇警策處。

二　賈開宗曰：看其寓意，自爾不同。

陳緯雲文序

緯雲之文，矯秀高騫，吞吐出没，如夏雲多奇，如秋日山陰道上烟嵐萬狀，余雖欲執一體以定之，不能也。

文章不歷變不工。緯雲日夜讀古人書，神而明之，變豈可窮！然吾聞蜣螂變而蟬鳴，鼯變而飛，此變之善者也。龍謫變而鰍，人感變而蛇虎，此變之不善者也。夫文豈有不變？亦顧其變之何如耳！吾願緯雲之審求之也。

吾曩序緯雲之兄其年之文，其年年十七；今更十餘年而序緯雲之文，緯雲亦年十七；何陳氏之少而多奇也！雖然余幸數見陳氏之少，而余且老矣！緯雲若鑒余之蹉跎，而因而求之於其年之精進，緯雲蓋可畏也哉！

【集評】

一　賈開宗等評點：（從『雖然』至收尾）妙轉。即收，關合有情。

二　徐作肅曰：尺幅中轉變不窮，昌黎之最勝者。

贈陳郎序

陳郎者，余幼壻也。名宗石，字曰子萬。先是，余與其父定生處士同學金陵；又前則余祖與其祖少保公同年，同官御史，同論朱相賡、李相廷機。而余父亦與少保公先後同朝，同救大司寇王紀，同爭『紅丸』，同忤魏璫忠賢，同削官。

方余之與處士同學也，皖人阮大鋮者，有宿憾。後六年甲申，大鋮夤緣官兵部尚書，興党人獄，或謂兩人：『盍曲謝皖人？』余與定生笑不應。忽一日，緹校捕定生去，余倉皇出兼金付錢君禧代請間，而爲求援於練司马公，定生得免。乙酉春正月，有王御史者，阿大鋮意，上奏責浙、直督府捕余。余時居定生舍，既就逮，定生爲經紀其家事；瀕行，送之舟中，而握余手曰：『子此行如不測，故鄉又未定，此累累將安歸乎？吾家世與子祖若父暨子之身，無不同者，今豈可不同休戚哉！盍以君幼女妻我季子？』余妻遂與陳夫人置杯酒定約去。是時，余女方三歲，陳郎方二歲爾！

其後，解歸里。余居梁園，定生居陽羨，不相聞。又五年，定生寓書余曰：『宗石已能讀書，解世事，甚念翁。』未幾，又寓書，復以爲言。余方侍老父疾，束裝罷者再。壬辰冬，始抵陽羨，與定生慰問畢，陳郎出揖，從容如成人；就坐，則雄談驚其坐客。余大喜，素不能飲酒，是日盡數卮。陳郎今年十歲，距余與定生別時蓋八年矣。

嗚乎！人生可惜，凡所謂百年者皆妄也。或以兵死，或以水火死，或以盜賊死，或以患難死。即幸無是數者，而昔賢所謂七日不汗，亦能死人〔一〕。然則人生壯且盛者，不過三四十年耳。而余與定生忽忽已閱其八〔二〕，豈不痛哉！顧向時欲殺吾兩人者安在？而吾兩人猶各留面目相見，不可謂不幸也。

因酒酣，撫陳郎背而告之曰：『郎名宗石，字子萬，取萬石君之義也。郎之祖若父，皆爲世達人，有家法；諸昆羣從，奕奕競出，又畢萬之後必昌，吾以郎之祖若父卜之矣。然吾聞陳之姓望，惟太丘爲最。而昔人論之曰：公慚卿，卿慚長。今以處士之隱德無慚少保，願郎他日亦無慚處士可也！吾向見郎，郎在繈褓，今已能進而向學。郎使我每見必有所進，後其何慚之有？』

【校記】

〔一〕『亦』，家刻本、文鈔本、强善本等同。備要本作『不』，誤。

〔二〕『閲其八』，家刻本、文鈔本、强善本等同。備要本作『過其半』。

【集評】

一　賈開宗等評點：（『吾家世與子祖若父』以下諸句）一段寫出陳君身分。（『陳郎今年十歲』句）無限低徊。（『而吾兩人猶各留面目相見』）感嘆中豪氣乃爾。（『然吾聞陳之姓望惟太丘爲最』以下句）如此收纔是。

二　徐作肅曰：　生死骨肉，情見乎辭。　文之真者自不同。

王彤生詩序

義興蓋有周孝侯云，千載馮弔其遺事，國士之風如見。今生其地者輒不然。嗚乎！世變不古，何其甚也！　然則生今之世，而能不變乎其俗，其人之大概，亦可睹矣。

有王孝廉彤生者，誠以樸，伉爽以直，豪宕而感激。少年多讀書，卓有匡濟之略，每與余談，娓娓不倦。余向者游澄江之館，偶見彤生詩，輒心儀之，今則見彤生之人也已。彤生一日贈余詩數百言，其卒章曰：『與君刺刺語不休，翻使中原傷我懷。』嗚乎！　胡爲也哉？　昔人如劉琨、溫嶠，皆以匡濟爲志，不必有意爲詩，而詩卒以傳。　蓋當吾世而憂時憫俗，託物見志，非徒求之聲詠而已。　意者彤生今日亦有所感耶！

夫昔人制行立言，各自一事，不必兼顧。　人不逮其言無論已，即使言不逮其人，而苟得其誠以樸，伉爽以直，豪宕而感激，已不失孝侯國士之風，而況彤生爲詩，又必感遇而進，而求之三者之間，安在不與其人相合也！然則彤生固生孝侯之里，而傳溫、劉之詩者也。義興即爲變古，豈遂無人哉！

【集評】

一　賈開宗等評點：（開頭句）起奇。（『嗚乎！胡爲也哉？』）妙在只一句。（『即使言不逮其人』句）主語已隱隱寫出詩中佳境。

二　徐作肅曰：不深言詩，只就其人上摹寫感嘆一番，又自一調。

辟疆園集序〔一〕

江南藏書之富，莫過於常熟錢宗伯家，次則錫山顧氏。常熟甲申後自上都歸，忽不戒于火，生平蓄積悉爲灰燼。錫山遂獨以其書雄。嗚乎！書之託其人也，殆有神明焉？茍藏之且不可，而況於著耶！

錫山故能著書者也。余與交者幾二十年，每見其心力所注，無不盡之於書。其先人遺者僅二百卷，而後所收乃逾萬卷。其著述則自《辟疆園選應制文》行於天下；而日本、朝鮮、交趾、辰韓之屬，無不購傳之，其盛如此。乃錫山猶若有不足者，一旦出其爲詩古文以示余，曰：『生平殫思苦學，盡在於是。世人向皆非真知我，幸子爲敍之。』余竊歎其神於法合，調以氣舉，蓋自永叔、子美而後，而此種詩文之不傳也百千年矣。錫山又授余以所注《工部詩箋》及訂宋以來諸名家文，始知其寢食源流，悉本歐、杜，而余言適與之符也。

夫文之疏密濃澹，各有程度，尺寸不踰，乃爲宗工。矯而論之，則與其密寧疏，與其濃寧澹，詩旨亦然。要自有説存焉，而非生澀枯寂之謂也。嘗聞三家之市有延上客者，宵旦經營，妻孥詬誶，及出而盤餐肴核，殊無下箸。非其誠不足，而力有所絀也。更與過衛尉之金谷，太傅之别墅，則水陸畢陳，不禁朵頤而前，厭飫而退矣。然則操管之家有口吟一卷書，而欲著述千萬人見，胷中不悉耳目間事〔二〕，而妄意希身後名，豈不重爲錫山所笑哉！

【校記】

〔一〕本文標題，各本總目均作《顧修遠辟疆園集序》。

〔二〕『悉』，家刻本、文鈔文、强善本等同。備要本作『見』。

【集評】

一　賈開宗等評點：（結句）藏書不富，豈可著書！鑒其難如此。

二　賈開宗曰：文情獨得極澹永之致。

壯悔堂文集卷三　書

答張天如書

承示閩漳事，有關於漕糧者〔一〕，卽當轉白家大人。閩漳初以文人操入室之戈，已自支離，今乃以軍國如許重務，博一快己，此其心術豈尚可問哉！西銘清識至德，本末瞭然，亦不必屑屑與角逐也。

某竊謂朋黨所以報漢，而漢亡於朋黨；道學所以扶宋〔二〕，而宋弱於道學。此其故在上在下，固兩失之。然欲爲調停之說，則君子不取。蓋與其失身無益，不如終守道也。數年來，廟堂草野〔三〕，感離離之山苗，嘆鬱鬱之澗松，位置失次，以致鳴鏑在郊，戎馬飲河。誠宜大破藩籬，收拾材賢，同舟戮力，亦已晚矣！而當路乃堅報復恩怨之旨〔四〕，借忮刻爲孤立，以聳動人主，而夙負處士，更有咄咄持空函以邀之者，不止閩漳一輩。說者亦必願西銘鍼漢士之褊狹，藥宋儒之闊迂，刓方就圓，與時消息，不識果遂以爲可否？昔者胡伯始之中庸，辛幼安之曠達，其初皆享盛名，而後乃不徒無濟於時，且甘心喪其生平，某深願西銘之鑒之也。貴鄉、虞山之爭枚卜，長洲之去國，爲數年來極有關係事。長洲已與日月爭光，天下所觀望者，惟虞山與婁東耳！語云：『行百里者半九十。』西銘必有以處此，敢因明教而僭及之，家兄意亦如此。秀郎近爽黠，頗有坦腹之致，知郄公所欲聞也。不盡。

【校記】

〔一〕『有』，家刻本、文鈔本、强善本等同。備要本脱。

〔二〕『宋』，本衙本，紅杏本誤作『朱』。

〔三〕『草』，家刻本、文鈔本、强善本等同。備要本作『神』，誤。

〔四〕『恩』，家刻本、文鈔本、强善本同。備要本作『以』，誤。

【集評】

一　賈開宗等評點：（『某深願西銘之鑒之也』）真切之言。

二　賈開宗曰：中有正論。

答田中丞書

承示省訟，慚恧無所自容。執事與僕齒不啻倍蓰，位不啻懸隔，顧猥與僕道及少年之遊。謂執事往日，曾以兼金三百，招致金陵伎，爲伎所卻，僕實教之；而因以爬垢索瘢，甚指議執事者。僕誠不自修飭，然竊恐重爲執事累也。使執事無可議，則昔賢如白太傅、歐陽公、東坡居士，皆與鳴珂不廢酧答，未聞後世之議之也，何獨至執事而苛求之！執事果有可議，即不徵伎，庸但已乎？

僕之來金陵也，太倉張西銘偶語僕曰：『金陵有女伎，李姓，能歌《玉茗堂》詞，尤落落有風調。』僕因與相識，間作小詩贈之。未幾，下第去，不復更與相見。後半歲，乃聞其卻執事金，嘗竊歎異，自謂知此伎不盡，而又安從教之？且執事之邀之，在僕去金陵之後。今天下如執事者不止一人，豈僕居常獨時時標舉執事之姓名，預告此伎，謂異日或邀若，必不得往乎？此伎而無知也者，以執事三百金之厚貲，中丞之貴，方且奔命恐後，豈猶記憶一落拓書生之言？倘其有知，則以三百金之貲，中丞之貴，曾不能一動之，此其胷中必自有說，而何待乎僕之告之也？

士君子立身行己，自有本末，反覆來示，益復汗下。僕雖書生，常恐一有蹉跌，將爲此伎所笑，而又能以生平讀數卷書、賦數首詩之伎倆，遂頤指而使之耶？惟執事垂察。不宣。

【集評】

一　賈開宗等評點：（『使執事無可議』）先開一步。（『豈猶記憶一落拓書生之言』以下諸句）宛轉盡意。（『士君子立身行己自有本末』以下）侃侃言之。

二　賈開宗曰：中丞名仰。李姬曰：是故以八座父事魏璫者耶。卻其金不往，事本奇，筆下更寫得委曲生動。

三　王文濡《續古文觀止》曰：南都偷安，危亡旦夕。爲臣子者宜如何臥薪嘗膽，力圖恢復。而乃燕雀處堂，坐忘顛覆。徵歌侑酒，日事嬉游。至所求不得，又復形諸筆墨，與人爭閒氣。以中丞之貴而廉恥道喪，如此欲不亡焉得乎！又曰：娓娓說來，入情入理。田仰何人？自取其辱而已。又曰：（最後）一段大議論，極嬉笑怒罵之致。

癸未去金陵日與阮光禄書

僕竊聞，君子處己不欲自恕，而苛責他人以非其道。今執事之於僕，乃有不然者，願爲執事陳之。執事，僕之父行也。神宗之末，與大人同朝，相得甚歡。其後，乃有欲終事執事而不能者，執事當自追憶其故，不必僕言之也。大人削官歸，僕時方少，每侍，未嘗不念執事之才而嗟惜者彌日。及僕稍長，知讀書，求友金陵，將戒途，而大人送之曰：『金陵有御史成公勇者，雖於我爲後進，我常心重之，汝至，當以爲師。又有老友方公孔炤，汝當持刺拜於牀下。』語不及執事。及至金陵，則成公已得罪去，僅見方公。而其子以智者，僕之夙交也，以此晨夕過從。執事與方公同爲父行，理當謁，然而不敢者，執事當自追憶其故，不必僕言之也。今執事乃責僕與方公厚，而與執事薄，噫！亦過矣。

忽一日，有王將軍過僕，甚恭。每一至，必邀僕爲詩歌，既得之，必喜，而爲僕貰酒奏伎，招游舫，攜山屐，殷殷積旬不倦。僕初不解，既而疑，以問將軍。將軍乃屏人以告僕曰：『是皆阮光祿所願納交於君者也。光祿方爲諸君所詬，願更以道之君之友陳君定生、吴君次尾，庶稍湔乎！』僕斂容謝之曰：『光祿身爲貴卿，又不少佳賓客，足自娱，安用此二三書生爲哉！僕道之兩君，必重爲兩君所絶。若僕獨私從光祿遊，又竊恐無益光祿。辱相款八日，意良厚，然不得不絶矣！』凡此皆僕平心稱量，自以爲未甚太過，而執事顧含怒不已，僕誠無所逃罪矣！

昨夜方寢，而楊令君文驄叩門過僕，曰：『左將軍兵且來，都人洶洶，阮光祿颺言於清議堂云：子與有舊，且應之於内。子盍行乎？』僕乃知執事不獨見怒而且恨之，欲置之族滅而後快也。僕與左誠有舊，亦已奉熊尚書之教馳書止之。其心事尚不可知，若其犯順，則賊也。僕誠應之於内，亦賊也。士君子稍知禮義，何至甘心作賊？萬一有焉，此必日暮途窮，倒行而逆施，若昔日乾兒義孫之徒，計無復之，容出於此，而僕豈其人耶？何執事文織之深也！

竊怪執事常願下交天下士，而展轉蹉跎，乃至嫁禍而滅人之族，亦甚違其本念。倘一旦追憶天下士所以相遠之故，未必不悔，悔未必不改。果悔且改，靜待之數年，心事未必不暴白。心事果暴白，天下士未必不接踵而至執事之門。僕果見天下士接踵而至執事之門，亦必且隨屬其後，長揖謝過，豈爲晚乎？而奈何陰毒左計，一至於此！

僕今已遭亂無家，扁舟短棹，措此身甚易。獨惜執事伎機一動，長伏草莽則已，萬一復得志，必至殺盡天下，以酹其宿所不快。則是使天下士終不復至執事之門，而後世操簡書以議執事者，不能如僕之詞微而義婉也。

僕且去，可以不言，然恐執事不察，終謂僕於長者傲，故敢述其區區。不宣。

【集評】

一　賈開宗等評點：（『語不及執事』）冷語刺骨。（『執事當自追憶其故』）含蓄。（『噫亦過矣』）作一小結。（『若僕獨私從光祿遊』二句）婉而切。（『竊怪執事常願下交天下士』以下諸句）一步急緊一步。（『必至殺盡天下』前後句）已早見及之矣。不幸言而中，嗟哉！（『則是使天下士終不復至執事之門』）應上，婉折。

二　賈開宗曰：此書爲朝宗黨禍之始，幾殺其身；然其文其人，千載而下，猶想見也。

三　王文濡《續古文觀止》曰：既爲父行，又相得甚歡，極言誼本不薄，以便跌入下文。乾兒義孫直至後幅揭出，此獨匣劍帷燈，含蓄不露，行文之次序如此。又曰：突如其來，假王將軍通殷勤，阮之心迹亦苦矣。又曰：屏斥之意以和婉之語出之，語言之妙無以復加。又曰：借一『賊』字以痛罵之不足，又指出乾兒義孫，使之無地自容，文人之筆可畏！可畏！此等文字置諸昌黎集中，不辨楮葉。一氣盤旋，何等筆力！

爲司徒公與寧南侯書〔一〕

頃待罪師中，每接音徽，嘉壯志，又未嘗不嘆。以將軍之材武，所向無前，而犄角無人，卒致一簣遺恨。今兇焰復張，隳壞名城不下十數，飛揚跋扈，益非昔比。雖然天厚其毒，於斯極矣！非常之功，必待非常之人。一時閫外士鋭馬騰，有如將軍者乎！忠義威略，有如將軍者乎！久於行陣，熟悉情狀，有如將軍者乎！然則今日所稱爲能羆不二心者，舍將軍其誰？

老夫曩者倉卒拜命，固以主憂臣辱，金革之義，不敢控辭。亦緣與將軍知契素深，相須如左右手，倘得憑先聲，殲渠俘馘，實千載一時！不謂六年患難，病疢已篤，更遭家變，痛毁之過，遂致癃廢。爰以采薪之憂，未畢盡瘁。顧念高厚，末繇報塞。惟願將軍賈其餘勇，滅此朝食，是則十五年舊部，所以不忘老夫，而老夫藉手以答萬一，猶之其身耳矣。勉旃！勉旃！

鄉土喪亂，已無寧宇。闔門百口〔二〕，將寄白下。喘息未蘇，風鶴頻警。相傳謂將軍駐節江州，且揚帆而前。老夫以爲必不然，即陪京卿大夫，亦共信之。而無如市井倉皇，訛以滋訛，幾於三人成虎。夫江州，三楚要害，麾下汛防之衝也。鄖、襄不戒，賊勢鴟張，時有未利，或需左次以驕之。儲威夙飽，殫圖收復，在將軍必有確畫。過此一步，便非分壤，冒嫌涉疑，義何居焉？若云部曲就糧，非出本願，則尤不可。朝廷所以重將軍者，以能節制經緯，危不異於安也。荊土千里，自可具食，豈謂小飢動至同諸軍士倉皇耶？甚則無識之人，料麾下自率前驅，伴送室帑。匈奴未滅，何以家爲？生平審處，豈後嫖姚！或者以垂白在堂，此自綱紀，奉移内郡，何必雙旌聿來相宅？況陪京高皇帝弓劍所藏，禁地肅清，將軍疆埸師武，未取進止，詎宜展覲？

語云：『流言止於智者。』若將軍今日之事，其爲流言，又不待智者而決之矣！惟是老夫與將軍，義則故人，情實一家，每聞將軍奏凱獻捷〔三〕，報效朝廷，則喜動顔色，傾耳而聽，引席而前，惟恐其言之盡也。或功高而不見諒，道路之口，發爲無稽，則輒掩耳而走，避席而去，蹙乎其不願聞也。頃者浪語，最堪駭異，雖知其妄，必以相告。將軍十年建豎，中外倚賴，所當矜重，以副人望。郭汾陽功蓋天下，勢極一時，而國體所關，呼之未嘗不來，遣之未嘗不去，當其去來，若不自知其大將也。同時，臨淮亦與齊名，其後勢位之際，稍不能忘，偃蹇蹉跎，乃至偏較不復稟承。此無他，功名愈盛，責備益深，善處形迹，昭白宜早，惟三思留意焉！不盡。

【校記】

〔一〕『爲』，各本卷首總目録皆作『代』。

〔二〕『口』，備要本作『日』，誤。

〔三〕『凱』，本衙本、紅杏本作『覬』，誤。

【集評】

一　賈開宗等評點：（『是則十五年舊部』句）懇切。（『老夫以爲必不然』句）先爲寧南留地步。（『過此一步』以下四句）斬截！（『朝廷所以重將軍者』以下諸句）真使寧南無以借口。（『惟是老夫與將軍』以下諸句）又以交情，宛轉一番。望之愈深，責之愈嚴。（『當其去來』二句）妙於勸喻。

二　楊廷樞跋本文云：『癸未，侯子居金陵，寧南左侯兵抵江州，旦夕且至。熊司馬明遇知其爲司徒公舊部，請侯子往説之。侯子固陳不可，乃卽署中爲書以付司馬，馳致之寧南。後一夜，侯子晤友人云：「議者且倡内應之説。」遂以書抵議者而行。侯子禍雖不始此，然自此深矣。寧南旋得書而止，余嘗見其回司徒公稟貼，卑謹一如平時，乃知寧南感恩，原不欲負朝廷者，駕馭失宜，以致不終，深可嘆也。偶過侯子舟中，觀此書，感而識之。乙酉三月，楊廷樞記。』

三　賈開宗曰：　銀鈎鐵畫，真正大經濟文章，凡有目者皆能見之。

四　王文濡《續古文觀止》曰：　左之跋扈不應命、養賊縱寇業已明見共曉，書必爲之回護以冀其萬一之悔。又以寇患之迫、聲望之崇以警戒而激勵之。又曰：　此段（『老夫曩者倉卒拜命』一段）言身既未能報國而憂，將藉將軍之手以報國。既激起報國之心，亦動於之舊義。又曰：　詞嚴義正，捫之有棱。種種猜測爲之回護，爲之解釋，情真語摯，寧南不死，安知不悔？此二事亦人情不過，位望非宜，説來入情入理。又曰：　此段（『鄉土喪亂，已無寧宇』以下一段）借陪京尤見鄭重，以引薦之關切，望之愈深，責之愈嚴。同體共戚，文情越逼越緊。引出郭、李二人，情事恰合。

答孫生書

域附白孫生足下，比見文二首，益復奇宕有英氣，甚喜！亦數欲有言以答足下之意，而自審無所得，又甚愧。

僕嘗聞馬有振鬣長鳴，而萬馬皆瘖者，其駿邁之氣空之也。雖然，有天機焉，若滅若没，放之不知其千里，息焉則止於閑，非是則踢之、嚙之，且泛駕矣！吾寧知泛駕焉之果愈於凡羣耶！此昔人之善言馬，有不止於馬者，僕以爲文亦宜然。

文之所貴者，氣也。然必以神樸而思潔者御之，斯無浮漫鹵莽之失。此非多讀書，未易見也。卽讀書而矜且負，亦不能見。倘識者，所謂道力者耶。惟道爲有力，足下勉矣！

足下方年少，有餘於力。而虚名無所得，如僕猶不憚數問，豈矜與負者哉！然則以其求之於僕者，而益誠求之於古人，無患乎文之不日進也。嗚乎！果年少有餘於力，而又心不自滿，以誠求之，其可爲者將獨文乎哉！足下殆自此遠矣。

【集評】

一　賈開宗等評點：（『而自審無所得，又甚愧』）雙疊見姿。（『僕嘗聞馬有振鬣長鳴』一段）直是昌黎。（『卽讀書而矜且負』）急入此意。（『豈矜與負者哉』）回護法。

二　徐作肅曰：全乎八家，又不用《史》、《漢》。

與任王谷論文書

僕少年溺於聲伎，未嘗刻意讀書，以此文章淺薄，不能發明古人之旨；然其大略，亦頗聞之矣。大約秦以前之文主骨，漢以後之文主氣。秦以前之文，若六經，非可以文論也，其他如《老》、《韓》諸子、《左傳》、《戰國策》、《國語》，皆斂氣於骨者也。漢以後之文，若《史》、若《漢》、若八家，最擅其勝，皆運骨於氣者也。斂氣於骨者，如泰華三峯，直與天接，層嵐危蹬，非仙靈變化，未易攀陟。尋步計里，必蹶其趾。姑舉明文如李夢陽者，亦所謂蹶其趾也。運骨於氣者，如縱舟長江大海間，其中烟嶼星島，往往可自成一都會。卽飓風忽起，波濤萬狀，東泊西注〔一〕，未知所底。苟能操柁覘星，立意不亂，亦自可免漂溺之失。此韓、歐諸子，所以獨嵯峨於中流也。六朝《選》體之文，最不可恃。士雖多而將囂，或進或止，不按部伍。譬如用兵者，調遣旗幟聲援，但須知此中尚有小小行陣，遙相照應，未必全無益。至於摧鋒陷敵，必更有牙隊健兒，銜枚而前，若徒恃此，鮮有不敗。今之爲文，解此者罕矣！高者又欲舍八家，跨《史》、《漢》而趨先秦，則是不筏而問津，無羽翼而思飛舉，豈不怪哉！

頃見足下所爲杜周、張湯諸論，奇確圓暢，若有餘力，僕目中所僅見，殫思著述，必當成名；然亦少有說，覺引天道報施湯、周處，稍涉覼縷。行文之旨，全在裁制，無論細大，皆可驅遣。當其閒漫纖碎處，反宜動色而陳，鑿鑿娓娓，使讀者見其關係，尋繹不倦。至大議論，人人能解者，不過數語發揮，便須控馭，歸於含蓄。若當快意時，聽其縱橫，必一瀉無復餘地矣。譬如渴虹飲水，霜隼搏空，瞥然一見，瞬息滅沒，神力變態〔二〕，轉更夭矯。足下以爲何如？

僕十五歲時學爲文，金沙蔣黄門鳴玉方爲孝廉，有盛名，每見必稱佳，僕竊自喜。又得同學吳君伯裔日來逼索，盡日且酹和數首，以此得不廢。然皆從嬉遊之餘，縱筆出之，以博稱譽，塞詆讓；間有合作，亦不過春花爛熳，柔脆飄揚，轉目便蕭索可憐。近得賈君開宗、徐君作肅，共相磋磨，乃覺文章有分毫進益。賈精於論，徐老於法，二君嘗言：『此係何等事，君不慘淡經營，便輕率命筆！』僕佩其言，不敢忘。足下當行文快意時，每一回思之，必賞此言之不謬也。

【校記】

〔一〕『泊』，文選本作『汩』，義長。

〔二〕『態』，家刻本、文鈔本、强善本、本衙本同。備要本作『以』，誤；文選本作『化』。

【集評】

一　賈開宗等評點：（『大約秦以前之文主骨』二句）二語已盡。

二　宋犖曰：　渾渾寫來，直似説話，真所謂了然于心手者。

三　徐鄰唐曰：　皆從自得中説出，正如披裘覺暖，握冰知寒。

與王氏請藏經書

足下琅琊世望，以文業鋭自振拔，僕聞之久矣。前歲曾一見於共城，又一年而揖於相國宋太保之館，皆匆匆别去，無由相爲款曲以深習足下。然竊望足下之威儀，而聽其一二緒言，已測知其非尋常胄蔭中人也〔一〕。

友人賈開宗者，尤數道足下之賢不去口。是歲之春，開宗自江南還，方病，謝交遊。忽一日，冒大風寒，跨其驢出西門去，曰：『吾將過朱襄，訪王君。』開宗老矣，常自負其學，又閲人多，雖泛愛，其實胷中有次第，不妄昵近人者，足下必有以得之矣。去三日而歸，以告僕曰：『吾向推王君賢，未足盡王君，王君純孝人也。吾陰察之，見王君於其先公之書册栝棬，皆謹守未嘗輒啓，以視世之朝没其親，而暮傾倒其篋笥，欲盡得之；或更妄意其先人爲顯官，扃藏未必盡書籍，而必欲發視者，何啻徑庭也！然有一於此所宜公之天下，子不得私諸其父者，吾將偕太史李公往誠求之〔二〕，而不知其許我否也？蓋王氏之先公，異人也。爲御史奉命巡江南，江南完盛，繁富多珍産，公一無所取，獨捐其俸金千四百鍰，請藏經若干卷以歸。郡之僧有定空者，常買得田氏之廢園，欲改建爲禪院，建閣而藏經焉。此江北數千里所無，而今適有之於百里之内，意者西方之聖人，將顯其教於兹土耶！吾將介定空求之。』僕應之曰：『信如足下言。王君，固孝子也，必與何疑焉？蓋其先公請之以歸者，欲廣其教也，必不扃之篋笥之中，王君其有不欲廣之者哉？』

或云：『足下將構三楹之閣於其邑之隅，以奉而藏焉，疑未必肯與。』夫足下不欲廣之則已，果欲廣之，與其構閣於一邑，何如與定空而使創梵宫焉五都之衢也！且足下之所欲廣之者，非廣佛教也，廣先公之志也。佛教自在天地間，豈待廣耶？無遠何近，無小何大，無少何多，無暫何久。梁武帝興之而不必增，周武帝滅之而不必減，貯其言於金匱石室之中未必重，投之於水火塵埃亦未必褻，此固足下之所不能與，而定空之所不能受者也！惟是先公之志不可以不彰，而足下之所以繼之者，不可以不推而廣。今使十人傳之，較之千百人傳之〔三〕，必有間矣。十人傳之一鄉，較之百千人傳之一方，必有間矣。十人傳之一鄉而或以滅没，較之百千人傳之一方而益以相傳於無窮，又必有間矣。然則，足下雖已構而藏於其邑之隅，猶當毁焉，而送諸通衢之梵，而況乎其未也！又此藏經之大部，計卷以七千餘，計簏以二十，非可懷袖提負以來，瞀然而止於梵者。足下誠許之，定空必告於衆，而戒車牛以迎。所過之地，田夫豎子皆將攜妻引兒，呼朋招類，而奔走讙譁，以競觀焉，謂足下有功於佛。既至，僕雖闇陋，亦當勉竭其生平萬有一得之文，薰沐而拜述爲記，以付定空勒之於碑，使四方遊者、居者，又皆稽首而贊曰：『此藏經者，故朱襄、王公巡察江南，一無所取，而獨捐其俸請之以歸者也。今王君乃能繼遺志，垂不朽焉！』嗚乎，盛哉！或足下歲時欲瞻禮，則田氏廢園之址，尚有勝地，可建爲精舍，流水蹲石，點綴其間，甚與足下之慧業宜。僕輩從太史李公之後，皆得以清言奉晨夕，卽先公聞之於九原，豈有所不可也！

僕聞先人之貽其子孫者有二，如國封田宅之類，苟非變故，所當固守，不可以尺寸與人者也；如道德事業之類，所當宣之而彌彰，恢之而彌廣，公於天下，必不可吝祕者也。可以守而不守，不可以祕而祕，其失維均。至於佛書，則又超脫於彼我之外，是究之足下未嘗失，定空未嘗得，而可以揚先公之顯名，誠莫此爲便，足下其審處之矣！然則僕謂足下必欣然與者，自信操左券而得之，而非億中也。僕聞之賈君，足下固孝子也。

【校記】

〔一〕『胄』，萬有本作『冑』。

〔二〕『往誠』，退齋本、文鈔本、强善本、日本本無此二字。

〔三〕『千』，家刻本、文鈔本、强善本等同。備要本作『一』，誤。

【集評】

一　賈開宗等評點：（『友人賈開宗者』以下數句）以不甚相知，故托賈君得其爲人方說話，寫得有氣勢。（『或云』句）又用『或云』作姿。（『且足下之所欲廣之者』以下句）文字中得力語。（『此固足下之所不能與』以下諸句）本要急取，卻反不急索。以孝聳動之，以省勞曉之，以名忻之。（『此藏經者』以下數句）文凡數行，總只一氣。又總打算來必欲其人之感動。（『是究之足下未嘗失』二句）妙于緩。（結句）冷甚。

二　徐作肅曰：翻覆沈痛，皆爭扼要，有令人不得不動者。真射鵰手。

與王仲冕論物命書

承示獐見殺於犬，爲有天命，反覆而申説之。噫！足下之言過矣！儒者議論舉措，雖自知不及，要不可不以孔、孟爲法，古人所謂循循然莫不有規矩也。此一大聖大賢，固達天知命，然未嘗肯輕言。孔氏嘗一論命於子服景伯，所以廣賢人之心，塞姦雄之口也。孟氏論『莫爲』、『莫致』，以生戰國之世，思有以杜絶天下之篡弑力爭者。至於夭壽不貳，則歸之立命，固了了引爲己身之責。蓋此理輕言之於人事，必有所不可；若加之於物，尤爲不可。

夫物之隔絶於天也遠矣！其名冗而數繁，氣薄而力淺，決不能無介以自通。凡所以愛惜而長養之，摧抑而夭折之，皆人之所能爲，物之所不能自主，而尤天之所不知也。譬如小邑遠鄉之百姓，其或得所失所懽喜憂戚之狀，人君豈能一一耳聞而目見之哉！恃有郡縣之吏也。人君惟不能一一耳聞而目見，故託之郡縣之吏；天惟不能一一耳聞而目見，故生物而託之人，此子思子所以反覆慎言成物也。成義甚大，不僅與虧於敗對，凡有以驅除其强暴，制用其材質，安全其弱小，使之各適於自足之分者，皆是物也，皆人之所能爲也。

僕讀古人之書，自孔、孟至於揚雄、韓愈、歐陽脩以及程頤、朱熹之徒，上下千百年，卒未有以易者。足下忽發爲汗漫悠忽之言，人猝聞之亦甚平常，而該括未之深察。乃天下物之能傑然自立者寡，而放廢待命者多。人之庸惰者多，而自强知道理者少。苟羣倡足下之言，誰不好逸而惡勞！誰不任便而脱禁！强者、暴者，豈復可驅除？材者、質者，豈復可制用？弱者、小者，豈復可安全哉？引而伸之，觸類而窮之[一]，則人事之功息，天道之統惑，物生之害滋矣！甚矣！足下之言之過也。

且此一獐者本非犬之敵，明甚。足下不審其量，而强使爲友。既死又以爲天命，何也？假使足下謹視而遠藏之，獐必不死；卽死而於其深山窮谷之里，豐林茂草之鄉，乃其命也。今既委足下之手，而猶使犬得以殺之者，果其命耶？抑足下之所以愛惜而長養之者，或非其道也？凡此皆天所不知，而物又不能以自言，隨宜區處，而有以周夫蠢動之命，類儒者用心所不廢，僕故不惜與足下以小事詳言之。

【校記】

〔一〕『窮』，掃葉本作『長』。

【集評】

一　賈開宗等評點：（『蓋此理輕言之於人事』二句）提明。（『凡所以愛惜而長養之』以下諸句）主。（『譬如小邑遠鄉之百姓』以下諸句）開。入議論。（『成義甚大』以下諸句）論微。（『則人事之功息』三句）煞住。（『凡此皆天所不知』以下諸句）收完。句意錯綜。

二　徐作肅曰：書在韓、歐之間，有開闔，有照應。

與賈三兄論肉食書

方域再拜靜子三丈足下：客有自南中來者，云足下已肉食，域聞之大喜，坐客於前而問之，惜乎客言而不能詳也。若其遂鷄、狗、豕之無擇，而滂然沛然，輒一盡而數豆，則吾愈益喜。蓋足下之惑也久矣！今小悟則小嚼，大悟且大嚼。足下學博而行古，有大名於時，又素好佛，而甚明於從來超脱之道，若謂不肉食，遂可以爲佛，或反之而肉食，亦無害於佛，此皆淺近，無異於小生腐儒之見，宜足下之不返也。吾所爲足下慶者，乃以其可去貪而卻吝也。

郡之人有張翮者，不肉食有年矣。吾嘗與翮爲友，雖未知其所得何若，然其人篤行寡欲〔一〕，類有道者。足下曩云：『吾獨不得翮者而髡之，而坐之於西郊之大梵，餓之七日，借其夙昔之信心於人者，以號召都人士女，吾亦且聊去其髮髯，而持齋戒拜跪於其旁，稱弟子，示請自隗始，則千斛之粟可立致也。』足下既言之而悔，然吾已察知足下之貪於其無意之中矣！

又嘗簡髮而櫛，數米而炊，以教足下之妾曰：『殺生者，將有以報也。』妾稍稍行之。久乃愈益審其妄，相與言：『公不肉食於家，而肉食於外，此特給我以嗇財耳！』足下自是而或食於友人之家，或食於逆旅，亦遂以舍肉矣。然吾時陰觀之，足下每目動而頤張，又輒食而廢其箸，數顧望其老僕，若重有所不足者。嗟乎！足下奈何其至於此哉！

足下讀書三十年，老而不遇，嘗自負其材，謂可王者之佐，而今亦已矣。又深閲天下之變，以爲得喪成敗，不過如此。誠能一旦捐舍，盡去其種種之髮與其斑白之髯，茹苦甘淡，入深山而去，獨求其性命者而安焉，豈不亦割斷決絶，毅然大丈夫哉！而吾有以審知其不能也，卽足下自審，豈敢云能之乎？然則，足下幸而未去其種種之髮與其斑白之髯也。設誤而去之，乃蕩然禿，以濟其貪與吝，不過世俗之鄙僧耳，豈不重可姍笑耶！

足下又嘗云：『張翮者，天下之愚夫也，有數十萬之財，吾嘗間示以隙而不能取也，吾向者豈甘爲翮氏之隗哉！　誠欲立卒爲神師，正用而反出之也。今既不可，吾將去而自髡於通都大邑之間，登壇講說，以奔走天下之人，而出其金帛，彼西方氏之祖師，固吾之媒與尸也，而何以翮之戔戔爲？』吾曩聞足下之言，而足下數出遊於外，嘗恐其遂行之也。夫張翮者，篤行寡欲之士也。足下欲友翮爲囮，翮固不肯；　卽有之，邑人信焉，縱不得財，亦未爲害。以足下夙昔之狂名，而忽一旦濟之以怪異之行，辨博之才，而聚天下以羶，馳天下如鶩，豈待再計哉！　吾將見足下之且前，而天下之老者、幼者、美者、惡者、顚且跛者、聾且盲者、婦人之保抱攜持其子者，而莫不續隨屬其後也。此固已駭天下之耳目矣！　今天下方大用兵，稱名據號，未全剗除，而梟魁喜事之徒，時復混身於緇流，以僥倖而竊發；　重臣之建節於外而以收穫捕斬受上褒賞者，踵相接也；　設一旦有喜功名、蔭妻子之臣，以足下爲奇貨，號之曰『妖』，而執而俘之，足下其有以自解耶？　嗟兮，悔無及矣！

夫足下不幸而爲浮屠氏之鄙髡，又且甚則不免於妖，以逮於禍，皆自不肉食始。足下之不肉食也，爲以自信耶？　抑以取信於物耶？　如以自信而已，苟拔貪而卻吝，足下胷中且曠曠然，落落然，雖饕呑狼藉，血肉紛拏，無以異於茹蔬而啜菹，飲水而託盂也。倘以取信於物，而二者之患不除，則是有設網焉而取之之機，雖足下低眉闔目，交手而懺誦不輟，魚將見之而深入，鳥將見之而高擧矣！　何也？　兵莫慘於志，而物固甚畏乎其誠也！

吾少讀韓愈氏之書，慕悅其文章，高其大節。至其論佛，則以爲褊淺而未之盡。豈樂以此詆呵足下哉！　誠見夫世俗愛欲萬狀，沉苦可憫，未有不去吝而可以解脫其縛，不去貪而能免於世之攻取者。

而足下乃口與心爽，類於當世厭憎之老嫗，而又苦無其術，卒爲其同類婦女所笑而猶不返，則惑之甚也。夫此愛根而欲穴者，他人多中之於饕吞狼藉，血肉紛拏〔二〕，而足下顧以茹蔬啜葅，飲水托盂而得之，吁！亦異矣。譬如有人佯狂呼叫，色殷而氣僨，而切其脈以爲其病寒；有人四支奄閉，魄冷而陰蹶，而切其脈以爲其病大熱。此惟扁鵲知之，世俗之醫不知也。域自以爲今者足下之扁鵲也。豈足下五十七年之疾，纏綿附體而不能去者，當豁然愈耶！

域與足下之分深矣，敢不再拜而賀！若其日凡幾食，食凡幾許，果能盡所遇而無所擇與否，則猶願足下之示我也。

【校記】

〔一〕『行』，家刻本、文鈔本、强善本等同。備要本作『以』，誤。

〔二〕『肉』，家刻本、文鈔本、强善本同。備要本作『内』，誤。

【集評】

一　賈開宗等評點：（『足下曩云』一段）形神昌黎。（『足下每目動而頤張』）爲得静子會哭會笑。（『夫張翮者』句）再提張翮一句，上下震動。（『號之曰「妖」』以下諸句）總。筆力千斤。（『足下之不肉食也』以下）即放下歸到志誠，複上有力。以下根一段、引一段，打轉入又譬一句。從譬上收，極儘神致。（『未有不去吝而可以解脱其縛』以下諸句）月峯云：文法每貴雙承便腴，便有姿態如此。錯錯綜綜，一層一層歸結，如雲之入山。盡月峯之論。（『夫此愛根而欲穴者』以下諸句）婉曲頓挫，最有腴味。（『譬如有人佯狂呼叫』句）又入譬。（『域自以爲今者足下之扁鵲也』至結尾）何等力量！至末俱有全力，渾然悠然。是昌黎收，非蘇氏收。

二　徐作肅曰：是昌黎文中第一，果有識者，必不河漢吾言。

再與賈三兄書

足下肌膚之病除矣，而腠理之病未也。域不深言而痛攻之，足下之病後當發。方爲書未竟，而兒子曉年十三，立於旁曰：『大人數言賈丈，賈丈且疏，盍毁書？』嗟乎，足下！此非孺子所知也。

吾曩與足下飲於郭村之墅。足下醉，仰天而歌。既而悲，執余之手而熟視曰：『吾與子平生之友，若吴伯裔及其弟胤，與夫徐四作霖者，皆死矣。而吾且老，天下卒無有多讀書能知我者，幸子在耳！』因泣下，久之復飲。吾憶之若昨日云者，足下當亦不忘也。所云多讀書，吾不敢當；如云知足下，則吾固誠知之！吾聞古人所爲相知者，非貴知其美，乃貴知其病也。吾誠知足下，而不爲足下言之，是卒無有爲足下言之者，而足下卒不得聞之也。且足下深許我之知之，而我卒不爲足下言之，是負足下也。豈惟負足下，是殆並負吾昔之友吴君、徐君者也。負足下吾不敢，負足下而並負吾昔之友吴君、徐君者，吾尤不敢。是以卒痛攻而深言之。

足下搶搶攘攘，嘗若苦八口之累、隙日之促者，吾心竊怪焉。誠願足下守不貧之富，省無事之忙而已！夫足下豈真欲富者耶？使足下真欲富，則富也久矣。吾每見其於求榮干禄之道，一出餘緒而優得之者，舉謝不往也。蓋足下之性好新異，喜技術，作之不必果成，成之不必果用，然凡可以嘗試爲之者，莫不爲之。吾過足下之館，值有釋其首者，有服道士服者，有言倉公術者，有云馬矢之菜煅之可爲水銀者，又有繪畫古《孤虚圖》者，皆解衣盤礴，徐據案食。吾方逡巡立不進，而足下之胤子，前揖語我曰：『是皆吾翁之客，相與求利效者也。』而足下之財固以耗十之五矣！且足下好釋，則遂有方竹之杖，若木之盂；好方士，則揮麈而玉其柄，戴冠而籜其葉。若辛若酸之諸味辨，乃始談倉公；若銚若鐺之諸器備，乃始煅羹以爲銀。其圖畫者則又几榻屏案，丹青赭黛，不可勝數，凡此皆非能取之宫中，必出財以易之，而足下之財，又以耗十之三矣！足下既專心生財之術，則必益不事事，而賓客之需，貨物之費，勢不得不假手於婢僕；婢僕習知足下眊於目而短於算，乃竊據中飽以欺足下，而足下之財又以耗十之二矣！大約足下之財以什爲准，三耗而不存一，乃更出門如臨邛客而求之，而舟車僕馬之耗，又所不數，或卒困無所得；得矣，顧不能改前所爲，輒復散去，而足下竟以貧。嗟乎！足下非求富者也，亦非患貧者也！以嘗試爲之之心求富，以嘗試爲之之道致貧。業貧矣，庸得不計財？業計之矣，庸更知其非求富者耶？庸更知其非患貧者耶？三復展轉，而足下之故吾，殆已不可識矣。非域交深，誰悉其所以然而爲之推白之者〔一〕！然而足下顧自知其不貧耶？吾豈謂足下能飢而不食、而寒而不衣哉？如此則足下益惑。

蓋足下有先人之田七百畝，比於古爲士者之恆產亦已過豐〔二〕。苟人無留力，地無棄土，則一歲所入，租之稅之，猶不難給一歲之用。且吾善足下久矣，盡其家之食，指皆可呼而數之。以不盈十之口，而用七百畝之財，固宜其倉有陳粟，織有羨帛，烹葵剝棗，熏鼠取貉，歲時伏臘，處此室而饗朋酒相勞苦自娛。乃婦以縫裳反目，子以挹漿約口，交謫嗷嗷，易有餘爲不足者，是足下果未思其故也！乃吾所謂十之五者耗之，十之三者耗之，而十之二者亦耗之也。誠能一旦翻然省悟，而謝其五，罷其三，條理其二，則足下之財，向之以十爲准者，固秋毫具在也。本不貧，何願富？

雖然，恐足下之心善吾言而不能用也，蓋足下之病從擾生者，必更從擾復之。人之爲業，以專精也。足下一身而仙、釋、醫、卜、劍術、兵法，無不漁涉矣。人之有僕妾以省勞也，足下更代執其僕妾之勞而奔走作役，無不爲矣。凡人數動則心煩，心煩則神竭，神竭則氣燥，氣燥則形與力不能以自主。吾見足下臥忽起而坐，坐忽離而立，立忽遶而行，朝來而夕往，夕來而朝往，忽寒則重裘，忽熱則裸體，甚至於眠中猶嘷囈呻呼，夜必數四。嗟乎！吾不謂足下之擾吾寧而滑吾真，遂至於此也！

顧足下方以得道自處，必抵飾不受，請更以事徵之。吾昔從足下自村中來，距城門甫十里，夕陽在樹，可徐步而入。足下忽顧其僕曰：『疾驅之！疾驅之！』前牽而後擁，箠笞更下，未三里，而足下之驢力竭喘汗，仆於地，數舉數仆，徙倚之間，日暮城闔，而吾與足下遂共止於佛舍。又，共足下宿逆旅氏，逆旅主人有獻卮酒者，旋注火且熟，而足下數身自起視，提掇嘗試，以察其冷煖。手觸器覆，酒竟潑，火亦以熄，卒不得飲。時方祁寒，而同舍有劉生者，甚怨足下。足下又好從惡少年遊，授以房中靡靡之歌，久之浸爲所侮，相與戲弄紿誑以爲笑。足下怒，則益隨而笑。足下乃更大怒。不止數端，皆瑣細不足言。然足下少從容自持之量，又實無所事事，而舉止轉以錯亂，概可見矣！忙之爲言，茫也，茫茫然也。貿也，貿貿然也。其言不見於經，然古賢人若張安道者，嘗力以爲不可。足下亦幸而守三畝之宮，所治一僕二妾耳。設遂以守大邑、治大官，將何如應也？呂許公之赴召，周亞夫之持軍，可謂不忙矣！此固古將相學術不苟，必平素有以深歷而熟練之，非倉卒能然者。然則當有事，且大事，猶不可忙，而況於無事耶？

抑吾所爲足下慮，更不在此。足下力學三十年，讀書養氣，豈盡無所得耶？而乃幾耳順而有童心，倏疑倏信，旋否旋然。《詩》云：『威儀棣棣，不可選也。』無乃非可則可，象之義耶！近且又口瘖手瘁，操瑟而求竽〔三〕，並吾之所許以求榮干祿之道〔四〕，舉謝不往者，而亦期期失之，是皆足下忙於心者之過也。心忙則形神力氣之屬應矣〔五〕，勢必不自見其無事而日求之於有事，因而頻作而不止，數徙而不安，而向之所謂十之五、十之三、十之二，以熒惑足下而耗之者，將又乘間而窺，相續而入矣。然則足下尤先省無事之忙，而後可以守不貧之富也。二者誠去，則足下之病雖死不發，而乃以其安逸之身，徐理其三十年讀書之所積，養氣之所得者，而出之於世，足下固猶然天下之大儒也。

足下老矣！宜益勉自愛。吾少足下二十有四歲，比遂腰痛髮白，嘗自嘆無用，思刻苦爲文章，庶幾萬一傳其後。而其亡友吴君、徐君者，皆有遺書未就，若有餘力，必爲探討收輯之，念非足下無可與共事。而乃以二病糾纏痼廢，吾何望焉！

嗟乎！伯裔、伯胤死，而其子材弱無傳人矣！獨徐四有弟曰作肅者，亦吾與足下之故人也。近益多讀書，能知足下。足下如不深信而三思吾言，曷過作肅問之！

【校記】

〔一〕『誰』，家刻本、文鈔本、强善本同。備要本作『雖』，誤。

〔二〕『比於』，家刻本、文鈔本、强善本同。備要本作『此爲』，誤。

〔三〕『竽』，家刻本、文鈔本及退齋本、萬有本等同。備要本作『竿』，誤。

〔四〕『並』，家刻本、文鈔本、退齋本等同。備要本作『非』，誤。

〔五〕『忙』，家刻本、文鈔本、强善本同。備要本作『茫』。

【集評】

一　賈開宗等評點：（首兩句）敍再書之故。（『嗟乎足下』二句）便懇。（『執余之手而熟視曰』）述『知己』一段。（『吾聞古人所爲相知者』以下數句）大篇入手，委折婉轉，深情便足動人。（『蓋足下之性好新異』數句）一段『守不貧之富』，八百言，一氣不斷。主。（『勢不得不假手於婢僕』以下諸句）更刺骨。此一段略小，是節奏。（『足下非求富者也』以下諸句）沉鬱頓挫，已逼荊公。（『然而足下顧自知其不貧耶』以下三句）餘勢繚繞。又頓一句，以控爲縱。（『本不貧』以下諸句）一折再辨。一段『省無事之忙』，亦幾八百言。（『吾見足下臥忽起而坐』諸句）刺骨。（『顧足下方以得道自處』以下諸句）再一折，入證。（『而足下之驢力竭喘汗』）入三段來遙應，敍法已逼遷《史》，以直敍中神氣飛揚，筆有餘地。（『然足下少從容自持之量』二句）緊煞。（『忙之爲言』以下）忽插此段，幻化有神。（『可謂不忙矣』上下）餘波。（『抑吾所爲足下慮』二句）再入一步，以進步爲餘步。（『近且又』）一連下。（『心茫則形神力氣之屬應矣』至『相續而入矣』）疊兩『矣』字，亦是雙承法，甚有姿。（『然則足下尤先省無事之忙』以下諸句）收有力。細看卻亦從兩『矣』字跟下，更勁。以其姿態足，故接落渾也。（『徐理其三十年讀書之所積』前後句）轉到此，是何等筆力。（『足下老矣』以下諸句）此一句千斤。頓挫嗚咽。（結句）到頭卻悠然。

二　徐作肅曰：寫靜子入神，規諫計畫已無剩義，尤妙藏工細于渾樸。但見蒼茫，不見刻鏤，不讓首篇矣。

三　徐作肅又曰：首篇淺，此篇深。首篇略，此篇詳。亦次第不得不爾。

再與賈三兄書

冬夜病目方寢，而友人范召氏至。感憤悵惋，坐移時乃語，謂足下傳書而載及所不當與之人，爲輕聖人之道，以自便其私。余察其色愠而意彌厚，轉取而視之，其言信。吁，嗟乎！無乃甚矣！何足下病加於小愈，而竟入膏肓焉之弗可砭也！余是以瞿然躍起，撥火而披裘，試目而去翳，勢不能以旦，急呼童子，秉燭爲書，冀萬一或然之救於足下。

昔楊子雲著書成，而富人載錢十萬，求附其名，子雲不肯者，今足下之得固若是其多耶〔一〕？亦有其半耶？孔子作《春秋》，而高弟子若游、夏乃不能贊一詞。足下之書，固非《春秋》比，然嘗學聖人矣，亦必有一二語幾於道者。而顧使天下之販夫傭徒，皆參錯於其間，是孔子之會夾谷，當遂與優侏相登降揖讓也，斯亦猖狂悖亂之極也已矣！

且足下之傳書以明道也。而范召氏之言曰：『是殆漁列市人之名姓，以便鬻也。』以聖人之道而營錙銖之利，吁嗟乎！無乃甚矣！然則足下之爲此也，固誠以其名明道者，實鬻利耶？抑或有見於聖人之道大，自以四子書設科以來，舉凡天下之求富貴利達者，皆借聖人之道以自成其私，而此又特其小者也？雖然，其責之深者，其望之厚。余終期足下以明聖人之道者也，非欲足下顯然自比於借聖人之道以成其私者也。

前十年，足下爲書，而先輩官吏部者至欲劾足下，由今度之，是耶？其非耶？余無吏部之權，獨爲足下誦《詩》耳。《行露》之章曰：『豈不夙夜，畏行多露。』言謹微也。《還》之章曰：『子之還兮，遭我乎猺之間兮？』言其交錯捷利而不自知其非也。足下而不能爲詩則已，足下而能爲詩者，斷章取義，可以思矣。吁嗟乎！何其甚也！

若夫足下之書，則辭渺而義博矣，而亦有率以蕪者，今皆不可以言，俟足下省寤，更詳說之。

【校記】

〔一〕『是』，家刻本、文鈔本、强善本等同。備要作『見』，誤。

【集評】

一　賈開宗等評點：（『今足下之得固若是其多耶』前後諸句）逐段結，快，悉。名引言以斷正於參錯，引言上得虚，妙。（『孔子作《春秋》』以下諸句）名引言以斷正於參錯。引言上得虚，妙。（『而范召氏之言曰』前後諸句）再入范一段，兩古一今，錯落搖曳，生姿生波。（『自以四子書設科以來』）此意實妙。（『其責之深者』）打轉甚緊。（『《行露》之章曰』）前已盡，故取《詩》爲諷。（『若夫足下之書』）掉尾，放一步。

二　徐作肅曰：　有所悲慨而言，故詞氣激越，然正有飄然之致。

與宋公子牧仲書〔一〕

某叨受太保先公深知，嘗援其難。公子又不以僕爲不肖，數下交，質以所爲文業。僕竊見郡中自吳、徐二三子凋謝之後，近二十年，絶無有清才標映如公子者，嘗心口歎頌不能置。今有所欲言，伏惟公子聽之。

僕聞之賈子曰：『諸人以太保既薨，有願公子出而結交天下貴人，一如太保在日，以爲克似太保者。』竊謂太保在日，乃天下貴人，皆願一當以交太保，非太保之交之也。今論者顧欲公子求而交之，以爲克似太保，此不惟不似，而固已相遠甚矣！

往郡中貴達子弟固有然者，然皆以財力自雄，周旋良苦。今公子善病，體不任衣；太保清節，僕之所諒未有厚貲貽公子也。所謂財與力者，公子自審能之乎？破其業以致貧，勞其身以致病，而徒博一交結貴人之名，僕竊爲公子不取也。抑人之所謂克似其先者，有道不可以不辨。有以卿相之子，世爲卿相，而不必不辱其先；有以卿相之子，乃甘爲一介之士，而足以光益其祖父者。若公子不深察其道，卽如諸人所云，亦不過倣太保在日，存其門戶方幅，外似之耳，非謂公子遂眞似太保爲宰相也。公子之家昔爲宰相，今爲秀才，何可强同？顧舍其力之所能，可以得其眞似，而必出於不可得之數以爲聊似其外者，何也？

夫克似之道在於守道讀書。公子才氣超軼，何施不可？願且朝夕自愛調病，病愈之後，以諸人所陳交結之才〔二〕，多收古今書籍；以交結之力，閉戶力學而篤行之。如此一二十年，亦不必不似太保〔三〕；卽不然，太保亦必含笑於九原，决不以公子甘爲一介之士，遂以爲不克似之也。

某皇恐再拜。

【校記】

〔一〕各本卷首總目皆作『與宋牧仲書』。

〔二〕『才』，文鈔本、强善本作『財』，本文多處『財』、『力』並文對舉，作『財』是。

〔三〕『不似』，家刻本、文鈔本、强善本、退齋本、本衙本等同。備要本作『之作』，誤。

【集評】

一　賈開宗等評點：（『太保在日』以下數句）寫得盡意。（『所謂財與力者』二句）婉而宕。

二　賈開宗曰：悉事入情，文筆之妙不必言。

與吳駿公書

十月朔日，域再拜致書駿公學士閣下：　域凡駑不材，年垂四十無所表見。然辱學士交遊之末者，自甲戌以來，今且二十年矣。是時學士方少年，爲天子貴近臣，文章德器傾動天下，議者謂旦夕入相。屈指曾幾何時，而學士乃披裘杖藜，棲遲海濱，歌彼黍之油油。人生遭際，信可悲也！然學士身隱而道彌彰，域之羨學士之披裘杖藜也過於坐玉堂、秉鈞軸遠甚。近者見江南重臣推轂學士，首以姓名登之啓事。此自童蒙求我，必非本願，學士必素審，無俟鄙言。然而學士之出處將自此分，天下後世之觀望學士者亦自此分矣！

竊以爲達權救民，有志匡濟之士，或不須盡守硜硜。獨學士之自處，不可出者有三，而當世之不必學士之出者有二。試言之，而學士垂聽之。

學士以弱冠未娶之年，蒙昔日天子殊遇，舉科名第一人，其不可者一也。後不數歲，而仕至宮詹學士，身列大臣，其不可者二也。清修重德，不肯隨時俯仰，爲海内賢士大夫領袖。人生富貴榮華，不過舉第一人，官學士足矣，學士少年皆已爲之，今卽再出，能過之乎？奈何以轉眼浮雲，喪我故吾！其不可者三也。昔狄梁公仕周，耶律楚材仕元，其一時君相皆推心腹而聽信之，然後堅忍委蛇，僅能建豎。兩人心迹，亦良苦矣！今不識當路之待學士果遂如兩人否，其不必者一也。卽使果如兩人矣，而一時附風雲，輔日月，何患無人？學士前代之遺老也，譬有東鄰之寡，見西家財業浩大，孤弱顛連，自負能爲之綜理，願入其室而一試焉，其後子仰母慈，奴婢秉主威，果如所操，信則西家之健婦也，顧其若東鄰何？ 其不必者二也。

凡此三不可、二不必，亦甚平常，了然易見，然時一念之，逢萌、梅福，不過如此。不然則怨猿鶴而負松桂，北山咫尺耳。學士天下之哲人也，豈不爭此一間耶？ 十年以還，海内典刑〔一〕，淪没殆盡，萬代瞻仰，僅有學士； 而昔時交遊，能稍稍開口者，亦惟域尚在，故再四踟躕，卒不敢以不言。萬一有持達節之說陳於左右者，願學士審其出處之義各有不同，堅塞兩耳，幸甚！

域經患難後，乃知昔日論著都無所解。今頗學爲古文，並近日詩歌，澄江返棹後，當圖尊酒一細論之。

【校記】

〔一〕『刑』，文鈔本作『型』。

【集評】

一　賈開宗等評點：（『然學士身隱而道彌彰』）提起一篇。（『不過舉第一人』二句）宛轉透暢。（『果如所操』前後數句）眼前道理，意外文章，妙絶。

二　賈開宗曰： 文之光芒上薄星漢。又曰： 余見學士復侯子書，尤慷慨自矢云必不負良友。後當事敦迫，卒堅臥不出。斯人斯文，並足千古矣。

與陳定生論詩書

僕下里之鄙人也，承下究以作詩之旨，不知所對。及過陽羡，聞足下論詩，娓娓者三日，固已悉其源流正變，不止獨步江東，殆何、李既往後，天下一人也。僕雖不能窺作者藩籬，試自以其意，妄爲足下道之。

夫詩壞於鍾、譚。今十人之中，亦有四五粗知之者，不必更論。救鍾、譚之失者，雲間也。雲間有病處，則深中今日之膏肓，即一時才調絶出之士，亦尚未免。蓋鍾、譚所爲詩，蟲鳥之吟；雲間所爲詩，裘馬之氣。大段固自不同，要不能無過。後惟陳黄門、李舍人力自矯克，歸於大雅。然而其流風終有存者，三吴祖而述之，輒愛不能割。故今日能知雲間之失，則才調絶出之士，不患其不進矣。

今夫日月與山水者，天地之色也；光者，日之色也；陰者，月之色也。山之色，烟雲互變；水之色，澄碧相接。若盡欲刊落而空之，舉目黯淡，何古何今？無怪乎風人才子，不肯服也。顧今日所爲色，大率皆借也，借何可久！天然威施，又何必借！若其本不西而東，不南而北，藻繪雕飾，徒自苦耳。故必洗盡天下之借色，而後天下之真色始出，此惟足下心知其意耳。

往中州有吴伯裔，惜未大成，死矣。王相國鐸〔一〕，材固博厚，氣固雄拔，求之章法，不能無間然。近如賈君開宗、徐君作肅皆老宿，卓有所見；宋君犖，英英欲起，照前映後，惜足下未得盡見之也。賈君論詩，欲清空一氣如話，僕曰：『是固然，更少氣象不得！』閶闔冕旒〔二〕，固屬氣象。水鷗風燕，得意容與，容非氣象耶？推而至於太原真人之褐裘，曲江仙侶之彩筆，任城豪飲，斗落參迴；玉門愁月，練白霜皎；皆能以其氣象爲氣象。當其勝絕，變動難拘，是惟心知其意者，觸通而已。

今人往往好爲樂府。僕謂如《郊廟》、《鐃歌》諸題，皆古人身在其間，鋪張賡歌；今無其事而輒摹擬之，卽工亦優孟衣冠而已。若不求盡似其音節，又何必其題？白香山嘗有《新樂府》，得風人之旨，不可以其生盛唐後，輕非之也。今之作詩者，言風、言情是已。此道鍾、譚亦嘗論之。木偶何嘗不類人形？其爲木偶者，無情故也。『風』爲『四始』之一，尤有關係。然竊以爲，《詩》本經術，不同詞曲，其大者陳無外，微者道性情，俯仰興會，固自有風與情，而必非世之所謂風與情也。五七古律諸體，皆如黄鐘、如軒、姚之琴，用以根本萬事，宣幽鳴滯，不可輕叩。惟七言絕句，初無盛、晚，唐人已分兩種：太白、龍標自爲一種；大曆而後劉夢得最爲擅場，又自一種。當時皆翻入樂部，韻調出入，無嫌輕婉，然亦須灝氣，寫其遠情可也。

其年郎君，他日必不朽。僕入越後，見吳詹事偉業、曹太僕溶、姜行人垓、葉處士襄、宋學使徵輿，及西陵十子詩，皆具有源委。幸致郎君，就而講求之。

【校記】

〔一〕『相國』，文鈔本作『尚書』。

〔二〕『閭』，家刻本、文鈔本、强善本、本衙本、强忍本，日本本等同。備要本作『間』，誤。

【集評】

一　賈開宗等評點：（『蓋鍾、譚所爲詩蟲鳥之吟』二句）確。（『今夫日月與山水者』前後諸句）先出此一段，折倒衆論。（『故必洗盡天下之借色』）精。（『求之章法』）具眼。（『皆能以其氣象爲氣象』）盡致。（『宣幽鳴滯』前後諸句）確。（『然亦須灝氣』二句）是。

二　賈開宗曰：論詩入微，行文欲化。

與槁木大師書

敬啓槁木大師座下：僕聞人之所以自立者兩種，非有所建豎，則有所捐捨而已。建豎未必無因，苟其乘時取便，卽庸人稍謹慎者，亦自可就尺寸；至於生平愛戀之處，往往不惜以身名殉之而不能割，然則獨毅然捐捨者，乃真英雄也。

大師少年生世卿之家，百萬一擲，粉黛連行，每見賓客，言楚黄梅公子者，輒色動也。未幾，與僕遇金陵，則蕭然布素，無豪俠態，而大師意若有餘，蓋是時已捨富貴矣。然而馳騁南皮之隊，賡和東堂之咏，大師復以文章走天下。夫慧業之與貪業〔一〕，雖稍不同，其爲業一也；至於聰明人，夙因愛戀，則更過之。大師去富貴而得文章，謂之轉念則可，謂之能捨則未也。已而，乃散烟墨，焚緗帙，就官執金吾，改形易影，曾不驚顧。此在他人，爲失其故吾；在大師，則勇於脱其夙因矣。不意甲申滄桑而後，大師遂並其妻子、鬚髮，而一切捨之也！僕過江來，問大師，異口同聲，皆舉大師之故姓氏以告曰：『梅惠連建豎千秋名矣！』

僕竊嘆生人一身，十九戀富貴，十一戀文章，卽不然，亦未有不戀其妻子與鬚髮者。今種種皆盡，是大師且捐捨其身矣，何有於名哉！即僕之以英雄名大師者，亦非大師也。然而儒者之聖，釋氏之佛，同一積累，乃詣至極。當其道成教立，謂之佛與聖。其初堅忍精進之日，皆英雄也。不立見捐捨力，豈能爲英雄！不預鍊英雄根器，豈能爲聖爲佛！謬見如此，不識然否？

僕邇來世網已深，沉迷萬狀，大師諸相皆空，雖不復分別故人，尚冀於衆生中，一體開示覺悟耳。臨風皈依。不宣。

【校記】

〔一〕『夫』，本衙本、紅杏本、掃葉本作『失』，誤。

【集評】

一　賈開宗等評點：（『然則獨毅然捐捨者』）著眼。（『其爲業一也』前後諸句）徹。（『在大師』二句）妙。（『即僕之以英雄名大師者』二句）悟後語。（『其初堅忍精進之日』前後句）卓有所見。

二　賈開宗曰：朝宗文逼韓、歐，此中學問又是韓、歐不能道。

復孫若士書

向太丘李君自江南校士還，過僕。坐未定，即訊足下。李君曰：『孫子名可得而聞，人不可得而見矣。』僕益竊歎，足下非一時文士之比，而真能以道自處也。既而讀所論著，則見足下勤勤懇懇發明聖賢之旨，務欲返天下之陷溺，而又遠貽僕書曰：『某窮老且死，然不敢忘斯文，當勉立言以任之，終其身篳簬繩樞，以謝知己。』强乎，矯哉！

昔許平仲有云〔一〕：『名教綱維，不可一日不在天地間。苟在上者無人表章，則在下之責也。』僕私以爲平仲見之雖明，而守之則未篤矣！誠知在下無異於在上，卽蘇門教授，詎不足以拯陷溺之人心而爭道學之絕續也，而必待祭酒一官耶？究之平仲爲祭酒時，其所成就轉移未嘗遠過於蘇門，則是反多此一祭酒也！夫元世祖雄略之主也，許平仲大儒也，而一時進退，不過如此，蓋遭逢若是其難也。今人卽幸遇世祖而其懷來，或未必盡如平仲。乃褰裳焉恐後，以爲吾欲行道也，亦惑矣！然則足下果立言以任之，而甘於窮老且死，殆平仲之幾幾乎未及者也。

咫尺鹿城，未遂展晤，歸棹而怏怏者彌月。錫余徐公，僕竊傾竚，並祈爲謝。相念，不盡。

【校記】

〔一〕『平仲』，《元史·許衡傳》作『仲平』。

【集評】

一　賈開宗等評點：（『平仲見之雖明』二句）刻論，實平論。（『蓋遭逢若是其難也』）千古賢豪，未免有失足之嘆。

二　徐作肅曰：引平仲立論，是借意，卻極正當。

答張爾公書

僕自患難歸里後，舊遊零落，久不通江左音問，以爲足下已死。去歲見所著書，乃知尚在，因狂喜，呼賈三兄開宗告之。開宗老且病〔一〕，感足下尚在，喜極而泣。僕又竊疑，足下昔日寓黨人之禍，備極苦毒，必無全理，或有假足下名而著書以營利者。急取反覆觀焉，則種種見解議論，悉折中於聖賢，非足下不能爲。自是而私心冀幸足下之真未死，與萬一恐其已死，而或有人假而託之，乃終日怦怦不休也。

前月抵江陰，忽從陳定生處接足下手示，定生又爲面述足下之道貌無減於昔，且盡得其十年來出處生死之概，始信斯文之未喪，而足下果幸而留也！足下云：『幸在後死，尚須僕匡其不逮，共成不朽。』僕之鄙陋，豈曰能之？然亦有故人之意，不敢默然已者。惟是以海内之所仰望於足下，轉爲足下期勉。足下今日已無負前日，但求後日復不負今日耳！

今日海内之稱足下者曰正學也，清流也。昔者，姦人秉國，蓋嘗欲錮而殺之。足下能守死以無悔。未幾，故主采詢人望，拔足下以禁近之官，授之以講讀之任，足下侃侃正論不回。卽鼎移社墟，猶間關存其初服，不忍一旦委於草莽，説者謂足下如此，生平之事畢矣！僕則以爲，足下生平方託始於此〔二〕。何也？足下道高名重，苟一日未死，則天下之仰望，故人之期勉，與夫足下所以自處，皆未知其果能終焉與否，而不可稍自寬假也。譬之傀儡學技，音節雖工，面目非情，必俟筵終觴散，始復本來。足下前此，不過習其音節耳。自今以往，乃筵觴時也。觀場者固多，賞音亦自不乏，可不慎哉！

又，艾千子已云亡矣，其死時殊不草草。足下向駁議其文章，因及其行己驕愎，其在當時，固所不免。但驕愎，千子之小疵。大節，士流所難言。今日論定，似宜爲賢者隱護也。足下文集中，可删此一則否？並祈裁鑒。不宣。

【校記】

〔一〕『開宗』，家刻本、文鈔本、强善本等同。備要本作『瞿考』，誤。

〔二〕『託』，本衙本、紅杏本作『記』。

【集評】

一　賈開宗等評點：（『僕又竊疑』前後諸句）文筆曲折，真切入情。（『足下生平方託始於此』以下）格言。（『自今以往』前後句）盛名難副，所宜三復。

二　徐作肅曰：寫出張君交情，而議論更不可磨。

復倪玉純書

與知己別來十年，而此生遭際，慨當以慷，乃有出於契闊之外者。竊念士君子夙夜終譽，必有所以自立，而後夷險一致。足下曩者左右婁東，寧犯清溪之不測，蓋名義至重，久不置禍福於胷中矣〔一〕！持此念以處世，且歷千劫而不毁，而況此聚散浮沉之迹乎哉？

遠示郎君佳篇，喜其英絕，承命勉爲一序。自慚固陋，雖欲有所發揮而不能，不過以少時聞之文正公者，還爲郎君述之。冀郎君留心黽勉，異日得以繼文正公之家學，而僕亦不至隕越其師說，借以廣其傳，則至願也。拜復依依，不盡。

【校記】

〔一〕『胷』，本衙本、紅杏本作『的』。

【集評】

一　徐作肅等評點：(『持此念以處世』三句)見道語。

二　徐作肅曰：尺幅中具有見解，頗不寂寥。

壯悔堂文集卷四　奏議

代司徒公論流賊形勢奏〔一〕

臣謹昧死上奏：寇患積十五年而始大，非可一朝圖也。由秦入豫，一敗汪喬年，再敗傅宗龍，而天下之强兵勁馬，皆爲賊有矣。賊騎數萬爲一隊，飄忽若風雨，過無堅城，因資於我。官軍但尾其後，問所向而已。卒或及之，馬隤士餓，甚且以賜劍之靈，不能使閉城之縣令出門一見，運一束芻，饋一斛米，此其所以往往挫衂也。

今賊氛告迫，全豫已陷其七八。藩王待救，望若雲霓。然自他日言之，中原爲天下腹心；自今日言之，乃糜破之區耳；自藩王言之，維城固重；自天下安危大計言之，則維城當不急於社稷。臣爲諸道統帥，身任平賊，豈可言舍汴不援！但臣所統七鎮，合之不過數萬人，而四鎮尚未到也。馮河而前，無論輕身非長子之義，亦使羣賊望之，測其虛實，玩易朝廷矣。

賊中情形，臣已具悉。大約飢則聚掠，飽則棄餘。已因之糧，不知積蓄。地生之利，未閑屯種。且多久逋思歸，中宵雨泣。以衆積强，難驟攖其鋒。然其强易散，可持久而定也。賊中聯營各部，如曹操一支，窺李自成有兼並之心，陰相猜貳；而袁時中有步卒二三十萬，則已去而顯與爲敵矣！惟是彼之情實，難以猝與我通。而當事秉鉞者，避款賊之嫌，又皆畏首畏尾，不肯一擔當利害，爲國遠圖，以致機會之來，覿面坐失。此卽朝更一撫，夕易一督，而省臺言兵事之臣，章疏日數十上，豈能錙銖有濟哉？誠能省朝中議論，行閫外軍法，不顧責備，不徇人情，厚集兵力，養威蓄重，伺隙設間，潰其腹心，賊必變自內生。惟在任事之人，肯捐去形迹，一舍其身與否，而陛下聽之斷與不斷，任之力與不力耳！

故爲今計，苟有確見，莫若以河南委之。令保定撫臣楊進，山東撫臣王永吉北護河；鳳陽撫臣馬士英、淮徐撫臣史可法，南遏賊衝；而以秦陝督臣孫傳庭塞潼關；臣率左良玉固荆、襄。凡此所以斷其奔佚之路也。臣鄉自賊中來者，皆言百萬，今且以人五十萬、馬十萬計，人食日一升合，馬食日三升合，則是所至之處，日得八千鍾粟也。中原赤地千里，望絶人烟，自茲以往，安所致此哉？

目今兵强，無過良玉。良玉爲臣舊部，每對臣使涕泣，有報效之心。三過臣里，皆向臣老父叩頭，不敢擾及草木。私恩如此，豈肯負國？但從前督輔〔二〕，駕馭乖方，兼之兵多食寡，調遣爲難。誠使臣得馳赴其軍，宣諭將士，鼓以忠義，用三楚之糧，養全鎮之兵，臣不就度支關餉，陛下亦不必下軍令狀責取戰期，機有可乘，卽東出與孫傳庭合，羣賊腹背饑擾，馳突無所，不相屠滅，必自降散。舍此不圖，而欲急已潰之中原，失可扼之險要，蛇豕肆釁，恐其禍有不止於藩王者，此社稷之憂，而非小小成敗之計也。臣謹悚息待命之至！

【校記】

〔一〕各本卷前總目題下有『崇禎壬午』。

〔二〕『輔』，家刻本、退齋本、强善本等同。備要本作『撫』，誤。

【集評】

一　賈開宗等評點：（『甚且以賜劍之靈』二句）可嘆。（『然其强易散』二句）有見之言。（『又皆畏首畏尾』諸句）確。（『誠能省朝中議論』諸句）指陳大計，若列眉端。（『今且以人五十萬』前後諸句）確。寇自發難以來，誰能言此者！（『用三楚之糧』前後句）確。（『恐其禍有不止於藩王者』）早見及之。

二　賈開宗曰：奏入，朝廷不許。不三年而燕京之社稷墟矣。吾謀適不用耳，莫遂謂秦無人也。讀之三嘆！

代司徒公屯田奏議〔一〕

臣竊見從來屯田之利，人人言之，而其大概不過兩語：在腹裏則屯田少而隱占多，宜用清察；在塞下則屯地多而耕種少〔二〕，宜用開墾。清察法行，而所以實軍伍者，即寓於其間；開墾法行，而所以限戎馬者，即寓於其中。所患者惟無實心任事之臣。狃因循，則疑更弦之爲擾；獵捷效，則厭蓄艾之爲遲。坐使自然之利，棄而不收，甚可惜也！臣謹廣詢衆論，參攷故實，諸如官屯、軍屯、兵屯、民屯、商屯之以人異也；腹屯、邊屯之以地異也；條分縷析，期於明便可行，算計見效。别著墾種事宜，而以攷課、信任二議終之。誠見天下有治人原無治法，貴力行不貴多言。伏惟陛下以重農貴粟爲本圖，以知人善任爲綱領，專責以課其成，久任以收其後，于以復高皇帝時養軍百萬，不費民間一粒之盛，庶有期乎？雖然，臣所言者不過其大略而已，各省直事體未必盡同，或宜于昔而不宜于今，或便于此而不便于彼，自非身在地方，不能悉其曲折。仍宜令各該撫按，督率所司，悉心規畫，酌量時勢，遵依先奉聖旨所云『塞下作何營護？腹裏作何綜理？』條議詳確，約期具報，以憑覆覈上請。庶制以斟酌而盡利，法以潤澤而宜民，其有裨于國計軍儲非淺鮮也。某月日，臣某謹奏。

【校記】

〔一〕各本卷前總目錄題下有『崇禎甲戌』。

〔二〕『地』，家刻本、文鈔本、强善本同。備要本作『田』。

【集評】

一　賈開宗等評點：（『狃因循』『獵捷效』二句）病痛盡此兩言。

一議官屯

今天下屯政之壞，弊如鼠穴，而官屯與居一焉。攷永樂時著令，每一都司另撥旗軍十一名耕種，號曰『樣田』。蓋欲據所收籽粒多寡，以辨別歲之豐凶，地之肥瘠，軍之勤惰，初未嘗以田與官也。始于隆慶二年，將宣、大屯田開墾成業者，每十頃内給軍官五十畝，爲養廉之資。而又令各自行開種，若副、參不及一百頃，守備以下不及一十頃者，參論戒飭。其立法初意，豈不期將領偏裨等官，督率家丁，克勤稼穡，爲士卒倡哉！今則强役部曲，占收籽粒。至如宣、大、山西諸鎮，閫帥肆其鯨吞矣！延、寧、甘、固諸鎮，蔭職恣其蠶食矣！肥區歸己，而以其瘠磽者移之軍士，久則竄易厥籍，而糧彌不均。糧不均，於是不得不寄甲于勢要，而欺隱遂多。欺隱多，於是不得不攤稅於佃軍，而包賠愈苦。流病相仍，非朝伊夕，人鮮樂耕，野多曠土。職此之繇，似宜稍爲限制：總兵受田不得過二百畝，副總兵不得過一百五十畝，參、遊、都司不得過一百畝，坐營守備不得過七十畝，俱督率家丁耕種，有多餘者，卽令退歸屯田數內，給軍領種，照則徵科。敢於限外多占一畝，擅撥一軍者，卽以贓論。而又通計所部墾田多寡，以爲殿最。果勞來有方，副、參至一百頃，遊擊、都司至五十頃，坐營守備至三十頃，千把等官至十頃者，聽撫按覈實，舉薦敍陞。若副、參不及二十頃，遊擊、都司不及十頃，坐營守備以下不及五頃者，聽該道報部，題參降罰。敢有冒無作有，欺荒爲熟，該管轄者並治之。令出惟行，國初原額，庶可復乎。昔唐郭子儀，以河中軍苦乏食，乃自耕百畝。將佐以是爲差，於是士卒皆不勸而耕。其後京西營田節度使劉昌，亦身率士墾田三年，而軍有羨食，兵械鋭新，邊障安寧。此皆官屯龜鑒也，伏候聖裁。

【集評】

一　要開宗等評點：（『初未嘗以田與官也』）明白。（『於是不得不攤税於佃軍』前後句）指出病源。（『敢於限外多占一畝』三句）須如此處法。

一議軍屯

軍政之壞，蓋未有如今日者也。籍無用之人蠹有限之粟，而軍之外又別賦民以養兵。是昔也兵與農爲二，而今也兵與農與軍爲三矣。宋臣朱熹有言：『恤民之實在省賦，省賦之實在治軍。』軍誠練，則得一軍，可省一兵；省一兵，便羸一餉。推而上之，所羸當不貲。而或者曰：『軍不可調也，戍守不可使虛也。』臣愚將有以待之。皇帝初定制，每衛所軍士，以三分守城，七分屯種，又有二八、四六、一九、中半等例，皆以田土肥瘠，地方衝緩爲差，蓋卽先王寓兵于農之意。無事爲農，有事卽軍也。而今頂種者，無以異于民佃，享軍之產，無軍之差，失其意已甚。至軍田民種，則不獨軍無其軍，且幾屯無其屯。夫典賣之禁故在也，還官之條非不炳如也，然相沿已久，將概引律例以從事，彼不閧然羣肆阻撓，則計出於冒名詭託已耳。所宜行令各衛所，無論軍民舍餘雜色，但種軍屯，卽應軍役；其一軍之屯而衆佃者，則朋出一丁，務于農隙之時，分番操練，遇警則城操之軍不妨調發，而卽以屯軍代之戍守。合天下屯田，共六十四萬三千餘頃，各處屯軍受田則例多寡不一，折中推算，當不下一百二十餘萬人。有此一百二十餘萬人之數以備戍守，便可于城操軍内，挑出一百二十餘萬人之數，以資調發。不煩召募，不增餽餉，而緩急舉有所恃，誠國家無形之鉅利也。其或民籍人户，慮一受田，則世世受軍之累，許其吐出還官，別召軍餘頂種。從此盜典盜賣之弊，亦將不禁而自絶，卽爲袪蠹計法莫逾此。伏候聖裁。

【集評】

一　賈開宗等評點：（『其一軍之屯而衆佃者』前後句）處分最當。（『其或民籍人户』諸句）慮得到。

一議兵屯

夫天下無益田而有增兵，有祲歲而無損餉，度支仰屋之憂，寧有已時乎？聞之兵法，屯田一石，可當轉輸二十石。皇帝從宋訥策〔一〕，守邊士卒備譏察外，悉令屯田。每將以東西五百里爲制，耕作以時，訓練有法，遇敵則戰，寇去則耕。景泰時，邊臣言沿邊關營城堡附近空閒地土甚多，將見在關營軍士，二分守關，一分屯種；見在守城軍士，一分操練，一分屯種。近唯天津海防營，令兩兵共一屯，一主耕，一主戰，深爲得法。今宜即依其例，籍並邊空閒地之可開墾者，於新舊尺籍内，姑以一分負耒耜，而留其二分任防守。如有客兵者，則以客兵防守，以主兵耕。其無客兵者，則挑其精壯防守，以不任戰者耕。每三人共一屯，每一屯定三十畝，其所收穫則均分焉。内借支，有秋之後，照時估取，償如數而止。宋臣廖剛有云：『執耒之勞，較之操戈之危，豈不特易！』況所食者，公家之糧；所享者，入己之粒，其必竭蹶以就無疑矣。且人共爲佃，即人共爲守，以兵衛農，綽有餘裕。脱遇不測，燒穀入保，亦不過與坐而不耕等耳！至所墾之田，給爲永業，俟二年後，量照下則起科。蓋但求積粟之多，則士飽馬騰，戰守有藉，而邊境之上，桑麻遍野，穀價必平。召買既賤，運費亦省，公私兩利，無過是者。昔晉羊祜鎮淮襄，減戍邏之半，墾田八百餘頃。當其始至，軍無百日之糧，及至季歲，乃有十年之積。已事明效，照耀簡編，豈有可行于古，而不可行于今者哉！伏候聖裁。

【校記】

〔一〕『皇帝』，文鈔本作『高皇帝』。

【集評】

一　賈開宗等評點：（『每三人共一屯』諸句）井田遺法。（『亦不過與坐而不耕等耳』）妙論。

一 議民屯

屯田因兵屯得名，則固以兵耕。若夫募民耕之，而分里築室，以居其人，如晁錯《疏》所謂『相徙以實塞下』者，則以營名，其實用民而非兵也。乃又有民自墾蕪，不繇官募，而第爲之畫其疆井之數，量行起科者，謂之民屯。宋制，兵屯以使臣主之，民屯以縣令主之。而魏了翁《疏》則曰：『墾田之效，多於屯田。』其言良爲有見。今江南杼柚幾空，而秦、晉、荊、豫之間，羣盗蠭起，民生無聊，將盡化耒耜爲刀劍，則驅浮惰，招流移，誠不可緩。昔漢人有徙遠方民以實廣虚之法，而今恐不可行，亦惟善用其勞來之術而已。一曰因之，一曰利導之，一曰整齊之。何謂『因』？大荒大祲，蘇軾所謂民輕離其鄉之時也。以臣所聞見，畿輔棄田甚廣，津涿水利無窮，即並邊膏腴亦不乏；又如淮鳳之區，齊魯之域，阡陌相連，灌莽彌望；山陝等處，洊經兵燹，散而四方，州里蕭條，田土蕪廢。謂宜令所在各有司，加意招徠，鼓舞開墾。係額内者，俟三年後起科；係額外者，俟五年後起科。起科分數，雖上中之田，止照下田則例。其農器牛具，亦當量行借動，便其興作。秋成之後，漸續補還。王者以天下爲家，苟有濟於吾民，自不宜愛惜小費，况費于帑而終償于田乎！如是則人可無流移，而野可無曠土，是之謂『因』。何謂『利導』？仿晁錯拜爵實塞下之意，虞集軍官授富民之法，試下令曰：能闢五百畝者，予秩視百戶；能闢千畝者，予秩視千戶；能闢二千畝者，予秩視指揮、僉事，等而上之，進秩有差。俟三年後，以上中下則勻算，照中則起科。其在邊地者，仍照下則起科。果歲入如額，即給與初下令時職銜，仍于籽粒中撥三分之一爲月俸。其四百畝以下者，量授散官職銜；三百畝以下者，給告身冠帶；二百畝以下至一百畝，引進而獎勸之。若是而民之褰裳赴者什二三矣。幹止既定，必許其占籍長子孫，得以三途進。又疑土著之民，不能相容，則另立屯額。若是而民之赴者什七八矣。或謂若輩非武功，何得畀武功爵？然田墾而食足，食足而兵强，又何武功之足羨！或又謂進取格立，無乃爲冒籍開徑！則第令若輩來時，卽登其所攜與俱者于版，更無虞滋他族也，是之謂『利導』。何謂『整齊』？令邊腹有司，盡報其所部荒田可開墾者，兩直報各道，各省報布政司。近限三月内，遠限六月内，悉行報部，一面督率開荒。如隱匿不報，聽撫按察奏，以不職論。而獨慮成熟之後，或有妄認世産，希圖吞霸者，則惟當開墾時，卽與改名爲屯，給帖承掌，俾此疆彼界，瞭然難混，雖有新軍補役，逃戶復業，亦不許告爭。有勢家豪右，恃强横占者，必罪不宥，是之謂『整齊』。雖然勸民要矣，勸吏亟焉，請令凡考課州邑之長，必以境内開荒之饒乏爲殿最，雖他政當併論，而農事在所先。漢臣王粲所謂『農益地闢，則吏受大賞；農損地狹，則吏受重罰』者，尤今日所宜講求也。伏候聖裁。

【集評】

一　賈開宗等評點：（『其實用民而非兵也』諸句）開口便悉源流，令人曉然。（『王者以天下爲家』）破的。（『必許其占籍長子孫』諸句）遠慮。（『食足而兵强』）破得是。

一議商屯

甚哉！制之不可輕變也。國初計邊地寒，又受兵，且耕且守，力最艱，乃通商中鹽以維之。令賈人輸粟邊郡，官給之引，赴鹽所領鹽轉鬻。永樂時，粟二斗五升，得鹽一引。商贏利過當，爭趨之，各自設保伍，募衆督耕，於是邊地盡墾。而塞下粟充溢露積，饒于中土。屯軍亦因其保障，守望相助，得力耕。當此之時，各鎮軍餉，就其地足給，無有所謂太倉年例者；閭左自正供外，亦無他財賦，蒸庶樂業。其後邊事漸興，逮弘治中，部臣葉淇見謂賈人輸薄而獲厚利，遂奏令納銀，運司解部，部分輸各邊。於是商各散歸，逐本業營貲，而故所墾田盡廢，邊地米價頓湧。一遇災荒，即積錢如山金如土，而米無從出，鹽課不足給食；又塞上尺籍日增，至傾左藏以贍之。加之遼事起，民賦愈重，而東南力竭矣。雖至嘉靖中，仍復初制，然不過僉報土著及積攬之人，多易糧粟，與官攬兑支，無復墾土；重以私鹽盛行，官引壅滯，倉鈔莫售，勢不得不減價投於囤戶。資空本壓，商皆逃徙，每餉司比併鹽糧，如蹈湯火，不啻議者徒見邊方米豆不足，漫思將餘課之銀，悉改納邊方本色，邊商聞之，無不疾首蹙額。審行之，不至于無商不止也。今欲籌所以恤之，則亦不外開種商屯而已。請于沿邊拋荒田地，察有可墾者，每商量給百畝，或五十畝，填與印信照帖，永不起科。及米豆赴倉之日，則惟酌時估以定斛量，飭官額而革常例，庶耗費既少，而輸納無難也。然其要者，則尤自疏通鹽法始：必禁私販於產鹽之地，以清其源；銷壅引於行鹽之區，以導其流；而又嚴制掣、杜浮課，以制其旁溢。若是則引鹽無滯，引鹽無滯則倉鈔速售。彼執母權子之徒，有不負耒耜而樂趨塞下者耶？伏候聖裁。

【集評】

一　賈開宗等評點：（『然不過僉報土著及積攬之人』諸句）商屯之難復如此。（『則尤自疏通鹽法始』以下）周匝。

一議腹屯

今之言修屯法者，不過清舊、墾新二事而已。而墾之課效賒，不如清之計功實。有人于此本有之產荒落不治，徒馳思于坱莽之鄉，而虛冀不必然之獲，未敢以爲得也。方今屯法大壞極矣，大抵膏腴之區貪併於巨室[一]，鄰界之處侵奪于豪强。雖然，衛所未改，南陽之產猶可問也；後湖具存，故府之籍尚可稽也。請令各省直督屯按臣、道臣，細將魚鱗老冊與屯田戶繇逐一勘對。頃畝條段務取相符，四至坐落毋容朦混。備開見在耕種者若干，有無包占欺隱；荒蕪坍塌者若干，應否召佃開除。即以《大明會典》所載萬曆六年見額爲則，除節年續報開墾數目，自應增入額內，畫一督徵。其縮于原額者，務要詳察，起自何年，因何緣故。近省近鎮限十月，遠省遠鎮限十二月，報部稽察。各道能清出隱地百頃以上、糧三百石以上者，臣部特薦紀録；進而得地三百頃以上、糧千石以上者，特薦超擢；如全無清覈，及造冊不明，或違誤限期者，糾參罰治。蓋必地糧之實額了然，而後興釐之事乃可措手。然則丈量之法雖不必盡施，而亦不必不施也。彼頃畝如舊者，可勿問矣；有如按冊則有，而問田則無，非履畝而丈之，何以矚侵牟詭計之姦！即其差額，覈其畝數，大不過一都一里，小不出一圖一區，豈遂騷擾乎？即造報之冊，見謂無用，而實未嘗無用。彼滄桑變易者，固當亟豁。若夫弱被强吞，而不敢言；肥以瘠易，而莫能愬；非書版而藏之，何以存溝塗封植之券！管收必明，除在必晰，三年朝覲，則令投冊于臣部；十年改造，仍當冊報于後湖，豈曰繁文乎？繇是出隱占之浮者而均之，據原額之湮者而種之。按冊索屯，按屯索丁。丁即爲軍，屯即爲餉。從前私買私賣、爲侵爲匿之罪，咸與赦除，蕩然與人更始，萬無不濟。乃其因革之宜，則猶有當議者：國初開設屯田，派坐甚遠，幅員甚廣。名隸本衛，地落他處，有相去數百者，有相去數千里者，軍產民產，相錯其間。屯伍之官，不能照管，大半爲豪民所占。蓋地廣而賦輕，故豪民喜得，入手即報新墾於州縣，而屯地自此消滅矣〔二〕。除同省而越府者，清察猶易，如江西之南昌衛饒州、撫州等所屯田，坐落南直地方。河南潁川衛潁川所亦然。似此類者，恐難勝數。鞭長不及，漁侵莫問，謂宜比照嘉靖四十年，將山西寧山衛平定州屯田，歸併比直屯院管理事例〔三〕，通行改正，徙軍就屯。如不願往，即招本處軍人頂種，徵其籽粒，轉解原管衛所，以充官軍俸糧，允爲妥便，此利在改併者也。祖制，每軍田一分賦正糧十二石，給本軍自贍；另賦餘糧十二石，以給在衛城操者。洪熙元年，詔減徵餘糧六石。至正統二年，復詔各屯正糧，即令屯軍收自贍，毋輸倉。雖曰便之，其實害之。家多十斛麥，即良民不免妄費，官無稽考，糧無安頓，焉能留積以待八月耶？此壞屯廢法之病根也。況繇前之制，屯軍領糧于官，猶自知其爲軍；繇後之制，屯軍未嘗從官領糧，且自忘其爲軍矣！今即未能復正餘二十四石之舊，謂宜徵其正糧十二石，貯之屯倉，俟本軍月取給焉。而其餘糧六石，自非大荒之年，不得希恩改折，雖備給軍之用，亦不得輕許兌支，此利在督比者也。抑臣竊有慮焉，法弊于積習，人樂于因循。得無怨清釐爲紛更，而詆整頓爲操切乎！要在以復祖宗舊制爲主，則不爲大力所撓，不爲浮議所惑；而尤貴任用曉暢時務之人，以調劑其間，天下事無不可爲也，何但屯田哉！伏候聖裁。

【校記】

〔一〕『貪』，家刻本、文鈔本、强善本、本衙本、强忍本、日本本等均作『同』。備要本作『合』，誤。

〔二〕『地』，家刻本、退齋本、文鈔本、强善本皆同。備要本本作『田』。按：《通覽》本節文字，講『屯法』慣用『屯田』一詞，講『清察』多用『隱地』、『得地』等詞，此作『地』更妥。

〔三〕『比』，文鈔本、萬有本作『北』。

【集評】

一　賈開宗等評點：（『按冊索屯』前後句）鑿鑿有據。（『咸與赦除』）更妙。（『官無稽考』諸句）曲體人情。（『屯軍未嘗從官領糧』二句）切論。（『而尤貴任用曉暢時務之人』諸句）妙。

一議邊屯

邊塞屯卒，必先無擾田之害，然後收耕田之利。漢趙充國留金城屯田擊先零，宣帝問以羌人來擾，將何以止之？充國奏曰：『北邊自燉煌至遼東，乘塞列隧，有吏卒數千人，羌數大眾攻之不能害。今留步士萬人屯田，地勢平易，多高山遠望之便，部曲相保，爲塹壘木樵，較聯不絕，便兵弩〔一〕，飭鬬具〔二〕，烽火幸通，勢及並力，以逸待勞，兵之利者也。』從其策而屯田成，先零遂困。唐韓重華墾田代北，募人爲十五屯，每屯百三十人，人耕百畝，就高爲堡，東起振武，西逾雲州，極於中受降城，凡六百餘里，列柵二十，墾田三千八百餘里，歲收粟二十萬石。今誠令沿邊於屯田多處，因其地勢，立爲營堡，相其要害，廣置樵柵，内得以安居，而外難於猝攻；又且彼此相望，聲息相聞〔三〕，敵豈遂能爲吾患哉？若夫遠外之地，苦於勢孤，則當謹烽火以料之，布遊兵以防之，遇有抄掠入境，未至之先，豫知儆備，勢可敵則出拒，不可敵則斂避，百無一失。唯是邊政久弛，墩軍斥堠，多虚應故事。不肖武弁，或賣閒，或私役，或扣其月糧，致尺籍半虚，逃亡相繼，敵入而烽不舉，卽有收穫，徒賫盜糧，此耕種之所以寥寥也。宜責成督撫各道，將見在墩軍嚴加點察，補缺額，易老弱，墩必五軍，軍必有家。臺之圮者修之，井之涸者濬之。墩旁閒地，任其開墾，不許營弁私科。敢有賣閒占役，以老幼濫充，及扣尅月糧者，察訪糾參，重寘之法，庶斥堠明而人心有所恃以無恐。至耕耘收穫之時，除老幼守城外，凡有丁壯，俱令盡室而行，以擁衛之，當不憂戎馬之侵軼也。而於是乎傚蒙恬之壘土爲山，植榆爲塞；倣吳璘之地網，平地鑿渠，深丈餘，連環不斷；倣李允則之爲園濬井，列畦隴，築短垣。行見我疆我理，地自爲險；我鼓我鐸，家自爲衛矣。伏候聖裁。

【校記】

〔一〕『便』，備要本作『使』，誤。《漢書·趙充國傳》亦作『便』。是正。

〔二〕『鬭』，備要本作『門』，誤。《漢書·趙充國傳》亦作『鬭』。作『鬭』是。

〔三〕『聞』，家刻本、文鈔本、强善本同；本衙本、日本本、紅杏本作『門』。按，作『聞』，義長，是。

【集評】

一　賈開宗等評點：（『唯是邊政久弛』以下數句）釐弊入秋毫，弊盡則利興矣。（『不許營弁私科』）要著。

一議墾種

欲使地無遺利，人無留力，其道有三：一曰用水，一曰因土，一曰俵牛。

用水之法，或濬川、或疏渠、或引流、或設壩、或建閘、或設擺，其規制在故輔臣徐光啓疏中最爲詳備〔一〕。今北方之地，皆可作水田，所以廢置不講者，以水田自犁地、浸種、插秧、薅草、灌水，無一息得暇逸，而北人習懶故也。徐貞明規度水利，遼海以東，青、徐以南，鑿鑿有據。大抵京東諸地，山之湧泉溢地而出，河之支流等地而平，未有如東南轉水於數仞之深者。海勢趨於東南，歲多潮患，自遼海以及青、徐，有海之饒而鮮潮之患。至若中州之地，或低窪則圍田之法可行也；山東之地，半瓦礫則疊耕之制可議也。瀕海之地，多鹵鹹，則支河之説可採也。濱湖之地，每沮洳，則芍陂之迹可求也。又如高燥之區，平衍之地，天澤不時，非旱則澇，其效在廣開溝洫。先度量地勢高下，跟尋水所歸宿，濬河以受溝之水，開溝渠以受横潦之水。官道之衝，設大堤以通行；偏小之村，亦增卑薄以成徑。惟欲於道旁多開溝洫，使接續通流，水繇地中行，不占平地〔二〕。又度低窪處所，多開塘堰以瀦蓄之。夏潦之時，水歸溝塘，亢旱之日，可資灌溉。高者麥，低者稻，平衍地多，則木棉桑枲，皆得隨宜樹藝。土成膏腴，地無遺利，遍野皆衣食之資矣。先臣左光斗嘗曰：『沿河地方，除運河不敢開洩外，其餘源流瀦委，是不一水；陂塘堤堰，是不一用〔三〕。或故跡之可尋，或方便之可設，工力多者官爲量給，費少者聽民自舉，惟無水之處不必鑿空尋訪，以蹈卽鹿無虞之戒。』斯言深得其要矣！

何謂『因土』？《周禮・職方》：『穀宜三種。』大中祥符時，取古城稻三萬斛分給居民，擇田高仰者蒔之，内出播種法，不擇地可生。今制，給軍國皆以稻，而永樂三年，定歲收屯田籽粒則例，每粟、穀、糜、黍、大麥、蕎穄各二石，稻、穀、薥秫各二石五斗，穇、稗各三石，並各准米一石，小麥、芝麻與米同。宜令凡新墾之田，無論粱、菽、薏、芋、蔬菜之類，審從其便，惟意所適，不必規規種稻。又如邊方之地，果稱不毛，卽種樹亦可。蘇秦有言：燕雖不佃作，而棗栗之實足富于民。程琳植雜木數萬，曰異時樓櫓具可不出於民，皆此意也。總期於盡地力而已。

何謂『俵牛』？攷洪武時，給天下屯牛共二十五萬五千六百六十四隻，仍歲課孳生數目登報。其後法制稍弛，然弘治中猶存八萬二千九百四十三隻。至萬曆中，據報冊，猶存屯牛五萬三千四百六十四隻。今卽不課其孳生，而原額豈可盡歸烏有？卽不能復洪武時之舊，而萬曆時所存者，尚可按籍求也。除遼東都司五千一百三十一隻，今則無矣。山東都司三百九十五隻，福建都司四千三百九十二隻，福建行都司二百五十六隻，廣西都司四百五十九隻，貴州都司二千一百五十六隻，四川都司四千七百七十一隻，四川行都司八千五百六十六隻，湖廣都司五千四百三十一隻，湖廣行都司一千六百三隻，山西行都司一千一十九隻，萬全都司一千三百八十五隻，陝西都司、寧夏左屯等衛共一萬四千六百九十隻，直隸寧山衛二千八百二十一隻，直隸興州後屯衛八十九隻，計共四萬八千三十三隻，宜下令曰：『若輩在國初，領官牛耕屯，原令隨田交割，至今孳生不乏，可以裕耒耜之用矣，姑依近額悉退出還官。』或錄其牛，或徵其價，聽界内有新開墾而力不能備牛者，咸取給焉。其『俵散』之法依宋制，每一夫給牛一頭，治田五十畝，約可墾新田二百四十餘萬畝。俟田已成熟，遠限五年，近限三年，悉令還官，又足以給後之新墾者。孳生免其造報，如有倒死盜賣，嚴併追捕。不煩設處，不勞簡括，誠救時便計也。

三策畢舉，人力既修，地利可盡矣！伏候聖裁。

【校記】

〔一〕『輔』，家刻本、文鈔本、强善本、本衙本、强忍本、日本本、萬有本皆同。備要本作『撫』，作『輔』是。

〔二〕『平』，强忍本作『乎』。

〔三〕『用』，退齋本作『川』。

【集評】

一　賈開宗等評點：（『今北方之地，皆可作水田』）創論，亦確論。（『而北人習懶故也』）刻骨之言。（『至若中州之地』以下數句）何其通達至是！（『濬河以受溝之水』二句）即禹治水之法，不過如是，不井田而復古。（『即種樹亦可』）更妙。

一議考課

祖制，屯田衛以指揮提督，所以千戶提督，都司不時委官督察，法本甚詳。而武弁自好者少，或攬納而恣其狼貪，或侵欺而詭于鼠耗，於是議者思革屯弁而屬之有司，然非制也。按，嘉靖年間，曾選有司佐貳官一員協同收支矣，今行之。萬曆年間，曾嚴衛所管屯官考成之罰，而波及于掌印官矣，今行之。而近例督屯副使、僉事等官，及府之管糧通判與州縣正官之帶徵屯糧者，各照民賦例，綜覈完欠，一體參罰，功令具在，幾可謂無遺法矣，唯在實實舉行耳。昔劉定之有言：『優遊城市而足不歷溝塍，憑信簿書而目不按廪實，此兩者屯官之大戒也。』臣請更于常罰外，武職如有敢行勒占，文職如有市恩兑折者，所在按臣，必以白簡聞奏，論治不少貸，庶屯弊可頓振乎！　雖然，此爲舊屯言也，邊方、腹裏，皆將以新增望之，宜令管屯監司，嚴督所部，造報荒地若干，陸續墾辟，期于盡完，年終將各省直較勘，簡其最多最少者三五人，分别升降，以示勸懲。　果監司督率有方，所屬皆無荒土，不妨破格超遷。　昔宋隆興中，臣僚言《營屯十説》，而以『擇官必審』、『賞罰必行』始終之。　擇官如魏武之用任峻，司馬懿之用鄧艾是也。　賞罰如晉元帝督課長吏，以穀多少爲殿最；　齊武成詔營屯田，歲終課所入以論褒貶是也。　重其事，權寬其歲月，釋然挈擔而歸之，若使謀其家計然者，而尚有弊不釐，有利不舉，則是披裘握冰，不自知其寒燠也。　當時，太祖高皇帝初命諸將屯龍江，惟康茂才所收充牣，降璽書獎諭，誅侵暴屯卒百戶吴信，至令邊徼屯種，五月報屯養，七月報結實，十月報籽粒。　文皇帝亦謂：『少獵田家，見所食粗糲，每親勞之。』管屯官何不如是！　以開天創業之君而依依南畝，眷眷西成，是以歲無不登，農無不獲。　願陛下留意。　伏候聖裁。

【集評】

一　賈開宗等點評：（『重其事，權寬其歲月』）二語居要。（『以開天創業之君而依依南畝』）根本之論。

一議信任

前代之屯止數郡而治，本朝屯徧天下而反弊。　前代于軍政外各立一官，如都尉、中郎之類而治；

本朝卽統之于軍衛，而提督之以監司，最簡易，亦最詳覈，而反弊。此其故何也？前代人能舉其法，故治；近代人多骫其法，故弊。夫御马者必執轡，挈裘者必振領，督屯監司，所謂轡與領也。議者不察，以爲事權不重，位望不尊，則必不能下令于流水之源，而救弊於積窳之後。然備考累朝以來，或遣部院大臣，或遣風力御史，領敕察屯，領銀種屯，計供給科求之費何啻百千？求耕獲菑畬之功竟無尺寸。則無如專責之督屯監司，較爲便易。而自非究心疆理，極意勾稽，不憚煩勞，罔克勝任。請令吏部於凡督屯缺出，務要訪舉通知農務水利及素以富國足民爲心者，方與推用。俟著有勞績，勿拘常調，卽待以不次之擢。若夫興革所宜，身任其間，籌之必確，尤須假以事權，聽其規畫。所見果是，卽與題覆施行，不以狃故常而阻，不以搖浮言而格，所謂法貴因時制宜，無取刻舟膠柱也。乃臣更有所慮者，欲行法不得不任怨，既任怨不能不任謗。今夫屯田之失額也，弊繇侵占與隱匿二端耳。而爲此者有大力焉，權貴也，豪右也，武弁也。稷蜂社鼠，莫敢誰何；吮血劘牙，習爲故智。稍懸三尺法以繩之，伺隙中傷，蜚語潛構，禍且不測。是必廟堂之上，毋聽熒銷骨，隳任事之心。毋驟樹數移，開諉卸之路。將見農狎其野，積豐于垣，許下、湟中之利，可旦夕幾也。不然，誰肯引以爲己任者哉！伏候聖裁。

【集評】

一　賈開宗等評點：（『計供給科求之費何啻百千』前後句）明末每事病在增官，不止屯田。（『欲行法不得不任怨』二句）從來真心任事，不過此兩語。

二　賈開宗總評曰：言之剴切似宣公，文之峭潔似家令。

三　徐作肅總評曰：諳練條達，期于可行。朝宗經濟文如此。

上三省督府剿撫議〔自注〕督府張公存仁〔一〕。

某以草野書生，荷明公引見督府，賜之曲坐，又數頒手札，詢問今日弭盗方略，某誠感遇慚恩。雖自審碌碌，不容無言。竊惟今日之盗，蔓延雖衆，實無遠圖，不過求衣食，救死亡。其初守令激成之，而後乃更養之。必察知其致盗之原，然後可以收弭盗之效，不盡關係用兵。此須明公經緯東土畢，入覲天子，痛陳利弊，一洗酷貪庸憒之習，得數十賢守令，天下太平可坐致。某今日書生，徒言無益，語云：『救病者急則治其標。』謹擇方略機宜切於施行者，條具爲勦議五、撫議五。皇恐塞命，伏候裁斷。

勦議：

一曰逼巢穴。竊見草竊偷生，敢抗戎索，實以去軍府所屯遠者三百里，近者亦百餘里，邇日兵出，鳥飛烟散，歸又復蠅聚。我常爲客，盗常爲主。不若移一旅之師，寬其期會，互爲犄角，使逼處傍近村落，隨宜撲剪。聯樓夾寨，漸次燒除。兔窟既破〔二〕，烏合焉棲！庶幾十乘，不煩多駕。

一曰絶徑路。竊見盗賊所居，非有城池，不過深林密箐，暫爲掩蔽。生聚不多，資蓄易匱，金帛器械之用，牛馬之力，皆掠取周道以延歲月。誠於四旁分布勁卒，扼其出沒，防其窺伺，譬若柙虎釜魚，咆哮游沫〔三〕，旬日可斃。牽制小醜，豈必臨戎！

一曰因糧食。竊見歲在夏秋，麥菽滿野，巢窟之下，固皆賊田。卽東阡西陌，稍附近者，不爲賊掠取，亦爲脅送。徒飽豺虎何益？蓋藏莫若及時，興師聲援，土著俾所在隨地收穫，七給民用，三濟軍需。羣盜就哺無術，豈能持久？將見梟雄，日漸消沮。

一曰鼓敵仇。竊見伏莽嘯聚，黨與雖多，不甘污染，亦自有人。賊皆係累其妻子，蕩析其生產〔四〕。今吾遺民，團結遠徙，衣草葉，食木屑，恨不一鬭。誠得一賢將，率師助其夙憤，諸所得賊之財物，仍令自取〔五〕，則斬木持鋤，皆爲勁旅〔六〕。既閒地利，又省召募，計一處可得步卒盈萬。

一曰散黨援。竊見兵制罔赦，志在渠魁，獸窮則攫，良非得已。今茲飢寒之徒，弄兵潢池，軍威一臨，情見勢窮，不無内變。莫若設疑以間之，用間以離之，使羣盜自生猜貳，互相屠滅。既示必死之期，又開可生之路。利害懸殊，事捷功倍，宣奉遐靈，邀全者多。

撫議：

一曰固根本。竊見諸來降者，散處肘腋，蔡人吾人，推心甚善。然聞之指大於臂，則臂不能運指，操縱之勢，自古而然。莫若厚集牙兵，以資彈壓，無使威重，轉見輕翫。庶彼鴟音永變，鷹眼不存。未雨早防，可省後圖。

一曰昭激勸。竊見降人立功，本求官位。虚數小慈，有文無實。雄心久鬱，必至變生。班定遠嘗言『塞外戍卒，本非孝子順孫』，何況於曾爲盜渠！莫若於此中擇一二人之可用者，量補軍職。冀彼羨榮目前，望還事後，從此歸化心堅，風靡者廣。

一曰簡精鋭。竊見首領既降，部曲漸多，概遣恐鼓舞非宜，全留又芻粟難給。莫若十中選一，千中選百，擇其超乘，按名補伍。仍付彼渠帥，自爲部署，其餘悉爲安置歸農。府帳可壯軍實，彼亦不憂枵腹。

一曰信號令。竊見刀筆之吏，不暇遠慮。降人歸鄉，或挾其讎，或利其有。今日赦條不能行於郡縣者，比比皆是。民誠畏死，不免求生。莫若嚴告且戒，間行破格大法一二事，示吾徙木，杜彼傷弓，庶使毛織櫛疏之徒，不以文法撓我撫局。

一曰責屯種。竊見降人無以生生，雖與其進，難保其往。昔以招降爲盜賊退步，今日又以盜賊爲招降逋藪，展轉滋蔓，底定無期。今如曹、濮、莘、范之間，無主遺田，盈千滿萬〔七〕。莫若責彼邑長，簿紀姓名，勸耕桑，捐稅役，量口授畝，仍以墾田之多寡定邑上下，則是人無餘時，官無棄地。無餘時則亂心息，無棄地則生業饒，庶幾賣劍之後，不滋隱憂。

以上勦撫十議，自相表裏，亦有後先。勦能使見爲盜者必亡，不能使未爲盜者不起；撫可行於羣盜未撫之時，不可恃於羣盜既撫之後。殺運不除，水火可憫。明公任兼將相，所願深圖本計，救濟蒼生。某且得歌詩以述太平，幸甚！

【校記】

〔一〕各本卷前總目本文題下有『順治庚寅』。

〔二〕『兔』，家刻本作『鬼』。

〔三〕『沬』文鈔本同。備要本作『沫』。按：『沬』，音會，洗面也；『沫』，意爲水泡，口噴泡沫。本文用以狀『釜魚』，作『沫』正。

〔四〕『生』，家刻本、文鈔本等同。備要本作『家』，誤。

〔五〕『令』，家刻本、文鈔本等同。備要本作『他』，誤。

〔六〕『勁』，底本、家刻本、文鈔本作『選』。備要本作『勁』，是。

〔七〕『滿』，家刻本、文鈔本同。備要本作『累』。

【集評】

一　賈開宗等評點：（『其初守令激成之』以下數句）數語已見大略。（『不盡關係用兵』）無人解此。（『我常爲客，盜常爲主』）通病。（『牽制小醜，豈必臨戎』）大略。（『不爲賊掠取』二句）説得透。（『土著俾所在隨地收穫』）實際經畫。（『諸所得賊之財物』）人自爲戰。（『宣奉遐靈，邀全者多』）立意總在不殺。（『莫若厚集牙兵』四句）張公用兵稍輕，故所處在此。（『虛數小慈，有文無實』）大略。（『仍付彼渠帥』）妙用。（『竊見刀筆之吏』以下數句）見得更到，痛切。（『昔以招降爲盜賊退步』以下數句）破的之論。（『殺運不除，水火可憫』）仁人宰相之言。

二　徐作肅曰：『十議』皆合時宜，而文之格調又似西京。

萬孝子割股議

有言萬孝子割股愈其母之疾者，或曰：『當事是宜請於上，旌而表之。』或曰：『否！著在會典。』余竊以人子至性純篤，世不常有，顧格于禁例，無以推駁極論，裨益仁孝之化，不可以不辨。

按全州孝子唐儼，割其右臂肉啖父事，與此相類。姚太史淶論曰：昔《鄠人之對》謂毁傷滅絕，瀆政妨義，不可以訓，後世守其説不變。夫身體髮膚，不敢毁傷，聖人之訓也。但用非其所，雖拔一毛，猶懼其毁且傷也。如出於至誠，發以忠孝，則肝腦可塗，腰領可斷，而況於一股哉！昌黎又謂：陷于危難，固其忠孝，以是而死者，然後旌勸加焉。夫所謂『危難』者，禦患復讎類也。今視其親之疾痛瘡痍，而大不忍之心生焉，其情獨可緩哉？無可奈何，而甘於自殘，以求其親之生，聽其所爲可也。且自殘其肌膚，其勢濱於死矣，是必篤於義烈，而非世之詭與激者所能襲也〔一〕。以斯人而使固於忠孝，彼焉有不蹈者乎？今不推其情〔二〕，而且以毁傷爲非，則韓子持論之過也。

昔者周公以身祈武王也，兄弟君臣之間，苟可以延武王之命，死且爲之，而況其餘乎！信如周公之願而死也，則滅絶其身，不特毁傷之慘而已。將以『滅絶』之罪加之乎？吾固知其不可也。推此義也，則人子如唐生者，君子所許也，孰謂其過哉！嗚乎，姚氏之論至矣！

孝於其親，古之所謂至德要道也。世衰道微，上之人不復激揚名教，而天下誦詩讀書之人，其平居既不能致身力養，少少自盡，及一旦危險有事，則又雍容澹漠，引文飾義，視等行路類，借口以爲『中道』宜爾，賢者不敢過其間。有奮不一顧，以赴其君親者，反以爲詭且激，切切然議之，天顯烏自而惇？民彝烏自而正哉？

夫世之切切然議之者，以其詭且激也。今有人於此，誠能詭且激焉而勉爲一善，其明日又復爲之，又明日又復爲之，漬漸而爲之不止，則是終日而且皆善也。終日而皆善，又安問其詭與不詭、激與不激哉？抑忘其身以事君，竭其力以事親，而必謂之詭且激，則世之誦詩讀書之人，所謂誠然而安然者，果何爲也？嗚乎，余是以賢萬孝子。

或曰：孝子父爲宿將，行兵有紀律，不妄殺掠，是其全人父子骨肉者多矣，固宜有令嗣。然則孝子生長戎馬之間，未嘗有所觀習，顧以至性純篤，反衰俗而振古行，非偶然也。當事雖爲請於上，旌而表之可也。

【校記】

〔一〕『詭』，家刻本、文鈔本等同。備要本作『危』，誤。

〔二〕『推』，家刻本、文鈔本作『惟』。

【集評】

一　賈開宗等評點：（『當事是宜請於上』以下諸句）情，理。一篇卽理以原情。（『而天下誦詩讀書之人』以下諸句）提出誦詩讀書者作一概，下便極口詩道，明是抛理論情，極譽揚中，卻是不左袒處。（『賢者不敢過其間』以下諸句）昌黎作《子厚墓志》，子厚《梓人傳》等文字神髓。（『切切然議之』）愈折愈深。（結句）末一句出一篇主意。斟酌。

二　徐作肅曰：議極正當，文稱絕作。

壯悔堂文集卷五　傳

太常公家傳

王父太常公，諱執蒲，字以康，先世大梁人，後徙宋。三歲，母李夫人卒。又三歲，父贈侍郎公卒，育於伯瑀。少從里學，道經土神廟，神夢其鄉父老曰：『侯公貴卿，每過，吾朝夕起立〔一〕，幸爲遷之！』三夢，父老不悟。神乃告之曰：『貴卿，侯氏七歲孤兒也。』

年二十一，同兄執躬舉戊子孝廉，提學使者長垣李化龍謂曰：『吾授生時，獨未飲鬼漿，能前知，二子皆列卿，然長者聯第，次者當後十年。』公果以戊戌登進士科。李騰芳者，公之座主也。公既第，數以文進，騰芳輒揮不錄。最後私問其小豎：『公意屬同門生誰？』豎言〔二〕：『獨見官進士應震文，則大喜耳。』公乃求應震爲文三，騰芳三稱善。既而嘆曰：『官生雖善文詞，吾陰相之，其人後必敗；侯生器識當建大節，何其文之類官生也？吾不復相天下士矣！』

公筮仕寧津令，清淨簡易，能惠其俗。嘗出過里塾，諸生皆誦習公所爲文，公笑曰：『吾幸登科第，雅不善此。吾同門生官君文乃可法也。』寧津生自是誦應震文，而得第者四。前此天荒者且百年矣。公既以文推應震，後同領言職，益親。應震一日私邀公曰：『鄭貴妃方有寵，青宮未可知，吾與公陰擁戴之，不世功也。』公大怒，叱出之，曰：『若向以鄙夫患得失，文叨省解名天下，今乃若自道，又欲污我！』自此，遂與應震絶。

公嘗論李相廷機清而戾，方相從哲陰而邪，不副平章望。不報。又論僧達觀假佛法，構煽禁掖，詞臣陶望齡首倡拜跪，稱弟子，爲辱官壞風俗；而孫鑛手持書卷，坐大司馬堂，屬邊事方棘，非濟變才。皆侃侃特立，不隨時變易云。先是，朱相賡之未罷也，御史陳于廷三劾其姦，詔慰賡，而諭諫官勿復得言。衆皆懾伏，公獨力爭曰：『賡實姦，于廷言是！』乃用例出公於楚臬。公與高攀龍善，攀龍後爲都御史，言之塚宰趙南星，即家起公爲太僕卿。楚人吴亮嗣者，黨于官應震，言公驟遷非例。南星曰：『例所以待衆人。侯公大賢，亦用例耶？』少宰陳于廷颺言：『侯公去國無他，以言朱相賡，于廷乃先言者。侯公既不當遷，于廷當先罷。』時攀龍、南星、于廷皆天下重望，更推讓公。公暇，時時共攀龍講學。魏廣微嫉之曰：『此崛彊老者，東林之魁渠也。』未幾，遷太常卿。會當祭祀，中人魏忠賢欲代行禮。公知之，乃先期上言曰：『天壇寅清之所，皇帝所對越以事上帝者也，今輒有宫奴閹豎，連行結隊，走馬射彈，狂遊嬉戲，不容禁止。臣職典禮，不敢不言。竊謂刑餘不宜近至尊，而況天神饗祀之地乎！宜下所司論治。』忠賢見之，大怒。公遂致政歸。

公至孝，事伯如父。贈侍郎公與李夫人歿後之五十一年，而公爲太常卿，子司徒公爲御史，司成公爲庶子，公會其族人于家廟曰：『吾父之生也，苦無襪，歿無葬地，豈見有今日乎！』乃聚其所得誥命，哭而焚之。家本成籍，司徒公佐司馬，將去之，公貽書曰：『人盡以爲苦，如國家何？若吾獨以爲辱，如吾祖宗何？』卒不易其籍焉。

五子：長司徒公，次司成公，次忭有文學，次恕，次慮。

【校記】

〔一〕『夕』，家刻本、文鈔本、强善本等同。備要本作『之』，誤。

〔二〕『言』，家刻本、文鈔本、强善本等同。備要本作『曰』。

【集評】

一　贾開宗等評點：（土神廟、李化龍、官應震、諸生誦習等事）點綴，妙。（與應震絕、論李相廷機、方相從哲，爭陳于廷，論治魏忠賢）大節。（『公至孝』以下諸句）結起處文情欲絕。

徐作肅曰：數行點綴處，數行大節處，兩兩照映，愈間愈樸。文逼馬遷。

司成公家傳

叔父司成公，諱恪，字若木。年二十四登第，不肯仕，更讀書，爲詩賦。三歲而方相國從哲賢之，以爲翰林院庶吉士，然立朝論議，終不肯苟同方相國。

公性寬厚長者，嗜飲酒，不事生產。常家居，其門下生董嗣諶爲郡太守，宋玫、林一柱之徒，各宰其旁邑，迭請問，願有以爲公壽。公固閉閤不與通，日召其故人飲酒。故人稍稍有言及者，益拒卻之，更飲以酒，數歲以爲常。以故歷從官通顯矣，而析產不輒豐。

公爲詩推杜甫。而洛陽人王鐸者，後公舉進士，能爲詩。既第，家貧甚，公更推薦之。鐸以此得入館，後卒以詩名當世。自唐杜甫沒〔一〕，大雅不作，至明乃復振，雖李夢陽、何景明倡之，得鐸益顯〔二〕，公之力也。

天啓間，公爲編修，而宦者魏忠賢竊政，日殺僇士大夫不附己者。公心重楊漣，而與繆昌期友。漣指忠賢二十四罪，條上之，天子不能用，反爲忠賢所害，昌期亦坐死。尋有言忠賢二十四罪章者，故昌期傳趣公代具藁〔三〕。忠賢大怒，坐曲室中，深念欲殺公。而其假子金吾將軍田爾耕，顧素知公，進曰：『是人頗以詩賦謬名公卿間，而能書米芾書，翁必無意曲赦之耶？』忠賢仰視罘罳，日影移晷，不語。良久，乃顧謂爾耕：『兒試爲我招之！』爾耕退，詣公，話故舊，因佯言：『我之遊魏翁者，欲爲士大夫地也，非得已者。』公大悦，呼酒與飲，輒慷慨指當世事，爾耕默不得語。居數日，又詣公，則益爲款言。伺公嬉笑飲酒酣，乃促膝附公耳言：『公且以楊、繆故，重得罪。我爲公畫計，某月日乃吾魏翁誕辰，公自爲詩書之。』言未得竟，公大怒，推案起，酒羹覆爾耕衣上淋漓。爾耕低頭慚恧，已而，乃大發怒去。適南樂魏廣微者，亦忠賢之假子也，以大學士掌貢舉，而公爲其下校官。廣微心嗛公，公所薦取士鄭友玄〔四〕、宋玫，輒有意摧抑之，以語挾公。公力與爭曰：『人生貴識大義，恪豈戀旦夕一官，負天下賢才哉！』語侵廣微。而忠賢里人子御史智鋌，廉知之，乃力劾公，罷官。忠賢積前恨，更矯傳上旨，奪所賜誥，而令公養馬。公卽日脱朝冠，自杖策出長安南門。而其門下生二十三人者，追止於盧溝橋，共置酒觴公。公飲酣，遍顧二十三人者曰：『吾歸矣，幸無靦顔以羞諸生，諸生第識之。異日有言諸生爲好人者，乃吾弟子也，誠不願諸生爲好官！』二十三人者皆泣下。而宋玫終工部侍郎，仗節死；友玄以御史直諫謫，當世名公爲知人。

公既歸，則益召其生平故人者與痛飲，不事事。而里人鄧生者，妄人也，構小釁詬公，謂：『若乃養馬，而我職弟子員，冠儒冠。』公門下奴客忿，欲毆鄧生。公大笑，悉召之與飲，皆醉，鄧生乃免。當是時，忠賢實欲殺公不已。會誅死，而公復起爲庶子。鄧生大懼，更詣公，汗浹背，前匍匐謝。公又大笑，掖起之，徐飲以酒，一無所問，鄧生亦醉。公爲人和易有容，不修苛節，見人無貴賤，皆與飲酒；然遇有所不韙者，輒義形於色，屹不可奪。以庶子遷爲南雍祭酒，太學諸生聞之曰：『是故與南樂相爭鄭友玄、宋玫者耶？』願入成均近萬人，明興三百年未之有也。滿歲，以病請歸。公生平善爲詩，每賦詩輒飲，而前後慮天下事，有不當意，則又感憤，日夜縱飲，久之積病，竟以卒，年四十三。天下皆以公有宰相器，深痛惜之。

當崇禎二年，公之爲庶子也，職記注。有浙人溫體仁者，揣天子意，自爲書，訟言羣臣朋黨，得召對。對時，體仁鈎挑詬誶，數睨望顔色，伏叩頭爲側媚曲謹狀。天子大悦，趣立以爲相。公跪墀下，纖悉疏其醜而出，颺言於朝。體仁病之，數曲謏公，願稍得改易。公固不肯，而謂人曰：『體仁之姦過李林甫，而僞强介若盧杞，果執政，天下且亂。吾所以颺言者，冀天子神明，一聞而感悟耳！』體仁聞，恐遂言之，乃出公于南京云。初，文相國震孟爲吳門孝廉，年五十餘，老矣，以書謁公於史館。公一見稱之曰：『子慎自愛，終當輔天子，子必勉之。』其後十餘歲，震孟與體仁同執政，以爭諫臣許譽卿事，不勝去。而體仁終相位者八年，卒亂天下焉。

公著《遂園詩》二十卷，李自成破宋，子方岳從賊中搜得之，負以過河。公六子：方鎮、方岳、方巖、方聞、方隆、方新。而方鎮城破死，有才名，別傳。

【校記】

〔一〕『沒』，家刻本、文鈔本、强善本等同。備要本作『後』。

〔二〕『得鐸』，家刻本、文鈔本、强善本、本衙本等同。備要本作『至此』。

〔三〕『傳』，家刻本、文鈔本、强善本、本衙本等同。備要本脱。

〔四〕『玄』，文鈔本避康熙名諱作『元』。後同。

【集評】

一　賈開宗等評點：（『終不肯苟同方相國』）簡中密。（『自唐杜甫沒』前後句）本段中回折作勢。（『公心重楊漣，而與繆昌期友』）一路俱樸而潔。（『公大悦』三句）敍得精采。（『而其門下生二十三人者』以下數句）事實點綴，然於三出『二十三人』字見姿。（『而宋玫終工部侍郎』以下至『當世名公爲知人』）就兩人一小結。（『忠賢實欲殺公不已』三句）密，有力。（『當崇禎二年』以下一段）撮大處，一復不惟天下關係，公之節慨卽一篇回合，得體。（『公固不肯』前後句）潔。

二　徐作肅曰：　次第生平直敍，而每事穿插照應，極密極老，敍法甚潔。卻以飲酒在在點綴，作烟波，見文有餘地。

賈生傳

賈生名開宗，商丘人也。少落拓不羈。十四歲，從其師學。師故儒者，喜繩墨。賈生慕司馬相如之爲人，學擊劍〔一〕、鼓琴，嗜遠遊。師以弗類己，誚之。賈生固謂：『我非儒，奈何以儒者責我！』卽日除弟子籍。更去，與里中少年伍。間讀書爲文詞，干謁當世，舉茂才第一〔二〕。是時賈生年二十餘，益負才，不事生人產業，破家葬其妻。

陳騰鳳來校士，寓意郡太守，欲賈生充餼縣官。賈生曰：『我當不日爲卿相，何至謀升斗！』卻不就。日共郡人張渭等約汗漫遊，倣阮嗣宗縱飲六十日，白晝射箭，中夜擊鼓。宋俗，上元夜張燈飲酒。賈生率其徒服尨衣，駕鹿車，疾馳百餘里，漏下三鼓抵睢陽〔三〕。司氏者，睢陽巨族也。張銀瓢，容酒數斗，約能勝飲者持瓢去。羣少皆醉臥，窘甚。賈生忽叱咤登階，舉滿一飲，卽擲瓢付奴持之，不通姓名，坐賓駭散。

久之，賈生貧益甚，盛夏，服短褐不完。過市，兒童隨笑之。賈生浩歌不輟。會太原孫傳庭調商丘令，知賈生，下車引見，日往謁，爲計貲財，復田舍。

閱數歲，東平侯劉澤清開府淮陰，奏除翰林院孔目，掌其軍書記。賈生察其異趣，不肯就。澤清跋扈，内挾權相。嘗衣白衣從軍，因事調護。乙酉，澤清自海道來降，賈生乃辭歸里。

凡七應舉不第，作長歌云：『自從廿載落魄餘，不信天上有奎宿。』因大悟，盡焚其素所讀書。閉戶揣摩十餘年，馳騖于先達師說十餘年，最後而冥坐窮思；與侯方域、徐作肅往復辨論又幾十年，卒軌於正，天下以純儒稱之。

既老，更追憶少遊京、洛，集所聞見，述《帝都》、《君德》、《相術》三篇；走泰岱，觀日出處，述《山靈》、《地勢》二篇。已，買舟金陵，泛吳越歸，而星象、占緯、兵食、圖籍各有論說。大概其學術行業恢奇漭瀁，適於致用，然欲以轍迹求之，又不得也。

常與侯方鎮、方域爲忘形之友，張渭、徐鄰唐、吳伯裔、伯胤、徐作霖、作肅、宋犖爲文酒之友，張翮、沈譽、釋頂目〔四〕、乘闊爲方外之友，又自稱爲野鹿居士。

侯方域曰〔五〕：以余觀賈生，所謂羊質善變，每變必趨上者耶？抑依隱曼世，所稱大人先生者歟？少年類邯鄲俠，而後乃大雅卓爾。嗚乎！彼終身守一，衆矣。倘非其與道屈伸，亦焉能知之哉！

【校記】

〔一〕『學』，家刻本、文鈔本、强善本、本衙本同。備要本作『好』。按：《史記》、《漢書》司馬相如傳均作『學』。

〔二〕『第』，底本作『弟』，據家刻本、文鈔本、强善本改。

〔三〕『睢陽』，《商丘縣志》卷二下《摭佚》記述此事，作『睢州』。按：作『睢州』是。『睢州』，今河南睢縣，距商丘西『百餘里』。

〔四〕『目』，家刻本、文鈔本、强善本作『日』。

〔五〕『侯方域曰』以下十三句，文鈔本無此一段論贊。

【集評】

一　賈開宗等評點：（『我非儒』前後句）便生動。（『賈生忽叱咤登階』前後句）生動。（『賈生察其異趣』前後句）寫出賈生本領。（『然欲以轍迹求之』前後句）本領。

二　徐作肅曰：行文潔而宕。

吴伯裔伯胤傳

吴伯裔者，少貧，育于舅劉格。格，長者，嘗舉孝廉，家饒於財，數推與伯裔千金，以此得讀書，交遊天下賢豪。伯裔淹通古今，高自稱許，夷然不屑也。弟伯胤，少裔八歲，而讀書與裔等。郡人劉瀚，格之族父也，嘗聞格言二子當富貴，乃以其孫女妻伯胤，而盡以其財產贈之。伯胤之妻亦賢，輒出私財佐酒食費，而勸胤從伯氏學。胤早舉明經，爲鄉進士，而伯裔淹蹇；後丙子，伯裔乃舉孝廉，胤亦迄不第。

伯裔爲人沈練英博，慷慨負大志，論者以其出處在郭泰、皇甫規之間。爲文章原本經術，歸於大家。嘗簡忽其時人，人以此憚焉。其實憐才好獎引文士，見人有一言善者，未嘗忘也。伯胤風流文雅，美鬚髯，善書，生平事裔如父，其學亦皆裔教之，惟爲詩稍輕，不及裔。其餘製作溫湛，悉中矩度。皆不及見用，以城破死。而其父年七十餘，兩目皆盲，顧獨在。賊去後，伯裔婦程氏，嘗使人僞爲裔、胤狀，立于父前，父輒以手摩之而喜；既乃審其妄，坐土坑上，搏膺而呼曰：『裔、胤，皆何往乎？老人安歸乎！』哭大痛而無淚，不絕聲三日，亦以死〔一〕。程氏自乞木爲棺而葬之。

後，其家求裔、胤之死處卒不得。而賈開宗曰：『有孔尚達者，裔之同年生也，嘗從闖賊，見伯裔死時，以目視尚達不語，其色不撓。』而程山人自云：『城破時，見兩賊以伯胤爲官，縶而牽之，伯胤抗聲言：「奴乃以我爲官，我卽非官，豈從汝賊耶！」二賊更嬉笑諧謔，疾驅之去。』噫！可哀也。

裔字讓伯，胤字延仲，後皆與徐作霖同贈官。

【校記】

〔一〕『以』，家刻本、文鈔本、强善本、退齋本、本衙本等同。備要本脱。

【集評】

一　賈開宗等評點：（『弟伯胤，少裔八歲』）入伯胤。（『郡人劉瀚』以下數句）從裔出胤，從胤轉裔，及兩劉氏，皆姿態。（『胤早舉明經』句）又以胤出裔。（『而其父年七十餘』至『卒不得』）敍得慘淡嗚咽，得昌黎《中丞傳》之髓。

二　清徐斐然《國朝二十四家文鈔》評：吾弟清渠曰：此文如渴虹飲水，蒼隼摩空，轉瞬之間，無窮變化。須體玩其用筆不測處。

徐作霖張渭傳

徐作霖者，有雋才，少不得志於有司，以入貲爲諸生。張渭曰：『朝廷歲一大縣補生徒百人，小者亦四五十人，每歲取天下之士且逾萬數，而作霖以貲入，豈不異哉！』張渭者，慕徐渭之爲人，因名渭。自謂狂生，人亦狂之，使酒難近，獨推作霖。作霖短小精悍，高辭盛氣，遇人皆以奴蓄之〔一〕，顧謂渭善也。渭鬚繞其面，髪毿毿然，又騎馬折其左臂，常蜷曲，類世之兒童戲繪以爲冥官像者。短舌無正音，醉後談天下事則衮衮不倦。爲文敏妙，日成十餘篇。作霖好學深思，常偃仰臥竟日，或草創後復毁之，然出而人以爲高文典册焉。會南昌萬元吉知作霖，崇禎二年庚午，舉孝廉第一。作霖既就徵春官，而渭益落。常試居下，自袖其文，爭之提學使者潘曾紘。曾紘取熟視曰：『子文誠善，吾猝未識也。』竟高拔之。後數年，而復袖其文爭之提學使者任贊化。贊化怒，更黜渭。渭大噪，而郡之薦紳先生，亦有言渭實名士者，久之，乃復其故。

崇禎七年甲戌，作霖入對策，言：『今天下劇賊，窟秦蜀，蹂晉豫，孔棘殆矣〔二〕，天子不可不及時收人心。若崇任苛深，責文法，恐天下亂。』傅冠得之以示文震孟，共嗟歎，署上第，而宰相溫體仁惡其言直，排之不收也。

庚辰，作霖復罷春官，渭亦且摧挫老矣，每醉則謂其友人曰：『吾馬周也。天下方有事，胡不用我？天下且不知文士，況能知我？』或遂怒罵其坐客，或醉而哭，坐客益以渭爲狂。作霖忽怒罵曰：『若富貴子，席父兄餘業，飽十數椀肉羹耳！天下亂形已成，無英雄能救之者，吾輩固旦暮死，而謂渭狂何哉！』舉坐酒皆醒，而其友人吳伯裔、吳伯胤、侯方域則皆哭泣。時方嬉遊，修春社於吳伯裔之家。因慘沮不樂罷去。

閱二歲，而爲崇禎十五年壬午，宋城破，作霖不知所終。其友侯方域曰：『作霖死矣！作霖慷慨意氣丈夫也，烏能鬱鬱溷迫脅乎！作霖必死矣！』後甲申，弘光立，錄中外死者，宗伯亦廉知作霖果死，遂爲請贈以爲祠部郎。而張渭當城破時，賊以刀斫之，頤張且斷矣，渭猶右手灑其鬚之血，而以折臂手自承其頤，徐步行，口呐呐罵不止，又一賊從後至，斫以刀，乃仆而死。渭故貧，饒心計縱橫術〔三〕，立置產逾萬，而其子後鬻于市儈駔猾者，不數月皆盡，無所得。作霖無子，有弟作肅，姪世琛，文行甚高，人見之猶想見作霖云。

侯方域曰〔四〕：嗚乎！古之死而不知其所者多矣！其懷材質者，或不得見用於世，而傳之亦異，又足悲也！四子之文學不具論，以余交當世之縉紳先生以及知名士，未有如裔與霖之大略者也。胤稍文弱，然其死又何壯也！渭乃自比徐渭，卽禰衡何足道哉！嗚乎，而皆不幸而死矣！由今論之，豈其不幸歟？豈獨其不幸歟？

【校記】

〔一〕『蓄』，文鈔本作『畜』。

〔二〕『棘』，家刻本、文鈔本、强善本同。備要本作『亟』。按：《詩經・小雅・雨無正》：『孔棘且殆。』《采薇》：『玁狁孔棘。』『亟』、『棘』義通，然習作『棘』。

〔三〕『計』，本衙本、日本本、紅杏本作『討』，誤。

〔四〕『侯方域曰』以下十九句，文鈔本無此一段傳論。

【集評】

一　賈開宗等評點：（『張渭曰』以下諸句）出張渭，奇。又正提張渭一句，宕。（『渭鬚繞其面，髮毿毿然』）淨練有神采。（『爭之提學使者潘曾紘』）借事實，敍中有虛景。（『天下且不知文士，況能知我』）深一步。（『而其友人吳伯裔、吳伯胤』）打入兩吳。（『渭猶右手灑其髯之血』）寫生。

二　徐作肅曰：此與《吳傳》並奇崛。字句氣皆昌黎，而各兩人忽插忽散忽合，惟《史記・酷吏》極牽引縈回之妙。

三　清徐斐然《國朝二十四家文鈔》評：變態無窮。讀之且驚且喜，真宇宙間奇文也。此等文真得史遷深處。

湯御史傳

湯公名兆京，字伯閎，宜興人也。爲孝廉，有族人抵法者，賂以田求爲解之，不應。既而察其誣，乃力爲解，而卻其田。壬辰，登進士第，官豐城令。豐城巖邑，公下車期月，立變其俗。有巨盗范紹九者，以都村爲巢穴，劫掠袁、臨、吉、贛之間，令之左右，皆其耳目，輒捕輒先聞。公則密計而單騎掩之，擒紹九，豫章數千里之患以平。報最，徵拜御史。神宗皇帝將殺建言御史曹學程，命公臨決，公爭曰：『學程不當死，必殺學程，臣願同日死！』沈相國一貫傾其同官沈鯉，大興『妖書獄』，爲羅織計，屬會審。公獨以其事坐皦生光獄，得解。又嘗特疏請福王之國，寢奪嫡謀。

公爲人孝謹和易，事父母常爲孺子歡，與鄉人言訥訥不出口，尤不與公府事，鄉人皆曰：『湯公長者！』及居御史，則慷慨言天下事，數面折廷諍。嘗論柄相，煩天子譴責，同事者惶恐惴息汗下，公意氣自如，或今日譴責而明日更言之。公父家居，歎曰：『吾兒向循循書生，今乃能强項如此哉！』然性素高介，當官則死其職，過卽澹然，無軒冕情。已而念父歿，母春秋高，嘗稱病願家居。凡三奉使，皆天子嚴督之而後行。掌河南道日，給事趙興邦者，數挾太宰勢，軒輊臺綱，公連章劾之。當是時，亓詩教、趙興邦、官應震、吴亮嗣，人謂之亓、趙、官、吴，比于『四兇』，迭居上地，無敢攖者，公視之蔑如也。而辛亥京察朝官，更力斥湯賓尹，及其黨鄒之麟、韓敬，尤爲士君子所賴云。

初，賓尹有盛名，羣小欲擁戴之爲相。賓尹尤鷙悍，陰制朝權。京察未牓之前一日，猶聚其黨招呼，思有所挾持。迨明，公獨袖出一單于吏部堂，羅列賓尹狼戾狀。當事者錯愕。公昂首曰：『今察典欲黜幽，賓尹不黜，誰當黜者！』賓尹故不識公，一日朝會，問人曰：『孰爲湯伯閎？』人指示之，賓尹悚然。既廢而歎曰：『吾目中空無人，向獨睹湯公意動，今果爲所中矣！』先是，沈一貫欲殺天下賢士大夫，分立門戶，報復私怨；傳至賓尹爲高弟子，卒未及有所爲而敗。其後屢起屢仆，又四十年，至思宗任溫體仁，其黨始得志。則前此持之者，公力也。

公以論太宰趙煥擅權，挂冠歸。病卒，年五十二。後天子知其賢，常思之，贈官太僕卿。

侯方域曰〔一〕：余王父與湯公同朝爲言官，既老致政，每見朝廷事有得失，輒嘆曰：『今言路無湯公，卒無言者矣！』又言：有僧達觀者善言佛法，居京師，公卿見者皆膜拜。李太后方好佛，嘗取達觀所譔水入宮禁，謂之法水。湯公爲御史，大怒，捕達觀痛笞之，繫獄以死〔二〕。嗚乎！公真骯髒丈夫也哉！

【校記】

〔一〕『侯方域曰』以下一段，文鈔本不錄。

〔二〕『繫』，家刻本、强善本、退齋本、本衙本、强忍本、日本本、紅杏本、掃葉本、萬有本皆同。備要本作『禁』，誤。

【集評】

一　賈開宗等評點：（『豫章數千里之患以平』）筆力。（『公爲人』句）此一段留在此處，文章斷續有情。（『公父家居，歎曰』前後句）可見父子猶不悉知，狀湯公大節。入妙。（『當是時，亓詩教』以下數句）好敍法。（『而辛亥京察朝官』）連下，見筆力。（『初，賓尹有盛名』）復敍一段神采。（『賓尹故不識公』以下）間敍神采。通篇俱動。（『則前此持之者』）筆力。

二　賈開宗曰：識力俱不愧史才。

寧南侯傳

寧南侯者，姓左氏，名良玉，字曰崑山，遼東人也。少起軍校，以斬級功，官遼東都司。苦貧，嘗挾弓矢射生。一日，見道傍駝橐，馳馬劫取之，乃錦州軍裝也。坐法當斬，適有丘磊者，與同犯，願獨任之，良玉得免死。

既失官，久之無聊，乃走昌平軍門，求事司徒公。司徒公嘗役使之，命以行酒。冬至，讌上陵朝官，良玉夜大醉，失四金巵。旦日，謁司徒公請罪。司徒公曰：『若七尺軀，豈任典客哉！吾向誤若，非若罪也。』

會大淩河圍急，詔下昌平軍赴救。榆林人尤世威者，爲總兵官，入見司徒公，曰：『大淩河當天下勁兵處，圍不易解，世威當行；今既以護陵不可，公且遣將，誰當往者？中軍將王國靖，書生也；左右將軍更不可任。』司徒公曰：『然則誰可？』世威曰：『獨左良玉可耳！顧良玉方爲走卒，奈何帥諸將？』司徒公曰：『良玉誠任此，吾獨不能重良玉乎？』卽夜遣世威前諭意，漏下四鼓，司徒公竟自詣良玉邸舍請焉。良玉初聞世威往，以爲捕之，繞牀語曰：『得非丘磊事露耶？』走匿牀下。世威排闥呼曰：『左將軍，富貴至矣，速命酒飲我！』引出而諭以故。良玉失色戰慄，立移時乃定，跪世威前。世威且跪且掖起之，而司徒公至，乃面與期。詰旦，會轅門，大集諸將，以金三千兩送良玉行，賜之巵酒三，令箭一。曰：『三巵酒者，以三軍屬將軍也，令箭如吾自行。諸將士勉聽左將軍命，左將軍今已爲副將軍，位諸將上，吾拜官疏夜卽發矣。』良玉旣出，而以首叩轅門墀下，曰：『此行倘不建功，當自刎其頭。』已而，果連戰松山、杏山下，錄捷功第一，遂爲總兵官。良玉自起謫校，至總兵，首尾僅歲餘，年三十二。

是時，秦寇入豫，良玉當往勦，見司徒公。司徒公曰：『將軍建大功，殊不負我，欲有言以贈將軍，將軍奚字？』良玉曰：『無也。』司徒公笑曰：『豈有大將軍終身稱名者哉？』良玉拜以爲請，司徒公曰：『卽崑山可矣！』自此乃號爲崑山將軍〔一〕。良玉長身頳面，驍勇，善爲左右射，每戰身先士卒。旣至豫，則向所苦賊帥一斗穀、蝎子塊、滿天星等皆平。最後戰懷慶，與督府意不合，乃嘆曰：『吾卽盡賊，安所見功乎！』遂陰縱之，而寇患始大。熊文燦者，繼爲督府，嘗受賊金而脫其圍，良玉尤輕之〔二〕。以至楊嗣昌以閣部出視師，倚良玉不啻左右手，九調而九不至，嗣昌怏怏死。丁啓睿代督師，則往來依違於其間，爲良玉調遣文書，未始自出一令，時人謂之左府幕客。然良玉立功最早，威名重一時，强兵勁馬皆在部下，流賊憚之，呼爲左爺爺。壬午，大出兵，與李自成戰朱仙鎮，三日夜而敗，良玉還軍襄陽。

初，良玉三過商丘，必令其下曰：『吾恩府家在此，敢有擾及草木者斬！』入城謁太常公，拜伏如家人，不敢居於客將。朝廷知之，乃以司徒公代丁啓睿督師。良玉大喜踴躍，遣其將金聲桓率兵五千迎司徒公。司徒公旣受命，而朝廷中變，乃命距河援汴，無赴良玉軍。良玉欲率其軍三十萬覲司徒公于河北，司徒公知糧無所出，乃諭之曰：『將軍兵以三十萬稱盛，然止四萬在額受糧，實又未給度支。

今遠來就我固善，第散其衆則不可。若悉以來而自謀食，咫尺畿輔，將安求之？』卒不得與良玉軍會。未幾，有媒孽之者，司徒公遂得罪，以呂大器代。良玉慍曰：『朝廷若早用司徒公，良玉敢不盡死？今又罪司徒公而以呂公代，是疑我而欲圖之也！』自此意益離〔三〕，遂往來江、楚，爲自豎計，盡取諸鹽船之在江者，而掠其財，賊帥惠登相等皆附之，軍益强。又嘗稱軍飢，欲近南京就食〔四〕，移兵九江。兵部尚書熊明遇大恐，請於司徒公，以書諭之而止。朝廷不得已，更欲爲調和計，封良玉爲寧南侯，而以其子夢庚爲總兵官，良玉卒不爲用。燕京陷，江南立弘光帝，馬士英、阮大鋮亂政〔五〕，良玉乃興兵清君側，欲廢弘光帝，立楚世子。至九江，病死。而英王師尾其後，夢庚以其軍降。

初，尤世威爲總兵時，往謁薊遼督府曹文衡。文衡尊嚴不少假。更謁司徒公，司徒公諭令勿長跪，相見如弟子禮。世威感悦，願效死。後司徒公行邊〔六〕，至黄花鎮上，遇火炮災。司徒公壓於敵樓下，背上積二十二死人。世威震而仆五里外〔七〕，起立，卒不肯去，號而呼求司徒公。復至敵樓，適有雷光照司徒公，世威乃趨而抱之，而以手起其二十二死人者。火及冠，脱其冠；及袍，脱其袍。遂燒其鬚及其左耳，世威堅不動，竟袒而負司徒公以出〔八〕。行四十里，抵於山下。邊人謂之尤半耳云。

丘磊者，既坐斬，繫刑部獄十三年，良玉每一歲捐萬金救之，得不死，卒受知司徒公，後爲山東總兵官。

侯方域曰〔九〕：余少時見左將軍。將軍目不知書，然性通曉，解文義，勇略亞于黥、彭，而功名不終，何歟？當左將軍出軍時，有党應春者，以軍校逃伍當死，司徒公縛而笞之百。應春起而徐行，無異平時，拔以爲軍官。復逃，再縛之來。應春仰首曰：『劄官實豈異軍校耶！』司徒公異之，以付左將軍，爲先鋒。後乃立功佩印，爲山海大將〔一〇〕。然則將苟有材，得其人以御之，雖卒伍可也，而況于公侯哉！

【校記】

〔一〕『崑山』下，文鈔本無『將軍』二字。
〔二〕『尤』，家刻本、文鈔本、强善本同。備要本作『猶』。
〔三〕『益』，文鈔本作『亦』。
〔四〕『近』，家刻本、文鈔本、强善本同。備要本作『道』。
〔五〕『政』，家刻本、文鈔本、强善本等同。備要本作『啓』，誤。
〔六〕『後』，備要本脱。
〔七〕『仆』，備要本作『有』。
〔八〕『祖』，本衙本、日本本、紅杏本作『祖』。
〔九〕『侯方域曰』至文末，文鈔本缺。
〔一〇〕『大』，備要本作『關』，誤。

【集評】

一　賈開宗等評點：（『命以行酒』）寧南出身如此。（從『榆林人尤世威』至『年三十二』）史遷。敍有姿態。奇遇。寫生神手，無一字懈怠。一總精采。（『自此乃號爲崑山將軍』）史遷。（『良玉長身赬面』）又提。（『遂陰縱之，而寇患始大』）不爲寧南回護。（『嗣昌怏怏死。丁啓睿代督師』）又卽寧南見一時用人得失。（『而朝廷中變』）可惜。（『若悉以來而自謀食』以下數句）當日事勢不得不慮及此。（『遂往來江、楚』前後句）以下寫出寧南跋扈。（『夢庚以其軍降』）無限低徊。（『初，尤世威爲總兵時』）又爲世威結案。（『而以手起其二十二死人』以下諸句）史遷。感恩之報如此。（『丘磊者』一段）結丘磊，豪傑。（『然則將苟有材』）就應春遥結寧南。

二　徐作肅曰：直是一篇史遷得意文字。

三　賈開宗曰：敍寧南瑕瑜不相掩。史裁。

李姬傳

李姬者，名香，母曰貞麗。貞麗有俠氣，嘗一夜博輸千金立盡，所交接皆當世豪傑，尤與陽羨陳貞慧善也。姬爲其養女，亦俠而慧，略知書，能辨别士大夫賢否，張學士溥、夏吏部允彝急稱之。少風調皎爽不羣，十三歲從吳人周如松受歌《玉茗堂四傳奇》，皆能盡其音節，尤工《琵琶詞》，然不輕發也。

雪苑侯生，己卯來金陵，與相識。姬嘗邀侯生爲詩，而自歌以償之。初，皖人阮大鋮者，以阿附魏忠賢論城旦，屏居金陵，爲清議所斥。陽羨陳貞慧、貴池吳應箕實首其事，持之力。大鋮不得已，欲侯生爲解之，乃假所善王將軍，日載酒食與侯生游。姬曰：『王將軍貧，非結客者，公子盍叩之？』侯生三問，將軍乃屏人述大鋮意。姬私語侯生曰：『妾少從假母識陽羨君，其人有高義，聞吳君尤錚錚，今皆與公子善，奈何以阮公負至交乎？且以公子之世望，安事阮公？公子讀萬卷書，所見豈後於賤妾耶？』侯生大呼稱善，醉而臥。王將軍者，殊怏怏，因辭去，不復通。

未幾，侯生下第。姬置酒桃葉渡，歌《琵琶詞》以送之，曰：『公子才名文藻，雅不減中郎。中郎學不補行，今《琵琶》所傳詞固妄，然嘗昵董卓，不可掩也。公子豪邁不羈，又失意，此去相見未可期，願終自愛，無忘妾所歌《琵琶詞》也。妾亦不復歌矣！』

侯生去後，而故開府田仰者，以金三百鍰邀姬一見，姬固卻之。開府慚且怒，且有以中傷姬。姬嘆曰：『田公豈異于阮公乎〔一〕！吾向之所贊于侯公子者謂何？今乃利其金而赴之，是妾賣公子矣！』卒不往。

【校記】

〔一〕『寧』，家刻本同。備要本作『豈』。

【集評】

一　賈開宗等評點：（『嘗一夜博輸千金立盡』）一句結一小傳。（『皆能盡其音節』前後）點綴風調處只須如此。（『姬曰王將軍貧』三句）慧。（『奈何以阮公負至交乎』以下）奇。逼史遷。（『然嘗昵董卓』前後句）慧。（『田公豈異于阮公乎』以下）寫出田公。忽住。

二　徐作肅曰：事奇而傳足以稱之。

三　王文儒《續古文觀止》評點：借《琵琶詞》點染，不特論古有識，箴規處與公子情事恰合，不當以妓視之，直當以友目之。結處回抱阮事，全神一振。

任源邃傳

任源邃者，宜興之鄙人也。乙酉之變，逃入湖。已而，往來羣山中，審其率皆無成，居久之不能忍，乃出就吕氏于青山柵。方酣戰，而吕氏遁，源邃被執。至溧陽，當事者命之跪，源邃瞋目曰：『若獨非故明臣乎？我恨不殺汝，何跪爲！』乃斷頭而死。其兄元祥間行號哭，求其屍以歸而葬之。

初，元祥爲儒生，以文行自厲；而源邃負氣狂放，不相類。少時有羣兒戲爲泥黿於田間，設神像，謬以靈應相與煽惑，爲香火，閧里閈間。源邃過之，怒，則溺其黿，毁其神，鄉里苦之。年十五，始讀書，輒析大義。兄元祥嘗爲無賴子所侮，憤曰：『我即出而仕，寧不能爲若所爲耶！』源邃目止元祥，既而謂曰：『一朝之忿，終身之恥。失言矣。』元祥改容謝焉。

方乙酉，師南下，時江北四大藩鎮，其三解甲降，一藩更隨豫王爲前導。江南將相握兵者，亦或竄或降，而江陰尉閻應元獨固守城八十日，不屈死。源邃以宜興布衣，起與相繼云。

侯方域曰：嗚乎！源邃功不成，節乃見矣！故明養士三百年，或得其報或否，豈在貴賤哉！源邃死時，年二十五。或曰：『以子之年，盍少待？』源邃曰：『子惟其待，乃不能死也！余何待？』卒鬬而死。悲夫！

【集評】

一　賈開宗等評點：（『居久之不能忍』）寫出任生。（『少時有羣兒戲爲泥黿於田間』）間敘一段，好。（『時江北四大藩鎮』以下）結出大關係。（『而江陰尉閻應元獨固守城八十日』）一句立閻尉小傳。

二　徐作肅曰：寫源邃生氣凜然。

馬伶傳

馬伶者，金陵梨園部也。金陵爲明之留都，社稷百官皆在，而又當太平盛時，人易爲樂。其士女之問桃葉渡、遊雨花臺者，趾相錯也。梨園以技鳴者，無論數十輩，而其最著者二：曰興化部，曰華林部。一日〔一〕，新安賈合兩部爲大會，遍徵金陵之貴客文人與夫妖姬靜女，莫不畢集。列興化於東肆，華林於西肆，兩肆皆奏《鳴鳳》，所謂椒山先生者。迨半奏，引商刻羽，抗墜疾徐，並稱善也。當兩相國論河套，而西肆之爲嚴嵩相國者曰李伶，東肆則馬伶，坐客乃西顧而歎，或大呼命酒，或移坐更近之，首不復東。未幾，更進，則東肆不復能終曲。詢其故，蓋馬伶恥出李伶下，已易衣遁矣。

馬伶者，金陵之善歌者也。既去，而興化部又不肯輒以易之，乃竟輟其技不奏，而華林部獨著。去後且三年，而馬伶歸，遍告其故侶，請于新安賈曰：『今日幸爲開宴，招前日賓客，願與華林部更奏《鳴鳳》，奉一日歡。』既奏，已而論河套，馬伶復爲嚴嵩相國以出，李伶忽失聲，匍匐前稱弟子。興化部是日遂淩出華林部遠甚。其夜，華林部過馬伶曰：『子，天下之善技也，然無以易李伶，李伶之爲嚴相國至矣，子又安從授之，而掩其上哉？』馬伶曰：『固然，天下無以易李伶，李伶即又不肯授我。我聞今相國崑山顧秉謙者，嚴相國儔也。我走京師，求爲其門卒三年，日侍崑山相國於朝房，察其舉止，聆其語言，久乃得之。此吾之所爲師也。』華林部相與羅拜而去。馬伶名錦，字雲將，其先西域人，當時猶稱馬回回云。

侯方域曰：異哉！馬伶之自得師也。夫其以李伶爲絶技，無所於求，乃走事崑山，見崑山猶之見分宜也。以分宜教分宜，安得不工哉？嗚乎！恥其技之不若，而去數千里爲卒三年，倘三年猶不得，卽猶不歸爾。其志如此，技之工又須問耶！

【校記】

〔一〕「二」，强善本作「三」，誤。

【集評】

一　賈開宗等評點：（開頭句）本傳馬伶，卻竟接入金陵一段，大手筆。（「兩肆皆奏《鳴鳳》」）鋪敘極大雅。（「蓋馬伶恥出李伶下」）奇人。（「馬伶者，金陵之善歌者也」）又提一句，得史遷之神。（「乃竟輟其技不奏」）一技乃鄭重如此。（「願與華林部更奏《鳴鳳》」）奇舉。（「華林部過馬伶」前後句）一段嫋嫋娓娓，極文筆之妙。（「我聞今相國崑山顧秉謙」）奇想。（「察其舉止」）奇事。（「以分宜教分宜」至結）妙！妙！

二　徐作肅曰：逸情妙景，《史記》中亦不多得。

三　賈開宗曰：此等鋪敘最難措手。文之雅潔神奇，真一字一金。

壯悔堂文集卷六　記

重修白雲寺碑記

白雲寺者，其先隙地也。或曰舊爲古刹，有遺址焉，在宋郡之郭西南五里。明崇禎之二年，中書舍人吳興君辟之爲廬一廛，覆之以茅，以棲遊僧。既一年，始門焉而堂，其中置臥佛一。三年，乃創大殿，建立三佛像與夫金剛、羅漢、韋馱、伽藍之屬。廊廡寮廚，以及榱楹欂櫨之具，靡不森鮮。其後，歲時增而不廢。

追思宗皇帝建元之十五祀〔一〕，而寇李自成益熾，攻破宋城，舍人奔金陵，僧亦散去，寺以壞。甲申，寇陷京師，金陵共擁立弘光皇帝，舍人復補官於朝。居一歲，明亡，舍人棄其官歸。嘗往城之西南，觀故所爲白雲寺者，嘆曰：『天下之變遷淪毁，于吾前者，豈皆積劫不可救耶！予將爲浮屠氏以終老。』於是盡出家財於寺，不期月，悉復其舊。僧請記，舍人曰：『是非侯子不可，姑待之。』

余既歸自江南，以爲請。余惟昔者，崇禎以前實克承慶、曆之業，閭左安富，擊壤之叟，垂五十年不見兵革，歲時伏臘，莫不思有所祈報以答靈貺。小之則牽羊陳豕，奏鼓吹竽，而祭賽于村原之社。大者乃造爲梵宇宮觀，香火相續。余嘗北歷燕趙，抵齊魯，浮江淮，適吳越，所見通邑大都，金碧晶赫之區，何啻白雲寺！蓋天下人之財力〔二〕，當其壯盈，必有所費，無以製之，且侈而溢。又或其甚者，乃至銷磨蕩滌於水火鋒鏑之中，而不能嗇而自禁，賴清淨之教爲之疏通，施而舍之，所謂明治以禮樂，幽治以鬼神也。而後世博物如昌黎、清河之徒，猶相與詆焉，無乃未之思歟！

嗚乎！天下之變遷而淪毁者，若驪山之館，太液之池，金張之邸，封君世家之宫室，亦已多矣，曾不得如白雲寺者復而新之。舍人昔嘗官兩都，豈有所託於浮屠氏耶？

舍人名議，姓沈氏，故明相國鯉之裔孫。

【校記】

〔一〕『思』，文鈔本作『懷』。按崇禎帝，南明謚思宗，清謚懷宗。

〔二〕『財』，家刻本、文鈔本、强善本等同。備要本作『才』。

【集評】

一　賈開宗等評點：（『或曰舊爲古刹』至『歲時增而不廢』）一路詳而潔。（『嘗往城之西南』至『悉復其舊』）通篇點睛處。簡得妙。（『蓋天下人之財力』至『幽治以鬼神也』）大議論。歸到正當處，善于斡旋。（『天下之變遷而淪毁者』以下諸句）無限感慨。

二　徐作肅曰：鍊而腴，非昌黎不能。

新遷顔魯公碑記

宋郡舊有魯公碑，蓋魯公所書《八關齋會報德記》也。結構精妙，創動聳側。爰攷書契，肇自皇初，蒼頡而遙，旋存篆隸。逮夫會八體之情狀，闢六勢之堂奥，王羲之一人而已。而際世不辰，靈蹟多淹。當蕭丞訪落，昭陵升遐，方且弓劍陪玉匣之年，風雨護金壙之日，蓋大寶于茲祕矣！獨斯碑者，雲蒸霞蔚，筆既斷而還連；鳳翥龍蟠，勢如斜而反正。所謂坤輿之神奇，歷千載如一日歟！以故雖間有殘闕，而軼致可尋。海内自縉紳先生，山林風雅之士，見者未嘗不歆歔稱歎〔一〕，購之惟恐不得也。而兒童走卒，或遊臥嬉戲其下，亦從而拱揖拜跪，肅然如見其人焉。豈寒燐衰草，荒祠斷碣，顧足以移人性情耶？抑魯公神明所系，魂魄時往來其間，有使之者而然耶？

夫魯公名在旂常，精感日月，誰不知之！而一厄于盧杞，再陷於李希烈，當時曾不以爲重。使魯公不以骨鯁處己，方正忤人，而徒矜矜於翰墨，吾知其必爲一時所慕，不爲一時所嫉也。然則魯公之書，豈非反以魯公之人掩哉！而數千百年之後，輒敬重愛惜，山河之佳麗，姦雄之氣焰，曾不若拳石之孤騫，立之而不忍廢之，廢之而復欲修之，又何以說也？

八關齋去郡城南里許，爲魯公碑舊立處。毀之者，就新築也，歲在崇禎戊寅春。齋之址築爲堞，下臨濠水，久之浸及碑。郡人張翮遷之，請余爲記，歲在崇禎己卯夏。碑高八尺〔二〕，横八稜，稜尺許，凡八百八十六字，闕七十四字，卽魯公《報德記》也。

【校記】

〔一〕『歔』，家刻本、强善本同。備要本作『欷』。

〔二〕『高』，强善本脱。

【集評】

一　賈開宗等評點：（『而徒矜矜於翰墨』）妙論。（『豈非反以魯公之人掩哉』）通篇佳處在此。

二　賈開宗曰：有精彩處。此亦朝宗十五年作，觀者辨之。

重修顏魯公碑亭記

太保宋公入相之四年，而葬其親以歸。既畢事矣，拄杖而遊南城焉，徘徊遠眺，漠然大墟，見有嶽嶽焉若人之立其際，强項而不仆者，顧謂其從者曰：『是何爲者耶？是非魯公之故植者碑耶！夫向之高甍朱題，與濠光雉影侵薄而蕩漾者也，吾幼與諸生肄業而遊者也。今老矣，物之變態固至此乎！吾將爲亭以覆之。』閱月告成，而命域爲之記。

域請於公曰：『公之爲是亭耶〔一〕，以魯公之人耶？抑以其書耶？夫魯公之見厄於當時，而直伸其志，其視卿相王侯與其國封邸第，曾不若脱屣，而何有於亭！及其罵賊而死，從容就義，視吾之頭顱身軀皆其所不愛也，而何愛此蝌斗鳥跡之遺哉？抑公今者天子之相也，苟有所舉，將觀而效之。公故能書，如以爲娱悦之具。蘇軾嘗曰：翰墨之清虚，其異於聲色財賄之惑溺也。特一間耳。域聞古大臣之佐其君以有爲，莫不勤懇於遠大之務，汲汲而構造之，而不遑於小技。及其治定功成，然後有所退託焉以自適，如謝安石之絲竹，裴晉公之松雪，亦其類也〔二〕。今公意者以開創之業爲已畢歟？而或借魯公以激發天下之忠義，長養天下之人材，乃崇是亭也？夫天下大矣，倘無如魯公者之神靈，以往來昭回於荒文斷碣之間，是又蘇子所云：『深山大澤，龍亡而虎逝。吾且見狐狸之晝遊，而鰍鱔之羣舞也。公之意其爲是哉？』公曰：『子之言旨矣。顧吾以爲少而遊焉，老而不能忘也。』嗚乎！然則公之感於天下之變故深矣！乃退而爲之記。

【校記】

〔一〕『耶』，家刻本、文鈔本、强善本同。備要本作『也』。

〔二〕『類』，家刻本、文鈔本、强善本等同。備要本作『意』。

【集評】

一　賈開宗等評點：（『今老矣，物之變態固至此乎』）感慨。（『而或借魯公以激發天下之忠義』）有體裁。（『公之意其爲是哉』）勁。（結句）遠情。

二　徐作肅曰：通篇以太保爲主，略引東坡意，點綴成文，正旨只結尾一句説出。不説魯公，而魯公之可重處自在。

陳將軍二鶴記

沙隨李氏有二鶴焉，豢之有年矣。李氏宦於湖湘之間，盡載其室帑與其財貨器幣以行，而遺鶴。陳將軍者聞之而嘆曰：『鶴之不遇也，有如此夫！』顧謂其門下客：『有能知鶴者乎，其偕之以來？』既而曰：『是黷鶴也，吾尤李氏而黷焉，其庸愈乎！』乃遣使者唁之，而告以其所以待鶴者。明日而使者返，又明日而鶴至。至則館於其堂之廡，召匠氏新其宇焉，而命執事者致餼，必專必潔。是日也，考鐘伐鼓，陳清商之樂，大讌其客於堂上，享其士於堂下，曰：『吾以慶夫鶴也。』酒方酣，其從事劉子曰：『昔燕昭王築黄金之臺，以好馬也，而馬果畢至。今公之所以延鶴者至矣，將華亭之大姓，遼東之貴族，吾且見其引領接翼而至也。雖然，公帥臣也，職在選鋒而養士，以佐天子開疆土，除暴亂，不宜以山林隱逸之事自近；若移其所以養鶴者養士，庶吾軍其振乎！』

侯子曰：『甚哉！子之闇於養士也。夫鶴者，天下清虚之物也，寡欲而省費，故可以高人隱士之禮致也。世之戰士，皆驍雄勁悍之徒，彎弓陷刃，目不瞬而色喜。吾一旦欲得其力而效之於死，是必閒居則美妻妾，厭粱肉，六博羣飲，仰天而歌烏烏。養以有餘之財，而作其感恩之氣，然後報其主而不叛，吾未見其可以虚數致也！故子之帥以其求鶴者求士，士未嘗不至；若遂以其養鶴者養士，吾恐士之聞風而來者，將掉臂而去也。甚哉！子之闇於養士也。』

將軍大悦，避席再拜曰：『敬受教！微公之言，吾幾失士矣！』顧謂二鶴舞而侑觴，因相與劇飲，皆大醉。堂下之士有泣者。

【集評】

一　賈開宗等評點：（『鶴之不遇也』）不盡説鶴。（『子之闇於養士也』）妙論。（『目不瞬而色喜』）鍊句。（『顧謂二鶴舞而侑觴』）掉一句，好收。（『堂下之士有泣者』）妙。筋力。

二　徐作肅曰：頓挫飄逸。

壯悔堂記

余向爲堂，讀書其中，名之曰雜庸。或曰：昔司馬相如賣酒成都市，身自滌器，與庸保雜作，子何爲其然？余曰：以余目之所寓，皆庸也，子亦庸也；余不能不舉足出此堂，又不能使此堂卒無如子者，安往而不與庸雜？又豈必酒壚耶？

嗚乎！君子之自處也謙，而其接物也恭，所以蓄德也。況余少遭黨禁，又歷戎馬間，而乃傲睨若是，然則坎壈而幾殺其身，夫豈爲不幸哉！

忽一日念及，憮然久之。其後歷寢食不能忘。時有所創，創輒思；積創積思，乃知余平生之可悔者多矣，不獨名此堂也。急别構一室居之，名曰：壯悔。古者三十爲壯，余是時已三十有五矣。嗚乎！以古人學成行立之年，而余始稍稍知自創艾，日其餘幾！已而，復自慰曰：夫人終身老死而不知悔者，亦已多矣！壯果能悔，其尚愈諸，猶但恐余之不能悔也。夫知過而能内自訟，君子許之。

然則，雜庸堂者毁諸？曰：否！余將更營而新之，以志余過於無窮也。

【集評】

一　賈開宗等評點：（『子亦庸也』）逸致。（『君子之自處也謙』）學問。（『積創積思』）學問。（『猶但恐余之不能悔也』）學問。

二　賈開宗曰：此篇見朝宗生平學問。

四憶堂記

或曰：堂之以『四憶』名者，何也？曰：今昔之故，觸而感焉則憶之，適四則四之爾。敢問所謂『四憶』者？曰：屈原幽憂而著《離騷》，其中稱名類物，或呼爲羌，或呼爲荃，今讀者不知其所專指，子寧知之耶？蓋人心誠有所鬱，則必思；思而不得所通，則必且反覆形諸言辭，發爲詠歌。情迫氣結，縱其所至，不循阡陌，卽胷中時一念之非不歷歷，及欲舉而告之人，固已纏緜沉痛，十且亂其七八矣！微獨我與若不知原之所指，卽使原今日復生，亦未必自知也，我又安能以其所憶者告吾子哉？

或曰：然則子既以『悔』名其文集，而仍以『憶』名其詩者，何也？苟憶於昔，不必其悔；苟悔於今，不必其昔之憶。曰：《詩三百篇》，昔人發憤之所作也。余自念才弱不能憤，聊以憶焉云爾。抑聞之極則必復憶之，憶之所以悔也。

【集評】

一　賈開宗等評點：（『微獨我與若不知原之所指』）正索解人不得。（結句）妙。

二　徐作肅曰：峭仄。荊公一路文字。

鄭氏東園記

鄭氏東園者，余少遊焉。其鄰人指以示余曰：『此沈氏之園也，前三日易於鄭。』沈氏者，相國鯉之族也，余及見之。鄭氏得之二十年，而鬻於今太保宋公。猶言鄭氏者物，未能遽忘其故也。嗚乎！余年三十有三，憶少之嬉遊於是園者，曾幾何時，而園顧三易主矣！

先是，園中有榴，十年不華，而是歲華。鄭氏驚告曰：『是何祥也？』已而，鄭子入于庠，鄭君以茂才舉州刺史，歷官徐、淮副使。嗚乎！是果榴之祥也！園有卉名水僊者，種自江南，吾郡人得之，多置潔室幾案間，而鄭氏園爲盛。自壬午陷後，官軍與賊更迭踞吾郡，遂以鄭氏之園爲圉場，卉皆爲馬所食。居久之〔一〕，天下稍定，人皆復其業。而鄭氏始歸，理其廢址，蓋亦幾十年矣。卉所舊植處，忽又莖而華焉，觀者曰：『是殆復爲鄭氏祥也。』已而，鄭子死，鄭君以其園鬻於宋氏。嗚乎！是何卉之不祥也？抑卉更將爲宋氏祥耶？特爲鄭氏不祥耶？夫是園之在沈氏以前者，歲久滅沒，無故老知其誰氏矣。其自沈氏得之，沈氏失之者，不知其亦有是祥焉，有是妖焉否也。

或曰：凡妖祥之端，必其大者先見，而後小者應之。方沈氏時，天下太平，理醇氣和，妖祥之端，無自而興也。其後啓、禎間大亂將發，而鳳皇見於丙寅〔二〕，黄河清於丁卯，是殆所爲祥也。而太廟血，孝陵有赤黑二鬼相與鬭，是殆所謂妖也〔三〕。天下之大，妖祥興而小者應之，舉天下之非鄭氏之榴之祥、非鄭氏而卉之妖者，吾又不知其凡幾，而曾不可以悉數也！

或曰：松入地而爲脂，腐蒸氣而生菌。物之變化，固有不知其所以然者。鄭氏之盛衰適與之會，安見夫榴之果爲祥，而卉之果爲妖也？嗚乎！君子惟修德而不怠焉。則吉者不足喜，凶者不足懼矣。而況草木之變態無常者乎？若其反是而必榴之祥，必卉之妖，將人事廢而天禍作，則吾三十三年間，而目見乎天下之物三易其主者，何獨鄭氏園也！

【校記】

〔一〕『居』，文鈔本作『蓋』。

〔二〕『皇』，文鈔本作『凰』。

〔三〕『謂』，文鈔本作『爲』。

【集評】

一　賈開宗等評點：（『余及見之』以下二句）作折勢，令其婉而紆。（『夫是園之在沈氏以前者』）遙續，了前段。（『方沈氏時，天下太平』）插一句挽上即跟下，翻出議論。（『或曰：松入地而爲脂，腐蒸氣而生菌』）又起開出一番。（『君子惟修德而不怠焉』）入一步，煞。（『而況草木之變態』至文末）一篇話説似從此處發，然胷中有此一段，爲文安得不佳！

二　徐作肅曰：看其一段一段起處是散，而歸結甚密。

三　宋犖曰：其機軸從韓來，而氣全用歐。

管夫人畫竹記

曹州余尉，出畫竹一軸以示余，曰：『此元管夫人所作也。出自大内，明亡後，遊燕市而得之。』嗚乎！余聞書畫之在大内也，中貴人掌之，玉其櫝而金其緘，而猶志之以别璽曰『祕閣之寶』。今出自天子之宫而入尉之手，廢興之故，可以感矣！

然方其在大内也，雖玉櫝而金緘，而天子倦萬幾，或終歲不觀。暇則妒寵工媚者，各趨而前，書畫不能以其落莫爭也。雖中貴人掌之，而彼日徒營爲酒食，醉飽則鬭雞馴貓，亦不知觀。而天下之文雅鑒賞者，固雖欲觀之，而祕閣禁嚴，不能到也，是終無由見知於世也。方且真僞雜而美惡溷，不過榮其外而已。尉乃鑒之别之，愛之重之，與天下之有識者更拂試而贊歎之，故天下之物，有不必榮于天子之宫，而紬于尉之手者。嗚乎！遇合之道，誠難與俗人言也。

尉又云：『今太保宋公，嘗見而欲得之。詭辭以歲久剝落，將入吴中求國工裝之以獻。』時尉方求補官，舍於太保之館，因遂逡巡以去。其後數見，太保輒問曰：『畫固在乎？曾求國工治裝乎？』言之而笑。尉終不獻，太保亦不更索也。嗚乎，尉誠高矣！若太保者不具論，倘亦所謂不貪爲寶者乎！

余嘗觀之，其絹細密有堅致，非近世所能爲。竹瀟灑神韻，旁有石，歷落而遠，其爲管夫人作無疑。管夫人者，趙文敏之妻也。文敏以宋宗姓仕元爲顯官，今所傳者，翰墨滿天下，豈當時矜重，而求索不獲辭耶？抑文敏夫婦，借以寫其『彼黍離離』之感耶？何其有閒情而爲此也？然當時仕之以顯官，矜重其翰墨，而卒使之消遣於藝事，不憂不戚，夫婦偕老。嗚乎！當時之所以待勝國者厚矣！凡此皆其可記者也。余因爲之記。

【集評】

一　贾開宗等評點：（『余聞書畫之在大内也』）遇。（『今出自天子之宫而入尉之手』）不遇。（『然方其在大内也』）遇而不遇。（『尉乃鑒之别之，愛之重之』）不遇而遇。（『尉又云』）沒要緊處生波瀾。（『將入吳中求國工裝之以獻』）散淡得妙。（『倘亦所謂不貪爲寶者乎』）感慨作小收，與行文闔合。（『文敏以宋宗姓仕元爲顯官』）無端想來，關情無盡。（『抑文敏夫婦』二句）搖曳處卻又不足文敏意在，就裏又宕一句。（『然當時仕之以顯官』至結）收乃到此，一步深一步。

二　徐作肅曰：　盡攬歐公之勝在結構閒散上。

重修演武廳事記代陳將軍作〔一〕

某既鎮歸之五年，日勉循厥職，曠弛是懼，乃按其部伍而進之曰：『講武，大事也，而無其所，可乎？歸舊有廳，軍府將先鳩財焉，爾其各量乃力爲之。』部以告其將，伍以告其士，皆曰：『諾！』於是庀器用，均作役，立期會，閱旬而成。

嘗攷歸在前代初爲州，豫州故天下之腹心，而歸又豫州之腹心也。內地相仍，不特設兵戍。歸有軍衛，沿農戰空名而已。積安二百餘年，至隆慶間，邑人師尚詔叛，乃改爲郡，置兵，立參將領之。當是時，豫州無統帥，專閫之權爲重。後小安無事，漸以殺。久之，愈益以爲無事，遂廢其官。萬曆末，又數十年矣，鄒滕妖人徐鴻儒變興，復置兵，以守備爲將，蓋不侔於昔云。

歸人父老爲某言，復設兵後，妖變旋平。天下輕武，所置守備者，日趨蹌服屬於卿大夫之家，不復坐廳事。廳事雖設，爲樵牧場。間歲，乃借於有司以較士。按部使者至，則守備拱立拜跪其下，益蹋曲。其得稍稍具威儀者，僅霜降揚兵，一升其堂而已。如此者二十年，將卑兵寡，寇氛日熾。歸人乃欲請於朝，復設參將，而破亡不可待矣！

今日稽明舊建，官某實承乏。東寇不靖，潛逸我疆，賴國家威靈，數殄滅之，五歲於兹，日警武備也。

嗚乎！歸故所稱爲腹心内地，未幾而於明季爲四戰，未幾而入版圖，尤悄悄戒伏莽焉，常變安危之相倚伏，豈有定哉！然焉知後之人不更積輕而廢之，亦如昔日者耶！夫天下無事相承，廢而修之嘗難〔二〕，輕而廢之甚易。百爾君子，敬共爾位。某之責在講武，而修廳事者，乃其位也。故記。

【校記】

〔一〕底本總目録無『代陳將軍作』五字。

〔二〕『嘗』，家刻本、文鈔本、强善本同。備要本作『常』。

【集評】

一　賈開宗等評點：（『部以告其將』二句）潔。（『愈益以爲無事』）頓挫。（『復設兵後，妖變旋平』）吃力處。（『廳事雖設，爲樵牧場』）點綴興廢，大有情態。（『益踢曲』二句）模寫入妙。（『而破亡不可待矣』）無盡。（『然焉知後之人不更積輕而廢之』）轉悠然。（結句）結鄭重。

二　徐作肅曰：凝然有典謨之象。逼古之文，必傳。

重修書院碑記代宋太保作〔一〕

順治八年，燕山王公來守歸德，首下教博士弟子，問以郡之政所宜先者。博士弟子對曰：『歸有范文正公書院，先太守鄭公嘗沿其意而創大之，以儲歸之材。居有號舍，贍有田，課試有約。行之既久，歸之名公鉅卿接踵其間，出爲當世用不絕，而士風亦羣感動淬厲，烝烝以變。今雖廢，而人之謳吟思慕鄭公之澤者，數十年不衰。竊以爲佐朝廷興道育賢，郡國之政，宜莫此爲大。』公曰：『博士弟子言是！凡書院之爲舍者幾楹？其侵而居之者幾何家？資饟之田幾區？其官守因而入其租税者幾何年？今坐何所？其試士之期月幾日？條約之議詳而要者幾何？具趣所司各以聞，以付郡博士收而掌焉。』蓋自鄭公去，而書院之廢垂四十年，公一朝復之。嗚乎，偉矣！博士弟子曰：『是不可以無記。』

謹按：書院之設，始於宋范文正公。公爲諸生，即以天下爲己任，其後參大政不久，未竟厥施，然所措置，率弘以遠。即如在歸，而歸有書院，其隨地收拾人才之意，是何可一日廢也？范公往，而繼之來守者不能識其意，亦浸以湮滅矣。歷宋而元而明，至萬曆間，始克有鄭公再舉行之。當時之人親被鄭公之澤，至於今其遺老有能言鄭公時事者，猶過書院，仰首欷歔，不忍輒去。豈人情固習近而遺遠耶？抑所以繼范公之遺緒於兵火喪亂之餘，久而不墜者，實鄭公力也。然則鄭公之遺緒，又豈不待後之人哉！夫天下法制，代有更變，惟學校弦誦之事，建國者卒無以易也。書院之設與學校相表裏，王化之本而菁莪棫樸之盛，所由自出，是誠不可一日廢。乃自范文正公以來，上下千百餘年，而其間之創而建，建而興者，僅公繼鄭公而三，然則政之舉廢存亡，豈不視乎其人歟！倘無以垂永久，則何以告於後之人，俾克守之！

公曰：『博士弟子言是，其勒石爲碑。』而屬余爲之記。嗚乎！余之望於守是邦者久矣，其何敢辭！

【校記】

〔一〕底本總目錄無『代宋太保作』五字。

【集評】

一　賈開宗等評點：（『蓋自鄭公去』三句）忽入議，有風神。（『謹按』句）在提敘，鄭重。（『當時之人親被鄭公之澤』）映前。（『然則鄭公之遺緒』前後句）即從鄭公出脱，歸美王公，一語千金。（『博士弟子言是』）遥應。

二　賈開宗曰：似表忠觀碑。

倪雲林十萬圖記

壬辰，過陽羨之亳村，定道人出所藏雲林《十萬圖》相示，皆有雲林自跋。首幅臨顧虎頭。虎頭爲長康，畫家以顧、陸、張、吴爲四祖。《畫斷》有云：『顧愷之迹不逮意，聲過其實。』故跋中亦言其用景多幽暗，少開遠，而自喜深秀過之，是爲《萬笏朝天圖》。

《萬竿烟雨圖》則彷彿郭河陽。河陽名熙，世傳其《瀟湘圖》最精，此蓋借意成之，而墨法在有無之間，居然蒼潤。按：畫家分南北二宗，摩詰爲南宗創始，荆浩踵之，後則董、巨、二米、子久、松雪、雲林；北則爲馬遠、夏珪、戴文進輩，世不能無異議矣。荆浩一稱洪谷子，關仝嘗北面者也，故世稱『荆、關』。董宗伯《畫旨》云：『雲林畫早歲學北苑，在勝國時可稱逸品。』昔人以逸品置神品之上。

元人多從陶鑄而來，大癡、王濛〔一〕，尚存蹊徑，獨雲林古淡天然，米襄陽後一人也。卽雲林自題《獅子林圖》：『予此畫真得荆、關遺意，非王濛輩所能夢見。』此圖内幅一小跋云：『荆浩臨泉清賞卷是其得意之作。』此幅倣之，而爲《萬丈空流圖》。雖出摹想，亦不多遜，胥次可知矣！又嘗同其妾輕雲放舟錫山，而寫《萬壑爭流圖》。今對之，猶自水聲入耳，波光滿虛，使人惝恍莫知所適。但跋字筆法稍失結構。宗伯常云：『雲林畫，江東以有無論清俗，其韻致超絶，當在子久、山樵之上。沈石田一日作雲林畫，其師趙同魯見卽呼曰：又過矣！又過矣！蓋雲林妙處，實不可學，啓南力勝於韻，故相去猶隔一秒〔二〕。』顧謹中題雲林畫云〔三〕：『初以董源爲宗，及乎晚年，畫益精，而書法漫矣！蓋雲林書本工，得大令法，晚年乃失之，而殫精於畫，一變古法，以天真幽淡爲宗，要亦所謂漸老漸熟者。』莫雲卿《畫苑》云：『縱横習氣，卽黄子久未斷；幽淡兩言，則趙吴興猶遜；雲林神會自別。』其氣韻包舉，爲諸家所推重如此。後人用筆，不原其變化生動之妙，每得其一木一石，便自高詡，今見是圖，足令邢夫人無色也。王元美謂雲林生平不易作青綠山水，僅二幅留江南。圖内淡墨渲繪各半〔四〕，其《萬壑爭流》，《萬丈空流》之謂乎！

見癡翁寫《九峯雪霽》而作《萬峯飛雪圖》，自許爲峯巒多勝之。癡翁卽黄氏子久，名公望。

其《萬卷詩樓圖》，殊有高簡詩人意，乃倣洪谷子荊浩者也。王維詩：『端居不出戶，秋原人外閒。』斯人在焉，呼之或出。

自跋《萬林秋色圖》曰：『前晨著筆，今酉方完，速者仍拙，遲亦不能巧也。是夕秋潭同觀。』嗚乎！巧拙自在遲速之外，蓋所謂百年智巧，消磨欲盡，而後意動天機，神合自然，難爲粉墨者道也。

《萬松疊翠》、《萬橫香雪》二圖，寄韻設色，並極神秀，《萬松》尤有勢。蓋雲林畫多得之氣象蕭疏，烟林清曠。此獨峯巒渾厚，勢狀雄強。其皴、擦、勾、斫、分披、糾合之法，無一不備，神至之筆，豈可以一律論耶！

若夫輕烟遠翠，掩映連絡，斷續之際，津涯窅然者，《萬點青蓮圖》也。自跋云：『夜來同惟寅羽士、張伯雨、方壺子論右丞詩中畫、畫中詩，快然曠遠，乃倣爲此。』由今觀之，此與《萬卷詩樓圖》真不愧右丞也。

以上《十萬圖》，乃雲林爲陶九成作者。嘗考雲林倪瓚，自稱懶迂，又稱荊蠻民，又自號滄浪漫士，又號淨名庵主。數與九成共宿漢里，經月忘返。九成卽陶南村，所著《輟耕錄》者也。跋內所引諸人，如羽士惟寅，陳姓，元高士，倪集中有詩贈之；張伯雨善詩及書，別號句曲外史；方壺子，名從義，貴溪道士，與伯雨齊名；秋潭者，想亦緇流，元時世亂，高人多托而逃也。

其款署：『至正癸丑。』乃其晚年筆。元亡於丙辰，逾癸丑止三年耳！明太祖定鼎金陵，建元于戊申，至癸丑，蓂莢已六易矣。雲林爲吳人，尚仍至正甲子，其不忘所自如此。

定道人出此圖相示，且歷元而明，以至今日，又四百餘年矣。道人名貞慧，明少保陳公于廷之子，自乙酉金陵變後，絕迹不入城市，更命其二子，棄去諸生，其亦雲林不忘至正之意耶！嗚乎！凡山水樓閣之在天地間，無論真幻，皆有人司之。今真者頻易主，而幻者乃託于雲林之畫，歷久彌新。孰謂一技之精，不通於神明也哉！

【校記】

〔一〕『大癡、王濛』，文鈔本作『子久、山樵』。

〔二〕『杪』，底本作『抄』，家刻本、文鈔本、强善本同；備要本作『杪』，是。董其昌《畫旨》原文作『塵』。

〔三〕『顧謹中』，『謹』，底本與各版本皆作『漢』，誤。據明朱謀垔《畫史會要》卷三、明郁逢慶《續書畫題跋記》卷十二、明張丑《清河書畫舫》卷十一下、明汪砢玉《珊瑚網》卷四八、明卞永譽《書畫彙考》卷三改正。

〔四〕『繪』，家刻本、文鈔本、强善本等同。備要本作『染』，誤。

【集評】

一　賈開宗等評點：（『是爲《萬笏朝天圖》』『《萬竿烟雨圖》』）敍法。（『按：畫家分南北二宗』）忽插入一段，錯綜。（『世不能無異議矣』）世目爲狐禪。（『荊浩一稱洪谷子』以下句）衣鉢。先提出。（『後人用筆，不原其變化生動之妙』以下諸句）大段落用筆使人不測。（『王元美謂雲林生平不易作青綠山水』）又出一段，將二圖一摠。文法變化。（『此與《萬卷詩樓圖》真不愧右丞也』）又回映一幅，妙甚。（『嘗考雲林倪瓚，自稱懶迂』）將雲林稱號敍出，即寓末一段逸佚。（『如羽士惟寅，陳姓，元高士』）一段交遊，正見雲林散佚處。非閒敍。（『雲林爲吳人』）從大處結雲林生平。（『自乙酉金陵變後』）又結定道人。（『無論真幻，皆有人司之』）何等結構。

二　賈開宗曰：　斷續離合，全以神行。歐陽公得意之筆。

三　宋犖曰：　敍《十萬圖》逐段引，逐段結，似散碎而一氣包舉，真化工手。又曰：　論畫更有入微處。

雲起樓記

戴子、陳子，延侯子登於雲起之樓，徘徊四望，意憮然若有不能釋者。顧謂侯子曰：『此余邑故孝廉吳問卿氏之樓也，子曷爲記！』

侯子曰：『余雖未交孝廉，然而嘗聞此樓矣。當孝廉在時，好尚文雅，流風可挹，嘗于此樓晨夕招賓從，溪光山色，相吟眺也。夫孝廉在而此樓之盛時，余皆不及见，今乃欲記之，又烏從而記之耶？』言未畢，二子且愴然以悲，泫然以涕。

侯子曰：是無庸也！夫吾與子所閱歷十年之間，蓋有大於此樓者，今有存焉者乎？其主人亦尚有如故者乎？而孝廉前二年始死，此樓雖非其舊，而尚可登攀而問，然則吳氏之所得亦已多矣！夫天下事，獨志其盛而且遺其衰，則是必欲賡《柏梁》而爲詩，陪《上林》而爲賦，而阿房之刼灰，玉華之妖鼠，可以輟筆而不作也。

吾聞是樓之下曰富春軒，孝廉嘗藏黄子久所畫《富春圖》於此。其死時，若有慨其後之不能守者，命投諸火以殉。或曰：孝廉於是乎不達觀矣！夫天下事而苟付之得其所，則貽之子孫與傳之其人無以異也。昭烈謂諸葛亮曰：嗣子如不可輔，君自取之。天下之大，尚且如此，而況於一圖，況於藏此圖之一軒一樓哉？不然，吾目中實未見其可與，而又不思所以置之，卽使有人於此珍而藏之什襲，吾又安知其果異於水火糞壤耶？大凡天下之神奇，不顯於明必藏于幽，苟無人以傳之，必有鬼物以陰護之。然則以達觀責孝廉者，不惟不知孝廉，亦淺之乎論達觀者也。

孝廉死時，歲在庚寅，余後二年始至，爲壬辰。先是，孝廉之父納言公之作是樓也，當明神宗時，今五十餘年矣。納言嘗延梁溪高忠憲公坐臥其上，而屬雲間董尚書爲之題，今尚在，蓋孝廉守其志以無失類如此。嗚乎！所謂五十年者，固不可追而問矣。即庚寅與壬辰，相去不過一二歲，而余曾不得及孝廉之在時，一觀此樓之盛，其後當何如也？又焉能已於二子之愴然而泫然哉！

孝廉又有南嶽別墅，死時捨爲寺〔一〕。

【校記】

〔一〕『時』，文鈔本作『後』。

【集評】

一　賈開宗等評點：（『夫孝廉在而此樓之盛時』）一篇用意處。（『今有存焉者乎』）感慨。（『而阿房之劫灰』前後句）關會有情。（『亦淺之乎論達觀者也』）論實精確，非翻案。（『蓋孝廉守其志以無失類如此』）有含蓄。（『即庚寅與壬辰，相去不過一二歲』）俯仰欲絕。（『孝廉又有南嶽別墅』）結法。

二　徐作肅曰：遠而逸，兩絕之作。

壯悔堂文集卷七　論

朋黨論上〔一〕

君子小人之不能不分也久矣！其禍必成於小人，其罪必歸於君子，此二者相持不並立之勢也。而小人必勝，君子必敗。其小人之所以勝者，大率自稱孤立；其君子之所以敗者，必以爲朋黨。漢、唐而下，凡千百餘年，以此始，亦以此終。

若然者何哉？蓋天下之事，未有可獨行而就者也。況以國家之大，而欲用君子以治之，必其度量廣而才智博者也，必其耳目聰以明者也，勢必於天下相交接，而後人品之邪正，可以洞然而無疑；又必於天下之中，擇數人焉與之託緩急，共功名，然後可以通天下之聲氣，察天下之議論，而使在中者相安，在外者無忌。其有沈淪者，則君子必薦揚之；其有清通者，則君子必羽翼之；其有誤遭網羅者，君子又必申救之。以無私之心，行至公之事，故其防人也常疏；而以相善之人，不得不有相顧之實，其爲名也益甚著，如是則朋黨之説出。嗟乎！黨人果何負于國家哉！

而小人言之，主上必聽之者，又何也？彼小人之伎倆，主上之意旨，吾知之矣！小人秉性必深刻，立行必矯激，用心必險毒；見利則合，見威則劫；一人而首尾數易，一事而曲直兩徇，一日而陰陽百出，是孤立無朋者也。無朋則無黨，而飾曲謹爲學術，假小廉爲操守，以其身深結于宦寺宫妾之間，而顯然與士大夫爲敵。方且欺其主上曰：『公忠也，介執也，彼清流相標榜者，皆罔上行私者耳！』夫主上居深宫之中，與臣庶隔絶，常恐天下之欺己，而密以爲防；羣天下之人而有朋，羣國家之臣而有黨，此豈人主所樂聞哉！彼小人者，或緩言之，或急言之，或密勿帷幄之地私剳陳之，或以草野不經意之人伏闕請之，而左右各有所樹，又陽探而陰諷焉。賢否混淆，利害貿亂，則主上豈暇究朋黨之人爲何如人、問黨人之事爲何事哉？勢必去之而後止。又必盡去之，而後小人之心安。顧君子無罪也，即或有罪矣，而衆君子無罪也。一自黨人之説出，則首必有主謀者，次必有同志者，又次則亦必有協從者，羣陷之而羣逐之，此寧有虚實可辨，而衆寡可分哉！故小人害君子者，斷斷乎其出于此也。因勢調停之説，君子知其不可爲，而忠正强毅之性，又不肯少因盛衰而有所改移，勢必羣起而力與之爭。乃主上方重其孤立而深疾朋黨，是以君子在大位而攻小人，主上則以爲竊弄威福也；在言路而攻小人，則以爲挾怨沽名也；在散地而攻小人，則以爲授意指使也。信者日以信，而疑者日以疑，又何得有全理哉！

昔者漢有陳、竇、十常侍之黨，陳、竇以君子而敗，十常侍以小人而勝。唐有牛、李之黨，僧孺以小人小敗而大勝，德裕以君子小勝而大敗。宋有司馬光、呂惠卿之黨，惠卿以小人一敗而卒勝，溫公以君子一勝而卒敗。得失相尋，自古而然已。惟人君深察其所以不得不黨之勢而鑒其用心，因以知小人所繇無黨之故，則忠邪寧待計哉〔一二〕！

嘗就天下之大勢觀之，門户不同，風氣亦異。有合一鄉而爲小人之黨者，有一鄉之中各分郡縣而爲君子、小人之黨者，亦有一家之中父子、兄弟各分而爲君子、小人之黨者，玆蓋其先達所教，後進所趨，聖明所不能齊，性情所不能强也。而要之君子尚義，小人尚利。其盛也，小人益濃，而君子益淡。其衰也，小人於同類之中自爲排陷，君子于失志之時共相悼惜。故小人常得脫，然而卒以朋黨之禍歸君子耳！夫朋黨豈君子所避哉？同爲國家之人，同受國家之事，苟其謀之而必公，行之而必忠，雖日弘吐握之風，夜前賓客之席，《虞書》之所稱『協恭』，箕子之所論『大同』也。不然，而獨行無偶，心實不測，蔡京、蔡攸之相構，真可謂孤立者矣。人主宜何取捨焉！

【校記】

〔一〕文鈔本題下自注云：『崇禎間作。』

〔二〕『寧』，家刻本、文鈔本、强善本同。備要本作『豈』。

【集評】

一　賈開宗等評點：（『其小人之所以勝者』以下四句）提明。（『擇數人焉與之託緩急』上下句）不易之論。（『如是則朋黨之說出』）筆力斬然。（『一人而首尾數易』數句）說盡小人情態。（『或以草野不經意之人伏闕請之』）此明指當日情事。（『乃主上方重其孤立而深疾朋黨』以下句）思宗時相臣當國往往如此。（『亦有一家之中父子、兄弟各分而爲君子、小人之黨者』上下句）最明悉。（『小人於同類之中自爲排陷』）戊辰改元，首攻逆璫者既逆璫也。（『真可謂孤立者矣』）破得倒。

二　徐作肅曰：確論。必傳。

朋黨論下

自世之既衰也，而黨人之目在下。蓋小人既逐君子，則朝廷之上，可以惟我所爲，而恆恐君子之在下者得而非議之，于是因其議論而指爲譏刺，觀其風節而誣爲標榜，羣天下名彥之士而盡陷之，語言文字之中使其辨之無可辨，而逃之不可逃，則小人之勢成矣。夫古今之相尋也。

朝廷有頑鈍無恥之大臣，而後草茅有激濁揚清之名士。又必其朝廷之上，激濁揚清之大臣去者去而死者死，然後草茅之士相與持之而愈堅，爭之而愈力。此其事一關于國家之氣運，一關于國家之風俗。氣運之不可爲也，必人才委靡，不知有名教之防，而後小人之焰張；風俗之不可爲也，必人心柔滑，不知有是非曲直之性，而後君子之澤以盡。起而視朝廷之上，小人既勝，而君子既敗，則陰陽消長之辨，亦甚彰明較著矣！

所謂草茅名士者，皆四方之產，素不相識之衆也。或聞其名而向慕之，或弔其風而感嘆之，或見其人而折節之，或同有道義之歡而貴達不移，或共有澄清之志而禁錮不惜。其與國家，無職掌之不可辭也；與受禍之君子，無恩私之不可背也；徒以名教之不可滅，是非之不可昧，故千里一人焉，百里一人焉，遙相推引，而致朋黨之不可復解。嗟乎！此寧有所勉强哉〔一〕？

國家養士之恩，而氣運之未必即衰，風俗之未必即壞。有人焉采其議論而高其風節，羣然興起，推而挽之，以待澄清之一日。焉知小人之所以勝者，非即小人之所以敗耶？雖終身隱伏，而天下係其想望，小人有所畏忌。則治亂之故，固始于在上之黨，豈不繇于在下之黨乎！

故昔者聖明之世，元愷之賢，必與九官十二牧相知者也。降而漢之諸葛亮，晉之謝安，皆以處士得衆心，負人倫之目者也。英主興，賢人進，則天下以朋黨治。惟不幸而繼君子既敗之後，則小人之求于我者方深，而我之所以應於人者方激。上下聲氣之相通，而謂之交結；好善欲其登，惡惡欲其崩，而謂之武斷；身名相託而羽翼相扶，謂之囂薄成風。乘君子之疏，而以中主上之忌，于是求快小人之意旨，而一束於朝廷之功令，則有分南北部之名。按籍而求，遍邑而索〔二〕，陳、竇既隕，而范、李旋續者，桓、靈之代是也。選取宂濫，罷天下科舉，以示海内無遺材，投之黄河，惡其清流而使爲濁流者，李林甫、朱溫之姦是也。南渡而殺陳東，因東而殺歐陽徹〔三〕，遷臨安而放四君子，散太學生而使作捲堂文以見志者，趙宋之代是也。此皆黨人之在下者也。

夫黨人在上而爲小人所勝，恃有天下之議論而裁抑之，天下之風節而折服之，此其勢亂矣，而猶不足以亡。至于朝廷之人空，而草茅之禍烈，勢必化國家之氣運而盡爲委靡，變國家之風俗而盡爲柔滑，其又孰得而救之也耶！君子亦何樂乎有此矣！

原其初，一人爲名教之宗，而一鄉之人推之，繼且羣天下之人而共推之。爲之上者，莫不表揚于前；爲之下者，莫不輔助于後。未嘗與聲名期，而天下之名至焉。迨行成矣，名立矣，未嘗爲禍患懼，而天下之禍集焉。同志益相爲引重，則異己益相爲忌嫉，故黨禍之在下者，常更烈于在上。然則閉戶絕迹，不識天下之人；緘口藏身，不談天下之事乎？夫一介之士，必有密友。其人而踽踽無徒，不事交遊，必其胷懷陰險，矯激不常，而見棄於賢者也。不則甚卑賤，無所短長者也。豈有君子蓄用世之志，而孤立寡與者哉！

嗟乎！　彼聖明之世，平康正直而已，無異同也。　自小人指君子爲黨，而後朝廷之上分爲忠邪，草茅之下分爲清濁，水火不並立，薰蕕不共器，豈可以小人之加君子者，而遂以定君子之罪哉？　試喻之：　國如木然，君子則其本根也，衆君子則其條幹也，君子之議論風節則其枝葉也。　拔本則仆，削幹則弱，去枝葉則枯，此乃木之蠹賊也，人主奈何不之悟也！

【校記】

〔一〕『寧』，家刻本、文鈔本、强善本同。　備要本『豈』。

〔二〕『索』，家刻本、文鈔本、强善本等同。　備要本作『稽』，誤。

〔三〕『歐陽徹』，『徹』，家刻本、文鈔本、强善本等同。《宋史》四五五《忠義傳・歐陽澈傳》、宋李心傳撰《建炎以來繫年要録》八，作『澈』；　宋徐夢莘《三朝北盟會編》卷一一三、宋熊克《中興小紀》卷十七，作『徹』。

【集評】

一　賈開宗等評點：　（首句）遥接前篇。（『而恆恐君子之在下者得而非議之』）的是如此。（『激濁揚清之大臣去者去而死者死』）言之猶有餘痛。（『知小人之所以勝者』前後諸句）天地間名教不磨，自有此種道理。（『上下聲氣之相通』以下句）此指烏程陷太倉事。（『夫黨人在上而爲小人所勝』以下句）是。　在下朋黨煞有關係。（『其人而踽踽無徒』以下句）掃盡此一種瑣瑣借日之人。

二　徐作肅曰：　漢、唐、宋有漢、唐、宋之朋黨，明自有明之朋黨，本末源委，各不相蒙。　若以前代事論明，豈不河漢？　明朝門户自四明始分，至烏程而後士大夫之禍始烈。　朝宗家學最熟最悉，故兩篇議論鑿鑿，無一字依傍影響。

三　徐鄰唐曰：　此係朝宗少年作，細看終不同近日文字，然亦不失大家。

宦官論

人主者，威勢之所積也，勢借則不威。嗚呼！惟其過威，勢之所以下借也。蓋天下之患無窮，人主以大度應之則無不安。苟其不能無疑，而慮人之欺己，則必思所以防之；防之而所患不必起於所防也，防之人足以爲患矣。故天下之患，每起於所忌，而成於所忽也。

古聖人闊略坦易，不矜威嚴之名，其大小臣工，得以朝夕相見，故天下之情僞莫不悉知，而萬里之禍無從而發，卽肘腋近習之間亦不得借權以自竪。今天子手除兇豎，明見萬里矣；然竊以爲未皇目睫也[1]，其事在於用宦官。夫宦官，日奔走于人主之前，伺其喜怒而乘意竊發，出則揚言於衆曰：『是主上之所欲爲也[2]！』天下信之，則其令行而不可止，苟其違而不行，又烏從而質其非乎？

昔西山之狐，往見南山之虎曰：『子跋踄林薄之間，日一得食，何其憊也！誠能假我以皮毛與牙爪，子安坐山嵎之中，而飲食不乏。』虎信之。衆獸果見狐而反走，生死之惟命。夫豈畏一狐哉？見其皮毛與牙爪，或疑真虎之所爲也。今人主之威不啻虎也，上下隔絶不啻山嵎之深也，而宦官之邪媚煽惑甚似于狐，假人主之聲名以爲皮毛，借人主之威權以爲牙爪，天下焉得不畏之哉！夫衆獸所以畏狐者，不得見虎也；天下所以畏宦官者，不能見天子也。故今日之患，在於朝廷之體過尊。

大臣，天子之股肱也，而周歲不得一見；偶有召命，則拜跪唯諾，山呼而退，不得一言。彼幸倖之人，方且飲食臥起不離于側，天子又奬其忠勤，嘉其才志，使出入邊廷之間，拱揖部曹之上，皆尊以監視之名；彼作威作福，一加人以是非，則天子必信，信且必行。外庭有疏其罪者，不惟不從，又加罪焉。嗚乎！公卿之賢者務爲相安無事之説，惟恐激其怒；其不肖者又貪權固位，而陰與相比；偶有小臣言之，則又以爲瀆聒而莫之省憂也。廟堂果何自而悟哉！夫是，以其勢益盛。

古者寺人，領之太宰。西漢之初，宰相猶得以制之。雖鄧通之寵，申屠嘉能檄之，使叩頭流血。今也外臣不敢與聞内事，而中貴苛刻暴横民間，私語皆採以上聞。交接往來〔三〕，稍有涉於朝臣者，羅織株連，必中傷之而後已。其身之賢否，則惟司禮監得以議之。夫耳目所聞見，内侍之斥外臣者月常四五，而大璫之考核其屬，窮歲不得一也。豈内臣皆賢，而外吏皆不肖哉？秦、漢以來，千有餘年矣，其不爲惡者，吕强、張承業數人耳。大逆奇兇，則不計其數，以是知不肖者多。而其黨相與朋比爲姦也，譬之盜賊爲害，使官兵討之，理也。今乃以官兵爲不足任，歸其渠魁，使自爲治，則同惡共濟耳，何益之有哉？故天子誠能法《周官》、西漢之制，勿偏任宦官而曲防朝臣，且即以宦官之所以制朝臣者，使朝臣得以制宦官，則善矣！

昔太祖之制，内侍數人，給灑掃而已，不使識字也，故迄於宣宗，不受其浸禍。浸假而有王振之事，又有汪直之事，至劉瑾而極兇竪〔四〕，魏忠賢而横矣！天子手自誅鋤，熟知其惡，豈不戒前車之轍與〔五〕？蓋輕其爲斯役熏刑之餘，以爲其惡不能有爲，姑使察天下之情僞；一旦得罪，雖勢如兇竪，而我能立除之無難也。竊以爲不然！夫人見虎則恤然駭，閉門而拒之，惟恐不速，見鼠則恬不爲怪。究之隤垣穴墻，不出于虎而出于鼠者，豈鼠之力有加于虎哉？患成於所忽，而卒然難防也。故天下常有不測之事：齊桓公九合諸侯，强如晉、楚奉命恐後，而其後一竪刁敗之有餘；秦始皇滅六國，並四海，威力所加，天下不敢仰視，自以爲一世之雄，海内莫爲予毒也，而不知趙高弄之如木偶也。嗟乎！二君豈非絕世之英主哉？故小察不足以爲明，而耳目宜廣；不在防人之欺己，而在乎使人樂盡其誠。

今天子任宦官，以爲朝臣不足用也。夫朝臣雖不肖，然而其人親《詩》《書》，習禮義，知身家之難安，則憚于爲惡；惜身名之易敗，則勉于爲善。彼宦官不過斯役熏刑之餘耳，無廉恥以養其性，無妻子以係其心，事之未敗則詡詡然自以爲得，而曾不顧惜其後；彼自視其身輕如腐鼠，而謂其重人國家之事哉！夫漢之常侍、唐之中尉，何常不剪除于操、溫之手，然而國運隨之以亡。夫以萬鎰之璧，徇一破瓦，愚夫不取也！且兒豎之事，恃聖天子在，則不足憂耳；苟或不然，不知國家何以處之也！故曰：天下事未然者易制，已成者難圖；弊釀于庸主易返，而偏中于英主者難回也。

【校記】

〔一〕『皇』，家刻本、文鈔本同。備要本作『遑』。

〔二〕『爲』，備要本脱。

〔三〕『接』，家刻本、文鈔本、强善本等同。備要本作『結』，誤。

〔四〕『竪』，家刻本、文鈔本、强善本同。備要本作『至』，誤。

〔五〕『轍』，底本、家刻本、本衙本作『輒』，據備要本改。

【集評】

一　贾開宗等評點：（『惟其過威，勢之所以下借也』）快，確。（『防之人足以爲患矣』）任術之弊如此。（『往見南山之虎曰』以下諸句）古文神髓。（『天下所以畏宦官者』二句）透徹之論。（『公卿之賢者務爲相安無事之説』以下諸句）可愧。（『譬之盜賊爲害』以下諸句）喻毒而切。（『夫人見虎則怵然駭』以下諸句）又引喻，文有姿態。（『齊桓公九合諸侯』以下諸句）入二事實證。（『二君豈非絶世之英主哉』）繳上作一收，有力。（結句）收出主意。

二　宋犖曰：論古事宜含蓄，論今事宜愷切。朝宗親見思宗任宦官而發，故旁引曲中，殊非泛然。

三　賈開宗曰：論爲變體，而行文無不入古。

太平仁義之效論

人主欲以三代之治治其民，莫貴乎其斷也。以斷行之，猶恐以小人之言間之，況乎以不斷行者乎！

人臣之進說於其君者，有以王者之治相期者矣，有以霸者之治相期者矣，有以刑名法術之治相期者矣。是三者，其言不同，其人亦異，其將來成功，亦大懸殊。雖人主慎終惟初，未可逆知，而要其大端，决于聽計之始。何也？其所以排之者力，而所以審之者定也。未有用刑名法術之說而治，能幾希於霸者也；未有用雜霸之說而治，能幾希于王者也。五帝三王，其治尚矣。三王之世，去五帝已遠。而商、周征誅之世，去夏王之揖遜已遠。而三王之心固曰：吾終不以世之代降而治，遂不若五帝也。而商、周之主之心亦曰：吾終不以征誅之世代降而治，遂不如揖遜也。故帝王之治，無百年而不變者，法也。雖千世而不易者，道也。道莫大于仁義，自堯、舜二帝以至于三代以來，未始更也。

秦欲以一國而並天下，則須强兵。欲强兵，則須用刑名法術之學，併民力於一。而李斯、韓非[illegible]使起，仁義乃蕩然于天下，卒之秦滅六國，而亦旋亡。猶病熱陽狂之人，惡其疾而以毒寒攻之，疾去而元氣亦蕭索矣。漢承秦後，高帝草創，文、景敦崇黄、老〔一〕，孝武好大喜功，所云雜霸者非耶！宣帝明察刻核，自以爲漢家制度，議者推原西京之衰，實基於此。惟光武有人君之量〔二〕，而躬親吏事，失其綱要，浸淫至于魏、晉、六朝，益不足言矣！嗚乎！相傳千百年，仁義之説不明，而欲致太平之效，猶適越而北其轅，吾見其惑也。

宋儒曰：貞觀之治，庶幾三代。吾嘗考太宗之治天下也，粟米狼戾，囹圄空虚，夜户不閉，人行萬里不持寸兵，可謂太平矣。而太宗歸之魏徵勸行仁義之效，且曰：『惜不令封德彝見之！』夫德彝之言，便給可聽；魏徵所陳，近于迂緩。其能不以彼易此者，良由太宗所以排之者力，而所以審之有宗也。鄭子産曰：『政如農功，日夜以思之，思其始而圖其終〔三〕；朝夕而行之，行無越思，如農之有畔。』如此而不效者，未之有也。故太宗之治天下也，亦惟專其人而已矣！亦惟一其政而已矣！亦惟貞其恒而已矣！若是者所謂斷也。彼所謂兼采其説，而徐觀其成者，皆謬也。

後之人主之爲治也，人與賢者謀之，出與不肖者議之，是與不肖者論賢也；朝與智者謀之，夕與愚者議之，是與愚者議智也。其始也不斷於心，及其行之無效，則曰：『古道之不可治今之世也』，如此不究己之不斷，反以疑王道之必不可行。自以爲求治，而不知適所以亂治也。自爲以求言，而不知多言之熒聽也。是二者，皆非也，雖欲求效，其將能耶？

宋儒曰：貞觀之治，庶幾三代。然《關雎》、《麟趾》之意安在？是太宗猶非能躬行仁義者也，而仁義之效彰彰如是，況乎其本之修身齊家者也！嗚乎，後之人主，其亦審擇所尚哉！

【校記】

〔一〕『黄』，底本作『皇』，誤，據家刻本、文鈔本、强善本等正。

〔二〕『量』，家刻本、文鈔本、强善本等同。備要本作『度』。

〔三〕『圖』，《左傳》襄公二十五年原文作『成』。

【集評】

一　賈開宗等評點：（『莫貴乎其斷也』）『斷』字，一篇主意。（『其所以排之者力』二句）伏。（『而三王之心固曰』以下諸句）宕。（『相傳千百年』二句）又一宕，即提轉。（『良由太宗所以排之者力』二句）應前。（『若是者所謂斷也』）以下方直説主意。（『入與賢者謀之』以下諸句）推本用人，是！（『其始也不斷於心』至『雖欲求效其將能耶』）仍是『斷』字分。求治求言，雙承作收。文氣甚厚。

二　徐作肅曰：總不填仁義膚語，獨從『斷』字看出治本，何等識力！

三　《國朝二十四家文鈔》徐斐然評：千古以來之治術，略見于斯。

太子丹論

天下有繩墨之論，而挫英雄志士之氣者，如以荊軻爲盜是也。況乎狃于成敗之形，而不察于確然之數，以忠臣孝子不得已之深心苦行，不痛惜其不幸，而反以爲罪，則何以爲後之國家者處仇敵法也！

昔者燕太子丹遣荊軻入秦，刺始皇不中，秦人來伐，王喜斬丹頭以獻于秦，國竟以滅。宋儒曰：丹有罪焉，故書斬。嗚乎！丹之心事，可以告之皇天后土而無憾矣！其死也，將下見其始祖召公奭于九原，卽引而進之周之先文王、武王之側，亦豈有慚色哉？本意欲殺敵，不遂則死，已決絕于易水送軻之日矣，其書『斬』者，固其所笑而不受也。

然且何以罪丹乎〔一〕？曰：召釁也。夫强秦之欲滅燕，豈待有釁哉？彼六國之見滅者，又坐何釁也？刺亦亡，不刺亦亡，三尺童子能辨之矣。卽云幸而苟延焉，乃蜉蝣之朝夕也，尚不得爲蟪蛄之晦朔也。有兩人行而遇虎者，其一惶恐拜跪而乞哀以死，其一大呼奮臂鬭不勝而死，而論者顧以乞哀爲智，以大呼奮臂爲狂佻而攖虎之怒，則何其愚且謬也！

且太子丹之遣軻也，或籌之熟矣。秦之横行而不可禦，乃天下驚魂震魄，自慴伏于秦，非秦果能制天下也。斬竿一呼而天下瓦解，相去幾時？秦既無德以入人，而其勢又非蟠結而不可動，設一旦其萬乘之君立死于匹夫之手，國有不内亂乎？天下豪傑因以知其不足畏，而太子丹者，且收合六國之餘燼，以西向而前，吾恐嬴氏之亡，不待沛公之入關矣。其以洩暴秦之威，而倡天下之義，莫此一擊若也！他日張良之椎，蓋猶踵荊軻之劍而爲之者也，其不能成則天也。故荊軻之與聶政，不可同日語也。

宋人有見於戰國之世聖人之道不明，先王之法不立，其公子養客，而俠士輕生，故一切以儒者之論繩之。惡聶政之以私害公，而並及之于軻。惡原、嘗、春申之屬，而並及于太子丹。譬如有醫之於藥者，不察其人之何病，而概以烏附爲不可用，日以寬和之劑養其腸胃，又安能起久痼而生之乎？且天下固多散緩肥重以死者，何必其暴蹶也！宋之亡也，秦檜、湯思退之流日以挑釁之說，挾持殺戮天下之謀臣戰將，始終以講和誤其國，僅有一大儒如考亭者，猶所見之如此。亦何怪乎三百年間，多議論而少成功哉！

然則軻可爲忠臣，丹可爲孝子乎？曰：由今日論之，軻可爲忠臣矣。而要之，其人則英雄而感恩者也，設其遇嚴仲子，未必不爲之用也。若太子丹者，雖與日月爭光可也！

【校記】

〔一〕『且』，家刻本、文鈔本、强善本等同。備要本作『則』。

【集評】

一　賈開宗等評點：（『刺亦亡，不刺亦亡』）極正極確。（『且太子丹之遣軻也』）似接似斷。（『非秦果能制天下也』）大識。（『設一旦其萬乘之君立死于匹夫之手』）明於料事，前後若指掌。（『莫此一擊若也』以下諸句）以上文勢太奔放，著此三『也』字輓，大妙。（『故荊軻之與聶政』二句）此是另起頭，卻連上帶下。（『宋之亡也』以下諸句）即題中辨折，即題外波瀾。（『由今日論之』以下諸句）放一步，處分斬然。

二　徐作肅曰：刺骨之論。起宋儒而質之，當不復置辨。行文神似子瞻。

三　賈開宗曰：層層論議，斷案處嚴重如山，蘇老泉得意之作。

四　徐作肅又曰：大蘇無多層折，小蘇層折覺碎，弱而少雄剛。此的是老泉。靜子論極當，予初評謬矣。

謝安論

古之有爲於天下者，必有以脫除天下之習，而立乎其外。蓋爲物所移者，雖足以自見於天下，而恐其歷久而不勝也。夫君子之所恃以勝天下者，在乎器識德量之間，而不在乎幹局。然而幹局之用，君子雖不恃以爲長，而不可以之自廢。苟遺棄其鄙近，而將寄托于所溺，豈獨權寵利欲之足以累人哉！吾以爲謝安之清言，亦其累也。

安之未仕也，知鎮西之必敗，而委曲厚結其士卒，脱弟萬于難。其既相也，當桓溫而不懾，禦苻堅而不懼，是其識量豈猶夫尋常之可測哉！顧可以見天下之幾微者，識也。而天下之大，有非明智之所能盡，則識於是乎窮。可以鎮天下之危疑者，量也。而建功立業之人，又有時乎出於達生脱死之表〔一〕，則量亦僅得其一端。嗚乎！蓋未有力不足以舉天下之煩，氣不足以鍊天下之苦，性情不足以扶持天下之一偏，而可以大有爲者也。

善乎！王羲之謂安曰：夏禹胼胝，文王旰食，虛談廢務，浮文妨要，非當世所宜。而桓沖亦云：安石有廟堂之望，不閑大略〔二〕。安皆不之用也。夫安豈不知四郊多壘，所當布置而經營，日不暇給也哉？顧其數十年以來，熟見夫江東之門地聲名，以文雅爲高，以風流爲美；既不能矯克其一時之夙習，而又以清言濟之，方且塵視乎軒冕，弊屣乎功名〔三〕，以矜其邁往不屑之韻。幸而遇變如溫與堅者，而皆有以鎮靜而安全焉，以爲是已足以自見也。説者以二患既平之後，安即間于國寶之讒，不久而卒，故其建豎止於此，而不知其不然。

蓋安之爲人，清沖有餘，而樸練不足。無以爭天下之先，而經天下之遠，吾以其夙習決之矣。夫所貴乎矯而克之者，非以爲勝于天下也，乃以自勝也。不爲浮譽所惑，則所以養其力者厚；不與流俗相競，則所以制其氣者重；厚且重，則其性情無累。故其見之于天下者，煩簡適宜，而苦樂一致。若安者，可謂簡易而和樂矣。設一旦困之以煩，嘗之以苦，吾恐其廢然而返于莊生、老子之林也，又安能深沉確實，開擴淬厲，而以天下爲己任乎！

晉氏之既東也，其相臣前有王導，後有謝安。導有大有爲之識，而無大有爲之才；安有大有爲之量，而無大有爲之幹。過此則時勢去矣。其偏安也宜哉！然則，必何如而可〔四〕？曰：如陶侃、祖逖者，而更假之以導與安之識量，庶乎其可已。

【校記】

〔一〕『達』，家刻本、文鈔本、强善本同。備要本作『遠』，誤。

〔二〕『閑』，家刻本、文鈔本同。按：《晉書》七四《桓沖傳》作『閑』。備要本、萬有本作『嫻』。

〔三〕『弊』，家刻本同。備要本『敝』。

〔四〕『可』，本衙本作『奇』，誤。

【集評】

一　賈開宗等評點：（『然而幹局之用』三句）是。『吾以爲謝安之清言』二句）此論非世人所知。（『蓋未有力不足以舉天下之煩』諸句）英雄經濟之言。（『善乎！王羲之謂安曰』諸句）一篇之骨。（『蓋安之爲人』諸句）洞審其人。（『乃以自勝也』）絕大道理。（『吾恐其廢然而返于莊生、老子之林也』前後諸句）斷定。（『晉氏之既東也』）掉尾。（結句）有力！據此可以指揮羣材。

二　徐作肅曰：雄渾深渺，節奏無一不安。

王猛論

唐荊川曰：『王猛者，苻堅之謀臣也。』此可謂得猛之著者矣。猛處天下分崩之時，其志未嘗不在中原，及其不得已而見用于異國，猶惓惓不能忘，猛蓋識大義者也。嗚乎！三代而下，亂世之臣識大義者，諸葛亮、王猛而已。亮始終心乎漢者也，猛始終心乎晉者也。然亮仕于漢而爲漢，人之所知也。猛仕于秦而爲晉，人之所不知也。吾故舍亮而論猛。

當猛之隱于華陰也，姚氏、石氏多雄略之主，豈不能出而佐之？以爲是氏羌僭竊者，而非其志也。志不肯輕出，而又無以自達于晉，故寧隱焉。逮夫桓溫入關，而後喜可知矣。被褐而謁，捫虱而談，詎偶然哉！溫見之而與論三秦之豪傑，既而曰：江東無君比也。蓋溫且心折于猛矣。乃溫還而猛不從，何歟？嗚乎！猛，英雄也；溫，亦英雄也。天下英雄之與英雄可一望而知。猛從溫，則溫必大用猛。然而溫欲簒晉，其從之，則荀彧、郭嘉之下者也。不從，溫又必殺猛。天下英雄之相愛而相用也，出于誠。然而英雄之殺英雄，與其見殺于英雄者，則必皆出于萬不得已。苟有可以擇之而可以全之，斷不相强也。故此時猛不難于舍溫，溫亦不難于舍猛。溫欲簒晉，猛之所知也。猛必不從溫簒晉，亦溫之所知也。然猛自是始無望於晉也矣。晉偏安江左，僅有一桓溫足以有爲，而又不可以從大軍一還彼崤澠、函谷之間，豈復尚有奉正朔、襲冠帶之日哉！其出而相苻堅者，猛之不得已也。一出而强兵富國，擴疆啓宇，勛績爛然。說者以爲苻堅之管仲，是固猛之生平所裕如者也，不足異也。垂沒而告苻堅曰：『晉正統相承，上下輯睦，非所可圖。臣死之後，願無以晉爲念。』而後其本懷見矣！故吾以爲猛者，非僅僅功名之人也。

然則猛盍並不仕秦？曰：猛之才高於諸葛亮，而淡泊寧靜不及。卽其治秦也，亦以英氣爲之，而多不可耐。使亮不遇先主，則必不仕吳、魏者，亮之所能也。猛不遇晉，則並不仕秦者，非猛之所能也。然而當猛之時，可以爲晉難者，莫秦若也。猛存則以秦存晉，猛亡猶欲以秦存晉，是則吾之所爲識大義者也。

【集評】

一　賈開宗等點評：（『亮始終心乎漢者也』以下諸句）確證。猛千載知己。（『則荀彧、郭嘉之下者也』前後句）絶好推斷。（『故此時猛不難于舍溫』二句）二語見大略。（『垂没而告苻堅曰』諸句）一篇之骨在此。崑崙之脊，綿亙萬里。（『猛之才高於諸葛亮』）斷得倒，見得定。（『猛存則以秦存晉』前後句）猛之仕秦仍是存晉，無人見到。

二　徐作肅曰：以猛比之諸葛亮，痛見義士苦心，真千古隻眼之議。文更圓暢反覆。

三　徐鄰唐曰：合論溫、猛，如見其捫虱而談，大是英雄。

四　王文濡《續古文觀止》評：急功近名，似王猛之爲人。臨没之言不可謂非識大義，必謂其以秦存晉，則推尊過甚，轉失之矣。至文筆之矯健，自足以稱雄一時。

顔真卿論

徇國以死之謂忠，抗道不回之謂直，若此者，魯公顔真卿能之。然而當天下變故之際，亂成于前而禍伏于後，强藩不順，人心不服，中外觀其設施，賴其彈壓，所謂大人宰相之事也，以忠臣當之可乎？曰：『不可。忠臣能不負國而已。』以直臣當之可乎？曰：『不可。直臣能不貶道而已。』然則真卿何如？曰：『真卿者，所謂唐之大人宰相也！唐用之不盡其長，公僅以忠直見焉而已。』

推公之心，蓋嘗慷慨以經濟自許，而思所以用之，豈樂夫悻悻孤孑，必置其身於危地，而與天下後世爭此一日之名哉！　當祿山叛而平原固守，稍識逆順者皆然，不必真卿也。卽云早知其叛而預爲之備，彼之蓄有逆志也久矣，特明皇不悟耳，又不足爲真卿異也。迨夫凶焰轉張，諸郡連陷，公乃謀于衆曰：『賊鋭甚，不可抗。委命辱國，非計也，不若徑赴行在。』嗚乎！　天下有其實未固而助之以聲，其威尚隱而係之以望，公所謂以聲望係唐之强弱者歟！　祿山甫叛，而堂堂天子倉皇西走，哥舒老將一戰投戈，河北二十四郡無復忠臣，獨有一魯公奮袂而起，椎牛歃血，號召連結，以横塞賊衝。是其聲望豈渺小哉？　固賊人之所震而驚，而天下之忠義所觀望而激發也。設不審時度力，而一旦成擒，則逆賊之氣彌振，而天下之志以挫，而威以消沮矣。豈特一郡之得失，一身之死生而已哉？　委之而去，正其全身以全國者也。不然，公之生平，豈愛一死者而使聞風逃潰之徒得以藉口哉？　公蓋熟知逆賊之情形，而又自料其廓清之才，當在李、郭之列；　帷幄之算，當與鄴侯相伯仲，而不肯遂以平原畢一旦之命也。其見上也，而以爲御史大夫，又以爲司寇，唐人不知公也。

其後代宗在陜，是時僕固懷恩，雖未叛，然其逆節已著矣。公請自往召之，諭以勤王補過，使用其言，豈有回紇連兵之禍哉？　代宗得以保全其功臣，而一時强藩之歸命者，不至再爲猜阻目前，又得其兵以自衛，此皆轉移於呼吸之間，不動聲色而因敗爲功，化有事爲無事，是其深識老謀，惟李泌、陸贄僅知之耳，特區區辨逆順者哉！

又有不止於此者。玄宗在蜀，而祝冊署嗣皇帝，則真卿諫；　李輔國遷太上皇於西内，則真卿率百官問安以諫；　代宗自陜還，先入宫而不謁陵廟，則真卿又諫。此皆名分節目之要，而當時自魯公外，無有能言之者。

嗚乎！唐之三百年，治日少而亂日多，其君臣父子之間傳授不明，而將順不正。六月四日之變，神堯遂退爲太上皇而太宗即位，房玄齡、杜如晦不知其非也；太平公主誅，睿宗遂退爲太上皇而玄宗即位，宋璟不知其非也；浸假而至於靈武之事，天下益以爲固然矣。獨公于事後猶能辨其幾微，而謹嚴之于大義，使得盡出其底藴。如房、杜諸人之遭際，必有舉措適宜，使天下相觀而喻，而有以逆銷其僭亂之萌，又豈必待其著而力爭於甲兵權數之間哉？然則魯公之學術，獨見其大，固唐三百年之一人也，雖爲宰相可也。

【集評】

一　賈開宗等評點：（『以忠臣當之可乎』前後句）排蕩似老泉。（『唐用之不盡其長』前後句）即喝破。（『天下有其實未固而助之以聲』前後句）一宕。妙！（『豈特一郡之得失』以下諸句）通篇抑揚感慨，用若干『哉』字上氣，逸而舒。（『使用其言』一段）見其精。（『則真卿率百官問安以諫』一段）見其大。（『又豈必待其著而力爭於甲兵權數之間哉』）到底精神。

二　徐作肅曰：風神頓挫，具大開闔筆。踞廬陵之巔，史論之最勝家。

于謙論

英宗北狩，景帝立，以于謙爲大司馬。已而，英宗還，退居南宫。七年，景帝崩，南宫返正，殺于謙。天下惜之曰：于謙，社稷臣也。侯子曰：于謙，非社稷臣也，可謂功臣矣。

英宗之北狩也，社稷無主，都城洶洶，廷臣已有倡議南遷者，其不爲宋之續也幾希矣。也先擁英宗入寇，是明以靖康、紹興之事款我也。于謙揚言曰：『社稷爲重，國有君矣，來惟有戰耳！』也先大沮，乃許英宗還，固不在乎急急奉迎矣。當是時，謙以天下安危爲己任，以大一統之主出狩而歸，海内晏然，若不知者。偉哉，于謙！社稷再造之功歟！

然則謂之非社稷臣者，何也？曰：社稷臣非可以功論也。不可以福誘，不可以禍怵，道之所在，毅然爭之。知則必言，言則必盡，務納其君於道而後已；不從則爭，以去就而無隱忍圖度之私焉。吾觀謙之所以自處與其所以處景帝，多有非其道者。

然則英宗居南宮非歟？曰：英宗還而欲景帝讓位，此非謙所能也；即能之，旋立其君而旋廢焉，尤非社稷臣所爲也。然則吾之所以責謙者何也？曰：廢太子而立見濟，則謙之力所能爭也。謙雖位爲大司馬，而其權過於相，蓋景皇帝帷幄腹心之臣也。黄竑之議一萌，使謙造膝密陳其不可，則景帝亦必徘徊而不敢出，而況其率羣臣面折廷諍乎！使謙率羣臣，羣臣必從。何也？謙之任遇深而羣臣所恃也。乃不聞其有此舉，而詔草一傳〔二〕，謙亦唯唯署名。推其意，以爲非我發之，而我又非秉鈞者，天下無以專責也。嗚乎！不思其得君行政之何若，而欲以名位形迹之際自解免于後，亦惑矣。

謙，人傑也。逢君之欲，以取富貴，其斷斷不爲。蓋有出于甚不得已焉，而不能揆之於道也。以爲吾不幸而遭變故，輔人之弟而閑放其兄，功蓋世而名震主，是其大權不可一日令不在我也，吾特爲景帝特達所拔，非有古大臣威望之隆，顧托之重，隱然必不可動者。設一旦拂帝之意，吾將置其身于何所乎？當是時，謙年僅四十餘，而景帝甚少，苟可以君臣意合，輔之一二十年，而南宮之事告終，則天下無意外之變矣。彼易儲者，乃其早晚所必不免也。以宋太宗所難而以責之景帝，過矣。謙以爲可不必爭也。雖未嘗遏其衝，而亦未嘗開其隙，是其心迹豈猶不在趙中令之上哉！七年而景帝崩，謙之所不及料也。故曰：天下事有出于勢之必然，而道之所不然者，則君子爭之。爭之非慮其勢之容或有不然也，道之所不在，而天理人倫之所不安也。

夫上皇之居南宫也，廷臣之不得已也，天下之不得已也，亦景帝之不得已也。卽使周公處之，無以易矣。而見濟之立，則何以白景帝之非幸其兄，而謙無所挾以爲居功地耶？異日謙之得罪也，不以易儲，而以金牌召襄世子，雖不必其事之不出于誣，而自其不爭易儲之心推之，則景帝升遐之後，謙之不主南宫也明矣，又何怪乎石亨、徐有貞輩借口以爲奇貨也？然則謙之所以得禍者，乃其畏禍者也。社稷臣者，爭道不爭禍福也。卽使明哲而全其身於禍福之間，亦不宜參以禍福之見，而況其隱忍而無所於擇耶〔二〕？雖然，謂謙非社稷臣可也，謂之非社稷功而殺之則不可。功成矣，無以寵利居焉之謂道，惜乎謙未聞也！

【校記】

〔一〕『詔草』，家刻本、文鈔本、强善本等同。備要本作『草詔』，誤。

〔二〕『於』，備要本脱。

【集評】

一　贾開宗等評點：（『侯子曰』）三句斷住。（『道之所在』）『道』字一篇之骨，到此方出。（『廢太子而立見濟』）揣時度勢，于公亦何辭！（『謙，人傑也』）好出脱。（『是其大權不可一日令不在我也』）此亦抉隱之論。（『是其心迹豈猶不在趙中令之上哉』）稱量的當。（『夫上皇之居南宮也』諸句）一齊斷倒，如鐵案不可移。（結句）仍收入『道』上。

二　徐作肅曰：直使于少保無辭。文固以度勝者，蒼然悠然，全在『矣』字、『也』字，數十處用得迴旋有態，東坡晚年絕調也。

壯悔堂文集卷八　策

南省試策一〔一〕

所貴於君德者，能臨天下之謂也。《虞書》曰：『臨下以簡。』而後世任數之主，乃欲矜其察察以窮之，過矣！

夫天下之情僞，蓋嘗不可以勝防〔二〕，而人主恆任其獨智〔三〕，鈎距而探索其間，其偶得之也，則必喜于自用。其既失之也，必且展轉而疑人。秉自用之術，而積疑人之心，天下豈復有可信者哉？舉天下至於無可信，而乃欲寄其耳目，託其心腹，則其勢不得不流於偏重，而私昵得以用之矣。偏重者，壅蔽之源也；私昵者，竊弄之漸也。無怪乎執事之所問，凜乎有煬竈之懼，而又不敢盡其辭也。

竊意執事之所謂偏重者，得非密勿之大臣耶？所謂私昵者，得非左右宦寺之小人耶？果然，則雖折檻叩墀而言之，而皇帝有所不信，何也？彼方有所挾，以取重于人主，而人主又嘗自恃其往日之英斷，以爲彼有所不敢肆也。愚請得破其所挾，而明指人主之所恃，可乎？竊見今日之大臣所挾者，强也，介也。而皇帝之因而重之者，亦以其强也，介也。然而强者四而弱者一焉，介者一而和者二焉，皇帝未之察也。所謂强者，强於盜柄，强於飾罪，强於拒納忠之言，强於護其私局；弱者，則弱於守道格君而已。介者，介於接天下之賢人君子；和者，和於羣小，和於皇帝之左右而已。凡若此所謂强而介者，唐之盧杞蓋皆有之，不足異也。頃有諍臣亦嘗痛哭而陳，以爲今日有德宗之病，誠爲不識忌諱，然而其任人則似之矣。

夫大臣有所挾以爲重，則必陰窺皇帝之意旨，而明與爲市，此必與寺宦相表裏，而皇帝又未之察也。皇帝未之察而且有所恃，以爲彼不敢肆，蓋自信卽有大憝如御極之初者，吾有以翦除之無難也。夫天下之患，必有所伏而起，必有所乘而入。見以爲甚著，則其微可杜也；見以爲甚大，則其細可圖也。苟忽之以爲微且細，則其著而大者立至矣。皇帝以爲廝養而役之使之，而彼且疑天疑神也；皇帝以爲吾將有法焉誅罰其後，而彼則已流毒而莫可窮也。故皇帝手除大憝之後，今曾幾何時，而部堂之署有貂璫矣，邊塞之庭有貂璫矣，財賦之地有貂璫矣，舉未聞當密勿之任者，一造膝陳其不可也。大臣以逢迎皇帝而結納乎内臣，内臣以嘗試皇帝而應援乎大臣。皇帝雖察察於遠，而已遺之於近，又豈有濟哉？本欲寄耳目，而適得塞；本欲託心腹，而適得蠱。恐其病積累而深也。

聞之善治病者不必條具藥餌也，誠能審其中於四肢，而已得十之二三矣；誠能審其中於血氣，而已得十之五六矣；誠能審其中於腠理，而已得十之八九矣。皇帝一旦知受病之處，則知起病之方。任天下之情僞日來，而吾惟以誠應之，坦然大度，固已收偏重之權，塞私昵之路，而羣天下莫之我欺矣。所謂君德者，有大於此者耶？譬之診脈者，標病環集，舉不足顧，惟以攻虛邪而固根本爲上，斯國醫也哉！

【校記】

〔一〕各本卷前總目此題下自注有『崇禎己卯』四字。《南省試策》五篇，文鈔本未收。

〔二〕『蓋嘗』，掃葉本脫。

〔三〕『恆』，强善本作『惟』。

【集評】

一　贾開宗等評點：（『乃欲矜其察察以窮之』）一篇綱領。（『秉自用之術，而積疑人之心』）病根。（『然而强者四而弱者一焉』諸句）四强一弱、二和一介，直窮到小人肺腑，從來奏疏之所未及。（『頃有諍臣亦嘗痛哭而陳』）此暗指劉忠端公。（『此必與寺宦相表裏』）抉隱。（『今曾幾何時』至『内臣以嘗試皇帝而應援乎大臣』）真言人所不敢言。（『皇帝雖察察於遠』）萬里來龍。（『任天下之情僞日來』諸句）大儒經濟。

二　徐爾黄曰：是科爲己卯，朝宗舉第三人。放榜之前一夕，而副考以告正考曰：『此生以如此策入彀，吾輩且得罪。』本房廖公國遴力爭曰：『果得罪，本房願獨任之。』正考遲回良久，曰：『吾輩得罪，不過降級罰俸而已，姑置此生，正所以保全之也。』（論亦不盡謬）朝宗遂落。今讀其策，豈讓劉蕡！千載一轍，良可歎也。

三　賈開宗曰：行文逼蘇長公。

南省試策二

用人之道，上以實求之，下以實應之，循其常格，未嘗不可以爲治。不然，雖曰言破格，而格且從之益固矣。

甚矣！保舉一途，皇帝之意甚盛，而羣臣皆以虛文塞責也。夫皇帝之所謂保舉者，求濟世之才也。今天下内訌外侮，誠宜得倜儻非常之人，任而使之，非爲其能周規而折矩，前拱而後揖也。若但如此而已，見在三途之内豈患無其人，而又特設此一途耶！

保舉，即古之薦辟也。其法不始於今日，即不稱而坐其舉主，亦不始於今日，然不過防其徇人情之私、開賄賂之門而已。以愚意論之，奇士固斷斷乎出賄賂之外，真才亦未必不在人情之中。昔人所謂非親非故，何由習知之也？此二者已當不同觀，而況於避影匿形，惟恐多此一舉，爲身累者乎！於是士之稍才穎者，則懼其多事而不舉矣。士之稍方幅者，則懼其戾俗而不舉矣。士之稍氣節者，則懼其沽名而不舉矣！此行而彼效，以庸碌爲老成，以軟熟爲諳練，以闒茸爲和平，究之人情固有，賄賂非全無，而倜儻非常之人，則百不得一也。且得謂之能破格者乎〔一〕？

漢武帝嘗曰：馬跅弛而致千里，士負累而立功名。魏武帝雖非帝王之比，然而知人善任使，未之過也。彼則直謂：士有行如陳平者，吾用之矣。斯二者，真破格者也。今天下之時之勢，豈減漢、魏？用人豈尚可拘常格？然而苟有舉二君之言以舉士，未有不驚駭失色者！以文求之，而以實拒之，格又烏在乎其破也？

嗚乎！舉朝之臣，皆不以建功立業爲事，而以畏罪持祿爲心，而且借口曰：吾必得孝如曾參、廉如伯夷，而後進之也。然則屠販誠辱行，而版築乃賤夫耳，豈得一望見皇帝之國門哉？夫處三代以下之世，而必欲得三代以上之人以濟之，愚竊見其惑也。勢必至其真者不得而僞者踵至，乃愚之所謂庸碌也，軟熟也，闒茸也。夫士，苟得其才穎者亦可矣，苟得其方幅者亦可矣，苟得其氣節者亦可矣。今此三者皆以爲不足，而乃更得夫庸碌焉、軟熟焉、闒茸焉，豈因俗救時之道宜然耶？抑此三者，越於格之外，而彼三者，寓於格之中也？皇帝曰：破格！羣臣亦曰：破格！而實陰持一格，共牢不可破，於是乎保舉一事，以虚文告終矣。

且天下士，名求之甚高，實待之甚卑。無論高者鮮有，有者不至，即使有而至矣，頃嘗有一士焉，以草茅疏賤，不爲祿誘，不爲禍怵，連章累牘，抗論今日任兼將相之大臣，皇帝曾一聞之否乎？竊意皇帝聞之，亦必爲羣論所惑，以此士爲多事者也，戾俗而沽名者也。而況乎其見駁於納言，押伴於舉主也！嗚乎！皇帝而誠得此一士焉，於以激天下之頑鈍，勸天下之廉恥，庶幾循序而進，而三途之内，不患無人焉。競起而敬應之，雖不言破格可也。

【校記】

〔一〕『且』，備要本同。家刻本、强善本作『尚』。

【集評】

一　賈開宗等評點：（『而羣臣皆以虚文塞責也』）對策主意在此。（『非爲其能周規而折矩』諸句）快論破的。（『以庸碌爲老成』三句）寫世俗人曲盡。（『且得謂之能破格者乎』）文勢跌宕。（『格又烏在乎其破也』）屢屢叫醒。（『而以畏罪持祿爲心』）可嘆。（『夫處三代以下之世』前後句）快論。（『苟得其才穎者亦可矣』以下數句）又一宕，映前。（『抑此三者』前後句）圓轉如弄丸。（『頃嘗有一士焉』以下數句）此爲沈壽民論武陵相而發。（『以此士爲多事者也』前後句）切中當日之弊。

二　賈開宗曰：論當日取人用人之得失，可謂曲盡文章。反覆照映，更妙不容言。

南省試策三

叔孫通曰： 太子者，天下之本也，本重則天下重。然而往往搖奪者，册立之不早，豫教之不先也。我國家元良之建，蓋已有年，近者皇帝又爲擇日出閣，命儒臣授講讀，蓋其所以爲社稷計者，追古三代之隆，而非漢、唐以下之所能及也。從來並后匹嫡，少淩長，愛間親，皆足以搖奪國本，今幸無之。獨是豫教，則願有説焉。

《書》曰： 一人元良，萬邦以貞。竊以爲元所以長仁，良所以繼善，蓋欲以仁善正天下，而無事乎刑名法術也。漢景帝性本刻薄，當其爲太子也，又以晁錯爲之家令，其後削七國，卒亂天下。論者究其禍本，不必吴王稱兵之日也，當錯爲家令時，已早決其有此矣，則所以遺教太子者非其人也。宣帝雖漢英主，然而殺趙、蓋、韓、楊，皆不以罪，殘于用法，高文之澤始衰，顧嘗謂成帝曰： 漢家自有制度，本參王霸，奈何欲純任儒仁〔一〕？ 則所以身教太子者，非其道也。

夫教太子者，以書教之，不若以人教之。以人教之，不若以身教之也。太子，異日有天下之責者也，但得青宫讀書，辨古今興亡，識人才邪正，足以治平耳矣，豈欲其博物能文類儒生耶〔二〕？ 顧其生深宫之中，長阿保之手，觀而感之，漸而摩之，朝夕而悠游之，所謂以人教者，非獨妙選儒臣也，即左右暬御之人，尤所不可忽也。儒臣之少，不若宦寺之衆也； 儒臣之莊，不若宦寺之狎也； 儒臣之進止有常度，不若宦寺之臥起而無間也。儒臣以經史進，而宦寺以嬉遊進，二者豈相敵乎？ 昔者如懷恩、覃吉輩，皆賢而有識，以故憲、孝兩朝，多得其助焉。皇帝誠厲風旨，於此中得一二人如恩與吉者，俾侍太子，則一暴十寒之病庶幾免矣！

然而人主者，太子之所取則也。人主好聲色，則燕、趙之粉黛，吳、越之綺羅，不問而進太子之前矣；人主好狗馬，則韓盧之駿足，蒲稍之龍種〔三〕，不問而充太子之御矣。推而至於人主好仁儒，則太子之必純厚可不問也；人主好名法，則太子之必刻薄可不問也。商高宗，賢君也，而爲太子日常在民間；先朝仁宗、宣宗，聖主也，而二祖命之從征伐，又嘗往來兩京道路，身出入田舍，訪問百姓疾苦。今既不能如此脱略而簡易，則所效法者，獨皇帝一身耳。皇帝無聲色狗馬之嗜，固足以端本而正源，然竊恐漢之景、宣之病，不必盡能免也。意者於元良之義，尚未深長思耶！

抑愚則更有進焉。往者太子出閣，則爲之廣置講讀之官，使之前有師，後有傅，左有弼，右有輔。其或儒臣不足，則更選他曹而改授焉，蓋其重也。今則幸有一儒臣，可以當師傅輔弼之任，佐太子爲堯舜者，皇帝顧以建言怒其伉直，卒使之折辱貶謫以去，毋亦豫教太子更有其術歟？而何其不愛惜人才也？

【校記】

〔一〕『儒仁』，家刻本、强善本等同。備要本作『儒術』。《漢書·元帝紀》作『德教』。

〔二〕『其』，家刻本、强善本同。備要本作『以』。

〔三〕『稍』，家刻本、强善本同。備要本作『梢』。

【集評】

一　贾開宗等評點：（『竊以爲元所以長仁』諸句）正論。（『夫教太子者』諸句）大主腦。（『人主好聲色』前後句）文勢寬衍有姿態。（『推而至於人主好仁儒』諸句）本意。（『然竊恐漢之景、宣之病』以下諸句）切中。（『今則幸有一儒臣』）此指黄公道周。（結句）結更愷切，而韻致悠然。

二　徐作肅曰：人教身教，是訓儲本原之論。

三　宋犖曰：當日思宗，稍涉深刻，故朝宗對策如此。

南省試策四

今天下之患，殆有不可言者，内之寇、外之邊是也。愚以爲寇之患，非寇能爲患也，患在任寇事者；武臣養禍以自利，文臣文飾以避害。邊之患，非邊能爲患也，患在任邊事者，因循而不知變計，畏縮而不敢奮發。當夫寇之起也繇於民貧，民貧繇於賦重，賦重繇於增兵，增兵繇于備邊；迨夫邊事之壞也繇於兵弱，兵弱繇于餉薄，餉薄繇於粟不登，粟不登繇于田荒而民多爲盜。然則二者之患，將更相表裏，而不知所終矣。

竊以爲邊之患遲而大，寇之患速而烈。請先以勦寇言之。寇何起乎？其先不過一旅之噪兵，而饑民附之耳。當其在豫之河北也，一二將帥翦滅之有餘，然而卒使之復燃者，則養禍以自利也。未幾由晉入秦，而其勢張而大矣！於是乎一誤於撫，再誤于勦之垂成，説者且以爲行金而脱。繼之開府秉鉞，以爲方叔、召虎者，誠與前人不同，然亦聞其久于宦路，善調人情而已。今日省臺議論，甚深且苛，幾束縛任事之臣，無可一措其手，而獨交口而譽其人者，非誠以其用兵之善也，乃愚所謂文飾者之效也。皇帝宵衣旰食，欲拯生靈於塗炭，寄任行間，非文則武，而約略不過如此，亦何怪乎寇之日熾哉〔一〕！　雖然，以法徇人則亂，以人立法則治；　以官徇人則亂，以人擇官則治。今所爲文武者固在也。武臣縱寇，其責在武，今則概縱之不問，而獨朝逮一撫，夕更一督。其爲督與撫者，亦曾聞有露章而劾一將帥者乎？　甚則積玩而輕，武臣曰進彼亦進，武臣曰止彼亦止，以國家推轂賜劍之任，而日望影隨塵，等於將軍之幕客，而猶謂之將士豫附。皇帝亦願知其事聞其人否也？　皇帝誠願知其事聞其人，一旦舉而措之，以武立法，以文擇官，罷周旋繩墨之料〔二〕，而用拓落英雄之材，申罰不逾時之格，而警驕不可御之將，則寇患可立平也。

夫內實則外之虛者不足憂，內重則外之輕者不足舉。請更以籌邊進。從來籌邊者三策：　曰和，曰守，曰戰。今則和有所不屑言，戰則又似不卽舉，獨有一守而已。然而邊事自英宗以後，固皆出於守矣。亦嘗有三歲不破軍殺將乎？　五歲不入關乎？　十歲不窺京乎？　守業已無效，而曾不知變計，曾不敢奮發，乃愚所謂因循者幸目前，而畏縮者踵事後也。然則今日誠變計而奮發焉，勢必出於戰，而愚且見陳言者之以邀功爲多事也，挑釁爲速禍也，孤注爲首罪也。又誰爲任之者乎？　夫國勢處積强之日，在於持重休息爲安；　處積弱之日，在於整齊振刷爲强，不可一概論也。天下之因循而畏縮者，殆二百年，士馬久消耗矣，器械久敝壞矣，大將吏亦以其禍福之命，羣聽之無可如何矣。非使之臥薪，豈能知寒；　非使之嘗膽，豈能知苦也耶！　譬如有人病積痞者，無不劑而救之之理。卽使驟畏尅伐，亦必漸次破除其壘塊，盪滌其腸胃，而後徐養之以和平。若乃徒畏藥餌而日進粱肉，又豈能下咽哉？夫我之邊且延袤以千里計〔三〕，守東而西潰，守西而東潰，五里置堠，十里傳烽，積而一路一將，即使勝兵滿千，而彼飄忽騰捷，立以十倍來，不可支矣。夫彼嘗以聚當我之散，我卒不思一大聚以掩出其不意，則何說也！我國家之幅員，十大於彼；我國家之人力，十强於彼；我國家之財貨，十富於彼；誠能反其積弱，而以戰爲守，則邊患不難備也。

嗚乎！患之來也，未著者易收，而已見者難防。漢之渤海、朝歌，寇也；唐之黄巢，亦寇也。秦之長城，周之太原，邊也；宋之澶淵，浸假而至於江、至於海，亦邊也。竊幸執事之問及之，而更願其破忌諱而入告我后也。

【校記】

〔一〕『哉』，家刻本、强善本、退齋本、本衙本、强忍本、日本本、紅杏本、掃葉本皆同。備要本作『者』，誤。

〔二〕『料』，强善本作『科』。

〔三〕『袤』，底本、家刻本、强善本作『褒』。日本本按：『褒，袤之誤。』備要本作『袤』，是。

〔四〕『之』，備要本脱。

【集評】

一　賈開宗等評點：（『因循而不知變計』以下數句）先朝積弊盡此數語。（『當夫寇之起也繇於民貧』以下數句）大勢瞭然，真經濟手。（『竊以爲邊之患遲而大，寇之患速而烈』）切論。（『然亦聞其久于宦路，善調人情而已』）此必有所指。（『以法徇人則亂』四句）千古名言。（『其爲督與撫者』二句）中肯。（『以武立法，以文擇官』）要言不煩。（『而用拓落英雄之材』）大略。（『夫内實則外之虚者不足憂』前後句）此是文章針線處。（『獨有一守而已』）悞事在此。

（『乃愚所謂因循者幸目前』前後句）説得透。（『守東而西潰』前後句）確有所見。（『漢之渤海』以下諸句）痛哭流涕之談。

二　徐作肅曰：練達英豁，李文饒一流。

三　宋犖曰：明策從來以填引古事爲工，此獨語語切今，三百年第一手也。

南省試策五

今夫文章者，有逮下之體，有達上之體，有疏理之體，有致用之體，有述志之體，有載事之體，有象物之體，有抒情之體；教令詔誥之所發也，箋書章奏之所附也〔一〕，經術之表章也，謨猷之條貫也，彰往切今之經緯也，條近行遠之章施也，風詩之所見端也，銘賦之所揚盛也。總而言之，俗尚之所繇以醇澆也，人心之所繇以邪正也，是固有體焉，而非可以意爲之也。然而變而通焉，各自以其體爲體，而非規而摹焉之爲一體也。欲其皆醇而正，必自取士始。蓋士人之進身雖僅以其一體者爲之，而其後歷久而殊用。教令詔誥，於是乎代言；箋書章奏，於是乎表職；經術將以述聖紹賢，謨猷將以澤民致主；彰往則必取裁，切今則必徵材；條近欲其無蔽旨，行遠欲其無滯思；宣朝野之好惡，於是有風詩；壯國家之威儀，於是有銘賦。凡其所以需之，如是其備也。

夫需之以衆效，而求之於一端，無怪乎上作而下不應也。何也？本可以操末，末不可以操本；源可以澄流，流不可以澄源。無以鼓舞天下之學，而徒欲振起乎天下之文，是逐之於其末也，爭之於其流也。古人知其然，故取士之途不一，而其所以教學之旨甚鄭重，所以教學之方甚周詳也。今天下取人于進士一途，且三百年而不變，其偏重也久矣！所謂進士者，非真其學異於人也，亦能爲進士之文而已。父師之所教，子弟之所習，不過曰簡鍊而揣摹之，求爲進士，此外非所尚也。始以其人登科目，繼卽以其人知貢舉，久而化焉，公卿大夫士，相視莫逆，如出一轍。夫舉天下而盡驅之於聞見寡乏，才氣悴劣，則進士之文之罪也。

雖然，徒歸其罪于文，彼有所不服，何也？彼誠無其學而不能，非彼嘗能之而故出於此文，以圖一得也。且其所專家而爲進士體者，亦不啻其心粗而氣浮，旨陋而格卑，鹵莽而食報，滅裂乎先民矣，而況乎求當於諸體也！夫教令詔誥之文，體在典重，今也非鄙俚則聲偶矣，是其病爲褻爲瀆；箋書章奏之文，體在條達，今也非詩諛則宂膚矣，是其病爲諂爲謾；經術之文，以發明爲體者也，訓詁者病之，穿鑿者又病之；謨猷之文，以裨益爲體者也，空疏者病之，沿襲者又病之；彰往之文，以失其斷例而體病；切今之文，以失其考實而體病；條近行遠之文〔二〕，今勦其體于胥史，病在乎學士之依樣；風詩銘賦之文，今虛其體於館閣，病在乎舍人之斷牕。凡若此者，病不可勝言，曾無害其爲進士，無阻其爲大官也。夫天下之執其一卷而思僥倖也久矣，今皆如其願而償之，俗尚又焉得不漓，人心又焉得不污乎？天下之道一彼一此，習之於此者百年而不能，效之於彼者一日容有之矣。若於此未嘗習之，而遽欲求其效於彼，則必不得之數也。今執事所問者，舉不越進士之文，是其所積重，不過此一體耳。而乃欲諸體之皆合，不亦異乎？

韓昌黎曰：『氣，水也；言，浮物也；氣盛則物之小大畢浮。』愚以爲：學，水也；文，浮物也；學既充實，則其于諸體也鬱勃焉而出，變化焉而來矣。今天下未必無淹博之儒貫通諸體，亦未必不能爲進士所爲之文，但其所爲文，不盡如其心粗而氣浮，旨陋而格卑，而有司又不以先民之式求之，則亦黜而落耳。執事豈能誠而求之，達于天子乎？執事而無進退之責則已，執事而有進退之責，愚終願其急於勸學，而其所爲文者，將有待而自舉也。

【校記】

〔一〕『書』，家刻本、强善本同。備要本作『疏』，誤。下文亦有『箋書章奏，於是乎表職』句。

〔二〕『條』，家刻本、强善本、退齋本、本衙本、强忍本、日本本、紅杏本、掃葉本、萬有本皆同。備要本作『倏』，誤。

【集評】

一　賈開宗等評點：（開頭一段）排山倒海而來，盡文之變。（『無以鼓舞天下之學』諸句）本論。（『始以其人登科目』以下諸句）可笑可嘆。（『夫教令詔誥之文』以下諸句）語語切當。《傳》所謂子産有辭，鄭實賴之。國華若此，可愧孰甚。（『今皆如其願而償之』前後句）縱宕而透徹，倉山得意之文。（『今天下未必無淹博之儒貫通諸體』以下諸句）隱然自負。（結句）收出主意。

二　賈開宗曰：光芒萬丈，曲折自如，文章家之宗匠也。

三　徐鄰唐曰：論文體一字不可動移，文更疏暢。

豫省試策一〔一〕

三代而下，未嘗無雄才大略之主，而治不進於古者，非時有不同，學不明也。夫人主不下殿庭而周知小民向背之情，左右忠佞之端，海隅隱伏之變，豈有他哉？勤於讀書而又集諸幃幄儒臣，於古今之理亂，道術之原委，日啓沃於廣厦細旃之上，如斯而已矣！是故行一政而天下歡欣舞蹈以頌之，用一人而天下莫敢不服，誠以本原一清，則其勢自不可得而蒙欺也。君心之出入，一彼一此，不向之於《詩》、《書》，則向之於聲色，其勢必然也；不親之於儒賢，則親之於匪昵，其勢必然也；不納之于精明，則納之於蔽塞，其勢必然也。彼其託於天下之上，渺然一身耳。十步之外，不能聞也；百步之外，不能見也。既已不聞不見，則不得不委重於人。其所委而重者幸而得其人，則猶可彌縫其闕，而苟安於一時；苟不幸而不得其人，則將陰陽爲工，譸張爲幻，其患有不可勝言者。三代而下，任數明察之主，猶且不免焉，而況於性質不相習，文義不相曉，言語不相接者乎！聖人知其然，故雖紵纊以塞其耳，而聽於無聲，不與天下爭區區之聞，而自無不聞也；冕旒以蔽其目，而視於無形，不與天下爭區區之見，而自無不見也。

夫所謂聽於無聲、視於無形者，何也？博通古今，精研道術，而好學不倦也。三代而下創業之君，漢高帝、唐太宗、宋太祖、元世祖、明太祖而已矣。高帝繼秦滅楚，以太牢祀孔子，緜蕞議禮，拜叔孫通爲太常，命陸賈述古興亡十二篇以進，號曰《新語》。唐太宗置弘文之館，躬釋奠之禮，命孔穎達撰《五經正義》。宋太祖喜讀書，雖在軍中，手不釋卷，會御殿，令洞開諸門，曰：『此如我心，少有邪曲，人皆見之。』元世祖定鼎于燕，召竇默、許衡以充講幄。明太祖命有司廣求古今書史，收之祕府，新殿成，繪古事蹟法戒於壁。此數主者，雖性分學力各有偏勝，然未有不從事于學者也。不特此也，他如漢劉淵，嘗師事上黨崔游習《毛詩》、《京氏易》、《馬氏春秋》，每曰：『一物之未知〔二〕，君子恥之。』後趙石勒，目不知書，然常使人讀《漢書》，勒臥聽之。北魏拓拔珪克燕，卽置五經博士，問李光曰〔三〕：『何物可益人神智？』光曰：『莫若書籍。』〔四〕遂令郡縣崇焉。是一時雄霸偏安之主，亦未嘗不知所重，而非云馬上果遂可以得天下也。

今大統初集，皇帝生知天縱，百度維新，然而有致治之本源，惟一曰讀書。而讀書之道有三：一曰開經筵。考前朝，經筵之制常以月之二日，御文華殿進講，惟大寒暑暫輟焉。春講開於二月，暫輟於五月；秋講開於八月，暫輟於十月。然猶有日講，又午講於煖閣。皇帝倣而行之，日就月將，二帝三王之大經大法，於是焉在所以格，非心緝敬勝也。一曰親儒臣。人主親賢士大夫，而遠近習便嬖，則可以涵養德性。今一時從龍侍從皆起兵間，而皇帝又有畋獵狗馬之好，豈特長沙之不合於絳、灌哉！夫古之綴衣虎賁皆選吉士，而後出入起居，不陷於非幾，所以慎輔導、廣忠益也。一曰讀漢書。古今書不能盡讀，而治平有要略，若真德秀之《大學衍義》，丘濬之《大學衍義補》，一主於理，而以立乎天下之綱，所衍之義大而簡；一主於事，而以舉乎天下之目，所衍之義細而詳。真書其體，丘書其用，皇帝萬幾之暇，留心講覽，所以鑒得失、辨興亡也。然而猶竊有慮者，今之命令詔誥，滿字也，譯而後頒之天下焉；章疏奏議，漢字也，譯而後上之朝廷焉。《書》之命龍曰：『朕堲讒說殄行，震驚朕師。命汝作納言，夙夜出納朕命，惟允。』天下人臣之爲龍者少，而不爲龍者多，則出納之可虞也久矣。皇帝如不通漢書，卽經筵何以開，儒臣何以進哉？夫大舜生於東〔五〕，文王生於西，其實天下之至聖，非東西可得而限也，豈皇帝僅云真人起于朔漠，而必滿焉之是尚歟？誠能濟滿以漢，而力勉乎此三者，而猶不聞所不聞，見所不見，或小民向背之情，左右忠佞之端，海隅隱伏之變，猶有蒙而欺夫皇帝者，愚不信也！

若夫執事之所問天人精一之旨，詩賦詞章之流，卽本末内外，容有不同，而一爲儒者之學，一爲文人之學，皆非人主所急，其失也非迂則蕩，愚未敢颺言以獻也。

【校記】

〔一〕各本卷前總目本文題下原注：『順治辛卯。』《豫省試策》五篇，文鈔本、强善本未收。

〔二〕『未』，家刻本、本衙本、日本本、强忍本等皆同；備要本作『不』，誤。

〔三〕『光』，家刻本同，本衙本作『元』。《魏書》三三、《北史》二七作『先』。

〔四〕『若』，家刻本、本衙本、强忍本、日本本等同。備要本作『如』。

〔五〕『大』，底本作『人』，誤。據家刻本改。

【集評】

一　賈開宗等評點：（『誠以本原一清』以下諸句）緊收一句，文勢方不漫。以下卻又奔放。（『不向之於《詩》、《書》』以下諸句）連用三『其勢必然也』，勁甚。以下數行俱預伏當通《漢書》。（『而況於性質不相習』三句）一篇歸重在此三語。（『夫所謂聽於無聲』諸句）又接一句出『學』字，心閒手敏。（『此數主者』以下句）一意分兩層，文姿更腴。（『而讀書之道有三』以下）三段俱切要。（『今一時從龍侍從皆起兵間』二句）透徹。（『今之命令詔誥』以下諸句）更中肯綮。（『天下人臣之爲龍者少』以下諸句）此處又與前委重于人一段相應。（『其實天下之至聖，非東西可得而限也』）妙。

二　徐作肅曰：　俱從治平上講學，獨見其大勝處尤在切今。

豫省試策二

聖人之治天下也，未嘗不可以蕩佚簡易者爲之，而必習之以委曲煩重之數，豈故以此勞天下哉？蓋有見於人情之自然，而放而決之〔一〕，與閑而閉之，均有所不能也。自然之謂禮，非以爲文也，所以經世變也； 非以爲儀也，所以定民志也。蓋聖人作而萬物覩，舉天下之情，方且皇皇焉不釋其故，而有日求於我之思，我顧無以厭其求，而徒示之以固陋之觀，則朝廷所以自爲者輕矣。夫勢無常强，而在於維持者厚； 運無常盛，而在於輔翼者隆。循循然行之既久，而其始非一端之所能窺者，其卒亦非百年之所能犯，聖人於開物成務之日，已慮之矣。

三代而下，其建國不以禮者，莫如嬴秦，而興也勃焉，衰也忽焉〔二〕。蓋秦之爲道也，是今而非古，拂人而從己，樂苟且而惡周詳，其所爲質者非真質，而不至於文者，則真無文也。禮者，制文質之中者也，時可以質而質，時可以文而文，故謂之中。昔之得統於前代者，易其號不易其禮，卽革其末世之禮，而不革其由舊之禮，皇皇乎上之所制，下之所履也。

文中子曰： 『冠禮廢而天下無人道矣，婚禮廢而天下無家政矣，喪禮廢而天下遺其親矣，祭禮廢而天下忘其祖矣。』然則不必三加而未始不冠，不必六禮而未始不婚〔三〕，哭泣之哀未始不可以爲喪，薦享之誠未始不可以爲祭。治天下者，豈真恃此微文細節之屑屑歟哉？ 而必有名以命之，數以紀之，仁孝之文以將之，鬼神之義以通之，以爲不如此，則無以立天下之防，而養天下之欲也？ 推而極之，天下大矣。五帝三王之所自出也，非我之所能爲也。人主居五帝三王之位，繼五帝三王之道，治五帝三王之民，而欲廢五帝三王之禮，是欲强天下以自爲便利也，天下豈從之哉？

今皇帝創制顯庸，運世以禮，一切綱紀條貫，固可以次第舉矣。抑有所謙讓未遑者耶。竊以爲皇帝果欲行之，則必輟乎疑畏之本，絕乎牽制之端，而後可也。何也？議禮則必有典則之物，則必有威儀之飾，則必有文章之辨，舉之甚難而應之甚迂，必且大變其昔之所爲，而錯然其弗敢苟也，秩然其弗敢紊也。得無曰：『祖宗所未及者，我亦勿之敢及歟！』則皇帝必有悄乎其疑、愁乎其畏者，而貴臣大家之流，又相率而憚于聞所不聞，見所不見，習所不習，以脫略爲便計，以樸遬爲故俗，牽而制之，父兄宗國萬口如一也，皇帝將誰與行此禮哉！

夫天下皆以一區之禮爲禮，而不以大同之禮爲禮。非有昭曠於天下之識，不能辨也。天下皆以一時之禮爲禮，而不以先王之禮爲禮，非有矯易於天下之力，不能爭也。聖人之制禮也，不惜犯天下之煩苦，而以馴致于自然而不廢，故勞之乃所以逸之也，拂之乃所以適之也，創之乃所以安之也。朝會有禮以序之，故不瀆天下之分；征伐有禮以陳之，故不奸天下之器；進退有禮以裁之，故不隳天下之節；出入有禮以度之，故不奪天下之利；獄訟有禮以一之，故不亂天下之法。其分嚴，則天下之耳目可不威而肅也；其器安，則天下之心知可不柔而服也；其節明，則天下之名教可不勸而興也；其利溥，則天下之衣食可不給而裕也；其法立，則天下之風俗可不約而齊也。於是乎黼黻之章，我不得而簡賤之；干戈之威，我不得而逞極之；綱常之義，我不得而湮滅之；井廬之界，我不得而兼並之；倫要之列，我不得而增減之。我之所以自爲者不輕，則天下雖欲淩而蕩焉而有不能踰；我之予天下者不薄，則天下相與享其治焉安焉而有不忍去。是以天下自結繩、畫像、茹毛飲血而後，未有不日趨於文，而可以固陋之治治者也！聖人知其然，故有改道之名，無變法之實；有虔始之勞，無慮終之憂。自非大有爲之主，其能不惑於衆，而建大業者鮮矣！

三代而後，惟趙武靈王、魏孝文帝近之；而變而不失其正，則孝文爲烈焉。文中子曰：『貴其時，大其事，太和之治何可少乎哉！』夫孝文，偏安之主也，而況乎皇帝之大一統者乎！故曰：居五帝三王之位，繼五帝三王之道，治五帝三王之民，而欲廢五帝三王之禮，竊有以知皇帝之斷斷乎不然也！抑皇帝而果欲議禮，則必有數倍于叔孫通、高堂生之人，出而佐之，又何難於輟天下之疑畏，而絕天下之牽制也！

【校記】

〔一〕『放』，家刻本、本衙本、日本本等同。備要本作『防』。

〔二〕『衰』，家刻本、本衙本、日本本等同。備要本作『亡』，誤。

〔三〕『六』，家刻本同。本衙本、日本本作『其』。日本本按：『其，作六。』備要本作『具』，誤。

【集評】

一　賈開宗等評點：（『而有日求於我之思』前後句）妙論。（『其所爲質者非真質』前後句）是論世識力。（『易其號不易其禮』三句）扼要。（『人主居五帝三王之位』前後句）婉轉透切，暢所欲言。（『祖宗所未及者』以下數句）此段識議，人所不及，卽及亦決不敢道。（『朝會有禮以序之』以下數句）以下五段，皆當世急務。（『其分嚴，則天下之耳目可不威而肅也』）又接此一段，急脈緩受。（『於是乎黼黻之章』以下數句）禮之關係如此。（『而變而不失其正，則孝文爲烈焉』）正意微言。（結）照映逼古。

二　賈開宗曰：　立論決不可磨，是將來典制中第一篇文字。

豫省試策三

與人主共百姓者，守令也。守令輕，則百姓愈輕矣。三代之制，封建天下，而寄其民於諸侯；民間之利病諸侯專之，更一轉而卽達於天子，無甚懸絶也。漢承郡國而立守令，其時之賢者往往徵入爲三公，僚屬佐吏得自選署，而有所因革建置，於民無復得而侵沮之者，則漢之守令，卽古之諸侯也。吏治之盛，厥有由哉！　夫託之重，則簡之不得不重也；簡之重，則任之不得不重也；　任之重，則進之退之不得不重也。故曰敍之甚雜，而授之甚易，其勢輕矣；　責之太劇，而視之太卑，其勢輕矣；　名之數舉，而實之數渝，其勢輕矣。選舉之道，儒與吏而已，儒焉而不盡出於儒，吏焉而不盡出於吏，此所以敍之甚雜而授之甚易也。委用之道，法與體而已，法焉而不獲於其法，體焉而不獲於其體，此所以責之太劇而視之太卑也。甄別之道，貪與廉而已，貪焉而不必果其貪，廉焉不必果其廉，此所以名之數舉而實之數渝也。於是，天下之守令習而玩焉。其賢者，相與飾虛名、循故事，坐待資俸；　而不肖者，且幸其一日之便，潤身飽家而已。何怪乎民生之日凋也！　皇帝親政之初，洞悉其弊，嚴飭而申行之，政治之盛，卽何論兩漢！　然而天下之流品不清，天下之文墨不破，天下之僥倖不息，天下之功能不厲，皆足以竄吏而害民，愚生請盡言而無諱焉可乎？

親民之官，非賞功酧勞之具也。有功有勞者以此賞之酧之，卽非真有功真有勞者，亦奔競焉，而藉以賞之酎之，而郡邑之纍纍若若者不知其所從來矣！ 蒞政之司，非屏氣折腰之地也。 統轄所及者而頤之指之〔一〕，即驛騷旁午之所過者而更以挫之辱之，而郡邑之唯諾者無所措其手矣！ 黜幽之典，剔民蠹也，則一日而三褫未爲過也。 乃有同墨其守，而或摘之綬、或彈之冠者，又安見乎蠹之必黜也？ 陟明之典，勸民庸也，則一歲而三遷未爲過也； 乃有同素其絲，而或企登仙、或嗟向隅者，又安見乎民庸之必陟也？ 皇帝曰： 吾有法在，其令天下攷之、課之。 攷之、課之，誠是也。 然而令之上有守焉，又有貳於守者數人焉； 守之上有監司焉，又有列于監司之署者數人焉。 皆數經層折而後達於按若撫，乃以聞於天子； 天子又不即裁其可否，下之六卿； 六卿審決矣，又復得請而後下之，其層折而至於守令者，猶夫故也。 長於守令者，未必賢於守令； 即賢於守令矣，而滿、漢之見不除，或有所顧望而不敢，或有所牽制而不能。 於是上與下終日求塞責，下與上終日求當意，外若條貫而内實扞格，初似精嚴而後益縱廢，雖欲致治，豈可得哉？

夫人主之馭吏也，程之以不可冒之衡，則賢才之塗，不得而混之也； 假之以不可撓之權，則豪傑之氣，不得而困之也。 束之以不可避之誅，則中人將以其畏罪者，而羣奉法也； 激之以不可遺之賞，則小賢將以其圖功者，而爭修職也。 故必流品清而後文墨可破，必文墨破而後僥倖可息，必僥倖息而後功能可厲，自然之勢也。 以古之吏視今之吏，則今宂矣； 以古之法視今之法，則今幸矣！ 以所甚宂猶若有不足，以所甚幸猶若有不平，此無他，續貂之屬太廣，而鋤莠之律或媮也。 皇帝誠心知其弊而力矯之，遴數大吏以遴天下之羣小吏，又遴一大吏以遴天下之數大吏，舉而措焉。 人無新舊，皆朝廷之吏，何親疏也？ 地無遠近，皆朝廷之吏，何輕重也？ 職無殿最，皆朝廷之吏，何恩怨也？ 勿以美錦而學之製，勿以善書而掣之肘，塞鼠穴以杜三窟，出笥衣以公敝袴，則原端於上，流潔於下，民不求安而自安矣。太平之治，天下且拭目俟之！

【校記】

〔一〕『轄』，家刻本同。本衙本、日本本、紅杏本皆作『轉』。日本本按：『轉，一作轄。』

【集評】

一　贾開宗等評點：（『守令輕，則百姓愈輕矣』）探本之論。（『儒焉而不盡出於儒』三句）筆力章法，何減韓非子！（『然而天下之流品不清』以下句）四語切而盡。（『然而令之上有守焉』至『猶夫故也』）文法相沿如此。（『程之以不可冒之衡』前後句）行文如萬斛泉湧。（『故必流品清而後文墨可破』）四段文章條暢言之，結束又分出次第，切中機要。（『遴數大吏以遴天下之羣小吏』二句）二語大綱領。

二　徐作肅曰：經濟、文章、古人兼之者殊少，此能兼之。

三　徐鄰唐曰：縱談當世之務，慷慨洞達，莫謂天下無馬周、陸贄其人也。

豫省試策四

天下有其言近于從來之所習聞，而聖人必不能易者，則治河之策是也。太上順之，其次利導之，最下者與之爭。順之不能，於是乎始導；導之而懼其溢而不循乎流也，於是乎始分；懼其衝而安乎瀾也，於是乎始鑿。分之、鑿之，皆以導之也，從未有與之爭者。今而障焉，是塞之也。塞焉，是與之爭也。自漢以來，治河者屢矣，竟悍然爭焉而不顧其不受，及至乎力竭功隳而不知止，則令當路條議其便宜，而輕謀喜事之臣，猶且大聲疾呼，願攘臂一試，卒無有心知其不可，而肯爲昌言之者。夫以神禹所不敢出者，而後人出焉。聖人所極智窮思而以爲無奇者，乃就十數肉食之人而詢焉采焉。既昧于莫挽之勢，又惑於不能割之利，則亦徒見其勞民傷財而已矣！

夫河發崑崙，出自西域，其由積石而入者，禹引之也。禹當時謂諸水以入海爲歸，而中原之水，皆散而無統，弱而無力，其氣勢無有能相挾相屬，會同而入於海者，故不得不借河爲用也。然而禹用河而不虞河之不爲用，反因以爲害者，則所謂識其源、辨其性、諳其形，而非恃吾區區之力與之爭也。河之源自天上來，驚濤奔浪，一瀉千里。雍、冀首當之，而不至大爲潰濫者，有山以束之也。其性喜紆折，好遷徙，委注于徐、揚之窪下，而亦不至大爲潰濫者，有陂澤以蓄之、尾閭以洩之也。惟至於豫、兗之墟，野平而曠，土疏而實，既無險可以抗，又復滿而不能容； 聖人以爲，形至此逶迤而蕩漾，吾惟捐數百里之地以予之而已矣。聖人非委其地而不惜，因而棄其民而不愛也，蓋審量其勢逸大小焉，而委之棄之，乃所以全之也。河者，天下之神物也。其澎湃汪洋，無不之也。又天下之陰氣也，其數衰於西南，而自東而北，則地氣之陰應之，故常出沒乎豫、兗之間。此漢以來，河患之大較然也。

戰國時，白圭、鄭國之徒，皆制其堰而高其岸者，天下有分地與分民也。害歸於彼，故利成於此，勢不得不自爲防也。今天下一家，兩岸之地，皆朝廷之地也； 兩岸之民，皆朝廷之民也。南徙則吾避而北焉，北徙則吾避而南焉。計其財力所費，不敵治河十分之一，而固已無事矣。故河不出於南則出於北，利害一也。今必欲使不北而南，或使不南而北，何利之有？

雖然，當事者必有以爲利。利運道也，則請卽以運道言之。國家定鼎燕京，運道所經，必由於河，然視堯都冀方，未甚相遠也。考堯時，九州貢道已有沿海逾陸之文，不憚推挽轉折以達之，未聞首尾數千里而必恃一線於河者也。河之所以爲貢道者，以通淮也。周定王五年徙砱礫，已失其故道矣。漢武帝時，復通淮、泗；宋太宗時，始專入淮。則是數千年間，其或通與否，皆氣運之自然者爲之，而非人力之所能爭也。今不審其上流之怒決何故，而遏其湍駛之衝，是不知其源也；不審其下流之停瀦何所，而堤於尋丈之内，是不知其形也；以龍宮蛟窟潦原浸天之物，而欲集區區臬麻草土之力以敵之，是不知其性也。不知其源、不知其形、不知其性，是昔者神禹之智不能以玄圭救黄熊，而後人謂可以僥倖焉，豈不惑哉？未覩運道之利，先受治河之害，且運道明明有沿海逾陸之文，可以揚千艘之輕帆，疏雙輪之中梗〔一〕，而必欲首尾數千里恃一線於河，則亦徒見其勞民傷財而已矣！

皇帝軫念民艱，正供之額概從儉薄。而治河之竭民財者，倍正供而五之。其以耗民之力，則又父老子弟終歲於嗟風泣雨〔二〕、剜肉補瘡之中而不得休息也。以治河爲名而取之民間者，本折工餼，追呼運轉之費，種種以什伯計，迨數易其手而實用之河者曾不得其半，故今日且有以治河爲奇貨者矣。除執事所問荊隆口、小長堤而外，其不經水衡之計算河臣之耳目者，尚未易一二指也。其實皆久湮之陂，徑寸之穴，本無可治。而胥吏傭作之徒，輒蒙欺得請而科斂焉。甚者則日築而夜潰之，利其迄無成功。宋人有云：治河猶治兵也。治兵者利於用兵，若謂兵無可用，則利權輕矣；治河者利於治河，若謂河無可治，則利孔塞矣。故今日之河，朝廷卽欲行其無事，而司空未必以爲然也；司空卽欲行其無事，而總河之制府未必以爲然也；總河之制府卽欲行其無事，而藩河之監司未必以爲然也；藩河之監司卽欲行其無事，而濱河之有司未必以爲然也；濱河之有司卽欲行其無事，而胥吏傭作之徒借河以爲溪壑者，終不肯以爲然也。故今日之河，下奏報之，則上因循之，愚生未見其所終也。執事倘察蒭蕘而一昌言焉，是中原之幸也！

【校記】

〔一〕『輪』，本衙本作『輪』，誤。

〔二〕『雨』，家刻本、本衙本、日本本等同。備要本作『兩』，誤。

【集評】

一 賈開宗等評點：（開頭句）起語便以不治治之之案。（『既昧于莫挽之勢，又惑於不能割之利』）以上至此十數行做一氣讀，不可斷續。（『吾惟捐數百里之地以予之而已矣』）只是大蘇。（『今必欲使不北而南』前後句）結構警快，卽過人運道發論，無懈可擊。（『河之所以爲貢道者，以通淮也』）又說明原委。（『其實皆久湮之陂』以下諸句）當事者誠不知耶？抑聽之耶？（『甚者則日築而夜潰之』）更異。（『而總河之制府未必以爲然也』前後諸句）和盤說出胷中，全不介得失之念。

二 徐作肅曰：通篇以不治河爲主，變化出沒，極文事之樂。

豫省試策五

人主之所操以礪世磨鈍者，賞罰之法也。賞不逾時，罰不旋踵。衛嗣君曰：『賞立，誅必，雖失十左氏無傷也；賞不立，誅不必，雖得十左氏無益也。』而君子譏之曰：『嗣君知數不知道。』聖人務以忠厚寬大之道待天下，而不屑屑小數以邀之，若是乎其立法之有本也。雖然，不通乎時變而爲之以聖人之法，猶不足以爲治。通乎時變而爲之，卽區區之小數，聖人有所不廢也。天下積玩之所致，固有激之以賞而人不知勸，陳之以罰而乃以爽然悟、廢然返者矣。人非大賢，鮮不愛財；人非至愚，鮮不惜死。聖人能以所甚惜，奪所甚愛，故天下之中，人皆可自全於功名之途，而不至有覆餗僨轅之傷，則其必用嚴者，乃其善濟乎寬也。蓋法設而不立，積習不破也；法立而不行，積威猶不伸也。衆人守之不足，一人壞之有餘也。事事而守之，不若其忽然借一事以徇之也。天下惟積玩之後，循之難爲功；亦惟積玩之後，反振之易爲力。出其不意而用其不測，誅賞不必遍于天下，而服從者遠，說在乎烹阿而益封卽墨已。

嗚乎！天下之亂，必其法先亂。天下之治，必其法先治。故聖人不患人情之難禦，而惟患吾法之設焉而不立，立焉而不行也。明之季也，其政似刻而實弛，其吏似畏而實欺。天下相承數十年，而實羣骫於法之中。有人焉起而救之，可以知世變矣。皇帝執太阿以馭天下，亦豈能外賞罰哉！然而皇帝能獨操之，不能獨用之，必有所寄。寄之而不當，雖欲獨操之，而天下之窺之者衆也；寄之而當，雖與衆用之，而其權未嘗不卒歸於一也。何者？法有所自舉，而本末之衡異也。

皇帝者，天下之本也。誠能秉至公於上〔一〕，而貴屬戚畹無有借吾叢者，然後推而大吏以至于小吏，無有阿循者矣。誠能運至明於上，而左右近習無有煬吾竈者，然後推而大吏以至於小吏，無有壅蔽者矣。竊聞往者二三藩王，皆得以用人殺人，而諸從龍于舊邸者，或出爲流官，或中司大柄，譯一字焉而行，刻一木焉而旋止，外廷不敢問也。以皇帝一人之權，而分持之，所謂法者特有其名耳！於是天下之姦宄，有所沿以自升；而天下之貪猾，復有所恃而不敗。民殘而俗弊，此雖日誅十數人，未必當也。不正其本而躬行督責，天下豈信之哉！

夫法設而不立，不如其無設也，天下猶知有法也；法立而不行，不如其無立也，天下猶知法之必不可犯也。迨一出而屢反，一反而不平，而天下始陽以奉法者塞責，陰以骫法者售姦矣。明法之不振也，其弊有二：曰情面，曰賄賂。今天下則並于一途。究之情面可破，而賄賂不可破，則是羣天下以金錢爲守官之符、續命之膏，而朝廷不復有功令也。明臣馮琦之言曰：『宫府無二體，貴賤無二法，則天下治。』愚竊以爲今日滿漢無二體，貧富無二法，則天下治。今日亦非盡無法之過也，所以寄法者未當也。寄之當，故大臣法。大臣法，故小臣廉。然後舉劾可必其不爽也，賞罰可必其不渝也。甲可而乙否焉，則核之，核之而果否焉，則其罪在甲矣，若此者無赦；乙否而甲可焉，則核之，核之而果可焉，則其罪在乙矣，若此者無赦。不逾時而列焉，不旋踵而判焉，絶游移之端，杜營庇之路，振綱挈領，而法已伸矣。

嗚乎！天下之貪欲也極矣，惟制其命者，可以立反之。制其尤大之命者，可以預止之。故事有近于鍥急不近人情之所爲，而適以符吾道德之用者，不可不察也。

【校記】

〔一〕『至』，家刻本等同。備要本作『大』，誤。

【集評】

一　賈開宗等評點：（『聖人務以忠厚寬大之道待天下』）據上一層占地步。（『聖人能以所甚惜，奪所甚愛』前後句）透亮。（『則其必用嚴者，乃其善濟乎寬也』）方見作用，與申、韓有别。（『天下之亂，必其法先亂』）名言。（『竊聞往者二三藩王』以下句）説透。（『不正其本而躬行督責，天下豈信之哉』）歸到本原上。（『而賄賂不可破，則是羣天下以金錢爲守官之符』）可謂深且切矣，然不能上聞，奈何？（『滿漢無二體，貧富無二法』）妙論。（『惟制其命者，可以立反之』）出語英豁，如見李文饒、張太岳當年。（結句）結出立法深心。

二　賈開宗曰：　從救時立論，最爲警切，卻不肯雜入刑名一字。

壯悔堂文集卷九　表　說　書後

擬思宗改元追復楊漣等官爵並起被廢諸臣旋欽定逆案頒示百官廷臣謝表〔一〕崇禎元年

伏以惟皇御極，拔淹采於辛陽；至聖有臨，驅兇人如鳥雀。雙鳳題白邙之墓，泉臺忽際風雲；九州鑄蒼鼎之形，人世不逢檮杌。此陰消陽長之日，實小往大來之期。斗柄獨持，泰階載遇。臣等誠歡誠忭，稽首頓首上言：

竊惟《周易》章拔茅之慶，《春秋》列刈草之文〔二〕。殷少師告彼新君，首嚴威福；里大夫獻其世子，用戒薰蕕。乃知朝廷之司，實惟賞罰是寄。自玄皇初醉，誤予金簡之書；而神木失幾，遂爲博徒所借。形迷鹿馬，傷黃犬於東門；權授王曹，飛白蛆於西市。水德之傳一傳二，豈獨神言？赤帝之爲桓爲靈，誠非曆數！洎乎沉香亭畔，縱横緋衣三千；竟至甘露臺前，顛沛金枝奕世。沙門護法，人稱胡廣中庸；北府開衙，誰疏王涯冤滯？拜聖嬈宋氏之座，以社鼠而結城狐；得衛卿彌子之方，本獻桃而致煬竈。黨成翼虎，爪牙之焰彌張；臥近驪龍，雲霧之勢在手。於今方烈，自古以然。未有日月無私，陰幽爲之胥照；光華復旦，魑魅因之潛藏：如此時者也。

兹蓋伏遇皇帝陛下，曆應乾圖，電繞華渚。龍飛代服，紀元開藝祖之年；廟告神宗，重瞳增軒孫之瑞。新煉媧妃之石，玉清仍是九層；更築共工之山，坤維安於四極。八關既竄，參軍應慰孤魂；七聖同遊，大澤猶勤異夢。若以芳州之杜若，先夜已零；更恐湘水之幽蘭，入秋將落。玉櫑雖美，深愁非屈子之宫；金鏡尚存，竊喜無張公之祭。爰下褒忠之典，生者榮、死者如生；更嚴辨姦之條，赦者追、刑者無赦。

謂妖璫自作之孽，值先帝倦勤之時。始焉以豎刁之謀，媚于天子；終焉以國老之勢，廣置門生。家國無人，衣冠掃地。懸鵜鶖之餘食，犬吠籬間；逞刀鋸之淫刑，猿愁梯上。蛾眉初進，竟同大諫之名；溺器何來，乃鐫亞卿之職。拜公姥而爲假子，侍郎豈敢有鬚；託奥援而得美官〔三〕，邯鄲因之效步。遂致長安道側，日走豺狼；不止灌壇城前，夜呼風雨。自恃障天之手，公爾渠魁；有賦同讐之章，立成齏粉。甚至淳于通術，落紫薇之前星；試問裕妃何辜，賜馬嵬之錦帶？上壽呼九千餘歲，觀兵蓄問鼎之心；點將列一百八人，展禽蒙盜跖之號。即楊雄《劇美》之論，陰附巨君；與蔡京紹述之名，明誣太后。彼無生祠之建，此多《要典》一書。同是戴天履地之人，獨笑龍逢非俊物；更恥誦詩讀書之輩，借言董卓誤中郎。海幾揚波，日將匿曜。幸有黨人之目，不附黄門；乃至清流之臣，幾於赤族。身騎箕尾，賴此氣壯本朝；名畫旂常，更願克生王國。安鐘簴於震蕩之後，豈曰謀身不臧；復銅駝于荊棘之中，實乃先聲奪氣。死而無悔，常留折檻之風；神其有知，化爲指佞之草。若夫削迹而遠引，尚存九死以一生。魯連之清高，義蹈東海；梅福之明哲，冠挂北門。鳴鳳朝陽，横遭梟鳥之嚇；冥鴻在野，誤爲弋人所羅。此祖宗養士之恩，共扶名教；亦臣子鞠躬之義，寧問存亡〔四〕。各予維新之施，用彰異舊之治。至於逆黨某某者，率土不容，含生共憤。倘擬拔莠〔五〕，應作髑髏之臺；姑念放麑，使禦魍魎之鬼。擁戴稱頌，懸金石不刊之書，令其遺臭千秋；門戶宗盟，杜調停兩用之局，防其僨緣一旦。庶乎舉朝革面，得免宵小之憂；允矣薄海同心，共遵蕩平之路。

臣等才非拔類，志切觸邪。探虎子於穴中，豈其愛而不殺；奪鮫綃於頷下，值彼睡而獲全。生入玉門之關，已叨非望；新脱龍城之戍，便授崇階。生成荷天地之私，髮膚非身家所有。敢不潔清冰雪，自託青筠；益當奮厲羽毛，不虛蒼隼。伏願慎終如始，罔逸於休。有北雖投，蒲嫳之心足畏；以人爲鑒，魏徵之盂可懷。近觀先朝之包容，已成前轍；遠取韓侯之嚬笑，不假中涓。去邪勿疑，灼知虞氏之精明，非深文網；臨下以簡，樂與唐帝之廣運，共此聖神。將見侍御僕從，罔非晙明之助〔六〕；股肱元首，再賡喜起之歌矣。

【校記】

〔一〕本文文鈔本未收。

〔二〕『列』，强忍本作『刑』。

〔三〕『援』，强善本作『授』。

〔四〕『寧問』，家刻本、强善本同。備要本作『豈問』。

〔五〕『莠』，底本作『萎』。據家刻本、强善本等正。

〔六〕『晙』，家刻本同；强善本作『浚』，備要本作『俊』。

【集評】

一　贾開宗等評點：（『自玄皇初醉』四句）措辭在微彰之間，妙極斟酌。（『洎乎沉香亭畔』四句）流麗。（『拜聖嬈宋氏之座』四句）影入客氏。（『謂妖璫自作之孽，值先帝倦勤之時』）回護。（『家國無人，衣冠掃地』）不惡而嚴。（『甚至淳于通術』四句）入事精工。（『彼無生祠之建，此多《要典》一書』）斷倒。（『此祖宗養士之恩』四句）得體。（『杜調停兩用之局』）説出先帝聖明。（『探虎子於穴中』四句）諸賢幸存者，的是如此。

二　賈開宗曰：　宛轉疏暢，高勝處尤在體裁，讀之生氣千秋。

擬上遣官致祭先師孔子闕里羣臣謝表順治九年〔一〕

伏以齋躬思道，覲百代於羹牆；　憲古修儀，隆一時乎俎豆。風生泗水，初傳元運之笙鏞；　神降尼丘，永式遐心之金玉。敬其使矣，皇皇者華；　格則享之，洋洋在上。斯文啓佑，至治馨香。臣等誠惶誠恐，稽首頓首上言：

竊惟立大君之則，必遵垂統之師；　自生民以來，未有集成之聖。誕娀妃之鳥，裔孫始慶衍雲礽；應梟繹之麟，上瑞繫肅瞻趾角。江河一沛，會支派之淵源；　日月有明，聚羣星之緯次。用以興，用以治，誰云可廢詩書？　繼自昔，繼自今，罔不虔修禋祀！　唐宮宋殿，雖道絶天階，無益分毫；　郭雀漢蛇，皆手脱龍泉，顧觀鐘鼓。慨沙丘之不道，自取乎三月烈烟；　卽壁簏之餘音，尚足爲千秋永鑒。豈魂應眷此，靈光自在人間；　抑澤未斬焉，衣冠終藏故里。玉臺夜閟，恍疑絳節之來朝；　畫棟晨開，忽爾駿奔之咸助。東西南北，位屈生前；　天地皇王，揆符身後。自非大聖人克真見聖，未有修文祀咸秩無文如今日者也。

茲蓋伏遇皇帝陛下，玄宿真人，紫宸正位。掃風塵於三尺劍，復華夏之深讐；定社稷於一戎衣，得帝王之大統。雲屯禹甸，直入秦關百二重；龍起冀方，適合堯年十六歲。爰念嗣基之要，一新厥政之初。謂崇儒非僅虛名，況承祭允爲大事。禹背湯肩者至人也，敢以南面而傲彼東家；嶽降星流者曲阜歟，用展中心而馳茲四牡。御府書七襄之帛，若曰予一人昭告非遙；錫鬯灌三液之漿〔二〕，可知吾先哲明歆莫吐。子孫爭迓，膚敏以前；父老來觀，咨嗟而去。隔朝之曠典，洗兵於此重逢；一代之休風，振鐸自茲勿替。相之蹈、相之舞，公西氏固存乎？克有光、克有輝，顓孫子猶生矣！祠畔之枯枝何意，頓滋日炤之華；林中之祥鳥攸聞，羣避鳳銜之客。斯實天開有道，故能聖暨同心。

臣等器遜瑚璉，司存籩豆。生右文之世，徒詠菁菁之在阿；際尚德之朝，未嫺濟濟之酬國。仰承夙夜，益切淵冰。敢不思一得之中庸，庶其事君，庶其事父；因而讀全部之《論語》，半以開創〔三〕，半以太平。伏願文武克猷，始終典學。念孔子何闕而居闕里，以先師爲師不恥師臣。午朝而御幄講經，藜閣更勤思博覽。歌《大風》，思猛士，古咸陽勿嫚儒冠；虛前席、談夜分，今宣室猶多《鵩賦》。則修聖人之文者修聖人之道，用以建極訓行；而重聖人之道者重聖人之徒，推之興賢育德。將洪闢敬敷之業，無壞無騫；而永席祇承之貽，於萬於億矣。

【校記】

〔一〕本文文鈔本、強善本未收。

〔二〕『鬯』，底本與其他各本皆作『鹵』，家刻本作『卣』，皆誤。應作『鬯』。《公羊傳·莊公元年》：『錫者何？賜也；命者何？加我服也』漢何休注：『禮有九錫：一曰車馬……九曰秬鬯。』

〔三〕『創』，家刻本同。備要本作『則』，誤。

【集評】

一　賈開宗等評點：（『敬其使矣』四句）便自脱洒。（『唐宫宋殿』六句）歸重崇儒，見闕里身分，原不以此增減。有識。（『抑澤未斬焉，衣冠終藏故里』）動宕。（『東西南北』四句）寫先師恰合如此。（『掃風塵於三尺劍』四句）頌語妙。（『爰念嗣基之要』四句）上下闗合章法，流麗。（『父老來觀，咨嗟而去』）全以氣韻行之。（『祠畔之枯枝何意』句）巧思精語。（『因而讀全部之《論語》』前後句）何等位置！（『念孔子何闕而居闕里』二句）引來有妙義，對更超化。（『則修聖人之文者修聖人之道』）以規爲頌，大議論得体。

二　徐作肅曰：　對仗贍麗，有神氣。音韵鏗鏘，有思理。固使徐、庾失步。

定鼎說

高皇帝之經邑也，審曲面勢，蓋嘗靡地不營矣。然而卒定鼎金陵焉，龍盤鍾山，虎踞石城，門連三吳，室控二楚，大江之所環枕，淮、肥之所内通也。

昔者秦得金策，翦諸鵶首，鑒觀秣陵，厥有王氣。令朱衣三千之衆，鑿立方山，疏迤水道，爰以湧泄龍勢，肇啓鴻河，錫嘉名爲秦淮，此天下之奥區神皋也。禹夏山川初平〔一〕，田惟塗泥。世變漸夷，廣衍沃野。辨方定位，土圭測影。會風雨而和陰陽，中天地而交四時。財賦自儲，漕運惟充。計道里之均，環朝會之所。軼軌周京，駕美漢都矣。

故天下大患，未嘗不始於西北。而建康乾符坤絡，世睽戎狄。粳稻滤池，馬無所馳。郵水逶迤，車無所衝。草蔓滫濯，牧芻蕭寂。非天塹之險艱于渡也，以性岐蕃落，渡之無適於用耳！夫內有甸粟之裕，外益風俗之隔，豈非盛則足以定四海，衰則足以奠一方。在德亦在險之說與！

粵暨文皇，重啓疆壇，煥以制度，爰虞人漁，定社稷于北平。以天下財賦產東南，金陵其會；戎馬盛西北，金臺其樞。輸財賦于東南，統戎馬於西北，冀、幽、并、營，天地之中也。雲中右則浩于龍門，左則衍于碣石；面臨洪河，背拱渤海；垣應紫微，極成艮位。介震出坎勞之間，殆亦所謂天府百二也。士多慨慷，產饒畜牧。瑯琊旋繞，雲帆轉於遼海；漁陽豪俠，香粒來自東吳。猗歟，盛矣！而三面鄰邊，一面制禦，天下聞之，正位居體者，以中夏爲喉舌，不以關陲爲襟帶也。惟文皇順天受命，威德所訖，咸賓咸牧，以河套爲脅，以遼廣爲翼，外而三十六家爲之藩，內而二十四衛張其勢。戀接胭脂，奪匈奴之顏色；烽息祁連，騰上廂之驊騮。國勢于斯稱强焉！

自英皇北狩，河套淪沒，巢焚原燎，麋鹿爲墟。而肅皇庚戌之變，乃從西薄矣。熹皇初御，遼左沉陷，彎弓躍馬，仇讐是尋。而皇帝己巳之年，乃自東躪矣。嗚乎！兀良福餘，沈熒於烽烟；南關西插，飛煽於鋒鏑。致丙子、戊寅之間，落日吹笳，破榆關之曉夢；秋風鳴角，起帝城之暮愁。寅發卯臨，無旦日之期；脣亡齒寒，鮮百里之界。豈形勢固有異乎！抑古今貿理，而金臺之區，昔取裁八都〔二〕，今則孤峙塹外也；昔翼脅秦、晉，肩背遼河，今則抵塄窮幕也。且五大之邊，以餉爲儲。勝國有三都焉：冬、春居大都、東都，夏、秋居上都，以習蒐獮，均輸運。大都者，上谷也，道自淮而入濟；上都者，開平也，道繇海而會河；東都者，大梁也，開朱仙之故鎮，實中土之咽喉。從未有漕聚于一區者。苟孤舟懸于萬里，聿來石鍾之稱；防肅遍于閘關，猝塵榛梗之虞。寧細民營室，尚陶穴以備非常，而正紫宮，裹嶢闕，固可不憑倚後戶，俟食迴域哉！

稽漢都渭涘，定以天邑；唐承其朔，實爲咸陽。山河四塞，崤函重關。後有巴蜀之饒，前有商鄧之阻。故兵戎出於不意，可以退安而徐復。宋都中豫，澶漫九州，闉奧中夏，水陸都會也。而勢多平衍以弘普，山無嵬峨以岌嶫。故道既昌以麗康，氣衰颯而淪喪。其視高皇帝萬世不拔之基，文皇帝一時獨創之盛，眇矣！蔑矣！今日倘思扼天維，衍地脈，創艱食之弊，策定民之本，登聖曆乎天階，章國祚之有秩，盍求所以紹揚偉烈焉！

【校記】

〔一〕『夏』，家刻本、强善本等同。備要本作『頁』。

〔二〕『八』，家刻本、强善本、本衙本、日本本等皆作『八』。備要本作『入』。《文選》張衡《西京賦》：『取殊裁於八都。』李善注：『八都，猶八方也。』作『八』義順。

【集評】

一　賈開宗等評點：（『門連三吳』以下諸句）以下極言金陵之勝，皆暗寓當遷都意。（『夫內有甸粟之裕』前後諸句）畢竟是確論。（『輪財賦于東南，統戎馬於西北』）兩語盡當日計劃。（『不以關陲爲襟帶也』）堂堂正正。（『以河套爲脅』以下諸句）國初形勢如此。（『今則孤峙塹外也』前後句）極其透徹。更是。（『後有巴蜀之饒』以下諸句）雖論咸陽，正說出燕京無退步也。（『其視高皇帝萬世不拔之基』）歸重金陵。

二　徐作肅曰：此說作於戊寅，十五年前即已見及遷都矣。文之沈雄壯麗又自一體，直在《三都》、《兩京》之間。

豎人臧說

豎人臧者，吾兄授以乳羊七，臧受而牧之，二年矣，羊未之增也。吾兄怒而責之曰：『吾羊之牧於他所者，歲兩乳焉；其所乳者，又乳焉，而汝之畜獨不繁！』臧俯首無以對。

吁！臧可賞也。天下有以不亡爲存者，臧殆是也。牧二歲而猶七其羊，臧可謂能守其故者矣。無失先王之業，苟今以受之昔，後以受之今，日傳而日守其故，土不必其能廣，人不必其能衆也。無失先王之舊封，雖世强焉可也；無失先王之舊民，雖世富焉可也。天下之辟疆而疆以蹙，料民而民以減者，是殆臧之所不爲也。且吾兄亦知夫乳羊者乎？吾鄰翁者，嘗有羊焉，而命人牧之。其人既報之以繁息之數，乃立豎而受糈。已而，謂羊之牧於野者摘苗而害稼也，乃置圉而牧之；已而，又謂羊之居圉中者産繁而氣疫，羊多以死。大約終一歲，增不能數羊，而授廩有餼，補牢有費，所謂建置沿革，若中條理者。又一歲，而數關白其說〔一〕。翁猝聞其繁息之數而喜，不及詳，准羊而授牛焉，牛實疫死；又准羊而授雞與豚焉。受耕之戶，惡其瑣細而弗堪也，蕪田而去之。嗚乎！翁始貪，貪而惑，既惑益不知所悔，皆乳羊之利誤之也。

故天下往往徇小利之虚名，而卒之勞費紛擾，得遂不償所失者。臧乎！臧乎！吾知免矣！人各有能有不能，善用人者貴審其能與不能。若此者，不言利以欺其主，寧辭功而受過，乃臧之所能也，不可不察也。

吾兄曰：『爾之言近似，然吾羊則實有牧而乳者，又若之何？』

嗚乎！天下之地廣於先、人加於舊，受業而守之，而或以創開而昌大者，君子豈不謂賢焉？然而不可必也。若夫漢武帝猶其得焉者也，後將有掩敗以爲功、飾虚以爲實者，李宓、王成之屬，雖知而誅之，亦何益矣！故天下之亡其羊者多矣，臧殆以不亡爲存者也。

侯子曰：利之所不興者，害之所不伏也。臧之功不可見，然天下必見功而治者，又何其戔戔耶！

【校記】

〔一〕『闕』，家刻本、文鈔本、强善本等同。備要本作『闞』，誤。

【集評】

一　賈開宗等評點：（『而汝之畜獨不繁』前後諸句）句法鍊。（『臧可賞也』）一句斷住。細發。（『天下之辟疆而疆以蹙，料民而民以減者』）尋出證佐，方警。（『謂羊之牧於野者摘苗而害稼也』）正意全以引證上透。（『故天下往往徇小利之虚名』）借出感慨。（『天下之地廣於先』）應前。（『若夫漢武帝猶其得焉者也』）其議愈出，發之而能收。（結句）掉尾。

二　徐作肅曰：無中生有，駕空蹈虚，發爲大論。

劉次鄰字說〔一〕

嗚乎！古人君之待其下，觀於《尚書》之反覆於『鄰』、『臣』者，何其優渥而親密也！士幸生其間，可以出而仕矣。友人劉君暢者，業《尚書》，名其子曰宣，而請字於余，曰：『雖知夫宣之不敏，然欲其力於四方也。』余字之次鄰，而說以贈曰：『夫《尚書》所稱左右有民而望之翼者，職無專責焉，輔翼之統詞也。宣力四方，而曰汝其爲之。豈古之外而牧伯，而以勉勉綱紀者耶！夫君子於德業之際，嘗謙以自牧，避其上焉而不居，則亦爲其次者而可矣，是可以爲字耶！』

劉君暢曰：『宣方未足以爲士，而子顧屬以盛大之辭，教之誇也。』曰：宣，所以爲力也。苟力於其事而不怠，則士也而有卿大夫之材矣。倘壞焉而不及敷，弱焉而不及張，闇焉而不及昭，因循遏廢而至於無可表見，卽假之以卿大夫之位，其庸有以愈耶！夫君子於德業之際，亦云爲焉而日至，勉焉而日强也。然則余之字之者，誠大而非誇也，劉子其無斁吾言乎哉！

【校記】

〔一〕本文文鈔本未收；强善本題目無『劉』字。

【集評】

一　賈開宗等評點：（開頭句）發義深重，如此立端，安得不佳！（『業《尚書》』）卽從此生波。（『夫君子於德業之際』以下句）發揮得意藴無儘。（『苟力於其事而不怠』）規勸得體。（結句）陡一句收，甚厚，且通篇來止此，壯闊藴藉。

二　徐作肅曰：遒健。全是荊公。

字曉兒說

曉既冠，字之曰彥窒。而進之曰：『曉乎！天下何易云通人也，爾無寧窒焉耳矣！窒於應事，故省爲；省爲，故安於拙。窒於處人，故寡合；寡合，故全其樸。天下惟上智能通，中人且不可，而况其下者乎！曉乎，爾毋寧窒焉耳矣！』

【集評】

一　賈開宗曰：道德之精言。

書昌黎潮州謝上表後

昌黎，一代人傑。其諫佛骨，幾致殺身，尤挺立不撓。然貶潮州，而其《謝上表》，亦何哀也。昔人論其欲以詞賦述封禪，幾於相如逢君，此誠太苛！使昌黎而自此貶道以趨時，豈遂安坐不至卿相？乃官侍郎日，明知王廷湊不可犯，而必銜命宣諭，叱馭不回，何哉？蓋士君子之自處，固有生死不難决絕，而落莫悲涼之際，反惝然不能自持者，如蘇子卿娶胡婦〔一〕，寇萊公陳天書，與昌黎不安于潮陽，其病一也。嗚乎！之三君子者，豈非錚錚者哉！而性之所近，不能自强。故曰君子之學〔二〕，變化以成德。自知其病，矯而克焉，變化之謂也。

【校記】

〔一〕『卿』下，文鈔本多一『之』字；『娶』下，文鈔本少一『胡』字。

〔二〕『學』，强善本作『貴』。

【集評】

一　賈開宗等評點：（『而落莫悲涼之際，反惝然不能自持者』）洞見隱微之論。（結句）真學問。

二　賈開宗曰：　朝宗此種論著最有道氣，莫草草看過。

書周仲馭集後

仲馭不以文章名，然官儀部郎日，嘗疏請伸理遜國時事，而其《復吳貴池書》，論皖人阮大鋮尤爲嚴正，卽此已與日月爭光，非文章之家所能及也。後卒以觸皖人殺其身，遂有議仲馭生平剛傲太過，有以取之者。嗟乎！此亦就其殺身而後論之耳。

仲馭與余交最善。余嘗見其負盛名時，執贄問業者滿天下。倘其自此踐履公卿，天下必且益附之，以爲景星慶雲，豈復有議其剛傲者？惟禍福成敗不同，而乃使其門生故舊持論亦異，可嘆也夫！

【集評】

一　賈開宗等評點：（『倘其自此踐履公卿』以下諸句）人情的是如此，非刻論也。

二　徐作肅曰：　言外嗟惋，含蓄不盡。

書練貞吉日記後

友人練君貞吉，司馬公少子，能繼述其家學，爲中原人士之冠。嘗遊禾水，作《日記》，所載皆纖碎不經意事，而含蓄甚遠。余每讀之，以遣旅況。記中間雜詼諧，客有病之者。夫『善戲謔兮，不爲虐兮』，《風》人所以頌衛武也。談言微中，固不在莊語矣。

嘗聞有先朝鉅公，惑志一姬，致夙望頓減。姬問之曰：『公胡我悦？』曰：『以其貌如玉而髮可以鑒也。然則姬亦有所悦乎？』曰：『有之，卽悦公之髮如玉而貌可以鑒耳。』又嘗遊虎丘，其爲衣去領而闊袖，一士前揖，問何也？鉅公曰：『去領，今朝法服；闊袖者，吾習於先朝久，聊以爲便耳。』士謬爲改容曰：『公真可謂兩朝領袖矣！』以此二謔語觀之，是鉅公碑傳之所不盡者，而賴以表微也。然則《日記》之詼諧，何必其無關於世耶！

【集評】

一　賈開宗等評點：（『姬問之曰』前後句）極猥極褻事看他敍法。（『卽悦公之髮如玉而貌可以鑒耳』）絕倒。（『公真可謂兩朝領袖矣』）絕倒。

二　賈開宗曰：坡公所謂嬉笑怒駡，皆成文章。

書吳延仲集後

延仲學問該博，爲文章多本兩漢。其詩出《風》入《雅》，如《感秋》、《射潮》諸篇，皆深壯有當世之志。近體頗哀豔，在韓、李間，非其至也。少年時就燕京廷對，猝遇老中貴延請，置之上坐，求爲作《兔山》、《五龍亭》、《梳妝樓》諸記，《天壇》、《迎神》諸歌。既畢，酬之金五百鎰，願奏天子，延仲辭。余已卯下第歸，嘗過延仲飲，見有伎武氏者在側。是時，山東劉大將軍方擬青齊諸侯王，請以金屋貯伎。伎曰：『願得終身操喻麋，侍吳仲子文筆足矣。』其爲人所傾慕如此。

昔司馬相如能以琴聲奔成都豪女，又遇楊得意薦其詞賦，得陪昆明、未央之遊，後世每豔稱之。相如大節固不足爲延仲道，然延仲卒窮不遇死矣。夫當世貴要，豈無操衡量文章、引拔人材之權者？顧其識反出狗監與蛾眉下？何也？延仲生明思宗間〔一〕，天子嘗寤寐想見天下之士，而同時才賢流落，又不止一延仲。嗚乎！明社遽墟，誰之咎歟？

【校記】

〔一〕『思宗』，文鈔本作『懷宗』。

【集評】

一　賈開宗等評點：（『猝遇老中貴延請』）伏。（『有伎武氏者在側』）伏。（『其爲人所傾慕如此』）筋節。（『昔司馬相如能以琴聲奔成都豪女』）客，妙。（『然延仲卒窮不遇死矣』）筋節。（『顧其識反出狗監與蛾眉下』至結尾）無窮感嘆。

二　徐作肅曰：借司馬相如兩事照映，最感慨而有風神。

書彭西園集後

彭西園，名堯諭，余鄉人之前輩工爲詩者也。少多讀書，有氣調。嘗遊京師，遇竟陵鍾惺，與譚不合，奮拳毆之。當是時，悝方倡異説蠱惑天下，見者莫不拱揖下拜，西園獨勇於擁衛風雅如此。

西園詩開闔起伏，具有法度。意遠調圓，在盛唐入室之列。其負盛名時，詩道榛蕪，無人足以共切磨者。西園性又簡傲，以故其晚年詩遂失於率放。嘗有馬別駕以詩就正，西園翻披一過，即置之而熟視別駕，曰：『公年四十，但窮日夜吟詠，至六十歲不患不佳也。』

豈知得失寸心，晚節欲細，當其頹然老，反不若少壯歟！雖然，余嘗序次西園之詩，即其少壯者，已足傳矣！獨是一言而誤別駕二十年不輟苦吟，世之爲別駕者，何其不幸哉！

【集評】

一　賈開宗等評點：（『與譚不合，奮拳毆之』）妙事。（『獨是一言而誤別駕二十年不輟苦吟』至結尾）收，趣甚。

二　賈開宗曰：自在瀟灑，踞文家妙品。

書黄子久畫後

王君喬年得子久之畫而疑之，曰：『是未必真出之子久也。』反覆觀者累日。

夫使其不佳耶，雖子久何益？使其果佳耶，而猶疑非子久，則是徇名而阻天下以無齊善也！王君方爲畫而徇名以阻善，其可乎？譬如《古詩十九首》，相傳枚乘作，而説者往往以爲不然。人苦不知詩耳，苟知詩，亦熟誦之而已，安用窮其果乘耶？否耶？王君乃豁然喜。

余則有感於子久之畫也。天下之道未有見之不真，蓄之不厚，而可以苟爲之者。子久以畫名，其所以得傳者，固有說。嘗考子久，常熟人，去大海九十里。焉知其不常登蜃樓以覿日，習潮音而聽濤湧，而後以其靈奇恍惚之況寓之於畫耶？司馬子長作《史記》，必先遊覽天下，書畫之道未必不與此通也。且子久既以畫名矣，而乃自號曰『大癡』。癡則不畫，畫則不癡，二者果可兼乎？以是知子久之畫，又必其有無飢無渴，齊毀齊譽之性情寓其中，而後進乎技也。

故山水者，天下之神氣也。其始，必日見山水，羅而致之几席之間，以蓄其氣；其終，當遂無山無水，以吾心之浩浩落落，沛然與之爲一，而乃傳其神。蓋若是其不易也！而世俗之爲畫，顧有終身不見山水者，何也？且甚或終日見焉，而猶之不見者，又未可知也。而況乎其能求之無山與水者乎？嗚乎！天下容有習且熟於其真，而舉而爲之，常不得其似者，未有望而摹其似，而有所得者也。畫何獨不然？

王君憮然有間，頫首而屈其指曰：『諾！吾春必往觀山水焉，子其識之。』時庚寅十二月望後七日也。

【集評】

一　贾開宗等評點：（『余則有感於子久之畫也』）轉筆妙。（『去大海九十里』前後句）本地波瀾，不寂寞。（『司馬子長作《史記》』）再一證佐遙應。（『天下容有習且熟於其真』）推開一步卽緊合，味乃更腴。（『未有望而摹其似』至結尾）纏緜感發，妙。

二　徐作肅曰：紆徐，澹宕。

壯悔堂文集卷十　志銘　祭文　雜著

明東平州太守常公墓志銘

妻父常公，以壬午卒。時宋郡爲寇所破，公易服爲道士以免，既渡河而卒于曹，其子霖權厝之於望魯村。又二年，乃克具槨如禮，迎葬於舊阡〔一〕。余爲之志而銘曰：

公名維翰，字子羽。少常不得於父，然純孝，讓產於異母弟，卒以格性醇厚，與物無競。既舉孝廉，尤自修飭。八上春官不第，筮仕保定令。邑故褊小，公爲政隨任其俗，人不知有令。既滿當遷，司徒公數問所欲得者，皆不應。其子怪之。公曰：『司徒自篤親，我自守己。』遷東平州守。既至，見民饑，開倉賑焉。當催科，嘆曰：『吾民今賣妻子，保性命，天子豈知其至此哉？然停賦則病國，吾願輸家財抵之。』乃盡鬻其田廬二萬金。猶不足，遂坐謫。司徒公又問所欲補，公笑曰：『吾向家財有餘，故可藉以仕。今無矣，尚可仕耶？』公歸而無居，乃居余之北村，茆茨數椽，意泊如也。

公雖平易，然見以爲不可，即終始持之。官太守日，有中貴人道過東平，勢張甚。前路令守皆起居拜跪，厚有所饋獻，公獨閉閤不與通。更禁其尉，尉叩頭爭，公卒不許。人稱其介云。

公娶吳氏，繼娶朱氏，生五子四女。植、樸、霖、檠、桴，其四蚤死，獨霖在。女長嫁余叔愔，次嫁沈譽，幼嫁周司空子業炎，三余妻也。

銘曰：往過東平，父老來迎，愛公及我，有酒如澠。蓋求公與其子皆不得，而見其壻亦猶之乎見公。廉吏不可爲而可爲，公庶幾有其遺風。

【校記】

〔一〕『阡』，强善本作『所』。

【集評】

一　賈開宗等評點：（『司徒自篤親，我自守己』）古人。（『乃盡鬻其田廬二萬金』）奇事。（『公獨閉閤不與通』以下諸句）留此作收，固見常公大節。鄭重處亦文章位置宜然。

二　賈開宗曰：志潔甚，銘爲變體，然自奇妙。

明都察院左都御史太子少保贈少保陳公墓志銘代司徒公

公名于廷，字孟謣，年二十九舉進士，歷官左都御史，太子少保，卒後贈少保，天下稱少保公。少保大節侃侃，爲吏部侍郎日，忤魏忠賢，一削官。同楊漣、左光斗出國門，嘆曰：『于廷幸不辱身，自此天下士大夫無種類矣！』已而，如公言。忠賢誅死，復起歷左都御史，爭言驕弁漸不可長，且亂天下。既爭不得，再削官。未幾，諸大帥握兵者，果養寇自圖便利，浸至開藩鎮，類唐河朔故事，益不肯效命，貽禍至不忍道，又皆如公言。天下於是不徒多公之節，而更歎公之先見也。公言驕弁時且得罪，余督軍昌平，習知九邊將帥狀，欲颺言佐公。公報書曰：『老臣得以微罪行，不足累公，顧徙薪慮良苦，言不行，死且爲恨！幸公知我，他日志吾墓可也。』

公卒後十餘年，季子貞慧以張清惠公《狀》請余，既已受公託生前，乃志而銘之曰：

公系出宋名臣永嘉陳公傅良，由永嘉徙居義興湖南，五世至衛輝丞弘甫，自湖南贅亳村，視其地蓬蓬有白雲氣，因家焉。又七世至憲章，憲章生一經。一經有孝行，鄉里諡爲孝潔先生。先生方妊，而母邵氏嫠，兩刺頸，一指殊，不得死，後奉詔旌節，以公顯，贈『夫人』。孝潔先生既不識父，詢得貌，乃繪事之，伏臘嚶嚶孺子泣，至老不衰。娶雷夫人，夢虎飛天門之祥，生公，手足結毛成麟文，襁褓中數自躍起，墮地不驚。既長，有器量，舉於鄉，不色喜。第進士，授光山令，不受餽。歷唐山、秀水，皆以治最，徵拜御史。公爲御史，號敢言。嘗言給事汪若霖鯁直不當黜，又言朱相賡挾私意逐諫臣，又言王相錫爵黨賡，又言職方郎趙拱極、吳有孚輩皆兩相私人，不宜處要；又言從官陶望齡、顧天峻犯清議。其奉命巡河東鹽，嘗言閹人張忠不法，撓鹾政；又言鹽法便宜五事；又言神宗皇帝久不復當陽，以致天怒，正陽門災；又言鄒元標、趙南星、王德完皆直臣，當收用。其巡江西，嘗言淮藩庶長子常洪謀不軌；又言藩宗多庶代嫡、死冒生、幼讕長及詭養異姓，糜祿食爲宗蠹；又言贛稅宜節；又言閹人潘相稅湖口，民不聊生；已而言閹當撤，又言並稅亦當罷。辛酉，熹宗改元，公已歷冏貳，遷太常卿〔一〕。紅丸議起，公言向以風顛脫張差，庇其主使，已誤；今以誤減紅丸獄，更誤。壬戌，罷刑部尚書王紀，公又言：『紀，賢臣，持詔獄議不上良是，不宜罷。』甲子，歷戶部侍郎，遷吏部侍郎。尚書趙南星相賀曰：『冢宰不足喜，與公同官乃可喜也。』會南星被讒去，公代視事。魏相廣微，欲以忠賢私人代南星，公面拒之，而薦喬允升、馮從吾、汪應蛟。忠賢大怒，叱曰：『是三人者，庸愈南星乎！』于廷乃黨渠，不可不急逐之。』公既罷，卽騎一驢去。賦詩示漣、光斗曰：『脂韋世所同，侃直性所獨。』忠賢命騎四偵公行李，蕭然無所得。丁卯，遣緹校逮公，適熹廟崩乃止。嗚乎！此公所爲一削者也。

戊辰，皇帝更政，舉遺老，拜公留都右都御史，掌南察，黜陟惟允。辛未，遷北都察院左都御史，公辭，不許。拜闕謝畢，退而告人曰：『于廷平生好言天下事，官御史，時則其職也。熹皇帝拱默，中人有竊政者，于廷卽去，言路亦當言。今天子英明，嘗疑臣下好名沽直，更多言徒滋疑天子，惟有勉修職業，仰報萬一耳。』壬申八月，御史祝徽、畢佐周以荅武弁失上旨，下都御史議。公乃抗言曰：『陛下赫然留意武功，欲激厲諸介胄臣，卽薄譴兩御史未爲過。然天下將驕卒悍，紀綱不立，尾大之勢，已見萌芽。又摧挫法吏以長其焰，恐益潰廢不可收拾，將貽聖明之憂方大。今日倘避激聒不一深言，爲失職；失職且負國，老臣不敢。』是時天子意有所向，公持之益堅，凡五宣諭，五不奉詔。天子怒，公遂歸里。此公所爲再削者也。

公事四主，立朝四十年，歷官事業，不可殫述，而獨以一再削之故，海内翕然仰之，兒童走卒，皆知姓名。嗚乎！士大夫砥礪風節，固有所在，而當世乃有嬣婀陰巧，邀主固寵，欲以卿相位傳子孫者，亦獨何哉！

公去官後，嘗深念扼腕天下事不可爲。居久之，病卒，年七十。夫人張氏，後公兩月卒，有婦德，門内化之。公四子，張夫人生者二：貞貽負才早夭，貞裕舉甲子孝廉；王安人生者二：貞達官戶部主事，甲申殉國難死，而季子貞慧最賢，當世所稱定生處士者也。余許以孫女妻其子。銘曰：

死乃銘，公則未。飛虎祥，白雲氣。乘之遊，固甚慰。千萬年，猶髣髴。

【校記】

〔一〕『常』，日本本作『當』；其眉批云：『當恐常。』

【集評】

一　賈開宗等評點：（『少保大節侃侃』以下）先將兩大處提撮，行文便有精采。（『言不行，死且爲恨』）敍得委曲關係。（『鄉里謚爲孝潔先生』以下諸句）一段淨鍊，是《史記》文字。（『公爲御史，號敢言』以下諸句）提出『言』字作主，看他敍法簡覈處。（『公又言』諸句）以上連用數十個『言』字，寫得少保生氣儼然。（『嗚乎！此公所爲一削者也』）關鎖。（『今天子英明』以下諸句）此處補此一段，方又後抗言『驕弁』事，更見關係。行文留意結構處。（『此公所爲再削者也』）關鎖。（『夫人張氏，後公兩月卒』）以下敍家事，簡淨有法。

二　賈開宗曰：通篇兩削官是骨，建言是線索，大文章須如此做，方見手眼。銘亦奇逸。

沈季宣墓志銘

沈譽，字季宣，相國鯉之族也。少孤，所分產鉅萬，爲其兄蕩費且盡，譽安之無間言。兄嘗假爲譽券，貸財於豪有力者，後來徵無以償。譽妻常氏最賢慧，婉告譽曰：『鬻吾所居，豈不有餘耶？』譽大悅，從之，徙居湫隘。

譽天性澹泊，不茹葷血。力學穎悟，有文章名。年二十七而病，遂以死。沈氏自相國鯉以來爲宋之巨族，無論千餘指，惟相國最貧，其餘皆以財力雄霸閭里間。相國在時，嘗訶詈之，而無以禁也。譽獨以寒素稱。然沈氏既富，而其人或習爲驕奢，或更齷齪狡獪以謀爲滋殖，雖千餘指，無復有讀書能識字者。譬獨以文章自立。識者皆曰：『此非沈氏子所宜也。』果早卒。無子，一女以妻余子曉。銘曰：

人異其族，是爲不祥。況君之異，乃在文章。疇頑而壽，孰哲而殤？大塊不知，終古茫茫。

【集評】

一　賈開宗等評點：（『相國鯉之族也』）伏一篇之案。（『譽妻常氏最賢慧』句）並其妻帶出，是文章筆力處。（『沈氏自相國鯉以來爲宋之臣族』前後句）再撮此段重敘，即收煞，文境便大便，有精采。（『然沈氏既富』以下諸句）轉，更妙。（『此非沈氏子所宜也』前後句）文筆深刻乃爾。

二　賈開宗曰：安貧力學，已足沈君生平。借相國族人一段照映，更自生情生色。

曹秀才墓志銘

曹秀才以明崇禎庚午卒，卒後而有嗣子璜。璜既長，而因其舅陳君貞慧從余遊，是爲順治壬辰，其母陳孺人之教也。陳貞慧曰：『璜母年二十餘而寡，今歷兩代，且三十年，而曹氏家門之事皆身任之。當秀才之歿也，而事其舅姑不異于秀才生時，其圖所以嗣秀才者，則無子而有子。其撫璜也，門以內慈，門以外多長者遊，教之義方，人不知其無父。今更圖其不朽秀才者，將使璜拜求吾子爲志，非子不能，子無辭。』余嘉孺人之貞德，乃爲秀才志曰：

君姓曹氏，名懋勤，字曰文友。曾祖三暘，工部尚書；祖司勳，雲南左布政使；父福孫，太常寺主簿。秀才少有令譽，陳少保公于廷以愛女妻之，卽璜母也。當是時，曹氏門第甲於陽羨，少保公家更赫奕，兩姓輝映，人以比江左王、謝，而秀才負才落拓，意不屑也。常嬉遊，少保公數禁之不肯從，則誘而鍵諸室，命老僕守之，秀才乃以餅金誘老僕而逸出。少保公怒而召之來，卽署堂上命爲文，立就，凡三試三稱善，且喜且罵曰：『孺子倘力學，將來建立何啻老夫，而乃不自愛若此！』秀才立感悟，卒淬厲以文名。顧數不得志於有司，殊怏怏。庚午，出試院而病，遂死。

先是，秀才病，孺人常籲天請代，又刲股以進。旣寡，而足不踰戶者三年，乃日撫璜。馮秀才几而告之曰：『君彌留時，恨無子，今有子矣。』則又躃踴痛哭，鄰里皆感動。孺人勤敏，有識量，動止尤嫻禮法。姊嫁乙卯舉人吳洪裕，妹嫁辛未進士吳簡思。兩家姊妹之盛，車馬賓客絡驛不絕。獨孺人蚤寡孤苦，處兩家間〔一〕，然持其家世，往往傾兩家上。孺人旣苦節而孝，歷久無間言，里人乃爲請旌而表之，遞相賀且歎曰：秀才死而親無廢養，子無廢嗣，世業無廢主，秀才可以死矣！

陽羨俗重貨利，士大夫彼此較論銖兩，不得則睊睊然怒。已而更謀所以得之，則復潝潝然假相合。尤不尚交友，間治具招賓客，必心有所爲，無泛然者。秀才生時，獨數出千金，周人之急。而孺人常撫璜曰：『而父有遺志未就，而必求當世達人，爲師若〔二〕友，庶克繼之。』卽碌碌如余，孺人猶介其兄引璜延請館於家，每膳必豐必潔，皆孺人手調而目視之〔三〕，而猶若有嗛者。嗚乎！是豈少保公之遺教耶！孺人陽羨一婦人，何以然？

孺人生二女，其一夭，常曰：『秀才恨無子，今止一女，豈可不擇配？』凡富貴家來求者皆卻之，獨以歸萬曆間名御史湯公兆京之孫原楨。原楨文雅純謹，與璜皆能有立云。銘曰：

無成有終，緊臣與地。孺人象之，爲君也妻。其克撫璜，大君之裔。君之生，僅二十六年，而令聞百世。

【校記】

〔一〕『處』，家刻本、文鈔本、强善本等同。備要本作『愛』，誤。

〔二〕『若』，家刻本、文鈔本、强善本等同。備要本作『爲』。

〔三〕『目』，本衙本、紅杏本作『自』。

【集評】

一　賈開宗等評點：（『其母陳孺人之教也』以下諸句）主。從貞慧出孺人，從孺人出秀才，文筆委曲有法度。（『余嘉孺人之貞德』）主。（『曹氏門第甲於陽羨，少保公家更赫奕』）借兩家門第襯貼，有姿。（『先是，秀才病，孺人常籲天請代』前後句）通篇敍秀才止此，卽接入孺人，可悟文章虛實相生之妙。（『馮秀才几而告之曰』）文情生動。（『兩家姊妹之盛』前後句）又借兩家來照映，淡宕閒遠。（『秀才死而親無廢養』）卽轉入，方是秀才志體。（『陽羨俗重貨利』）入陽羨一段，烟波無際，闗合更自有情。（『秀才生時，獨數出千金，周人之急』）起處留此一段不說盡，是文章含吐法。（『孺人陽羨一婦人』）筆力千金。（『秀才恨無子』）闗合。（『孺人象之，爲君也妻』）銘奇！

二　徐作肅曰：　是爲秀才志，卻以孺人作主行文，極映帶穿插之妙。

郭老僕墓志銘

郭老僕死而葬於城北之金家橋，其主人爲志其墓而銘之。曰：老僕名尚，十八歲事余祖太常公。方司徒公之少而應秀才試，以及舉孝廉、登進士第，老僕皆身從之。司徒公仕而西抵秦涼之塞，南按黔方，北盡黄花、居庸邊鎮上，老僕又皆從。司徒公嘗道經華山，攀崖懸洞而陟其巔，老僕則手挽鐵索從焉。華山老道士年百八十歲矣，謂司徒公曰：『公，貴人也。然生平豐于功業，嗇於福用，當腰圍玉而陪天子飯，此後一月難作。凡有五大難，過此壽可耄耋。此僕當濟公於難者也，幸善視之。』然老僕殊不事事，司徒公嘗遣視南圃之墅，久之所司皆荒失。命人迹之，則老僕自攜琵琶，與一婦人飲于鹿邑之城門樓。司徒公怒斥之，不使近。戊辰赴官京師，老僕固請從，至則日酣飲於城隍市。司徒公朝所命，老僕暮歸，醉而盡忘之。司徒公怒而罵，老僕則倚壁而鼾，鼾聲與司徒公之罵聲更相間也。積二歲餘以爲常。

司徒公爲烏程相所構下獄，顧謂諸僕曰：『爾輩皆衣食我，今誰當從乎？』老僕涕泣拜於堂下。司徒公熟視曰：『嘻！爾豈其人耶？』老僕前曰：『主人盛時，安所事老僕，老僕亦酣醉耳；今老僕且先犬馬死，主人又患難，豈尚不盡心力，主人不憶老道士言乎？』自此不飲酒，亦不與其家相通，從司徒公於獄者七年。烏程相與韓城相相繼秉政，皆苛深，託諸緹校，詗察在事士大夫，親朋奴僕，往往避匿去。老僕嘗衣敝衣，星出月入以事司徒公。

初，燕女有姚氏者，數嫁不終，饒於財，每曰：『我當嫁官人耳。』老僕乃僞爲官人，娶之。日取其財，易酒食交歡諸緹校者，故得終始不及於難。後姚氏察知其僞，大哭駡老僕，以手提其耳，嚙其面，面上痕常滿。及司徒公出視師，乃以老僕爲軍官〔一〕，冠將軍冠、服將軍服以見姚氏，姚氏則大喜。老僕入謝司徒公曰：『老僕嗜飲酒，今七年不飲酒，此後願日夜倍飲酒以償之。』久之，飲酒積病，遂以死，年五十七。

老僕有四子。其次嘗犯軍法當死，諸大帥卜從善等，羅拜司徒公曰：『非願公絀法，乃軍中欲請之以勸忠義也〔二〕。』當是時，郭老僕之名播兩河云。

銘曰：　汝士大夫之師，而乃居於奴。奴乎！奴乎！奴尚則有，士大夫卒無。

【校記】

〔一〕『乃』，備要本脱。

〔二〕『勸』，文鈔本作『勉』。

【集評】

一　贾開宗等評點：（『老僕則手挽鐵索從焉』前後句）凡三用『從』字，三様出法。（『司徒公朝所命』以下諸句）妙。（『自此不飲酒』以下諸句）難得。（『易酒食交歡諸緹校者，故得終始不及於難』）難得。（『冠將軍冠、服將軍服以見姚氏』前後句）妙！奇人奇事，須有此奇文。

二　賈開宗曰：　通篇淋漓寫生，從來志銘中第一。

祭吴次尾文

壬辰十月日，梁園侯方域，卽陽羨爲文，而三灑酒，祭於先友吴君次尾曰：

嗚乎！次尾死矣。余蚤決次尾之死，而次尾果死矣！然余時時見吾次尾之面冷而蒼，髯怒以張。言如風發，氣奪雷光。坐於我上，立於我傍。狂醒酣醉，時一呼之，不知吾友之云亡也。今過陽羨，陳子來迎。憶我三人，共學石城。嘗更高歌，聲滿帝京。又同時而幾殺其身乎，大鋮與士英。蓋安樂與患難，因無一之弗並。今次尾竟不見，而獨見定生！嗚乎！次尾果死矣。因與定生痛哭失聲，君豈聞之耶？是夜卽夢君握余手，曲敍平生。歡笑異常，然則次尾又未必死也。

余向聞君死，嘗就梁園爲位，南望而祭。然不欲爲文者，以未悉授命時本末，恐萬一亂真，失吾次尾；今定生乃爲我言，次尾戰敗，危坐正冠，徐起拜故君，辭先人，引頸就刃，意氣彌振。嗚乎！今而後吾次尾果死矣。次尾果死，次尾何憝？次尾果死，次尾固在！余與定生哭者，友朋之情；而次尾笑者，蓋夢中猶不屑爲兒女子之態！

余與定生之於次尾，交親范、張，一生一死，拜墓加封，當在君里。以君之神，乘雲策晷，今古蜉蝣，乾坤糠粃。方且無所不之，而又何必池陽之爲桑梓也！次尾念我與定生，别垂一紀，安知不已駕池陽，過陽羨，格止覯止，特我與定生不能見爾！

嗚乎次尾！讀萬卷書，識一字『是』！明三百年，獨養此士！

【集評】

一　賈開宗等評點：（『坐於我上』以下諸句）一路淋漓，見交誼之厚。（『然則次尾又未必死也』）又一轉，深情。（『危坐正冠，徐起拜故君』）生氣如見。（『讀萬卷書』以下四句）四語不減《正氣歌》。

二　徐作肅曰：纏綿嗚咽，全是一團真氣。此等文正以不必剪裁爲佳。

祭亡弟文

君之垂歿也，執余之手而屬之曰：『必葬先夫人之墓，而以晳兒爲嗣。』魄既冷而目不瞑。余號哭請于大人，許焉，以復乃瞑。今葬君于先夫人之側，伯兄墓之左，而晳兒奉君之婦杖而衰，是日主祭，拜見賓客，年六歲，禮如成人。賓客皆曰：『君有子矣！』蓋二事皆如君易簀之言也，敢告。

【集評】

一　賈開宗等評點：（『而晳兒奉君之婦杖而衰』前後諸句）先秦之文。

二　賈開宗曰：只直敍事，而悲情無限。

代三省督府張公祈雨文

某聞天生民，而明以寄之岳牧，幽以寄之社稷百神。其有疾病水旱，則岳牧爲之請命於君，百神爲之請命於天，其義一也。今某謬爲國家領岳牧之任，實與神共事兹土，而五月不雨，三農之失其業者，號呼之聲，日徹於耳。某心竊憂焉，至廢寢食，則神之憫之可知也。然而某久禱而不應，何也？豈神固未之知耶？抑知之而不爲之請耶？或請之而不許耶？或某之不職，已夙獲戾於神，而兹又禱之不以誠耶？夫果未知之，是無神也。知吾民之顛連如此，而不爲之請，是神溺其司也。若其請之而帝不許，是必且仁愛化爲慘刻，尤某所不敢信也。或某之不職與不誠，則殃咎宜加某之身，而又何與乎斯民也？凡若此無一可者，神必有所以處之矣，某敢不蠲潔以待命！

【集評】

一　贾開宗等評點：（『抑知之而不爲之請耶』前後句）一句一轉，直使神明無辭。

二　徐作肅曰：愷切而嚴正，方是祈告之文。

告井神文有序

壬辰七月，侯子鑿井於西堂，圃婦汲焉。神有憑之者，曰：『爾胡不祭我？將攝爾魂，蹶爾魄。』言畢而仆。侯子奠酒三盂，爲文以祝之，婦是夜甦。

某之鑿斯井也，毋亦聚族而飲神惠也，匹婦何罪之有？不腆蠲烝〔一〕，以告神歆，主人既已知之矣。神而黷焉，其若之何？若其非神之爲，而妖或憑之，是用疾降威，誕昭厥德。不然，某且是湮是塞，其又敢邀惠於神！

【校記】

〔一〕『腆』，家刻本、退齋本、强善本、本衙本、日本本等同。備要本作『忝』，誤。

【集評】

一　賈開宗等評點：（前序）敍亦古潔。

二　賈開宗曰：　辭令是左氏能品。

爲吴氏禱子疏

澄江有蔡烈女祠，遠近禱子者輒應。余異之，爲妾吴氏禱焉。

某謹疏娘娘殿下：　某妾吴氏者，家本吴閶，言歸梁苑。十二樓月沉子夜，偏照雙眉；三千里雲際扁舟，常憐一葉。鶯鶯漸老，傍公子以何依；燕燕空忙，嘆佳人之不再。終恐霞裳翠袖，總歸花落鳥啼。恭惟娘娘殿下，自淑也貞，聞風者遠。不辭玉碎，留暫時於人間；所喜石堅，得請申於帝座。掌螽斯有簿，俾佐郤妃；念鳳卜未諧，乃酧麟子。伏祈慈明俯照，鍊力永孚。大降英雄菩薩之靈，曲成兒女帷房之願。從此長齋繡佛，早咸肇錫佳名。千歲桃花，佩瑤池之結實；萬年靈藥，望碧海以銜恩。某可仞虔誠禱祝之至〔一〕。

【校記】

〔一〕『可仞』，家刻本、强善本等同。備要本作『不勝』。

【集評】

一　賈開宗等評點：（『鶖鶖漸老』前後句）用事穩妥，兼有意致。（『終恐霞裳翠袖，總歸花落鳥啼』）悟語。（『掌螽斯有簿』以下四句）巧合。（『大降英雄菩薩之靈』以下句）文筆橫絕。妙！

二　徐作肅曰：神韻瀟灑。

三　宋犖曰：蘇長公禪喜一流文字。

西施亡吳辯

西施非能亡吳也，而後世以亡國之罪歸之西施，過矣！使吳王不信宰嚭殺伍胥，内修國政，外備敵人，西施一嬪嬙耳，何能爲？當時以勾踐之堅忍，種、蠡之陰計，臥薪嘗膽，日伺其後。而乃遠出數千里，爭長黃池之間，構釁艾陵之上，窮師黷武，殆無寧歲。越人乘其空虛，而傾其巢穴，此卽無西施，豈有不亡者哉？

吾觀吳之亡也，與秦之苻堅相類。二君荒淫精明固不可同年而語，而秦之亡以伐晉致潰，吳之亡以越境而内救不及，其轍一也。然後知佳兵者自焚，而攻遠者遺近，元龜格言，必不可易也。

夫吾之爲西施辯者，非果謂女戎可與於末減也，蓋欲推其致亡之繇，而斷之于窮師黷武，以爲後世鑒戒也。嗚乎！吳之亡也，有西施亡，無西施亦亡，强大真不可恃哉！

【集評】

一　賈開宗等評點：（『西施一嬪嬙耳』以下諸句）句法勁。又作一層辯，文氣便厚。（『與秦之苻堅相類』）確證。（『蓋欲推其致亡之繇』至結）好出脱！用意又在題外。

二　徐作肅曰：層層推論，精勁無前。

狄仁傑反周復唐辯

賢哉，梁公！有存唐之心者也，非遂反周復唐也。何也？武氏一淫虐之婦，不過藉唐之基業、假唐之名器以濟其惡耳，倘一旦廬陵、相王，或廢或死，而果欲傳天下於三思、承嗣，天下豈有拱手聽之者！武氏卽英雄，豈能盡以威力劫制天下哉！周必不能建國，何事於反？唐必不亡，何待復？且張易之、昌宗者，狐鼠豎子，其罪固不容於誅，而唐之存亡，實不係乎誅之與否也。五王乃至，借兵於羽林，躊躕顧慮，如臨大敵，其視豎子也太過矣！

善乎李賢！告英宗曰：『奪門之計，非出萬全。景泰帝不起，羣臣自詣南宫，請陛下正位，何事張皇？』不動聲色而就夾日補天功，此真大臣之言也。雖然後之爲人臣者，倘其無梁公之心，而徒借口鎮靜以俟事機之自至，則何以異於模稜首鼠者也？是又五王之罪人也。

【集評】

一　賈開宗等評點：（『天下豈有拱手聽之者』）理勢俱確，不可易。（『實不係乎誅之與否也』）確甚。（『雖然後之爲人臣者』至結）開一步歸重梁公，文便無隙可駁。

二　賈開宗曰：　眼光籠罩古人上，細看卻是以平心出之。

憫獐

客有過侯子以獐獻者，侯子曰：『獐可馴乎？』客曰：『夫至德之世，獸可同羣而遊，今子無乃有所不信耶？　而何獐之疑歟？』侯子曰：『然。』營室而授獐焉。已而，獐呦呦焉其鳴之悄以思，嘷嘷焉其號之窮以悲也；　又夜則以首搶其戶，或視之，瞿然而驚，類於人多有所不可者也。仲皃王子聞之曰：『子之不善於獐也審矣，曷以授余？』侯子曰：『子之庭有二物焉，其大者類西旅氏之獒，而小而駿者韓子盧之裔也；　是皆有欲於獐，奈何？』王子囅然而笑〔一〕曰：『子非特不善於獐也，又且不知吾子盧與西旅氏。吾將導獐而見之二氏，浸假而共牢以爲食，浸假而共寢以爲處，浸假而相與爲友，而日以益善，予因而安之，豈更害哉？』侯子曰：『雖然，子曷使童子守之，而猶授獐以索。』王子默然不應。

居三日，王子以告曰：『吾廢吾童子矣！　視二氏之貌，且翦翦焉適矣。』又居三日，王子以告曰：『吾廢吾索矣！　視二氏之情，且煦煦然親矣；　雖然，獐猶有間焉。』又居三日，王子以告曰：『獐無間矣，與二氏者爲一矣。』又居三日，而西旅氏伺獐之寢也，噬其吭，韓子盧拉其脅，獐竟以死。

王子蹙然不悅，而語侯子以其狀。侯子曰：『子固未之知耶！　向二氏之翦翦焉若適者，所以餌吾童子也；既而煦煦焉若親者，所以餌去其索、而恐或爲之援也；既而示之以無間者，乃所以餌夫獐也。撤其防，去其援，而又探得其情，此西楚霸王之無所用其力，而南宫萬之所以斃也，何况於獐哉！』王子大怒，抽戈以逐韓盧與西旅氏。侯子曰：『無庸也！夫世之相與爲友，日以益善，反出其不意而害之者，其智非始于韓盧與西旅氏也。』

或曰：『是獐也，狷中而狹外，類於人恆有所不可者，即無韓盧與西旅氏，亦將有災焉。』

【校記】

〔一〕『韅』，底本作『韉』，據文鈔本正。

【集評】

一　賈開宗等點評：（『類於人多有所不可者也』）伏。（『王子以告曰』句）脱胎于子而無其跡。（『而西旅氏伺獐之寢也，噬其吭，韓子盧拉其脅，獐竟以死』）後篇章法在此。（『撤其防』以下諸句）入大議論，不測。（『其智非始于韓盧與西旅氏也』）正意只一句。（結）妙論。

二　徐鄰唐曰：無中生有，變動奇軼。

三　賈開宗曰：是莊、列中一篇好文字。

盧告

居三日，而韓子盧見夢於侯子。曰：天乎！天乎！夫子何詈我至於此極也。夫子若以我爲陰陽狙詐而賣吾之友者，吾寧且死於夫子之前，以明我之不受也。昔先王辨族以合天下之類〔一〕，余是以受姓爲西戎氏。同類而殘謂之忍，同族而殘謂之悖，今獐之與我族耶？類耶？我之司守於王氏，執狌而捕狸，分也。彼獐者鋭首斜目，細前而蹶後，儇佻詭祕以自炫其身，庸知其非狌氏之親而狸氏之黨耶？執而殺之，又何誅焉？且是役也，首兵於西旅氏。西旅氏將舉大事，而我莫與助也，夫子且得以我爲仁乎〔二〕！我之交善於西旅氏有年矣，夫子之所知也，而何有於獐？若一旦潰敗其謀，而惟獐之卽焉，舍其舊而新是圖，夫子其又謂我何？幸而獐手爪樸樕，天下一妄庸子耳。設其有中山氏之狠，斑寅氏之威，而西旅氏犯不測，出生死相角逐，我乃顧望兩端，成共其名，敗遠其害，縱夫子曲而赦我，我何面目而見吾二氏之父老哉？

抑夫子之徵喻與西楚也失辭。日者秦失其鹿，天下逐之，我實率族爲一旅以從。後高祖定天下，論功惟崇讓蕭何，其餘十八諸侯皆以余爲準，以故熟楚漢事頗悉。彼項氏者，吾敵也。夫是以見利以縻之，分土以角之，多其間隙以困鬭之，捐小仁以就天下之大計也。夫子奈何以婦人女子之煦煦者，而論敵於友哉！若其爲友者則有之矣，彼其生同牢，食同筐，交首而戲弄，分背而摩搔，自以爲交最密而莫之間也；或投以腐鼠，乃勃然怒，羣起而爭，又恐其爭之不勝，乃陽好而陰與爲伺，或更以其友之情而泄之于其仇，是則我與西旅氏所大懼也。當是時，與余同事高祖者曰常山王，其友曰南皮侯，自二氏不終，而其後浸以廣。是其爲道也，負塗而載鬼，黑烏而赤狐，意者其吾族者敗類之子耶〔三〕？而何夫子之詈及於余也？雖然，夫子之言駸駸乎布已，余恐天下之後生小子，尸祝乎夫子之言，而遂以余當之也。夫子何不賜余以尺寸之地，余且三踊三號而湔其頸之血，以上請於帝，化爲天狗，而噬夫天下之負塗而載鬼〔四〕、黑烏而赤狐者，以信余之志，辨余之族類，而洗之于夫子？

言未畢，脵脵然若有大星之墜於戶者，侯子以寤。出門而王子來，曰：『吾韓盧氏死矣。』

【校記】

〔一〕『王』，家刻本、强善本、本衙本、日本本等同。備要本作『生』，誤。

〔二〕『其』，家刻本、强善本同；本衙本、日本本、紅杏本作『民』；備要本作『且』。

〔三〕『者』家刻本、强善本同。備要本作『中』。

〔四〕『噬』，强善本作『逐』。

【集評】

一　賈開宗等評點：（起三句）以韓子盧起，留西旅氏在後作論頭。（『同類而殘謂之忍』二句）鍊氣遣辭俱十分古健，使覽者不知其遊戲。大手筆作法自是不同。（『而西旅氏犯不測，出生死相角逐，我乃顧望兩端』）說來都關至理。（『是其爲道也』以下諸句）又幻出此種議論，發出胷中磊塊不平之氣。（結尾）妙！

二　徐鄰唐曰：一肚皮不合時宜，發得淋漓如許。而行文縹緲，又自別創一格。

三　宋犖曰：有關名教之文。

蹇千里傳

蹇千里者，衛人也。其遠系出於汧渭馬氏，後無顯者，馬氏擯之不與通，因別其姓爲蹇氏。祖鳴，晉初以聲干王濟，濟悅之，而爲言孫楚。濟故天子貴近臣，楚尤以文學起家，知名於時。二人既交口譽之，鳴以此稍稍遊士大夫間，積官至櫪園令。後頗益驕，與馬氏論姓望先後，爲諸葛恢所抑，丞相導爭之不能得也。嗚坐是廢。嗚既斥，家益中落，乃退與奇章氏耕於野。

千里父轅客，早卒。幼孤不慧，時時從販夫牧豎者而爲人負載。又戲爲人逐，得之騎千里項；千里返走，人輒笞辱千里，千里貌益恭。觀者大笑曰：『是子駑怯乃爾耶！』因戲字之曰『駑長』，遂以名之。會有善相人者過之，曰：『吾閱人多矣，公耳纍纍然，面狹而長，類諸葛瑾，後當極人臣。必富貴，無相忘也。』千里徐昂首曰：『人皆謂我駑，是皮相者，烏知我？我當於旬日間，自致千里耳！』乃更其名爲千里云。

千里既長，盡謝去其故所狎弄者，聞孟浩然爲詩〔一〕，乃折節事之，爲攜笈襆。浩然醉，輒自負之而行，皆操其所最下者。久之，相得益歡甚。浩然教之曰：『子族陋而孤，非有以延致之，卒無所成名。後三日，我與諸公會灞橋上，子當來。』已而大雨雪，諸公坐風籟中，相與傳觴飲，飲竟賦詩，因歷數當世之能爲詩無當意者。千里顧從泥淖中背奚囊踉蹌而至，諸公望見，翕然曰：『詩在此矣！』因遂藉出其輩遠甚〔二〕。尋以《餐牡丹之朝英賦》登第，筮仕館驛巡官，擢駕部員外郎，出爲稷州轉運使，以靈石道大都督入爲左僕射，封曹國公。

千里居官皆有勤績，性謹願，不肯爲跅弛行。嘗曰：『彼僨轅而破犂者，烏足與共事哉！』然無他材能，以資敍層累坐取卿相，同列輕之。一日會食中書，漏下三鼓矣，千里一盡數豆，忽奮迅大言罵坐。鳳閣侍郎王及善歎曰：『是局趣轅下駒耳，幸致位此，乃欲一鳴驚人乎！』顧謂令史：『驅出之，吾徐以上奏。』千里竟罷爲黔中守。黔中險遠，多暴蟲毒瘴，非人所居。千里自以貴臣坐排斥，意常怏怏，不檢柙，時出行林薄間，猝爲虎所殺，當時亦以訾及善云。千里死，而異父兄曰田系者冒姓馬氏，更以材力顯。

侯方域曰：千里凡駑，其先世亦無達人，而能自緣飾，以詩賦顯，致位卿相，嗚乎，亦異矣！卒厄於虎類，有天數焉。人始聞之，莫不驚不信〔三〕，既而果然。嗚呼！大位真不可倖致哉！

【校記】

〔一〕『爲』，家刻本、强善本、本衙本、日本本、萬有本等皆同。備要本作『工』。

〔二〕『甚』，備要本作『處』，誤。

〔三〕『不信』，家刻本、强善本、退齋本、本衙本、日本本、紅杏本等皆同。備要本作『疑』。

【集評】

一　賈開宗等評點：（『後頗益驕』前後句）再有此一段連上，便腴味不窮。（『爲諸葛恢所抑，丞相導爭之不能得也』）是如何引用？大奇！（『公耳纍纍然，面狹而長，類諸葛瑾』）詼諧入妙，文筆入神。（『我與諸公會灞橋上，子當來』）奇想。（『然無他材能』）急點此句。（『當時亦以訾及善云』）妙！少此句不得。（『千里死，而異父兄曰田系者冒姓馬氏，更以材力顯』）以閒處結。

二　徐作肅曰：極老靠，盡節奏，人人能見，不必贅譽，然亦直敍耳。神味都從中出，覺處處飛動。可見文不在粧點，一涉粧點便拙，拙便死。提頓分明則神姿四映，無所爲神姿也，老靠耳。老靠固節奏所出。

壯悔堂遺稿

一卷　附輯佚文

壯悔堂遺稿一卷　附輯佚文

侯朝宗遺稿序

任元祥

嗚呼！此侯子《壯悔堂集》成之後所作也。《壯悔堂集》成於癸巳之春，不二載而侯子歿。余既寶《壯悔堂集》而朝夕之矣。天下好古之士，既無不慕《壯悔堂集》，而望之若雲霄，奉之若蓍蔡者，三年於兹矣。侯子之訃，士君子知與不知，咸惋惜而嘆悼之。

乙未秋，余奔弔焉。而求其二載中所作古文，得序、策、書、銘若干篇。其子彦室捧而泣曰：『是將梓而附之《壯悔堂集》，執事不忘先君之好，而賜之序，先君之志也。』余惟侯子之文何假予言以爲重！然余既知且厚于侯子，而悲其殞歿也；既深嗜篤好于侯子之文，而片言尺璧之是珍也；又重違孝子之請，故不能以無言。

昔杜甫既歿，得元稹而名始彰；韓愈既歿，得歐陽脩而名始彰；司馬相如生受知于天子，歿而天子遣使求其遺書；之三人楷模千古，而得名之遲早甚異。今侯子少有盛名，《壯悔》、《四憶》及《雜庸》制義一出而紙貴；然應舉輒蹶，嘗及顛沛，是殆以司馬之名，而得韓、杜之窮者也。然司馬遺書，不過封禪一篇，自以爲雅頌揄揚，而不知非先王典禮，無益經國之事也。觀侯子遺稿，而流連感慨于世道人心之際，未嘗不三致意焉。設使侯子見知于天子若司馬相如者，其不徒以辭賦之工爲致身之術也必矣。然則侯子有經濟之才，而不用於世，乃以立言自見，亦可謂不幸矣。天下之士，悲侯子之不遇，而又惜侯子之早逝也。然天下公卿，期頤不少，而一再世之後，誰復知之者？侯子雖死，遺書具在，亦未可謂不幸也。

乙未九月，陽羨同學任元祥題。

（另見任元祥《鳴鶴堂文集》卷四）

壯悔堂遺稿

與方密之書

敬啓密之故人座下：　頃自毗陵聞密之已還，卽欲奔走一晤，猶以爲未果乃止。歸雪苑，遇何三次德，具爲述密之還里月日甚詳，今已爲僧，止於高坐寺。僕乃大喜，故人相見之有期，密之雖還而得其所也。往在毗陵，陳子定生私以問僕曰：『密之之還，何也？』曰：『密之無兄無弟，老父六十餘在堂，雖有二子皆幼，未必任侍養，密之之還，宜也。不然，密之讀書有道人也，南山之南，北山之北，豈患無溝壑足了此身，而必戀戀故土哉？』今密之旣還而止於高坐寺，固無異於南山之南、北山之北也。密之之事畢矣。敬賀！敬賀！

僕與密之交遊之情，患難之緒，每一觸及，輒數日營營於懷。及至命筆，則益茫然無從可道。猶憶庚辰，密之從長安寄僕檿絲之衣，僕常服之。其後相失，無處得密之音問，乃遂朝夕服之無斁；垢膩所積，色黯而絲駁，亦未嘗稍解而澣濯之，以爲非吾密之之故也。乙酉、丙戌後，制與今時不合，始不敢服，而薰而置諸上座，飲食寢息，恆對之欷歔。病妻以告僕曰：『是衣也，子之所愛，吾爲子稍一裁翦而更之以就時製，卽可服矣。』僕急止曰：『衣可更也，是衣也，密之所惠，不可更也。吾他日幸而得見吾密之，將出其完好如初者以相示焉。』蓋僕之所以珍重故人者如此。密之或他日念僕，而以僧服相過，僕有方外室三楹，中種閩蘭粤竹，上懸鄭思肖畫無根梅一軸，至今大有生氣。並所藏陶元亮入宋以後詩篇，當共評翫之。

【集評】

一　賈開宗等點評：（『密之無兄無弟，老父六十餘在堂』）好出脱。（『密之讀書有道人也，南山之南，北山之北，豈患無溝壑足了此身』）喝住。（『密之從長安寄僕壓絲之衣』以下諸句）説不盡，故借一衣來。法妙于脱至，其中處處著意，種種皆見于一衣上，則又存乎筆之神化，思之劖刻。（『制與今時不合』）著意。（『衣可更也，是衣也密之所惠，不可更也』）著意。（『將出其完好如初者以相示焉』）著意。（『而以僧服相過』）吃力一語。（『上懸鄭思肖畫無根梅一軸，至今大有生氣』）以直放爲結，横肆。

送何子歸金陵序〔一〕

龍眠何子之歸金陵也，道出雪苑，其友人賈子、徐子、宋子送之以詩，而推方域爲之序。余之見於天下興亡盛衰之故，友朋生死聚散之感，既已多矣，又嘗與何子少同學，中同患難，今又幸存而兩相遇，其可以無言哉？

余與何子之寓金陵也，歲在己卯。中原秦晉之間，雖有盜賊之警，而江南太平富庶。朝廷之上雖門户角立，漸有黨錮之禍，而其公卿之賢而愛名者，皆願求天下清流之士引以自助。天下之士亦莫不砥礪節行，唱和聲氣，相聚于豐鎬舊京之地，以文學爲贄，而脩同人之業。卽以龍眠、雪苑之一邑論之，其首事者，咸有數人。推之天下，盛可知矣。是時余與何子方少年，意氣甚鋭，又習見天下無事，以爲海内同志之士，或出或處，可以歲月相見，雖離别歸其鄉土，必不至遂契闊阻絕。故余之自金陵歸雪苑，同人雖聯舟載酒，餞送秦淮之曲，而賦詩言志，往往各有期許，壯以遠，從容以愉，未嘗有促促靡騁之思，悵悵可憐之狀也。

其後三年壬午，而雪苑爲李自成所破，向之首事若徐子作霖〔二〕、吴子伯裔、伯胤，皆駡賊而死。余至金陵，求所謂龍眠之數人者，亦且有見有不見矣。又二年，爲甲申，弘光帝立，大興黨人獄，何子依楚帥，余竄揚州，僅而免。會天下鼎革，同人或散或死，無一存者。余再至金陵，嘗晨起跨一蹇驢，訪問故舊，盡日而歸，則吞聲止於廢寺，並何子亦不可得見。嗚乎！當余之歸雪苑也，使知吾同人飄忽湮滅至於如此，必且顧馬踟躕，願立斯須。同人亦必且牽袂引觴〔三〕，耳熱仰天，賦《公無渡河》，豈肯以千里之别爲偶然也！夫余之别諸子於積安之時，又以同人如此之盛而轉盼再見之難，十不獲一，況於龍蛇初定、流血未乾之日耶！又況於友朋寥落，皆其死散之後而幸存者耶！又況余與何子友朋生死之遭，更有出於此外者耶！何子有管、樂才，宜出爲世用。然十年以來，猶以布衣奔走周道，此其故何歟？

吾友龍眠方以智者〔四〕，崇禎中嘗仕簡討〔五〕，亦與何子首事之人也。今聞于高坐寺爲僧，何子歸，試以語之〔六〕。

【校記】

〔一〕本文文鈔本、强善本收入第二卷。

〔二〕『首』，家刻本、文鈔本、强善本等同。備要本作『所』，誤。

〔三〕『袂』，家刻本、文鈔本、强善本等同。備要本作『被』，誤。

〔四〕此句以下一段，退齋本闕。

〔五〕『仕』，家刻本、文鈔本、强善本等皆作『仕』。備要本作『任』，誤。『簡討』，文鈔本同；家刻本、備要本作『簡詩』，誤。考《明史·方孔炤傳附以智傳》、《清史稿·遺逸·方以智傳》，作『檢討』，是。

〔六〕本句後，《遺稿》初刻時附有七言律詩一首，乾隆以後諸刻本，將其移入《四憶堂詩集·遺稿》，題曰《送何三杲》。見本書《四憶堂詩集》。

【集評】

一　賈開宗等評點：（『歲在己卯』）編年處生姿。（『天下之士亦莫不砥礪節行』以下諸句）于前後、于今昔于贈交無一字及，而俱盡此一段，不盡處盡；無頭緒處，頭緒全出。（『壯以遠，從容以愉』）敍次中一片烟波。（『使知吾同人飄忽湮滅至於如此』前後句）一大結注，驅策雄渾。（『吾友龍眠方以智者』）忽尋一事收，風致奕奕。

二　徐作肅曰：兩文縱横揮灑，姿態横溢，奇力四放，神明于法度之中無不如意，技止矣。

宋牧仲文序

宋子以文質侯子。侯子曰：『吾子可謂拙於文者矣！』宋子愕然。侯子嘆曰：『夫人固有爲其事而逮焉，而不自知其故者，天下之至技也。吾子之文，一至此耶！吾子以爲今人與古人且誰勝？』曰：『古人。』『然則吾之所謂拙者，古之人能之耶？今之人能之耶？』曰：『古人哉！』侯子曰：『吾固以宋子爲非今之人也。宋子可謂知古人矣！古人之從事於拙之效，非徒其文辭也，然而文亦有之。平澹之理，惟拙者見之，巧則或蔽之矣；渾樸之氣，惟拙者全之，巧則或鑿之矣。子不聞夫射乎？韓非子曰：夫射者，殺矢彀弩，雖冥而妄發，未嘗不中秋毫，然而莫能復其處，終不爲善射，無常儀的也。羿之中止於十步之鵠，而古今以爲射者師，有常儀的也。夫中秋毫之巧，不啻倍於十步之鵠也，然而不以彼易此者，鵠有定，秋毫無定也。然則獵巧於秋毫者，幸中焉且不必當，而況乎其未耶？故巧者聰明之小者也。學者之爲經書之文，非如他體之文，求以名世已也。蓋代言而述聖賢之旨，思以翼道也，是有鵠焉。苟其未合，雖有大聰大明者出，亦猶乎秋毫之中也。故拙射者必學鵠，久而命中焉，羿是也；巧射者必希秋毫，冥而妄發者是也。古人之不以巧易拙者有三，而文居一焉。拙於立身者，忠信之徒也，巧則儇矣；拙於讀書者，經術純固之儒也，巧則戔戔、則詹詹矣；拙於爲文者，大家先正之遺也，巧則鄙倍，自以爲新奇而朽腐矣。宋子論文，足以知古人，而若不自知者。非不自知也，宋子之意，蓋猶欿然不敢自以爲古人也。宋子欿然不敢自以爲古人，此吾之所以信宋子爲非今之人也。卽論宋子之文，其較著者矣。』

宋子俯首而思良久，曰：『信如子言，吾之文非謂遂能拙也，將從古之人求之。』

【集評】

一　賈開宗等評點：（『吾子可謂拙於文者矣』）起奇突。（『平澹之理，惟拙者見之』）確，至。（『韓非子曰』以下）引前痛見古今。（『故巧者聰明之小者也』）悟後之言。（『宋子之意，蓋猶欲然不敢自以爲古人也』）見源之論。時儒正坐不拜此。

宋牧仲詩序

自梅聖俞爲詩而歐公序之，有『窮然後工』之論。於是凡天下放廢無聊之人，方外遊旅之士，莫不自託於歌吟聲詠之間，沾沾以爲能。卽有身世通顯者，考其著作，亦多矯情曲意，務欲叩寂莫之音，繪幽憂之狀，蓋所謂『和平者難工，而愁嘆者易好』，沿襲彷彿，莫之易也。

吾少而學焉，亦以歐公之論爲然。最後讀宋子《古竹圃詩》，乃知歐公之序聖俞，特有所寄寓感慨，以求工其文，非定論也。宋子之詩，神蒼骨勁，格高氣渾，舉當世數十年爭喙學步之病一切空之，直繇盛明接於盛唐。固幸爲之於論定之後，易去其回惑而得指歸。吾則甚服其沖融大雅，油然悠然，從容自適，而工者自莫之及，未嘗有孤臣寡婦之怨悲，鱷魚鵬鳥之祲怪，引藉爲激壯也。蓋宋子生於卿相之家，又少年卽膺勳命，常從天子左右。歸而讀書自命，尤自奮發攀躋于古作者之林，未見其止，固宜其詩之浩落而夷猶矣。

嗟乎！吾少時所遇，自謂不減宋子。未幾流離于兵戈之餘，所至見錮，坎壈抑鬱者幾二十年，殆無異於歐公之所謂『窮而且老』，然而爲詩卒不工，何歟？豈非人之材分有限，不能工者，雖窮亦不工？能工者，不必窮亦工耶？以余之泯沒，甚愧其窮而不工，幾使歐公之言不信，賴有宋子之不必窮而工者參證於其間，庶足以釋余之慚，而歐公亦不必信其言矣！

夫天下剝復乘除，皆有成數。昔之兵戈之運，流離之禍，余不幸當之，亦已往矣。則今日幸見太平，爲之導豫而鳴盛，所謂作爲《雅》、《頌》，薦之清廟，以追商、周、魯《頌》之作者，必宋子也。

嗟乎！　宋子之詩之工，固終不必有藉於窮；　然而其不窮者，豈非各有其時哉！　宋子歌乎，吾猶願爲宋子和焉。

【集評】

一　賈開宗等評點：（『蓋所謂和平者難工，而愁嘆者易好』）本段中小小作提頓，佳絕。（『沿襲彷彿，莫之易也』）小住直接。（『以求工其文，非定論也』）小住直接。（『吾少而學焉』）似斷。（『以求工其文，非定論也』）小住直接。（『神蒼骨勁，格高氣渾』）八字論文入骨。（『而歐公亦不必信其言矣』以上至此一段）折處多一段厚一層。

二　徐作肅曰：　一氣磅礴，有撼山排嶽之勢。然中間抑多揚少，卻從抑處見幽，見逸，見風神。偶覽艾千子一二文，似朝宗此作，然作者知者恐皆難其人也。

雪園六子社序

社者古道也，舉必以文事焉，其猶行古之道也。古者造士於鄉，教化大行，才賢輩出，則聽其敬業而樂羣，相見則執雉爲贄。傳曰：『執雉者，象文明也。』文之不可以已也如是。夫吾向者雪園之君子，有若吳子伯裔、伯胤、徐子作霖、劉子伯愚，嘗與吾二三子爲之；　其從而爲之羽翼者，莫不以文采自著，而以躬行相砥，甚盛事也。無何，雪園有寇難，四子者死，余與賈子開宗散而之四方，徐子作肅與其姪世琛，採橡栗，揮鋤田野，雪園之社虛無人焉。嗚乎！雪園非遂無人也，而其文章散佚，流風歇絕，卒無有爲之收拾而振起之者，雖謂之無人可也。蓋天下兵革之氣方熾，主持於上者，既不遑修文而議道，而其經術醇雅之望，亦消磨殆盡。後生小有才者，或跳身於猴冠虎翼之間，畔爲異途，羣誚儒行之迂闊，而大雅亡矣。嗚乎！先王鄉教之法失，至使其士罔與修業，而顧欲輔助菁莪之化，復氣運于昌明者，恐未之有也。

乙酉，余自吴返，賈子自淮陰歸，兩徐子相見欷歔，言及雪園舊事，流連者久之。已而曰：『吾四子可以社矣，是固吾雪園之幸而存者也。』余曰：『姑待之。大亂亦既夷矣，天下之人才，其生育而長養之者，未可量也。學古行修、聰明淹貫之士，莫遂謂雪園無其人也，吾將求而益之。』於是三年焉，而徐子鄰唐者出〔一〕。徐子，宿儒也，是吾昔者雪園四子之所未及收也。三子曰：『可矣。』余曰：『固也，學古行修，聰明淹貫之士，莫遂謂雪園無其人也，吾將求而益之。』於是五年焉，而宋子犖學成于燕而以至。宋子年少有異材，是吾昔者雪園四子之所未及見者也。於是相與左之右之，朝夕而切磨之，又二年焉，而六子之社以成。侯子曰：『吾昔者雪園四子，不可追矣。求之三年焉，而得一徐子焉；求之五年焉，而得一宋子焉；又二年焉，而合徐子、宋子與吾四子者，而乃爲六子焉。然則社之以六子名也，夫豈存乎見少哉！』

【校記】

〔一〕『鄰』，家刻本、文鈔本、强善本、康熙《商丘县志》等同。備要本作『憐』，誤。

【集評】

一　賈開宗等評點：（『先王鄉教之法失，至使其士罔與修業』）《洛陽園記》關天下盛衰之意。（『又二年焉，而六子之社以成』以下諸句）收拾有獸擾鳥瀾之妙。

二　徐作肅曰：從先王造士、士相見發論，獨拈本原，方見立社之宜。架空鋪敘，至末澹宕收足，潔甚。

三　賈開宗曰：序事以拙以朴，所以大雅。又曰：不立意見，據事直抒，大家之文。

明處士汪君墓志銘

明之末有汪處士嘉先者，年六十餘，寓家于宋，而身往來於吳、越、淮、泗之間。有子有孫，而不肯就養。能爲詩歌，有高韻，而察其意常慘沮不樂〔一〕。與余交至厚，言必出肺肝，無形迹嫌，而晏坐之頃，常口若囁嚅有所陳，已復色墨然而退，如此者二十年矣。

乃一日，率其子若孫，長跽余之前曰：嘉先，婺人也。父旅于禾而卒於禾，誓心欲舉之先世之墓，屬天下方有兵事，失業而貧，逡巡未果。今老矣，無可待矣，倘必婺之返，是終無以葬吾父也。將於禾兆焉，懼非吾父志也，違其志而復無以圖不朽，其若人子何？先生立言者也，敢以志銘請。

余受狀，讀而嘆曰：處士，孝子也，其用心也深哉！既老而猶奔走不肯就養者，親未葬也。意常慘沮不樂者，經營其事，力苦於不逮，而未嘗敢忘也。若囁嚅有所陳者，欲以志銘託之余也。輒墨然退者，示其不敢輕也，蓋二十年如一日也！處士，孝子也！余與孝子遊二十年而不知孝子，余之過也，敢不勉爲志以補過！

謹按，處士狀曰：君諱世清，字仲虛，號同水。幼聰敏好學，長有大志，好遠遊〔二〕。弱冠入秦，涉涇、渭，登岍、岐；入蜀，放覽于瞿唐灎澦，因慨然曰：『四海大矣，安往而不適志哉？人生貴則列駟，富則鼎食，且富而好行其德，大丈夫所爲也。太史公之傳貨殖，有以也夫！』乃入檇李，業魚鹽。既饒有貲，爲其諸兄弟娶，而撫其孤姪，又數推千金與其從子克忠。有三猶子爲令宰，爭迎養之，君皆勉以廉謹，不幹以私。君雅好交遊有聲，益能爲詩，董尚書其昌、陳徵君繼儒皆與爲友。晚而遊上谷、雲中，道出梁園而病〔三〕，與余祖父交，因顧謂嘉先曰：『此中可居也。』故其後遂家焉。輿歸檇李，仍賦詩自娱，年七十一而卒。娶方孺人，繼娶張孺人，並勤儉，克相其家。張孺人有至行，撫立一孤姪與二庶子，皆過於己子，年五十有五卒。子三，孫八，曾孫二。

汪，姬姓，系出於周。至漢，有文和者，仕新安牧，爲江南始祖。唐時裔孫華與弟四人，俱以武功顯，封越國公，追封英烈王。其後世有達人，至中元，立墓大阪，相傳數百年，謂之大阪汪氏。今卜葬于禾，蓋自君始。嘉先擗踴大痛曰：『吾乃使吾親遠吾祖，吾罪人也哉！吾罪人也哉！』夫古也墓而不墳，孔子東西南北之人也，葬其母不知其父，則殯于五父之衢以俟之，苟附於身而附於棺，必誠必信，勿之有悔焉耳矣！今汪氏之葬於禾而不反於婺也，蓋阻於兵燹也。以視世之無故而因循，或妄意求利其身與其子孫，或徇於拘忌，而卒以暴露其親而不葬者，其用心何如也？處士可謂孝子矣！

銘曰：惟禾于越，爲禹舊甸。惟日月明，惟霜露變。豈生之達，而死之戀。地厚水深，云胡不奠！

【校記】

〔一〕『沮』，備要本作『怛』，誤。

〔二〕『遠』，備要本作『達』，誤。

〔三〕『出』，家刻本、文鈔本、强善本、本衙本等皆同。備要本作『由』。

【集評】

一　賈開宗等評點：（首一段）一段作志之由。（『而察其意常慘沮不樂』）何等觔力。（『乃一日』以下諸句）汪家於婺，流寓於宋，葬其父於檇李，層次曲折，以數語吸盡。（『誓心欲舉之先世之墓』）一段求志。（『處士，孝子也』以下）一段感慨。（『既老而猶奔走不肯就養者，親未葬也』）此等点應，益不難看其一氣吞攝，全無絲毫患漫。（『君諱世清，字仲虚』）一段生平。（『四海大矣，安往而不適志哉』）潔而不瘠。（『有三猶子爲令宰，爭迎養之』）帶点家世，俱有神。（『董尚書其昌、陳徵君繼儒皆與爲友』）交遊之重。（『與余祖父交，因顧謂嘉先』）此一段忽入處，筆下不測其至。（『汪，姬姓，系出於周』）次得波瀾。（『謂之大阪汪氏』）一段追敍家世。姬姓大阪與卜木無段落，卻似兩頓一接上下，曳映甚腴而宕，有姿。（『吾乃使吾親遠吾祖』）一段應感慨。（『夫古也墓而不墳』以下句）以下似司馬遷，又似歐陽永叔，只數虚字，宕逸。（『則殯于五父之衢以俟之』）墓而不墳，突兀見丰，而神與汪、姬姓下合來，更腴。（『以視世之無故而因循』）放下又入感慨。

二　徐作肅曰：首尾一片神氣，激宕吞吐，吾見此文其猶龍乎。

三　賈開宗曰：參差離奇，所謂每變在顔者也。

止賈三兄過禹州書

竊聞諸執事，將以七月命駕禹州，祝佟觀察者，僕私以爲過矣！ 執事行年六十，夙病未瘳，晨夕藥餌不能去口，步行三里則喘，乘馬十里則筋骨告瘁，呻吟之聲不絶，顧欲往返適此千里，何也？ 且七月秋陽方熾，雨潦時行，上冒炎毒，下苦濕蒸，執事自抱恙以來，習于調養方久，一旦驟出乎逆旅，飲食不以其度，而求腸胃不感其内，瘧痢不攻其外者鮮矣！

執事或曰：『觀察與我同年，故人也。』禮不可失，情不可絶，固也。 執事雅善詩，試於高臥之暇，追敍其生平締交之好，勉厲以德業盛大之務，期望以松柏岡陵之福，侑之以蘋蘩，盛之以筐筥，而命使者將焉，斯亦可已。 不然，執事之同年故人，其在千里之内、百里之外者，固不止一觀察也，執事概乎其不自行也，亦不聞一介行李，祝釐其間，而獨於觀察有加，是涉於重觀察而輕故人之嫌也。 執事而有求於觀察也，卽使其生長遼、碣之間，官於嶺嶠之表，亦宜重繭負擔，冒險涉遠而謁之，何況禹州？ 倘其無求，古人固有大寒大暑不出者矣，風雨不出者矣，舉步卽遼闊也〔一〕，何況乎往返千里！ 竊見執事數年間，讀書樂道，達天知命，僕私心推崇之，以爲士君子師表。 假之一命不加貴，累之千金不加富，其無求於觀察也必矣，故竊以爲此行過也。

然又嘗聞之，執事颺言于徐、宋二子曰：『吾此行非徒祝觀察也，禹州咫尺嵩嶽，吾將往遊焉。』噫！ 天下佳山水其可盡乎？ 執事昔嘗登岱嶽矣，卽使今日遂遊嵩嶽，而華嶽固未之遊也，而恆嶽固杳遠而不可望，衡嶽固阻絕而不可尋也。竊謂執事老且病，卽果有名勝高閒之事，苟待於跋涉者，亦宜姑且已，而況乎其不盡然也！執事幸裁可焉，不宣。

【校記】

〔一〕『卽』，家刻本同。備要本作『則』，誤。

【集評】

一　徐作肅曰：紆回容與。

二　賈開宗曰：凡八段，曲折層出，似昌黎諸書。

正百姓

王者欲治天下而不求正乎百姓，天下不可得而治也。百姓者，人主所恃以與立者也。人主恃以與立，則必先使其有以自立；苟不予之以可重之勢〔一〕，而齊之以至一之術，則是其名甚賤而可恥、其實甚弱而可淩也。百姓之自救不暇也久矣，又烏能正之也哉！

嘗觀世之衰也，其所以詭其百姓者有二，所以加其百姓者有七。不察乎七加而欲絕其二詭者，未之有也。夫百姓皆以詭而免焉爲得計，其心囂然若不終日，人主將何以託根本、厚風俗乎？故天下之患，莫大乎人樂改業，而以百姓爲不足爲，此明之所以亂也。明之百姓，稅加之，兵加之，刑加之，力役加之，水旱災祲加之，官吏之貪漁加之，豪强之吞並加之，是百姓一而所以加之者七也。於是百姓之富者，爭出金錢而入學校；百姓之黠者，爭營巢窟而充吏胥，是加者七而因而詭之者二也。卽以賦役之一端言之，百姓方苦其積重而無告，而學校則除矣，吏胥則除矣，舉天下以是爲固然，而莫之問也。百姓之爭入於學校而爭出於吏胥者，亦莫不利其固然而爲之矣。約而計之，十人而除一人，則以一人所除，更加之九人；百人而除十人，則以十人所除，更加之九十人；展轉加焉而不可窮，爭詭焉而不可禁。天下之學校、吏胥漸多，而百姓漸少，是始猶以學校、吏胥加百姓，而其後遂以百姓加百姓也。彼百姓之無可奈何者，非死於溝壑，卽相率而爲盜賊耳，安得而不亂哉？

夫百姓者，人主得之於天而受之於祖宗，其關於國家至重也。天下之人無事，而爲百姓至安也。乃一旦荼毒之若罪人，摻切之若輕草〔二〕，使天下之人，一自知其爲百姓，則不覺其傷心而嘆，蹙額而愁，寢不能安魂〔三〕，食不能下咽，父無以厝其子，夫無以保其妻，此何爲者也！議者猥曰：『富而亂黌宫者有禁，黠而叢公門者有禁，庶乎可以一之。』嗚乎！不圖其本而欲制其末，吾見其無術也。吾能使天下不見百姓之辱，斯不慕學校之貴矣！吾能使天下不見百姓之苦，斯不慕吏胥之樂矣！嘗讀《豳風》之篇，見其區處其百姓者，家室之計至完以固，歲時之養至周以悉，而猶恐其隔絶也；則又使之躋堂獻酒，而區區疾苦之情，何患其不通？積輕之勢，何患其不振乎？然後知三代之主，立國數百年，其百姓皆相與安其分，而終身無可搖奪之憂者，蓋致之有由也。若以爲吾儕百姓〔四〕，苟不至於作姦而犯科，固已自立有餘矣，而又何需乎其他哉？故百姓之業，自有餘者也，無藉於人主也。而人主不爲之正其實，則所業内喪；不爲之正其名，則所業外徙，不可不察也。先王之制，百姓之孝弟力田者升爲士，士之入官者爲吏〔五〕，其逾此者，則爲游民。至兩漢猶沿其意而守之，非獨以慎此二者，蓋深求乎百姓之衆多，而防其漸少也。當其時，士不耀其民，民亦不敢冒爲士；吏不欺其民，民亦不願苟爲吏。使天下隱然知百姓之爲重，而患根本不固、風俗不醇者，吾不信也〔六〕。

嗚乎！百姓者，治亂所由出也。彼其詭於學校與吏胥也，非遂亂也，而自其不安百姓之分，而推極之，則大亂之道也。其詭於學校與吏胥者，特富而黠者之所爲也。天下之百姓不盡皆富，亦不盡皆黠，而又非此無以自立，倘不肯坐以待斃，固無所不爲矣。而要之非百姓意也，其勢有不得已也。故曰：王者欲治天下，而不求正乎百姓，天下不可得而治也。

【校記】

〔一〕『予』，家刻本、文鈔本、强善本同。備要本作『與』，誤。
〔二〕『摻』，家刻本、强善本、本衙本等同。備要本作『操』誤。
〔三〕『魂』，家刻本、退齋本、本衙本等同。備要本作『枕』，誤。
〔四〕『儕』，家刻本、文鈔本、本衙本等同。備要本作『餘』，誤。
〔五〕『官』，本衙本、紅杏本作『言』。
〔六〕『信』，本衙本，紅杏本作『推』。

【集評】

一　贾開宗等評點：（『其所以詭其百姓者有二，所以加其百姓者有七』）七加二詭，確快，說盡當世。（『於是百姓之富者，爭出金錢而入學校』）一片何其詳悉。（『夫百姓者，人主得之於天而受之於祖宗』）提百姓字有力。（『不圖其本而欲制其末』）區處。（『吾能使天下不見百姓之辱』以下諸句）正百姓無他奇，只使百姓得安爲百姓耳，故但引三代與漢足也。（『非遂亂也』以下諸句）以下極盡宛委。

二　徐作肅曰：目前之感於衷特深，痛切言之，悲憤言之，無不真切如畫。

額吏胥

今天下吏胥之横，何其甚也！雖少，猶當有以額之，而況其多乎！夫以吾君吾相，朝夕所講求之法，日夜所撫循之民，厲精而施之，跂予而望其治，乃一旦蠹且壞焉於羣吏胥之手，朝廷之上，大聲疾呼，三令五申，遂熟視而無如之何，此其故何也？違令之誅不嚴，而容匿之藪不破也。蘇軾曰：天下之人有甘於自棄爲惡，甚毒而不可解者，吏胥之謂也。

古之馭吏胥也，必有選而任之之道，所謂掾屬者是已。學而後入，材而後試，其賢能略與其官長等，非鄉里所舉者則不得當也。故其途不雜，其數不可多設，其人亦自愛惜勉厲于功名之路，有士君子之風。今則不然，姦猾者爲之，無賴者爲之，犯罪之人爲之，縉紳豪强之僕、逃叛之奴爲之，吏胥之子孫相沿襲、親若友相援引者更迭爲之，凡若此者，豈復有毫末之餘地哉？是以雞鳴而起，孳孳爲不善，不擇人而食，不擇科而犯，以是爲應然也。

嗚乎！吏胥之固結也久矣。爲之官長，有能如唐之柳公權、明之況鍾者，不旋踵而制其死命，駢尸於市，庶乎其可也。而精明强固者少，闒茸啗利者衆〔二〕。初聞其説亦未嘗不驚且怒，既而翫焉，以爲是固吾之左右也。浸假而備顧問，浸假而寄腹心、託爪牙，藉以營其私囊。夫且四顧躊躇，以爲吾非吏胥誰與爲理？是一郡嘗有數守、一縣嘗有數令也，既已有吏胥矣。而吏胥又各有貳有副，或一人而兩役，或一役而數名，莫不親近其官長，而以招搖於鄉里曰：『我吏胥也。』縣有吏胥焉，郡有吏胥焉，郡縣之佐貳有吏胥焉。其郡縣之人，又有叢蔽於諸道而爲吏胥者焉。縱横巡按之署，盤踞督撫之衙，而爲吏胥者焉。嗚乎！天下之官穴，而吏胥日以夥，每縣殆不止千人矣！以三百計，是一城社之中，而有三百狐與鼠；一郊原之中，而有三百虎與狼也。其凶焰之所及者〔二〕，或代之役、代之税，或無故而魚肉，有事而勾攝。疾首痛心者幾何人？吞聲飲泣者幾何家？是吏吏胥一而受其害者且百也〔三〕。今天下大縣以千數，縣吏胥三百，是千縣則三十萬也。一吏胥而病百人，三十萬吏胥，是病三千萬人也。天下幸無盜賊之擾，水旱之災，小康無事〔四〕，而日有三千萬人不得其所。吁！亦大可爲寒心也哉！此皆無以額之之過也。

近者數有裁革之詔，亦稍稍奉行之。然今日汰而明日復矣。巡按之署撤而督撫取而用之矣。吏胥之有罪者，縣發覺之，則入於府；府發覺之，則入於道；道發覺之，則入於院；至於院而人不敢復問。向之所爲府者、縣者，轉而與之抗禮；道者，降而接之以溫顔。是其不可向邇之勢，始猶處於降殺之間，而其後乃反驅之於積重之地！彼大吏之不賢者無論，其賢者持己有節，而御下無術，吏胥乘其峻刻之風，威猛之性，以市其重權，而取民間之財，顧有倍蓰於往昔者矣。

嗚乎！從來天下之亂，固氣運爲之。有洪水之害，有猛獸之害，有暴君之害。豈今之氣運在吏胥耶？夫以朝廷之尊，立意欲革一事，去一人，易置大將如呼小兒，罷遣卿相朝下而夕出國門，獨於吏胥之至微賤，額而限之易若舉手，乃若泰山之不可拔，決水之不可禦。天下之患，未有壅蔽因循、怠廢不舉至於此極者。此其故何也？不悉其不額之弊，與必額之之法，雖欲額之而不可得也。

不額之弊，在官不在吏；必額之之法，亦在官不在吏。不額之弊有三，而額之之法維一。官之不能而畏事者，以爲吏胥之多，非自吾始也。吾姑仍之，且觀望其他者之未盡汰焉。交相觀望，而吏胥卒以自若，此其弊一也。月而閱其簿，朔望而稽其名，奉令而裁之，榜而示之，陽以虛文塞責，而陰挾其金錢〔五〕，還之以故物，此其弊二也。去者去矣，而留者未去，彼此營護，而以浸潤其官長，三窟之兔，百足之蟲，必濟其黨與之私而後已〔六〕，此其弊三也。

夫朝廷而不知吏胥之弊也，倘其知之，而下之令曰：是皆有額，踰三人者，其官譴；踰五人者，其官削；踰十人者，其官殺無赦。彼吏胥之爲惡而不顧其死者，固有之矣，亦有官代其吏死者乎？《周書》曰：刑罰世輕世重。當其積弊，非重法無以制之。夫殺一人焉，而舉天下三千萬人咸受其福，雖堯、舜用心，不過如此，而豈其爲商、韓之峻也哉！

【校記】

〔一〕『啗』，日本本作『陷』。
〔二〕『凶』，文鈔本作『災』。
〔三〕『吏吏』，家刻本、强善本同。紅杏本前一個『吏』作『更』字。前一個『吏』當爲衍。
〔四〕『小康』，文鈔本作『謐寧』。
〔五〕『挾』，備要本作『據』，誤。
〔六〕『濟』，備要本作『齊』，誤。

【集評】

一　賈開宗等評點：（『姦猾者爲之，無賴者爲之』以下句）曲盡。（『嗚乎！吏胥之固結也久矣』）轉得好。

（『闒茸啗利者衆』以下諸句）病根！寫一時官長刺骨。（『今天下大縣以千數，縣吏胥三百』）痛快。（『彼大吏之不賢者無論』以下諸句）目擊心傷，言之鑿鑿。（『不額之弊』四句）屹然數句，勢爲之振。（『不額之弊有三』以下諸句）寫盡！刺骨！（『是皆有額』以下諸句）額胥吏原無難，前已説。不如朝廷之去人，只如此曲劃已足。（『《周書》曰』）一引喻作姿。（結句）一掉妙。

二　徐作肅曰：了然于心，了然于手。

三　徐鄰唐曰：二策指陳利弊剴切不讓敬輿，而行文變化奔軼眉山父子間，定當置一坐。然恐長公策別猶未盡如其痛快也。古今人不相及，斯言誠誑我耳！其好處只是一字，曰『達』。

重學校

今與古之相反，名與實之不相副，蓋未有如學校之甚者也。古之學校所以養才，而今以收不才。名徇其舊似甚貴，而實失其據則甚辱，久之穢濫而無可別，並其名亦不足貴，則何以興天下之學，而成天下之材也？天下之學不興，天下之材不成，雖聖人無以致治。欲反其道，必自重學校始。

夫設學校於此，必其才者入，不才者不得入。是以才者有以自見，而不才者無所容。倘其雜然並進，是才與不才混也。才與不才混，而天下之才者少，不才者多，是才無以勝不才也。才無以勝不才，其勢必盡化爲不才而後止。嗚呼！舉天下之學校盡化爲不才，朝廷猶曰：吾養士於此，而他日將以大用之也。豈不誤哉！然則重學校者，必清其非學校者而後可也。清其非學校者，必嚴其督學校者而後可也。天下之士至衆，天下之學校至廣，今概曰『不才』，則學校者怒，而督學校者惑。嗚呼！徒沿其名而不察其實，誠無以塞其怒而解其惑也。

往者士之遊於校者，十年五年之積累視其學，而其一日之短長視其文，進之者慎而退之者嚴。蓋有公卿之子弟，望泮宫而不得入，既入而不免於黜革者矣。而況乎商賈富人之贅、輿隸廝養之賤者哉！今之遊於校者，亦視其積累與其短長，然而昔之所積者才，而今之所積者財也。昔之短長，才有一定之優劣，而今之短長，財有適然之厚薄也。才茂於人謂之茂才，才秀於人謂之秀才，古之制也。今則謂之請託熟於人，而賄賂先於人，可乎？自明之中葉，而督學者患在請託；明之末季，患在賄賂；至於賄賂之盛行，而數百金者爲之，數十金者爲之，甚而至於數金者亦爲之。其有擔、石之儲，自乞人以上，無不侈然爲子衿者。葵丘之田父，朝市其一牛，而夕以三子入於庠。嗚呼！士之賤不一牛若！而舉世習於不知恥，風化之壞，可爲痛哭流涕者此也。夫苟有其爲之之具，則以卿大夫之奴、郡縣之隸爲之，而無以禁也。且既爲之，而猶不除役，牙狙市獪之徒、戎卒之伍爲之，而無以禁也。且既爲之，而猶不徙業，然以其非此數者，而指而擯之曰：爾奴也，隸也，爾狙獪而卒伍也。而彼有所不服，何也？以爲我之所不能者，爾亦不能；而爾之所爲有其具者，我亦得而有之也。往歲校士而兵譁，歐士幾死，其將方且擁大纛於中衢，睆而命之曰：夫夫也，學校者也，當笞；夫夫也，非也，當免。宋之十郡縣之士，數千餘人，舉皆膝行匐匍，甘心受之，卒無有起而與之抗者。説者以爲士氣之靡，而不知其有以致之也。兵不識丁，而士亦多不識丁。鎮將鞭箠我，分也，又豈有名實之異哉？嗚呼！學校之積輕，至不可以盡言，而猶欲以姑息爲有恩、寬假爲有禮，則是天下之穢者，終無時而清；天下之濫者，終無時而裁也。故慎之而又慎，所以明異也；嚴之而又嚴，所以示尊也。盡去天下之不才，而後真才見。雖得一真才，而不以爲不足也。雖去數百千之不才，而不以爲過也。今者，大縣之弟子殆不下二千人，中小縣亦各千餘人，此何爲者也？且也有進而無退。其進也，無論試士與不試士，寸檄尺符，隨手而下。其退也無幾，又不終朝提掇而復之。攀附夤緣，浹歲不絕，彼督學者，非不知也。因循之見狃於前，而貪利之心横於後。前人之教後人，若貽以規矩；後人之守前人，若奉爲律令。吁！其所由來者漸矣。

然則必何如而後可也？曰：舉明臣張居正之舊令而力行之。其進也有制，大縣必四十人，中縣必二十五人，小縣必十五人。其退也無制，百人不稱則退百人，千人不稱則退千人。無容僞，容僞者褫不旋踵；無姑徇，姑徇者罰不移刻。以作養之意而寓澄汰之權，以文章之事而行軍旅之法，庶乎其可矣！而其要則尤在勿以文藝爲浮華，而以德行爲借口，蓋其所可飾者行也，而其所不可飾者文也。今使恃其財力以亂其名實，而使人保而舉之曰：此德行者也。則督學者必俟論定於歲月，而無由一旦以知其然否。設使人保而舉之曰：此文章者也。取而試之，閲其數語，不終卷而瞭然矣。夫然後察之曰：之子也，得無佻達者乎？而士行亦可以飭矣。故舍文而論其行者，奔競之端也；既論文而後察其行者，齊一之術也。天下固有文學而無德行者，未聞不文不學而有德行者。道德發聞之謂『德』，百行卓越之謂『行』，是文學之所不及也，非謂其遺文學也。且有人於此策之以經而不對，考之以文而不能，問之以字而不識，無論其實不長者卽果然矣，亦不過市井之願、耰鋤之老耳！朔望讀法，舉而旌之，里正之事，邑宰之職也，而奈何冒之以學校之名也？或曰：學校所以養士也，居正刻覈之法，非先王寬大之澤。夫士苟才而賢，卽居之以夏屋，而享之以大烹，古之人不以爲泰；不然，育才之地，而今沿以爲惠濟之局，豈不亦羞朝廷，而輕當世之士也哉？

【集評】

一　賈開宗等評點：（『天下之學不興』前後句）每接處突起，文甚奮揚。（『舉天下之學校盡化爲不才』）好力量。（『天下之士至衆，天下之學校至廣』）起得又好。（『而今之短長』前後句）『適然』字妙！今之奴隸盡朝財而夕才也。忽然詮釋此，波瀾，妙。然詮釋更妙於精鑿。（『其有擔、石之儲』以下諸句）今之時勢可嘆之極，今之秀才可羞之極。（『葵丘之田父』以下諸句）此等實落點綴最添文章精神。（『且既爲之』以下）似五十、百步之喻，俛仰欲絶。回合敍此數輩，妙。（『而猶欲以姑息爲有恩、寬假爲有禮』）破此兩端假借，直使無躲閃。（『故慎之而又慎，所以明異也』）說出關係。（『其進也』前後句）法度之壞，時弊言之雪亮。盡今日無廉恥之督學矣。（『其進也有制，大縣必四十人』）此令真妙，更妙退也無制。（『其退也無制』）舉此實足以興學校矣。精盡可見之施行，能此則源流何一之不清？廟謨宜急講也。（『而其要則尤在勿以文藝爲浮華』）此一著杜隙精絶，必如此纔無剩義。（『今使恃其財力以亂其名實』以下句）不抹倒德行一件，卻要從文字求之，特識何等作用。（『故舍文而論其行者』前後句）快絶！（『道德發聞之謂德』以下諸句）又忽入此文，甚橫。賢聖大道，卓然垂世。（『或曰』至結）波瀾縈繞作收，此等篇不如此不得也。

二　徐作肅曰：子瞻論『辭達而已矣』之說曰：『辭至于能達，則文不可勝用矣。』爾黃以此評朝宗諸策，真足以當之矣。更愛此篇，行文更在前二作上。其筆下提頓緩急，識者自曉。至言之碩畫，今日可用，千年可傳，豈非不朽之作！

侯朝宗古文逸稿序

賈開宗

朝宗歿之二年，而其子既刊其制義逸稿，復裒集其古文之逸者，以附於《壯悔堂》之後而授梓焉。

賈子曰：古文自六經而後，《左》、《國》、《莊》、《列》，以及《史》、《漢》及賈誼、楊雄諸文，皆胷有所見，據事直書，如白雲在天，兀然而起，兀然而止，無定法也。至唐之韓愈、柳宗元，始創爲法。以及宋之歐陽脩、蘇洵父子、王安石、曾鞏，首尾虛實，不可移易。猶《三百》、漢、魏之詩，長短疏散，隨意所之，至唐變爲律，而宮、商嚴整，規矩確然，不敢亂也。後之爲律者，但宗唐而已，《三百》、漢、魏於律無所用之。

明初，劉基、宋濂輩爲古文辭，猶有唐、宋文之遺意。至李夢陽、王世貞輩，始舍唐、宋而宗《左》、《國》、《莊》、《列》、《史》、《漢》、賈誼、楊雄諸文，猶僞鼎僞磁，貌似而神亡矣。故明三百年，無古文也。嘉靖中，王守仁、王慎中、唐順之、茅坤四人，始起而釐正之，然而落落茫茫，此道孤行。朝宗出而文人一以唐、宋爲宗，爲其真者，而不爲其似者，首尾虛實，不可移易。合之四人，明得五焉。余常有明文五大家選。

嗚呼！後有作者，當以余爲知言矣。

順治丙申初夏，賈開宗述。

附　輯佚文

胡氏族譜序〔一〕

國有乘，家有譜，古道然也。國若無乘，則千奇百怪，治亂興衰，將時久而無所稽矣；　家若無譜，則稱名標字，親疏尊卑，將代遠而莫能辨矣。域竊思胡氏之有譜，已數百年矣。首凡例、次世系、次字約、次行實、著述、塋圖、傳略、碑陰，莫不有備。載其敬宗睦族之念，木本水源之思，可謂深且遠矣！

迄今戰爭靡已有十世，未填名者不下千數百丁；　加以兵燹數驚，不勤會聚，家計日蹙，少攻鉛槧。時有偶爾相遇，轉爲之詢其里居，究其姓氏幾何，不以一本之親，埒于行路，而情誼渙散，同宗則莫識同宗，共祖則不知共祖，可慨也！

夫當此秋祭之日，胡氏之闔族孝心涥發，在寧陵胡氏先祠，共議譜事，因屬序於予。予自愧不文，悚惶承命。謂修譜一事，爲闔族之盛舉，上關孝，下關慈，非蓄數年誠孝之志，極數載心力之勞，秉公奔走，任勞任怨者，不能成其事也。然某居某里，某出某門，非逐戸參稽，諱某、字某、系某房、娶某氏者，不能明其初也。特以族大人廣，一行幾至數百丁，同名約有十餘人，務須沿流溯源，條分縷析，昭昭不爽，俾後之繼斯而起者，亦易從事也。域念胡氏之族眾人等，同心協力，共成盛舉，稿本已成，付之剞剛，計爲四卷。亦惟使絶續之交，稍有觀覽，一本之親，不終至埒於行路，其責畢矣！語有之葛藟之庇本根，芹藻之馨流水，或於此爲之兆。然則，是譜之成也，豈細細哉夫！是以爲之序。愚甥侯方域頓首拜撰。

【校記】

〔一〕本文輯自《寧陵胡氏家乘》，文下注曰：『胡國球甥侯方域，商丘縣居住。』又《胡氏家乘》載有侯方域所題『敬親睦族』四字，落款爲『崇禎十年仲春月下旬之吉謹志』，『侯方域頓首敬題』諸字，此文當作於崇禎十年仲春。

與陳定生劄〔一〕

昨域歸來，有人倚欄私語，謂足下與域至契，既知此舉，必在河亭凝望，冀月落星隱，少申夙諾，不意足下誇李君虞作薄倖十郎也。然則一夜徬徨，失卻十年相知，羅袖拂衣，又誰信此盛遇乎？域卽冒受法太過之嫌，然有意外之逢，此卽至誠之報也。足下表章自是不藏善之美，其實天王明聖，不介而孚，遭際如此，臣願畢矣。今日雅集，亟欲過談，而香姬盛怒足下，謂昨日乘其作主而私燕十郎，堅不可解，則域雖欲過從，與人臣無私交之義，示有當也。

【校記】

〔一〕本文輯自陳維崧《婦人集》冒褒注引。冒褒，字無譽，如皐人，侯朝宗好友冒襄之堂弟。陳維崧《婦人集》李姬條下注有云：『姬與歸德侯方域善，曾以身許方域，設誓最苦，誓辭今尚存湖海樓篋衍中。』又云：『玩此書辭，姬生平風調爾爾。』本文作於崇禎十二年，標題爲輯者另加，信中所言事件不明。

陳公于廷像贊〔一〕

之子之豐，三公稃䅌，崇邪者菀，懷忠則□。公也秉道，柄臣斯慄。震乃直聲，崩流是堡。亡何貂當，搤國之吭；中外其瘵，賴公克励。天莫我社，衆鮮弗呰；掿人曷辜，駢罹瑣尾！公賦歸來，肥遁於晐。講易靡輟，道豈褱哉！公咤道殄，焉往不蘿！日攘剔之，式彀以戩。公子定生，聲實閎閎。孫繩厥武，詒公令名。我瞻泰麓，握粟出卜。尚有典刑，舍公而孰？

雪苑年家晚學侯方域謹題。

【校記】

〔一〕本文輯自宜興《陳氏家乘》卷十五《像贊》。標題爲輯者另加。此文與卷十《明都察院左都御史太子少保贈少保陳公墓志銘》作於同時。

宋文康公傳〔一〕

宋文康公權，商丘人也。明末爲順天巡撫，三日而劇寇李自成破京師，遣其將略地至遵化。公倉卒拒之，力不支，走白羊峪。夜勒兵還，襲其將，擒黄錠等。會王師入關，逐自成，公以錠等徇曰：

『我，封疆重臣，國亡無所屬，有能報讐殺賊者，卽吾主也。諸君從賊則留錠，卽歸清，幸佐我誅之。』衆大呼曰：『殺賊！』公乃籍所部來歸。

以三事請於朝：首議崇禎廟號，一禁加賦，一求佚才。議廟號曰：『崇禎帝御宇十有七年，聲色玩好一無所嗜，宵衣旰食，思治天下，而臣下不能盡心職業，以致民窮盜起，釀成傾覆之禍。臣每清夜撫膺，死有餘辜。幸逢聖主，殲賊復讎，祭葬以禮，凡有血氣，莫不感泣。倘天恩隆渥，敕定廟號，以垂萬世，詔告天下，仁至義盡，永清四海，衹在傳檄，此臣歸命之初，所以報故主以報陛下也。』詔下，士論韙之。

公卽受命，仍巡撫順天。乃上《考績疏》曰：『民生所以不安者，吏治不修也；吏治所以不修者，由考績之法不行也。古者三年一考，六年再考，九年三考，由求大賢。其自課也曰：比及三年。孔子大聖，亦曰：三年有成。謂今之人才遠過聖賢，臣所不敢信也。天下事有一定之程，則巧者思守；無一定之程，則拙者思競。明季銓選不嚴，躁進成風。如在外巡撫、監司爲一方表帥，乃巡撫不終朝而求升卿貳，監司不終朝而求升巡撫，有司尤而效之，不過偷日引月，養資論俸，甚則謁百姓之膏血、營一己之遷轉如恐不足，而望政成民安，是猶適越而北轅也。請自今永著爲令，凡大小職官，非三年考績無過，不得輒更。』

又上《土寇疏》曰：『中原大寇，二十年矣。其初以爲嘯聚弄兵，舉手卽定，卒至燎原，不可撲滅，皆明季將吏不職，專以無賊欺朝廷也。近者天恩解網，赦舊雞之土寇，嘉與維新。乃蠢茲小醜，不以爲朝廷不忍殺，而以爲不能殺。未經招撫，猶爲私賊。既撫，轉成官賊。以至農業益荒，民生日蹙。有司拙者養寇，黠者通寇，竊恐明季餘風，因循滋蔓，不可不察。其甚者一二人置之大法，以懲其後。』

又上《屯田疏》曰：『屯田，軍國之大經也。其在明季，則大弊。本以生財，而反以耗財。播種未見一夫，收穫未見一粒，而設巡撫、設監司、設廳官，貪弁猾胥，不知費幾萬金。且官糧既被侵尅，不得不驅飢軍代爲之耕；及官收不雖額，又不得不扣軍糧以補之。是本以養軍，而反以病軍也。臣請首倡所部，定爲按兵授田之法，以革其弊。』

公爲政務力行，大利大害常鑿鑿言之。馭下則持綱令，不毛舉細過，吏民愛焉，畿内以安。三年，用范公文程等薦，爲國史院大學士。

四年，總裁會試。時文尚詭僻，公曰：『文章者，人心之精華也。文體正，則大忠大孝由此出；文體不正，則大姦大惡由此出。』因痛爲釐正之。詔禁天下鐵器、弓矢、畜馬，公從容言於上曰：『百姓無戰守之具，賊益無忌矣。天下一家，但行所無事，奈何示以猜阻？』久之，上追思公言，弛其禁。

五年，勑修《明史》，有以萬曆末事爲言者，公曰：『史載一時，轉信萬世，是非取舍，不宜參愛憎恩怨。天啓、崇禎間乃我所身歷，古者信史，人主尚不得取視，豈可自注乎？』辭不與。母丁太夫人卒，固請終制，不許。六年，復總裁會試，加太子太保。八年，以原官致仕。

公天性謹慎，秉政清淨和平。有所建白，微開引其端，不肯與同列市短長。不貪權勢，不營貨利，不報恩讎。然國家草創，身處滿漢之間，務爲調和。每有大政事，大兵刑，黎民不懼，公之力也。先是，歲有大人出販人參及馬者，所過郡縣，皆號呼奔竄，公曰：『奈何以微利傷國體？』後卒止之。請裁定宂員及胥吏，海内歲省金錢無算。以及撫順天日，定滿漢之符郵，還民間之田舍，設東方之關譏，皆人所不易言者云。

公歸而往來田間，自號歸德老農，日與故人酣飲，未幾而終。守臣以訃聞，朝廷傷悼，贈少保兼太子太保，謚『文康』，遣官臨祭造葬，優錄其後。

公至孝，八歲而孤，事母丁太夫人，出必告，反必面，先意承志。筮仕令陽曲，太夫人教之曰：『必爲廉吏。』公拜曰：『兒終身識之。』罷相之日，產無益田，囊無餘財。將葬，子犖無所措，請於母劉夫人，鬻產以襄事。劉夫人曰：『凡人饒於財，則以厚葬，顯榮其親。汝今無財，雖不厚葬，亦顯其親。朝廷所以頒敕賜兆，遣官臨送者，重先公之清德也。且產，先祖所留，非爾父置，奈何鬻之？』犖卒鬻產以葬。觀者莫不稱犖之孝，而歎劉夫人之達焉。公三子：犖、炘、炌。犖有至行，好讀書，善爲詩文，官侍衛；炘，中書舍人；炌，官生。

公崇禎中爲諫官，三疏論銓部用人不效，將亂天下。太宗適破昌平，得其奏疏讀之，歎曰：『中原若行此，豈不長治平乎？』譯之而去。疏在國史，不具錄。

侯方域曰：公病彌留，語子犖曰：『吾身後碑傳，不必達官貴人。吾有故人賈子，門人侯子，皆知我，可試爲之。』犖以語余。余何敢謂知公！然嘗侍公飲，公顧余曰：『昔曹參爲相國，日夜飲酒，卿大夫以下吏及賓客見參不事事，來者皆欲有言，至者，參輒飲以醇酒，度欲有言，復飲酒，醉而後去，終莫得開說以爲常。參相國酣飲，吾忝相國亦酣飲，吾視參定何如？』余逡巡無以對。公頹然醉已。嗚呼，噫嘻！公自此遠矣！

【校記】

〔一〕本文據宋犖康熙三十三年刊《三家文鈔·侯朝宗文鈔》卷五輯録。

西園先生詩序〔一〕

客歲遊禾水，友人彭司理出其家藏《西園先生詩集》，授余曰：『此吾之世父，昔嘗與子之叔父司成公齊名者也，幸爲刪其不可傳者，存其可傳者。』已而，又以曰：『子刪之而不爲之序以表章之，猶恐其無傳也。』後余歸，數郵書以請。今年之春，則又自禾水遣使者來請。豈先生之詩果待余之序而傳耶？

余幼時，從叔父司成公習聞先生詩名。及稍長，知爲詩，而司成公沒，先生之詩無從數見，間得一二首讀之，竊疑其浮或率，既而伏思曰：『先生之詩豈其浮或率者歟？必余之見有未至也。』嘗欲就質于先生，屬兵亂，彼此適四方，不果。迨其既定而歸，而先生沒矣，則終無從質之。而向十年間，所爲積疑而思，而不敢必其盡然者，終無以釋然也。客歲幸從司理處讀其全集，乃悟曰：『先生之詩，早年學杜甫，其蒼茫雄郁者，得甫之精者也，失則浮爾。晚而學白居易，其廣大夷猶者，得居易之真者也，失則率爾。』余不揣爲之刪其浮者率者，存其蒼茫而雄郁、廣大而夷猶者，先生之詩雖名世可也，豈其猶浮或率者哉！

當先生與司成公並起，一時號爲侯、彭。兩公既沒，余舉以問世，則十人中猶有三四人知司成公者，先生既杳無一人知之者矣。夫世之知司成公者，非真能知其詩也，以其官位照映後先爾。先生仕僅別駕，故身没而名不彰。余自越抵吴，極稱于曹太僕溶、吴學士偉業，而後東南之士，因二公而問西園先生。然則士無藉而成名者，雖同世，猶須人表章之，而況其傳後耶！雖余與先生居在百里之近，猶且始而積疑，求盡見其著述而不可得，而況四海古今之寥闊，賢人君子之勢不相接者耶！

嗚呼！世之爲文章者，不幸遭兵火散佚，而又家無賢子弟如司理者，爲之收藏而編集焉，以俟知者之論定，乃卒以湮而無聞也，可嘆也夫！

順治甲午上巳日同郡後學侯方域撰。

【校記】

〔一〕本文輯自中州文獻徵輯處手鈔彭堯諭《西園詩集》七卷本。

四憶堂詩集

六卷

附遺稿

四憶堂詩集

四憶堂詩集序

賈開宗

侯子刻《四憶堂詩》成，賈子敍曰：嗚乎！詩之存亡，豈不以人哉！《易》曰：『修辭立其誠。』誠者性情，辭者體要。吾聞古聖賢之徒，誠發爲辭，而詩命焉。非知道，莫或幾也。《尚書》以樂和詩，以教胄子，以和神人。孔氏斷自商、周，定篇三百。疏宕者《風》，莊嚴者《雅》，奧質者《頌》，盡辭之變矣，非是則無辭也。端木賜《傳》、卜商《小序》，傳也，序也，非作也。

孔氏亡而詩亡，漢、魏、六朝，作者間出，然求其旨歸於四《詩》者鮮也。千餘載而唐始有杜甫。杜甫者，非唐三百年一人也，孔氏刪詩後一人也，同時當在端木、卜商之上。舊論謂山東李白與甫齊名，然白以氣韻雄，未爲知道；甫獨能極衆眩曜，折以法度。披其全文，《小雅》譏小己之得失，其流及上，庶幾近之。

杜甫亡而詩又亡。其後七百年，明有李夢陽、何景明登其堂，正始在焉。今流俗之議之者，以爲優孟衣冠。夫世有金谷瑤室，居然天府，卽明瑠琇瑩，間未充斥，非探其層複者，固未易知也，亦泱泱乎大觀矣！彼刻意清塋，雖露臺猶不獲與未央宮等，而況堉然起于窮巷庶人之風乎！嗚乎！慶、曆以還，言詩者衆矣，其與二公之得失，爲何如也！

二公亡後，又百餘年而有余友侯子，殫心討論垂二十年，避難歸里，始厘定詩章。一言之不類於道者，皆去之。侯子曰：『杜甫者，非唐三百年一人也，孔氏刪詩以後，源流在此也。』今夫世之尊杜甫者，非知杜甫也，耳治也。若侯子者，可謂知杜甫矣，可謂知道矣！

先是洛陽有相國王公鐸，又稍前則侯子仲父大司成公恪，其詩頗與甫合；然集大成者，其侯子乎！

武威賈開宗記。

四憶堂詩集序

宋 犖

漆園氏稱犛牛大若垂天之雲而不能搏鼠，蜩與鷽鳩翺翔蓬蒿之間而不能搏扶搖而上九萬里，物各有其分，信哉！

孔子刪詩，有《雅》有《頌》有《風》。《雅》、《頌》之言，欲大而普，犛牛若垂天之雲之類也；《風》之言，欲幽而悉，蜩與鷽鳩翺翔蓬蒿之間之類也。漢、魏而下，唐三百年如杜甫諸人，有時應制、郊廟及名山大川、邊塞之什，與夫贈送將相、有關治亂之作，則其言大而普；有時丘壑花月、飲酒紀離之吟，則幽而悉，致相兼也。晚唐、宋、元數百年，號爲作者，鄙而不能大也，纖而不能幽也，而詩亡矣。

明三百年，劉基、高啓諸人而後，蔚興于李夢陽、何景明。今觀景明之詩，沈鬱頓挫，遜夢陽固也；

其與夢陽論詩諸書，氣象之後益以清新逸俊，故夢陽之詩，全體杜甫者，景明之力也。其後太倉、歷下諸子，猶能守其宗風。浸淫以降，失其義類。尋常宴集，動引國事；閨中禪房，雜綴風塵；充其類至於有《雅》、《頌》而無《風》。相沿數十年，而不足厭服天下騷人墨士之心。公安、景陵輩起而詆之，遂盡變其調，而不自知其人於輕俗寒瘦之僻，充其類又至於有《風》而無《雅》、《頌》。故夢陽而後，全體杜甫者，戛戛乎其難之。

予友侯子，以詩名者二十年，先後著作，凡歷數變，要皆慎而求焉，以杜甫爲宗。犖受而讀，所謂明之夢陽，庶幾近之，其必傳無疑也。世之學詩者，誦法太倉、歷下，則有侯子應制、郊廟及名山大川、邊塞之什，贈送將相、有關治亂之作，所謂大而普者也。即不能遽反公安、景陵之說，則有侯子丘壑花月、飲酒紀離之吟，所謂幽而悉者也。非獨有關於世道之絕續，亦將使海內學詩者知所法也。

同里社弟宋犖撰。

四憶堂詩集序

練貞吉

先司馬公與侯司徒公相善，以故兩家子姓，咸若昆弟也。司馬公長於司徒公八歲，今朝宗乃長於余八歲，其莫逆一如兩公。

朝宗早以文章風雅，擅宇宙大名。余時尚孩童嬉戲，輒聞而震驚之。司馬公亦數數言：『侯公子軼塵超影，小子可不勖諸！』甲申，朝宗罹皖江黨人之獄，避司馬公邸中，始與余定交。慷慨悲歌，醉後留一詩爲别，今集中《别練三》者是也。余每恨當時不知詩，雖幸與朝宗交，聞其論當世大略，而未得究《風》、《雅》之旨歸，一念及怏怏者久之。

未幾，遭天下改革，聚散不常，與朝宗遂相失。又數歲，復遇之于禾水。朝宗是時，較潘岳《秋興》之年，不過加其三，而乃鬢有二毛。余更七尺潦倒，無以謝故人。嗚乎！不有吟詠，何以陶寫！昔人之賦《五噫》、《四愁》者，未知視吾兩人遭際何如也。邸次中，時時論詩，謬爲朝宗許可，乃出其全集俾余訂之。

余竊謂詩人固無不學，即具才，亦大約左右追隨之間，未有全相倍屣者，惟是識之所至，不可復强，則分優劣耳。少陵之空其羣輩者，有獨識也，余之服膺《四憶堂》以此。至於源流正變，則賈、宋二子論之詳矣，兹不贅也。

社弟練貞吉記。

四憶堂詩集序

彭　賓

人生每多不見古人之恨，如梁孝王者，不得與之同時，亦一恨也。假令生當其時，與梁園賓客倡和，必有可觀。

曩者，萬年少相訂爲中州之遊，弔梁王舊址，憑眺嵩嶽，觀二室之奇，介余于侯氏之族，謂此中有長華、朝宗，賦詩宴客，不減梁園，余竊心動。嗣後，蔣黄門楚珍、周文學勒卣，相繼往遊，歸述梁園人物之盛，如霖蒼、讓伯、赤社、孝先、靜子、恭士其選也。而首推服者，則稱道朝宗勿絕云。

余甲戌交朝宗，讀其文，景慕其爲人。壬午之秋，把臂白門，意氣浩落，才鋒四起，以爲一代文人倜儻非常之概，固宜如斯也。

壬辰冬，朝宗渡江而南，訪孝先於禾城，復與余遇，極論當世治亂、古今成敗之故，曉暢精詳，皆素所諳練，與耳食者異。及言故人往事，感嘆悲泣。然後歎其賦性淵篤，用意深切，不可徒以文人目之，而余向乃知吾友不盡也。

朝宗齒方壯，才名早著，亦已二十年矣。以其作史之才，開館援筆，可備文獻，顧其學乃時時見於他說。何也？儒者多不知前代故實，與夫黨戶源流、仕官邪正及將相功罪、邊疆虛實、大小寇亂所由起，朝宗侍司徒公宦遊，身歷兵農之務，故言之洞悉，若指諸掌。余嘗於其所作傳記中竊睹之，以備良史何愧焉！若其緣情賦景，卽事造端，著爲風雅之辭，體則各備，動法古人。憫亂似少陵，詠史似義山，懷古似用晦按：許渾字用晦，出其憑弔之篇，與《秦州》、《馬嵬》、《驪山》、《金陵》比而較之，未知孰勝，一唱三嘆之間，有變而不失其正者。語余曰：『是刻也，編年而成，凡若干卷。編年者，以驗學之日進，亦以考時之代更也。』二十年内，兵寇流離，奔竄瑣尾，而刻陰窮晷，著作不輟。其所目擊心愴，人物之存亡，不知凡幾矣。是以朝宗之敍余也。感念陳、夏，皆已零落，余又安能已于讓伯、霖蒼西州之痛哉！吾兩人雖老壯不同，然靈光之存，有同感矣。

雲間盟社弟彭賓題于吳興蕭寺。

四憶堂詩集卷一

過易水黄金臺

千金尚有昭王闕，高臺遺址生青蕨。陰風常聞擊筑歌，蟋蟀哀鳴細不歇〔一〕。野原夕照霸圖盡〔二〕，東顧督亢臥蒼碣。老父無語立漁津，易水卷波寒六月。慘澹經營割據心，死馬不辭金千笏。今人但知重芻粟，何論霜蹄恣超忽！汗血驊騮泣路隅，况是區區皮與骨！

【校記】

〔一〕『蟋蟀哀鳴』，强善本作『淒人寒螿』。

〔二〕『盡』，强善本作『空』。

【集評】

一　賈開宗等評：（『易水卷波寒六月』）氣象高涼。（『慘澹經營割據心，死馬不辭金千笏』）詩亦經營慘澹，想見古人懷抱處。

出塞

迢遞關山上，寒風萬里秋。控騎還大漠〔一〕，分道出通侯。龍虎新縣號，烽烟更築樓。幕庭應北去，征戍一歸休。

【校記】

〔一〕『騎』，强善本作『鞍』。

【集評】

一　賈開宗等評：（『烽烟更築樓』）自是氣概。

魏徵墓［自注］魏徵墓在阜城〔一〕

鄭公墳墓下，亂草沒烟井。遭際附雲龍，零落歸墟壠〔二〕。豈非古賢豪，同此弔秋影。唐季改衣冠，大造嗟馳騁〔三〕。我來揖荒祠，聞鐘發深省〔四〕。

【校記】

〔一〕『自注』，資燦本無。

〔二〕『墟』，强善本作『邱』。

〔三〕『造』，强善本作『業』。

〔四〕『聞鐘』，强善本作『慨然』。

關山月

何處關山月，飄零又一秋。常通沙草白，不度玉門流。漢將曾歸戍，胡笳定解愁。烟塵今未靖，消息付刀頭。

【集評】

一　賈開宗等評：（『漢將曾歸戍，胡笳定解愁』）想象在言外。

蒼鷹

斜日催寒樹，蒼鷹獨野征。飛揚愁歲暮，遲頓爲毛輕。自具風霜氣，終非燕雀情。去來須任意，湖海尚孤清。

新月二首

新月弦初上，繁星不可尋。遥分銀漢影，細沒玉蟾陰。思婦高樓淚，荒城戍夜砧。徘徊清照下，容易動沉吟。

今夜人如許，容光奈月何！微茫遮桂樹，窈窕見嫦娥。清入衰顏少，寒侵薄袂多。吾生渾意緒，把酒一長歌。

蚤發述懷

蚤出上東門，旭日始林莽。西山發朝氣，揚袂挹新爽。寒石蹲如人，春雲薄於掌。下馬折柳枝，上馬繫車鞅。長嘯酌金罍，高岡喟俯仰。四國正風塵，結束將何往？紛紛戰龍蛇，悄悄驕魍魎。安得延津劍，劃然肅清朗。元侯二十四，跡與蕭曹倣。仗策盪烽烟，名畫麒麟上〔一〕。我亦閱修途，努力嗣前響。奔走謁天門，所期奏安攘。帝側貴引手，衛霍出斯養。南阿有高雀，弋者祝羅網。冥飛自不顧，芳餌何足賞！

【校記】

〔一〕『名畫』，强善本作『圖像』。

【集評】

一　賈開宗等評：（『下馬折柳枝，上馬繫車鞅』）落落古意。

寄彭别駕丈人

何似南塘第五橋，聞君卜築近參寥。猖狂垂老餘潘鬢，屏棄隨人誤楚腰。觸事莫須歌《九辨》，逃名惟應醉千朝〔一〕。誰憐昔日杜工部，萬卷讀書腹尚枵〔二〕。

【校記】

〔一〕『應』，强善本作『許』。

〔二〕『誰憐昔日杜工部，萬卷讀書腹尚枵』，强善本作『誰憐昔日羌村叟，萬卷書難療腹枵』。

【集評】

一　賈開宗等評：（『屏棄隨人誤楚腰』）瀟灑語，殊極氣韻。

漫贈三首〔自注〕梅窗、王翼，二人姓名也。

寂寞青峯冷暮江，落楓今更識梅窗。岐王遭際尋常事，一曲鬱輪未肯降〔一〕。

天涯去住竟如何？最是關情王翼歌。細憶姑蘇好風景，青衫回首淚痕多。

下蔡風華久寂寥，月明宫殿夜吹簫。多情傾倒張公子，不數珠兒侍館陶。

【校記】

〔一〕『鬱輪』，强善本作『輪袍』。

贈吴徵君丈人〔自注〕丈人有二子：伯裔、伯胤。

采藥鴻濛去，延陵瓜瓞支。高賢今杖履，衡泌有棲遲。遭際先皇日，衣冠全盛時。在田容隱士，于野荷天慈。道大深懷古，身清恥誦詩。浮名終已矣，生事更何其？純白兒童狎，猖狂鹿豕欺。風塵終澹泊，意趣肯磷緇？南畝康衢力，西成野老私。耒鋤過白社，風雨愜黄鸝。伏臘羔烹酒，逢年豆落萁。陰晴常蚤起，枯菀較親知。朝貴矜簪笏，王塗暗蒺藜。玄黄紛戰鬬，甲第飾言詞。鼠雀邦人指，釜鬵聖主疑。老聃西去楚，尼父晚居夷。感激存初服，疇能悟具茨。優遊餘等輩，堂構兩男兒。大小麟龍望，文章虎豹儀。汗駒才自見，弱冠影難追。憶昔當蘭茁，吾翁尚柏司。清流遭禁錮，破格獨規隨。劍宿驚雷焕，玄文重左思。通家神聽好，伐木友生宜。春舍分梅蕊，秋風到菊籬。卽時同作賦，競慧各書碑。神駿慚鸚鵡，塵埃測騏騏。築壇牛耳會，南國歃盟尸。儒術兼終賈，大名總倍蓰〔一〕。十年探象罔，法物得宗彝。婚媾因心契，雷陳易子爲。才情相左右，格律絕參差。縱横中原約〔二〕，森嚴大將旗。深交思弁角〔三〕，閲歲已鬢眉。杯酒論家世，嚶鳴切問遺。扶藤超鶴禁，隱几藉烏皮。畏壘行藏穩，墨黔面目黧〔四〕。碧羹分澗菜，朝露剪香荽。樂自人間得，憂從物外彌。長齡經變態，四海近瘡痍。廢郭朝羅雀，巖城夜叫鴟。駿奔誰矯矯，狐立故綏綏。燭武曾嗟逝，馮唐可備咨。屏藩尋戮辱，七十隱熊羆。高卧羲皇邈，遐心日月卑。洪爐齊巧拙，槁木喪成虧。蒙叟漆園吏，當樽楚廟犧。啜醨渾醉濁，遯世在支離。丹竈雲留鼎，陰符夜授圯。接䍦勝短髮，恃粥供含飴。章亥量朝景，魯戈駐夕曦〔五〕。貽謀開裔葉，著姓系周姬。世業豳風遠，人情舊俗疲。南陽原卧葛，莘野昔耕伊。襟帶江湖氣，霜天薜荔枝。自來巖穴者，用則帝王師〔六〕。

【校記】

〔一〕『大』，强善本作『鴻』。

〔二〕『縱橫』，强善本作『慷慨』。

〔三〕『弁』，强善本作『丱』。

〔四〕『墨』，强善本作『烏』。

〔五〕『魯』，强善本作『陽』。

〔六〕『則』，强善本作『必』。

聞鴈二首

故鴈鳴春苦，經年復此過。飄零漢塞盡，怨惜楚雲多。去去羣能穩，棲棲意若何？江鄉望不極，歲事已蹉跎。

衡陽今幾載，無力迅歸翰。洲渚妖氛隔，稻粱儉歲難。爾來關氣候，不忍遂凋殘。非小離憂在，暫時可擇安〔一〕。

【校記】

〔一〕『暫時可』，强善本作『隨時且』。

【集評】

一　賈開宗等評：（『故鴈鳴春苦』）只一『故』字，便爾寄意自別，故知語正不在多。（『洲渚妖氛隔，稻粱儉歲難』）居然有今昔危安之係，而卽離映帶，正合風雅。小中見大，又不足言矣。

鼴鼠行

君不見布穀能雨鳩能晴，鼴鼠穴居避天風。其軀偃臥負稻粱，羣鼠相啣積石鐘。苦身作計無乃勞，果然之外亦何庸〔一〕？古賢用財有大度，豈但儉德重卑躬〔二〕！積乃不散非中禮，他人是婾乘我墉。我有美酒君不飲，焉復後來辨雌雄〔三〕！二蟲自云知陰晴，堯霖湯旱亦誰通〔四〕？願君開拓古心胷，眼前不見卽萬重〔五〕。

【校記】

〔一〕『亦何』，强善本作『何所』。

〔二〕『儉』，强善本作『令』。

〔三〕『復』，强善本作『得』。

〔四〕『亦誰』，强善本作『誰能』。

〔五〕『卽萬』，强善本作『蔽卽』。

【集評】

一　賈開宗等評：（『他人是婾乘我墉』）度數乘除，乃是英雄。揮豁非僅爲達士之見。（『二蟲自云知陰晴，堯霖湯旱亦誰通』）奇意適會，浩蕩無極，思致者少能如此。

竹生崑崙西

竹生崑崙西，桐產嶧山陽。勁姿淩霜威，高蔭拂日光。材美超凡卉，奇珍繇茲章。聖神初端拱，羲軒坐明堂。取裁及草木，制用因短長。伐桐作瑤琴，載鼓散泠殃。截竹爲笙管，吹之引鳳凰。雌雄十二律，絃柱十五行。雅樂讌羣侯，大饗奏天閶。逢時豈不貴，但惜天年傷。落枝一辭柯，千秋委道傍。

【集評】

一　賈開宗等評：（『雌雄十二律，絃柱十五行』）直而能逸，疏而能古。（『千秋委道傍』以上四句）陡煞如駿馬下阪而意轉含蓄，語特雋灑。千古豪杰，功名文章身分，無不有失足流落之恨，具此包舉。

西山雜詩五首

聞道西山脈，太行接嶺深〔一〕。入燕纔百里，通晉欲千尋。夜過龍蛇跡，春知草木心。靈根仍上古，俯仰一微吟。

定是魚公寺，清虚勝外幽。隨人來佛界，任意與山遊〔一〕。夜色石羊動，松聲鼯鼠秋。勞生安有定，對此欲遲留。

聽水石橋下，應知洗耳勞。太平通御逕，曲沼合纖毫。古洞松杉落，寒龍日夜號。千巖開瀑布，雲氣欲飛濤。

晚到香山寺，搔頭暝色分。封題蒼頡字，樓閣赤城雲。近岫親藜杖，疏鐘狎鹿羣。栖栖爲幽興，豈敢勒移文！

雙佛何年臥，空聞木葉清。秋陰常在樹，夏鳥不時鳴。浩劫開宫闕〔二〕，法天閉畫旌〔三〕。歲時經寂滅，散慮欲無營。

【校記】

〔一〕『太行』，强善本作『嵯峨』。

〔二〕『與』，强善本作『入』。

〔三〕『浩』，資燦本作『歷』。

〔四〕『法』，强善本作『旻』，資燦本作『諸』。

【集評】

一　賈開宗等評：（『入燕纔百里，通晉欲千尋』）如此覺氣蒸雲夢，波撼岳陽，正復不遠。（『任意與山遊』）卻又瀟灑。（『太平通御逕，曲沼合纖毫』）大内五龍池引西山水通之，石經紆折六十里。（『封題蒼頡字，樓閣赤城雲』）寺有來青閣，神宗御書。西山惟香山寺最高，可望禁城。（『秋陰常在樹，夏鳥不時鳴』）禪心物境，兩兩見之。

蚤春見蠅

尚未過春半，如何起蟄蠅？乾坤繁種類，歲月歷升恆。有嗜從人逐，尋羶與物矜。自然多變態，所愧結玄冰。

【集評】

一　賈開宗等評：（『有嗜從人逐』以下句）不減《咏麀》詩，只是意高。結更深。

惡木

惡木相與澗邊生〔一〕，歲久無人更崢嶸〔二〕。下有良苗懷抑鬱，蔭蔽乃復不滋榮〔三〕。其上枝葉互綢繆，老根入地如蟠鯨。一本動搖連眾株，斧斤尋之不能爭〔四〕。圃公徘徊三太息，力竭汗流徒目瞠。我命百人人一殳，一殳一株無留行。低頭大呼芟除盡〔五〕，平疇瞬息天廓清。君不見南山之松插天出，中封雲氣掣練疋。折規中矩棟梁姿，在昜大壯營宮室。爾木終非出羣材〔六〕，久妨當路何爲哉？吁嗟乎，久妨當路何爲哉？

【校記】

〔一〕『相與澗邊』，强善本作『緣澗連叢』。

〔二〕『更』，强善本作『彌』。
〔三〕『蔭蔽乃復不滋榮』，强善本作『重遮密蔽難爲榮』。
〔四〕『不』，强善本作『無』。
〔五〕『低頭大呼芟除盡』，强善本作『拍手大呼芟已盡』。
〔六〕『終』，强善本作『本』。

【集評】

一　賈開宗等評：（『一本動搖連衆株，斧斤尋之不能爭』）托興語，卻自有體。

藉田禮成恭記

皇帝甲戌春，詔下耕藉田。先期司徒公，執事戒必虔。是日陪法駕，翼翼競後先。百草沛春暉，廣陸發清烟。爰至躬稼所，鹵簿悉以捐。天子徒步入，獨召司徒前。跪進耒耜具，玉手一以搴。左操神農耒，右揮后土鞭。玄牡感至誠，不驚衮衣翩。辛苦三推畢，公卿乃助佃。六推更九推，文數非徒然。一德講民事，惟願降豐年。禮成帝怡悦，行幄賜内筵。侑歌梨園部，頗亦奏管弦。曲不奏《霓裳》，樂不奏《鈞天》〔二〕。所奏歌伊何〔三〕？所歌《無逸》篇。雅奏固有節，三歌無流連。法駕起還宫，顧謂司徒賢：『自卿掌國賦，頻請朕恩蠲。庶幾吾赤子，寒暑稍息肩。』朱末兼玄牡，文綺雜金錢。頒送司徒府，留爲子孫傳。司徒旦日謝，造膝達重玄：『國家自從增遼餉，天下輟耕弄兵仗。如今練餉又將出，奈何剜肉補新創？天語念及稼穡艱，九州貢土幸無恙。積貯徒充海内貧，望下老臣前日狀。帷幄更有聚斂人，皇帝聰明慎所向〔四〕。』

【校記】

〔一〕『頗亦奏』，强善本作『清奏紛』。

〔二〕『欒』，强善本作『亦』。

〔三〕『歌』，强善本作『竟』。

〔四〕自『國家自從增遼餉』至篇終，强善本悉爲五言句，其文云：『一自增遼餉，天下遂紛攘。南畝耕作儔，輟耕弄兵仗。練餉今又出，剜肉寧補創？帝念稼穡艱，九貢幸無恙。府充海内貧，乞下臣前狀。帷幄聚斂人，維帝慎所向。』

【集評】

一　賈開宗等評：（『百草沛春暉，廣陸發清烟』）敘事忽入綴景，妙。（『玄牡感至誠，不驚衮衣翩』）淡宕中神奇。（『雅奏固有節，三歌無流連』）自然入古。（『司徒旦日謝，造膝達重玄』）俱古意。（結句）結出忠懇，大篇得體。

二　賈開宗曰：司徒公嘗疏請思宗發帑蠲賦，翼日面對，帝難之。閣臣溫體仁希旨進曰：『度支不足，戶部宜多方設處。』司徒公曰：『設處者，乃聚斂之別名。臣不敢以聚斂事陛下。』體仁大慚。

天壽山陵

陵宫十二奠山河，王氣千秋更不磨。晨幄開時紅袖散〔一〕，夜龍吟處翠微多。神孫薦食繁霜露，守户分官淨薜蘿。更有諸生思世澤，老臣昔日枕琱戈。

【校記】

〔一〕『幄』，家刻本、强善本等同，備要本作『屋』，誤。

【集評】

一　賈開宗等評：（『晨幄開時紅袖散，夜龍吟處翠微多』）關情語，卻不悲涼。

二　徐作肅曰：司徒公前歲鎮昌平也。

居庸關

纔欲憑高便不同，居庸關上起悲風。雪明千帳黄榆外〔一〕，月落一聲黑鴈中〔二〕。遞北微茫傳御幄，稍南蒼翠是陵宫。也知有道無須守，怪爾盤空伏老熊。

【校記】

〔一〕『黄』，强善本作『塞』。

〔二〕『黑』，强善本作『秋』。

【集評】

一　賈開宗等評：（首二句）起便得。（結句）全首高涼，結更深渾。

和詹事文公宿郊壇作

千官夙夜御壇邊，不數迎神太乙年。共許駿奔陪聖主，全憑禋祀答皇天。銀璫傳唱春星寂，瑤鶴纔歸夜月圓。睿意頻催宫漏切，早知法從出甘泉。

【集評】

一　賈開宗等評：（三四句）深厚，（結句）五、六寫題，妙。

郊祀二十韻〔一〕

禋禮圜丘重，皇圖玉曆長。迎休陳黍稷，昭事在羹牆。二后思文績，百靈覲耿光〔二〕。寅清夷夙夜〔三〕，端拱舜衣裳。風煖參樞動，雲低亢宿張。天顔增肅穆，亞旅盡趨蹌。絳節高能聽，宸居昊未忘。以兹承廟社，庶可保黔蒼。宫殿三星上，君臣一氣旁。春雷翻靜夜，霽雪更扶桑。白馬黄龍幄，金莖玉露漿。舉頭明陟降，下拜暗鏗鏘。共奏聞韶樂，今開宴鎬堂。蓬萊通漢時，日月引周行。九陌分神火，層城夾御香。從來瞻有道，應許頌無疆。祝史前讀冊〔四〕，瑚璉早獻觴。但祈憐宇宙，總爲掃欃槍。封禪真誣罔，神仙亦渺茫。小臣恭奏賦，不敢效貲郎。

【校記】

〔一〕題，資燦本無『二十韻』三字。

〔二〕『百』，强善本作『千』。

〔三〕『夷夙夜』，强善本作『堯日月』，與下句『舜衣裳』對更工。

〔四〕『讀』，强善本作『陳』。

【集評】

一　賈開宗等評：（『以茲承廟社，庶可保黔蒼』）動宕。（『但祈憐宇宙，總爲掃欃槍』）是何等下語。

大閲二十五韻〔一〕

講狩今曾見，張皇邁古風。聖仁非好戰，大事在臨戎。陳勢軒轅出，丹書鎬渭同。飛龍隨御幄，細柳近行宫。將將雲臺老，赳赳兔野雄〔二〕。詎關翻瀚海，直欲略崆峒。偃息胡笳外，規模漢月中。每當三殿坐，深想二陵功。不分承平久，反疑聖武終〔三〕。旃頭窺塞紫，獵火照關紅。正是殷憂會，從開有道衷。投醪霑宿衛，撫髀待羣公。下詔千牛隊，齊驅八駿驄。旌旗邀落日，鐃角起晴空。卒伍憐吴起，詩書識吕蒙。漢圖標閣畫，周雅頌《車攻》。校賞衣笥重，歡呼帝座通。孤兒能勝甲，姬女解彎弓。氣壓玄狼北，聲摧白狗東。中興憑一怒，丕業自今隆〔四〕。顧戒謠成虎，須令夢入熊。廉頗猶善飯，馬援更成翁〔五〕。前代疆雖遠，六師憤必窮〔六〕。驅除寧得已，駕馭不徒工。振古休文日，干戈慎省躬。

【校記】

〔一〕題，資燦本無『二十五韻』四字。

〔二〕『兔野』，强善本作『赤兔』，意長。

〔三〕『反』，强善本作『翻』。

〔四〕自『校賞衣笴重』至『丕業自今隆』八句，資燦本無。『丕』，强善本作『王』。

〔五〕『馬援』，强善本作『李牧』。按：『李牧』同『更成翁』事無關。

〔六〕『六師』，强善本作『班師』。

【集評】

一　賈開宗等評：（『聖仁非好戰，大事在臨戎』）得體。（『每當三殿坐，深想二陵功』）寫出憂勤。（結句）規諷有情，如此詩乃非漫賦。

早朝應司徒公教

御城佳氣曉來新，九陌傳鐘近紫宸。曙漢全明鵷鷺影，仙韶不動舞儀塵。垂衣一拜勞元相，深殿微聞頌聖人。何苦懸鞀更多事，翠華散仗誤行春。

【集評】

一　賈開宗等評：一洗早朝套語，卻正是早朝。

二　賈開宗曰：是日，諫官何楷以論閣臣事得罪。

宿州〔自注〕乙亥作

宿州前路上，衰草尚縱横。大野龍蛇跡，荒原雉兔行。馬飢鳴後隊，寇亂泊孤城。將略書生在〔一〕，憑誰欲請纓！

【校記】

〔一〕『書』，家刻本、强善本同，備要本作『告』，誤。

【集評】

一　徐作肅曰：崇禎七年，諸寇掠宿州，燒破鳳陽陵宫。

塞下曲二首

黄河岸柳出新條〔一〕，三月榆關雪未消。回首征人齊下淚，冠軍獨有霍嫖姚。

獨留明月度關門，衰草寒雲萬里昏。曾有花城千萬戍，只今何用賦招魂？

【校記】

〔一〕『新』，家刻本、强善本、本衙本等同，備要本作『青』。

【集評】

一　賈開宗等評：在龍標、太白之間，又不擬杜。

蜀犬行

君不見峨眉近天止一尺，仰摘星河晴欲濕。五丁運斤破蠶叢，至今愁暗天常泣。世間怪異何所無，蜀犬見日驚吠呼。一犬方吠羣犬鳴，其意似與羲馭爭。躔次既高難常見〔一〕，爾已不識胡硜硜！吾聞初出映扶桑，精魄墜地成光芒。東西日行三百度，帝命章亥不能量〔二〕。後羿神手尚荒唐，況爾小獸如羵羊！吁嗟爾亦徒倉皇。

【校記】

〔一〕『難常』，强善本作『不易』。

〔二〕『不能』，强善本作『殊莫』。

【集評】

一　賈開宗等評：（『爾已不識胡硜硜』）尋常語自是奇崛。（全詩）如此起結，與區區字句者自别。

皓魄

皓魄清如此，高懸桂影稀。星河疑到地，空翠欲霑衣。夜寂蛟龍泣，秋深蟋蟀微。遥思成往事，無路問支機。

【集評】

一　賈開宗等評：（『星河疑到地，空翠欲霑衣』）清麗自不減（杜甫）『雲鬟』、『玉臂』一聯，而典則具備。

晚眺〔一〕

晚眺郊原接鼓鼙，春風春草暮萋萋。新田落照牛羊見，冥火穿林燕雀低。拾翠歸人無意緒，吹簫客子怨羈棲。數逢耆老淹留問，指點當年說大堤。

【校記】

〔一〕强善本將此詩分爲兩首絕句，前四句爲一首，後四句爲一首。

【集評】

一　賈開宗等評：（『新田落照牛羊見，冥火穿林燕雀低』）景外含意，即近即遠，乃非泛然點綴者。

泛舟即事

載酒消閒月，扁舟問水涯。沙昏藏浴鷺，烟薄出茅茨。浩蕩從吾輩，乾坤適此時。應求漁父侶，歸詠《去來辭》。

【集評】

一　賈開宗等評：（『沙昏藏浴鷺，烟薄出茅茨』）清細含溶，寫景落如畫。

召旱

其如天道遠，不雨歷三冬。召旱成今日，憂時尚老農。舊逋餘虎吻，新殣亦狼烽。嘆息祈年事，殷勤賴守封。

【集評】

一　賈開宗等評：（『召旱成今日，憂時尚老農』）諷而不露，怨而不迫，正與『受諫無今日，臨危異古人』（杜甫《遣憂》詩）同，最得詩意。

絕句四首

五月榴花照眼時，吳姬唱罷折楊枝。容華博得春風歇〔一〕，不羨清平賦小詞。

曾經化碧緣偷淚，暫著輕綃欲綺霞。窈窕容光不可定，東皇一夜玉枝斜。

奉使煩將大宛求，也隨異物到皇州。何如塞外祁連草，一入玉門顏色秋〔二〕？

當年漢帝種甘泉，小卉朱明正可憐。火德爭傳赤鳳事，昭陽宮裏落金鈿。

【校記】

〔一〕『春風』，掃葉本作『春屋』，誤。

〔二〕『一入玉門顔色秋』，强善本作『一入中原色便秋』。

【集評】

一　賈開宗等評：（四首）高敞俊逸似太白諸作，李義山輩少能及此，只是氣格勝。辨者當自知之。

贈徐大世琛

海内論才子，斯人尚典刑。江淹今擅筆，劉向昔傳經。寂寞南州榻，崢嶸小阮庭。〔自注〕徐有二叔。衣冠推爾雅，評騭許清醒。謁帝難爲客，草玄自有亭。支干羞貴達〔一〕，詩賦忌神靈。偃仰三冬史，逍遥六月翎。何妨聊鴝鵒，無意借光熒。道拙身俱廢，時艱户尚扃。乾坤憐破碎，勳業憶彫零。避地餘空谷，從閒問歲星。興來共采藥〔二〕，老至細推蓂。鳳羽千尋邈，鶴鳴九子聽。蚤知乘日月，終已薄滄溟。

【校記】

〔一〕『干』，强善本作『于』，誤。

〔二〕『共』，强善本作『偕』。

【集評】

一　賈開宗等評：（『避地餘空谷，從閒問歲星』）渾渾寫來，上下沈著。（結句）結語猶自飛動，淋漓之致，筆有餘力。

故城

爲客何時罷，行行又故城。日啣荒寺冷，花發野湍清。垂暮時聞鴈，遥村未洗兵〔一〕。窮愁傷景物，去住總關情。

【校記】

〔一〕『村』，强善本作『湘』，誤。

武城

十載河東路，武城入望遥。乾坤還氣象，歲月已蕭條。獨火依村落，清烟起斷橋。客思經亂後，不忍夜吹簫。

【集評】

一 賈開宗等評：（『獨火依村落，清烟起斷橋』）入景清絶。

朝城

春色今零落，獨憐萬里行〔一〕。逢人稽土俗〔二〕，斷碣識朝城。吏蹟存官柳，村家出晚晴。太平思不盡，天或厭驕兵。

【校記】

〔一〕『獨憐』，强善本作『驅車』。

〔二〕『土』，備要本作『士』。

【集評】

一　賈開宗等評：（『斷碣識朝城』）老氣無敵。

麥秀

平原延野望，麥秀遠離離。父老愁方歇，兵荒氣未夷。稍當紓國計，或更仰天時。慚愧野人力，風謠未敢辭。

【集評】

一　賈開宗等評：（『稍當紓國計』二句）二語深大，源流風雅，如欲近之。

寒食

望去郊原花寂寂，東風寒食一相過。睢陽久戍春陰淺，洛汭新收野哭多。暗水荒墳尋石逕，叢林落日憶鶯歌。太平剩有遊人跡，閱歲隔年自女蘿〔一〕。

【校記】

〔一〕『隔年』，强善本作『延緣』。

【集評】

一　賈開宗等評：（『睢陽久戍春陰淺，洛汭新收野哭多』）非泛然節物語。

清明

繁華憶昔清明日，千騎萬人並出遊〔一〕。寒食纔過江漢女，灞陵遥思帝王州〔二〕。金丸落鳥珊瑚濕，珠勒迎風玳瑁柔。自有三城征戰後，斜陽丘壟只多愁。

【校記】

〔一〕『千騎萬人並出遊』，强善本作『曾有何人廢出遊』。

〔二〕『思』，强善本作『憶』。

【集評】

一　賈開宗等評：（『金丸落鳥珊瑚濕，珠勒迎風玳瑁柔』）三四闊大，此富麗，合之出落淒涼。

贈徐孝廉作霖三十韻

爾亦風塵裏，吾徒夙有儕。揀金從麗澤，炤夜出珠匡。秋水懸陳榻，元封識鹿牌。名因高士著，道自衆人楷。過瞬同臧穀，無心問等差。翠簾招漢閣〔一〕，駿骨得宛騧。碌碌如公輩，行行與子偕。春城雲際闕，帝里禁前街。省識竽能好〔二〕，爭知耳不諧！公卿羞絳灌，山隰慰茅柴。獨往盟終在〔三〕，長歌願未乖。浮生寧泛泛，覓友託喈喈。雷煥知龍合，張華辨土揩。以茲釀正熟，頻過藥翻階。雜佩來鳧弋，昭靈失燕釵。朝雲悲楚岫，秋興寄秦淮。荀粲癡曾減，江淹恨未排。〔自注〕：徐是時喪内〔四〕。操琴求蜀女，返棹載吳娃。消渴年猶壯，溫柔老亦佳。明河看織杼，雅宴聽鳴蛙。所思詩誰報〔五〕，閒情賦可懷。豈料丁百六，當道走狼豺。半壁嗟沉竈，中原泣析骸。衣冠兼盜賊，城社倚優俳。應惜承平日，徒爭左右蝸。元龜須野老，天子見麻鞋。自是遭逢數，寧甘曲蘖埋？有人譏小草，作意破陰霾。去去松筠麓，茫茫嶠嶼涯。此生寄黃綺，蕭散卽高齋。

【校記】

〔一〕『簾』，强善本作『廉』。

〔二〕『竽』，强善本作『竿』，誤。

〔三〕『往』，備要本作『性』，誤。

〔四〕『喪内』，强善本作『悼亡』。

〔五〕『思』，强善本作『憶』。

【集評】

一　賈開宗等評：（『秋水懸陳榻，元封識鹿牌』）用僻事能穩。（『明河看織杼，雅宴聽鳴蛙』）用孔稚珪事。（『自是遭逢數，寧甘曲蘖埋』）氣渾格高，時復流動，排句中勝境。

蓬蒿行〔一〕

君不見蓬蒿因天風，西渡大河來秦中。與我良苗爭位置，須臾穀死成枯叢。野人無計飢欲食，亦采其實盈甌鍾。粒色殷黑味澀苦，三咽始下心怔忡。泣語老婦爲緩死：『此物豈堪持上供？』此物豈堪持上供，天高那知年歲凶！

【校記】

〔一〕題下，資燦本注：『甲申作。』

【集評】

一　賈開宗等評：（『野人無計飢欲食，亦采其實盈甌鍾』）語特風雅。

暮春雜詩五首

黄霾赤霧一春闌，左貫蚩尤射日寒。時事自回天象改，賊氛終戴聖朝寬。楚人剽悍乘舟疾，蜀道崎嶇牧馬難。削伐近傳真信息，淮陰早晚更登壇。

離離禾黍望新苗，雨雪經年更未調〔一〕。殘火殘烟燒貉鼠，枯枝枯樹泣鵂鶹。三農歲事懷春粒，八口生涯累聖朝。惟有桑林一痛哭〔二〕，不然何計徹靈霄。

接連烽火傍孤城，貙虎公然陌上行。赤羽飛騰晨避澤，黄巾旗幟夜椎牲。已聞渤海新傳檄，誰使潢池更弄兵。莫恃承平俱故事，漢家耽閣請長纓。

封豕長鯨掃滅無〔三〕，黄昏落熖敵樓孤。威儀坐鎮憑賢守，談笑圍城付豎儒。萬馬摶風俱短箭，五原列戍盡長殳〔四〕。帶河北控咽喉地，或藉天心未足虞。

釃〔五〕酒椎牛將士功，兩重堞雉四隅空。前驅畫角啼兒女，獨立清宵泣老翁。十二金人銷戰久，三千鐵騎受降工。傳聞昨日城南血，親灑官軍細柳紅。

【校記】

〔一〕『雨』，家刻本、備要本作『雪』。

〔二〕『痛』，强善本作『號』。

〔三〕『滅』，備要本作『得』。

〔四〕『殳』，底本作『芟』，據備要本改。

〔五〕『釃』，底本作『灑』，據備要本改。

【集評】

一　賈開宗等評：　五首逼杜。

四時辭四首

日暮妖姬獨倚闌，黄鶯紫燕惜春殘。五陵拾翠桑中曲，千騎如雲陌上看。

小扇雙鬟著意忙，夜明簾下拂牙牀。密肌紅漬金鈿冷，皎月白虛玉簟光〔一〕。

砧杵千家玉箭催，新涼枕簟夢初迴。曾填烏鵲穿橋過，憶向黃姑乞巧來〔二〕。

晚妝零落曉應難，日午流蘇試小寒。呵凍添鴉隨手畫，遠山新翠任郎看。

【校記】

〔一〕『白虛』，强善本作『清搖』。

〔二〕『來』，强善本作『求』，誤。

劍客

報讎今日過，踐諾昔年來。千載荊軻死，龍泉不敢開。

【集評】

一　賈開宗等評：　雄渾悲壯，唐人中不易得也。

四憶堂詩集卷二

王嬙故里〔自注〕己卯歸自京師作

馬首孤牆日暮雲，烟陵霜草弔明君。琵琶無補和親策，帷幄空高報主勳。臘盡龍城終漢社，春迴雁塞竟青墳。可憐不似中行說，死向王庭將一軍。

【集評】

一　賈開宗等評：（首二句）起亦自不減『羣山萬壑』按：杜甫《詠懷古跡》五首其三：羣山萬壑赴荊門，生長明妃尚有村。一去紫臺連朔漠，獨留青冢向黄昏。（頸聯二句）忠厚之語，沈渾之調，斟酌出之，固不易。

二　賈開宗曰：明妃本蜀人，考新城亦有王嬙故里，此必過新城者。是歲諸將以大凌河降，大司馬楊嗣昌獻和議，黄門何楷劾論之，疑卽此時也。

謝方簡討送衣〔自注〕方子以智也

早歲耽奇服，薄遊贈縻絲〔一〕。相憐知己意，總爲歲寒期。素樸慚時制，陸離適我宜〔二〕。無衣誰更賦，珍重在中笥。

【校記】

〔一〕『薄遊』，强善本作『多君』。

〔二〕『陸離』，强善本作『寬舒』。

寄夏進士允彝

不斷離羣夢，三年夢草廬。我今天北去，爾復水南居。世事憐蒼狗，人情託素魚。幾時重把臂，江上采芙蕖。

【集評】

一　賈開宗等評：全首一氣。

金陵贈范公司馬

我聞司馬古平格，湖海風神山嶽力。楷模當代足儀刑，弼亮四朝勤社稷。昔者天啓七載間，陰陽消長多荊棘。讒諂蔽明曲害公，不能俯仰甘裁抑。皇帝紀元肇戊辰，日月重開思遺直。命與我公鎮通昌，京師兩道各封埴。詩書元帥舊論兵，保障爰使烽燧熄〔一〕。恭遇紀元十一年，猲來豺虎逼君側。豸冠御史有成勇，痛惜綱常嚴彈劾。主上端居自聖明，威福在心原不測。公曰吁哉今何時，事關大義豈容默？乃率羣公帝前爭，萬里丹墀陳悃愊。預料天意遽能回，老臣矢志欲殉國。我公昔日忝心知，不分孤臣騰苡薏。憶昨鉤黨起須臾，奴僕親朋胥避匿。管鮑貧交見司馬，觸冒風波爲羽翼。請室兩辱雙魚書，嗚向孫陽忘不得。小子長跪御龍門，浩歌輒復填胷臆。君不見莫赤匪狐黑匪烏，天地茫茫皆鬼蜮。楊李威權勢絶倫，青蠅身後爲誰殛！

【校記】

〔一〕『使』，强善本作『教』。

【集評】

一　賈開宗等評：（『預料天意遽能回，老臣矢志欲殉國』）生動之神，跌宕之致，元龜格人，如將見之。（結句）以弔古作結，故自激昂，不傷于盡。

二　賈開宗曰：范公司馬，景文也。崇禎十一年，景文爲南司馬。是歲，相楊嗣昌，太子中允黄道周論之，下吏。御史成勇救道周，並逮勇。景文會諸公卿申救不得，去位。十五年，起爲相。燕京陷，死之。按：侯子己卯（崇禎十二年）在金陵，是時景文亦以司馬去位，寓金陵而贈之也。

三　徐作肅曰：崇禎三年，景文佐司馬鎮通州，侯子父司徒公佐司馬鎮昌平。五年，景文去，司徒公並通州代之。與景文素善，九年，司徒爲溫體仁、薛國觀所忌，下獄，久不解，景文蓋嘗營救之也。

奉和臬司李公白兔之作

夏屋雕籠錦績韝，等閒真異出羣遊。虞羅自爲奇毛潔，春草須於大野求。西入玉門思漢月，東歸銀海望金秋。亦知碧落含虚魄，三窟無營也不憂。

贈梁明府

展矣梁公子，軼塵出帝京〔一〕。烏衣推素業，白幘足時名。地許雲霄近，才令宇宙驚。有人倡領袖，處士得澄清。壇坫歸牛耳，交遊竚鳳鳴。蓬門寧寄跡，天閣蚤馳聲。經術醇儒富，匡扶舊學精。種花先百里，叱馭卽前程。豈弟臨封久，歡呼敝邑迎。威儀嗟父老，覿覲想承平。朋酒春觥狎，端居夏日明。爲憐疲俗晚，可怪鼠羣横。氛祲圍城郭，兒童逐甲兵。空村狐吹火，廢草犢慵耕。何似魴能白〔二〕，無知尾自赬。循良崇漢詔，霖雨待周甇。大器臯夔列，庸功召杜行。讀書屬致主〔三〕，觀政已編氓。十載吟梁甫，一朝見賈生〔四〕。鵾鵬終北徙，羽翼忽南征。自愧羊公鶴，空慚雒下傖。舊曾先郭隗，今始識韓荊。歲月文章老，蹉跎姓字輕。陳書增感激，抒慮有精誠。長揖明公禮，彈冠下士情。不才餘等輩，遲暮亦崢嶸。

【校記】

〔一〕『軼塵』，强善本作『超塵』。

〔二〕『能』，强善本作『前』。

〔三〕『屬』，强善本作『須』。

〔四〕『一朝見』，强善本作『今欣遇』。

贈給事何公謫金陵四首

重華曉仗就陳辭，樞密南來陛見時。國難匡扶元老在，廟謨慚愧小臣知。不辭孤憤承遷謫，豈有狂名計早遲！自是鎬京根本地，都人僥倖見威儀。

當年折檻更何人？萬里傷心一逐臣。請劍非緣迷鹿馬，肖形實欲畫麒麟。章邯待奏方三日，項羽焚宫已百旬。揆地爭知爰立誤，黄扉諫草尚如新。

大漠寒雲萬里風，邊書夜到未央宫。共依魏絳能通市，不道周京亦徙豐。前席已知長短計，中原誰奏敉寧功〔一〕！朝廷遷次應求舊，或憶東南有謝公。

十道徵兵大合圍，潢池盜弄已全非。誰堪仗鉞仍摟伐，尚妒徙薪早見幾〔二〕。五噫歌聲憂底事，三閭江色怨初衣。青蠅蒼狗須臾裏，莫便淼茫擁釣磯〔三〕。

【校記】

〔一〕『敉寧』，資燦本作『碩膚』。

〔二〕『尚』，强善本作『猶』；『早』，强善本、資燦本作『先』。

〔三〕『淼茫』，强善本作『持竿』。

【集評】

一　賈開宗等評：（其二『不辭孤憤承遷謫』）諷刺之猶得體者。（其二『項羽焚宫已百旬』）憂憤沉痛，豈可復宛轉出之！（其三『大漠寒雲萬里風，邊書夜到未央宫』）起處與『萬里烽烟接素秋』同據高勝。（『不道周京亦徙豐』）不必深言，卽古今之勢，安危之謨具見，豈徒贈寄者！

二　徐作肅曰：給事，何楷也。按，崇禎七年，楷爲戶部員外郎；侯子父司徒公薦改給事中，是年，寇陷鳳陽，燒陵宫。初，鳳撫楊一鵬憚賊不肯移鎮，閣臣溫體仁主之，楷至是論殺一鵬，並劾體仁。時内批相王應熊，故事，閣臣無不由廷卜者，楷攻發其私，應熊卒去。十年，以楊嗣昌爲兵部尚書，尋兼東閣大學士。嗣昌陳邊議，固請撤戰；復用熊文燦招撫中原諸寇，既而皆敗，楷奏劾之。嗣昌與體仁合構楷，貶南國子丞。是詩多指嗣昌者，蓋楷就官日，而體仁已去也。

妖彗

妖彗驕天狗，荒風長地榆。不難頻下詔，實欲陟康衢。主聖朝臨極，宫深夜自娱。太平會端拱，諍諫亦斯須。

【集評】

一　賈開宗等評：（『主聖朝臨極，宮深夜自娱』）諷刺得體。

二　賈開宗曰：　天狗，星名。按《天文志》，主兵，每見則其下分野應之。崇禎九年，天狗見豫分。是歲，秦寇大入中原，帝下詔求言，給事李化龍應詔切諫，坐貶。

招隱二章章五句〔自注〕辛巳作

招隱士兮山之陽，芰荷爲衣下爲裳〔一〕，雲壑爲友足徜徉。高車駟馬憂方大，事業蕭曹竟渺茫。

招隱士兮山之曲，生芻一束人如玉，罄首折腰爲多欲。不見丞相今囹圄，雖百其身何能贖？

【校記】

〔一〕『下』，强善本作『荔』。

【集評】

一　徐作肅曰：　丞相，蓋謂薛國觀也。按：　崇禎十一年，以吏部侍郎劉宇亮、禮部侍郎傅冠、戶部尚書程國祥、兵部尚書楊嗣昌、工部侍郎蔡國用、僉都御史薛國觀並兼東閣大學士。神宗以後故事，閣臣無用諸曹者，（崇禎）帝即位八年，始用刑部侍郎張至發，至是盡廢舊例矣。已而，諸相相繼去，國觀獨秉政。帝意以國觀不次拔自外僚，頗向用之。國觀兇邪狠戾，忮害善類，招權罔上，被斥歸。十四年辛巳，帝復命金吾逮捕下獄，旋以諸相意釋之，令居佛寺中。一日，震怒，勒自盡。是年，故相周延儒起田間代之。

燕至二首

社日逢春燕，關情始欲愁。昭陽宫殿隔，差羽歲時留。南北總風景，去來慎悔尤。爭知人事改，猶自近中州！

物態頻年異，關河卒用兵。可憐春燕子，獨有歲時情。地坼烏衣巷，巢添白帝城。驚心吾見爾，卽事費推評。

【集評】

一　賈開宗評：（『可憐春燕子，獨有歲時情』）如此起興，如此入題，杜陵以後少見。（結尾）卷中往往咏物詩別爲一體，識力敻絶，難與窅次寂寞者道也。

歸來酬吳大伯裔見贈用原韻兼呈徐四作霖吳二伯胤

可憐歸舊里，烽燧亦危邦。夜月狐狸舞，霜郊虎豹摐。歡娛頻醉眼，時序一寒缸。廢邑懸秦網，空村避越跫。不工吹短笛，誰使泣新腔？賊帥雄千騎，王師折九瀧。禽毛知宋衂，退舍愧原降。抱膝吟三疊，憂時劍一雙。憑將書以諫，未許筆能扛。旗鼓振朱鷺，威儀肅碧幢。吳才洵陸海，徐藻足潘江。之子高酬應，羣言雜亂哤。不須駭石語，卽事伏金鏦。薄俗爲名妒，殺機種服尨〔一〕。多牙聊任鼠，逐吠故㡉厖〔二〕。去去存初服，長歌倚北窗。

【校記】

〔一〕自『不須駭石語』至『殺機種服厖』，資燦本缺。『殺』，强善本作『危』。

【集評】

一　賈開宗等評：（『歡娱頻醉眼，時序一寒缸』）豪宕感激，想見懷抱，正是作者。（『抱膝吟三疊，憂時劍一雙』）險而能老，渾而能逸。（『多牙聊任鼠，逐吠故㡉厖』）用細事而能典，故自難。

弔戰場二首

魂些歸何處〔一〕，還來玉塞遊？　笛聲明月夜，不道是涼州。

祁連山下草，寂寞漢人烟。　魂魄千年後，還思渡酒泉。

【校記】

〔一〕『些』，家刻本、萬有本作『𡗝』，爲『些』之異體。備要本作『夢』，誤。

蚯蚓嘆

哀哉蚯蚓慎勿鳴，蒼蠅側竅難爲聽〔一〕。深居穴復縮更入，幸自閑防亦無爭〔二〕。不測常爲雞鶩食〔三〕，毋乃仰視負宿精。君不見蒼龍夭嬌有真神，寄物生子成麒麟。當時一怒激洪水，唐堯九載每逡巡。龍固不貞殊不仁，所貴乘空雨露均〔四〕。儒冠莫笑酒徒業，魯國兩生徒屑屑。糟粕須令萬物醇，奈何坐守遺經舌？請看繩墨論英雄，胡不使蚓御天風？

【校記】

〔一〕『竅』，强善本作『窺』。

〔二〕『閑防』，備要作『防閑』，誤乙。

〔三〕『不測』，强善本作『豈料』。

〔四〕『雨露』，强善本作『霖雨』。

【集評】

一　賈開宗等評：（『當時一怒激洪水，唐堯九載每逡巡』）用事高渾如此，何患不大雅！（『所貴乘空雨露均』）眼前理說入穩確，表裏《周易》。（『奈何坐守遺經舌』）拓落大度語，自是生色。（結句）結得陡峭，如絕壁孤峯，欲垂還拄，千百語含蓄不盡者，只一句了當。

送陳生歸義興

宛水中央一去船，清秋細草尚綿芊。東江族望多才俊，不及平原作賦年。

贈人

夾道朱樓一徑斜，王孫爭御富平車。青溪盡種辛夷樹，不數東風桃李花。

金陵題畫扇

秦淮橋下水，舊是六朝月。烟雨惜繁華，吹簫夜不歇。

姑射何高

姑射何高，上淩絳闕。中有列仙，顔如冰雪。一解〔一〕
往謁真人，授我藥訣。輕步九霄，烟雲忽滅。二解
大鳥來城，云是令威。徐市入海，胡不遄歸？三解
春秋自運，日月相推。於古賢聖，而爲土灰。四解

【校記】

〔一〕强善本無『一解』、『二解』、『三解』、『四解』諸字。

白頭吟

朝爲山雲，暮爲川雨。變化在心，誰可告語？一解〔一〕

今日牛女，明日參商。兩不相待，安知久長？二解

【校記】

〔一〕强善本無『一解』、『二解』諸字。

生別離

妾守金閨中，君出玉關道。風吹萬里雲，聚散難長保。一解〔一〕

朝爲春月花，暮爲秋日草。榮枯自有時，凋落亦何蚤！二解

【校記】

〔一〕强善本無『一解』、『二解』四字。

老柏

千尺淩霄直，風聲相吐吞。不知何年代，老石穿遠根〔一〕。木末生清烟〔二〕，盤曲雙龍蹲。時時雲

陰黑，似欲叫天門。自非避秦士，對此愧心魂。

【校記】

〔一〕『遠』，强善本作『長』。

〔二〕『木』，强善本作『大』，誤。

雨

父老談箕畢，春觥醉落曛。天心垂眷顧，帝力足耕耘。燕掠高原濕，鷗羣細水分。何當爲霑灑，幽意更生雲。

【集評】

一　賈開宗等評：（『燕掠高原濕，鷗羣細水分』）三四風雅，猶人所到，此則非少陵不能。

贈劉京兆

京兆羣公表，朝廷倚賴新。留豐虛幹濟，建洛想經綸。黔首瘡痍淚，中原戰伐塵。到江應已息，戡定有耆人。

【集評】

一　賈開宗曰：京兆，劉餘祐也。按，崇禎十二年，餘祐尹應天。

聞亂八首[自注]辛巳作

海内風塵起，關中指臂連。漢家原寢廟，秦火更烽烟。大將軍需飽，蒼生盼望專。不成謀黍稷，何以慰豐年？

舊屬秦川盜，新經雒水回。衣冠諸父老，堞雉一蒿萊。白日荒村哭，黄昏鬼火來。中原根本地，索駁實艱哉〔一〕。

傳説西來信，倉皇未可支。魚書城市見，狐火野郵吹。酒廢腐儒策，俗貪羣盜時。天高垂聽否？鴻鴈亦來思。

不知防肘腋，便自失籬藩。忍死鉗徒勇，謀生赤子冤。政殘人避虎，吏雜鶴乘軒。釀禍有如此，回天在一言。

李特重開道，譙周不問玄〔二〕。峨嵋斜近漢，峴首細望川〔三〕。春草愁魚腹，歸魂泣杜鵑。遥知王會計，稍稍憶叢綿。

劍閣從來險，孤峯天際懸。一呼連百萬，誰使破雲烟。鳥道爭馳鹿，驕心失控弦。鄉鄰重翫寇，統御惜高駢。

元戎今相略，推轂下都門。緩急劾羣吏，安危煩至尊。六師懸賜劍，五省殢遊魂。消息穹蒼裏，休兵尚可論！

不爭麟閣待，預使虎賁催。靈朔終望甫〔四〕，淮西舊借裴。廓清餘日月，城社倚鹽梅。已矣槐槍渴，腥風萬里來。

【校記】

〔一〕『艱』，强善本作『難』。

〔二〕『譙』，底本、家刻本作『樵』； 萬有本、備要本作『譙』，《三國志·蜀書·譙周傳》作『譙』，作『譙』是。

〔三〕『細望』，强善本作『回臨』。

〔四〕『望』，强善本作『期』。

【集評】

一 其一，賈開宗等評： 高勝雄渾。

二 其二，賈開宗等評： 對句妙。徐作肅注： 雒水，河南郡也。按，是歲寇破河南南陽。

三 其三，賈開宗等評： 奧而莊，《頌》、《雅》之體。

四 其四，賈開宗等評： 哀痛之詔，聖明之思，此十字(『忍死』二句)仿佛見之。

五 其五，賈開宗等評： 意外高華，言外寂莫，詩至此難爲工矣。魚腹，蜀地名。徐作肅注： 是歲，張獻忠入西川，破夔州，遂克成都據之。滇粵貢道皆不通。

六 其六，徐作肅曰： 按，崇禎七年，以陳奇瑜爲諸道討賊總督，陝西巡撫練國事連戰破賊。賊急，乃請撫。奇瑜信之，敗績。十一年，總理熊文燦復主撫議，於是諸賊益輕王師，蔓延不可撲滅矣。

七　其七，風刺語入微。徐作肅曰：　時以閣臣楊嗣昌爲兵部尚書兼秦蜀晉楚豫諸道督師，賜尚方劍討賊。師出久無功，乃委罪於湖廣巡撫方孔炤，劾奏下獄。

八　其八，徐作肅曰：　虎賁，禁旅也。按，是歲復以内監將禁旅入豫。

李生宗約家蓄鵝肥腯吴子數數爲余言思其充庖率爾作此示宗約兼呈吴大伯裔徐四作霖〔自注〕辛巳冬作。吴子，伯胤也。

昔者右軍性愛鵝，頻年每向山陰過。老姥不知鵝不羣，殺而烹之待右軍。疏落豈必鬢眉好，拙誠亦復足人道〔一〕。李生李生爾何如？破慳不用苦躊躇。鵝鶩餘食家不貧，奈何門無長者車！何不烝鵝更貰酒，長跪客前起爲壽？天有星兮漢有瀾，若念百憂行老醜。君不見二月三月羣盜集，萬馬奔騰蹂小邑。繼之大蝗將小蛹，黍稷秋成無寸粒。又不見昨夜官兵圍新築，金帛子女厭滿軸。拋棄還入一炬焚，愴惶竟忍千家哭。

【校記】

〔一〕『足人』，强善本作『人稱』。

【集評】

一　賈開宗等評：（『天有星兮漢有瀾，若念百憂行老醜』）澹蕩寫來，頓放開闔，無不大家。

二　徐作肅曰：　是歲大旱蝗，斗粟二千，人相食，羣盜袁時中等始渡河，所過焚掠，村墟爲之一空。

三　賈開宗曰：　新築，歸德外郛也。按，是歲冬，内監劉元斌率禁旅圍外郛四十日不解。侯子有《禁旅》詩。

野田黄雀行〔自注〕庚辰作

莫生匪天，不遺黄雀。萬物同恩，雀言不樂。一解

鷹鸇孔多，況有網羅。既有鷹鸇與網羅，避爾不得奈爾何？二解

我生本細微，我生徒細微。飢食粒粟渴飲水，擇棲不過榆枋飛。三解

瞻彼鴟梟，以翔以翱。顧令小爵，逝矣柔條。四解

爲語雀何愚，雀愚雀語迂。强大世所寳，弱者與禍俱。感懷各辛楚，不止爾踟躕。五解

大道周張，物各有王。疇善而殞，孰惡以臧？野田黄雀，當問鳳凰。六解

【集評】

一　徐作肅評：此詩凡六解。首言萬物同生，而雀小不足自存，鷹鸇、網羅無所于避也。次復托黄雀自言引分無求，而殺機中之反不如鴟梟飛鳴，各適其意。末則推極古今成虧得喪之理，莫不貴强而賤弱，以廣黄雀而歸諸鳳凰。言維辟威嚴也。

二　賈開宗評：按，自注作於庚辰。蓋是時思宗威嚴，諸相秉政往往有蒙蔽市其權者。詩意或當謂此。

禁旅十首〔一〕

軫念蒼生甚，恭承禁旅遥。貂璫親節制，號令出雲霄。敢謂明威遠，或傳將士驕。數曾城上見，未

可達王朝。

知破南陽否，全師尚此城？或能遙控制，不可恕縱横〔二〕。痛哭威儀在，艱難父老迎。終軍應有意，便欲請長纓。

可怪蚩愚甚〔三〕，呼天搶地愁。若非恣大掠，難以飽同仇。令後無雞犬，軍前市馬牛。至今安堵在，徹骨汝何憂？

從軍良獨苦，高宴慰寒卮。鼓角輕村女，容顔借健兒〔四〕。無寧從亂賊，何苦避王師？不見秦川破，凋殘亦有時？

誰道天兵衂，張皇駐近郊。小兒啼白起，劇盜走黄巢。有刃皆流血，挑鋒更補茅。首功須自在，不戰亦何嘲！

野火延延起，殘烟細細高。莫愁災土木，有詔肅秋毫。危纛尊王路，嚴城愧汝曹。何當稍北去，河上足翔翱。

中尉新傳箭，前軍自署牌。如何慳賄賂，容易觸風霾〔五〕。可痛脂膏盡，尤憐畫計乖。憑將千萬去，竟不飽狼豺〔六〕。

歲月圍城裏，洶洶尚可虞〔七〕。簪纓渾是盜，遭際恥爲儒。白露寒猶勁，金天赦不誅。卽今關市外，我馬各踟躕〔八〕。

久戍臨春近，荒城戶晝扃。經年聞野哭，有日暢皇靈。苦憶菰根黑，驚看菜甲青。民間還見此，未許嘆伶仃。

向緣高士誤，今信我躬勞。細數珠爲米，生煎桂有膏。艱難朝市易〔九〕，妻子夜呼號。爾亦十年戍，能無念大刀？

【校記】

〔一〕資燦本作『九首』，缺其第八首。

〔二〕『怨』，强善本作『忌』。

〔三〕『蚩』，底本、家刻本、强善本作『蚩』。萬有本、備要本作『蚩』，是。

〔四〕『借』，强善本作『惜』。

〔五〕『觸』，强善本作『落』。

〔六〕『竟』，强善本作『誰』。

〔七〕『洶洶尚可虞』，强善本作『艱難孰我虞』。

〔八〕『我』，侯氏重刻本作『戎』，誤。

〔九〕『艱難朝市易』，强善本作『市朝時鹵莽』。

【集評】

一　賈開宗等評：（其二『或能遥控制，不可怨縱橫』）虚乃是深，諷乃是厚。（其三『令後無雞犬，軍前市馬牛』）平常語，卻自不盡。（其六『危纛尊王路，嚴城愧汝曹』）結意用字處俱在事外。（其十『爾亦十年戍，能無念大刀』）語自委曲，所謂怨誹而不怒。

二　賈開宗曰：禁旅，守衛諸軍也。明制，世以公侯領。崇禎五年，始以内監高起潛監山海軍，已而九邊因之。十四年，復以内監盧九德、劉元斌率諸軍入豫。九德與軍將周遇吉、黄得功合追賊至鳳陽，及之。元斌留歸德不進。

三　徐作肅曰：崇禎十四年冬十月，劉元斌率羽林兵救豫，駐歸德南郊。時諸寇在陝、洛，元斌留四十日不進，城門晝閉。縱軍大掠，殺諸樵采者以首功聞。已而，欲攻城，索賂乃免。南陽破，乃擁婦女北去。思宗命御史清軍，元斌倉皇皆沉之於河。十五年，復爲御史所論下獄。是冬，斬元斌于長安市。（按：此詩當作於崇禎十五年春。）

劍外

劍外初傳檄，回中數備邊。時危思論相，詔下已頻年。恭己何難定，王師慎勿懸。遥知諸父老，每夜祝堯天。

【集評】

一　賈開宗等評：（『時危思論相，詔下已頻年』）上下沉著。（『恭己何難定，王師慎勿懸』）忠愛纏綿，頌乃是諷，怨乃是厚，詩人源流，正復於此會意。

二　徐作肅曰：劍外，蜀劍門也；回中，秦邊地也。按，崇禎十五年，召故相王應熊至京師，帝旋悟其非，罷去。十六年復以原官兼兵部尚書節制秦蜀，時張獻忠破成都，李自成據陝。是特蓋指此也。

寄寧南侯

閫外分茅重，濯靈控制遥〔一〕。只今思猛士，誰復數銅標〔二〕！巴笛高穿月，楚弓勁射潮。君王神武略，莫負侍中貂。

【校記】

〔一〕『濯』，强善本作『威』。

〔二〕『銅標』，强善本作『豐標』。

【集評】

一　賈開宗曰：『寧南左侯，良玉也。按崇禎三年，以侯子父司徒公爲兵部侍郎，督軍昌平，良玉隸麾下，爲裨將，司徒識拔之。已而，良玉積軍功爲諸道平賊元帥。十六年，封寧南侯，以太傅開藩武昌。先是，寇陷河南南陽、歸德，圍開封，諸道兵皆敗，良玉還軍襄陽。朝廷以良玉與司徒有部曲誼，乃罷兵部尚書兼秦、蜀、晉、豫、楚、鳳、皖諸道督府丁啓睿、客兵保定督府楊文岳，以司徒統良玉等七鎮代之，趨解汴圍。司徒奏朝廷曰：「寇患積十五年而始大，非可一朝圖也。由秦入豫，一敗汪喬年，再敗傅宗龍，而天下之强兵勁馬，皆爲賊有矣。賊騎數萬爲一隊，飄忽如風雨，過無堅城，因資於我。官軍但尾其後問所向而已。卒或及之，馬隤士餓，甚且以賜劍之靈，不能使閉城之縣令出門一見，運一束芻，餽一斗米。此其所以往往挫衄也。今賊氛告迫，全豫已陷其七八。藩王待救，望若雲霓。然自他日言之，中原爲天下腹心。自今日言之，乃糜破之區耳。自藩王言之，維城固重。自天下安危大計言之，則維城當不急於社稷。臣爲諸道統帥，身任平賊，豈可言舍汴不援！但臣所統七鎮合之不過數萬人，而四鎮尚未到也。馮河而前，無論輕身非長子之義，亦使羣賊望之，測其虚實，玩易朝廷矣。賊中情形臣已具悉，大約飢則聚掠，飽到棄餘。已因之糧，不知積畜；地生之利，未聞屯種，且多久逋思歸，中宵雨泣。以衆積强，難驟攖其鋒，然其强易散，可持久而定也。賊中聯營各部，如曹操一支，窺李自成有兼並之心，陰相猜貳。而袁時中有步卒二三十萬，則已去，而顯與爲敵矣。惟是彼之情實難以猝與我通，而當事秉鉞者避款賊之嫌，又皆畏首畏尾，不肯一擔當利害，爲國家遠圖，以致機會之來，覿面坐失。此即朝更一撫，夕易一督，而省臺言兵事之臣章疏日數十上，豈能錙銖有濟哉！誠能省朝中議論，行閫外軍法，不顧責備，不徇人情，厚集兵力，養威蓄重，伺隙設間，潰其腹心，賊必變自内生。惟在任事之人，肯捐去行跡，一捨其身與否。而陛下聽之斷與不斷，任之力與不力耳。故爲今計，苟有確見，莫若以河南委之，令保定撫臣楊進、山東撫臣王永吉，北護河；鳳陽撫臣馬士英、淮徐撫臣史可法南遏賊衝；而以秦陝督臣孫傳庭塞潼關，臣率左良玉固荊襄，凡此所以斷其奔佚之路也。臣鄉自賊中來者，皆言百萬，今且以人五十萬、馬十萬計，人食日一升合、馬食日三升合，則是所至之處日得八千鍾粟也。中原赤地千里，望絶人烟，自兹以往安所至此哉！目今兵强，無過良玉。良玉爲臣舊部，每對臣使涕泣有報效之心，三過臣里皆向臣老父叩頭，不敢擾及草木。私恩如此，豈肯負國！但從前督輔駕馭乖方，兼之兵多食寡，調遣爲難。誠使臣得馳赴其軍，宣諭將士，鼓以忠義，用三楚之糧，養全鎮之兵，臣不就度支關餉，陛下亦不必下軍令狀責取戰期，機有可乘，即東出與孫傳庭合。羣賊腹背驚擾，馳突無所，不相屠滅，必自降散。舍此不圖，而欲急已潰之中原，失可扼之險，要蛇豕薦食，恐其禍有不止於藩王者，此社稷之憂，而非小小成敗之計也。」奏入，朝廷不許。』

又寄子侯

結客賢公子，平原更信陵。天恩重奕葉，好自式靈承。驥種千羣廢，狼胡七校仍。他年雲閣上，先後佐中興。

【集評】

一　徐作肅曰：　子侯，左夢庚也。時良玉進寧南侯，朝廷乃以夢庚爲總兵，佩平賊印綬代之。

桃源寺

寂寞桃源寺，明神道未昇。馨香遺父老，風俗憶粢盛〔一〕。地僻時聞磬，林深夜見燈〔二〕。遥知太平日，村鼓廢何曾〔三〕？

【校記】

〔一〕『粢』，萬有本、備要本作『天』，誤。

〔二〕『林深夜見燈』，萬有本、備要本作『天□道大燈』，『深』，掃葉本作『地』。

〔三〕『村鼓』，萬有本、備要本作『□頭』，掃葉本作『大頭』。皆誤。

九日雨花臺五首〔自注〕癸未作

雨花臺上接清秋，萬壑風烟眇故儔。古木自饒龍虎氣，六朝舊是帝王州〔一〕。不因狂客曾吹帽，晚臥滄江獨倚樓。御憶新亭多感慨，近傳荊府出江流。

重陽秋色正蕭森，耽勝還來到碧岑。曲水遥從松澗落，棲雲總向石林深。熊羆夜守翠微濕，鵁鶄霜殘春殿陰〔二〕。最念京塵成往事，時時風雨一長吟。

一秋常過志公龕，高坐何年更結庵？虚榭交風延野翠，垂蘿低子結朝簪。心疑虚壁藏烟霧，坐近危峯看雨嵐。豈有新詩驚謝朓，不妨清語傲劉惔。

荒臺遺蹟最高清，秋氣孤飆射石城。紫蟹東來通海國，黄花細落逐人情。陶潛彭澤皆宜黍，杜甫藍田未解酲〔三〕。言念往賢俱蕭瑟，茱萸斜插滿塵纓。

金莖玉露俯暫碞，對瞰平江湧去帆。日冷芙蓉虚紫氣，霜深薜荔滿蒼巖。高秋野闊常回鴈，近岫天寒更著衫。搔首逸情應不盡，龍山夕照正相銜。

【校記】

〔一〕『舊』，强善本作『原』。

〔二〕『陰』，備要本作『除』，誤。

〔三〕『酲』，强善本作『醒』。

【集評】

一　其一，賈開宗等評：（『雨花臺上接清秋』）起便高。（『不因狂客曾吹帽，晚臥滄江獨倚樓』）三四著意雄渾，此更入嘆憶，境遇不易。賈開宗注：崇禎十六年，以左良玉鎮荆襄。是歲，良玉以糧盡引兵東下，欲趨金陵。都人驚竄，太學諸生以侯子與良玉有世舊誼，言之司馬熊明遇，請致書止之。侯子與良玉書略曰：『……』（書見本文集卷三，此略）良玉得書而止。

二　其二，賈開宗等評：（『熊羆夜守翠微濕，鳷鵲霜殘春殿陰』）翠微春殿，翻入悲秋，過時更事，生情欲絶。徐作肅曰：『熊羆』，見杜甫《過昭陵》詩；『鳷鵲』，見《退朝口號》，蓋指孝陵舊内也。

三　其三，賈開宗等評：（『虚榭交風延野翠，垂蘿低子結朝簪』）幽景又自別。（『豈有新詩驚謝朓，不妨清語傲劉惔』）結語開闔，與《鳥道》、《漁翁》神力悉稱。

四　其四，賈開宗等評：（『紫蟹東來通海國，黄花細落逐人情』）『紫蟹』大有境界語，然誰能如此對！　變體更奇。

五　其五，賈開宗等評：（『金莖玉露俯暫碞，對瞰平江湧去帆』）神氣欲一瀉千里；　近調言細言幽，豈不河漢！（『日冷芙蓉虛紫氣，霜深薜荔滿蒼巖』）不必在遠近濃淡之間，渾渾寫來，已令人興感。

夢吴二伯胤

幾年國破後，身去有遺琴。稚子門庭減，荒城草樹深。夢談今夜事，生死故人心。珍重新詩罷，盈盈淚滿襟。

世事［自注］癸未卜居義興作

世事終何補？　吾生亦有涯。近村成小築，習懶慰茅齋。過雨花扶杖，微風草長階。平泉山色好，垂老到珠厓。

【集評】

一　徐作肅曰：　平泉，唐李德裕山莊也。大中二年，德裕貶厓州。

二　賈開宗曰：　崇禎十六年，閣臣周延儒勑自盡。周，義興人。引用平泉事，意或謂此，未可知也。

虎丘八月十五夜

我登虎丘山，秀豁不在高。恰來八月中，秋興當遊敖。河漢欲動湧晴濤，纖霜入水生空寥。漏閡尚有雲輧下，宓妃玉女攜其曹。前飛青鳥啣珠槽，銀絲細卷雙鑾刀。坐酣《子夜歌》誰清，不見有人江月明。商風再疊木微脱，一縷未絶峯轉青。君不見吴姬十五學新聲，纏頭麗錦方長成。詎知機絲出流黄〔一〕，相邀採荷不採桑。吴王見此富盛時，重斂築宫館西施〔二〕。至今惟有生公石，尚是當年舊苔迹。

【校記】

〔一〕『流黄』，强善本作『辛苦』。

〔二〕『吴王見此富盛時，重斂築宫館西施』，强善本作『吴王快當全盛時，不惜重斂娱西施』。

【集評】

一　賈開宗等評：（『河漢欲去湧晴濤，纖霜入水生空寥』）二語清絶，然一氣下。此是杜陵、襄陽分别處。（『坐酣子夜』以下四句）引商刻羽，寫入幽細，最是詠題者所少。（『君不見』以下四句）一轉出風入雅，今人好流連景物，復何足道！

四憶堂詩集卷三

洞庭

洞庭憑俯眺〔一〕，烟水入雲虚。過夏寒朱橘，清秋盛白蕖。兩峯相對日〔二〕，小艇各分漁。搔首雄圖後，因風想闔廬。

【校記】

〔一〕『憑俯』，强善本作『一憑』。

〔二〕『相』，强善本作『皆』。

【集評】

一 賈開宗等評：（『洞庭憑俯眺，烟水入雲虚』）清妙，正自不必解。（『兩峯相對日』）此如『門對浙江潮』之對，切當奇拔，下句亦自瀟灑。

飲楊孝廉廷樞宅〔自注〕甲申作〔一〕

深念楊雄老〔二〕，艱難慎此躬。浮名朝暮蝶，往事馬牛風。痛飲何妨醉，狂歌喜再逢。不才如賤子，舌在與公同。

【校記】

〔一〕各本卷前總目皆缺此題。資燦本未收此詩。

〔二〕『楊』，備要本作『揚』。

冬日湖上二首

又到西湖上，新愁不易支。橋通今日路，花憶去年時。白眼何辭醉，青春未可期〔一〕。無心憑短棹，日暮過東籬。

何事憑新賞？翻來起暮愁。一年垂欲盡，萬里此長遊。廢棄諳杯酒〔二〕，行藏倚釣舟。滄浪雪色好，更上望湖樓。

【校記】

〔一〕『春』，掃葉本作『赤』，誤。

〔二〕『諳』，强善本作『親』。

過昭慶寺

昭慶何年寺？江城士女臨。非關通物境，原自有禪心。磬動春風寂，月明止水深〔一〕。我來爲瞻禮，感悟一高吟。

【校記】

〔一〕『水』，强善本作『潭』。

【集評】

一　賈開宗等評：（『非關通物境，原自有禪心』）又自一體。

四兄至

慰汝北來者，音塵想不訛。國謨傳已定，家廟近如何？狼狽衣圍減，鴟梟笑語多〔一〕。同羣有至理，握手慎風波。

【校記】

〔一〕『梟』，備要作『鴞』，誤。

【集評】

一　賈開宗等評：（『國謨傳已定，家廟近如何』）平常語，正自不堪多讀。（『狼狽衣圍減，鴟梟笑語多』）上句悲喜之切，下句憂危之情想見款曲。

岳廟

鄂王遺棟宇，瞻拜意如何？老樹霜枝直，空祠落日多〔一〕。黄龍終躍馬，赤羽竟迴戈。已矣錢塘水，長存潮汐波〔二〕。

【校記】

〔一〕『日』，强善本作『照』。

〔二〕『汐』，本衙本、重刻本作『汝』，誤。

【集評】

一　賈開宗等評：（『老樹霜枝直，空祠落日多』）點綴語得體。

堤上

春日烟堤好，薄遊暫此同。漢江士女跡，浩蕩帝王風〔一〕。霜練連雲白，花鈿墜水紅。臨安歌舞地，不憶問周豐。

【校記】

〔一〕『王』，强善本作『城』。

【集評】

一　賈開宗等評：（『漢江士女跡，浩蕩帝王風』）俯仰興會，有典有則。（『霜練連雲白，花鈿墜水紅』）清麗語。（『臨安歌舞地，不憶問周豐』）結得淒惋。

餘杭

不辨錢塘脈，東分割斷隍。到山疑盡地，環水自成鄉。香稻緣杭綠，霜柑過嶺黃。時能通一線，竹箭出方航。

【集評】

一　賈開宗等評：（『不辨錢塘脈，東分割斷隍』）如此起何患不佳。

晚渡錢塘

亦知濤不盡，江晚射寒潮。天際浪浮嶼，雲中虹始橋。孤光秋動日，清漢夏歸朝。東注疑滄海，真源會未遙。

【集評】

一　賈開宗等評：（三四句）二語皆險境奇觀，『始』字特勝。

富陽

富陽秋色晚，高枕壯江門。縣僻山圍屋，霜清水長村。支流原帶歙，浙嶺細分源。此日探禹穴〔一〕，應知嶽瀆尊〔二〕。

【校記】

〔一〕『此日探禹穴』，强善本作『禹穴經探勝』，資燦本作『禹穴從探日』。

〔二〕『應』，强善本作『方』。

蚤發

遄發孤城曉，客星低玉繩〔一〕。輿圖渾禹鑿，風俗澹嚴陵。遠岫山呈日〔二〕，寒波水浸藤〔三〕。早經七里過，屐齒不辭登。

【校記】

〔一〕『客』，强善本作『孤』。

〔二〕『山』，强善本作『紅』。

〔三〕『水』，强善本作『碧』。

【集評】

一　賈開宗等評：（『輿圖渾禹鑿，風俗澹嚴陵』）境界闊大，殊非綴景語。

二　賈開宗曰：嚴州本越郡，以嚴子陵生於此。今七里瀧有釣臺。

寄揚州賀都督

閫外遥傳更總師，新從細柳見威儀。龍吟鼓角迎持節，日轉江皐映大旗。戎馬全歸周《六月》，邊烽不動漢燕支。深宮近説思頗牧，會傍河山勒誓辭。

【集評】

一　賈開宗曰：都督，賀胤昌也。弘光元年建四藩鎮扞江北，以高傑開府揚州。樞相史可法奏擢胤昌大都督佐之。

贈高開府二首

聖曆中興會，名藩鼎建初。匡時惟一劍，致主不傳書。虎氣騰秦宿，龍符剖豫墟。漢家雲閣上，圖畫欲何如？

廣陵形勝地，節制五雲高。出令懸秋月，觀兵壯蚤濤。王靈遐橘柚，職貢款蒲萄。不分神州蹙，應知固圉勞〔一〕。

【校記】

〔一〕『固圉』，强善本作『捍蔽』。

【集評】

一　賈開宗等評：（『聖曆中興會』二句）與『君王神武』二語同一結構。

臨發別賀都督

石城王氣枕江邊，錫爾維揚建節年。烽舉千屯京口戍，月明萬戸廣陵烟。樓船漢水通楊僕，風鶴羌人走謝玄。畿輔好蟠根本地，中原指日下秦川。

【集評】

一　賈開宗等評：（『石城王氣枕江邊，錫爾維揚建節年』）頗含規望意，不徒稱頌。

二　賈開宗曰：是歲冬，高傑經略中原，以胤昌鎮揚州，侯子蓋從軍北征而別之也。

贈張尚書［自注］尚書，張公鳳翔也。

尚書旌節莅三吳，鼎建郊圻拱帝都。禹迹遙能來橘柚，漢家原自貢珊瑚。春星晝野明牛斗，錦纜沿江盛舳艫。舊是東南根本地，中興莫待後人圖。

【集評】

一　賈開宗曰：弘光元年，以張鳳翔爲蘇松巡撫，兼督浙杭諸軍事。按是年冬，興黨人獄，下吳越捕侯子，依鳳翔得免。

九日過張員外〔自注〕甲申寓滸墅作

驚心時序晚，異地亦重陽。廢黍鳴飢雀，朝畦靜素霜。茱萸愁杜老，叢菊意陶狂。過眼深秋色，低頭黯故鄉。登高空有約，把酒未相忘。三徑驕狐鼠，頻年走虎狼。可憐村戍白，不見野花黄。去去吳還越，盈盈參與商。知交誰共健？鬢髮總成蒼。客自容欹帽，家猶寄短檣。長裾羞落拓，抱瑟惜行藏。賴此張公子，分司漢省郎。樓船盛故舊，甍棟奏笙簧〔一〕。令節芙蓉署，佳筵翡翠房。乍逢通宴笑，接次倒衣裳。牽纜當投轄，開關更洗觴。相期一夕醉，明月滿清滄。

【校記】

〔一〕『甍』，家刻本、强善本、資燦本同，萬有本、備要本作『梁』。

【集評】

一　賈開宗等評：（『過眼深秋色，低頭黯故鄉』）俯仰具足。（『登高空有約』至『盈盈參與商』）排句難如此流麗。

二　賈開宗曰：員外，張永禧也。按，是年永禧奉使滸墅。

宴張尚書舟中

樓船宴客賦《彤弓》，錦纜牙檣起暮風。翠釜舊來西極國，朱櫻新賜大明宮。商聲罷奏餘峯綠，華炬高張照夜紅。海甸無虞傳心事〔一〕，老臣亦與幕僚同。

【校記】

〔一〕『傳』，强善本作『寄』。

【集評】

一　賈開宗等評：（『翠釜舊來西極國，朱櫻新賜大明宮』）下句有體，合之自是壯麗。

二　賈開宗曰：尚書，張鳳翔也。前有《贈張尚書》詩。

甲申聞新參相公口號

綸閣君臣漫盍簪，黄麻遷次出新參。領藩異數頭還黑，宰相高班面自藍。衮職有名誰不補，鳳池曾到亦何慚。巨川欲渡問舟楫，莫使朝廷終已南。

【集評】

一　賈開宗等評：（『領藩異數頭還黑，宰相高班面自藍』）險語切喻，讀者沉快。殊不傷于『露』、『相鼠』、『豺虎』諸體，此詩更見之。

二　賈開宗曰：是詩不知所指。甲申，弘光元年也（應作崇禎十七年）。按，是歲以史可法、高弘圖、馬士英、姜曰廣、王鐸同入閣，惟士英自鳳陽督府超拜，已復擠史可法出鎮淮揚，代爲首相，詩中有『領藩』語，或謂馬也。

禹鑄九鼎歌［自注］甲申渡京口江作

吾聞混沌初鑿時，汩陳滔天天帝醉。深山大澤出窮奇，赤烏倒射日昏睡。夏禹鑄鼎象圖經，按悉羣醜供真形。照見肺肝死血濕，老魈不鳴潛蛟泣。秋陽當中犀夜燃，百竅千毛颯骨立。惟有玄狐匿精魂，化爲熊羆長子孫。跪向蒼公求金簡，一朝竊得狂跳奔。厭勝西京拜雍畤，逼取九鼎沉泗水。千年忌憚一旦無，公然引手相招呼。長嘯愁風晝噬人，欃槍掃地起黃燐。聖王既逝妖乃興，至今銅駝立荊榛。

【集評】

一　賈開宗等評：（『跪向蒼公求金簡，一朝竊得狂跳奔』）怪甚，然似謠體，復有證據，固非長吉所能辦。

二　徐作肅曰：京口江，即揚子也。按，是歲高傑開藩揚州，侯子避難往依之。

三　賈開宗曰：是歲，馬士英入閣，起阮大鋮兵部尚書。按，天啓間，大鋮附魏忠賢得罪，廢居金陵，太學諸生嘗攻之。至是復起，引用楊維垣等，逐劉宗周、張慎言、徐石麟，復議《三朝要典》，毀思宗所定逆案。冬，興黨人獄，捕諸生嘗議己者。及侯生，乃北渡江而作此詩也。

金陵別練三［自注］練三貞吉［一］

樽酒東門道，驪歌別怨生。同時還念汝，異地早知名。草色通新戍，車聲去故城。蒼茫渾意緒，天地一孤征。

【校記】

〔一〕强善本題下自注無『練三』二字，資燦本無『自注』二字，題作『金陵別練三貞吉』。

燕子磯送次尾〔自注〕甲申作。次尾，吳太學應箕也。

不盡登臨地，依然燕子磯。波心懸帝闕，帆影動江暉。擊楫乘風志，行吟紉芰衣。相憐分手處，轉恐再遊稀。

【集評】

一　賈開宗等評：懇惻款曲，交情不必言，卻另有感慨，不盡贈送。

二　宋犖曰：按，甲申爲弘光元年，是時應箕和侯子同坐阮大鋮黨人獄，將逮捕之，此蓋應箕避難出金陵，而侯子送之也。

白露

紅葉嗟何晚，獨憐返照時。無心媚白露，隨意自青枝。嬌鳥啣將盡，繁花落有期。一秋蕭索處，賴爾慰衰遲。

【集評】

一　賈開宗等評：（『無心媚白露，隨意自青枝』）會意處不能口説，興感至此。

卜居

喪亂還經歲，艱難始卜居。途窮存道拙，地迥漫交疏。近日蜂鬚暖，爭泥燕壘鋤。幽棲耽僻事，或亦遂吾初。

【集評】

一　賈開宗等評：（『近日蜂鬚暖，爭泥燕壘鋤』）幽意閒景，『鋤』字作虚用，愈妙。

湖上

臨安行在地，尚有望湖亭。堤柳和烟嫩，山嵐夾岸青。故宫雙燕子，過水一蜻蜓。可惜葛坡嶺〔一〕，長愁戰血腥。

【校記】

〔一〕『葛坡嶺』，强善本作『仙翁嶺』。

【集評】

一　賈開宗等評：（『故宫雙燕子，過水一蜻蜓』）約略得大意。

海陵署中二首〔自注〕乙酉作

海陵烽火後，烟戍長新荑。老柏何年朽，蒼鷹盡日啼。江都隋戰伐，京觀楚鯨鯢。翹首愁欲破〔一〕，驚心聽馬嘶。

戍鼓沉雲黑，城樓倒水青。秋陰低短袂，雨色上空庭。諸將曾無敵，王師舊以寧。陳琳老文士，檄草亦飄零。

【校記】

〔一〕『欲』，强善本作『將』，資燦本作『應』。

【集評】

一　賈開宗等評：（『戍鼓沉雲黑，城樓倒水青』）『倒』字，人不能用。

二　其一，賈開宗曰：海陵去江都百二十里，今泰州也。按，是歲，高傑卒，豫王師濟自泗，諸將走海陵，遂攻揚州，克之。

過鳳陽陵園

帝里龍興日，荒原秋復春。故宫交鼠迹，深夜出蛇神。禾黍君臣淚，衣冠戰伐塵。普天覘王氣，固矣採薇人。

【集評】

一　賈開宗等曰：（『故宮交鼠迹，深夜出蛇神』）觸目蒼涼，殆欲不滅《玉華宮》。

中秋二首

明月中秋夜，清光客恨俱。不煩添綺席，好爲徹窮隅。砧杵衣裳隔，關河戎馬迂。漁陽年少子，安穩讓山臞。

尚此中秋節，荒原落日俱。風塵憐靜女，虎豹擁城隅。隕泣天閽遠，傷心野老迂。容光曾有炤，曾否到山臞？

九日登高

登高騁望正茫茫，老去天邊數舉觴。荒徑遙開叢菊淚，折巾欹落短毛霜。江魚過露肥無敵，澗菜經秋脆未央。乘興亦知滄浪好〔一〕，故園會見掃欃槍。

【校記】

〔一〕『乘興亦知滄浪好』，强善本作『亦識滄浪好乘興』。

【集評】

一　賈開宗等評：（『江魚過露肥無敵，澗菜經秋脆未央』）閒語乃自有風味。

長至

寄情聊作少年遊，長至尋春古陌頭。東望烽烟終影國，中懸日月自神州。陽回差許霑新澤，圭測猶能識故丘。造物何心置野老〔一〕，高歌一曲當忘憂。

【校記】

〔一〕『何』，本衙本、重刻本缺，備要本作『無』，誤。

觀趙十一娘畫幽蘭行並序〔自注〕倣少陵《舞劍器》體

崇禎十二年三月十七日，禮部員外吳昌時宅見姑蘇趙十一娘畫幽蘭，美其清拔。問其所自，曰：『余義興士人之室也。傾傾《終風》，蹉跎如斯；譬之蕭艾轉茂，蘭蕙中摧，時于繪事解遣其失意。』是時，中貴人孫璘奉使吳杭，以千金購十二幅供奉，帝嘉歎，下詔徵之，貴妃不可，乃止。十一娘贈貽紈扇，感其遭逢，會作歌相答，輒以酒酣不果。歸田之歲已閱七載，開笥尚存，觸而有詠。憶昔者氛祲糾騰，京邑淪破，西園翰墨，乃復沈烟。紈扇故在，亦已零落者多矣！

昔有金閶天水氏，佳人玉立清且揚。亭亭翠袖倚寒曦，迴映四壁生清光。發聲能使韓娥悲，客子聞之憂無方。豪士有時亦困頓，駿驥失御徒低昂。絳脣寂寞兩愁絶，蛾眉無乃妒見傷。落落逸情寄繪事，素練沸波起瀟湘〔一〕。瀟湘之上九疑峯，其中倒石森巃嵸。下有幽蘭睨以笑〔二〕，曾未霑洒接空濛〔三〕。舉如升霞飄遊龍，欻如思女送歸鴻。晴如山陰發秋色，烟如江雨洗春丰〔四〕。崇禎年間稱絶技，貴人千金購入宫。先帝舊不好玩物，是日御座亦動容。莫云特達易爲逢，至性通靈非徒工〔五〕。到今風塵隔七載，神氣獨欲飛昭融。君不見公孫大娘舞劍器，盛時供奉第一位〔六〕。漁陽霜笳夜半起〔七〕，杜陵白髮歌顑頷。

【校記】

〔一〕『起』，强善本作『騰』。

〔二〕『睨』，備要本作『晚』，誤。

〔三〕『接』，强善本作『連』。

〔四〕『洗』，强善本作『嬌』。

〔五〕『至性通靈』，强善本作『性通造化』。

〔六〕『盛時供奉第一位』，强善本作『當年供奉稱絶世』。

〔七〕『漁陽霜笳夜半起』，强善本作『霜笳夜半起漁陽』。

【集評】

一　賈開宗等評：（『昔有金閶天水氏』）此題如此起，便自矜重。（『豪士有時』以下四句）不難其濃，至正復慘黯，乃見精神。（『舉如升霞』以下四句）模寫生動，不隔宿昔，千年後想見淋漓筆力開闔，豈特褒公、鄂公之比！（『先帝舊不』二句）如此敍置，非凡手能狀。（『莫雲特達』二句）遇合之難，知己之感，正使英雄嘔血、文章隕淚，欲略盡此語。

十一夜月

老去鄉思切，客邊苦望頻〔一〕。宿林無定鳥，入樹總愁人。菟苑雄賓客，鹿門愧隱淪〔二〕。舉頭搔更急，天漢指迴津。

【校記】

〔一〕『客邊』，强善本作『徘徊』。

〔二〕『鹿門』，强善本作『龐公』。

【集評】

一　賈開宗等評：（『老去鄉思切，客邊苦望頻』）起便有興會，何必詠月？遂使詹詹求題者不能。

雨

不知霑雨澤，何以答高冥。新漲浮江檝，幽蘇潤隰苓。夏雲低更白，晚嶂洗還青。皁帽前溪濕，飄零愧管寧。

【集評】

一　賈開宗等評：（『新漲浮江檝』二句）二語深大，意外意。

寄懷陳黄門子龍

黄門晚節更抽簪，寄興鱸蓴秋水潭。海嶠自從傳斧鉞，王師無乃重梗楠。九峯煉藥曾遺竈，三泖漁翁一臥嵐。庾信老年最愁絶，徒將詩賦望江南。

【集評】

一　賈開宗等評：（『王師無乃重梗楠』）『無乃』字殊極頓挫。（『庾信老年最愁絶，徒將詩賦望江南』）深情磊落，最是相期黄門。

二　賈開宗曰：按，弘光元年，陳子龍給事南省，會阮大鋮等興黨人獄，忌之，謝病歸。豫王下江南，子龍不在朝，此或侯子歸里後寄之華亭者也。

奉送賈三丈開宗歸隱

汝去誠何意？謀生亂世難。形藏羞短鬢，戎馬賤儒冠。大道浮沉穩，狂名笑駡安。河清終有待，鄙矣釣魚灘。

【集評】

一　賈開宗等評：（『汝去誠何意』）陡起。（『河清終有待，鄙矣釣魚灘』）結悠然。

苦疫行

昔者先皇十六年，昊天降割疫始傳〔一〕。其初中人癭如豆，倏忽變化大連拳〔二〕。扼吭不語道傍死，天子聞之罷管弦〔三〕。一朝内使坐官市，有人走馬持金錢。換取寶物方入手，所遺楮幣爲飛烟。嗚呼帝京百祥臻〔四〕，奈何妖孽國門前〔五〕？舊鬼竊指新鬼笑，爾魂乃不驅烏鳶。或曰禍兮福所伏，明年賊將入幽燕〔六〕。君不見三皇之世皆上壽，人遊帝力稱黄耇。調燮陰陽夭札無，我歌四相思風後。救民死喪須大藥，草根木皮徒剝削。

【校記】

〔一〕『疫始』，强善本作『疾疫』。

〔二〕『大』，强善本作『如』。

〔三〕『罷』，强善本作『停』。

〔四〕『臻』，强善本作『集』。

〔五〕『國門前』，强善本作『彌街塵』。

〔六〕『將入』，强善本作『勢無』。

【集評】

一　賈開宗等評：（『天子』句）雅奏得地步。（『一朝内使』四句）敘事工逸，只是神氣飛動。（『嗚呼帝京』以下六句）體似謠，一轉忽入不測，是詩人命意高處。得喪今昔，無限感嘆。（結句）此真出風入雅，魏晉以下曾未到。

二　賈開宗曰：崇禎十六年，京師大疫，死者日以萬計，鬼物晝見。内侍提舉宫市，所得鏹幣，日夕收之皆紙也。是後市肆各設水盂，凡以金錢浮沉區别人鬼。甲申三月京師陷。此詩蓋侯子追記之也。

春興八首

西郭春暉碧欲澄，萋萋極目入原陵。柳絲落影陰千尺〔一〕，麥浪翻風細幾層。老去飼牛身尚健，歌來祝帝愧無能。瓦盆注玉艱難得，常使乘田也自應。

二月風雷起碧空，一時潛蟄盡開融。平疇隔歲爲誰緑？老卉經春著意紅。身到甘泉能獻賦，夢迴紫閣欲飛熊。惟餘杜甫老詞客〔二〕，萬點愁人付酒筩。

秦淮春水阻江隈，六季芳洲更不開。燕子歸時仍舊巷，雨花落處是荒臺。千帆斷鎖愁曾到，三殿嗚珂憶許陪。一自諸公延訪後，新亭風景逐人來。

戰後江山未可期，深城草木接葳蕤。西陵人去無消息，南浦愁來有歲時。細雨似霑新淚濕，輕烟渾放故春遲。姑蘇自昔歌舞地〔三〕，子夜峯青更恨誰？

日近長安出建章，三春花樹接千行。彈丸憶迸宫鶯淚，繞扇常浮御座香。玄鳥北來曾燕啄，白魚西去竟龍驤。新蒲細柳年年在，指點隋陳略喪亡。

河源星宿自崑崙，春漲桃花夾岸渾。龍鬛難馴歸故道，犀牛何事刻新痕？子來疏鑿闢輪挽〔四〕，國計耕桑重本根。願使三農更四載，力驅洪水莫東奔。

新霑雨露足深春，麟閣丹青自有人。碧酒凝寒濃似酪，宮衣勝體白如銀。蒼生問渡饒舟楫，赤帝揮蛟佐羽鱗。黄綺由來無壯略，商於枉卻避徵輪。

畫角旄頭正此時，中原十載更興師。尋春偏臥麒麟塚，伐木驚傷烏鵲枝。寶玉東歸通肅慎，宛駒西去隔燕支。聲靈本爲生民出，賤賣新絲養健兒。

【校記】

〔一〕『陰』，强善本作『垂』。

〔二〕『杜甫老詞客』，强善本作『詞客悲花落』。

〔三〕『歌舞』，强善本作『弦歌』。

〔四〕『挽』，重刻本作『稅』。

【集評】

一　其三，賈開宗曰：秦淮在金陵。按，乙西，豫王濟江，諸公以金陵歸朝。秋七月，改江寧府，五品以上悉赴京師。此詩蓋亦侯子歸里所作也。

二　其四，賈開宗等評：（『戰後江山未可期，深城草木接葳蕤』）起便據上流。（『細雨似霑新淚濕，輕烟渾放故春遲』）點綴語亦自有情。賈開宗曰：是歲六月（清）豫王遣兵下姑蘇，故詹事徐汧自殺，吴人多竄太湖中。『南浦』、『西陵』，或侯子有所憶也。

三　其五，賈開宗等評：（『玄鳥北來曾燕啄，白魚西去竟龍驤』）律句有此超渾正自難。（結句）不屑屑近事，結得更高。宋犖曰：長安本咸陽地，又西漢以後，天子所都，通謂之長安。按，崇禎十七年，燕京爲李自成所陷，夏四月，賊大敗遁去。此詩蓋亦白衣紅袖之感也。

四　其六，徐作肅曰：崇禎十五年，河決入汴，以周堪賡爲工部尚書，督齊、豫諸州塞之，河竟不就。宋犖曰：河決，西南爲鳳泗，思宗治之，防陵園也。漕河自宿遷入濟，不由曹、單。考元以前，繇膠萊河，兼用海運，明初因之。後始命宋禮鑿所塞口，然則前代河亦未嘗走故道也。

五　其八，賈開宗等評：（『尋春偏臥麒麟塚，伐木驚傷烏鵲枝』）苦語沈痛，正自有山河之慨！（結句）語有諷諫。

舍弟書至

慰汝天邊信，遥從月窟傳。數歸應計日，恨别已經年。地險愁新破，兵連迹尚偏。可憐重五日，獨有艾杯懸。

奉贈故相國王公

慚愧十年尚未逢〔一〕，更來騎馬謁王公。通朝後食惟先士，于野同人總大風。箕子西歸因訪道，蒼生一出匪求蒙〔二〕。若承新主詢時事，東閣開賢第一功。

【校記】

〔一〕『慚愧十年尚』，强善本作『十載相期愧』。

〔二〕『匪』，强善本作『豈』。

【集評】

一　賈開宗等評：（首三句）一起飄然不羣。

二　徐作肅曰：相國，王公鐸也。弘光元年，以禮部尚書入閣。乙酉，改弘文院禮部尚書。

蘭至

聞發金陵棹，猶能四月來。看花如欲泣，隔歲不曾開。七澤荒虞廟，三閩阻越臺。間關睹方物，南望亦悠哉。

【集評】

一　賈開宗等評：（『看花如欲泣，隔歲不曾開』）如不經意，固自妙。

二　宋犖曰：七澤、三閩，蘭所生之地。侯子蓋歸里後作此詩也。

村西草堂歌

村西尚存五畝宮，歸來何不葺高墉。脫冠自執白木柄，落日平原伐短菘〔一〕。斬根整齊覆垣牆〔二〕，蓬門頗有五柳風〔三〕。隔歲陰蟄土始牢，清霜凍草發烟紅〔四〕。稚子餽我蒼精飯，飽煖亦與廣廈同。君不見東鄰老翁頓胷哭〔五〕，至今野處思茅屋。少年曾居三重堂〔六〕，咸陽一炬歸平谷。旄頭照地二十秋，萬家舊址生苜蓿。玉華妖鼠竄古瓦，珠簾畫棟胡爲者？行人夜過鍾山下〔七〕，但見雙門立石馬〔八〕。

【校記】

〔一〕『伐』，强善本作『芟』。

〔二〕『齊』，强善本作『頓』。

〔三〕『頗有五柳風』，强善本作『五柳來春風』。

〔四〕『發』，强善本作『開』。

〔五〕『頓』，强善本作『搶』。

〔六〕『居』，强善本作『處』。

〔七〕『下』，强善本作『前』。

〔八〕『雙』，强善本作『殿』。

【集評】

一　賈開宗等評：（『飽煖亦與廣廈同』）高脱森秀，數語寫村居略盡。

二　賈開宗曰：　鍾山，在金陵。

三　宋犖曰：　按，乙酉歲，侯子自金陵歸里，卜居村西草堂，蓋卽此也。

得姑蘇消息二首

經年傳薄伐，難以問姑蘇。門户原通越，春秋舊是吴。水從三澤合，山自半塘紆。險易殊方略，佳兵慎遠圖。

城外寒塘路，愁人落日低。江臨胥相廟〔一〕，草發越來溪。樵語通烟火，船歌雜鼓鼙。周宗偏霸業，不復問京西。

【校記】

〔一〕『臨』，備要本作『歸』。

【集評】

一　其二，賈開宗等評：（『江臨胥相廟，草發越來溪』）妙在用字處感慨，不獨寫景。

二　宋犖曰：此言吳以寵西施不用伍員而亡，蓋有感而引古事也。

黔虎行

黔虎不知山有驣，疑其噬己耳生風。心怯熟視竟避去，近前輒復驚一鳴〔一〕。詎意中原爲下獸，手爪樸簌百不工。君不見南山白額眼殷紅〔二〕，身負文采稱斑公。兼之猛鋭敵萬人〔三〕，驅使羣狼友玄熊。奈何有力不自奮？猶豫退處山嵎中？日躄百里徒搖尾，獵人將至非驍雄。

【校記】

〔一〕『輒復驚一鳴』，强善本作『驚嘯聲何洪』。按『鳴』，出韻。

〔二〕『眼殷紅』，强善本作『雙眼紅』。

〔三〕『敵萬人』，强善本作『萬人敵』。

寄陳子山中三首〔自注〕陽羨陳貞慧也

逸民歌康衢，安業在耕作〔一〕。溟涬適萬物，細流非所泝。沛碭起風雲，日月迷秦樹。綺里蓬蒿人，愧與蕭曹互〔二〕。

徒步歸故丘，時清容吾嬾。恤緯信迂懷，大業自微管。長嘯澹夕陽，欣與牧豎伴。甯戚誤叩角，高車坐累卵。我昔耽墳史，塞翁窮幽纂。伊人秋水曲，從之在中潬。

悲風從天來，桑榆催短顥。烈士重暮年，收之正復好。種我彭澤田，八口有餘稻。富貴如時序，成功不自保。願言寄遐心，平楚爲三島。

【校記】

〔一〕『安業在耕作』，强善本作『耕作安農戶』。

〔二〕『互』，强善本作『伍』。

都護馬爲狼所食歌

君不見都護之馬玉花驄，云是天閑旌戰功。兩銜不施道傍食，田父辟易立牆東。我叱田父無自苦，都護此馬擬彪虎。一登平秦再入豫，曾破舊京觀如堵。此馬亦恃力倍尋，噴嘶每將勍敵擒。野豺曳尾蒼犬形，禍發倏忽古所箴。嗚呼蜂蠆毒，況彼狼子心！都護馬雖大，失防固見侵。我聞豺狼居深山，此獨何爲近城闉〔一〕？麒麟常向雍畤遊，怪異無乃非一班。

【校記】

〔一〕『近』，强善本作『來』。

【集評】

一　賈開宗等評：（『曾破舊京觀如堵』以上六句）都護猛烈如見，卻又可思。（『嗚呼蜂蠆毒』四句）此又不止詠馬。（結句）又是一意。

後歌

又不見昔日穆天子，八馬名駿皆無比。耳生紫焰雙瞳黃，赤汗東歸徐偃死。古云此馬龍與通，騕褭非復下駟同。當其不動神内視，一顧滅沒走追風〔一〕。天機常懾十步外，胡必踢嚙始爲雄〔二〕？雖有猛虎須卻避，況是狼跋伏荒叢？都護之馬爲狼食，縱令不食徒伏櫪。口厭芻秣氣已盡，安能驍騰赴强敵？都護何不更請尚方刀，一斬凡馬洗其曹。千金但莫問驪黃〔三〕，世上寧無九方皋？

【校記】

〔一〕『走追』，强善本作『追長』。

〔二〕『必』、『始』，强善本作『爲』、『方』。

〔三〕『驪黃』，强善本作『騏驥』。

【集評】

一　賈開宗等評：（『天機常懾十步外，胡必踢嚙始爲雄』）英雄生氣語。（結句）風塵之困，騰騫之思，俱於言外見之。

二　賈開宗曰：都護，孔希貴也。希貴本明薊州總兵官，順治二年鎮開、歸，廄馬牧野外者爲狼食其四。

寄李舍人雯

金陵門外昔同遊，歸去衰遲有故丘。六季春城喧野雀，三山雲氣黯江樓。嵇康辭吏非關懶，張翰思鄉不爲秋。最是月明照顔色，平蕪烟雨使人愁。

【集評】

一　賈開宗等評：（『嵇康辭吏非關懶，張翰思鄉不爲秋』）開闔雄渾。

寄泗上王二丈

離離禾黍映周京〔一〕，泗上英圖問舊盟。豈負青溪尋往約，爲留黄髮慰蒼生。風雄二水江東戍，雨暗三陵日暮城。莫怪阿奴寄狂語，故人原自睠修名。

【校記】

〔一〕『映』，强善本作『徧』。

【集評】

一　賈開宗等評：（『豈負青溪』二句）有體有情，非徒諛人語，正是高處。（『風雄二水』二句）雄渾飄逸，力度俱到，而致思處又自不盡言，想像低徊，殆欲獨絕。

二　宋犖曰：　泗上王相業也。由亳入泗，水在泗城南。由泗泛洪澤湖溯淮，則淮在泗之北也。二水合則達江東，明太祖以上先陵在盱眙，故泗亦有寢宫。

三　徐作肅曰：　弘光元年，相業爲興平監軍。豫王破揚州，諸將降，相業屏居海陵。豫王手令徵之，復命興平大將李本身、王之綱等敦辟，乃歸朝，仍以明官改居泗，後徙鳳陽。此蓋侯子歸里，而相業尚在泗日寄之也。

四憶堂詩集卷四

詠懷詩二十一首〔自注〕丙戌作〔一〕

虞舜昔端委，安坐彈鳴琴。薰風習習至，貴適無爲心。道高一何逸，五弦餘清音。玄化非有形，奈何任鉤深。

鳳皇自天來，三顧頗迴翔。羽儀肅威潔，一鳴振清芳。碧梧結秋實，晚啄亦何妨！嗟彼稻粱羣，徒以豢中腸。千仞飛空虛，胡爲籠與房？岐周有聖人，乃始下朝陽。若非感玄德，豈棲枳棘傍！

千秋風雅堂，入室蘇與李。陰山夏飛雪，酪漿寒愈旨。漢恩誠不厚，去留從茲始。馬首陳鄙詞，願過北平趾。豈不戀故鄉，高義愧君子。少卿盛文采，零落亦如此。

種穀城西村，夜出村西道〔二〕。聚落生炊烟，場稼互收保。明月照大荒，零露寒宿草。啾啾雙黃鵠，化爲白頭老。似言慶曆間，涕淚灑清昊。戰伐三十年，常思太平好。

南方有美人，永矢發清歌。跋涉往從之，蹇裳不能過。豈無舟與梁？晏安徒蹉跎。精衛尚填海，何況但江河？，蛾眉苦易盡，黃金焉用多？君子崇令名，嗟哉老則那！

奔霆激雲中，長虹亙天外。造化忽不常〔三〕，陰晴適以會。君子安義命，履順無顛沛。紛紛僥倖子，嗟爲寵祿害。猶龍戒泰淫，旨哉若鼂艾。

檜柏高參天，常爲藤蘿欺。勁心熠古色，直幹無曲枝。柔條善依附，瞬息密葉滋。主人命剪伐，焉知根不離！運斤一以下，去蠹木乃虧。

海燕春始來，朔鴈秋云歸。各生大塊間，寒暑相因依。既爲萬物母，寧使本性違！梟頸善用短，續之常苦悲。甚感裁成慈，所惜非天機。見美乃亂羣，玄造慎幾微。

北風勁天地，玄秋變此晨。草木淹黃落，墜葉紛一振。朝露察危幾，所貴在哲人。張翰起歸思，取興非鱸蓴。懷寶實可懼，何況履要津！君看金谷貲，乃使途路嗔。

希聲賞雅奏，重器無繁音。北里盛師涓，麗曲妖以淫。神鼎鑄金鏞，懸寓久浮沉。萬物貴同氣，蜀桐實所尋。但云叩不鳴，乃使瓦缶侵。

皎皎天女星，雲錦爛七襄。一織衣十人，祈寒道相望。豈無乞巧術，明河照縫裳。尚方重絺繡，費日刺文章。蠶桑曠所業，織婦徒倉皇。唐風譏纖手，無乃儉德涼。始知三五世，機絲有餘箱。

甪里本農父〔四〕，言耕商於阿。雨暘以時至，歲月號年和。秋雯照禾黍，微風歧穗多。秦法重苛斂，山深吏不過。高臥長巖下，乃詠康衢歌。

步兵稱至慎，常爲詠懷詩。生逢魏晉間，長醉無醒時。發狂忽痛哭，非不有所思。謂天亦以高，跼蹐欲向誰？微雨潤幽草，榮枯各自知。

羌本名家子，雅志好詩書〔五〕。傑材傲棟梁，美器重璠璵。秦皇尚武略，卿相皆吏胥。兩生相竊議，坑者四百餘。儒冠若敝箒，瓠落爲散樗。赳赳少年兒，紛紛乘高車。生無猿臂姿，起視但欷歔。

百年不易得，至人重長生。吕望八十餘，乃爲文王迎。左手仗黄鉞，虎視竟專征。親獻朝歌俘，意氣何盈盈！伯夷叩馬諫，所見詎庭楹。至今餓欲死〔六〕，日暮采薇英。

長卿厭朝謁，謝病遊大梁。當其不適意，零落似秋霜。一旦奉使蜀，高車何輝煌！昔時卓王孫，趨馬伏道傍。文君本婦人，擇交得鳳皇。分財巨千萬，先後若素蒼。冠蓋固自貴，乃以重綱常。

黍稷在高陵，含鬱如有思。月令發晨風，平疇默無私。上與桃李蹊，相間生華滋。萬物各自媚，誰肯獨後時？

七國奉强秦，辛衍來自梁。陳情祠冠帶，使者日相望。魯連感義氣，矯首辭清揚：諸君果致帝，無乃謀不臧。讒臣將處國，孽妾當充房。微軀不忍見，東去委滄浪。客卿聞此語，豁然起膏肓。一時願罷去，大號竟微茫。

高原落日黄，蕭蕭鳴病馬。似感主將恩，戰死北邙下。放銜取故道，至性蓋以寡。天閑收駿骨，龍種慨中野。豈無芻與粟，長淚盈韉把。君子師萬物，嗚呼戒苟且。

往聞魯公扈，有友趙齊嬰。同時中疾疢，乃就扁鵲營。命坐飲狂酒，毒死不復生。探胷易府藏，神藥感至精。二子起辭歸，兩室相與爭。所以古至人，感激貴天情。人生有心期，委形豈足榮？一旦中變化，妻子難與明。

楊布晝出門，玄冠而素衣。中途雨澤下，倉皇易緇歸。其狗吠發狂，搏噬非故儀。鑒兹犬馬心，豢養懷所私。狂吠出至誠，好惡良無欺。人生感新舊，乃不辨素緇！

【校記】

〔一〕資燦本選十六首，其十三、十四、十五、十八、二十一未收。

〔二〕『村』，備要本作『城』。

〔三〕『化』，備要本作『物』。

〔四〕『本』，資燦本作『有』。

〔五〕『詩』，備要本作『讀』，誤。

〔六〕『至今餓欲死』，强善本作『甘心在餓死』。

【集評】

一　賈開宗等評：二十一篇，氣格高逸，逼李白《詠古》。其清理者入《選》，又其自然變化乃追《十九首》。

送故武衛趙將軍

遨遊誠遠志，不可負吾廬。祠祭還宗廟，丹青有誓書。客心愁歲暮，旅食稔才疏。我自慚冠蓋，謀生誤荷鋤。

【集評】

一　賈開宗等評：（『祠祭還宗廟，丹青有誓書』）絕矣，杜陵勝處。

任弟生日

令弟今年二十餘，風流正復陸機初。還吳不可稱公子，入洛衹宜駕犢車〔一〕。酒債若貧從婦釀〔二〕，瓜田一畔卽吾廬。華亭鶴唳因戎馬，細憶全生在散樗。

【校記】

〔一〕『衹』，强善本作『惟』，資燦本作『還』。

〔二〕『若』，資燦本作『苦』。

【集評】

一　賈開宗等評：（『還吳不可稱公子，入洛衹宜駕犢車』）情事藹然，只是真樸，便自氣運生動。（『酒債若貧從婦釀，瓜田一畔卽吾廬』）此又高岸灑脱之極，凡題位應有語無不到。（『華亭鶴唳因戎馬，細憶全生在散樗』）結語悠揚。

二　徐作肅曰：杜甫稱其弟皆曰令弟，今集中『令弟尚爲蒼水使』諸篇是也。陸機，吳人，吳亡乃入洛。

舊業四首

舊業蓬門在，艱難麥壟青。衣冠存社鼓，伏臘到旗亭。拙尚羞雲嶽，閒情謝雨泠。惟同諸父老，潦倒醉村醽。

家世耕鋤地，荒萊復幾春〔一〕？乾坤供老眼，風雨落秋垠。瓜種青門晚，鶴歸白社新〔二〕。盈虧從晦朔，不敢怨靈蜿。

慚愧風雲際，尋常牧犢還。何當承帝力，自分掩柴關。野膳新溪菜，春漁曲水灣。高歌謝巢許，只此對幽潺。

非能存懶性，高臥到羲皇。龍衮才無補，犧樽事可商。北山餘翰墨，南畝一繩牀。老去平原裏，黄粱是故鄉。

【校記】

〔一〕『萊』，底本、家刻本、本衙本等作『菜』，萬有本、備要本作『萊』，作『萊』是。

〔二〕『鶴』，强善本，資燦本作『雲』。

【集評】

一　其一，賈開宗等評：（『拙尚羞雲嶽』）『羞』字從『拙尚』來，是自愧意，若看入高寄便謬。（『閒情謝雨泠』）《北齊書》『雖復泠雨自天，終待雲興四嶽』，以喻薦引推轂也。

二　其二，賈開宗等評：（『乾坤供老眼，風雨落秋垠』）非杜陵不能。

三　其三，賈開宗等評：（『何當承帝力，自分掩柴關』）一氣下，骨清色腴。

四　其四，賈開宗等評：（『犧樽事可商』）『商』字委曲，是《三百篇》意。

漫興四首

斟酌慚充隱，天心適我容。全生得近酒，出世欲聞鐘。雪稻村春白，霜漁細鱠松。秦灰曾不到，日冷大夫松。

村居耽僻性，卽此遂吾初。謠諑原無虎，江湖不礙魚。道慚繩墨賤，心愜牧芻虛。自信羲皇上，松風夢有餘。

本自甘衰白，幽居借解嘲。當村流水近，入戶野雲交。歲月諳牛後，乾坤悟鵲巢。鄰翁時共語，牀上有羲爻。

珍重茅簷好，吾生願未厭。過江哀庾信，種柳學陶潛。用亢羣龍悔，息機一鶴恬〔一〕。從來悲蒼素〔二〕，於此定無嫌。

【校記】

〔一〕『息』，强善本作『忘』，資燦本作『冥』。

〔二〕『悲』，强善本作『感』。

【集評】

一　其一，賈開宗等評：（『斟酌慚充隱』）起便勝。（『雪稻村舂白，霜漁細鱠松』）點綴有胷次，人所不知。

二　其二，賈開宗等評：（『道慚繩墨賤，心愜牧芻虛』）有道語。

三　其三，賈開宗等評：（『歲月諳牛後，乾坤悟鵲巢』）典重蘊藉，意象俱妙。

四　其四，賈開宗等評：（『用亢羣龍悔』）經語險確，只是老氣，故能之； 下句對，正妙於閒遠。

寄二兄

爾尚長安裏，京塵滿素袍。曲江新讌會，騎省舊郎曹。自注：二兄崇禎末爲武部郎。塞入黄龍盡，秋從黑鴈高。好將《上林賦》，景物數纖毫。

【集評】

一　賈開宗等評：（『塞入黄龍盡，秋從黑鴈高』）此氣象不可少。

村居和徐五作肅三首

天捧金微日，風高玉塞雲。杖藜從正朔，望宿憶新分。鴈鶩謀方拙，魚龍計自殷。本無疏附略，非是畏移文。

爲有終南徑，撫躬日飲冰。麒麟空玉壘，鵷鷺側金縢。白幘名堪老，青蠅事可憎。徘徊千載上，塞馬亦何憑？

嘆息虚名累，當衢有薦章。善鳴袛自誤〔一〕，散木得無傷。道聖明農穩，恩寬託寄狂。犁鋤春雨外，何以謝黔蒼？

【校記】

〔一〕『衹』，强善本作『還』。

幽棲

寄謝松筠客，幽棲好任顛。何當雲點染，不愧月嬋娟。萬事甘居後，一樽自可前〔一〕。陳情託綺皓，爭肯負華箋。

【校記】

〔一〕『一樽』，强善本作『三杯』。

【集評】

一　賈開宗等評：（『何當雲點染，不愧月嬋娟』）用虚字每每入妙。（『陳情託綺皓，爭肯負華箋』）所謂好詩，圓美如彈丸者。

種樹

種樹南園好，荒榛徑漸除。荊妻時餉饁，緩步許當車。白水遥占座，黄公竟定儲。至今傳二老，長遁亦何如！

【集評】

一　賈開宗等評：（『白水遙占座，黄公竟定儲』）二事用得高遠，卻自然，但覺題所應有。（『至今傳二老，長遁亦何如』）結語是。

後春興八首

杖藜著處置閒身，搔首高吟送暮春。烟色解愁常漠漠，燒痕無夜不燐燐。狂於阮籍何勞哭？醉似陶潛漫著巾。寄語五陵同學客，艱難衣馬謝時人。

昆吾氛祲不曾消，西入咸陽百二遙。鳥鼠山空還放馬，丸泥棧斷欲盤鵰。花門憶破三城戍，禁籞或歸萬里橋〔一〕。聞道有年收京洛〔二〕，太平何以獻歌謡？

春光零落隔虞州，泯泯雙江靜不流。海氣山川遥作國，雲中龍鳳謾成樓。客星憶傍嚴陵釣，霸業虚隨范蠡舟。一自鼎分俱寂莫，側身東望使人愁。

浩蕩詞源賦《子虚》，西京臺榭欲何如？月生苔院棲金鳳〔三〕，雨過耕人得玉魚。萬里風塵渾入眼，百年身事白盈梳。當時曾到昆明上，御水東流太乙渠。

蔓塘曲水映青門，身後安其尚有村。〔自注〕武安、魏其也。石馬已精寒白晝，金鵶似欲噪黄昏〔四〕。多情望帝終思蜀，無計神香更返魂。不見滄桑變春色，輿臺前日是王孫。

漢家天子好文章，金馬碧雞白玉堂〔五〕。晚到湘江終瘴地，書成封禪竟貲郎。過時春色花如雪，屈指愁人睡作鄉。氣象何曾干彩筆，不關絳灌也疏狂。

永謝春明分亦甘，素絲何意辨青藍。常從野水過溪北，自摘新蔬到舍南。梅福無冠存漢社，繞朝有策誤秦驂。頻來三月雙柑下〔六〕，臥聽黄鸝懶不堪。

先朝雪苑盛盟壇，徐應風情接建安。一自衣冠歸五嶺，多時詞賦到三韓！遥憐社日春盤細，苦憶花時夜坐寬。昨暮經過吴裔宅，〔自注〕吴孝廉伯裔也。隔年烟草不曾刊〔七〕。

【校記】

〔一〕『或』，强善本作『疑』。

〔二〕『聞道有年收京洛』，强善本作『京洛曾聞收有日』。

〔三〕『生』，掃葉本作『深』。

〔四〕『似欲』，强善本作『繞樹』。

〔五〕『碧雞』，强善本作『詞臣』。

〔六〕『柑』，本衙本作『相』，誤。

〔七〕『不曾刊』，强善本作『尚迷漫』。

【集評】

一　其一，賈開宗等評：（『狂於阮籍何勞哭？醉似陶潛漫著巾』）興會深至。

二　其二，賈開宗等評：（『昆吾氛祲不曾消，西入咸陽百二遥』）高敞。（『鳥鼠山空還放馬，丸泥棧斷欲盤鵰』）如此氣概，逼少陵《諸將》，餘子不能。（『花門憶破三城戍，禁籞或歸萬里橋』）只一『憶』字，『或』字，若虚若實，忽遠忽近，意境俱絶，非眼前人所能道。

三　其三，賈開宗等評：（『海氣山川遥作國，雲中龍鳳謾成樓』）富麗語，卻自閒遠，只是格高。

四　其四，賈開宗等評：（『月生苔院棲金鳳，雨過耕人得玉魚』）悽婉而不露，故自得體。（『萬里風塵渾入眼，百年身事白盈梳』）接得又復雄暢。

五　其五，賈開宗等評：（『多情望帝終思蜀，無計神香更返魂』）全體似『羣山萬壑』，一氣渾成，義山輩爲之則纖。

六　其六，賈開宗等評：（『過時春色花如雪，屈指愁人睡作鄉』）杜詩往往有逸氣，故渾樸，愈見高勝，如『且看欲盡花經眼，莫厭傷多酒入脣』之類是也。此詩接上伏下，感慨沈著，言外得之。

七　其七，賈開宗等評：（『梅福無冠存漢社，繞朝有策誤秦驂』）二語如大海雙峯，餘波回瀾，束入星宿。

八　其八，賈開宗等評：（『遙憐社日春盤細，苦憶花時夜坐寬』）俯仰欲絶。

月

何故今宵月，清光依舊圓？不難沉碧海，直欲到青天。雲漢終無隔，烽烟静可憐〔一〕。受降城上望，常似在霜前。

【校記】

〔一〕『静』，强善本作『盡』。

【集評】

一　賈開宗等評：（『雲漢終無隔，烽烟静可憐』）卽意卽景，與『武陵』一曲同其勝遠。

又見

又見空村月，春宵過雨寒。不堪愁故國，猶解憶長安。漢妾烏棲淚，秦封鼠谷丸。普天皆戰伐，清照好誰看？

除夜四首［自注］乙酉作

何事年垂暮，深慚鬢欲霜。遭逢諳簡略，祖考恕佯狂。野賽兒童鼓，田歌菹麥觴。因風俱入耳，隔歲是春光。

寂寂驚除夜，椒花逼眼明。酬恩當獻歲，頌聖已躬耕。老計耽兒女，同羣託友生。不知春朔後，何以謝柴荊。

生事蒼茫晚，王正報詰朝。瘖痍驚臘盡，戰伐想春消。卜歲閒聽竈，祝空懶折腰〔一〕。野人疏禮法，遮莫臥東皐。

只此晨鐘盡，春暉漫欲然。荒村仍建子，舊曆已編年。曙色三江外，雲城九塞邊。幾回心力破，不敢問皇天！

【校記】

〔一〕『祝空』，强善本作『書空』。

【集評】

一　其二，賈開宗等評：（『酬恩當獻歲，頌聖已躬耕』）忠厚纏綿。

二　賈開宗等評：四首托情寄興，有體有要，非作者不能到也。

正月初一日雪〔自注〕丙戌作

野人生事信高天，朔氣陰風雪滿田。回首千村還縞素，捫心八口且炊烟〔一〕。清才作賦慚今日，應節飛花似去年。細憶豐時祝丙戌〔二〕，謾同寒盡是虞璿。

【校記】

〔一〕『八』，備要本作『入』，誤。

〔二〕『細憶豐時祝丙戌』，强善本作『爲祝履豐元日兆』。

【集評】

一　賈開宗等評：（『野人生事信高天，朔氣陰風雪滿田』）高勝。（『清才作賦慚今日，應節飛花似去年』）大有懷抱。

我昔二首

我昔寄維揚，車甲正縱横〔一〕。先驅渡大江，簪裾粲以映。飲至酬功高，南風忽不競。嗟予歸去來，咄咄信時命。

鱣鮪適北流，汪洋意鱍鱍。迢遥天路長，雲影六月闊。大小貴逍遥，鯤溟何不脱？勞尾泣施罛，使我心目豁。

【校記】

〔一〕『車甲正縱横』，强善本作『正當車甲横』。

【集評】

一　賈開宗等評：（『先驅渡大江，簪裾粲以映』）語有風刺。

二　賈開宗曰：弘光元年，侯子從興平伯高傑北征。傑死，復返廣陵（卽揚州）。按，是歲五月，豫王師至揚州，諸將奔海陵，已而來降，侯子歸里。傑故部曲大帥李本身等前驅渡江，克金陵。十月隨至京師。此蓋侯子歸里而以『勞尾』謂諸藩僚也。

去住

去住從詹尹〔一〕，幽棲愧命衡。尊生聊任懶，計拙得逃榮。郢市歌無侣，蘇門嘯可並。神龍嗟有欲，長豢不辭烹。

【校記】

〔一〕『詹』，底本、家刻本、本衙本、重刻本等作『簷』，據萬有本、備要本改。

【集評】

一　賈開宗等評：（『計拙得逃榮』）『拙』字妙。

奉送王將軍歸田天城

送爾天城去，深杯照眼濃。風蹄寒苜蓿，劍氣老芙蓉。醉尉憐新戍，開關愴故封。逢時慚用武，瓜畔好從農。

遁迹

遁迹遙岑外，結廬問具茨〔一〕。鄰村時見火，荒戍夜聞鴟。遣歲花舒蕊，埋憂黍作糜。忘情到寒暑，慚愧說爰咨。

【校記】

〔一〕『結廬』，强善本作『誅茅』。

聞彭别駕亡

别駕詩名久，由來故老傳。一官纔自累，九謫不辭顛。典則蘭臺令，清真竹下賢。心房收間氣，消息玉京邊。

【集評】

一　賈開宗曰：别駕，彭堯諭也。著詩有《西園》、《滄浪》諸集。萬曆間與國子祭酒侯恪齊名。崇禎十年，爲南康别駕，有高韻，不事上官。督餉侍郎張伯鯨征符至，堯諭怒折之，曰：『此戲具中物耳。』坐免。十五年，劉超據永城叛，誘殺河南巡撫王漢，堯諭以詩弔之。誤者以爲諷，入奏，下覃懷獄，斷鍊久乃解。堯瑜詩曰：『敢奮螳螂臂，輕傷節鉞威。甲光隨雨黯，將氣入宵微。自分前驅往，誰令輿櫬歸？不知身予敵，長使淚沾衣。』螳螂，蓋指超也。

張叔夜祠

忍死雄州地，白溝草色青〔一〕。前朝俱大漠，遺像只空亭。痛定乾坤淚，血流日月腥〔二〕。可憐南渡後，不復問燕銘。

【校記】

〔一〕『白溝』，强善本作『長溝』，誤。

〔二〕『血』，强善本作『膏』。

【集評】

一　賈開宗等評：（『前朝俱大漠，遺像只空亭』）一氣雄渾。

南岡

旭日發清烟，獨步南岡早。翼翼壟中苗，脈脈原上草。萬物感天慈，非爲田家寶。逢年力稼穡，搔首問晴昊，我畝服先疇，勗哉念祖考。

【集評】

一　賈開宗等評：（『我畝服先疇，勗哉念祖考』）是汉魏。

題韓叔夜膝廬四首

韓生結膝廬，閉戶託一枝。中夜思夷門，顧我垂老時。再拜感君意，贈君膝廬詩。

韓生結膝廬，危坐彈鳴琴。載彼途路子，乃爲商與參。鳳鸞愛其儀，不棲惡木陰。

韓生結膝廬，歲暮賦郊居。近聞沙堤行，忽摧廣柳車。嗟哉百年身，努力湌芝蕖。

韓生結膝廬，乃在臥龍原。苦吟懷大略，隆外日覆翻。歸去詠鄙詞，此意本忘言。

【集評】

一　賈開宗等評：四首只數言結構而包含無際，愈淡愈渾，是最上乘。

詠古五首

荊州形勢控南屏，魏武東來若建瓴。輕練曉浮吳氣白，荒烟晚抱楚痕青。菁茅空篚愁難問，鸚鵡芳洲酒易醒。逝矣莫言匡復事，景升末路付昏冥。

萬丈天峯削劍門，懸雲蕩日亂朝昏。江流白帝原通峽，隘失黃牛莫問源。但使綿叢猶漢鼎，依然隆準是文孫。譙周自信能知命，夜草降箋答主恩。

肮髒當年老尉佗，海隅不分俯烟螺。天襟雉甸星辰異，地枕鮫宮翡翠多。秦帝滅時灰正冷，漢皇書至鬢先皤。艱難西向渾一拜，慚愧陸生佩劍過〔一〕。

新豐夾道未央前，一劍雄風二百年。昏夜龍號分赤白，東西王氣互雲烟。春閒小陌邀張放，歲讌雕題賀董賢。九葉太平垂拱日，離離禾黍炤原田。

赤眉初過帝城空，萬井蕭條在眼中。鳥鼠春窺函谷穴，芙蓉秋對灞橋風。村翁有髮居然白，宮袖何顏强自紅？曾記中元初建子，普天賜酺與民同。

【校記】

〔一〕『艱難西向渾一拜，慚愧陸生佩劍過』，强善本作『艱難西向一爲拜，劍佩深慚陸賈過』。『一』，資燦本作

「思」。

【集評】

一　其一，賈開宗等評：（「荊州形勢控南屏，魏武東來若建瓴」）超拔。（「輕練曉浮吳氣白，荒烟晚抱楚痕青」）淡宕。（「菁茅空篚愁難問」）大若垂天之云。

二　其二，賈開宗等評：不明明說壞譙周，風人諷刺之體。

三　其三，賈開宗等評：（「鬢先皤」）三字言外英雄。全首高壯。

四　其四，賈開宗等評：（「春閒小陌邀張放，歲讌雕題賀董賢」）云以細人亡國。

五　賈開宗等評：五首可匹獻吉《秋懷》，而其感特深。

聞警四首

遙望欃槍外，平臨肘腋前。渴芒斜睨漢，妖焰夜橫天。不道纏青兗，猶能俯澗瀍。王師終廟勝，細擬奏甘泉。

豈容天塹地，戎馬卻秋郊。狐火吹三輔，烏飛黯二崤。律應驕左次，略或慎前茅。勉矣黃河曲，馮夷助斷蛟。

莫怪王師過，河陽大合圍。長年防玉塞，此日出金微。凱奏青蛾斂，勳旌白馬肥。從來怨楊柳，應許賦《無衣》。

上將軍中略，專征閫外任。驅除終帝力，底定自天心。小墅鼪鼯走，高堂蟋蟀吟。猶煩數遺老，永夜立清砧。

【集評】

一 其三，賈開宗等評： 結語直數回，諷詠不厭。

二 賈開宗等評： 四首少陵之得意者。

感懷口號十五首

寸絲一粒天王貢〔一〕，舊賦新徭長吏恩。歲費金錢兵不減，檄符莫怪夜呼門。

保障功高競出財，東京舊址起樓臺〔二〕。奏章博得冠紳上，卜式非情信可猜。

霏霏春雨盡扶犂，直到先陵寢殿基。稼穡相傳王業地，粢盛誰貢大田詩。

景略當年捫虱談，逸才獨步老兵慚。金刀一起江分左，玉屑何關晉已南。

天閣掄材欲拔尤，相憐等輩各淹留〔三〕。經綸自古歸屠狗，輦下何須識字流。

陳餘張耳功名薄，向秀王戎意趣嫌。吾道艱難爭末俗，市朝恩怨莫相兼。

專城租稅輕馮煖，薄俗公卿重灌夫。爾輩古人何所似，暫來就食亦良圖。

欺人日午飢梟語，壞壁月明怪鼠驕〔四〕。安得秦灰重不燃〔五〕，依然社火事耕樵。

梁雍兩地各防秋，殺將覆軍戰不休〔六〕。六詔衣冠輕漢禮，三羌旗幟掩秦溝。

澤畔行吟帝闕高〔七〕，靈均憔悴寄《離騷》。幸留山野容閒放，稍待秋風覓酒螯〔八〕。

漢閣招賢翠羽簾，一時霖雨慶新霑。猶煩寸紙空函否〔九〕，爲道蒼生意未厭。
六州薦食原秦旅，三窟狡謀據蜀江〔一〇〕。勝算王師多不戰，專征之子已招降。
更築長城豈偶然，從來設險衛山川。龍蟠日月交伊洛，龜卜東西食澗瀍。
高烽儉歲日相仍，公子王孫尚五陵。七尺珊瑚輸石季，萬錢餚饌費何曾。
銅駝背洛綏綏臥，彗尾垂秦焰焰饞。共問守龜新兆在，草茅灑淚只儒衫〔一一〕。

【校記】

〔一〕『寸』，强善本作『十』，誤。
〔二〕『舊』，强善本作『奮』，誤。
〔三〕『淹』，强善本作『掩』，誤。
〔四〕『怪』，强善本作『妖』。
〔五〕『重不』，强善本作『不重』。
〔六〕『殺將覆軍』，强善本作『兵氣横空』。
〔七〕『闕』，備要本作『期』，誤。
〔八〕『鼇』，强善本作『鼈』。
〔九〕『空』，備要本作『容』，誤。
〔一〇〕『狡』，强善本作『深』。
〔一一〕『灑』，强善本作『瀟』，誤。

送前朝沈職方遠行

自有人憐阮籍途，憑君長鋏到神都。夕陽堞雉依然在，莫向前程聽鷓鴣。

【集評】

賈開宗等評：蘊藉激昂，聲情俱杳然無際。

寄佟都督

連山跨海劃天關，萬里提封掌握間。早辨風雲心力破，平扶日月鬢毛斑。先朝顧命元功在，中旨頻褒百戰還〔一〕。舊澤新恩俱殊賜〔二〕，千秋誰數灌滕班！

【校記】

〔一〕『旨』，備要本作『吉』，誤。

〔二〕『俱』，强善本作『悉』。

歲暮雜詩四首

莫遣催漕吏，逼除夜到門〔一〕。猶然紓國賦，展矣識天恩。歲計閒薰鼠，春飢慰采蘩。野農力自足，不解頌姜嫄。

厚賚何勞問，休兵慎自焚。艱難甥舅國，容易虎狼羣。换歲賢王雁，朝正侍子纁。遙知天仗内，譯語幾回聞。

底事畿南盜，經年上首功？天容狐兔窟，王赦馬牛風。岱海連波黑，青齊隔燒紅。由來十二險，用武自非熊。

定解青陽疾，冬曦不可停。聽兒償社賽，逃歲憶郊坰。已分頭能白，幾時眼暫青〔二〕。除非過徐子〔三〕，自注：徐子作肅也。高話落參星。

【校記】

〔一〕『逼除』，强善本作『殘年』。

〔二〕『幾』，强善本作『何』。

〔三〕『除非』，强善本作『猶欣』。

【集評】

一　其一，賈開宗等評：結句大雅渾成，三復始覺其妙。

二　其二，賈開宗等評：餘波宕漾。

三　其三、其四，賈開宗等評：三、四閒遠，逼少陵《襄陽》諸作。

過叔氏別業

信有吾廬興，悠然到隱居。蜂房新薦蜜，春沼舊藏魚。白日塵偏少，綠樽醒不如〔一〕。可能留客住，投轄已無車。

【校記】

〔一〕『綠』，强善本作『清』。

【集評】

一　賈開宗等評：開闔一氣。

喜六兄舉兒

近喜衡門客，棲遲更有兒。風塵存驥種，澤國自蘭枝〔一〕。村衍荀龍宅，人傳謝鳳詩。孔懷誰復切，潦倒付深巵。

【校記】

〔一〕『自』，備要本作『茁』，誤。

【集評】

一　賈開宗等評：全首穩妥，一起真氣撲人。

寄陳將軍

聞道乾坤更用兵，天南高臥倚長城。神京左臂曾安枕，瀚海前年想繫纓。

内府何時賜錦袍，從軍不易建旌旄。天閑出塞龍堆遠，羌笛臨秋漢月高。

四憶堂詩集卷五

高都督凱歌四首

大將威名二室高，凱歌飛奏賜雙旄。弓開秋月臨熊耳，馬散春陰靜虎牢。

中原千里畝平疇，坐鎮長驅古汴州。禹甸豈因形勢險，堯封總寄陣圖收。

軍令分明下宋都，平沙列戍隔昆吾。心垣影靜纏天狗，火帝祠陰起夜烏。

十萬銜枚盡渡河，親從帝子靖鯨波。巢平大陸黃雲散，陣破中堅黑夜多。

過洛陽贈高都督

瀍水西環澗水東，坤輿千古想雄風。中分二陝周王地，半接三秦漢帝宮。乃眷元戎來作鎮，肯教天府不論功。從今職貢經過處，盡指洛陽問會同〔一〕。

【校記】

〔一〕『洛陽』，强善本作『金墉』。

別徐大鄰唐

吳越三千里，江湖一再遊。逢人惟短鬢，縱意有孤舟。遠火霜林岸，危星驛戍樓。永言謝知己，回首嘆淹留。

再別宋二犖〔一〕

盡此一杯酒，詰朝賦遠遊〔二〕。客中過舊國，歲晚付輕舟。橘柚紅漁浦，星辰白蜃樓。懷人殊莽瀁，不敢更淹留。

【校記】

〔一〕强善本詩題作『再別宋二犖即用前韻』。

〔二〕『詰』，强善本作『來』。

四兄事雪後卻寄

郭西田畔老，何事白門行？平世無冤獄，還家有更生。舊遊桃葉渡，卽次石頭城。閱歷十年盡〔一〕，慎休作意嗚〔二〕。

【校記】

〔一〕『十』，强善本作『頻』。

〔二〕『慎休』，强善本作『無爲』。

【集評】

一　賈開宗等評：　詩貴鍊字，每一二字鍊，便覺全首精采，如結句中『休』字是也。

再過宜興贈陳四丈貞慧

八載宜興道〔一〕，重登百尺樓。江山開笑面，圖史祕林丘。南浦芙蓉老，夕陽菡萏秋〔二〕。相逢一杯酒，華髮各盈頭。

【校記】

〔一〕『宜興』，强善本作『荊溪』。

〔二〕『夕』，强善本作『殘』，資燦本作『斜』。

示顧孝廉宸

每向梁溪憶盍簪，直憑秋水到江南。十年相見無勞問，京國風塵過已諳。

贈觀察原公

巍峨開府鎖烟臯，南顧長城屬節旄。海氣三山晴不動，江波萬里月還高。風人記事多銀管，揖客投詩重木桃。忝竊通家陪趨走〔一〕，幾回搔首愧霜毛。

【校記】

〔一〕『陪趨走』，强善本作『陪杖履』，資燦本作『數陪從』。

【集評】

一　賈開宗等評：（三四句）何等氣象。（五六句）接又瀟灑。

宴原觀察生日席上作〔一〕

暇日開筵賦客題，枌榆舊國自關西。崤靈風雨參墟遠，華氣盤紆鬼宿低。仗出秦聲聞擊缶，珠明漢閣坐懸藜。澄江本是烽烟地，須放笙歌厭鼓鼙。

【校記】

〔一〕强善本詩題無『宴』字。

【集評】

一　賈開宗等評：（『崤靈風雨參墟遠，華氣盤紆鬼宿低』）高勝。（結二句）結句遠，遂爲此等題出落千古。

陽羨歌答陳生〔自注〕陳生維崧，處士貞慧子也。有詩名《湖海樓集》。

陽羨烟雲如青靄〔一〕，其中舊有湖海客。自言高臥三十年，不曾下樓問今昔〔二〕。君不見北海才名當盛時，區區禰衡真小兒。正使鸚鵡解人言，焉知元龍是吾師。曾登銅雀臺十里，柳花似雪芙蓉紫。漳水東流鄴宮盡〔三〕，人生變態亦如此。黃塵不到高樓中，中原回首起悲風〔四〕。我穿麻鞋再一來〔五〕，衰顔羞映珠槽紅。四座狂呼一斗許，更脫皂帽爲君舞。當今惟有孟公家，投轄留賓出館娃。頽然庸遽短豪氣，舉頭仰視漢已斜〔六〕。君不見大梁侯生遊吳越，霜吹兩鬢侵馬骨。人生相見如參商，細記壬辰冬十月。

【校記】

〔一〕『如』，强善本作『若』。

〔二〕『不曾下樓』，强善本作『不下層樓』。

〔三〕『鄴宮盡』，强善本作『銅雀傾』。

〔四〕『起』，强善本作『多』。

〔五〕『再一來』，强善本作『一再至』。

〔六〕『漢已』，强善本作『銀漢』。

種松歌贈陳郎〔自注〕陳郎，余幼壻，處士貞慧子也。

種樹當種松，生兒當生龍。松能參天三百尺，龍能騰地九萬重。君家少子無乃是，出揖丈人何從容！眼光奕奕逼我寒，問所讀書音如鐘。十歲抗首復伸眉，其意頗不屑吳儂。君家少保古哲人，〔自注〕少保公于廷，陳郎祖也。我欲見之恨無從〔一〕。爾翁當時稱有道，今住青門老爲農。五陵佳氣詎遂無〔二〕，善卷洞口暮采葑。高義乾坤誰識得〔三〕，定知有爾亢其宗。君不見洛陽桃李媚春風，三月開花作意紅。轉瞬落葉已辭枝〔四〕，惟有霜皮傲崆峒。又不見鮒魚數寸口喁喁，陂澤江海不相通〔五〕。才欲過河旋涸轍，安知首尾接空濛。

【校記】

〔一〕「恨」，强善本作「嗟」。

〔二〕「詎遂無」，强善本作「豈遂息」。

〔三〕「識得」，强善本作「復識」。

〔四〕「已辭枝」，强善本作「辭枝格」。

〔五〕「不」，强善本作「寧」。

寄賈三丈開宗

故人華髮今如許，冉冉修名六十年。藥餌須防身尚健，酒豪莫遣興還顛。傳經有子羞劉向，被褐一官笑鄭虔〔一〕。卻寄先生珍重處，老饕不必更逃禪。

【校記】

〔一〕『一』，强善本作『無』，資燦本作『微』。

【集評】

一　賈開宗等評：乍看之，亦自索莫不著。三四諷詠，在獻吉《閒適》諸作之列，真老境也。

二　賈開宗等又評：頓挫清麗。

澄江贈高顯孫

相過兵燹後，猶得見顯孫。坐久傷金屋，酒酣憶瓦盆〔一〕。濤聲回岸住，秋色隔江存。此地多豪氣，君家第幾村？

【校記】

〔一〕『酒酣』，强善本作『酣時』。

【集評】

一　練貞吉曰：　澄江，今江陰。乙酉金陵之變，惟江陰固守八十日不下。

贈徐君銓

傾蓋一酣醉〔一〕，高霞落晚楓。江東新麈尾，城北舊徐公。賓從劉曹侶，文章鮑庾工。匆匆恐別去〔二〕，問訊幾時通？

【校記】

〔一〕『一酣』，强善本作『不辭』。

〔二〕『恐』，强善本作『將』。

贈許山子

山子知名久，帢巾一少年〔一〕。相逢秋水曲，共對玉壺天。客嘆侯嬴老，人推許劭先。漢家今運盡，曾識幾才賢？

【校記】

〔一〕『帢巾』，强善本作『青袍』。

【集評】

一　賈開宗等評：（『客嘆侯嬴老，人推許劭先』）自然精切。

遊吳遇李校書四首［自注］校書舊出楚宮

回首江城隔碧霄，兩行雲雨楚王朝。武昌新柳今何在？夢裏猶聞説舞腰。

零落衫裾到芰荷〔一〕，湘靈皎月照愁多。停舟曾向潯陽過，怕聽當年太傅歌。

楚些吳儂更憶誰，傷心不盡是蛾眉。姑蘇惟有寒山寺，莫擅貞娘數首詩。

一夜笳聲滿漢東，寧南歌舞當時空。從君紅袖徵遺事，費盡薛濤漉紙工〔二〕。

【校記】

〔一〕『裾』，備要本作『裙』，誤。

〔二〕『薛濤』，强善本作『成都』。

【集評】

一　其二，賈開宗等評：　悽惋不堪多讀。

二　其三，賈開宗等評：　此豈徒贈校書者！

三　賈開宗等評：　命意千思萬索，遺調千鍾百鍊。

贈校書歌二首

伊州過犯早銷魂，按拍纔終願一言〔一〕。相逢莫話開元事，曾受先朝進御恩。

吳紈衫子越羅裳，白雪新詞舊擅場。共向西陵臺上望，天風吹落淚千行。

【校記】

〔一〕『言』，本衙本作『同』，備要本作『聞』，皆誤。

放歌送校書一首

大江東去浪淘沙，神女祠前起暮鴉。今日思鄉歸不得，洞庭深處有龍蛇。

【集評】

一　賈開宗等評：以上七首，自爲一格。何等風神！何等懷抱！須具如此手眼，乃許作此題，觀者辨之。

哀辭九章並序

哀辭者，感羣公之既沒而作也。倪、周二公，師也；練公，父執也；史公，世舊且明存亡所係也；張公以下，友也。哲人既萎，情見乎詞。李公以雄才終於卑官，抑更傷其志，有難言者，用附于末，蓋亦少陵之哀鄭台州云爾。

户部尚書翰林院學士倪文正公元璐

上虞倪司徒，廓清起東浙。弱冠事墳典，探討窮禹穴。長嘯兩京巔，魏晉皆丘垤。賦生大王風，歌入郢客雪。屬當啓禎間，國華颯以孑。公乃振雄藻，海内才人悦。小子早汩没，黻黼瞻采纈。葑菲曾勿遺，許在絳帷列。入室進所製，吐哺手自閲。款曲命我坐，不惜殷勤説。幸從上虞遊，上虞有大節。權璫昔障天，熹宗照臨輟。斡兒復義孫，羣笑左楊拙。〔自注〕左公光斗、楊公漣也。天下重朱炎，大白黯然涅〔一〕。慷慨西江闈，發策願一折。文章砥迴瀾，昏夜忽昭晰。一策一千字，光芒淚與血。藏之三年餘，精感帝座徹。更陳《要典》書，聖世當焚爇。《春秋》明是非，忍使三綱絶！夷跖混一堂，奈何無差别？星星且燎原，死灰非易滅。果有吕純如，嘗附璫焰熱〔二〕。赫赫張少宰，援手長其櫱。公坐鳳皇池，乃復生屈軼。叩闕十旬爭，姦相心憂惙。授意鷹犬羣，所恃七貴孽〔三〕。讒諂蔽聖明，中旨賜公玦。自公出國門，皇途日兀隉。調羹不得人，坐使金甌缺。手淬昆吾鋒，滅賊氣藴結。主辱已當死，況逢卜曆竭。志在殉社稷，君臣同一轍。靖獻皇祖前，萬古須臾決。永謝江左賢，中興無泄泄〔四〕。至今天地閉〔五〕，誰弔荒祠碣！

【校記】

〔一〕『天下重朱炎，太白黯然涅』，資燦本無此十字。『大』，備要本作『太』。

〔二〕『嘗』，備要本作『當』，誤。

〔三〕『貴』，底本、本衙本作『賢』，據家刻本、萬有本、備要本改。

〔四〕『中興無泄泄』，資燦本作『泉下報主烈』。

〔五〕『至今天地閉』，資燦本作『至今越江上』。

【集評】

一　賈開宗等評：（『廓清起東浙』）『廓清』字，有深意。

二　練貞吉曰：倪公，上虞人。天啓壬戌登第，有文名。清江楊廷麟、臨川羅萬藻皆所取士。侯子嘗事公爲弟子。公丁卯典江西試，發策詆魏忠賢，不少屈。戊辰改元，首上疏論《三朝要典》。初，吴江人吕純如以附黨列逆案，烏程相國溫體仁嘗陰主之，吏部侍郎張捷遂更薦純如可用，公又力爭。烏程怒，欲逐公，而東班無肯言者，仍授意于誠意伯劉孔昭，劾公歸。癸未，起公兵部侍郎兼學士，時有警，起兵入衛。入都拜戶部尚書。未幾，李自成陷京師，公殉難，謚文正。

右庶子周文節公鳳翔

昔我到陪京，謬忝文章伯。追隨鮑庾羣，顛倒陳徐客。喧達文忠前，傳取侯生策。方坐讀之起，起歎聲嘖嘖：此當洪濛遊，何鎩榆枋翮〔一〕！趣駕過陋巷，相對飲一石。來時雞鳴曉，去已鍾山夕。是時文節公，方正國學席。辟雍近萬人，公有師表責。忘貴訪一士，驚倒金陵陌。盡願交侯生，廣廈坐嘗窄。我思特達知，不曾間今昔。豈料京洛塵，忽滿豺狼迹。煤山殿火紅，〔自注〕思宗皇帝駕崩于煤山。璇室落星白。公爲侍從臣，願負鼎湖魄。當日卿與相，已盡化巾幗。殿上是何人，忍復手加額？公乃南向拜，辭親託素冊。上寫忠臣字，下注孝子籍。此道本兩全，借口良踧踖。

【校記】

〔一〕『翮』，底本作『翮』，據萬有本、備要本改。

【集評】

一　練貞吉曰：　周公己卯爲南京國子司業。侯子時以太學生受知于公。公首先訪侯子寓，痛飲。侯子往謁，相與講均敵之禮，不使在弟子列。舊例，太學生與司業隔絶甚，都人異之。甲申三月，公爲右庶子。燕京陷，從容奉書辭其親，乃殉難死，謚文節。

兵部尚書練公國事

練公位大臣，生平恥厚祿。敝廬隘城隅，盤餐惟麥粥。未老身何羸，蒼生無此福。熹宗好拱默，有相實覆餗。早朝公留身，跪進《金鏡録》。聖心決去留，但視慝與淑。勿使中貴聞，博叢慎借木。直聲自此彰，小人皆側目。又爲青宮案，欲窮魑魅族。薰燒忌城社，狐鼠方輯睦。誰敢攖其鋒，公獨鷹鸇逐。道窮志不伸，羣陰在内伏。乃與司徒公，同時歸澗谷。戊辰帝星明，妖璫西市戮。爰念耆舊賢，賜公返初服。其時烏程相，意趣本縮朒。忌公與司徒，璫在怨已宿。出公撫西秦，驕兵聞令肅。赤眚次第平，重奠咸陽隩。督府相私人，通賊縱貪黷。宣言賊復叛，因公殺降速。是日緹綺來，秦人徹天哭。荷戈桂林郡，丞相恨始復。炎瘴冬轉熱，野花開樸樕。日落過象祠，空山叫鵞鸖。回首春明門，華胥遊正熟。豈知李貓兒，不見長安覆。建業況馬阮，何以整坤軸？亦審非我儕，所期匡百六。荊棘立銅駝，原野走羣鹿。遺表淚滿襟，沖霄氣猶煜。

【集評】

一　宋犖曰：練公，永城人，與侯子父司徒公同登丙辰進士第，相善。公爲御史，嘗疏請分別閹臣去留，又追雪王之寀發張差一案，而劾韓浚等。掌丁巳察典，探宫禁旨誣點之寀不公，爲浚黨趙興邦所攻，坐以趙南星私人，削官歸。公既敢言，烏程相以門户不合，素忌之。烏程嘗頌權黨魏忠賢，定逆案時偶漏網，得入相，乃必欲殺公與司徒公不已。公撫陝西，有戰功，而總督陳奇瑜以撫賊敗，私於烏程相，更以其罪坐公，謫戍廣西。公有德於秦，逮日，秦人追送大哭。甲申，弘光立，起公兵部侍郎。公欲不就，已而念燕京陷沒，大臣無不覲新君禮。未幾，進尚書，與馬士英、阮大鋮不合，鬱鬱病卒。公仕三十年至大司馬，猶僦屋以居，天下稱其介云。

少師建極殿大學士兵部尚書開府都督淮揚諸軍事史公可法

萬里飄黑雲，壓摧金陵郭。鍾山熊羆號，長淮蛟龍涸。慘澹老臣心，望斷紫微落。千載史相公，賫恨淩烟閣。相公金臺彦，早年起孤弱。爰出司徒門，深契管鮑託。文終轉漢漕，殷富感神雀。高望著經綸，宸眷良不薄。南顧鳳陽宫，卜曆賓舊洛。帝曰汝法賢，往哉壯鎖鑰。二陵堂構基，更爲塗丹雘。坐鎬京重樞密，論功酬開擴。福邸承大統，倫次適允若。應機爭須臾，乃就馬相度。[自注]馬相士英也。失綸扉權，出建淮揚幕。進止頻内請，秉鉞威以削。當時領四藩，皆封公侯爵。飽颺恣跋扈，郊甸互紛攫。從來梟雄姿，駕馭貴大略。鞠躬本忠誠，報主惟澹泊。譬彼虎狼羣，焉肯食藜藿。二劉與靖南，久受馬阮約。惟有興平伯，末路秉斟酌。志驕喪其元，乃緩猛獸縛。遂起廣漠塵，負嵎氛轉惡。相公控維揚，破竹傷大掠。三鼓士不進，崩角何踴躍！自知事已去，下拜意寬綽。起與書生言：我受國恩厚。死此分所安，惜不見衛霍。子去覲司徒，幸爲寄然諾。白首謝知己，寸心庶無怍。再來廣陵城，月明弔溝壑。嗚呼相公賢，汗青照鑿鑿。用兵武侯短，信國如可作。

【集評】

一　賈開宗等評：（首句）起高奇。（『坐失綸扉權』四句）一時得失興亡具此。（『當時領四藩』以下十句）豈徒吟詠語？（『相公控維揚』以下十句）寫史公如生。（『月明弔溝壑』）悽然。（結句）稱量確當。

二　賈開宗曰：史公，燕京人。崇禎中爲戶部郎，與同官何楷、倪嘉慶皆爲司徒公所拔。嘗曰：『三郎官皆君子，然史君功名後當過我。』公感知己，事司徒公爲弟子。已而，出爲安廬監司，進淮揚督撫視漕，皆有績用。甲申，燕京之變，公爲南京兵部尚書，掌機務。時弘光以福邸當承大統，倫序無可易者。公以强藩在外，不即決，乃就鳳陽總督馬士英謀之，而擁立功盡歸士英矣。士英尋引用阮大鋮，嫉公異己，出公以閣部督師淮揚。公忠誠清謹，嘗食蔬素，屢上疏抗陳：『大恥未雪，廟堂不宜荒縱。』天下誦之。然短于兵略，不能駕馭諸將。東平侯劉澤清、興平伯高傑、靖南侯黃得功、廣昌伯劉良佐並建四藩，皆爲馬、阮所用。傑後以疏救劉宗周、鄭三俊等，觸馬、阮怒，乃更歸心公。會經略中原，至睢陽爲許定國所殺。定國遂來降，導豫王兵南下。公守維揚，諸將不肯戰，公嘆曰：『事去矣！』侯子避大鋮之難在幕，公語之曰：『南京固無可爲者，豈孝陵在天之靈，不能使將士一跨江背城耶？可法任兼將相，當死；子書生也，當去！倘見司徒公，幸爲謝生平知己，今庶無愧。』城陷，公乘一白騾出，意以南京尚在，欲有所爲也。既被執，公不屈死。

三　徐作肅曰：論者以史公無愧純臣，而用兵非其所長，故篇終以武侯、信國斟酌許之。

翰林院庶吉士太倉張公溥

張公負人望，其時尚草萊。意嘗陋殷浩，況肯託鄒枚！南國賦秋水，北海樽以開。滄溟雖遼闊，吹氣盡一來。道大處士羣，居然隱鹽梅。勉力追正始，東林有廢隈。斯文本吾任，千載亦悠哉。羽翼何煒煒，助國育賢才。辛未遊帝都，振衣陟崔嵬。對策白虎殿，賡詩柏梁臺。先進競識面，後起願取裁。文姚皆大賢，［自注］文公震孟、姚公希孟，皆公鄉人也。親許輔世材。以茲聲名盛，轉爲異己猜。湖州結伏陰，［自注］湖州，溫、蔡里也。其中兩毒虺。内舒障天霧，外通煬竈媒。衆穢凌孤芳〔一〕，誰爲感風雷？遠訊梁園生，領袖猥見推。歲寒飈謖謖，勁回一陽灰。非羨禁鼎臠，所慶連茹杯。詎知皇運替，大廈先已隤。易簀藏衣冠，漢儀乃塵埃。至今帝座垣，猶自暗三臺。

【校記】

〔一〕『穢』，備要本作『撼』，誤。

【集評】

一　賈開宗等評：（『南國賦秋水』四句）逸氣。（『内舒障天霧』二句）筆力矯然。（『易簀藏衣冠』二句）惋惜語，卻有爲張公慶幸處。

二　練貞吉曰：　張公爲諸生，以天下爲己任，追念東林先賢，慨然欲復之。辛未，登進士第，文公震孟、姚公希孟即以公輔器許焉。公以庶吉士家居，爲周之夔所誣，將罪以變亂漕政，賴司徒公覆疏得解。烏程相必欲構之，乃主蔡奕琛訐公復社朋黨，引諸生倪襄爲證。襄慷慨就訊，堅不肯承。會烏程去位，旋卒，獄以緩。方初起時，有欲求解于阮大鋮者，侯子在金陵，貽書陳其不可。公得書歎曰：『吾意正復如此，侯子乃適相同，真及俊之領袖也。』後思宗悟，欲大用公，而公已卒，乃下詔徵其遺書焉。

考功員外郎華亭夏公允彝

雲間面大海，襟帶三泖濱。陰陽蕩潮汐，往往生偉人。夏公年弱冠，早充觀國賓。奇文有羽毛，天下傳鳳麟。曲高和者寡，乃遭巴里嗔。六入春明門，帝闕何嶙峋。蹉跎四十餘，猶自泣卞珍。更懷不朽志，著述大業伸。左攜陳子袂，右綴李生巾。［自注］陳公子龍，李公雯也。共辟荊榛路，周原無風塵。遇我燕市内，呼酒意彌真。歸贈華亭鶴，侑以秋風蓴。鶴唳與蓴羹，遼歷復清淳〔一〕。澮交有至味，味盡道不淪。君爲山巨源，我託劉伯倫。回首建業城，同是放逐臣。［自注］公爲馬、阮所忌，解官歸。余是日亦避難出金陵。浩然歸舊廬，結廬烟水鄰。梁上懸一縑，皆知吏部貧。鶉衣拜伏臘，驚聞改曆新〔二〕。上有釣鼇客，下有洗耳民。委蛇誠未可，何難投巨津！故人自此逝，含淚十年辛。

【校記】

〔一〕『遼歷』，强善本作『嘹嚦』。

〔二〕『曆』，資燦本作『運』。

【集評】

一　賈開宗等評：（首三句）寫來氣概。（『夏公年弱冠』以下十六句）高渾復駿逸。（『遇我燕市内』以下八句）在陶、李間。（結數句）讀結數語，直欲泣鬼神。

二　宋犖曰：夏公年二十二舉孝廉，有盛名，六上春官不第，乃慨然有志於著述。時陳公子龍、李公雯皆後起，公首倡之，天下文章之宗歸雲間焉。丁丑（崇禎十年）舉進士，歷官吏部員外。公有經濟大略，兼爲清流所推重，阮大鋮惡之，解官歸。乙酉金陵之變，從容拜闕畢，赴水死。

太學生貴池吴公應箕

吴公挺人傑，家在秋浦曲。早紉薜荔衣，兼嗜丘墳篤。一笑燕雀羣〔一〕，翩然沖黄鵠。嘗過金陵遊，公卿欽瞻矚。孔融空許洛，揚雄擅巴蜀。氣概託杯酒，文章洗雕褥。廓然示周行，譬之長夜燭。沛然飫殘膏，譬之儉藏粟〔二〕。名高氣轉降，撫躬頻自勗〔三〕：『寧爲澗底松，甘藴璞中玉。賢者出有時，躍冶祇取辱〔四〕。』我聞貴池言，再拜肅忠告。當時秉國者，前歷鳳陽督。〔自注〕謂馬士英也。潛引皖江子，〔自注〕謂阮大鋮也。謀害清流酷。吴公髯怒張，奮義盛抵觸。彈指叩冰山〔五〕，目中無大纛。黨錮至今榮，願下范滂獄〔六〕。但傷漢運終，不竟鍛鍊局。吴公徒步歸，棄其妻孥屬。長殳斬其林，雜幟毁其褥。連合羣少年，草草一結束。聲言取九鼎〔七〕，重復還郏鄏。江波水何清〔八〕，江干日何旭！照徹吴公心，七竅環相續。豈不知非敵，忠貞從所欲。廢陵走鼪鼠，荒殿巢鵂鵒。六朝建業城，凄凉百草緑。昔日豪貴兒，駒隙哀短促。後死秉銀管，追敍山陽録。特書吴應箕，千載愧頑俗。

【校記】

〔一〕『笑』，重刻本、備要本作『黎』，誤。

〔二〕『藏』，備要本作『歲』，誤。

〔三〕『勗』，本衙本、掃葉本作『爲』，備要本作『足』，皆誤。

〔四〕『躍冶』，備要本作『曜日』，誤。

〔五〕『指』，備要本作『抗』，誤。
〔六〕『願』，備要本作『類』，誤。
〔七〕『聲言取九鼎，重復還郟鄏』，資燦本作『誓不共戴天，義憤驅虺毒』。
〔八〕『何』，底本、本衙本作『河』，據家刻本改。

【集評】

一 賈開宗等評：（首十二句）自然飄逸。（『廓然示周行』以下六句）見道語。（『但傷漢運終』二句）接落不測，卻寫出心事人品。（吳公徒步歸』以下諸句）神氣生動，千古絕調。

二 練貞吉曰：吳公爲太學生，嘗攻阮大鋮，與侯子素善。後大鋮得政，興黨人獄，必欲殺吳公及侯子。吳公語侯子曰：『今有欲吾輩謝大鋮，可轉禍爲福者，豈不爲范滂所笑哉！』會寧南侯稱兵，聲言『清君側』，而豫王師已逼，獄乃解。吳公歸，起兵戰敗，被執就刑。語刑者曰：『吾死勿去吾冠，將以見先朝於地下也。』談笑而死。

兵科給事中青浦陳公子龍

陳公湖海姿，本出簪纓後。逸藻驚老宿，少與考功耦。文成經國編，制作慎不苟。俯視翰墨林，雕蟲復何有？啓禎論才子，推公爲之首。白眼爗奔雷〔一〕，照人刮塵垢。當其投分交，藹然溢真厚〔二〕。贈我宣室辭，陸離比瓊玖。高冠曳長佩，道直忌羣醜。小儒引繩墨，紛紛避卻走。反歸簡傲名，不滿時流口。延津會有神，望氣遇黄叟。［自注］黄公道周，公之座主也。拂拭光燭天，紀歲在丁丑。驅車會稽山，禹穴相待久。中藏洞庭書，鳥篆蒼玉紐。旁有采芝翁，取來繫公肘。博物窮天地，大業益奇負。徵入芙蓉省，依遲建章柳。金鑰夜一鳴，東方驚戶牖。矢陳皐夔謨，早朝尚星斗。補衮曾不供，生平未全剖。

無術謝權姦，愚戇負我后。挂冠延秋門，託病棲畎畝。致主志已違，況乃覯陽九？考功先投淵，傷哉左右手。和歌高生筑，餞送荊卿酒。長箋奏地下，端不欺杵臼。後死欲有爲，成敗事皆偶。斷頸何足惜？固其含笑受。萬卷識『是』字，文人非無守。從來誚輕薄，賴公重不朽。

【校記】

〔一〕『燁』，資燦本作『炫』。

〔二〕『溢』，資燦本作『益』。『真』，底本、本衙本、資燦本作『慎』，據家刻本改。

【集評】

一　賈開宗等評：（『陳公湖海姿』以下十四句）陳公鬚眉肝膽如見。（『無術謝權姦』二句）委曲沈摯。（『挂冠延秋門』以下十句）跌宕淋漓，足使摹擬者氣盡。（結句）爲千古吐氣。

二　練貞吉曰：陳公父所聞，已未進士。公少有逸才，文章雄麗。明詩自袁宏道、鍾惺後失其正傳，天下不知《風》、《雅》，公與李公雯力振之，卒歸正始。公爲人高視闊步，不可一世。丁丑登第，出黃公道周門，官紹興司李，歷兵科給事中，所建白皆安危大議。與馬、阮不合，謝病歸。乙酉金陵之變，夏考功先死，公爲長書焚考功墓前，述己所以未死之意，期不負夏公。已而事露，當事者訊之，公曰：『何必訊？事皆有之，但惜未得就耳。』不屈死。

三　徐作肅曰：（『贈我宣室辭』）公寄侯子詩有『漢家宣室爲君開』之句。

中書舍人華亭李公雯

人生感遭逢，何止參與商。故人悲素絲，黑白不相妨。食魚必魴鯉，娶妻必姬姜。請聽蒿里曲，薦哀君子堂。［自注］李公嘗自題其居曰君子堂。李公起雲間，文賦久擅場。摛藻風雲變，探源崑崙長。天才紛黼發，弱冠卽老蒼。海内傳一字，珍重若珪璋。眷言千秋業〔一〕，尤在百行臧〔二〕。雅志託皎日，變態矢秋霜。自矜隴西姓，門閥無敢望。一嘆少卿辱，再笑太白狂。天路九萬里，長駕有驌驦。朝發宛城野，暮宿金臺廂。壯士重遠到，伏櫪未嘗忘。豈知蹉跎久，白首終爲郎。秋月照粉署，殊非舊明光。仰視天漢星，淚下不成行。我今朱顏醜，何以歸故鄉？鬱陶發病死，誰當諒舒章！〔自注〕李公，字舒章。

【校記】

〔一〕『眷言』，備要本作『眷書』。

〔二〕『尤』，備要本作『旭』，誤。

【集評】

一　賈開宗等評：（前八句）真氣哀音，不知所自，讀之但覺悲風四起。情文相生，想見友誼。（『一嘆少卿辱』二句）超忽自在。（『天路九萬里』以下十二句）氣調逼蘇、李，不止善於陶寫。

二　賈開宗曰：　李公少與陳公子龍齊名，天下謂之『陳李』，才高不遇。父逢申遣戍，公走闕下，上書陳冤，已而從父官京師。甲申之變，不得歸。順治元年，授官中書舍人，一時草創，詔誥大文章，皆出其手。假歸，道過淮安，故人萬孝廉壽祺以僧服見，公望之泣下，曰：『李陵之罪，上通於天矣！』未幾，病死。

澄江過韓氏園亭四首

不訪幽人去，安知野興長？江城連薜荔，秋色到衣裳。檻外收平楚，杯中落遠檣。登樓一萬里，醉眼卽吾鄉。

遍種東籬菊，淵明意若何？　花經眾玩盡，香是無名多〔一〕。　海日開金粉，江妃立素波。　我思三徑外，一採愧蹉跎。

寂莫憐官閣，迢遙憶嶺梅。　豈知千萬樹，都向歲時開？　江月愁中笛，春城醉後杯。　新詞倘入破，不敢讓清才。

窈窕澄江宅，何時再問津？　君山分楚國，甪里避秦人。　鶴性閒能識，鹿羣老更親。　晚來秋興起，直欲到鱸蓴。

【校記】

〔一〕『無名』，强善本作『九秋』。

【集評】

一　賈開宗等評：　四首不減（杜甫）《何將軍園林》。

君山［自注］春申君葬此，故名。

曾到君山頂上看，春申一去草漫漫。　秋光落水星辰動，梵影懸空嶂岫寒。　自古南風嗟不競，幾時西狩淚還乾。　相傳三楚稱雄日，彩袖憑軒十二闌。

【集評】

一　賈開宗等評：　（『自古南風嗟不競，幾時西狩淚還乾』）懷抱可想。

晚登君山大風望江

返照登君山，下視江千里。大風捲潮來，衝波波立起。日淡鮲眼紅，水深龍宮紫。有客吹鐵笛，一聲玄雲駛。再吹老魅愁，三吹新鬼喜。庶幾戰死魂，叫出沉江底。

【集評】

一　賈開宗等評：（『日淡鮲眼紅，水深龍宮紫』）聱語險況。（『再吹老魅愁，三吹新鬼喜』）奇。（結句）讀至此，涕淚千古。

回首

回首沾膺一放歌，十年羞說舊鳴珂。漢家公子五陵盡，魏帝詞人七步多。鵲寄南枝驚赤羽，龍蟠北陸走黄河。徒憐昔日梁王苑，老向夷門嘆逝波。

【集評】

一　賈開宗等評：（『漢家公子五陵盡，魏帝詞人七步多』）感慨情深。

答任王谷

下馬臨牀快一逢，文人誰似彦升雄？東朝舊事賓還在，北府新詩調最工。朱雀兩桁懸皎月，烏衣雙燕坐春風。同時不憶今寥落，沈范徒高佐命功。

【集評】

一 賈開宗等評：（『朱雀兩桁懸皎月，烏衣雙燕坐春風』）繁華語寫出淒涼。

四憶堂詩集卷六

章皇帝御筆歌

宣宗御寫《三老圖》，峯石澗松勢相扶〔一〕。其下水流若有聲〔二〕，遠聽湧濤近即無。我聞丹青有神氣，況是天翰灑宸謨〔三〕。白練生風朱璽寒，采鳳瞥空蒼龍呼。其中規模瞬息定，至今想見山河紆。豈期鼎湖二百年，此畫出宮久流傳〔四〕。此畫猶有人寶惜，非寶故國寶雲烟。濠上寢宮生秋草，天壽近聞爲賜田〔五〕。賴有宣皇能繪事，見此百感翻悽然。看畫未畢心如縷，整衫下拜頭空俯。同時拜者有陳生，更有吳幕周少府。區區兩生兩小臣，灑泣奎章何所補？甲申長安勳貴人，不憶列宗與二祖〔六〕。

【校記】

〔一〕『峯石澗松勢相扶』，强善本作『峯石參錯渾相扶』。

〔二〕『水流』，强善本作『澗水』。

〔三〕『灑』，强善本作『開』。

〔四〕『流』，强善本作『以』。

〔五〕『爲』，備要本作『有』。

〔六〕『不』，强善本作『誰』。

【集評】

一　賈開宗等評：（『其下水流若有聲』二句）神妙。（『至今想見山河紆』以上六句）何等位置。（『豈期鼎湖二百年』以下四句）嘆惋欲絶！

老梅行贈韓翁

蓉江雪苑三千里，皆聞此梅老無比。裹糧策杖願來觀，春花已雕秋早寒。主人謂客莫惆悵，喜君神氣頗閒放。解看老梅何須花，須花不得梅槎枒。我種此梅忘其歲，怪石拱立如參帝。虬龍棲枝時一吟，嬌鳥善啼無敢侵。護香猶是前朝窟，照影不關今夜月。十年曾起翻江風，百草零落江之東。惟有老梅幹如鐵，强項負氣睨長虹。未幾沾洒作微雨，潤徹柔條與低叢。霜繡黛圍亦不知，只是尋常付化工。風威雨澤兩無用，艱難乃復保吾終。幸君説向看梅者，看梅須看根不同。看梅須看根不同，紛紛盡道青陽功。至今芳樹金縷子，淒涼愧殺羅浮翁。

【集評】

一　賈開宗等評：（『蓉江雪苑三千里，皆聞此梅老無比』）起語奇。（『解看老梅何須花』三句）神會語人不能到。

寄蕭三丈啓禎

三丈心期在，別來歷歲時〔一〕。常煩過老父，頗慰教癡兒。繫馬梁南郡，登堂漢北司。皆言君有後，他日大吾支〔二〕。

【校記】

〔一〕『別來』，强善本作『分襟』。

〔二〕『日大』，備要本作『性天』。

【集評】

一　賈開宗等評：（『常煩過老父，頗慰教癡兒』）真如說話。

寄宋二犖

頻夢白華館，客思歲序中〔一〕。顧榮猶閉戶，孫綽已成翁。〔自注〕宋嘗屬余寄訊顧孝廉宸、孫處士元凱。遊倦爲朋少，名高反道窮。十年得公子，青眼欲開矇。

【校記】

〔一〕『客』，强善本作『離』。

寄徐五作肅

漸遠人情異，將歸訊問難。煩爲寄徐五，鄉夢夜無端。

【集評】

一　賈開宗等評：只二十字，而包舉無限。

雨中舟行

小船鳴槳動，秋雨夜深聞。沙岸鼋鼍市，天風鵝鸛羣。驚棲迷宿浦，漁火亂回紋。孤客轉難寐，披衣起看雲。

答陳生〔一〕

見君少年時，乃在石城陲。束髮結賢豪，長嘯相追隨。先進亦吹塤，後輩亦吹篪。我佩金錯刀，君服文綵袿。出門各自別，此心常相知。區區道傍子，馳驅欲爲誰？天路三萬里，瞠視但徘徊。

【校記】

〔一〕『答陳生』，强善本作『答陳生其年』。

【集評】

一　賈開宗等評：（『我佩金錯刀』以下四句）十九首中語。

答任子

夙昔念任生，命駕梁園來。del宇果清真，相見豁塵埃。自傷久蹉跎，對君翻有懷。憶昔建業城，陳吳日追陪。〔自注〕吳貴池應箕、陳陽羡貞慧也。一自貴池死，伯牙絕其徽。惟有陽羡生，矯首鳴以悲。皎皎天漢明，零露盈我墀。起視苦不寐，十年照心哀。末路得任生，乃始慰差池。譬如雙黄鵠，獨翼焉能飛！

過澄潭贈蔣合明

聞道澄潭市，有人託采薇。謀身憐道盡，漸老覺名非。碧眼看誰健，紫髯獨汝肥〔一〕。十年更相見，不負舊漁磯。

【校記】

〔一〕『紫』，强善本作『長』。

贈戴九韶［自注］九韶與余同年

種種侯生髮，同年愧九韶。論文推虎觀，選調得龍標。殿閣黄門老，［自注］九韶，黄門子。江湖白社遙。覘星傍膝下，光動少微宵。

【集評】

一　賈開宗等評：（首句）只五字，已絕。

贈戴生［自注］戴生，孝廉九韶之子，黄門之孫。

戴生十五齡，脱穎何翻翻。示我典冊文，陸離若璵璠。聞其得意時，立成千萬言。秋實既云茂，春華亦以繁。詞賦本枝葉，經術貴有源。乃祖黄門公，簪筆紫微垣。一劾武陵相，辜負秉鉞專。再劾甄司寇，唯諾失平反。聖朝大政事，兵黷與刑煩。慷慨願賜對，面陳蒼生冤。批鱗死不恨，格天語彌溫。從古篤棐臣，食報在子孫。而父本王謝，意乃薄朱門。二十有二歲，賢書早騰騫。入獻春明策，劘切《過秦論》。兩獻兩不收，遺恨滿乾坤。壯年甘淪落，不愧養士恩。至今侍乃祖，風雨種瓜園。勗哉爾戴生，負荷慎無諼。世路多鴟梟，珍重鳳與鵷。

【集評】

一　賈開宗等評：（『詞賦本枝葉』二句）此豈詞賦者能道！（『乃祖黄門公』至『面陳蒼生冤』）集中敍置，往往具此筆。

二　練貞吉曰：　黄門名英，登第，出韓城相薛國觀之門，以戶部郎改給事。韓城與正論不合，天下頗有疑者。然居言路首論武陵相楊嗣昌悞國，又劾刑部尚書甄淑不能執法平反，務以深刻阿思宗意旨。乙酉金陵之變，家居，無仕進志云。

漫贈二首

四娘逸韻最清真，杜曲行觴惱殺人。僥倖城南歌舞地，長安昨日已風塵。

轉憶開元黄四娘，依稀爲説舊平康。荔枝紅散海棠盡，惟有溪花撲面香。

陽羡同陳四丈過吴氏隱居

草堂無恙逐溪開，曾到東郊舊隱來。老桂解憐悲秋意〔一〕，疏梅羞入劑鹽材。〔自注〕草堂有兩桂三梅，皆多年物。陳君野服容相訪，佞子狂歌更一回。陽羡秖今多氣色，遺耆膺詔上金臺。〔自注〕前一日見當事薦陽羡人才姓名。

【校記】

〔一〕『悲秋』，强善本作『招隱』。

【集評】

一　賈開宗等評：（『陳君野服容相訪，侯子狂歌更一回』）跌宕。

寄吳詹事

曾憶挂冠吳市去，此風千載號梅村。好酬社日田家酒，莫負瓜時郭外園。海汛東來雲漠漠，江楓晚落葉翻翻。少年學士今白首，珍重侯嬴贈一言。

【集評】

一　練貞吉曰：詹事吳公，偉業也。甲申官金陵，知天下且有變，謝病歸。乙酉後，野服泛舟吳越間，自號梅村老人。當事者薦之，公與侯子書，陳己之志，誓死不出。

家書附絶句二首

送别西園翡翠樓，開帆十月到蘇州。爲君寄訊楓橋巷，丘嫂迎門已白頭。

問君衣帶近如何？我道思鄉減去多。況是王孫芳草外，休添離恨畫雙螺！

【集評】

一　賈開宗等評：（其一）太白之駿逸，夢得之微婉，此兼有之。（其二）一句一意，真絕唱也。

偶聽弦索後又寄一首

紫鴈黄花送我情，手調弦索度新聲。闐門聽盡韓娥曲，不比樽前唱渭城。

【集評】

一　賈開宗等評：集中絕句，風調往往可空前後，此又其勝者。

陽羨過陳青門廢園〔一〕

寂莫青門後，遺園聽客看。秋風生石戶，春雨黯銅官。蛛結蘭亭字，鳥窺籜葉冠。出門無限意，回首更憑闌。

【校記】

〔一〕題下，强善本有『自注云：陳殿撰於泰園也』。

送顧副使礽入楚

舊京西去楚江東，萬里長遊感慨中。古月還窺神女廟，孤舟直破大王風。浮沉漢祚終劉表，伯仲周郎是呂蒙。回首故人勞望眼，莫遲佳信負春鴻。

【集評】

一　賈開宗等評：（『古月還』二句）頓挫悲壯。（『浮沉漢祚』二句）吞吐開闔。上句題外意，下句題中情（結二句）離别勖勉，期許想望，具此二語。若看作贈送結句，豈不埋没作者懷抱！

寄宋學使徵輿

宧遊直到越王臺，始信艱難嶺嶠開。誰使無諸通漢禮，果然宋玉是騷才。文章自古銷兵後，冠冕還從正朔來。北斗十年新氣象，憑君南服一昭回。

【集評】

一　賈開宗等評：（首二句）不必用意，固自妙。（中四句）渾而深。（結句）感慨卻不露。

贈武林陳文學〔自注〕文學隱於醫

浙水相逢意轉驚，舊遊何處問平生？清波漁槳潮依岸，靈隱梵宮磬一鳴〔一〕。遠志分明爲采藥，攜壺不盡是逃名。憑君醫濟蒼生手，寄與西陵陸麗京。〔自注〕麗京，名圻，浙人之望也。亦隱於醫。

【校記】

〔一〕『梵』，强善本作『琳』。按『琳宫』指『道院』。

【集評】

一　賈開宗等評：（『清波漁槳潮依岸，靈隱梵宮磬一鳴』）言外悲涼。

二　練貞吉曰：清波，武林門名也。靈隱寺在湖上。

答萬孝廉壽祺惠書畫

萬子爲僧後，棲遲又幾年。捨家豐沛宅，〔自注〕萬，彭城人。卓杖海雲烟〔一〕。閒寫蘭亭賣，神從阿睹傳〔二〕。猶能憶老友，新寄詠懷篇。

【校記】

〔一〕『卓杖』，强善本作『卓錫』。

〔二〕『睹』，家刻本、本衙本、强善本同，萬有本、備要本作『堵』。

【集評】

一　賈開宗等評：　萬爲僧後，以書畫自給。

過江遇彭孝廉賓

往事滄浪裏，浮蹤白露邊。可憐搖落日，一共孝廉船。陳夏家何許？周徐淚泫然。［自注］四子皆孝廉同里，余故交也。吾徒今後死，須使故人傳。

【集評】

一　賈開宗等評：　窮工極化，摹仿者無處問津。

弔周太學立勳

如何連袂處，不復見平生？一代風流盡，隔朝壟墓平〔一〕。延陵空挂劍，洛月想吹笙〔二〕。［自注］太學嘗遊洛。遲暮故人老，猶憐昨日情。

【校記】

〔一〕『隔朝』，强善本作『三生』。

〔二〕『洛』，底本、本衙本作『落』，據家刻本改。

君馬黃

君馬黃，臣馬驪。驪黃各異種，種種出遼西。一解
臣馬驪，君馬黃。子馳我驅，從狩無荒。二解
驪邪黃邪來何賒〔一〕，蹄有血痕鬃有沙。三解

【校記】

〔一〕『黃』，家刻本、强善本同。萬有本、備要本作『熊』，誤。

枯魚過江泣

物生不在貴，人生不在賤。獨立絕所依〔一〕，進退乃可羨。君不見九龍夭矯白帝子，翻雲覆雨常託水〔二〕。一旦水涸化爲魚，灑淚難湔漁父恥。

【校記】

〔一〕『獨立絕』，家刻本、强善本、重刻本等同。萬有本、備要本作『狼玄給』，誤。

〔二〕『託』，家刻本、强善本、重刻本等同。萬有本、備要本作『謂』，誤。

杜鵑行

杜鵑啼血血垂盡，云是蜀帝人不信。哀魂夢愬天帝前，願復故形一細認。帝笑杜鵑爾何愚，爾道舊川識爾無？各自心知口不言，各自努力奉歡娱。爾今有翅可高飛，幸此衆眼尚模糊〔一〕。若更徘徊思往事，轉恐分明射爾雛。我今憐爾告爾情，爾去友雀莫友鷹。黄雀雖小解報恩，飽颺蒼鷹悮殺人。

【校記】

〔一〕『尚』，强善本作『多』。

【集評】

一　賈開宗等評：（『幸此衆眼尚模糊』句）讀至此，傷心殞淚，醉者皆醒。

行路難

與君雖異路，不異行路難。君遊東海我南山，東海之水傳已枯，南山惟見石巑岏。紅猩笑我瘦，蒼狖嘯我寒。蒼狖猶自可，紅猩善人言。我聞人言面死灰，險巇那能勝衣冠。

【集評】

一　賈開宗等評：（『蒼狖猶自可，紅猩善人言』）奇絕。

飲馬長城窟行

朔風吹大荒，氈裘雪滿野。老將醉後泣復醒，牽馬更經長城下。長城之上月偏明，長城之下水無聲。馬耳倒豎嘶不飲，轉憶當時舊雲錦。

【集評】

一　賈開宗等評：不必有意哀激，而音節自不勝情。

楊花篇

楊花嘗落水，楊花更落衣〔一〕。落衣若有情〔二〕，落水兩不知。一解
晴日蕩輕烟，花落絲自牽。君看三尺條，絲牽萬里邊。二解
君心輕于楊，妾意濃于花。相猜不相離，不如絕萌芽。三解
起坐白玉堂，倦臥紅牙牀。一春九十日，總爲爾飄揚。四解

【校記】

〔一〕『楊花更落衣』，强善本作『有時還點衣』。
〔二〕『落』，强善本作『點』。

御河行

我恨御河不通海，木蘭依舊帆檣在。當年已自付流波〔一〕，翠華江左虛相待。月明嘗見故宮遊，鮫淚驪珠今十載。漢家有水接昆明，秋風一起洪濤生。武帝傳聞多大略，習成素練鎖長鯨。如何溶溶太液池，翻使春陰覆岸移？垂楊繫馬枝條盡，盡是從龍花帽兒。

【校記】

〔一〕『當』，底本、本衙本作『常』，據家刻本、萬有本、備要本改。

【集評】

一　賈開宗等評：（『我恨御河不通海』）語前有無窮之意在。

白頭吟

人生感白頭，變化何所無！昔乃夫棄婦，今乃婦棄夫。一解

夫本朱門子，自矜取羅敷〔一〕。羅敷悅使君，願隨入上都。二解

還君耳垂珠，脫君鮫絲襦。美衣遜美食，凝脂白玉酥。三解

服君鮫絲襦，佩君耳垂珠。總是嫁時粧，安知夫壻殊。四解

【校記】

一　『自』，家刻本、本衙本等同。萬有本、備要本作『日』，誤。

【集評】

一　賈開宗等評：（『服君鮫綵襦』二句）更妙。

估客樂

襄陽大估泊江渚，夜登我舟爲款語：　估欲過關榷稅煩〔一〕，官卽放船吏不許。往來吳越八九年，昔衣錦紈今白紵。羞過公子沙棠舟，不攜珍錯攜雞黍。家故有婦高樓居，近聞樓下鳴機杼。海内財盡爲兩多〔二〕，官多吏多茫無緒。我言估樂估自疑，我不告估估不知。明星欲落言不盡，蹉跎與估痛飲時。估聽一事意轉平，估不出錢佐水衡。田夫總爲開河死，估更乘舟河上行。

【校記】

〔一〕『榷』，强善本作『催』。

〔二〕『兩』，家刻本、强善本、本衙本、重刻本、資燦本等皆同。備要本作『雨』，誤。

鳴鴈行

候鴈過衡陽，飛鳴意轉哀。自悔離其羣，舉翅觸黃埃。一啄詎難致，稻粱萬里來。蒼梧舜所遊，淳化日悠哉。誰言卑濕地，須避網羅災？我欲鴈回翼，卽死近舊隈。

過唐進士采臣

特地無錫縣〔一〕，停舟問采臣。故人餘我在，別況念君頻。春水潮京岸，秋山比屋鄰。爾今懷大業，天路莫逡巡。

【校記】

〔一〕『無錫縣』，强善本作『荊溪道』。

寄平涼兄

苦憶風霜地，孤懸鴻鴈心。邊開秦障盡，棧入劍門深。宦蹟二毛見，田園三徑沉。幸能寬老父，清白著朝簪。

贈吳漢若

今日澄清士，惟君合大羣。文章收北極，羽翼入南雲。劉表先聲好，華歆晚節分。感懷知不盡，總與話殷殷。

猗蘭行

錫山顧孝廉宸，年四十餘，無子。家有蘭，忽十二畹發於一枝，觀者皆曰是瑞也。已而，遂生子焉。孝廉稱觴進母，其友侯子侑之以詩。

猗蘭十二畹，難得共一枝。花開何灼灼，所務本根滋。一解
種花當種蘭，種當庭戶間。羣芳競自媚，蘭香襲我顔。二解
遐心彼美人，乃在瀟湘外。君子重馨香，采之爲佩帶。三解
相映北堂萱，蓀生煖玉田。自兹十二畹，歲歲復年年。四解

贈蔣黄門［自注］蔣黄門鳴玉

蹉跎猶豫客，老大更吳吟。夜到黄門宅，秋憐白髮心。憶曾交弁角，謬許附璆琳。燕翼差池雨，鶴鳴靉靆陰〔一〕。明公題禁闥，賤子泣遺簪。豈謂風雲異，同遭猰貐侵。江南哀庾信，鄴下想繁欽。幸有青暉在，莫令碧海沉〔二〕。艱難重握手，不覺醉横參。

【校記】

〔一〕『㔸㔸』，强善本作『㔸㔸』。

〔二〕『莫』，强善本作『休』，資燦本作『毋』。

【集評】

一　賈開宗等評：（首四句）俯仰具足。

寄盛一兄順

金人一夢去西京，舊事祇今對盛生〔一〕。曾憶分筵梁苑雪，轉愁同賦漢林鶯。調羹相國餐砂瘴，躍馬將軍臥石鯨。短髮猶能覆聾耳，蓬萊近道種桑成。

【校記】

〔一〕『舊事祇今對盛生』，强善本作『話舊惟應與盛生』。

夢亡弟

汝到重泉下，相依慈母看。招魂幡帖帖，入夢路漫漫。廢宅秋花冷，遺書手蹟殘。當爲課幼子，心事在琅玕。

【集評】

一　賈開宗等評：（首二句）真情語，不堪多讀。

贈張經師

再見張生老，十年滯此都〔一〕。奇文驚衆眼，高性厭塵趨。越水寒如練，吴山翠滿瓠。狂醒叫酣醉，明月照啼烏。

【校記】

〔一〕『十』，强善本作『頻』。

送練三貞吉

送爾輕舠去，寒江静可憐。遥瞻梁苑雪，晚入楚雲天。鷺影孤帆遠，漁歌短棹前。客星驚歲暮，歸興妒人先。無賴尋詩聖，有懷藉酒賢〔一〕。狂名推我右，大略與誰肩？憶昔周京地，恰逢漢黨年〔二〕。書生蒙禁錮，皇路惜迍邅。《九辨》徒悲郢，《三謠》乃去燕。仙舟邀李御，鸞翮斷嵇弦〔三〕。獨灑楊朱淚，兼揮祖逖鞭。授餐藏室壁，解佩贈韋弦。同禍非關俠，忘機卻類顛。家聲渾白璧，繼述付青氈。司馬君臣契，濯纓雨露邊〔四〕。當臺爲獬豸，去莠必鷹鸇。道長崇禎紀，名高萬曆編。無何開冏寺，卽次三羌羣貢領秦川。舊塞丸泥谷，新清華嶽烟。汧花閒叱撥，漢女靜嬋娟。盡解鐃歌曲，齊騰露布箋。星應彗尾躔。座近烏程相〔五〕，闟，七校索能牽。志殫風雲會，功分薏苡偏。黄門專國命，藍面煽朝權。官裝少怪蘭當戶拔，嫉桂並膏煎。遷謫長沙濕，行吟落日淵。蹉跎終賈誼，漭瀁失張騫。野服慚雙劍，碧血流精衞，一錢。粤中猿嘯仄，嶺外橘霜圓。豈敢忘豐鎬，猶然戀澗瀍。欃槍紛氣焰，猰貐互周旋。丹心感杜鵑。西京龍更起，北闕月重縣。老歷中樞重，才雄仗鉞專。不辭敷舜羽，直欲正虞璿。諸葛羸先病，留侯穀早僊。溘焉傷社稷，逝矣雜腥羶。通籍雷陳並，登朝益契聯。忍令清壑老，〔自注〕司徒公號清壑老人，司馬同年相善。空想斷金堅。之子夫何忝？修途各勉旃。貧安原憲宅，力種邵平田。有道碑仍在，季方澤已傳〔六〕。八廚簪奕奕，三舍鼓闐闐。羞建中原壘，猥依廣廈椽。草亭玄幾字，傖父藁三篇。五十年過半，〔自注〕時貞吉年二十七。飄零路滿千〔七〕。浮鷗秋泛泛，照水髮鬈鬈。庾信哀棲甚，孔融世講連。匡牀愁夜短，詰旦是離筵。

【校記】

〔一〕『有』，强善本作『開』。
〔二〕『恰』，强善本作『嗟』，資燦本作『剛』。
〔三〕『嵇』，底本、家刻本、本衙本、强善本作『稽』，據萬有本、備要本改。
〔四〕『濯纓』，强善本作『滄浪』。
〔五〕『程』，强善本作『丞』，誤。
〔六〕『季』，强善本作『元』。
〔七〕『滿』，備要本、萬有本作『幾』。

【集評】

一　賈開宗等評：（起句至『有懷藉酒賢』）神氣飛動。（『同禍非關俠』二句）寫練君意氣隱然。（『司馬君臣契』至『名高萬曆編』）筆力開闔，只在眼前，卻難於想象。（『無何開冏寺』至『漢女靜嬋娟』）形容司馬功業處入妙。（『盡解鐃歌曲』至『星應彗尾躔』）可稱詩史。（『粵中猿嘯仄』二句）杜句。（『豈敢忘豐鎬』至『空想斷金堅』）老到復渾成。（『飄零路滿千』）瀟灑自然。

二　徐作肅曰：貞吉，司馬少子也。前《哀辭》有練司馬詩。

三　宋犖曰：甲申黨人獄，侯子避貞吉家。『同禍』等語蓋指此。

贈曹太僕[自注]太僕名溶

近聞曹太僕，瀟灑在東山。卿月雲霄上，仙舟郭李間。致身文苑早，匡主聖謨艱。威鳳曾鳴瑞，神羊更觸姦。塞淵酬冏頌，空闊掌天閑。幽冀騰朝影，風雲見一班。先幾三徑窅，後樂二毛斑。殿閣終求舊〔一〕，江湖暫乞閒。十年懷半剌，今喜御君還〔二〕。

【校記】

〔一〕『閣』，强善本作『陛』。

〔二〕『還』，强善本、資燦本作『顔』。

【集評】

一　賈開宗等評：（首二句）起妙。

過彭使君［自注］使君字容園

我憶容園久〔一〕，扁舟始一來。吴人歸從約，梁苑領僊才〔二〕。閱歷三江盡，傳聞五嶺開。相憐弔古意，莫望鬱孤臺〔三〕。

【校記】

〔一〕『我』，强善本作『爲』。
〔二〕『僊』，强善本作『奇』。
〔三〕『望』，强善本作『至』。

題容園舟中

一曲清歌試叩舷，濯纓高寄鏡湖邊。誰同秋水邀仙侣，爲御天風濟巨川。鷗鷺有情隨羽蓋，魚龍著意近樓船。伊人宛在蒹葭裏，乘興何妨浩淼前。

平望

平望臨河市，估帆落照斜。取魚纔一寸，曬網幾千家。

鸚鵡啄金杯歌

鸚鵡啄金杯有二，其下皆注『成化』字。兩赤鸚鵡棲碧梧，兩小青雀交睛視。天子好尚動鬼神，土泥變化爲金翠。更有櫻桃雙八顆〔一〕，細如粟粒迎風墜〔二〕。是名四妃十六子，又爲太平雙喜事。當年憲皇闕前星，貴妃持之獻祥瑞。大明遺事有如斯，不同人間金玉器。此杯今藏吴氏家，傳聞神物頗爲累。孝廉死後歸他人，陳生感舊一下淚。命酒飲我請爲歌，浩歌未終發長喟。勸君莫飲鸚鵡杯，非人非時亦非地。灞陵遺老嘗吞聲，忍讀開元西狩記。

【校記】

〔一〕『更』，備要本作『果』，誤。

〔二〕『墜』，强善本作『隊』。

【集評】

一 賈開宗等評：（『兩赤鸚鵡棲碧梧』二句）神情絲理，無一不具。（『天子好尚動鬼神』二句）豈尋常鋪寫？（『更有櫻桃』至『又爲太平雙喜事』）酣適，脱盡拘束。（『勸君莫飲鸚鵡杯』二句）一轉，言外具世變。

玉堂歌贈蔣學士超

天子新開白玉堂，規模不屑漢明光。睠言草昧待經綸，豈獨潤色需文章。詔選學士坐此堂，坐此堂中何輝煌。金燈翠旗邀春輦，宮燕林鶯題御牆。其中學士誰最賢，金沙蔣君方少年。面陳三策帝嘉歎，賜第非關權貴前。此日人人看探花，曲江之曲酒滿船。揮手但謝立身好，王維李白總徒然〔一〕。憶我前輩過我拜，我今山野形醜怪。學士此日爲大臣〔二〕，何事逡巡夷門隘〔三〕。開門攜手延君坐，呼兒東籬翦葵薤。訊問薇省早二毛，淚下生平轉不快。急爲促坐洗觴親，須臾酣醉話重陳。願君速灑霖雨新，願君速偃烽燧塵。感君世舊贈君語，羞殺曲學阿世人。平津自老君自少，學士切莫學平津。

【校記】

〔一〕『李白』，備要本作『李同』，誤。『總』，强善本作『皆』。

〔二〕『日』，强善本作『朝』。

〔三〕『何事逡巡』，强善本作『何爲躑躅』。

【集評】

一　賈開宗等評：（『坐此堂中何輝煌』）跌宕。（『賜第非關權貴前』）借學士有諷。（『此日人人看探花』至『王維李白總徒然』）用意好。（『憶我前輩過我拜』至『呼兒東籬翦葵薤』）更寫出學士之賢，不止世舊親切。

二　徐作肅曰：（『訊問薇省早二毛』）薇省，學士父鳴玉也。與侯子少同學，前有《贈蔣黃門》詩。

過江秋詠八首〔自注〕壬辰作

北固濤聲湧帝京，南徐秋色滿江城。潮連雨霡芙蓉濕，日落晴帆燕雀輕。豈可新亭終有恨〔一〕，從來故國總關情。鄰舟更奏清商曲，不管霜華旅鬢生。

秋原落日炤姑蘇，爲問西施更有無？一自上流收錦纜，幾回遷客弔吳趨。多情橘柚垂朱實，失意蒹葭冷玉凫〔二〕。最苦繁華同逝水，生公石蘚不曾枯。

攜李雄蕃枕大瀆，乘潮東望氣氤氳。鴛鴦湖外吳楓盡，烟雨樓中越岫分。組練一時俱織錦，樓船何日更盛軍〔三〕？自來烏喙傷心地，莫使朝京相國聞。

錢塘江口問仙槎，帶粵襟閩一線斜。秋淼天河搖日月，水深宮殿守龍蛇。誰沉漢使千金璧，更射潮聲萬里沙？南極不妨爲北斗，漫開老眼望京華。

建業平分眇眇愁，客心日夜大江流。鐘聲先到臨湖殿，暝色偏深結綺樓。龍虎脈從淮泗合，鎬豐都爲子孫留。三秋遙想埋弓處，不信鍾山王氣收！

粉紅江上水晶寒，高並南甌象緯看。極島風雲通蜃市，中洋花茜領番官。人家近日秋仍沸，曆數乘桴漢有瀾。底事閒愁緣小物，荔枝無路到長安。

新開嶺道已經年，並建三藩海盡邊。西望梧雲邀翠輦，南來桂管入蠻烟。清猿頻下孤妃淚，舞象如聞大樂縣。誰向宸遊傳往事，至今秋月照虞淵。

武昌高枕控三湘，何事虛無託鬼方？昨夜楚王雲入夢，多時屈子芰爲裳。洞庭落葉秋逾白，鮫室空青晚更蒼。鴻鴈一聲天際下，岳陽盡處是衡陽。

【校記】

〔一〕『可』，備要本作『是』，誤。

〔二〕『玉』，强善本作『雪』。

〔三〕『盛』，家刻本、本衙本、强善本同，萬有本、備要本作『成』。

【集評】

一　賈開宗等評：　此與少陵《秋興八首》果有分別否？　讀者須放開眼孔，莫謂今人必不逮古也。

越水遇李大元素

俱是梁園客，相逢越水濱。　道窮殊念汝，歲晚尚依人。　抱膝吟何事？　讀書悔悮身〔一〕。　棄繻真磊落〔二〕，仗劍卽嶙峋。　璧握邯鄲趙，關開鳥鼠秦。〔自注〕元素嘗遊俠京洛。　少年傾劇孟，上座倒陳遵。　慣落南樓月，能生北里春。　投詩爲意氣，刎頸莫逡巡。　鏡裏原陵影，匣中荊聶塵，乾坤陰唧唧，日月火燐燐。　白髮憂天短，青門看雨頻。　劉伶惟近酒，張翰欲尋蓴。　賴有江湖興，終於眺望親。　釣舟遙泛穩，菰米嫩烝匀。　疏懶甘藏拙，蒼茫善卜鄰。　千秋閒草屩，一旦老綸巾。　名姓原狂士，形容想贅民。　豈知飄泊甚，共對詠懷諄。　忽漫三冬盡，聊安四壁貧。　憐君多肺病，腰背幾時伸！〔自注〕元素時以腰疾伏枕。

【校記】

〔一〕『讀書』，强善本作『儒冠』。

〔二〕『繻』，家刻本、本衙本、强善本重刻本同，備要本作『襦』。

【集評】

一　賈開宗等評：　（首四句）沈著含蓄，有憶有恨。（『菰米嫩烝匀』以上諸句）造語適得個中，非少陵不能。

詠史五首

漢家衛子夫，乃是平陽姝〔一〕。朝侍公主前，跪進蟬鬢鬟。粧罷賜蛾黄〔二〕，起謝幸自娱。一旦武皇來，置酒邸第區。清歌奏者衆，窈窕與之俱。醉後天耳熱，忽聽子夫殊。千金召入宫，翟褕龍文紆。簪花上林苑，攬鏡昆明湖。璇宫詠雎鳩，前星誕鳳雛。帝爲赦天下，大享三日酺。平陽是日賀，入向椒塗趨。再拜稱皇后，垂手但一扶。

范雎不得意，嘗求事魏齊。命爲須賈副，出聘不敢辭。反命忽得罪，横罹箠與笞。脇斷但舌存，佯死委糞泥。幸遇咸陽使，附車與之西。獻策帝大悦〔三〕：雎來開我迷。易名爲張祿，丞相實崔巍。氣淩六國小，俯視函關低。須賈再來聘，肉眼乃不知。微服過驛舍，感舊贈一綈。以此得逭誅，堂下食莒藜。歸語爾梁王，張祿卽范雎。速斬魏齊頭，免使社稷墟。魏齊遍出走，天下無留棲。敝籠函首來，相視何淒淒！

英雄當蹉跎，亦復耽窈窕。重耳昔出走，睠言齊國好。晏安豈不懷，鴆毒脾肉早。姜氏本婦人，志略何了了。桑下觴公子，極醉不復曉。密與舅犯謀，疾出郎邪道。人生圖遠大，割愛乃可保。君看霸業臣，赴時迹如掃。

豫讓事智伯，嘗懷國士遇。三卿連合成，驕愎卒致仆。一旦貴卿頭，乃爲飲器污。感憤不輕死，隱忍報讐故。曠野哭吞聲，白日颯以暮。漆身變我形，吞炭變我語。得入襄子宫，運去天不祚。霸略自不同，竟釋豫生去。其後伺出遊，往伏橋下住〔四〕。襄子有老馬，驚鳴使主寤。兩刺兩不成，矢劍本吾素。願斬君王衣，持此地下訴。士爲知己死，卽死猶無斁。

孔光本名臣，劉歆亦令子。並生太平日，清華若玉峙。倏忽圖富貴，君父輕脱屣。溫樹何小心，六經有深恥。賢者貴守節，慎終如其始。嗟哉歆與光，新室竟悞爾。

【校記】

〔一〕『姝』，底本、本衙本、重刻本作『黄』，與下第五句『妝罷賜蛾黄』之『黄』互乙，據家刻本改。

〔二〕『黄』，家刻本作『黄』，底本、本衙本、重刻本誤爲『姝』。

〔三〕『悦』，家刻本、强善本、本衙本、資燦本、重刻本同。備要本作『崑』，誤。

〔四〕『住』，家刻本、本衙本、强善本等同，萬有本、備要本作『柱』。

【集評】

一　其一，賈開宗等評：（『妝罷賜蛾黄，起謝幸自娱』）卽少陵『殘杯』、『冷炙』意（杜甫《奉贈韋左丞丈二十二韻》詩），此覺風華奕奕。（『醉後天耳熱，忽聽子夫殊』）從來遭逢如此，言外感嘆。（『簪花上林苑，攬鏡昆明湖』）寫來有情有勢。

二　其二，賈開宗等評：（『氣淩六國小』二句）氣概。（『張祿卽范雎』）妙。

三　其三，賈開宗等評：（首二句）便自高脱。（『人生圖遠大』二句）英雄語。

四　其四，賈開宗等評：（首六句）只似平常語，已悲慘不可言。（『得入襄子宫』至『竟釋豫生去』）出襄子，好！（『襄子有老馬』二句）深意，警語。

五　其五，賈開宗等評：（『倏忽圖富貴，君父輕脱屣』）痛刺，此處著宛轉不得！

夜泊過姜如須

姑蘇夜泊聽吳趨，乃是東海姜如須。當年過江第一人，何事混作荊蠻民？鵕鸃冠上玳瑁簪，采菱臨水傷客心。相期太湖射梟鴈，隨陽之鳥不忍侵。手攜寸弩袖中藏，日坐橋門南望吟。君尚能射射猛虎，出右北平雪風舞。李廣一醉老蹉跎，眼底生花徒自苦。

【集評】

一　賈開宗等評：（首二句）起勝。（結句）跌宕豪舉，言外思深。

二　宋犖曰：如須，東海姜垓也。舉崇禎庚辰進士，棄官隱居蘇州。

寄魏大敏祺二首

魏子文章伯，飄零晚更奇。張衡愁作賦，阮籍醉能詩。老眼覷時拙，狂名託我知。遥憐歲云暮，潦倒憶南皮。

別後蘇門嘯，幽棲孰與聞。［自注］辛卯，同魏子遊蘇門。行藏懷老友，去住惜離羣。舊舍今仍在，新書晚欲焚。馮公頭幸白，原不用終軍。

四憶堂詩集遺稿

何事

何事竟頭白，青春一放翁！乾坤羞髀肉，日月誤雕蟲。藜杖侵苔潤，藥欄啄鳥紅。經年常晏起，非是避牆東。

【集評】

一　徐作肅評：開首叫起一篇，完『何事』二字，妙合章法。

偶作呈宋二

精悍推徐五，飛騰憶賈三。每當窮正變，細與辨青藍。萬卷攻吾短，千秋愧汝諳。幸爲乘少壯，努力事幽探。

【集評】

一　徐作肅評：二首直如說話，千淘百洗，一塵不留。靖節云：『秋氣澄餘滓，杳然天略高。』有可想像而已。

送何三杲[自注]何，龍眠人。

回首論交十五年，舊遊常自憶龍眠。飄零何遜官無興，潦倒侯嬴地最偏。老計相憐狂態拙，清時莫負酒杯賢。送君明日東門道，謾聽《驪歌》是偶然。

【集評】

一　徐作肅評：空渾入情，是送忘形之交之作。

聞蟬和宋二犖

曉起鳴蟬靜，秋聲動遠空。披襟宜永日，入戶況涼風。羣命亦云得，孤音非所同。庶幾飲清露，戢翼託高叢。

【集評】

一　徐作肅評：寄深而筆曠，一讀有超然之致，再讀有幽渺之思。

羣盜

草木艱難已奠居，誰令羣盜更乘虛？營田本欲歸戎馬，濬壑須防縱巨魚。[自注]時有屯田、挑河之役。

豈謂民勞關至計，終於帝力望新除。卽今樞相巡行日，驛使應先痛哭書。〔自注〕時命洪太保南征。

隋堤

隋家天子綠楊堤，萬古春風野鳥啼。幾處吹簫雲漠漠，經時拾翠草萋萋。龍舟想象牙檣入，綵袖虛無簇仗齊。寂莫宋城南向望，老人獨自杖青藜。

題宋牧仲古竹圃

悠然過竹圃，長夏有清陰。何處孫登嘯，偏宜向秀林。善交翻閉户，高臥本從心。濁酒勞相勸，今知靜者深。

梁園懷古

驅車荒城隅，昔是梁王園。當日賓客館，離離百草蕃。鄒枚自奇士，文采何翻翻。遂使辭賦業，遠託金石尊。況彼經術子，菁華有本根。著述非所願，誰肯謀饔飱？豈知梁王死，委棄不復論。赫赫連城貴，非不壯維藩。遊從虎豹羣，踔厲撼崑崙。千里飛食肉，書生但聲吞。所好在大劍，毛錐安足言！

附錄一　序　跋　題記

侯朝宗古文序

賈開宗

壬辰之春，侯子束裝南遊，將窮鴈宕、羅浮之勝，手一編示賈子曰：『此余古文辭也，子其敍之。』

賈子曰：古文辭者，肇於六經，麗于《左》、《國》、《公》、《穀》，盛于莊、列、管、韓諸子。自漢以來，司馬遷、班固爲上，至東漢、魏、晉、六朝而亡矣。昌黎起衰八代之說，非諛也。昌黎、柳州之後而文又亡，延及五代、宋初，三百餘年而得盧陵、眉山父子、南豐、臨川六子。六子之後而文又亡，迄今鮮繼之者。故凡古文之鮮其人，非高矜優孟、規橫體式之鮮其人，又非風露駢驪、連章累牘、皮膚《史》《漢》、拮曲聱牙之鮮其人也；凡古文之鮮其人，在失其真，今者而襲其僞古者。其文而發揚性命也者，則原、辯、說、解，創于昌黎諸子，而前此未有其例也。其文而發揚經濟也者，則上書、策、劄，亦創于歐、蘇、王諸子，而前此有其例而不盡其致也。其文而出入性命、囊括經濟也者，則亦創于昌黎，而前此並未涉其津涯也。此其體，不可不務審也。昔者，洛陽有造僞鼎彝者，以鐵爲質，淬以銅青金玉之屑，藏土歲餘，而光華出焉，明之李夢陽、李攀龍諸子是也。侯子古文，直繼韓、柳八家之亡可也。

侯子曰：『子之言是也，非余所敢知也，其臚之弁言以爲宗焉。』

（輯自賈開宗《遡園文集》卷一）

侯朝宗制藝遺稿序

任元祥

侯子古文遺稿，余既已序而梓之矣。曉復捧其制藝以泣而請序如初。爲人子者，表章厥考不遺餘力焉，禮也。

侯子得名最早，象勺之年卽以制藝爲天下想聞，於今二十餘載。操觚之士，得其緒餘，紆青拖紫者，不知幾何人矣！雖微遺稿之刻，而侯子之制藝布於天下固也。且侯子之所以不朽也，以古文傳，以詩傳。古文如歐陽脩，詩如杜甫，如日月江河之在天地，是亦足矣，而又何必以制藝傳！雖然侯子不必以制藝傳，而制藝則必以侯子傳，而侯子之子又何忍不以侯子之制藝傳？故曰：『禮也。』

自有制藝以來，准之以規矩，繩之以功令，雖高才博學，無所見其奇，而代必有高才博學之士，維持風氣於不敗。此高才博學之士，或得志而在上，或不得志而在下，其遇不同，其文之不可磨滅則一也。

嗚呼！世無高才博學之士，則大道或幾乎息，幸一有之，而顧獨使之窮而在下，亦可哀矣！唐以詩取士，而李白、杜甫不得一第；方今以制藝取士，而侯子以明經終，亦可哀也。然李、杜之詩，未始以不進士而不爲唐之首稱；則侯子制藝，又可以不進士而不傳也哉！且天下之所爲必傳者，厥有古文矣。

以詩傳者，所以備太史之采也；以古文傳者，所以闡六經之指歸也；以制藝傳者，所以通世道之變也。然則侯子雖不取重於制藝，而予爲之序而傳之，亦禮也夫！

（輯自任元祥《鳴鶴堂文集》卷四）

侯朝宗遺稿序

徐作肅

朝宗遺稿若干篇，余選六十二篇，以屬其子曉刊之。

嗚呼！朝宗之爲文竟止於此耶！余與朝宗日夕晤語，時出其言以相示者，今止見其文耶！以朝宗之方爲此也，亦曾幾時，遂不自見其集之行耶！

朝宗生平爲文最易，亦最多，嘗半日可二三義；而海内數千百里，皆無不知有朝宗者，率自制義見之也。朝宗制義嘗有雲臥居之刻矣，又嘗有雜庸堂之刻矣。當其少年，才思橫溢，事物感觸，賦詠而外，間於制義焉發之。即其尋常命筆，約不肯俯隨人爲經生言，故每一篇出，人多驚異頌傳，而轉相望慕者，以其雄駿不羣也。陳黄門敍朝宗，以方豫章之陳大士，信然不可易。而朝宗此文，則自順治之庚寅。憶爾時，朝宗方與余討今古文於軌度，古文則準之唐、宋八子，今文則準之考亭之章句。或間日一作，或日一二作，至命酒高談，將無虛日。而余拙鈍，偶一涉筆，他皆寄話言於酒。每賓從雜遝，號叫迷離，而朝宗之文成矣。嗚呼！何其雄也！

記一日，晦前夜與朝宗操馬箠歸；月中，思方旬餘，率無不聯笑語坐將旦者，因戲謂：『我輩若此，何識月有盈虧？』而不謂朝宗之死，倏忽已三年也！或且悲朝宗之才，宜早遇，而竟不遇！古之懷奇才而終悒鬱，不止朝宗也。且以謂朝宗之文在，雖死而得不死；要朝宗之文章歌詩，已庶幾于古作者，傳不傳不必遇不遇也。獨是以二十年交與其人，又屈指零落喪亂之餘，而復不幸夭折。裒集遺文，朋友之責，而痛悼及之也！

嗚呼！曉其守而布之可也。

（輯自徐作肅《偶更堂文集》卷上）

三家文鈔序

宋犖

《三家文鈔》者何？商丘宋犖合侯朝宗方域、魏叔子禧、汪鈍翁琬之文而鈔之，而版行之者也。鈔何以三家？犖友也。成之者，學使許公也。

昔歐陽永叔序《蘇子美集》以謂：『唐太宗致治幾乎三王之盛，而文章不能革五代之餘習；後百有餘年，韓、李之徒出，元和之文，乃復於古。』其説信已。又言：『子美與穆參軍伯長，獨爲之舉世不爲之時，而古文始盛於今。』顧宋文之盛，子美、伯長不足當之，必待歐陽出，蘇、曾氏繼起，迄於熙、豐、元祐間，始稱極盛。其上距太祖之世，亦百餘年矣！元虞集、歐陽玄、黄溍諸公，則皆皇慶、至治以後也。蓋文章者，天地菁華之氣。每有所祕，惜而不輕發，故往往醖釀盤礴鬱積之久，而後一泄之於人。豈非文章之難，而其人之不易得歟！獨本朝不然，世祖章皇帝甫定中原，即隆文治，一時元夫鉅公，以雄文大冊黼黻治具者，類不乏人。迨今上躬天縱之聖，奎章宸藻，炳耀區寓，風聲所被，文學蔚興。上之卿大夫、侍從之臣，下之韋布逢掖，爭作爲古文、詩歌，以鳴於世。繪繡錯采，韶濩以間，此本朝之盛，所以跨宋軼唐，敻乎其不可及也。三君際其時，尤爲傑出，後先相望四五十年間，卓然各以古文名其家。大較奮迅馳驟，如雷電雨雹之至，颯然交下，可怖可愕，霅然而止，千里空碧者，侯氏之文也。文必有爲而作，踔厲森峭而指事精切，鑿鑿乎如藥石可以伐病者，魏氏之文也。溫粹雅馴，無鈎肙棘吻之態，而不盡之意含吐言表，譬之瀲湖不波，風日開麗而帆檣之容與者，汪氏之文也。三君出處岐轍，其所成就亦殊，要之亡愧作者，以視流俗剽販無根之學，疲苶不振不華，蓋去之逕庭。嗚呼！豈易而得哉？

憶朝宗長予十七年，予交朝宗時，年未弱冠。其後宦遊得交叔子、鈍翁，皆十年以長。追惟曩時，握手議論，卮酒笑言之歡，恍如昨夢。因而屈指，朝宗歿已四十年，墓木久拱；叔子歿且十年；鈍翁視二君最老壽，歿亦已四年矣。把其遺文，其能無山陽聞笛之愴也夫？予既詮次其所撰序、記、論、策、碑志、雜文各若干卷，又人繫以小傳如左。

嗚呼！三君之文已是不朽。謂予阿其亡友，非知文者也。若謂以三君概本朝文章之盛，予則奚敢？康熙甲戌且月，綿津山人宋犖序。

（輯自宋犖等編《國朝三家文鈔》）

三家文鈔序

邵長蘅

……本朝文治之盛，逾五十年，而商丘公起，而有《三家文鈔》之刻。三家者何？侯朝宗方域、魏叔子禧、汪鈍翁琬，皆公友也。蘅謬辱校讎，既畢役，承命序其末簡。蘅惟三家之文，侯氏以氣勝，魏氏以力勝，汪氏以法勝，不必屑屑傅會其出唐、宋某氏，並元、明某氏，要之可謂作者，後世稱本朝之文，吾知其無遺三家也。三家足以傳矣。……

三家文鈔序

許汝霖

……至本朝作者雖多，概乎未之討論，獨于侯朝宗、汪鈍翁、魏叔子三先生文有篤好焉。侯之文如天潢屈注滄海，浮槎飄梗，滅沒濤瀾；汪之文如名將署師，行陣之餘，營壘井竈，動合古兵法；魏則奇力變化而矩矱森嚴，澒洞踔厲，籠蓋諸家。雖旨趣不同，氣體亦别，要皆一代文豪也。三家者各有專集行世，卷帙繁重，醇厖間雜。竊欲稍加澄汰，以出其真，愧固陋，逡巡不敢。年來視學江左，適會商丘宋公，奉命自西江移節來吳，間從鎮撫之暇，劇論古文詞，謬許知言，約取三家文共訂之。公與朝宗少同筆研，齊名二十年；鈍翁、叔子皆前後定交。今於其古文詞，表章亟亟，使三先生之名，遂足鼎峙千古。是書也，别裁精當，出入謹嚴，余雖欲贊一詞，無庸也。既訖事，相與授之梓而爲之序。康熙三十三年甲戌夏五月，東海許汝霖書。

（以上選輯自宋犖等編《國朝三家文鈔》）

壯悔堂逆志編小引

田蘭芳

自《壯悔堂文集》之行世也，於今且五十年矣。人無論貴賤賢愚，地無論華陋近遠，莫不各有一朝宗先生在其意中，而自命爲知之，而余獨以爲未也。

蓋有聞其書而未見焉者矣。即見矣，蒼素無分，淄澠莫辨，隨聲附和以相詡，此固無以與於知之數者也。至於其書吟玩反復，深有以異夫涵天負地之才，與夫排山倒海之力，駴汗喘伏，稱爲古今所未有，此蓋覩先生早年之英華，未參乎中歲之變改，所謂鑒貌遺情，倀倀乎宮牆之外，而輒歎生乎寢廟之伷奕，震驚乎皇居之壯闊，其去矇瞍之無目也幾何哉！間有漱彼芳潤，咀厥滋和，見其擷芝蘭則色怡，遇菉葹則氣結，以爲庶幾古之立言者，如《緇衣》、《巷伯》之倫，好惡本乎性中之義，以形爲氣節，此猶窺其一方，而未會其全體。卽習乎侃侃之正論，豫卜他時立朝之有守，；聽鑿鑿之石畫，已信異日臨事之有爲。以先生當唐之蘇、張、陸、李，宋之司馬、歐陽似矣，亦殊昧乎流之本乎源也。蓋先生生於富貴，具俊才，有大志，天下聞風影附，日盛月繁，諛言奇巧不無顯陳於前而隱貢其側，遂使淡泊寧靜之天，閟而未得驟見，故馳騁於詞章，矜負乎氣節，久而漸知天下之事、吾人之品不止如是，益反華就實，一練才養氣，以建樹爲不朽，亦不敢遽謂已至也。由是專治經學而交儒者，乃悟業有本末，學有體用，一悔其舊日之所向，而求進於道，其意往往散見他説，比而觀之，亦可以考先生之之所存矣。然則先生之所以爲先生，固不出乎文章、氣節、經濟三者之中，而實有以超乎文章、氣節、經濟三者之外而世弗之察，拳拳于先生所敝屣棄之者，顧且執萎而觀，拾唾而嗅，儼然自謂知先生，先生保無發仲翔知己之嘆于九京也耶！

余生也晚，不得周旋杖履，幸能由先生文而窺其未發之隱。竊謂其根邃，其力厚，其創懲變而勇，惜乎生年不永，未得見其粹然一出於道德爲垂世不磨之要典，是可惜也。私嘗論之先生由文見道如唐韓愈；　變文章之好，求儒者之論説而欲以幾之，如明唐順之、王慎中；　卓然自命，不屑隨人，必心所已，契然後至其信從如歸有光。雖五十年中讀先生文，吟諷歎賞盈兩間，在先生視之，不知果有以異于昔時往來先生堂中之熙熙攘攘輩否耶！

余特取先生悟後有得之言表而出之，以明能逆先生之志，且示人。非更其途，慎莫鑿鑿侈言所聞於人者，未信於己而徒以欺夫人也。嗚呼！　雖非良醫，實嘗三折肱焉。謂於扁、倉之按病處方，猶未盡洞其妙焉，其亦惑矣。後之欲求先生之真者，庶幾專誦是編而得之。

（輯自康熙本《逸德軒遺稿》卷二）

重刻壯悔堂文集序

儲大文

朝宗先生明季奮起梁苑，是時侯氏羣從、讓伯、延仲二吳氏、霖蒼徐氏、伯愚劉氏、靜子賈氏、赤岸張氏胥以制義鳴，而古文辭詩歌兼勝焉，海内稱曰吴、侯、徐、劉，又曰雪苑六子，猶之豫章四家、雲間六子也。

先生少問業於上虞倪文正公，文正謂文必馳騁縱横，務盡其才，然後軌於法。先生蓋繇文正《東林》、《要典》諸疏議通要旨，古文辭而彌晉而擴之。嘗遊江左，寓金陵，司業山陰周文忠公得其所譔策，立造訪之，談彌日，人士輻輳秦淮水閣，寓至不容坐席。是時，執復社敦槃盟者太倉西銘張氏，而貽書推爲領袖；執幾社盟者青浦大樽陳氏，而貽詩曰『漢家宣室爲君開』。其它海内清望若文玉、彝仲、維斗、次尾、孚遠暨勒卣、燕又、朗三、駿公、密之、如須、舒章、轅文、秋嶽、爾公、若士、修遠、於野、馳黄、麗京諸名彦，胥締附之。洎歸里，而偕賈氏暨三徐氏、宋氏，復以文鳴雪苑，前後六子，名籍甚，而先生《壯悔堂文集》尤焜耀一代。

藝苑云：嗣雪苑而起嶠南者翠微十子，若伯叔季三魏氏、躬庵彭氏、邦氏、丘氏，亦以古文辭鳴。近日邵青門嘗銓次先生、叔子暨鈍翁汪氏文，號《三家文鈔》。然叔子望最高，而權當代古文曰：『侯肆而不醇，某公醇而不肆，姜在醇肆之間。』嘗自謂才不及朝宗。而又曰：『四明姜宸英吾愛其文與朝宗並。』鈍翁謂文章讓餘子，而撰先生傳業擬爲李供奉、蘇端明，又中多微辭。或謂大家文鈔宜益於一西溟，或又謂並宜益梨洲、平叔，而天生、伯籲、甫草亦間及焉。要之，叔子所謂『肆』者，乃極推其才之辭，即倪文正先才後法，大樽『漢家宣室』義指，與鈍翁解自别。而集中《陽羨讌集序》、《馬伶傳》諸文，多宋建中後極筆，如必以儷體、《虞初》體而概削之，是柳子厚不宜俯首《毛穎傳》，《醉翁亭記》果宜作賦，而《赤壁》二賦不必號文中仙也。然則《三家文鈔》之訖，未爲定論也。

雪苑持議曰『明無古文』。靜子又謂陽明、遵巖二王氏、荊川唐氏、鹿門茅氏，合朝宗而五。然劉文成公嘗謂明祖曰：『天下文章，學士臣濂第一，臣基次之，臣孟兼又次之。』孟兼，張氏也，正學先生時又稱小韓子。明四大家選嘗合宋、劉而列圭峯、崆峒。圭峯，羅氏也。荊川曰：『宋有歐、蘇，明有王、趙。』趙氏，浚谷也。錢牧齋尊震川，而其羣從湘靈錢陸燦曰：『圭峯第一，震川次之。』青門《明文十家選》則又並列弇州；雪苑張氏嘗武公安，尊文長徐氏；恭士又謂艾千子文似朝宗。夫文長偏才，千子文所謂才附枯槁，以顯不爲真才者，此無庸論。浚谷才駿邁，終未離西北氣；正學亦名韓而實蘇。而明胥無古文，藝苑有不得不咨嗟頻蹙而從其説者，蓋以一代之才高者裁，能走而不能飛，惟先生飛行絶迹，淩出元姚氏、虞氏、揭氏、柳氏、黄氏、歐陽氏、吴氏、宋子充周氏、君舉陳氏、伯謙呂氏、誠齋楊氏、正則葉氏之上，以武永康陳氏，而並溯端明者，天才殊絶，法亦化爲九轉訣，而五百年莫之能或掎也。至其詩歌，原出少陵，頓挫清壯，克埒孟津王氏，以振何信陽、王儀封、高祥符之中州風雅者，雪苑暨雲間，燕又彭氏序論詳矣。

先生席太常、司徒公緒，門閥隆貴，年十有五而才名遠著。其遊江左也，再寓予邑古陽羨，撰陳氏少保公墓志，貽書論定生先生詩，謂李、何後一人；序《秋園雜佩》，記《十萬圖》，又序迦陵先生詩，謂大樽、舒章得其年而三；又序贈計部公，謂議婚時年二歲，而今已向學，雄談驚其坐客。時順治壬辰也，蓋八十有九年矣！

計部哲嗣寧夏君、通政君克成宅相，而以先生《壯悔堂文集》暨《四憶堂詩集》之字多漫漶也，蕲復鑱版，偕先生諸孫上舍君柬予曰：『盍一言？』彭氏序《四憶集》曰：『作史之才，開館援筆，可備文獻。』又曰：『所作傳記，以稱良史，何愧焉！』夫先生淩空飆舉，才實在弇州、震川上，業不獲如宋濂溪、王華川總裁史局，而年裁三十有七。又不及成史料諸書，惜哉！孫樵曰：『文章如面，史才最難。』予展集中試策，未嘗不歎天業生才，而獲實收其用於金匱石室間者之滋尠也。夫朝宗先生固嘗奮起雪苑也。乾隆五年歲在庚申重午日，陽羡儲大文書于畫山樓。

（輯自强善堂本《壯悔堂文集》，校以《存研樓文集》卷十一《雪苑朝宗侯氏集序》）

重刻壯悔堂文集序

李 紱

壯者，人所必歷之年歲也。人生十年曰幼，二十曰弱，至三十乃曰壯。幼之時學焉而已，弱則冠而責以成人之事，壯則不徒有室已也。孟子謂：『幼而學之，壯而欲行之。』三十則當行其所學，而行藏自有命焉。命有關乎一己者，一人之私也；命有關乎天下國家者，則非一人之命所得主。固有學已成矣，可行矣而卒不得行；或世欲用之而已，又不欲行者，則從前所學爲無用，而悔其所學。此所遇有不齊，《大易》所謂『遁世無悶』，不見是而無悶者，而回憶昔之所學，悉置之無用，此壯之所以悔也。

中州侯朝宗先生，爲故明大司徒公之賢子，博學多能，恢奇磊落，留心經世之學。遭時鼎革，不得見之施行，姑托之文字，垂空言以自見，非其志也。舊名堂曰『壯悔』，因以名其集。然所學實屬可行，則空言卽實事，而壯亦不必悔矣。

宜興陳氏爲故明望族，忠義文章，彪炳書史，與商丘之侯氏門第相埒，聯爲姻好，因徙居焉。奕葉昌大，世濟其美。執夫昆仲，以《壯悔堂集》舊板漶漫，將重刻之，屬余通家彭子樂君來請序。余謂文可傳者不待序，《三都賦》卽無皇甫謐序，有不傳千古者哉！況先生之文，經世之學在焉，不僅研都錬京，鋪張揚厲而已，豈待序而後行！

又，先生同里宋冢宰牧仲先生撫江蘇時，刻先生文與吾鄉魏叔子、姑蘇汪鈍翁兩先生文稱爲《三家文鈔》，已流布海内矣。然三家中，惟先生文篇帙稍少，後學願得見其全集，則是刻必不可已也。是集出，吾知懷金問價者多，而先生之經濟嘉惠後學，德益遠矣！遂書之，因彭子以覆陳子。爲時乾隆十有一年歲在丙寅夏五月朔，臨川李紱撰。

（輯自强善堂本《壯悔堂文集》）

重鐫壯悔堂文集序

陳履中

《壯悔堂文》本有專集早行於世，其後漫堂宋少師刻入《三家文鈔》。三家者，寧都魏叔子、長洲汪苕文與壯悔也，行世尤盛，而專集反緩。近因《文鈔》板片散佚，欲讀壯悔文者，仍求之專集。無如專集行之既久，字文多漫滅，將必有魯魚帝虎之僞，以失其真，不大可慮乎？履中，壯悔外孫也，不爲之新，其誰新之？因偕弟履平，謹校勘而付之梓人。

舊刻每篇要領，用圈點標出，固便於讀者之尋求。然壯悔之文微妙，非解人卽標出亦未必能領，若入于解人之目，亦何煩瑣瑣也！且歷觀古人遺集，從未有施圈點者。其施圈點，蓋始于前明時藝之刻，古文何可襲之！故悉刪去不存。

嗟乎！壯悔負絕世奇姿，而生於明季亂世，加以黨禍滔天，與先處士公數人力爲支柱；迨馬、阮用事，憤公益甚，思甘心焉。惟時公舍於先處士，逮志慷慨就獄，與先處士握手言別，遂訂婚姻。未幾，大兵渡江，得歸故里，遂閉戶以老。而先處士歿後，先君子以十四齡童子來贅焉。集中《贈陳郎序》，勤拳懇款，情溢于詞，蓋公與先處士之交，合氣誼，同患難，所謂生死以之者，豈獨區區結絲蘿之好也哉！履中今重校遺文，而追念先人，自顧無似，有忝所生，而又幸得列孫行，附名集末，不禁悲感交集，而唏嘘涕泗也已！乾隆十有四年己巳七月下浣，外孫陳履中拜手謹序。

（輯自强善堂本《壯悔堂文集》）

重刻壯悔堂文集後序

陳履平

明季魏閹肆禍君子，蔓延莫可止息。迨懷宗御極，天地始清。雖渠魁授首，而餘孽阮大鋮潛居白下，氣焰欲熾。先外祖壯悔公與先祖處士公有憂之，建復社與諸君子力排之，庶幾宵小稍有忌憚。無何，馬興而阮起，黨禍遂興，公與先處士首罹其殃，幾於不測。順治二年，大兵渡江始解，公從此閉戶矣！

公在明季雖一諸生，而軍國大計了然心目，立議莫不中肯，集中代司徒公諸奏可見。惜未大展其才，竟抑鬱而歿，悲夫！　今所傳《壯悔堂文集》，士林奉爲拱璧，咸以一代鉅匠推之，孰知此爲壯悔之餘藝，不得已而託諸是也。嘗觀歷代變革之際，天必生奇才異能之士而不之用，其故誠有所不解。公之才固天所篤生者也，乃困抑之，使傳其文，豈天意之所重反在是耶？　蓋國運之不可延，天亦不能主，至其道或因之以息，則天實慮之，故寄之一二豪傑士也。然則公之才雖不及施於世，而文既傳，則所施更大且遠矣。

今遺集漫漶，購者患之。履平欲爲之重刻，請之於兄，兄亦有是志，遂相與校定而受之梓，爲序於後如此。嗚呼！　序公之集，因以慨公之遇，並重感於先處士，且復深蓼莪之痛，不禁涕溢矣！　乾隆十有四年己巳秋八月，外孫陳履平力疾書。

（輯自强善堂本《壯悔堂文集》）

重刻《四憶堂詩集》序

陳履中

子卿遭困，愛著《河梁》之篇；潘岳善愁，遂成《閒居》之賦。少陵欲攄忠悃，語便驚人；太白自寫牢騷，詩能泣鬼。蓋正氣遭夫陽九，忼慨類託悲歌；而雄才限以數奇，謳吟輒多感嘆。蕭蕭易水，壯士寒心；渺渺湘沅，孤臣掩泣。情既鬱而思噴，技亦窮而後工。若夫灞岸旗亭，探錦囊之佳句；歌筵舞榭，抒繡被之新詞。樂府翻成，彈催鮑老；宮詞譜就，歌付雪兒。折楊柳而消魂，曲傳《三疊》；賦梅花而落魄，恨致《九歌》。擷瓊琚以投人，綴金石以弔古，莫不情懷肮髒，寫幽怨於難言；

音節悲涼，舒憤懣於無盡者矣！

余外祖壯悔公，簪纓世胄，繡閥名家。吐文鳳于英年，唾皆成玉；擅雕龍於壯歲，筆盡生花。作賦梁園，直忝皐、乘之座；選詞鄴下，高踞璩、瑒之班。顧乃謗起青蠅，屈鄒陽而械繫；網羅白雉，誣范滂以株連。誠爲造物忌才，遂致讒言構禍。智能決策，奇謀竟老夷門；辨可解紛，祕計終藏平國。以故豪情憤發，逸態横生。五字壇前，要盟獨執牛耳；七言臺上，賡揚悉據龍頭。備體制於三唐，洗鉛華於六代。片辭題詠，能令紙貴洛陽；一字遷移，浪教金懸秦國。洵詩家之宗匠，而律學之楷模。履中少竊耽吟，長思學步。夢中授管，敢云得自張華；醉裏成詩，未必真如庾信。惟是遺編漫漶，將慮誤添魯魚；舊帙雕鐫，不致字吞脈望。庶幾珊瑚架筆，想見曩者衿懷；玳瑁裝書，永作後人風雅。

乾隆十五年歲在庚午夏六月，外孫陳履中拜識。

（輯自强善堂本《四憶堂詩集》）

壯悔堂文集重刊跋

朱錫穀

歸德侯朝宗先生《壯悔堂文集》其板久漫，裔孫資燦謀重鋟，屬錫穀佐校讎之役。按宋牧仲先生作先生小傳，稱文集十卷，遺稿一卷，皆板行。今遺稿已不可見，參之《三家文鈔》，所録有出於本集之外者，取以補之。增入文七篇，汰去文十五篇，凡文百二十有三篇，卷如原刻之數。不删少作者，見先生之文變而益上也；不收儷詞諧體者，正文軌也；不收《豫省試策》諸篇，及他篇中間有刊削字句者，遵欽定四庫館錄明季遺集之例也。汰去之文仍附存其目者，使後有所考也。集刻于先生存日，評點皆所自定，悉仍其舊，惟補遺則不復加焉。文以氣爲主，震蕩闔奇，縱横豪肆，足以雄視一代矣。嗚呼！先生早負才名，中更喪亂，流離轉徙，齎志以歿，所遇有足悲者。其人其文，日久論定，不可没也。嘉慶壬申十月，侯官後學朱錫穀謹跋。

（輯自嘉慶本侯資燦重刊《壯悔堂文集》）

書侯方域集後

（日本）安藝賴襄

余寓書劉侗庵博士，問清初三家文云何。劉曰：『邵青門論侯以氣勝，魏以力勝，汪以法勝。蓋侯三十七死，宜不及魏之雅健，而俊逸則過之，此不可優劣；汪才氣短，又束於法，遠不及二子。』今讀侯集，知劉論信然。侯敍傳最長，序次之，記又次之，論最下，而時策則不然，或没後雜收少作故爾。要其無年可惜，至與吳梅村論出處，正氣凛然，唯有此一篇覺朝宗不死矣，安得與博士樽酒細論之耶！

（輯自日本萬延二年本《壯悔堂文集》卷末）

書壯悔堂集後

儲大文

康熙丁巳，予年十三，侍先君梗陽，授經長平牛淀洋先生。先生，先君乙卯所取士也。夏四月歸長平時，予愚騃甚，畧無所覩，又不多作制藝，先生亦久之遲不至，獨几上存雪苑侯朝宗《壯悔堂集》一部，間取覽之，用資嬉戲。雖未能習熟曲折，而大意殊了了。如遺阮光禄、吴駿公諸書，絕喜吟諷之也。是年冬，先生復就館。明年予歸，不獲卒業，《壯悔堂集》亦久不取閲視。先君嘗曰：明三百年無古文詞，獨侯朝宗耳。蓋朝宗文雖間近淺薄，如近日諸公指摘者，而飛動之氣自然横絕，故應凌晉江、崑山上也。又朝宗文雖用氣勝，而度態絕流佚，蓋近五陵河朔之風，而非止喑啞叱咤見武也。予少時之喜吟諷之者以此。今年夏，樓居無事，復得別本讀之，開卷展視，字畫如故，而先君棄諸孤遽十三年，先生前二三年縣令粤西，今久絕音問，未審無恙與否。然則死生聚散之感，既無忍復道，而予忽忽二十年以忝父師之誨者，亦畧於兹編見之。援筆書此，未嘗不浪然雪涕也。

（輯自《存研樓文集》卷十四）

壯悔堂文録序

李祖陶

《壯悔堂文集》，商丘侯朝宗先生著。朝宗之文，宋牧仲中丞所稱『始倡爲韓、歐之學於舉世不爲之日』者也。蓋古文至明季幾亡，傑出者爲虞山、東鄉兩家。然虞山文尚排偶，工塗澤，僅爲變體之六朝；東鄉文遵矩繩，講調法，又不過假面之八家，其于韓、歐皆未有當。朝宗天負異稟，以其邁往無前之氣，卓犖不羣之才，矯夭獨雄之風調，崛起中原，遂能變易天下耳目，掃明季之陋，振國初之風。其文純以神行，而自中法度，所謂放之千里息焉則止於閑者也，可不謂豪傑之士乎哉！然而後之譏之者則亦多矣。有謂其本領淺薄者，有謂其是非失情實者，有謂其火色未老、尚不脱小説家習氣者，其言皆切中其病，非文士相輕之可比。蓋朝宗年僅三十有七，見其進未見其止，見其秀未見其實，故所就止此。使天假之年，窮究理要，博極羣書，以其雄邁者轉而雄深，以其清空者變而老練，韓、歐境地豈難到哉？予是以甄録其文而不勝嘆息。上高李祖陶。

（輯自乾隆本李祖陶輯《國朝文録》）

書雪苑文鈔目録後

徐鳳輝

天之生才實難，故夫子曰『才難』。天既畀之以殊絶之才，而其人肆力于古，發露其才于文章，自將絶後超前，而夐然於萬物之表。商丘侯方域，健于文者也，與寧都魏禧、長洲汪琬，並以古文擅名。恭閲《欽定四庫全書簡明目録》有云：『方域才人之文，禧策士之文，琬儒者之文。』品鑒之精，無遺藴矣。蓋方域步驟史遷，而才足以達之，故行文矯變不測，如健鶻摩空，如鯨魚赴壑，讀之目眩魂驚，令人歎絶。顧矜心作意而爲之，未能自然流出，此其大較也。雖然學史遷而得其嗚咽頓挫，瀟灑神韻，堯峯、青門、望溪諸君間有之矣；若才情横溢，震蕩雄奇，直摩史遷之壘者，則商丘所獨也。吾里李大令集，與吾弟爾駿，深愛其文，奉爲枕祕。今二人不幸死矣，於吾心有深痛焉。

（輯自嘉慶刊徐鳳輝輯《國朝二十四家文鈔》）

壯悔堂文集序

趙承恩

昔人謂魏冰叔爲策士之文，汪堯峯爲儒者之文，而雪苑侯子，獨以才人之文目之。二子之文，其當否姑勿論，至侯子之文，而僅目以才人，予竊以爲有未足盡侯子者。侯子以不世有之天姿，生家國鼎沸之際，播遷流離，卒卒無定處，自非胷中之學識，有以高乎一世人，必不能率意而漫爲此文。謂侯子而僅以其才勝，將天之困厄其才，不使侯子之得展其才；人之沮喪其才，不使侯子之得伸其才；與夫世事之顛倒乖舛，不使侯子探奇握勝，得以馳騁其才；將並無以成侯子之才，侯子何能以才見也？故使侯子而僅以才勝，侯子恐不得爲才人，而侯子之文不傳；卽侯子之人不傳，目侯子之文，而僅指爲才人，起侯子而問之，侯子必不以爲知心人。向使侯子天或昌其年，坦其遇，得以優遊漸漬，以充其學識之所能爲，是將使人不見其才，而且以爲今之侯子，卽古之韓子、柳子、歐陽子而無不可者。顧第以才人之文目侯子，令侯子而第爲才人之文，則亦足爲侯子悲者，烏足爲侯子定論哉？予故亟爲侯子辯之，遂以序侯子之文。同治壬申歲七月既望，繡谷省庵趙承恩謹序。

（輯自光緒紅杏山房刊《壯悔堂文集》）

書壯悔堂集

徐　嘉

乾坤清氣此才奇，臺鼎家聲譽早馳。座有名流狂縱酒，生逢亂世劇工詩。恰憐楚尾吳頭客，都際天崩地坼時。勿悔雕蟲真小技，儒生出處是綱維。

（輯自《味靜齋詩存》卷十一）